Crying Wind Stafford

Schrei im Wind
Lied im Wind
Tanz im Wind

Sammelband

S. Hänle

Crying Wind Stafford

Schrei im Wind

Lied im Wind

Tanz im Wind

Sammelband

Schulte & Gerth

Die beiden ersten Originalausgaben erschienen unter dem Titel
„Crying Wind"
bzw. „My Searching Heart" im Verlag Moody Press, Chicago

Übersetzungen von Walter & Hildegard Zahnd („Lied im Wind")
und Eva Weyandt („Tanz im Wind")

Bestell-Nr. 815 870
ISBN 3-89437-870-0
2. Auflage des Sammelbandes 2004
Umschlaggestaltung: Immanuel Grapentin
Fotos (auch Innenteil): privat
Druck und Verarbeitung: Ebner & Spiegel, Ulm
Printed in Germany

Crying Wind Stafford

Schrei im Wind

Crying Wind Stafford

Schrei im Wind

1

Braune Füße in Mokassins wanderten lautlos in dem ausgetrockneten Flußbett des Arroyo hinab. Das einzige Geräusch kam von den Lederfransen, die gegen die bronzefarbene Haut schlugen.

In der Ferne grollte der Donner, und Blitze zuckten durch die purpurnen Wolkenfetzen, als ich langsam meinen Weg durch die scharfen, spitzen Felsriffe suchte. Meine Hände waren zerkratzt und zerschunden von den scharfen Kanten, an denen ich Halt suchte. Ich durfte nicht daran denken, was geschähe, wenn ich einen losen Felsblock erwischte oder das Gleichgewicht verlieren würde. Ich wußte zu gut, daß ich dann den steilen Granitabhang hinunterrutschen und die scharfen Stacheln der Yucca meine Beine zerkratzen würden.

Ich mußte meine Augen sehr anstrengen, um den schmalen, fast unsichtbaren Pfad zu erkennen, der zu dem geheimnisvollen Ring auf dem heiligen Berg führte. Ich fragte mich, ob jemals eine Nacht so dunkel war wie diese. Ein zuckender Blitz erhellte den Hang gerade so lange, daß ich die großen Felsblöcke vor mir erkennen konnte. Ich war beinahe oben.

Mir war schwindlig, und meine Hände zitterten vor Schwäche. Den ganzen Tag über hatte ich weder gegessen noch getrunken. Ich fastete, um würdig zu sein, mit meinem Gott zu sprechen. In wenigen Augenblicken würde ich vor meinem Gott Niyol stehen, dem großen, mächtigen Gott des Windes, den wir Indianer anbeten.

Endlich hatte ich den Kamm erreicht und eilte auf den flachen Stein zu, der halb in der Erde vergraben war. Ich wußte, daß in der Vergangenheit Hunderte von Indianern auf diesem Stein gestanden waren und ihren Gott um Hilfe angefleht hatten.

Sorgfältig nahm ich Federschmuck und Stock aus meinem Lederbeutel und band sie mit Streifen aus ungegerbtem Leder zusammen. Dann malte ich unser Stammeszeichen in den Staub und stand hochaufgerichtet da, das Gesicht dem Wind zugekehrt.

„O du starker, furchtbarer Wind, du mächtigster aller Götter, höre meine Stimme ... "

Als ich mein Gebet beendet hatte, schleuderte ich den Gebetsstab gegen den Wind. Dann drehte ich mich schnell um, denn den Gebetsstab zur Erde fallen sehen bedeutete, das Gebet würde keine Erhörung finden. Ich aber hoffte, der Wind würde meinen Stab auffangen und in den Himmel hinauftragen.

Der Donner mahnte mich ein letztes Mal, vom Berg herunterzusteigen, bevor er seine Sturmrosse loslassen würde. Ich fuhr mit den Händen noch schnell durch den Staub, um alle Spuren meiner Zeichnung zu verwischen. Im selben Augenblick begann der Himmel zu weinen. Große, schwere Regentropfen fielen auf meine staubigen Hände.

Über die Lichtung eilte ich zu den großen Felsblöcken, die den Weg ins Tal hinab markierten. Die Regentropfen wurden größer und schmerzten, als

Ich stand hochaufgerichtet da, das Gesicht dem Wind zugekehrt.

sie auf mein Gesicht klatschten. Ein lauter Donnerschlag in nächster Nähe ließ mich zusammenfahren. Ich fürchtete mich. Mein Kleid aus Wildleder wurde bereits naß und schwer. Es klebte an mir und machte es noch schwieriger, den schmalen Pfad bergabwärts zu finden. Ich überlegte, ob mich nicht der Blitz treffen würde, wenn ich den Hügel hinablief, und man mich vielleicht am anderen Morgen tot auffinden würde.

Mein Herz schlug schneller. Ich konnte nicht sagen, ob ich wegen des kalten Regenschauers, aus Angst oder vor Hunger zitterte. Beinahe war ich am Ziel, als der Kiesboden unter meinen Füßen nachgab. Ich glitt aus und schlitterte das letzte Stück des Weges hinunter.

Als ich feststellte, daß ich nicht verletzt war, stand ich auf, klopfte den Schmutz aus meinen Kleidern und dankte Niyol, daß er mir das Leben gerettet hatte. Er hätte ja dem Blitz befehlen können, mich zu treffen, oder er hätte mich durch den Fall töten können. War meine Bewahrung nicht ein gutes Omen? War es nicht ein Beweis seiner Gunst? Vielleicht war es auch ein Zeichen, daß er mein Gebet erhört hatte?

Daheim hängte ich meine Sachen zum Trocknen auf. Das Kleid war schwer und unförmig von dem vielen Wasser, das es aufgesogen hatte. Es war aus Elchhaut und wog normalerweise etwa 16 Pfund, aber jetzt war es mindestens doppelt so schwer. Einige Glasperlen am rechten Ärmel fehlten. Ich mußte sie ersetzen, bevor ich das Kleid wieder tragen konnte. Auch meine Mokassins mußten heute abend noch geputzt werden. Wenn der Schmutz über Nacht eintrocknete, wären sie am anderen Morgen so hart, daß ich sie nicht anziehen könnte.

Sämtliche Knochen taten mir weh, als ich endlich ins Bett kroch. Meine Hände waren zerkratzt und brannten wie Feuer. Ich hatte immer noch Hunger, aber ich durfte erst am Morgen wieder essen.

„Oh, es macht nichts. Es hat sich gelohnt, wenn der Wind mein Gebet erhört hat, wenn – wenn –“ Ich versuchte, das unangenehme Gefühl in der Magengegend nicht zu beachten, und redete mir ein, es sei nur der Hunger. Morgen früh wollte ich mir ein herzhaftes Frühstück gönnen, dann würde die seltsame Leere in meinem Magen verschwinden.

Das letzte, an das ich mich erinnerte, bevor ich einschlief, war: Wenn er mein Gebet erhört hat – wenn – wenn ...

Wie froh war ich, daß ich an den Windgott glaubte. Er war der mächtigste aller Indianergötter. Der Bärengott war stark, aber er schlief den ganzen Winter über. Ich wollte keinen Gott, der ein halbes Jahr lang schlief. Die Schlange und die gehörnte Kröte waren häßliche Götter. Die mochte ich nicht. Der Wolf und der Adler waren schön und klug, aber beide konnte man töten und ihre Gebeine an der Sonne bleichen sehen. Der Sonnengott war mächtig, aber in der Nacht konnte man ihn nicht anrufen, und am Tag konnten Wolken sein Gesicht bedecken. Nein, der Windgott war der beste. Er war überall. Man konnte ihn nicht gefangennehmen oder töten. Er konnte unser Haus umblasen. Er konnte so an uns zerren, daß wir uns nicht gegen ihn zu wehren vermochten. Er konnte so eiskalt blasen, daß man erfrieren mußte, oder so heiß, daß man ohnmächtig wurde. Natürlich war der Wind ein launischer Gott. Er konnte gut oder böse sein. Er konnte unser Flehen beantworten oder nicht, wie es ihm gerade gefiel. Aber ein Gott kann nicht alles sein. Ein Gott kann nicht vollkommen sein. Ich war mit meinem Gott zufrieden.

Es war Großmutter, die mir von den indianischen Göttern und den alten Sagen erzählte. Soweit ich zurückdenken kann, wohnte ich bei ihr – seit meine Mutter mich verlassen hatte.

Ich wußte nicht, weshalb sie mich aufgenommen hatte, als mich meine Mutter verließ. Großmutter hatte sieben Söhne und vier Töchter. Weshalb sollte sie also noch einen weiteren Mund füttern? Ich weiß, daß sie enttäuscht war, weil ich ein Mädchen war. Bei uns bedeutet ein Sohn alles und eine Tochter praktisch nichts. Wo immer ein Mädchen geboren wurde, schüttelten die Leute enttäuscht den Kopf und sagten: „Seid nicht traurig! Vielleicht habt ihr nächstes Mal mehr Glück und bekommt einen Sohn!"

Nach einigen Jahren war ich groß genug, um beim Kochen und Putzen zu helfen und all die Arbeit zu tun, die für meine Onkel erniedrigend war. Ich lernte alle „Frauenarbeit": Holz spalten, Tiere häuten, die die Onkel gejagt hatten, den Garten pflegen und die Haustiere füttern. Ich war zu schmächtig, um eine gute Hilfe zu sein, und manche Arbeiten konnte ich nicht ausführen, weil sie mir einfach zu schwer waren. Großmutter schüttelte gewöhnlich den Kopf, schlug die Hände zusammen und rief: „Was bist du doch für ein Faulpelz! Aus dir wird nie etwas!" Dann kratzte sie mir mit ihren

Fingernägeln die Arme blutig, damit das faule Blut aus meinem Körper fließen konnte und ich imstande wäre, mehr zu arbeiten.

Großvater starb, als ich noch klein war, und nach und nach heirateten meine Tanten und verließen das Haus. Die Onkel zogen ebenfalls weg, einer nach dem andern, bis nur noch Großmutter und ich das kleine Haus bewohnten.

Großmutters Gesicht hatte tausend Runzeln und sah wie altes Leder aus. Ihre Augen waren dunkel und scharf wie die eines Adlers und verschwanden zur Hälfte unter den Augenlidern. Ihr Haar war schneeweiß. Sie flocht es in zwei Zöpfe. Als junge Frau war sie schön gewesen. Damals war ihr Haar von glänzendem Schwarz und hing bis über die Hüften hinab. Als Großvater gestorben war, schnitt sie zum Zeichen der Trauer ihre Haare ab. Dann nahm sie ein scharfes Messer und ritzte ihre Handflächen, um ihren Schmerz zu zeigen. Früher schnitten sich Indianerinnen sehr oft ihre Finger ab, wenn sie ihren Mann verloren hatten und um ihn trauerten.

Jetzt waren Großmutters Hände runzlig und mit Narben überzogen. Ihr linker Daumen war so verkrüppelt, daß der Daumennagel in der Mitte für immer gespalten war. Trotzdem waren ihre alten Finger erstaunlich flink. Ihre Perlenarbeit war feiner als die jeder anderen Frau im Tal.

Großmutter. Shima Sani – „Kleine Großmutter" – nannten wir sie. Sie sah aus, als wäre sie mindestens hundert Jahre alt. Sie wußte es nicht genau, aber sie glaubte, daß sie ungefähr 80 Jahre zählte. Wenn sie auch gewußt hätte, wie alt sie war, sie hätte es nicht gesagt. Das Geisterpferd hätte es hören können und vielleicht gerufen: „Ich wußte gar nicht, daß du schon so lange lebst! Da ist es ja höchste Zeit für dich, zu sterben!" Und es würde sie holen. Die meisten alten Indianer erklären: „Ich bin 104 Jahre alt." Das sagte man am liebsten, aber ich glaube nicht, daß einer von ihnen älter als 90 war.

Shima Sani hatte als kleines Kind die Eltern verloren und auf den Kornfeldern fremder Leute gearbeitet, um sich und ihre beiden Schwestern vor dem Hungertod zu bewahren. Als sie etwa 14 Jahre alt war, kam ein fröhlicher, junger Navajo-Indianer auf dem schönsten Rappen dahergeritten, den sie je gesehen hatte. Er sprach kein Wort mit ihr, aber einen Monat später erschien er wieder und brachte einen Schal für sie und eine Zigarrenschachtel mit Nickelmünzen für ihre Schwester mit. Eine Woche später heiratete sie ihn und folgte ihm auf eine kleine Farm in Colorado. Die beiden bekamen elf Kinder.

Ich erinnere mich kaum mehr an Großvater, denn er starb, als ich noch klein war. Ich weiß nur noch, daß er eine dunkle, grobe Haut hatte, laut und herzlich lachte und immer nach Whisky roch. Eines Abends war er auf dem Heimweg aus der Stadt, wo er arbeitete. Er hatte zuvor seinen ganzen Lohn vertrunken. Unterwegs wurde er ohnmächtig, und am nächsten Morgen fand ihn sein Sohn Cloud erfroren in einem Kornfeld, ungefähr vierhundert Meter vom Haus entfernt.

Keiner meiner Onkel trauerte dem Vater nach. Er hatte sie, wenn er betrunken war, zu oft geschlagen

Cloud war der jüngste meiner Onkel, aber er war der größte und stärkste.

und einige von ihnen beinahe umgebracht. Einmal hatte er Pascal den Arm gebrochen.

Obwohl Cloud der Jüngste war, war er größer und stärker als die anderen. Wenn er durch die Tür ins Haus trat, schien es, als versperrte er den ganzen Eingang. Mit dem Kopf stieß er oben an die Tür, und seine Schultern berührten rechts und links den Türrahmen.

Für mich war Cloud der größte und wichtigste Mensch auf Erden. Es war immer ein Ereignis, wenn er zu uns nach Hause kam. Ich freute mich auf ihn, denn er hatte immer interessante Geschichten auf Lager. Er konnte ein gewöhnliches Erlebnis so erzählen, daß es zum Abenteuer wurde. Er war mein Abgott. Ich war überzeugt, daß kein Mensch auf der ganzen Welt so schön und stark wäre wie Cloud. Besser als alle anderen konnte er Fährten lesen, auch wenn die Tiere Stunden vorher schon durchgezogen waren. Kein Wunder, daß er als der beste Fallensteller und Jäger weit und breit angesehen war.

Onkel Flint war ebenso groß wie Cloud, aber er war schlank und nicht so schwer und kräftig wie sein Bruder. Er war in sich gekehrt und lachte und scherzte nie wie seine Brüder. Gern wäre ich ihm näher gekommen, aber er wich mir aus, sooft ich versuchte, freundlich zu ihm zu sein. Schließlich gab ich es auf und fand mich damit ab, daß wir beide uns nie finden würden.

Pascal war einige Jahre älter als Cloud und Flint. Er hatte ein trauriges Gesicht und einen harten Zug um den Mund. Sein Handgelenk war verkrüppelt, denn niemand hatte ihn behandelt, als ihm Großvater den Arm gebrochen hatte. Er war ein schweigsamer Mann – zu schweigsam. Man wußte nie, was er gerade dachte.

Shima Sani wollte mich in die Stadt zur Schule schicken, aber daraus wurde eine Katastrophe. Ich war die einzige Indianerin, und alle Kinder machten sich über meinen Namen, Schrei im Wind, lustig. Sie nannten mich „Gebrüll in der Brise". Es gibt kaum etwas, das dem Indianer wichtiger ist als sein Name. Ihr Spott verletzte mich tief. Sie nannten mich eine Wilde und lachten über die Perlen, die ich in den Zöpfen trug. „Indianer essen Hundefleisch!" riefen sie hinter mir her. „Versteckt euren Hund, sonst verzehrt ihn 'Gebrüll in der Brise' zum Nachtessen – natürlich roh mit Haut und Haaren!"

Etliche Male habe ich versucht, ihnen zu erklären, daß ein Mensch, der am Verhungern ist, alles ißt, um sich am Leben zu erhalten. Außerdem sind die Hunde der Indios keine Schoßhündchen. Man kann sie nicht mit den verzärtelten, unnützen, verwöhnten Dingern vergleichen, die die Weißen Hunde nennen. Nein, Indianerhunde ziehen kleine Wagen, mit Tontöpfen und Wolldecken beladen. Sie bewachen das Lager. Wenn man nicht jagen konnte, weil kein Wild in der Nähe war, oder wenn heftige Schneestürme die Jagd unmöglich machten, waren immer noch die Hunde im Lager und ließen sich ohne weiteres fangen. Hundefleisch hat in harten Wintern schon manchen vor dem Hungertod bewahrt. Vielleicht schätzten deshalb die Indianer ihre Hunde mehr, als es die Weißen taten.

Ich versuchte, ihnen zu erklären, daß wir keine Wilden sind. Die Indianer waren es ja, die den weißen Siedlern gezeigt hatten, wie man getrocknetes Fleisch, Mais, Ahornsirup, Erdnüsse, Getreide, Kartoffeln, Reis, Obst, Beeren und Nüsse zubereitet. Die Indianer kannten sogar schon vor vielen hundert Jahren Kaugummi. Die meisten Nahrungsmittel hatten die Siedler den Indianern zu verdanken, die ihnen zeigten, wie man jagte und pflanzte und daraus Speisen zubereitete. Aber die Kinder hörten mir nie zu. Sie wollten gar nicht wissen, wie es wirklich war. Sie wollten sich nur über mich lustig machen.

Tag für Tag lief ich weinend nach Hause. Die anderen Kinder rannten hinter mir her, warfen mir Steine nach und beschimpften mich.

Eines Tages ließ ich mir das nicht mehr gefallen. Statt davonzulaufen, blieb ich stehen und ließ es auf einen Kampf ankommen. Der dauerte allerdings nicht lange. Einer der größeren Jungen nahm einen Stock und schlug mir damit über den Mund. Dunkles Blut quoll hervor, und ich war überzeugt, daß er mir sämtliche Zähne eingeschlagen hatte.

Als die kleine Bande Blut fließen sah, geriet sie in Panik und rannte fluchtartig aus dem Schulhof. Sie ließen mich allein zurück – mit geschwollenem Mund und blutendem Gesicht. Das Blut floß auf das einzige Kleid, das ich besaß.

Wie gehetzt lief ich nach Hause. Großmutter sah mich schon von weitem und wartete an der Haustür auf mich. Während sie mir das Blut abwusch und mir frische Sachen anzog, erzählte ich ihr, was vorgefallen war.

Ich war froh, daß nur meine Lippen gespalten und das Zahnfleisch verletzt, aber kein einziger

Zahn eingeschlagen war. Mein Mund war so wund und geschwollen, daß ich tagelang weder essen noch sprechen konnte. O, wie genoß ich, von Großmutter und den Onkeln verhätschelt und verwöhnt zu werden. Sie waren über die Art und Weise, wie man mich behandelt hatte, empört und nannten meine Peiniger eine Meute wilder Hunde.

Cloud war so wütend, daß er zur Schule ging und mit der Lehrerin sprach. Aber sie interessierte sich nicht für meine Probleme. Sie erklärte, ihre Aufgabe sei es, die Kinder von neun Uhr morgens bis vier Uhr nachmittags im Schulzimmer zu unterrichten. Was auf dem Weg nach Hause passiere, gehe sie nichts an.

Zornig war Cloud heimgekommen. „Die Schulen der Weißen", fluchte er, „sind nichts für unsere Kinder. Schrei im Wind darf nicht mehr hingehen!"

Großmutter nickte zustimmend.

Am liebsten hätte ich vor Freude gejauchzt. Nie mehr zu dieser täglichen Folter zurückkehren zu müssen, die sie Schule nannten! Nie mehr verspottet, gehetzt und geschlagen zu werden! Nie mehr den bösen Blicken der Lehrer ausgesetzt zu sein! Niemand würde mehr mit Fingern auf mich zeigen, kein Kind würde mich je wieder auslachen!

Nur zu gern folgte ich meinem Onkel und blieb zu Hause. Großmutter erhielt zwar einige Briefe, in denen stand, sie solle mich wieder zur Schule schikken. Aber sie warf sie einfach ins Feuer und nahm sich nicht die Mühe, darauf zu antworten. Einmal erschienen ein paar Leute in einem prächtigen Wagen, und Großmutter sprach im Garten mit ihnen, während ich mich im Haus versteckte. Ich weiß nicht, was sie gesagt hat. Auf jeden Fall kamen sie nicht wieder, und das Wort Schule wurde nie mehr erwähnt.

Großmutter unterrichtete mich auf ihre Art. Sie lehrte mich, den erlegten Tieren das Fell abzuziehen und die Häute zu gerben. Sie zeigte mir, wie man Perlenstickereien anfertigt und aus Pflanzen Arznei macht. Und während wir gemeinsam unsere Hausarbeit verrichteten, erzählte sie immer wieder von der glanzvollen Zeit, da die Kickapoos die „Könige der weiten Ebene" waren. „Früher war es so", begann sie, und ich lauschte gespannt, um nur ja kein Wort unserer aufregenden Stammesgeschichte zu verpassen. Immer wieder sagte sie: „Kickapoo ist ein Name, auf den wir stolz sein können. Unser wirklicher Name ist Kiwigapawa, das heißt 'Wanderer', denn unsere Leute waren immer auf Wanderschaft – immer auf der Suche nach einer Heimat, ohne jemals eine zu finden. Wir waren immer auf der Suche."

Ich bekam einen Wutanfall, wenn ich daran dachte, wie die Leute mit dem Namen „Kickapoo" ihren Spaß trieben. Sie sagten „Kickapoo" und lachten dazu, als wäre es irgendein Witz. Sie hatten keine Ahnung von der Größe und Bedeutung dieses Namens.

Großmutter erzählte weiter: „Unser Stamm kämpfte gegen alle anderen. Es gab keinen Stamm, bei dem der Name Kickapoo nicht gefürchtet war. Nirgends waren bessere Krieger zu finden. Wir haben gegen die Sioux gekämpft, gegen die Irokesen, die Fox, die Creek, die Osage – und sind Sieger geblieben! Die Fox und die Indianer von Illionois", lachte sie, „haben wir ausgelöscht! Unsere Leute haben gegen die Franzosen, die Engländer und die Spanier gekämpft und die Händler aus unserem Land vertrieben! Wir haben die Missionare getötet und ihre Kirchen verbrannt!" Ihre Augen leuchteten in grimmigem Stolz. „Keiner konnte die Kickapoos besiegen. Unsere Krieger empfanden die Chancen als nicht gleich, wenn nicht sechs gegen einen von uns kämpften. Angst und Schrecken erfüllte die Leute, wenn unser Name genannt wurde. Von Maine bis Mexiko haben unsere Krieger eine blutige Spur hinterlassen."

Einige Geschichten von großen Schlachten erzählte sie mir dutzendmal, aber ich wurde nie müde, sie anzuhören. Vielleicht wurden andere Kinder mit Märchen und Kinderliedern zu Bett gebracht, aber meine Gute-Nacht-Geschichten waren die Berichte von den blutigen Überfällen der Kikkapoo-Krieger. Ich war stolz, wenn ich die Erzählungen über unsere ruhmreichen Siege hörte, und ich empörte mich über die Lügen der Regierung und ihre unwahren Versprechungen.

Besonders gern erzählte Großmutter Geschichten von Kennehuk, den man den „Propheten" nannte. Kennehuk gründete im Jahre 1830 unter den Kickapoos eine neue Religion. Obwohl sie weder der alten Indianerreligion noch dem Christentum entsprach, hatte sie doch von beidem etwas, und das genügte unseren Leuten, sich gegen die neue Religion des weißen Mannes zu wehren.

Kennehuk starb um 1850 an den Pocken. Bevor er starb, verkündete er, er werde nach drei Tagen wieder auferstehen. Sein Leib wurde in einen ausgetrockneten Brunnen gebettet, und viele seiner Jünger warteten neben seinem Grab auf die Erfüllung seiner letzten Prophezeiung. Etliche machten sich nach drei Tagen davon, andere hielten länger aus. Aber als nichts geschah, gingen auch die letzten Jünger weg, und der Leichnam des Propheten blieb allein in dem alten, ausgetrockneten Brunnen in der staubigen Kansas-Ebene zurück. Großmutter fügte immer hinzu: „Wer weiß? Vielleicht kommt der Prophet eines Tages doch wieder zurück."

Sie erzählte von der Schlacht bei Bad Axe, von den Kämpfen bei Dove Creek und Rush Springs. Sie erzählte von Häuptling Keotuk, Häuptling Kapioma, Häuptling Ockquanocasey, Häuptling Quaquapoqua und Häuptling Wahnahkethahah. Namen wie Wirbelnder Donner, Kleiner Hirsch, Weißes Pferd und Großer Elch waren mir wohlbekannt, und ich erlebte in meiner Phantasie mit, wie sie sich auf ihre Feinde stürzten, sie töteten und mit Siegestrophäen und erbeuteten Pferden davongaloppierten.

Im Reservat schien die Zeit stillzustehen. Ein Tag glich dem anderen, und wir nahmen uns nicht die Mühe, die Monate zu zählen – nur die Jahreszeiten. Ich wußte, schon bevor ich aus dem Bett stieg, daß ein Tag wie der andere war. Gestern – heute – morgen – immer das gleiche. Nur eine Geburt oder ein Todesfall in der Familie unterbrach die Eintönigkeit.

Wenn eine meiner Tanten ein Kind erwartete, waren alle hocherfreut, daß wieder neues Leben in die Familie kam. Aber das Glück wurde zur Tragödie, wenn Zwillinge kamen. Zwillinge waren ein böses Omen, denn jedermann wußte, daß eine Frau jeweils immer nur ein Kind haben konnte. Das zweite Kind war ein böser Geist, der dem ersten aus dem unbekannten Dunkel vor der Geburt folgte. Das zweite Kind lebte nur wenige Tage. Es wurde immer schwächer und schwächer, bis es schließlich starb. Das erste Kind gedieh prächtig und wurde groß und kräftig. Meine Tante erklärte allen, sie habe einfach nicht genug Milch für das zweite Baby. Ich habe im Reservat nie ein Zwillingspaar gesehen. Irgend etwas passierte immer mit dem zweiten Kind. Kein Mensch sprach darüber. Gewisse Dinge bleiben besser ungesagt. Die Leute im Reservat wußten, wie sie sich verhalten sollten, und die Behörden konnte man nicht hineinziehen – und so verlor eben eine Indianerin mehr eines ihrer neugeborenen Babys. Aber wen kümmerte das schon?

Ich wußte, daß dunkle, unheimliche Dinge geschahen. Großmutter und die Onkel sprachen darüber, wenn sie dachten, ich schliefe. Aber ich verstand nicht, was sie sagten. Obwohl ich neugierig war, wollte ich doch nicht alles wissen, was sich im Reservat abspielte.

Ich war ungefähr zehn Jahre alt, als eines dieser dunklen Geheimnisse in mein Leben trat und seinen Schatten auf die kommenden Jahre werfen sollte.

Großmutter und ich waren schon lange eingeschlafen, als man plötzlich wild an unsere Türe pochte. Großmutter stand auf und öffnete. Ich vergrub mich tiefer unter meine Decke, denn ich war viel zu müde, um auf das zu achten, was um mich her vorging. Ich hörte laute, aufgeregte Stimmen und merkte, daß Großmutter ganz aus der Fassung geraten war. Ich schlüpfte aus dem Bett, schlich hinüber und versteckte mich hinter Großmutters weitem, wallendem Nachthemd. Nur die Nase steckte ich hervor und war über den Anblick, der sich mir bot, ganz bestürzt.

Im Dunkel stand ein junger Mann, der nichts außer einem Lendenschurz aus der Haut eines Coyoten trug. Er war über und über mit Schlamm bedeckt und zitterte vor Schrecken am ganzen Leib. Er bat Großmutter um Hilfe und erzählte: „Ich habe erst vor kurzem geheiratet und bin ans andere Ende des Tales gezogen. Nach einem Monat starb meine junge Frau an Lungenentzündung. Ich war untröstlich und bat den Medizinmann um Hilfe. Der Medizinmann sagte mir, daß er meine Frau wieder zum Leben erwecken könne. Ich habe die Ratschläge des Medizinmannes genau befolgt. Ich habe mich ausgezogen und im Schlamm gewälzt, und als der Vollmond aufging, bin ich zum Grab meiner Frau gegangen und habe es mit der Haut des Coyoten bedeckt. Während ein, zwei Stunden saß ich dort. Nichts rührte sich. In der dritten Stunde bewegte sich das Grab. Die Erde bebte, und ich hatte das Empfinden, daß etwas Furchtbares geschehen würde. Die Gestalt, die aus dem Grab stieg, konnte unmöglich meine schöne, liebliche Frau sein. Es war ein so schreckliches Wesen, daß mich Furcht und Grauen packten. Ich sprang vom Grab auf, nahm die Haut, schlang sie um die nackten Hüften und lief entsetzt davon. Ich fürchtete mich, stehenzubleiben und zurückzuschauen."

Ich weiß nicht, in wie vielen Häusern er schon

war, bis er endlich zu uns kam. Er mußte lange gelaufen sein, denn sein Körper triefte vor Schweiß, und sein Atem ging keuchend. Plötzlich fing er an zu schreien und lief wieder in die Nacht hinaus.

„Was ist geschehen, Shima Sani?" flüsterte ich, als der Mann verschwunden war.

„Das hätte er nicht tun dürfen", antwortete sie ruhig und verschloß und verriegelte die Tür.

Ich wußte nicht, was sie damit meinte und was der Mann nicht hätte tun dürfen, aber ich glaube, ich wollte gar nichts mehr davon hören, deshalb folgte ich ihr, ohne ein weiteres Wort zu sagen, und kroch ins Bett zurück. Mir war kalt, und ich wollte den Arm um Großmutter legen, um mich zu wärmen. Doch schon als ich sie berührte, zuckte sie zusammen, rückte weg und fragte ängstlich: „Was ist das?"

„Ich bin es, Großmutter. Ich friere!"

Sie stopfte die Decken ganz fest um mich.

„Was hast du denn geglaubt, was es sei?" fragte ich.

Sie gab lange keine Antwort. Endlich sagte sie leise: „Es hätte ja auch eine Wanze sein können."

Ich lachte, denn ich wußte, daß sie das nicht wirklich dachte. Aber ich war viel zu jung, um ihre Furcht zu verstehen.

Am nächsten Tag wußte bereits jeder in der ganzen Gegend von diesem nächtlichen Ereignis.

Der junge Mann war auch ins Haus meines Onkels gekommen. „Er erzählte, er habe gespürt, wie etwas aus dem Grab gestiegen sei. Er wußte nicht, was es war, aber er habe etwas gespürt, und die Erde habe gebebt."

Wieder und wieder wurde die Geschichte erzählt. Konnte es seine Frau gewesen sein? Oder böse Geister? Konnte der Medizinmann wirklich Tote wieder zum Leben erwecken? Was war mit dem jungen Mann geschehen? Kein Mensch konnte es sagen. Etliche hatten gesehen, wie er durch die Nacht gerannt war, das Coyotenfell hinter ihm flatternd. Aber niemand wußte, wohin er gelaufen war. Wir sahen ihn nie wieder. Er kam nie mehr in unser Tal zurück. Niemand ging in sein Haus, und niemand ging zum Grab seiner Frau, um nachzusehen, ob es zerstört worden war.

Dieses Erlebnis blieb unvergessen. Es konnte ein Jahr oder mehrere vergehen, ohne daß jemand davon sprach. Von Zeit zu Zeit aber kam es vor, daß die Leute über etwas diskutierten, das sie nicht begreifen konnten oder vor dem sie Angst hatten, und dann fing irgend jemand wieder davon an: „Ich erinnere mich noch an das . . . " Und die unheimliche Geschichte wurde wieder erzählt. Die Leute nickten. Einigen Frauen liefen kalte Schauer über den Rücken, und andere sagten: „Es war nicht die Erde, die bebte, sondern er selbst, weil ihm so bange war." Wieder andere meinten, der Medizinmann sei vielleicht wirklich imstande, jemand von den Toten aufzuwecken.

Das Rätsel wurde nie gelöst. Kein Mensch hat je erfahren, was mit dem jungen Mann geschehen war; und wenn die Leute genug darüber geredet hatten, zuckten sie die Achseln und schüttelten den Kopf. Die Geschichte geriet wieder in Vergessenheit – für eine Weile.

2

Sommer und Winter wechselten einander immer wieder ab. Es war Ende August. Die Blätter an den Bäumen flüsterten miteinander und warnten vor einem frühen Herbst. Wilde Astern kleideten das Tal in leuchtende Purpurfarben, und das letzte Unkraut welkte dahin. Der Gesang der Heuschrecken erfüllte vom frühen Morgen bis zum späten Abend die Luft. Es schien, als ob die kleinen Musikanten einander warnen wollten, daß der Sommer nahezu vorbei war. Morgen schon konnte der erste Frost kommen.

Ich sammelte Holz und stapelte es neben einem großen Baum auf. Später wollte ich es ins Haus bringen, aber jetzt mußte ich eine kurze Pause einlegen. Ich schwitzte, war müde und lechzte nach einem Schluck Wasser. Seit dem frühen Morgen hatte ich Holz gesammelt. Ich wußte, daß wir es im Winter haben mußten, aber heute, an diesem heißen Sommertag, schienen die Winterfeuer in weiter Ferne.

Ich sank zu Boden und lag flach auf der Erde. Weiche Grashalme kitzelten mein Gesicht. Langsam kehrten meine Kräfte wieder zurück, aber da ich keine Lust hatte, noch mehr Holz zu sammeln, drehte ich mich auf den Rücken und betrachtete die weißen Wolken, die über den tiefblauen Himmel segelten.

Die frische Brise brachte angenehme Kühlung, und es war herrlich zu leben. Erst spät nachmittags ging ich zum Haus zurück.

Als ich näherkam, sah ich zu meiner Überraschung, daß ein alter, blauer Lastwagen in den Hof fuhr. Zwei Frauen und ein Mann stiegen aus und gingen auf das Haus zu. Eine der Frauen hatte die Hände vors Gesicht geschlagen, und ich war beinahe davon überzeugt, daß sie weinte. Großmutter eilte hinzu, begrüßte die Leute und legte den Arm um die Schulter der weinenden Frau.

Ich war zu weit entfernt, um ihr Gespräch zu hören, aber es mußte etwas sehr Wichtiges sein, denn Großmutter machte ein sehr ernstes Gesicht. Der Mann blickte finster, und jetzt begann auch die andere Frau zu weinen.

Langsam verschwand ich hinter dem Haus. Die Neugier drängte mich zwar, aber ich wollte mich nicht ins Gespräch mischen. Ich blieb einfach stehen und wartete ab.

Nach ein paar Worten ging Großmutter ins Haus und kam mit einer Steppdecke über dem Arm wieder heraus. Sie gab sie dem Mann, der damit zum Wagen lief und etwas einwickelte. Als er damit fertig war, kletterte er hinter das Steuer und ließ den Motor an. Die beiden Frauen, die noch immer weinten, stiegen ebenfalls ein.

Ich ging zu Großmutter hinüber, ohne den Blick vom Lastwagen abzuwenden. „Wer war das? Was wollten sie?" fragte ich. Sie konnten meine Stimme bei dem Lärm, den der alte Motor machte, nicht hören.

„Es sind Navajos. Sie wohnen in der Ebene. Sie

haben deinen Großvater gekannt", gab sie mir zur Antwort.

„Warum hast du ihnen die Decke gegeben?" wollte ich wissen.

„Jemand in ihrer Familie ist gestorben. Sie brauchten die Decke, um den Toten einzuwickeln", antwortete sie.

Der Lastwagen wendete, und für einen kurzen Augenblick sah ich das kleine Bündel auf der Ladefläche.

„Ist das – ist das der Tote?" Eigentlich wußte ich die Antwort und fügte hinzu: „Es ist schrecklich für ein kleines Kind, zu sterben."

„Es war kein Kind. Es war ein sehr alter Mann", sagte Großmutter und schaute dem Wagen nach, der beinahe schon außer Sicht war.

„Aber das Bündel – es sah so klein aus."

„Ja, es war der alte Twice Blind, ihr Medizinmann. Er ist zornig und fluchend gestorben, und die Familie hat Angst, daß er aus dem Grab zurückkommt und sie verfolgt. Deshalb haben sie ihm eigens die Beine abgeschnitten und diese getrennt begraben. Den Körper wollen sie weit weg bringen, um sicher zu sein, daß er nicht mehr zurückkommen kann."

Der Lastwagen war verschwunden, aber Großmutter schaute in die Ferne, als ob sie ihn immer noch am Horizont sähe. „Der alte Twice Blind war ein schlechter Medizinmann. Er verfluchte immer irgend jemand, und dann mußte der Betreffende viele Schafe hergeben, damit er den Fluch wieder zurücknahm. Vielleicht haben sie jetzt einen guten Medizinmann."

Ich beendete meine Arbeit und ging zu Bett, aber in dieser Nacht schlief ich schlecht. Im Traum verfolgte mich das kleine Bündel in der Steppdecke, das auf dem Lastwagen lag. Ein alter Medizinmann kroch auf den Händen herum und suchte nach seinen fehlenden Beinen. Dieser Traum wiederholte sich oft, und ich erwachte immer zitternd und verängstigt. Ich fragte mich, ob es für Twice Blind wirklich möglich war, aus dem Grab zurückzukommen. Früher hatte ich mich kaum mit dem Tod beschäftigt, aber jetzt dachte ich oft und lange über Twice Blind nach.

Keiner von uns sprach je über den Tod. Das brachte Unglück und würde uns krank und schwach machen. Oft wollte ich Großmutter Fragen über den Tod stellen, aber ich hatte Angst davor, dieses Thema anzuschneiden. Doch eines Tages, als wir beisammensaßen und Perlenhalsbänder anfertigten, nahm ich all meinen Mut zusammen und fragte so unvermittelt, daß Großmutter zusammenfuhr: „Großmutter, was geschieht mit uns, wenn wir sterben?“

Sie sah von ihrer Perlenarbeit auf, und ihre Augen funkelten wie zwei schwarze Feuersteine. „Wenn man stirbt, stirbt man“, antwortete sie lakonisch und wandte sich wieder ihren Perlen zu.

„Nein, Großmutter. Ich meine, was mit uns nach dem Tod geschieht?“

Diesmal nahm sie sich nicht einmal die Mühe, den Kopf zu heben. „Wenn du stirbst, wirst du begraben, und dein Leib verwest.“

Ich schluckte. Ging ich zu weit? Würde sie zornig werden, wenn ich noch mehr fragte? „Wenn der

Leib verwest, was geschieht damit?“ Ich wußte nicht recht, wie ich mich ausdrücken sollte. „Was geschieht dann mit dem, was von uns übrig bleibt? Ich meine, mit der Seele?“

Sie sah wieder auf, aber ihr Blick verlor sich in weiter Ferne. „Früher dachte ich, es gebe irgendwo einen Platz, den der Große Geist für uns Indianer bereitet habe. Einen wunderschönen Platz, wo alle Roten immer glücklich seien, wo es genug Nahrung für alle gebe und wo niemand müde und alt werde. Einen Platz, an dem die Lagerfeuer nie erlöschen und wo immer die Sonne scheint.“

Sie schwieg lange, aber ich wußte, daß sie noch nicht geendet hatte. Ich wartete geduldig.

Endlich fuhr sie fort: „Ich habe die gleichen Fragen gestellt, als ich jung war. Ich fragte immer: 'Wie kann man dorthin kommen?' Aber keiner hat es mir jemals gesagt. Keiner schien es zu wissen. Sie sagten einfach: 'Frag die Alten!' Und wenn ich die Alten fragte, schüttelten sie den Kopf und gaben zur Antwort: 'Unser Volk wußte es einmal, bevor der weiße Mann kam. Aber jetzt haben wir es vergessen, und keiner weiß mehr den Weg.' Nun bin ich alt, und jetzt willst du es wissen. Und ich muß dir antworten: 'Ich weiß es nicht.' Ich bin zu alt, um weiter zu leben, zu müde, und wäre froh, wenn ich sterben könnte.“ Und bitter fügte sie hinzu: „Und verwesen.“

Sie beugte sich wieder über ihre Perlenarbeit, aber ich erhaschte einen flüchtigen Blick. Da war etwas in ihren Augen – oder täuschte ich mich? Etwas wie Furcht. Aber Großmutter hatte sich doch niemals vor etwas gefürchtet. Sie würde sich auch vor dem Sterben nicht fürchten, wenn ihre Stunde gekommen war.

Schweigend beendeten wir unsere Arbeit, und ich war froh, als ich nachher weggehen und allein sein konnte. Ihre Antwort gefiel mir ganz und gar nicht.

So ist das also, überlegte ich traurig, als ich am Gartenzaun lehnte. Es gibt also keinen Platz, wohin wir Roten gehen können, wenn wir sterben. Wir verwesen einfach.

Ich beobachtete, wie eine Ameise über den Zaunpfahl kroch. „Sind wir beide, du und ich, gleich viel wert? Soll ich nicht besser sein?" Ich wischte sie weg. Sie landete unversehrt auf dem Boden und eilte davon, aber ich sah sie nicht mehr, weil in meinen Augen Tränen brannten. Ich mußte wieder an Großmutters Blick denken. Ich wußte, daß sie Angst hatte, und das machte auch mir Angst. Wenn der Tod etwas war, dem sie nicht gewachsen war, so wußte ich, daß ich es auch nicht sein würde. Ich fühlte, daß der dunkle Schatten wieder in mein Leben trat, und ich wünschte, die Zeit wieder zurückdrehen zu können – in jene glücklichen Tage meiner Kindheit, da ich mir noch keine Gedanken über Leben und Tod machte.

*

An heißen, stillen Sommerabenden hörte ich manchmal Cloud auf seiner Holzflöte Indianerlieder spielen. Die leise Musik schwebte wie Nebel zu uns ins Tal herab, um dann wieder zu verklingen. Nur noch wenige der Jungen konnten das alte Instrument spielen, aber Cloud verstand es meisterhaft. Er machte beinahe alles besser als alle anderen, die ich kannte. Ich mußte lächeln, wenn ich daran dachte, wie viele junge Mädchen vielleicht darauf warteten, daß Cloud zu ihnen kam und ihnen mit seiner Flöte den Hof machte. Aber er tat es nie. So manches junge Mädchen versuchte, ihn einzufangen, aber es schien, als gelänge es nie. Manchmal lachte er über die Mädchen, wenn sie Nahrungsmittel vor seine Tür legten oder „zufällig" ausritten, wenn er zum Handelsposten unterwegs war.

Er brachte mit seinen Geschichten alle Leute zum Lachen, aber wenn er sich unbeobachtet glaubte, wurde sein Gesicht ernst. Seine Augen hatten einen einsamen, abwesenden Ausdruck. Ich fragte mich, ob er wirklich keine Familie gründen wollte. Aber er wollte eine, die anders war als die albernen jungen Mädchen aus unserer Umgebung.

Manchmal sprach Cloud mit mir, wenn wir allein waren. Dann sprach er mit mir wie mit einer Freundin. Es war mir ganz eigen zumute, wenn er mit mir sprach – so, als ob wir ein Geheimnis miteinander teilten, als ob wir viele Dinge gemeinsam hätten.

Manchmal klang seine Musik so traurig, daß ich mich fragte, ob auch er dunkle Schatten in seinem Leben kannte. Einmal würde ich ihn danach fragen.

*

Der Herbst kam spät, aber er war schöner als jeder andere zuvor. Noch nie waren die Blätter so glänzend, so golden und rot gewesen. Stundenlang konnte ich die Espen auf den Bergen ringsum beobachten. Wenn ich auf meinem Pferd Donnerhuf durch die raschelnden Blätter ritt, fühlte ich mich stark, schön und klug – lauter Eigenschaften, die ich nicht besaß. Die Bäume ließen ihre Blätter über mich regnen, wenn ich vorüberritt, als wollten sie sagen: „Du gehörst zu uns, du bist ein Teil der Bäume, der Erde und des Windes." Es war wunderbar, aber es sollte nicht mehr lange so sein.

Der Schnee kam früh. Schwerer, nasser Schnee legte sich auf die Bäume, die immer noch Blätter trugen, und drückte ihnen die Äste ab. Die goldenen Blätter wurden braun und schwarz. Die Schönheit des Herbstes war für immer vorbei, weil es nie wieder einen Herbst von solcher Pracht geben konnte.

Der Schnee kam früh, und er blieb liegen – lange, lange. Monate vergingen, und immer noch war der Boden mit Schnee bedeckt. Es schien, als ob der Januar nie zu Ende geben wollte. Es war kalt; graue Wolken hingen über den Bergen, und mit jedem Tag fiel mehr Schnee vom Himmel. Der Wind war zornig; er schlug uns ins Gesicht und stach uns in die Hände, sobald wir hinausgingen, um Holz nachzuholen oder einen Eimer Wasser aus dem Brunnen zu pumpen.

Großmutter klagte über die Kälte und jammerte, daß ihr alle Knochen weh täten. Sie blieb meistens im Bett und wickelte so viele Decken um sich, wie sie nur auftreiben konnte.

„Mach dir keine Sorgen, Großmutter", tröstete ich sie, wenn ich wieder Holz aufs Feuer legte, „bald kommt der Frühling, dann scheint die Sonne wieder warm, und das Eis wird schmelzen, damit Mutter Erde wieder atmen kann. Dann werde ich Samen für Kornblumen holen. Letzten Sommer habe ich im Garten einer Frau welche gesehen; sie waren so strahlend blau, einige waren rot. Sie werden dir gefallen, und der Garten wird schön aussehen!“ Ich rieb meine rauhen, roten Hände über dem Feuer. „Bald kommt der Frühling!“ wiederholte ich.

„Er sollte sich beeilen. Ich bin alt, und der Winter setzt mir zu. Meine Glieder werden steif. Ich kann mich kaum mehr bewegen“, drang es gedämpft unter den vielen Decken hervor.

„Soll ich dir den Kaninchenbraten noch einmal aufwärmen? Vielleicht wird dir dann etwas wärmer“, schlug ich vor.

„Ja, gern“, antwortete sie. Sie setzte sich zum erstenmal seit dem Frühstück auf.

Ich holte den eisernen Topf und stellte ihn auf den Ofen. Viel war nicht mehr drin, darum goß ich etwas Wasser nach, um die Mahlzeit zu strecken. Nachher mußte ich wohl zu Onkel Cloud gehen und ihm sagen, daß wir für morgen etwas zu essen haben sollten. Hoffentlich hatte er etwas anderes. Kaninchenbraten konnte ich nicht mehr sehen. Seit fünf Tagen hatten wir nichts anderes gegessen.

Großmutter schien nichts gegen unseren Kaninchenbraten zu haben. Sie aß eine große Schale voll und schien sich nachher besser zu fühlen. Sie stand auf, ging im Zimmer umher und schaute durchs Fenster auf die hohen Schneemassen, die sich ringsum auftürmten. „Vielleicht kommt der Frühling dieses Jahr gar nicht“, meinte sie, als der Wind an den Fenstern rüttelte und den Schnee durch die Türspalten blies.

„Der Frühling kommt immer wieder“, tröstete ich.

„Aber für mich kommt er dieses Jahr vielleicht nicht mehr.“ Sie wandte mir den Rücken zu.

„Du wirst noch so manchen Frühling kommen und gehen sehen. Im Sommer werden wir das Haus ausbessern. Wir werden eine neue Tür einsetzen, und deine Söhne können die Risse in den Wänden kitten, damit die Kälte nicht hereinkann. Weißt du noch, um wieviel wärmer es im letzten Winter war, als wir das Haus mit Dachpappe verkleidet hatten, bevor der heftige Sturm sie wegriß?“

Sie drehte sich um und lachte. „Der Wind war eifersüchtig auf unser warmes Haus, und weil wir ihn nicht hineinließen, zerrte und riß er an der Dachpappe und blies sie fort. Alle liefen hinaus in den Sturm und versuchten, die Dachpappe zu retten. Aber sie war in so winzige Stücke gerissen, daß man sie nicht mehr gebrauchen konnte!“

Ihre Stimmung besserte sich zusehends, und ich wollte sie bei guter Laune halten. „Na, diesmal werden wir sie besser befestigen, und der Wind wird sie nicht mehr wegreißen können, so sehr er sich auch anstrengen mag!“ sagte ich kühn. Im stillen hoffte ich, daß er nicht gerade zuhörte und mich für meine Dreistigkeit bestrafte.

„Es wird zwanzig oder vielleicht sogar dreißig Dollar kosten, wenn wir genug Dachpappe für unser Haus kaufen. Woher sollen wir das viele Geld nehmen?“ Großmutter schüttelte den Kopf.

„Wir können unsere Perlenarbeiten verkaufen. Wenn wir bereits jetzt damit beginnen, haben wir im Sommer genug, um alles Nötige einzukaufen.“

„Vielleicht hast du recht“, pflichtete sie mir bei. „Aber wenn es so kalt ist wie jetzt, sind meine Finger zu steif, um gute Arbeit zu leisten.“ Sie betrachtete ihre Hände.

„Meine Finger sind nicht steif. Ich kann eine Menge schaffen, während es schneit, und wenn der Frühling kommt und die Sonne wieder scheint, kannst du dich hinaussetzen und Perlenhalsbänder anfertigen. Wir schaffen es schon“, erklärte ich.

Es wurde dunkel. Ich mußte mich beeilen, wenn ich die Pferde füttern und nachher noch zu meinem Onkel gehen wollte. „Jetzt muß ich aber an die Arbeit“, erklärte ich Großmutter. „Wenn ich zurückkomme, werde ich noch mehr Holz hereinbringen, damit du nicht hinausgehen mußt.“ Das brauchte ich eigentlich nicht zu befürchten, denn sie schlüpfte schon wieder unter ihre Decke.

Ich zog meine Lederjacke an und wickelte ein warmes Halstuch um den Kopf. Ich konnte nur einen einzigen Handschuh finden. Den zog ich an und steckte die andere Hand in die Jackentasche. Wenn ich mich jetzt noch damit aufgehalten hätte,

Der Wind riß an der Dachpappe und blies sie fort.

den zweiten Handschuh zu suchen, wäre ich zu spät zu Onkel Cloud gekommen.

Als ich zur Tür hinaustrat, nahm mir ein starker Windstoß beinahe den Atem. Die Augen schmerzten in der Kälte, und Tränen schimmerten in meinen Augen, als ich durch den Schnee auf die Koppel zueilte. Im Westen war der Himmel rosa, und sogar der Schnee sah rosa aus, wo die Strahlen der untergehenden Sonne hinfielen.

Die Pferde sahen mich den Hügel hinunterlaufen, stellten sich am Zaun auf und wieherten mir zu. Ich schubste sie zur Seite, als sie sich an mich drängten. Ich fühlte ihre Wärme, als ich an ihnen vorüberging.

Im Stall war es warm, und es roch nach Heu und Pferden. Die Pferde liefen hinter mir her, eines nach dem andern. Ich wußte, daß „Kriegswolke" zuletzt hereinkam, denn er hob die linke Hinterhand nie hoch genug, um über das Brett an der Tür zu steigen. Jedesmal stieß er daran.

Die Pferde hatten Hunger, und Donnerhuf schubste Kriegswolke, damit er auch ihr Platz beim Futtertrog mache. Ich warf ihnen einen Ballen Heu zu und beobachtete sie beim Fressen. Donnerhuf hielt für wenige Augenblicke im Kauen inne, sah mich an und machte sich wieder hinter ihre Mahlzeit. Ich wollte jedem noch eine Schaufel Korn hinwerfen, obwohl wir nicht mehr viel davon hatten und es eigentlich für den Fall aufheben wollten, daß das Heu nicht mehr reichte. Als die Pferde hörten, daß Hafer in ihre Kübel fiel, wieherten und stampften sie. Sie bekamen nicht oft Hafer und wußten, daß dies eine Sonderration war. Ich strich über Donnerhufs Nase, tätschelte ihren Hals und verließ den Stall nur ungern, als die Pferde versorgt und getränkt waren.

Donnerhuf – war jemals ein Pferd so schön gewesen? Ihre Flanken leuchteten wie die Morgensonne, und ihre Mähne und ihr Schwanz glichen weißen Wolken. Onkel Cloud hatte mir Donnerhuf geschenkt, als sie noch ein Füllen war. Solange ich ein solch prächtiges Pferd besaß, würde ich nie arm oder allein sein.

Zuerst gab es Staub, Monat um Monat heißen, trockenen Staub, dann Regen und Schlamm und jetzt Schnee, Unmengen von Schnee.

Schnee. Ich hatte ihn beinahe vermißt. Ich streckte die Hand aus und ließ die reinen, weißen Flokken auf meine Hände fallen. Ich betrachtete die zarten Gebilde. Ich hatte nie zuvor wirklich Schnee gesehen, nicht aus solcher Nähe. Ich habe ihn früher nie beachtet. Jede einzelne Flocke ist vollkommen und schön. Man sagt, daß keine Schneeflocke der anderen gleiche. Ich streckte meine Hand wieder aus, um noch mehr Schneeflocken aufzufangen. Wie sehr gleichen sie uns Menschen, jede ist auf ihre Art schön, und jede hat ihre besondere Eigenart. Dann begannen die Flocken zu schmelzen, und im Nu waren sie verschwunden – für immer. Genau wie wir Menschen. Wir sind hier, für kurze Zeit, und verschwinden dann für immer.

Für immer? Stimmte das? Es war schwer, sich vorzustellen, daß man nirgends mehr existierte, in keiner Art und Weise. Vielleicht kamen die Menschen wieder zurück, um als jemand anderes zu leben. Wenn es so wäre, kämen sie sicher nur für kurze Zeit zurück, um dann aufs neue zu verschwinden. War das wirklich das Leben? Leben und sterben, um wieder zurückzukommen und wieder zu leben und zu sterben?

Der Schnee war nicht mehr schön. Ich vergrub die Hände in den Taschen und betrachtete die Flokken nicht mehr, die auf meine Jacke fielen. Ich wollte sie nicht mehr ansehen. Ich wollte nicht sehen, wie schön sie waren, und dann beobachten, wie diese Schönheit dahinschwand.

Ich ging ins Tal hinunter und über den kleinen Fluß zum Haus meines Onkels. Er spaltete Holz. Als er mich kommen sah, legte er die Axt hin und kam mir entgegen, um mich zu begrüßen.

„Ist etwas passiert?“ fragte er besorgt.

„Nein, das nicht. Aber ich wollte dich fragen, ob du für uns noch etwas zu essen hast. Das Kaninchen, das du uns gegeben hast, wird gerade noch fürs Frühstück morgen reichen.“

„Ich könnte euch ein paar Hühner geben“, meinte er.

„Fein, das wäre einmal eine Abwechslung“, entgegnete ich. Das Wasser lief mir beim Gedanken an ein gebratenes Hühnchen im Mund zusammen. „Was machen deine Fallen, Cloud?“

Er schüttelte den Kopf. „Nichts zu machen. Der Schnee ist viel zu tief. Ich habe es aufgegeben und die Fallen gestern heimgebracht. Das ist ein schlechter Winter. Ich mag ihn nicht. Er bringt eine Menge Unglück. Gestern habe ich mein Messer zerbrochen. Ein Indianer ohne Messer ist verloren! Eine meiner Fallen fiel nämlich in den Fluß und ist dort eingefroren. Ich wollte sie heraushauen, und dabei ist die Klinge gebrochen. Es war ein gutes Messer. Ich hatte es schon sehr lange. Ein gleich gutes wird mich eine Menge Geld kosten – drei, vielleicht sogar vier Fuchspelze. Morgen gehe ich zum Handelsposten. Brauchst du etwas?“

„Zucker, Mehl und Kaffee“, antwortete ich, „und etwas Faden. Ich möchte einige Perlenstickereien machen.“

„O, der Händler wird sich darüber freuen! Er hat mich erst kürzlich gefragt, wann du und Shima Sani denn mehr davon bringen könntet. Er glaubt, daß er diesen Sommer eine Menge von euren Handarbeiten verkaufen könnte.“ Er blickte zum Himmel auf. „Es ist besser, wenn du jetzt gehst, sonst wird es dunkel, bevor du nach Hause kommst.“ Er verschwand in den Hühnerstall. Kurz darauf kam er mit zwei Hühnern zurück und band sie an den Beinen zusammen, damit ich sie nach Hause tragen konnte.

Sie waren schwer, und ich mußte zuweilen stehenbleiben, um sie von einer Hand in die andere zu nehmen. Das bedeutete jedesmal, die Hühner in den Schnee zu legen, den Handschuh auszuziehen und an der anderen Hand anzuziehen, dann die Hühner wieder aufnehmen und weitergehen. Dreimal mußte ich diese Prozedur wiederholen, bevor ich zu Hause war.

Ich brachte die Hühner in den Holzschuppen. Dort konnten sie bis morgen warten. Dann nahm ich die Axt, schlug das Eis auf der Wassertonne weg und holte einen Eimer Wasser ins Haus. Zweimal mußte ich noch hinaus, um Holz zu holen. Es war schon rabenschwarze Nacht, als ich endlich die

Haustür zum letzten Mal an diesem Abend schloß.

Eigentlich wollte ich Großmutter erzählen, daß wir morgen ein gebratenes Hühnchen haben würden, aber sie schlief schon fest. Ich zündete die Gaslampe an und begann mit einem Perlenhalsband. Im nächsten Winter würden wir nicht mehr frieren. Die Dachpappe würde das ganze Haus vor Schnee und Wind schützen.

Ich sah mich in der Stube um, die wir bewohnten und die wir unser Heim nannten. Es war nur ein einziger Raum. Eine Ecke des Raumes war unsere „Küche". Auf dem Boden stand ein Eimer mit Trinkwasser. Er war mit einem sauberen Tuch zugedeckt, um Staub und Wanzen fernzuhalten. Einige rohe Bretterregale bildeten unsere Schränke. Die andere Ecke war unser „Schlafzimmer". Dort stand ein schweres, altes Doppelbett mit einer Unmenge von Decken darauf. In der Mitte stand ein großer, runder Tisch mit fünf ungleichen Stühlen ringsum – das war unser „Wohnzimmer". Die Kleider hingen an hölzernen Haken in der Nähe des Bettes, und eine alte Holzkiste am Fußende enthielt einige persönliche Dinge.

Ich hatte Hunger. So öffnete ich eine Büchse Kondensmilch, goß sie aufs Brot und streute Zukker darüber. Ich hätte daran denken sollen, die Büchse in den Schnee hinauszulegen, so wäre sie nun kalt gewesen. Ich hatte gern kalte Milch, aber weil wir keinen Kühlschrank, ja überhaupt keinen Strom hatten, konnten wir keine Lebensmittel haben, die schnell verdarben.

Ich beobachtete meine schlafende Großmutter und wünschte, daß der morgige Tag etwas anderes brächte als das ewige Einerlei der vergangenen Zeit. Vielleicht war ich deshalb unruhig, weil bald mein fünfzehnter Geburtstag war und irgend etwas in meinem Leben fehlte.

Vor kurzer Zeit hatte mich Großmutter daran erinnert, daß sie mit fünfzehn Jahren bereits verheiratet und Mutter eines Kindes war. Die meisten Indianerinnen in meinem Alter waren verheiratet, aber ich hatte noch nicht einmal ein einziges Stelldichein gehabt. Die einzigen Männer, die ich sah und mit denen ich sprach, waren meine sieben Onkel, die im Tal wohnten. Vielleicht würde alles anders sein, wenn ich fünfzehn war?

Ich legte meine Perlenarbeit beiseite. Es war gut, zur Abwechslung einmal etwas anderes zu tun. Mein ganzes Leben lang hatte ich tun und lassen dürfen, was ich wollte, aber es dauerte nicht lange, bis ich erkannte, daß diese Freiheit auch bedeutete, nichts zu tun, nirgends hinzugehen, für niemand zu sorgen. Bald würde sich alles ändern, denn ich wurde ja fünfzehn. Dann würde ich eine Frau sein!

3

Leise schlüpfte ich aus dem Bett, zog mich an und lief hinaus, um den jungen Morgen zu begrüßen. Ein wunderschöner Tag lag vor mir, denn heute war ich fünfzehn Jahre alt. Ich war kein Kind mehr – ich war eine Frau. Die Leute würden mich mit anderen Augen ansehen. Ich hörte den Vögeln zu, die in den Bäumen auf dem Hügel ihr Morgenlied anstimmten.

„Sing auch für mich ein neues Lied, kleiner Vogel!“ rief ich. Aber plötzlich war meine Freude verschwunden. Warum sagte ich gerade „Kleiner Vogel“? Das war der Name meiner Mutter gewesen. Ich wollte gar nicht an sie denken, aber manchmal drängte sie sich in meine Gedanken wie ein Schatten vor die Sonne. Als sie noch zu Hause war, sprach sie nie mit mir. Sie hatte mir nie vergeben, daß ich geboren wurde. Sie konnte mich nicht ansehen, ohne voll Haß an meinen Vater zu denken. Ihr Name war „Kleiner Vogel“, aber als ich geboren war, bestand sie darauf, daß alle sie nur noch „Kleiner toter Vogel“ nannten, denn sie erklärte, von nun an sei sie tot. Sie rührte mich nie an. Als ich ein Säugling war, weigerte sie sich, mich zu stillen. Großmutter bewahrte mich vor dem Hungertod, indem sie mir Kondensmilch, Kaffee und ausgelassenen Speck in die Kehle goß.

Eines Tages verließ uns meine Mutter, und ich

sah sie nie wieder. Niemand wußte, wohin sie gegangen war. Sie hatte ihre Sachen gepackt, Großmutter und einigen ihrer Brüder Lebewohl gesagt und war fortgegangen.

Für mich spielte es keine Rolle, daß sie uns verlassen hatte. Wenigstens war niemand mehr da, der mir böse Blicke aus harten, dunklen Augen zuwarf. Nun mußte ich mich nicht mehr schuldig fühlen, weil ich geboren war. Die Familie sprach immer weniger von ihr, und schließlich wurde sie gar nicht mehr erwähnt.

Ich fragte mich, ob meine Mutter daran dachte, daß sie vor fünfzehn Jahren ein Menschenleben in die Welt gesetzt hatte. Dachte sie je an mich? Lebte sie überhaupt noch? Lebte mein Vater noch? Nein, solch traurigen Gedanken wollte ich heute nicht nachhängen. Heute sollte ein glücklicher Tag sein.

Ich hörte, wie Großmutter im Haus rumorte, kehrte der aufgehenden Sonne den Rücken und ging hinein. Ich hoffte, sie würde daran denken, daß ich heute Geburtstag hatte.

„Guten Morgen, Großmutter!“ Ich lächelte ihr zu und suchte in ihrer Miene ein Zeichen, daß der heutige Tag auch für sie ein besonderer Tag war.

„Du hast vergessen, den Kaffee zu machen“, sagte sie vorwurfsvoll.

Ich goß etwas Wasser zu dem von gestern übrig gebliebenen Kaffee und stellte den Topf auf den Ofen. „Das tut mir leid“, entschuldigte ich mich. Ich holte die Bratpfanne, um Eier und Toast zu machen.

„Eine alte Frau braucht ihren Morgenkaffee“, beklagte sich Großmutter und blinzelte mich an.

Ich schnitt das Brot in Scheiben, legte es in heißes Fett, ließ es braun und knusprig braten und nahm es heraus. Großmutter stand neben mir und wartete, bis der Kaffee kochte. Dann schlug ich einige Eier in die Bratpfanne.

Großmutter griff über die Pfanne hinweg nach dem Kaffeetopf. Heißes Fett spritzte über ihren Arm. Erschrocken zog sie ihn zurück und stieß dabei den Kaffeetopf auf ihren rechten Fuß hinunter. Das siedendheiße Wasser ergoß sich über ihre nackten Füße. Sie schrie auf und trat zurück.

Ich bückte mich und wollte ihr die Füße abwischen, aber sie schlug mir ins Gesicht. Ängstlich wich ich zurück.

„Geh weg!" fuhr sie mich an. Sie wischte ihre Füße selbst ab. Dann ging sie zum Wassereimer hinüber und leerte einige Schöpflöffel kalten Wassers über die Beine.

Hilflos stand ich da. Die Wange, auf die sie mich geschlagen hatte, brannte. Tränen schossen mir in die Augen. Ich kehrte ihr den Rücken zu und betrachtete das verunglückte Frühstück. Die Eier waren schwarz geworden, das Brot schwamm im Kaffee, und der Fußboden war mit Kaffeesatz besudelt.

Ich fing an, die Bescherung aufzuputzen, und warf dabei einen flüchtigen Blick auf Großmutter. Ich hoffte, sie würde etwas sagen, aber ich wußte bereits, was kommen würde: das wohlbekannte Schweigen. Sie wandte diese Behandlung jedesmal an, wenn sie auf mich zornig war. Das schien in der letzten Zeit mehr und mehr der Fall zu sein. Tage, sogar eine ganze Woche konnte vergehen, ohne daß sie ein einziges Wort mit mir sprach. Sie behandelte mich wie Luft. Manchmal hielt ich es einen oder zwei Tage aus und redete mir ein, es mache mir nichts aus, aber manchmal drückte mir ihr Schweigen fast das Herz ab. Heute würde ich mich bei ihr entschuldigen, damit sie wieder mit mir sprach. Diesmal wollte ich ihre Schweige-Behandlung auf keinen Fall über mich ergehen lassen. Ich dachte, je

Eine alte Frau braucht ihren Morgenkaffee.

eher ich mich entschuldigte, desto eher hätte ich es überstanden.

„Es tut mir leid, Großmutter. Wenn ich den Kaffee sofort gemacht hätte, hättest du dich nicht damit verbrannt. Tut es sehr weh?“ So, damit war das Schlimmste überstanden, dachte ich, als ich den Boden aufwusch.

Keine Antwort. Sie war böse und mußte zuerst ihren Groll verarbeiten. Wie haßte ich dieses Schweigen und so behandelt zu werden, als ob ich gar nicht existierte! Das war nur eine der strengen Strafen, die bei den Indianern üblich waren. Früher, wenn jemand über seine Familie oder seinen Stamm Schande gebracht hatte, die nicht vergeben werden konnte, wurde der Betreffende von seiner Familie für tot erklärt. Es wurde ein Klagelied angestimmt, oftmals ein Grab ausgehoben und die Habseligkeiten des „Toten“ darin begraben. Die Familie sprach nie mehr von ihm. Das war die größte Schmach, die einen Menschen treffen konnte. Heute wurde diese Strafe zwar kaum mehr angewandt, aber hin und wieder verabreichte mir Großmutter eine kleine Dosis davon, um mich daran zu erinnern, daß sie immer noch das Haupt der Familie war. Obwohl alle ihre elf Kinder das Haus verlassen hatten und einige davon verheiratet waren, behielt Großmutter die Zügel in der Hand; und wenn sie sie anzog, gehorchte die Familie.

Ich wußte, daß ihr der Fuß weh tat und daß sie mir die Schuld daran gab. Sie hatte meinen Geburtstag vergessen, und jetzt gab es keinen Grund mehr, ihn zu erwähnen. Der Tag war verpfuscht.

Ich ging hinaus und setzte mich auf einen Baumstrunk. Dann sah ich, wie die Pferde auf die Scheune zuliefen. Ich sprang auf und rannte den Hügel hinunter, ihnen entgegen. Ich wollte reiten. Das war ein gutes Heilmittel für jeden Kummer.

Ich holte das Zaumzeug aus dem Stall und fing Donnerhuf ein. Sie schätzte es gar nicht, daß ich sie reiten wollte. Sie war fett und faul geworden und benahm sich wie eine verwöhnte Dame.

Ich warf einen schnellen Blick aufs Haus und entschloß mich, Donnerhuf nicht zu satteln, um keine Zeit zu verlieren. Wenn mich Großmutter erblickte, würde ihr bestimmt eine Arbeit für mich einfallen, und dann könnte ich nicht mehr ausreiten. Ich schwang mich auf Donnerhufs Rücken und

Donnerhuf setzte sich in Trab.

lenkte die Stute gegen den Wald. Ich wollte möglichst schnell dem Haus und Großmutters Zorn den Rücken kehren.

Donnerhuf setzte sich in Trab. Die klappernden Hufe schienen sich dem Rhythmus meines eigenen Herzschlags anzupassen. Der eisige Wind zerzauste meine Haare und blies durch meine fadenscheinige Hemdbluse. Graue Wolken zogen über den Himmel, als wollten sie uns folgen, um den Weg ins Tal hinab zu verdunkeln. Mein Pferd raste mit geducktem, ausgestrecktem Hals dahin, und Mähne und Schweif flatterten im Wind.

Ich beugte mich tief auf ihren Nacken, und ihre Mähne schlug mir ins Gesicht. In der einen Hand hielt ich die Zügel, und mit der anderen packte ich ihre Mähne, um einen besseren Halt zu haben. Meine Knie preßten sich in ihre Flanken. Ich klammerte mich fest an die Stute, als sie wie ein wilder Vogel über den rauhen Boden flog.

Ich konnte ihr Herz zwischen meinen Beinen schlagen hören. Aber sie mäßigte ihr Tempo erst, als wir auf dem höchsten Berggipfel ankamen. Dort oben hielt ich sie an, wendete scharf und blickte in die Richtung zurück, aus der wir gerade gekommen waren. Ich beugte mich hinunter und streichelte den schweißnassen Hals, der vor Anstrengung zitterte. Ich glitt zu Boden und fühlte, wie meine Beine wankten.

„Wir sind beide nicht mehr in Form, altes Mädchen“, flüsterte ich ihr zu und tätschelte ihre Nase. Ich ließ die Zügel locker und ließ sie grasen, während ich mich auf einen großen Felsblock in der Nähe setzte. Ich wollte wieder mehr reiten. Aber in letzter Zeit hatte Großmutter immer eine dringende Arbeit für mich gefunden.

Ich atmete tief. Die Luft war klar und frisch und duftete nach Kiefern. Ich fühlte mich besser. Ich war froh, daß ich hierher geritten war. Donnerhuf schnaubte und fraß hinter mir. Sie war ein gutes Pferd. Sie war zwar verwöhnt und manchmal nicht leicht zu lenken, war auch nicht die schnellste und klügste, aber sie hatte die Farbe von flüssigem Gold, und sie gehörte mir. Sie war nicht nur ein Pferd – sie war mein bester Freund. Es tat mir leid, daß sie nicht mehr jung war. Meine Onkel hatten mir schon geraten, sie zu verkaufen und mir ein Füllen anzuschaffen, aber sie sahen in ihr eben nur das Pferd. Sie verstanden nicht, daß sie mein Freund war und daß man einen Freund nicht verkauft.

Ich saß dort und vergaß alles um mich her. Ich träumte die unmöglichsten Dinge. Ich dachte an die Vergangenheit und hatte Angst vor der Zukunft. Erst als mir bewußt wurde, wie still es um mich her geworden war, wurde ich wieder in die Gegenwart zurückversetzt.

Ich sprang auf und sah mich um. Donnerhuf war nirgends zu sehen. Während ich meinen Träumen nachhing, hatte das Pferd das Weite gesucht.

„O bitte, laß sie nicht nach Hause gegangen sein!“ sagte ich, ohne zu wissen, mit wem ich sprach. Ich wollte wahrhaftig die fünf Kilometer nach Hause nicht zu Fuß gehen – nicht heute, nein, auf keinen Fall heute!

Ich lief auf die andere Seite des Hügels und suchte nach meinem Pferd. Dort! Dort stand sie unter einer kleinen Gruppe Espen. Ich lief hinüber und packte die losen Zügel. Jetzt sollte sie mir nicht mehr davonlaufen! Ich schwang mich hinauf und zog ihren Kopf hoch. Sie stampfte mit den Hufen, während ich überlegte, wohin ich jetzt reiten könnte. Nach Hause wollte ich noch nicht. Lieber ritt ich über den Kamm und auf der anderen Seite hinunter; aber das würde mindestens noch eine Stunde dauern.

Ich schaute zum Himmel auf. Es wurde schon spät. Ich zögerte noch. Wenn ich nicht rechtzeitig nach Hause kam, um das Essen zuzubereiten, würde es noch einmal etwas geben, und ich hatte heute ohnehin schon genug Unannehmlichkeiten gehabt.

Donnerhuf schüttelte den Kopf und schnaubte ungeduldig. Sie wollte endlich weiter.

„In Ordnung, du hast gewonnen!" Ich lenkte sie heimwärts – aber ganz langsam. Ich war ganz und gar nicht in Eile. Dieser Ritt war für mich etwas Außergewöhnliches. Ich wollte, er hörte nie auf, denn ich hatte das Gefühl, daß es nie wieder einen solchen Ritt geben würde.

„Donnerhuf", rief ich, „ich habe heute Geburtstag!"

Sie nickte mit dem Kopf, als hätte sie es genau verstanden.

Wir waren beide müde, als wir den Stall erreichten. Ich glitt vom Pferd und nahm die Zügel ab. Donnerhuf ließ sich auf die Knie nieder und rollte sich auf den Rücken, die Beine hoch in der Luft, und wälzte sich so lange, bis sie auf der anderen Seite landete. Endlich stand sie auf und schüttelte den Staub ab.

„Du bist nur zehn Dollar wert, weil du die Rolle nur einmal gemacht hast!“ neckte ich sie. Ich ging in den Stall und brachte eine Handvoll Hafer für sie. Sie nahm den Leckerbissen mit Freuden an.

Ich ging zum Haus hinauf. Es war bereits dunkel, und Großmutter hatte die Gaslampe angezündet.

Als ich ins Haus trat, duftete mir das Abendessen entgegen. Ich hatte ein schlechtes Gewissen. Großmutter war sicher böse auf mich, weil ich so lange ausgeblieben war.

Ich wusch die Hände in kaltem Wasser und trocknete sie an meiner Bluse. „Was kann ich dir

Ich saß dort und vergaß alles um mich her.

helfen?“ fragte ich und fügte hinzu: „Ich bin ausgeritten. Es tut mir leid, daß ich so spät komme.“ Dies schien wahrhaftig ein Tag, an dem ich mich laufend entschuldigen mußte.

„Das Essen ist fertig“, antwortete sie und richtete Kartoffeln und Fleisch an. Sie reichte mir den Teller. Gelbes Fett lief über die Kartoffeln und das Fleisch und bedeckte den Teller. Großmutter briet immer alles in derselben Pfanne. Deshalb hatten die Kartoffeln auch nicht ihren eigenen Geschmack, sondern den herben Geschmack des Rotwilds.

Großmutter füllte auch ihren Teller und setzte sich zu Tisch. Schweigend aßen wir. Dann stand Großmutter auf und setzte sich aufs Bett, um ihr altes Kleid zu flicken.

Ich räumte den Tisch ab und dachte mit Schrekken an den langen, einsamen Abend, der vor mir lag, als ich ein willkommenes Geräusch vernahm. Wir hörten das Geschrei schon lange bevor die Leute auf den schmalen Pfad einbogen, der zu unserem Haus führte.

Großmutters Augen glänzten erwartungsvoll, als sie zur Tür eilte und sie weit öffnete. Ich unterbrach meine Arbeit und stellte mich neben sie.

Dem wilden Lärm nach zu schließen hatten sich meine Onkel eingefunden, um wieder einmal einen Whisky-Handel abzuschließen. Der Whisky war dick und schwarz und beinahe Gift – auf jeden Fall stark genug, um jemand stockbetrunken zu machen.

Ihrer fünf drängten sich miteinander durch die schmale Tür. Wir traten zur Seite, um nicht niedergetrampelt zu werden. Großmutter und ich lachten über ihre Trunkenheit. Meine Onkel kreischten und schrien, schwankten im Raum umher und schlugen auf alles ein.

Flint und Cloud schlugen und boxten einander, und schließlich gingen sie zu Boden – ein Gewirr von Armen, Beinen und Fäusten. Sie kugelten wie zwei Bärenjunge im Frühling umher.

Großmutter lächelte nachsichtig. Ihren Söhnen war alles erlaubt. Es machte gar nichts, wenn sie ein Möbelstück zerbrachen oder sogar das Haus niederrissen. Sie waren schließlich junge Männer und mußten ihre überschüssige Kraft loswerden.

Endlich kamen die beiden wieder auf die Beine. Flint versetzte Cloud einen kräftigen Stoß, und Cloud rammte Flint mit seiner mächtigen Schulter. Flint drehte sich um die eigene Achse und fiel auf mich, stieß mich rückwärts gegen einen Stuhl und warf mich an die Wand.

Ich krümmte mich vor Schmerz und konnte kaum mehr atmen. Die Brust tat mir so weh, daß ich es kaum ertragen konnte.

Cloud und Flint nahmen mich bei den Armen, stellten mich auf die Füße und zwangen mich, mich aufzurichten. Alle lachten.

„Habt ihr 'Schrei im Wind' den Wind endlich ausgetrieben?“ fragte Großmutter und nahm die Flasche, die ihr angeboten wurde.

Sobald ich mich wieder etwas erholt hatte, wurde ich nicht mehr beachtet und blieb allein und verlassen auf meinem Bett in der Ecke sitzen. Alles tat mir weh. Auf dem Kopf hatte ich eine große Beule. Meine Ellbogen waren aufgeschürft, weil ich über die rohen Bretter des Fußbodens geschlittert war.

Trotzdem lächelte ich, und wenn jemand etwas

Lustiges sagte, lachte ich sogar. Aber tief innen war ich verletzt. Nicht deshalb, weil Flint auf mich gestürzt war und mir wehgetan hatte – das war ungewollt geschehen. Aber daß sich jetzt niemand um mich kümmerte, das schmerzte mich so. Ich sagte mir, daß ich eben ein verwöhntes Kind sei und daß ich das Brennen an den Ellbogen, das Hämmern im Kopf und die schmerzenden Rippen vergessen mußte. Wenn ich klagte, würden sie mich alle auslachen und ein Baby nennen.

Ich beobachtete Großmutter, die alle Getränke annahm, die sie ihr anboten. Sie lachte nun über alles und sprach fast nur in der Sprache der Kickapoos. Meine Onkel diskutierten, lachten und tranken. Sie waren alle vergnügt.

Ich verschwand ins Dunkel meiner Zimmerecke. Dies waren meine Blutsverwandten, meine Familie. Weshalb fühlte ich mich so ausgeschlossen und einsam? Weshalb hatte ich das Gefühl, sie hätten einen Kreis gebildet und mich draußen gelassen? War es, weil ich ein Mädchen oder weil ich ein Mischling war? Weshalb paßte ich nirgendwo hin?

Außer Pascal gingen nun alle meine Onkel nach Hause. Es wurde ruhiger, und das Gespräch drehte sich nun um ernstere Dinge.

Als die Stimmen leiser wurden, wickelte ich mich in meine Wolldecken und drehte das Gesicht zur Wand. Keiner hatte an meinen Geburtstag gedacht. Keiner hatte daran gedacht, daß ich heute nach alter Sitte eine Frau geworden war. Die Wunden des Körpers schmerzten, aber die Wunde der Seele noch mehr.

Pascals Stimme hörte man bis tief in die Nacht

hinein, aber ich kümmerte mich nicht darum und wollte auch nicht wissen, wovon er sprach. Ich wollte nur schlafen und diesen Tag vergessen.

4

Bald nach meinem Geburtstag merkte ich, daß Shima Sani hinkte und Schmerzen haben mußte. Beide gaben wir vor, ihrem Leiden keine Beachtung zu schenken, aber ich war in Sorge – und ich wußte, daß auch sie es war.

Es wurde immer schlimmer, und wir zweifelten nicht mehr daran, daß es eine ernste Sache war. Es waren schon Wochen her, seit sie sich ihre Füße verbrannt hatte, aber sie waren noch immer nicht geheilt. Sie blieb soviel wie möglich im Bett und ging nur vom Bett zum Tisch und wieder zurück.

Ich hatte ihre Wunden schon lange nicht mehr gesehen. Sie trug ihre großen Mokassins zugeschnürt, und nachts zog sie dicke Bettsocken an.

Als ich eines Tages heimkam, saß sie auf ihrem Stuhl und badete die Füße in einem Becken mit Eiweiß. Sie bat mich, sie allein zu lassen. Ich ging hinaus und wartete, bis sie fertig war. Sie hatte immer Eiweiß benützt, um Gift aus einer infizierten Wunde zu ziehen, deshalb wußte ich nun, daß ihre Füße infiziert waren.

Großmutter sprach kein Wort darüber, und deshalb tat ich auch, als ob ich ihre Schmerzen nicht bemerkte. Ich richtete es ein, jeden Tag wenigstens eine Stunde wegzugehen, damit sie in Ruhe ihre Arznei anwenden konnte, ohne von mir gesehen zu werden.

Eines Morgens rief sie mich an ihr Bett. Sie konnte ihre Krankheit nicht mehr länger verbergen. „Mein Fuß will nicht besser werden“, klagte sie. „Ich habe alle Arznei angewandt, die ich kenne. Nichts hat geholfen.“

Vorsichtig schlug ich die Wolldecken zurück und begann sachte, den Verband abzunehmen, den sie um ihre Füße gewickelt hatte.

Ich hatte zwar erwartet, daß die Wunde schlimm aussehen würde, aber auf das, was ich jetzt zu sehen bekam, war ich keineswegs gefaßt. Der üble Geruch war fast unerträglich. Das verfaulte Fleisch hing lose um ihre Zehen. Die Haut war dunkelblau, grün und schwarz verfärbt und blutete. Wundbrand.

Sorgfältig band ich die Füße wieder ein. Ich wußte, daß wir keine Zeit mehr verlieren durften. „Großmutter“, bat ich.

„Nein“, antwortete sie. „Ich weiß, was mir fehlt, aber ich will keinen Arzt. Kein Krankenhaus. Niemand, der an meinem Körper herumschneidet. In der Ewigkeit möchte ich nicht herumirren und die verlorenen Teile meines Körpers suchen müssen. Ich will als ganzer Mensch begraben werden, genauso, wie ich als ganzer Mensch in diese Welt gekommen bin. Wenn ich mein Leben nicht mit meinen eigenen Händen festhalten kann, so will ich es loslassen.“

Wir wußten beide, daß sie sich damit ihr Urteil selbst gesprochen hatte.

„Soll ich in meine Höhle gehen?“ Sie blinzelte mir mit einem schwachen Lächeln zu.

„Nein, du brauchst in keine Höhle – du hast mich“, antwortete ich.

Großmutter erinnerte sich an frühere Zeiten, da die alten Leute, die nicht mehr von Nutzen und nur eine Belastung oder Gefahr für den Stamm waren, mit einem Stück Fleisch, etwas Tabak und Wasser in eine Höhle gingen und auf den Tod warteten. Es war nicht nur eine vornehme Art, zu sterben, es war eine Notwendigkeit. Niemand hatte das Recht, den ganzen Stamm zu gefährden. Niemand entschied für den Kranken; man mußte das ganz allein tun.

Ich ging hinaus, warf die schmutzigen Lumpen in einen Graben und zündete sie an. Ich wußte, daß Großmutter in vollem Ernst gesprochen hatte. Sie wollte die Entscheidung mir überlassen. Aber ich würde Großmutter nicht allein sterben lassen. Vor dem Tod konnte ich sie nicht bewahren, aber vor einem einsamen Tod. Ich wußte, daß sie Angst hatte. Vielleicht fürchtete sie das Ende weniger, wenn ich bei ihr war?

*

Es war ein düsterer Tag. Dunkle Wolken verdeckten die Sonne, und ich hatte mich verschlafen. Als ich endlich aufstand, war ich beunruhigt, weil es schon so spät war. Eilig machte ich mich daran, das Frühstück zu bereiten.

Als der Kaffee fertig war, rief ich nach Großmutter. „Shima Sani, wach auf! Die Sonne hat heute lange geschlafen – und wir auch. Der Kaffee wartet auf dich!"

Unter dem Berg von Decken rührte sich nichts.

Ich ging hinüber und legte meine Hand auf ihre Schulter. Sie war schweißbedeckt, und ihre Haut brannte wie Feuer. „Großmutter?"

Ihre Augen flackerten. Sie hatten einen trüben Schimmer. Ihre Lippen bewegten sich lautlos. Endlich flüsterte sie mühsam: „Geh und hole Cloud! Ich möchte meine Söhne bei mir haben."

„Was ist dir, Großmutter?" Meine Stimme zitterte. „Großmutter!"

„Ich kann noch nicht sterben. Ich dachte, ich sei bereit, aber es ist nicht wahr." Tränen kullerten über ihre faltigen Wangen. „Hol Cloud, hol meine Söhne!"

„Ja, Großmutter! Ich will mich beeilen. Mach dir keine Sorgen, Großmutter. Ich komme bald mit ihnen zurück." Ich lief zur Tür und rief ihr noch zu: „Hab keine Angst, Großmutter. Ich bring sie bald zu dir!"

Donnerhuf stand im Hof. Als ich auf sie zulief, kam sie sofort zu mir und ließ sich willig die Zügel anlegen. Sie muß gefühlt haben, daß es eilte. Ich sprang auf ihren ungesattelten Rücken und stieß sie hart in die Flanken. Sie nahm einen wilden Satz, so daß ich beinahe herunterfiel. Ich faßte sie mit einer Hand an der Mähne und drückte meine Absätze wieder gegen ihre Rippen. Sie war bereits im Galopp, bevor wir am Stall vorüberkamen.

Sobald wir den kleinen Fluß überquerten, begann ich, sie mit den Zügeln anzutreiben. Sie legte ihre Ohren zurück, schlug mit dem Schweif und lief schneller, schneller als je zuvor; aber es schien mir noch immer zu langsam.

Es waren anderthalb Kilometer bis zu Clouds Hütte, aber es schienen hundert zu sein. Es hatte sicher nicht länger als ein paar Minuten gedauert, aber es schien mir mindestens eine Stunde gewesen zu sein. Sobald ich die Hütte sah, rief ich seinen Namen. „Cloud! Cloud!"

Cloud stand im Hof und warf ein Messer gegen den Zaunpfahl. Endlich hörte er mein Rufen und sah auf. Er lief mir entgegen.

Ich hielt Donnerhuf an. „Cloud", keuchte ich, „es ist etwas mit Großmutter. Sie will dich sehen. Sie will alle ihre Söhne bei sich haben!"

„Geh und hol Pascal!" Cloud setzte seinen Hut auf und gab Donnerhuf einen Klaps. „Lauf!" schrie er, und wir setzten uns wieder in Trab.

Cloud rannte zu seinem Lastwagen. Ich hörte den Motor aufheulen, und die Räder quietschten, als er losfuhr.

Donnerhuf lief noch anderthalb Kilometer, aber dann wurde sie langsamer. Schaum trat aus ihrem Maul, und der Schweiß lief ihr in Strömen über den Rücken. Meine Jeans waren naß von ihrem Schweiß. Meine Seite tat mir schon weh, und meine Beine waren verkrampft. Ich mußte langsamer reiten. Bis zu Pascals Hütte waren es noch weitere anderthalb Kilometer. Ich zügelte Donnerhuf ein wenig und ließ sie im Schritt laufen.

Sie schnaubte, schüttelte die Mähne und strauchelte einige Male. Die Schmerzen in der Seite ließen nach, und so trieb ich Donnerhuf wieder zum Galopp an.

Ich hatte Glück. Flints Wagen stand neben Pascals Hütte. Ich ritt zum Haus, band das Pferd an einen Baum und pochte an die Tür.

Flint und Pascal waren außer sich, als sie die Nachricht hörten. Sie sagten, ich solle Donnerhuf hier lassen und in Flints Wagen steigen.

Als wir daheim ankamen, stellte Flint seinen Wagen neben den von Cloud. „Du bleibst hier!“ befahl er. Dann liefen die beiden ins Haus und ließen mich allein.

„Bitte laß sie gesund werden!“ flüsterte ich immer und immer wieder dem Wind zu. „Bitte blas ihren Lebensgeist nicht fort! Bitte schick das Geisterroß noch nicht zu ihr!“ Ich habe mindestens hundertmal dasselbe gesagt, als ich darauf wartete, daß jemand herauskäme.

Als ich schon glaubte, sie hätten mich vergessen, ging die Tür auf. Cloud kam heraus und schloß die Tür hinter sich zu. Der Ausdruck seines Gesichts sagte mir, daß das Schlimmste geschehen war. Er kam zum Wagen, lehnte sich gegen die Tür und kehrte mir den Rücken zu.

„Sie ist von uns gegangen, Schrei. Shima Sani ist tot.“ Er atmete tief. „Es war das Fieber. Sie glitt hinüber. Wir konnten ihr nicht helfen. Sie war schwach, aber sie hat zu uns gesprochen. Sie war froh, wenigstens drei ihrer Söhne bei sich zu haben.“

„Ich hätte bei ihr sein sollen“, antwortete ich heiser.

„Nein, Schrei, für dich war es besser, hier draußen zu bleiben.“

„Hat sie etwas von mir gesagt? Hat sie mir eine Nachricht hinterlassen?“ Verzweifelt wünschte ich, daß sie mir etwas hinterlassen hatte, an das ich mich klammern konnte.

„Nein, nichts. Sie hat nur mehr wenig gesprochen.“ Cloud muß gefühlt haben, wie mir zumute war, denn er fügte hinzu: „Wahrscheinlich wollte sie dir noch etwas sagen, Schrei, aber die Zeit reichte nicht mehr."

Er drehte sich um und sah mich an. Er sah, daß ich nahe daran war, in Tränen auszubrechen. Ich versuchte, dagegen anzukämpfen, aber es gelang mir nicht, obwohl ich die Zähne zusammenbiß und mit den Augen blinzelte. Mein Schmerz war zu groß; er mußte sich Luft machen.

„Ich hole jetzt die anderen", meinte Cloud, stieg in seinen Wagen und fuhr davon.

Ich wußte, daß ich jetzt ins Haus durfte, aber es war zu spät. Großmutter war nicht mehr da, und es schien so sinnlos, jetzt hineinzugehen. Ich saß im Wagen und wartete.

Nach und nach trafen alle Verwandten in ihren Wagen ein – Tanten, Onkel und Vetter gingen ins Haus. Es war schon beinahe dunkel, als ich mich endlich auch aufraffte und ebenfalls hineinging.

Shima Sani tot? Nein, das war doch nicht möglich! Sie konnte nicht tot sein. Ich hatte sie erst vor einigen Stunden gesehen, und sie hatte selbst gesagt, sie sei noch nicht zum Sterben bereit.

Im Zimmer standen meine sieben Onkel. Feierlich, mit trockenen Augen. Für Shima Sani wurde keine Träne vergossen – zumindest nicht vor allen anderen. Tränen waren ein Zeichen von Schwäche.

Mein ältester Onkel trat hervor und sagte: „Hört her! Unsere Mutter ist tot. Shima Sani ist für immer von uns gegangen. Ihr Name soll nicht mehr ausgesprochen werden." Dann ging er schnell aus dem Haus, und einer nach dem andern folgte ihm.

Ich saß in dumpfem Schweigen dort und blickte auf das Bündel Zedernäste, das am Boden lag. Spät abends sollten sie verbrannt werden, und ihr Duft würde Shima Sani dorthin leiten, wohin sie gehen mußte.

Wohin mußte sie denn gehen? fragte ich mich. Würde ihr der Geruch der verbrannten Zedern wirklich helfen, den richtigen Ort zu finden? Ich betrachtete das Bündel Äste, das mir plötzlich so klein und unbedeutend schien. Ich wollte hinausgehen und noch mehr Äste suchen. Ich wollte, daß sie stark und weithinaus dufteten. Ich wollte nicht, daß ihre Seele in der Dunkelheit wandern mußte und sich verirrte.

Ein ganzes Jahr lang würde ihr Name innerhalb der Familie nicht mehr ausgesprochen werden. Wenn sie ihren Namen hörte, würde sie keine Ruhe finden und zurückkommen. Nach einem Jahr würden wir wieder Zedernäste verbrennen – für den Fall, daß sich ihre Seele verirrt hatte und den Rauch des Zedernholzes noch einmal brauchte. Dann würde sie gewiß für immer von uns gegangen sein, und wir durften ihren Namen wieder nennen.

Doch zunächst würde man Großmutters liebste Schale und Tasse zu ihrer Grabstätte bringen. Damit würden Familienangehörige ein Grab ausheben. Die Schale und die Tasse waren alt, abgeschlagen und voller Sprünge vom Gebrauch in all den Jahren. Die Totengräber mußten sehr vorsichtig sein, wenn sie mit der Schale und der Tasse jeweils eine Handvoll Erde aushoben. Es nahm Stunden in Anspruch, auf diese Art ein Grab zu schaufeln, aber es mußte so gemacht werden. Das Grab eines Kickapoo durfte nie mit der Schaufel eines Weißen oder mit einem seiner Metallgeräte ausgehoben werden.

Nachdem das Grab bereit war, mußte jemand daneben stehen und Wache halten. Ein offenes Grab durfte nie unbewacht bleiben. Ein böser Geist könnte sonst hineinspringen und sich verstecken. Und dann könnte er die Seele des Toten mit sich fortnehmen, wenn er begraben war.

Zwei meiner Onkel gingen in den Wald und suchten einen hohlen Stamm, der für Großmutters Leib groß genug war.

Meine Tanten waren mit Großmutters Leichnam beschäftigt. Sie zogen ihr das beste Kleid an und flochten das weiße Haar in zwei schöne Zöpfe. Ihre Türkis- und Silberringe steckten sie ihr an die Finger und die Füße in neue Mokassins. Auf die Sohlen der Mokassins wurden Perlen genäht – als Zeichen, daß diese Füße nie wieder hier auf Erden, sondern in einem jenseitigen Land gehen würden. Eine neue, rote Decke wurde über ihren linken Arm gelegt, und einige ihrer liebsten Dinge gab man ihr in die rechte Hand: einige Biberzähne, eine winzige, kostbare Pfeilspitze, die feine Perlenstickerei, an der sie zuletzt gearbeitet hatte, und dazu noch genug Perlen, damit sie weiterarbeiten konnte, wenn sie am Ziel ihrer Reise angekommen war.

Als meine Tanten fertig waren, hoben die Onkel Großmutter sanft auf und betteten sie in den hohlen Stamm. Alle sieben standen Schulter an Schulter und trugen sie zu ihrer Grabstätte. Sie wurde ins Grab gelegt, und Schale und Tasse wurden gegen ihren Sarg geschmettert, damit man sie nie mehr benutzen konnte. Wir alle warfen Erde über sie, streuten Blätter und Zweige hin, bis schließlich von einem Grab nichts mehr zu sehen war.

Das Gefühl grenzenloser Einsamkeit übermannte mich. Das war einfach nicht fair! Großmutter und ich befanden uns gemeinsam auf der Reise. Wir hatten nach einer Antwort gesucht, und nun war sie gegangen, bevor unsere Reise zu Ende war. Allein war sie weggegangen, ohne Antwort. Sie war gestorben und hatte sich doch vor dem Tod gefürchtet.

„O Großmutter, wo bist du jetzt?" rief ich.

Als ich zum Haus hinaufging, entdeckte ich den Trauerstock vor der Tür. Das ist ein Stock, der tief in den Boden geschlagen wird und an dem schwarze Krähenfedern befestigt werden, damit jeder, der vorübergeht, sieht, daß jemand im Haus gestorben ist.

Meine Tanten legten Großmutters persönliche Dinge auf den Bund Zedernäste. Es wurde ein Feuer angezündet, und wir alle standen im Dunkeln und beobachteten, wie das Feuer Großmutters letztes Hab und Gut hier auf Erden zerstörte. All ihr Besitz wurde ihr im Rauch nachgeschickt, der zu den Sternen aufstieg. Das Feuer loderte und knisterte, bis alles zerstört war und nur noch einige verglühende Aschenreste übrigblieben.

Schale und Tasse waren alt und abgeschlagen.

Als alle anderen Familienglieder nach Hause gegangen waren, blieb ich allein zurück und wartete, bis auch der letzte Funken erloschen war. „Es tut mir leid, Großmutter", flüsterte ich. „Es tut mir so leid, daß ich zu lange brauchte, um eine Antwort auf deine Frage zu finden."

Sie hatte recht gehabt. Der Frühling kam dieses Jahr für sie nicht mehr.

Es schien unmöglich, daß sie nicht mehr hier sein sollte. Als ich in das kalte, dunkle Haus trat, zündete ich die Lampe an, setzte mich aufs Bett und sah mich um. Jede Spur von Großmutter war verschwunden. Es war beinahe so, als ob sie nie gelebt hätte. Die einzigen Kleider, die an der Wand hingen, gehörten mir. Die Steppdecken, die sie gemacht hatte, waren verschwunden. Alle ihre persönlichen Sächelchen waren fort.

Es war so still, daß ich beinahe den Schnee draußen fallen hörte. Das Zimmer schien dunkel und voller Schatten. Ich drehte den Docht der Lampe höher. Die Flammen wurden größer, aber der Raum schien immer noch dunkel. Dann ging ich zum Ofen und machte Feuer. Meine Hände waren rot und steif, und ich zitterte vor Kälte. Auf dem Wassereimer hatte sich Eis gebildet, und es dauerte über eine Stunde, bis es in der Stube so warm geworden war, daß das Eis schmolz.

Der Wind blies stärker und heftiger als je zuvor. Er war zornig, und ich hörte, wie er gegen das Haus wütete. Ich legte mehr Holz nach, aber ich konnte mich nicht erwärmen. Ich fragte mich, ob es hier je wieder warm werden konnte, wenn Großmutter nicht hier war.

Ich kroch samt meinen Kleidern ins Bett. Es war viel zu kalt, um sich auszuziehen. Ich wickelte alle meine Decken um mich und zitterte doch immer noch.

„Ach, Großmutter, du fehlst mir so sehr!“ rief ich laut. „Der Sturm heult so laut, die Kälte war noch nie so beißend, und die Nacht war noch nie so schwarz wie heute. Bist du irgendwo in Sicherheit und in der Wärme, oder bist du draußen in der eisigen Nacht, wo der Wind deine Seele fortbläst?“

Ich hielt mir die Ohren zu und versuchte, auf das Pfeifen des Windes nicht zu hören. Ich würde nicht mit ihm reden. Ich war böse auf ihn, weil er Großmutter sterben ließ. Ich wollte mit ihm kämpfen. Aber wer kann schon gegen den Wind kämpfen? Er pfiff und blies den Schnee höher ans Haus, und er lachte mich aus.

Ich lag im Dunkeln, allein und zitternd in dem großen, leeren Bett.

Sobald ich erwachte, drehte ich mich auf die andere Seite. Vielleicht hatte ich nur schlecht geträumt? Vielleicht schlief Großmutter noch an meiner Seite? Nein, sie war nicht da. Es war kein Traum gewesen; sie hatte mich wirklich verlassen.

Am Vormittag saß ich vor dem Fenster und beobachtete die tanzenden Schneeflocken, aber am Nachmittag mußte ich mir eine Arbeit suchen. Ich holte die Schachtel mit den Perlen und stellte den Webstuhl auf. Es ging mir besser, wenn ich beschäftigt war.

Mit der Arbeit kam ich rasch vorwärts. Nach kurzer Zeit hatte ich ein Stück angefertigt, lang genug für einen Gürtel. Als nächstes wollte ich zwei Rosetten machen. Solche Stücke waren leicht zu verkaufen, und ich mußte Geld verdienen, damit ich leben konnte. Ich wußte nicht, ob Flint oder Cloud mir helfen würden, und sogar wenn sie es täten, wollte ich sie nicht um jeden Penny bitten müssen, um Lebensmittel zu kaufen. Ich wollte etwas eigenes Geld haben.

Ich hatte den ganzen Tag an meiner Stickerei gearbeitet. Der Rücken und die Finger wurden schon steif, so daß mir immer wieder Perlen hinunterfielen. Die Sonne ging nun unter, und im Haus wurde es dunkel. Ich zündete die Lampe an und zog sie näher heran. So müde ich auch war, wollte ich doch nicht aufhören. Es war wichtig für mich, eine Beschäftigung zu haben. Dann würde ich nicht immer daran denken, wie leer und einsam das Haus war.

Es war spät geworden, und ich machte immerzu Fehler. Oft mußte ich ein Stück meiner Arbeit auftrennen. Jetzt mußte ich aber aufhören. Ich hoffte, müde genug zu sein, um sofort einzuschlafen und nicht stundenlang im Bett zu liegen und ins Dunkel zu starren.

Den ersten Tag meines Alleinseins hatte ich nun endlich hinter mich gebracht. Ich war stolz auf meine Arbeit. Morgen wollte ich ebensoviel oder noch mehr machen. Ich wollte fleißig sein. Jeden Abend, bevor ich zu Bett ging, würde ich mir einen Plan für den nächsten Tag zurechtlegen. Dann konnte ich mich auf etwas freuen, und das Ganze würde nicht mehr so schlimm aussehen.

Ich beendete die letzte Perlenreihe auf der Halsbandrosette. Dieses Halsband wurde schöner als jedes andere zuvor. Ich würde einen guten Preis dafür bekommen. Wenn mir der Händler alle fertigen Arbeiten abkaufte, würde ich vierzig Dollar dafür bekommen. Das war mehr Geld, als ich je in meinem Leben besessen hatte.

Ich bewunderte mein Halsband ein letztes Mal, bevor ich es mit den übrigen Arbeiten in die Schachtel legte. Meine Augen waren müde vom langen Arbeiten beim flackernden Schein der Lampe. Ich blies das Licht aus und schickte mich an, zu Bett zu gehen.

Als ich beim Fenster vorbeiging, warf ich einen flüchtigen Blick auf die weiße Wunderwelt dort draußen. Es war Vollmond und so hell, daß ich bis zum Stall hinunter sehen konnte. Donnerhuf und Kriegswolke tranken aus dem Wassertrog, als ein plötzlicher Windstoß eine Ladung Schnee vom Dach der Scheune auf ihre Rücken fegte. Ich lachte, als die beiden Pferde entsetzt davonpreschten und sich erst in sicherer Entfernung nach dem umdrehten, was sie erschreckt hatte.

Donnerhuf war im Mondlicht wunderschön. Ihr Hals war stolz gewölbt und der Schweif hoch aufgerichtet; und obwohl sie weit weg war, wußte ich, daß ihre Augen groß und wild umherblickten und ihre Nüstern widerwillig schnaubten, weil jemand gewagt hatte, sie zu stören. Sie war stolz und schön. Ich war glücklich, daß ich sie hatte. Sie war das einzige auf dieser Welt, das ich lieben und mein eigen nennen konnte.

Ich beobachtete sie noch lange, wie sie sich bewegte und den Schnee wegscharrte. Kriegswolke war wieder zur Tränke gegangen, aber Donnerhuf scheute sich noch vor der Scheune. Der Wind blies wieder, und Donnerhuf schüttelte den Kopf und trabte davon. Vielleicht witterte sie heute im Wind Coyoten und war deshalb so unruhig.

Ich war zu müde, um sie noch länger zu beobachten. Ich warf noch ein Holzscheit in den Ofen und kroch ins Bett. Morgen wollte ich reiten. Donnerhuf und ich würden schneller sein als der Wind.

Mit diesem beglückenden Gedanken schlief ich ein.

5

Frühmorgens erwachte ich, und mein erster Gedanke war: Dies ist nun der zweite Tag ohne Großmutter. Heute wird es leichter sein als gestern und morgen leichter als heute.

Ich freute mich aufs Reiten. Donnerhuf würde eine angenehme Begleiterin sein. Sie würde mir über die Einsamkeit hinweghelfen. Es war möglich, daß wir bis zum Bitteren Fluß reiten konnten. Ich konnte etwas zu essen mitnehmen und den ganzen Tag im Freien verbringen.

Ich blickte aus dem Fenster. Die Wolken hingen tief und kündigten neue Schneefälle an. Ein heftiger Schneesturm schien im Anzug. Es war besser, lieber nicht bis zum Bitteren Fluß zu reiten. Wenn uns dort der Schneesturm überraschte, konnte das gefährlich werden. Aber wir konnten zumindest bis auf den Kamm reiten. Das würde nicht lange dauern. Ich brauchte nicht einmal etwas zu essen mitzunehmen.

Ich schlüpfte in meine Lederjacke, band einen Schal um den Kopf und ging hinaus.

Der gleißende Schnee blendete mich. Die Luft war so eisig kalt, daß ich kaum atmen konnte. Ich stand auf der Veranda und schaute zum Stall hinüber. Kein einziges Pferd war in der Koppel zu sehen. Ich hoffte, sie wären im Stall, denn ich hatte keine Lust, die ganze Halde abzusuchen. Der Schnee war zu tief.

Ich schritt durch den Schnee, der auch in meine Mokassins fiel. Es war bitter kalt, und der Schnee knirschte unter meinen Füßen, als ich zum Stall hinüberging.

Erst als ich über den Zaun kletterte, sah ich es: rotes Eis, ein Kranz von rotem Eis rund um den Wassertrog.

„Was in aller Welt ist das?" fragte ich laut. Ich bückte mich und berührte die rote Eisfläche. „Weshalb ist das Eis so rot?"

Plötzlich wurde mir übel. Blut! Blut würde das Eis so rot färben.

Ich stand auf und ging um die Ecke, wobei ich der vereisten Blutspur folgte.

Als ich es sah, wollte ich schreien, aber kein Ton kam über meine Lippen. Donnerhuf lag auf der Seite und war mit drei Beinen im Stacheldraht gefangen. Sie lag in einer Blutlache, und weitum war der Schnee rot.

Ich drehte mich um und rannte davon. Ich rannte, taumelte, fiel zu Boden, raffte mich wieder auf und rannte wie gehetzt weiter, bis meine Lungen beinahe platzten. Bei jedem Schritt flehte ich: „Laß sie weiterleben! Hilf, daß Cloud sie retten kann!"

Ich kam nicht so schnell durch die Schneewehen. Der Sturm wollte mich aufhalten und mir den Weg versperren. Von Zeit zu Zeit glitt ich aus und fiel auf den harten Schnee. Aber immer wieder raffte ich mich auf und lief weiter. Ich sah nichts anderes vor mir als Donnerhuf, die hilflos und verletzt dort im Stacheldraht hing.

Endlich erreichte ich Clouds Hütte und hämmerte an die Tür. „Cloud!“ schrie ich.

Bevor ich weiter mit den Fäusten an die Tür hämmern konnte, ging sie auf, und vor mir stand mein Onkel.

„Donnerhuf ist verletzt!“ keuchte ich. „Sie hängt im Stacheldraht und blutet. Hilf ihr! Hilf ihr doch!“

Cloud griff nach dem Rock, der hinter der Tür hing. „Komm“, sagte er und fing an zu laufen.

Ich lief hinter ihm her, so schnell ich konnte, aber ich war erschöpft und blieb weit hinter ihm zurück.

„Er kann sie retten, er kann sie retten!“ keuchte ich bei jedem Atemzug. Ich hatte gesehen, wie viele verwundete Tiere er schon gerettet hatte. Er hatte eine besondere Gabe, Tieren zu helfen. Er würde sie retten!

Bald war er nicht mehr zu sehen, und ich stellte mir vor, daß er Donnerhuf bereits erreicht hatte. Meine Beine zitterten, und der Hals war rauh von der eisigen Luft.

Der Stall kam in Sicht. Cloud sah mich und kam mir entgegen. Am Fuß des Hügels begegneten wir einander.

„Es ist zu spät. Sie ist tot“, sagte er leise.

Ich schüttelte den Kopf. „Nein, ich - ich lief - doch - so - schnell. Du - kannst - sie - retten!“ keuchte ich.

Wieder schüttelte er den Kopf. „Sie ist schon seit Stunden tot. Es muß während der Nacht geschehen sein. Sie war schon tot, als du sie gefunden hast. Es sieht aus, als ob sie vor etwas geflüchtet sei. Sie ist auf dem Eis ausgeglitten und in den Draht geschlittert. Sie ist verblutet.“

Alles Leben war aus mir gewichen.

„Nein.“ Meine Lippen wollten Worte formen, aber ich brachte keinen Ton heraus.

„Es tut mir so leid, Schrei. Wenn es dir etwas hilft – sie hatte wahrscheinlich keine Schmerzen. Es war letzte Nacht so kalt. Sie hat schnell sehr viel Blut verloren. Es kann nicht lange gedauert haben.“

Ich hörte mich schreien – fluchen – schreien. Ich warf mich in den Schnee und schlug mit den Fäusten um mich. Großmutter und Donnerhuf – beide waren von mir gegangen, innerhalb von zwei Tagen. Nein! Nein! Das konnte nicht wahr sein! Ich hatte alles verloren! Alles!

Cloud sprach kein Wort. Er stand einfach neben mir, als ich meinen Schmerz und meinen Zorn hinausschrie. Ich dachte, ich könne nie mehr aufhören zu schreien, aber schließlich beruhigte ich mich doch. Ich setzte mich in den Schnee – starr, leer und krank.

Cloud bückte sich und nahm mich auf die Arme wie ein kleines Kind. Er trug mich den ganzen langen Weg zurück zu seinem Haus.

Ich lag wie leblos auf seinen Armen. Ich konnte keinen Muskel bewegen. Alles Leben war aus mir gewichen – wie es aus Donnerhuf gewichen war.

6

In jener Nacht brach der Blizzard los. Der Wind heulte, und der Schnee türmte sich rasch und immer höher auf. Ich konnte an nichts anderes denken als an den frischen, weißen Schnee, der Donnerhuf in eine weiche, weiße Decke hüllte und den vereisten Blutstrom unter sich begrub.

Der Sturm tobte die ganze Nacht, den ganzen folgenden Tag, bis in die nächste Nacht hinein.

Ich schlief fast die ganze Zeit über. Manchmal erwachte ich, dann sank ich wieder zurück in den Schlaf. Ich wollte dem Schmerz in mir keinen Raum geben. Ich wollte nicht daran denken, daß das Leben einen Verlust nach dem anderen brachte – immer nur Verlust, nie Gewinn.

Es war Gnade, daß mein Denken blockiert war, so konnte ich schlafen. Ich erinnerte mich daran, daß mich Cloud einige Male weckte und mir zu essen brachte. Aber ich weiß nicht mehr, was ich gegessen habe und ob wir miteinander sprachen. Ich erinnere mich nur an den Sturm, der da draußen wütete, als wolle er nie wieder aufhören.

Irgendwie vergingen die nächsten Tage, und der Schmerz in meinem Herzen ließ ein wenig nach.

Ich sprach es nicht aus, aber ich wußte, daß es der Wind war, der Donnerhuf getötet hatte. Es war der Wind, der sie in den Tod getrieben hatte. Er war böse auf mich und hatte mich gestraft, indem er mir das Letzte nahm, das ich auf dieser Welt besaß. So dachte ich, aber ich wagte nicht, es auszusprechen. Sonst wäre ich selbst an der Reihe gewesen.

Ich begann darüber nachzusinnen, wie wir Indianer zu all unseren Göttern kamen. „Cloud, woher kommt unsere Religion?"

Überrascht schaute er mich an. „Was meinst du damit?"

„Wer hat mit den Zeremonien begonnen? Wie konnten die Leute wissen, was sie tun mußten, und wann sie es tun mußten? Von wem stammen unsere Lieder und Tänze? Wie hat das alles begonnen?"

Cloud zuckte die Achseln. „Woher soll ich das wissen? Vermutlich haben die ersten Indianer vor langer, langer Zeit damit begonnen."

„Vor wie langer Zeit?"

„Woher sollte ich das wissen?"

„Vielleicht vor tausend Jahren?" fragte ich.

„Kann sein."

„Was haben die Indianer vorher gemacht?"

„Wer soll das wissen?"

„Das ist es ja! Niemand weiß etwas über die Indianer! Die Anthropologen behaupten, wir seien über die Beringstraße aus Asien gekommen, hätten ursprünglich eine gelbe Haut gehabt, die sich dann, als wir hierher unterwegs waren, rot verfärbt hätte!"

Cloud lachte und ergänzte: „Und andere erzählen, wir seien von der Südsee gekommen, hätten ursprünglich eine braune Haut gehabt und seien nachher rot geworden. Komisch, daß diese Leute glauben, es könnte sich unsere Hautfarbe ändern." Er lachte wieder.

„Was glaubst du denn, woher wir stammen?"

„Ich glaube, daß das Volk der Indianer hier geschaffen wurde." Cloud zog mit dem Arm einen Kreis. „In Amerika", wollte er damit sagen. „Ich glaube nicht, daß wir von einem anderen Kontinent oder einem anderen Volk stammen. Wir waren immer hier. Wir sind *das* Volk; unser Land ist *das* Land."

„So könnte es sein", pflichtete ich ihm bei. „Aber wenn es doch nur ein einziges Volk von Indianern gibt, warum hat dann das eine Volk so viele verschiedene Religionen? Nicht einmal in unserer Familie haben wir die reine Kickapoo-Religion. Wir vermischen den Glauben der Navajos mit dem der Kickapoos, weil Großmutter und Großvater nie einig waren, welche von den beiden die richtige sei. Ist die Kickapoo-Religion besser oder die der Navajos oder die der Sioux? Wer hat den richtigen Glauben? Wie können sie alle richtig sein, wenn sie doch so verschieden voneinander sind?"

„Du machst mich müde mit deinen vielen Fragen. Ich kann dir keine Antwort darauf geben. Hör auf, darüber nachzudenken. Es spielt ja doch keine Rolle!" Cloud hatte genug von unserer Diskussion.

„Wahrscheinlich hast du recht. Was spielt es schon für eine Rolle?" Ich wiederholte seine Worte, aber tief in mir hatte ich das unbestimmte Gefühl, daß es sogar eine große Rolle spielte, woran man glaubte, sonst würde mich dieser Gedanke nicht so sehr verfolgen.

Zwei Wochen war ich bereits bei meinem Onkel. Eines Morgens kam er herein und setzte sich neben mich. „Schrei, können wir heute über etwas sprechen?"

„Worüber?“ fragte ich. Ich hoffte, daß er weder Großmutter noch Donnerhuf erwähnte, denn heute war der erste Tag, an dem ich nicht geweint hatte. Ich fürchtete, daß ich wieder zu weinen beginnen würde, wenn er eine von beiden erwähnte.

„Du weißt, daß du nicht mehr in euer Haus zurückgehen und allein dort wohnen kannst. Erstens bist du zu jung, und zweitens – nun, es wäre nicht das Richtige“, sagte er und zog seinen Rock aus.

Ich nickte. Er wollte mich sicher bitten, hier zu bleiben. Ich war begeistert. Ich könnte kochen und

Du kannst nicht allein hier bleiben. Ich werde fortgehen.

den Haushalt machen, und Cloud könnte sich um die Nahrung kümmern. Das wäre wunderbar! Wir brauchten nicht mehr allein zu sein!

Noch bevor ich ihm sagen konnte, wie glücklich ich darüber wäre, fuhr er fort: „Nun, ich dachte darüber nach. Du kannst nicht allein dort bleiben, und du kannst auch nicht bei mir sein, denn ich ziehe bald von hier weg."

„Du gehst fort?" fragte ich leise.

„Ja. Sieh mal, Schrei, hier können wir nicht mehr bleiben. Viel war hier nie zu holen. Und jetzt gibt es gar nichts mehr. Ich könnte ein wenig jagen und ein paar Fallen stellen, aber das Wild wird immer rarer und der Preis für Felle immer niedriger. Ich kann nicht für uns beide sorgen."

„Ich kann meine Handarbeiten verkaufen!" rief ich eifrig.

Cloud lachte. „Ach, Schrei, die paar Dollar! Ich habe einfach genug von unserem armseligen Leben." Er erhob sich und begann, auf und ab zu gehen. „Weißt du, daß die Indianer die ärmsten Leute im ganzen Land sind? Es ist unser Land; wir waren zuerst hier, und nun leben wir in schlechteren Verhältnissen als alle anderen hier. Ich habe es satt; deshalb gehe ich fort. Ich habe mich schon lange mit diesem Gedanken beschäftigt. Der Zeitpunkt scheint jetzt günstig zu sein. Und du wirst auch gehen. Hier hält uns nichts mehr."

„Dann nimmst du mich also mit?" fragte ich und zitterte vor seiner Antwort.

„Nein, denn ich weiß noch nicht, wohin ich gehen und was ich tun werde. Flint lebt jetzt in der Stadt. Ich glaube, daß es ihm gut geht. Auch für dich wäre es die beste Lösung. Ich werde unsere Sachen verkaufen und den Erlös mit dir teilen. Dann bringe ich dich in die Stadt und suche dir ein Quartier. Du wirst dir eine Stelle suchen müssen, und bis dahin kann Flint ein Auge auf dich haben."

„Das kann ich nicht! Ich habe nie in der Stadt gelebt. Ich kenne mich dort überhaupt nicht aus. Wie soll ich Arbeit finden? Und was soll ich arbeiten?"

„Du wirst zurechtkommen", antwortete Cloud schlicht. „Und du wirst lernen, für dich zu sorgen. Flint kann dir dabei helfen."

„Nein! Ich will hier bleiben!" entgegnete ich eigensinnig.

„Das geht nicht. Du würdest entweder verhungern oder eine leichte Beute für irgendeinen betrunkenen Indianer werden, der weiß, daß du allein hier wohnst." Er warf mir einen bedeutungsvollen Blick zu, und ich verstand.

„Wann muß ich gehen?"

„Ich werde den Händler bitten, morgen vorbeizukommen. Dann verkaufe ich ihm alles, was ich nicht mehr brauche. In wenigen Tagen sollten wir das Haus verlassen können."

„Wohin wirst du gehen?"

„Ich weiß es nicht", antwortete Cloud.

„Du mußt doch irgendeinen Plan haben", drängte ich.

„Nein. Ich weiß nur, daß ich möglichst weit weggehen will. Ich möchte von vorne beginnen und auch einiges von dem haben, was andere Leute besitzen", erklärte er entschieden. „Auch für dich ist es am besten, Schrei, du wirst sehen. Auch dir wird es in der Stadt gefallen. Du wirst eine Menge Leute kennenlernen. Eine neue Lebensweise. Vielleicht findest du jemanden, den du heiraten kannst. Was auch immer geschieht – es wird besser sein als das Leben hier." Er nahm seinen Zinnbecher und warf ihn durch die Stube. Er landete an der Wand und fiel scheppernd zu Boden.

Ich betrachtete den leeren Becher. Dann fragte ich: „Wirst du mit mir in Verbindung bleiben?"

„Aber sicher, das weißt du doch. Sobald ich weiß, wohin ich gehen werde, schreibe ich dir. Vielleicht lasse ich dich sogar nachkommen", sagte Cloud.

Ich glaubte ihm nicht. Wenn er fort war, würde er für mich genauso verloren sein wie Großmutter und Donnerhuf. Ich würde ihn nie wieder sehen. Ich schaute immer noch auf den leeren Zinnbecher, den er soeben weggeworfen hatte. Ich kam mir vor wie dieser leere Becher.

Cloud zog seine Jacke an und holte alle meine Sachen in sein Haus. Er begann nun, all sein Hab und Gut zu sortieren. Er legte alles, was er behalten wollte, auf einen Haufen, und was er dem Händler verkaufen wollte auf einen anderen. Nur sehr wenig behielt er zurück.

Alle meine Perlenarbeiten wurden zum Verkauf bestimmt. Ich hatte ja ohnehin geplant, sie dem Händler zu verkaufen, aber nun wollte ich sie noch ein wenig länger behalten. Ich wollte mich nicht so schnell von allem trennen. Ich nahm ein Perlenhalsband heraus und legte es für einen Moment an. Aber als ich merkte, daß Cloud mich ansah, nahm ich es ab und legte es auf den Haufen zurück, der für den Händler bestimmt war.

Nachdem der Händler gegangen war und alles mitgenommen hatte, hatte ich das Gefühl, als ob ich alles auf dieser Welt verloren hätte.

Cloud stand neben mir auf der Veranda, als der Händler mit unserem Hab und Gut, das hinten auf dem Lastwagen herumkollerte, davonfuhr. „Morgen früh gehen wir", sagte er. „Zuerst zu Flint in die Stadt. Kann sein, daß er eine Bleibe für dich weiß. Ich gebe dir sechzig Dollar, das ist für den Anfang genug. Nachher mußt du auf eigenen Füßen stehen."

Während dieser Nacht machte ich kaum ein Auge zu. Zu vieles hatte sich in so kurzer Zeit geändert, und nun würde ich für immer fortgehen. Dies war der einzige Ort, den ich kannte, denn ich war nie weiter als ein paar Kilometer von hier fort gekommen. Nun schien es mir, als ob man mich in eine andere Welt schickte – draußen und weit weg.

Sobald es dämmerte, lud Cloud einige Sachen auf seinen rostigen, alten Lastwagen. Verschlafen ging ich zum letztenmal hinter ihm den Pfad hinunter, der vom Haus wegführte. Eines Tages, dachte ich, komme ich zurück. Ich gehöre hierher. Hier ist mein Zuhause.

Cloud reichte mir ein Stück getrocknetes Fleisch. „Hier – dein Frühstück. Ich hoffe, du wirst nie mehr ein solch armseliges Essen haben", sagte er.

Er startete. Der Motor war kalt, und es dauerte lange, bis Cloud ihn in Gang brachte. Ich hoffte, er würde gar nicht anspringen, so daß wir wenigstens noch einige Tage hierbleiben konnten. Aber es klappte doch. Bald waren wir auf dem holprigen Weg zur Hauptstraße, die in die Stadt führte.

Wir waren beinahe schon dort, als mir bewußt wurde, daß ich mein Frühstück immer noch in meiner kalten Hand hielt. Ich biß ein Stück ab. Das Fleisch war hart und trocken wie Leder. Ich hätte ebensogut an meinen Mokassins herumkauen können; der Geschmack wäre nicht anders gewesen.

Es dauerte nicht lange, bis Cloud seinen Bruder Flint gefunden hatte. Er arbeitete auf einem Bauplatz. Ich wartete im Wagen, während die beiden in einiger Entfernung miteinander sprachen. Hin und wieder schaute einer von ihnen zum Lastwagen herüber, und ich hatte den Eindruck, daß Flint nicht gerade begeistert davon war, daß er mich jetzt auf dem Hals hatte. Endlich kamen die beiden zum Wagen zurück.

Ich kurbelte das Fenster hinunter, und Flint mußte sich tief herunterbeugen, um mit mir reden zu können.

„Ich nehme an, daß du hierbleibst", sagte er. „Ich weiß ein Haus in dieser Straße, wo du ein billiges Zimmer bekommen kannst. Cloud wird dich hinbringen. Heute abend nach der Arbeit komme ich schnell vorbei."

Ich nickte. Mir blieb keine andere Wahl – was wir alle wußten.

Ein wenig später hielt Cloud an. Hier standen in einigen Reihen kleine Häuschen. Davor stand eine Tafel mit der Anschrift „Föhrenhof". Cloud stieg aus und ging ins Büro. Nach kurzer Zeit kam er mit einem Mann zurück und winkte mir, ihm zu folgen.

Ich eilte den beiden nach, als sie auf ein kleines Häuschen am Ende der Reihe zugingen. Der Mann schloß die Tür auf und bat uns einzutreten.

Ich stand in der Mitte des Wohnzimmers und sah mich um. Es war ungefähr gleich groß wie der Raum, den Großmutter und ich bewohnt hatten, aber hier war es so hübsch. Auf dem Boden lag ein kleiner Teppich, und an den Fenstern hingen Vorhänge. Daneben war eine kleine Küche mit einem Elektroherd und einem Kühlschrank. Ich konnte warmes oder kaltes Essen haben, wann immer ich wollte. Und ein Badezimmer mit einer echten Badewanne war vorhanden, in der ich mich in heißem Wasser strecken konnte! Wie anders war dies als das alte Zinnbecken, das ich in Großmutters Haus gehabt hatte. Ich hatte noch nie so schöne und zierliche Möbel gesehen. In einem anderen Zimmer stand ein großes Bett.

Bald waren wir auf dem holprigen Weg zur Hauptstraße, die in die Stadt führte.

„Es tut mir leid, daß es so klein ist hier, aber für eine Person wird es gehen.“ Der Verwalter entschuldigte sich, ohne zu wissen, daß ich noch nie in einem so hübschen Haus gewesen war. „Es ist vollständig möbliert“, sagte er. „Bettwäsche, Geschirr – alles ist vorhanden. Es kostet fünfzig Dollar im Monat oder zwanzig in der Woche.“

„Wir nehmen es“, sagte Cloud.

„Wann wollen Sie einziehen?“ erkundigte sich der Verwalter.

„Sie ist schon eingezogen!“ antwortete Cloud. Er bezahlte dem Verwalter die Miete für zwei Wochen und gab mir noch zwanzig Dollar, um davon zu leben. Dann ging er meinen Koffer holen.

Der Verwalter gab mir den Schlüssel und ging gerade weg, als Cloud mit meinem Koffer zurückkam. Er stellte ihn auf den Boden und sah sich um. „Hier bist du gut aufgehoben“, sagte er. „Flint kommt später herüber. Wenn du etwas brauchst, sag es ihm. Oh, noch etwas! Es wäre gut, wenn du den Leuten sagtest, du seist schon achtzehn anstatt vierzehn.“

„Ich bin fünfzehn“, antwortete ich. „Ich hatte Geburtstag.“

„Oh!“ Er machte ein verlegenes Gesicht. „Das habe ich ganz vergessen.“

„Alle haben es vergessen“, gab ich zur Antwort.

Cloud hatte es nun eilig, fortzukommen. Ich hätte ihn gern noch länger bei mir gehabt, aber mir fiel nichts ein, womit ich ihn hätte aufhalten können.

„Du bist versorgt“, sagte er. „Ich werde jetzt gehen.“ Er ging hinaus, und ich folgte ihm.

„Cloud!“ Ich wollte ihn bitten, noch zu bleiben, aber ich wußte, daß es keinen Sinn hatte, darum sagte ich nur: „Paß auf dich auf!" Das war es nicht, was ich sagen wollte, aber ich fand die Worte nicht, um das auszudrücken, was ich fühlte. Wie gern hätte ich ihn berührt und einen Augenblick festgehalten. Aber das wäre ein Zeichen von Schwachheit, und das würde er hassen. Darum verschränkte ich die Arme, damit ich nicht in Versuchung kam, ihn dennoch zu berühren.

„Auf Wiedersehen, Schrei!" rief er und kletterte in sein altes Vehikel. Er lächelte mir kurz zu und fuhr weg. Ich wußte, daß ich ihn nie wieder sehen würde.

Ich schaute ihm nach, bis sein Wagen verschwunden war. Dann kehrte ich in mein Häuschen zurück und schloß die Tür ab. Ich öffnete den Koffer, legte die Wäsche in eine Schublade und hängte mein Kleid in den Schrank. In weniger als drei Minuten hatte ich ausgepackt und eingeräumt. Immer wieder ging ich durch die Zimmer, betrachtete alles und jedes, drehte den Ofen auf und zu und öffnete von Zeit zu Zeit den Kühlschrank.

Es war eine gute Bleibe – die beste, die ich je gehabt hatte. Ich wußte, daß ich zumindest zwei Wochen hier wohnen würde. So lange war die Miete bezahlt. Ich hatte zwanzig Dollar, aber ich wußte nicht, was man für zwanzig Dollar an Lebensmittel kaufen konnte. Ich hatte noch nie Lebensmittel gekauft außer bei unserem Handelsposten, und das nur wenige Male. So wußte ich nicht, was sie kosteten. Aber viel konnte es nicht sein.

Den Rest des Nachmittags verbrachte ich damit, daß ich hin und her ging und aus dem Fenster spähte – in der Hoffnung, Flint würde kommen.

Am späten Nachmittag hörte ich das Knirschen der Räder auf dem Kiesweg. Ich sprang auf und eilte zum Fenster. Es war Flint! Ich riß die Tür auf und wartete auf ihn.

Er stieg aus dem Wagen, kam auf das Haus zu und steckte den Kopf zur Tür herein. „Alles in Ordnung?“ fragte er.

„Ja. Cloud ist schon weggefahren“, sagte ich. Ich hoffte, er würde mir sagen, wohin Cloud gegangen war.

„Das dachte ich mir, daß er hier nicht hängen bleibt.“ Flint lehnte sich an die Tür. „Ich glaube, du brauchst etwas zu essen. Komm, steig ein, ich bringe dich zu meinem Laden.“

Ich nahm meine zwanzig Dollar-Note und den Schlüssel und stieg zu Flint in den Wagen.

Ein paar Häuser weiter war der Laden. Er schien ungeheuer groß. Er war mindestens zehnmal größer als unser Handelsposten, hell erleuchtet und voll von Regalen mit Lebensmitteln.

Flint nahm einen Einkaufswagen und schob ihn durch die Gänge.

Zuerst war ich von der Warenpracht so überwältigt, daß ich durch zwei Reihen lief, ohne etwas in den Korb zu legen. Wir mußten nochmals zurück und von vorne beginnen. Nun nahm ich einfach alles, was mir gefiel, und warf es in den Wagen.

„Halt!“ rief Flint. „Du hast doch nicht genug Geld, um all das Zeug zu kaufen!“ Er stellte eine Menge davon wieder in die Regale zurück. „Nimm nur, was du wirklich brauchst. Später, wenn du Arbeit hast, kannst du einkaufen, soviel du willst.“ Er nahm eine Dose Schmalz und einen kleinen Sack

Mehl und legte beides in den Wagen. „Von Toast und Spiegeleiern kannst du billig leben."

Enttäuscht stellte ich fest, daß ich hier auch nichts Besseres zu essen haben würde als zuvor im Reservat. Es änderte sich ja doch nichts. Ich überließ es Flint, das Nötigste einzukaufen, während meine Augen an den prächtigen Packungen und den leuchtenden Büchsen hängen blieben. Wunderbare Dinge wie Pfirsiche, Bonbons und Rindsbraten stachen mir in die Augen.

Die Sachen in meinem Wagen kosteten siebzehn Dollar. Flint nahm meine Zwanzigdollar-Note und gab mir das Wechselgeld zurück. Ich konnte es einfach nicht glauben, daß alles so teuer war. Kein Wunder, daß er mich nicht all das nehmen ließ, was ich wollte. Wahrscheinlich hätte ich sonst mindestens hundert Dollar hinlegen müssen!

Flint brachte mich wieder nach Hause und setzte sich in einen Lehnstuhl, während ich die eingekauften Sachen wegräumte. Er blätterte eine Zeitung durch und machte hin und wieder mit dem Bleistift eine Anmerkung. Als ich fertig war, rief er mich zu sich.

„Ich habe hier einige Adressen von Arbeitsstellen angestrichen, bei denen du dich morgen vorstellen solltest. Du wirst wahrscheinlich lange warten müssen, bis du Arbeit findest. Einige werden dich deshalb nicht nehmen werden, weil du Indianerin bist, andere wieder, weil du noch nie in Stellung warst. Du mußt es einfach so lange versuchen, bis du eine Arbeit findest. Es ist besser, wenn du sagst, du seist schon achtzehn Jahre alt."

„Das hat Cloud auch gesagt", antwortete ich.

„Ja, wir haben darüber gesprochen und dachten, es könnte Schwierigkeiten geben, wenn die Leute merken, daß du erst vierzehn bist. Und noch etwas – du darfst mit keinem fremden Mann sprechen und niemand zu dir in die Wohnung nehmen."

„Weshalb?"

„Hier ist alles anders. Du mußt vorsichtig sein. Ich werde auf dich aufpassen, so gut ich kann, aber es ist mir nicht möglich, immer in deiner Nähe zu sein. Wenn du Hilfe brauchst, weißt du, wo ich zu finden bin." Er drückte mir die Zeitung in die Hand und stand auf. „Jetzt gehe ich."

„Willst du nicht noch bleiben?" bat ich.

Flint schüttelte den Kopf. „Nein, ich muß noch einiges erledigen. Alles wird gut gehen! In ein paar Tagen komme ich wieder vorbei", sagte er im Weggehen. „Und vergiß nie, deine Tür abzuschließen!" warnte er, als er sie ins Schloß warf.

Ich vergewisserte mich, daß sie auch wirklich zu war. „Alle sagen, ich brauchte keine Angst zu haben, es würde alles gutgehen. Aber ich glaube, sie sind genausowenig davon überzeugt wie ich", murmelte ich vor mich hin, als ich in die Küche ging, um mein Abendessen zuzubereiten.

Als ich am nächsten Morgen aufstand, war ich voller Angst. Ich mußte mir eine Stelle suchen und wußte nicht, wohin ich gehen und was ich sagen sollte, wenn ich dort war. Ich zog mein gutes Kleid an – das einzige, das ich besaß –, schlüpfte in die Mokassins und bürstete mein Haar. Dann nahm ich die Zeitung zur Hand, die Flint mir dagelassen hatte, und machte mich auf den Weg.

Ich mußte an 16 Häuserblocks vorbei, um an die

erste Adresse zu gelangen. Ich war kaum eingetreten, als man mir erklärte, die Stelle sei bereits vergeben. Drei Blocks weiter wurde auch jemand gesucht. Hier ging es etwas besser. Ich durfte wenigstens den Bewerbungsbogen ausfüllen. Das dauerte nicht lange. Ich hatte nichts weiter einzutragen als Name, Adresse und Alter. Mein Alter war eine Lüge. Wenn man keine Schulen und keine Referenzen einzutragen hat, sieht das Blatt ziemlich leer aus.

Den ganzen Vormittag verbrachte ich damit, von Stelle zu Stelle, von Geschäft zu Geschäft zu laufen, Bewerbungsbogen auszufüllen und die Leute zu beobachten, die ihre Stirn runzelten, wenn sie meinen Namen, Schrei im Wind, lasen.

Im nächsten Büro warf mir die Personalchefin einen eisigen Blick über den Rand ihrer Brille zu und fragte: „Wer hat dich hierher geschickt? Das Arbeitsamt oder wer sonst?"

Ich schüttelte den Kopf. Ich hatte nicht die leiseste Ahnung, wovon sie sprach.

Sie warf meine Bewerbung auf ihren Schreibtisch, als ob sie sich sonst schmutzig machte, stemmte die Arme in die Hüften und erklärte: „Du kannst gleich wieder zu denen zurückgehen, die dich hergeschickt haben, und ihnen sagen, daß wir unser Soll schon erfüllt haben. Wir wollen niemand mehr von euch – von diesem Volk!"

Mit „Volk", dachte ich, waren wohl wir Indianer gemeint. Irgend etwas mußte an uns nicht in Ordnung sein.

Das elfte Geschäft, das ich aufsuchte, war ein großes Warenhaus. In der Haushaltsabteilung war die Stelle einer Verkäuferin noch frei. Der Mann, der mit mir sprach, dachte wohl, ich sei imstande, Töpfe, Pfannen und Büchsenöffner zu verkaufen, deshalb sagte er, ich könne die Arbeit haben und am nächsten Tag anfangen. Ich bekäme 35 Dollar in der Woche.

Ich griff mit beiden Händen zu. Ich glaubte nicht, daß ich noch mehr Bewerbungsbogen hätte ausfüllen können. Ich war erschöpft vom stundenlangen Herumlaufen in der ganzen Stadt. Nun war ich bereit, jede Arbeit anzunehmen. Flint würde erleichtert sein, daß ich Arbeit hatte und mich selbst erhalten konnte.

Fünfundzwanzig Häuserblocks lagen zwischen meiner Wohnung und meinem Arbeitsplatz, aber ich war so stolz darauf, eine Stelle gefunden zu haben, daß ich das überhaupt nicht beachtete.

Am ersten Arbeitstag war ich wie betäubt. Ich war überzeugt, ich würde etwas falsch machen und hinausgeworfen werden. Ich wagte es kaum, die Arbeit anzutreten. Aber da ich wußte, daß ich das Geld bitter nötig hatte, biß ich die Zähne zusammen und ging hin. Irgendwie kam ich durch den Vormittag. Dann schickte mich mein Chef zum Mittagessen.

„Wo ist die Kantine?“ fragte ich.

„Oben.“ Er machte eine Kopfbewegung, ohne mich anzusehen.

In der Ecke des Zimmers war eine Treppe. Ich stieg hinauf. Droben waren zwei Türen. Auf der einen hing eine rote Tafel mit der Aufschrift „Eintritt verboten“, deshalb öffnete ich leise die andere Tür. Sie führte in einen großen, dunklen Raum, in dem überall Kisten herumstanden. Es war staubig und unordentlich. Das konnte nicht die Kantine sein. Es mußte noch eine andere Tür geben. Ich arbeitete mich durch die Kisten und Schachteln hindurch bis ans andere Ende.

Anstatt einer Tür entdeckte ich dort einen Haufen alter, zerbrochener Kleiderpuppen. Arme, Beine und Köpfe lagen auf einem großen Haufen beieinander, und an der Wand waren noch mehr Köpfe aufgereiht. Ich wußte, daß sie aus Gips waren, aber es schien mir, als würden mich ihre aufgemalten Augen anschauen. Ich drehte mich um und wollte so schnell wie möglich wieder hinauskommen. Ich hatte Angst, daß irgendeine Macht die Arme und Beine zu einem Riesenwesen zusammenfügen könnte, das mich aus dem Haus jagte. Ich eilte durch den finsteren Raum, ohne mich noch einmal umzudrehen.

Ich weiß, daß es töricht war. Schließlich war ich schon fünfzehn, alt genug, um auf eigenen Füßen zu stehen. Weshalb hatte ich immer solche Angst?

Hinter der Tür mit der Aufschrift „Eintritt verboten“ hörte ich Stimmengewirr. Schnell öffnete ich und sah etwa ein Dutzend Frauen um einen langen Tisch sitzen. Sie aßen ihr Mittagessen. Ich ging hinein und versuchte zu lächeln. Aber es wurde nur eine Grimasse daraus. Einige der Frauen sahen mich an und nickten, aber die meisten nahmen keine Notiz von mir, sondern aßen und unterhielten sich unbekümmert weiter.

Ich holte mir einen Stuhl aus der Ecke und stellte meine armselige, schäbige Tasche auf den Tisch. Dann blickte ich mich verstohlen um und sah, daß die anderen hübsche, farbige Taschen mit Blumenmustern hatten. Verschämt nahm ich meine Tasche vom Tisch weg und behielt sie auf dem Schoß.

Ich hatte ein Sandwich mit einem Spiegelei mit. Mein Hunger war groß. Als ich in das Sandwich biß, merkte ich, daß das Ei viel zu weich war. Das Dotter war kalt und flüssig und tropfte auf meinen Rock. Ich war überzeugt, daß alle nur auf mich blickten, und wagte nicht, den Kopf zu heben. Ich biß einige Male ab, aber ich bekam das halbrohe Ei nur mühsam hinunter. Ich gab es auf, wickelte das Sandwich wieder ein, stopfte es in meine jämmerliche Tasche und warf alles in den Abfalleimer. Dann verließ ich die Kantine.

Ich kam mir wie der größte Dummkopf vor. Ich fragte mich, ob irgend jemand ahnte, daß ich durch die falsche Tür gegangen war und mich im Magazin verirrt hatte. Ich und verirrt! Ich, die ich kilometerweit in die dichtesten Wälder gegangen war und jeden Felsen und jeden Baumstrunk behalten konnte. Niemals hatte ich mich verirrt. Aber hier, in einem einfachen Gebäude, hatte ich den Kopf verloren und mich verlaufen. Daheim im Wald hätte ich eine Vogelfeder im Umkreis von einem Kilometer gefunden. Hier in der Stadt war ich nicht imstande, die Kantine zu finden, die nur einen Stock höher lag.

*

Meine Kleidung war wie die der anderen – etwas altmodisch vielleicht, aber nicht so, daß ich etwa komisch aussah. Ich trug Baumwollröcke, die nur um weniges länger als die der anderen Mädchen waren, mit langärmligen Baumwollblusen. Mit Stolz trug ich meine Mokassins. Ich hatte sie selbst gemacht – aus dem Fell eines Elchs, den meine Onkel gejagt hatten. Sorgfältig hatte ich sie zusammengenäht und für den Verschluß Lederriemen und Silberspangen verwendet. Sie waren weich und bequem. Kilometerweit konnte ich darin laufen, ohne daß meine Füße müde wurden. Die Mokassins hörte man nicht auf dem Pflaster der Stadt. Es war tröstlich, sie an meinen Füßen zu sehen und mir vorzustellen, ich sei immer noch daheim und wanderte durch den Wald. Ja, meine Kleider sahen ein wenig anders aus, aber es machte mir auch nichts aus, etwas anders zu sein.

Hier arbeitete auch ein Mädchen, das Betty hieß und reizend aussah. Sie trug teure Kleider, die ausgezeichnet paßten. Immer, wenn sie in der Nähe war, stellte ich fest, daß meine Blusen zu groß und meine Röcke zu lang waren. Locken umrahmten Bettys Gesicht. Ich gab mir alle erdenkliche Mühe, so auszusehen wie sie. Aber ganz gleich, was ich auch mit meinem Haar versuchte, es hing doch jeden Morgen glatt über meinen Rücken hinunter. Nach einigen schlaflosen Nächten mit Lockenwicklern und Nadeln im Haar gab ich meine Verschönerungsversuche auf und ließ mein Haar fallen, wie es wollte.

Betty trug hohe Stöckelschuhe, die jedesmal klapperten, wenn sie herumging. Meine Elchhaut-Mokassins dagegen hörte man nicht. Plötzlich schienen mir meine Mokassins, auf die ich doch so stolz gewesen war, völlig fehl am Platz.

Eines Tages betrachtete ein Kunde meine Füße

und lachte. Ich wurde zornig und verlegen. In der Mittagspause lief ich hinaus und kaufte mir schwarze, glänzende Schuhe mit hohen Absätzen, die ebenso hoch waren wie die der anderen Mädchen. Von da an klapperte auch ich durch den Laden, und kein Mensch lachte mehr über meine Schuhe. Abends, wenn ich nach einem langen Achtstundentag auf hohen Stöckelschuhen nach Hause kam, warf ich die unbequemen Dinger in eine Ecke und zog meine weichen, bequemen Mokassins an.

Eines Tages kam ein Indianerjunge meines Alters vom Stamm der Irokesen in das Geschäft. Ich war glücklich, jemand aus meinem Volk zu sehen. Wir sprachen miteinander, aber seine Worte und sein Benehmen zeigten, daß er ein „Apfel" war, wie die Indianer Leute nannten, die außen rot und innen weiß waren, Leute also, die Indianer waren und Weiße sein wollten. Manchmal hatte ich das Gefühl, ich sei gerade das Gegenteil – außen weiß und innen rot. Ich fragte mich, ob es eine ähnliche Frucht gab, nach der ich mich nennen könnte.

Betty war nett zu mir und schenkte mir sogar ein paar Kleider, die sie nicht mehr tragen wollte, aber ich sah darin nie so hübsch aus wie sie. Was kann denn aus fünfzig Kilo Haut und Knochen Schöneres werden?

*

Wochen waren vergangen. Ich lag im Bett und starrte zur Decke empor. Ich hörte den Wasserhahn im Badezimmer tropfen, aber ich konnte mich nicht entschließen, aufzustehen und ihn zuzudrehen. Ein wenig später würde ich es tun. Ich drehte mich auf die andere Seite.

Da fiel mein Blick auf das Telefon. Seit sechs Monaten wohnte ich hier und hatte es nie benutzt. Ich hatte nie jemanden angerufen und auch nie einen Anruf erhalten.

Ich stieg aus dem Bett, kniete mich auf den Boden und holte das Telefon unter dem Stuhl hervor. Es war voll Staub, und ich wischte es ab. Das Telefon gehörte zur Wohnung wie alles andere. Ich hatte es nie beachtet. Es war mir nur immer im Weg, wenn ich ein Buch oder ein Glas Wasser auf den Nachttisch stellte. Darum hatte ich es unter den Stuhl geschoben und vergessen. Jetzt wollte ich jemand anrufen. Betty! Ich konnte Betty anrufen.

Ich zog das Telefonbuch aus der Schublade und suchte unter Woodard. Es gab eine Menge Leute, die Woodard hießen, aber eine Betty Woodard war nicht darunter.

Ich klappte das Telefonbuch zu und öffnete es wieder. Es mußte doch jemanden in der Stadt geben, den ich anrufen konnte. Flint hatte kein Telefon, aber vielleicht gab es jemand anders, mit dem ich sprechen konnte.

Ich fand die Nummer für Uhrzeit und Wetterprognose und wählte sie sorgfältig. In meinem ganzen Leben hatte ich nur wenige Male ein Telefon benutzt.

„Hallo!" rief ich, als ich den Klick am anderen Ende hörte. „Können Sie mir sagen –" Es dauerte ein Weilchen, bis ich verstand, daß es sich nur um ein Tonband handelte, das immer dasselbe wiederholte. Dreimal hörte ich es an: „Es ist 19.30 Uhr, wir wünschen Ihnen einen guten Abend. Wenn Sie eine vertrauenswürdige Bank suchen ... "

Ich blätterte die gelben Seiten durch. Bei „A" begann ich und fuhr fort, bis ich zum „C" kam, unter dem die Kirchen angeführt waren. Ich hätte nie gedacht, daß es in der Stadt so viele Kirchen gäbe. Ich ließ meine Finger von einem Namen zum anderen gleiten, bis sie bei „Vereinigte Evangelikale Brüderkirche" hielten. Darunter stand noch: „Rev. Glenn O. McPherson, Pastor." Ich las die ganze Seite, aber ich kehrte immer wieder zu der Kirche mit dem sonderbaren Namen zurück. Sie beeindruckte mich mehr als alle anderen. Ich blätterte um und las weiter, aber nach wenigen Augenblicken kam ich zu den Kirchen zurück und suchte jene mit dem sonderbaren Namen heraus.

Vielleicht könnte ich diese Kirche anrufen, dachte ich. Ich könnte diesen Mann namens McPherson ja etwas fragen. Dann hätte ich einen Menschen, mit dem ich sprechen konnte, nicht nur ein Tonband. Wenn ich wollte, konnte ich ja aufhängen. Ich konnte mich auch unter einem falschen Namen vorstellen oder irgendeine Frage stellen, vielleicht über seine Kirche. Ich wählte die Nummer. Ein Klingelzeichen ertönte – einmal, zweimal.

„Hallo, hier spricht Reverend McPherson."

Mein Mund war wie ausgetrocknet. Was nun? Vielleicht sollte ich einfach aufhängen.

„Kann ich Ihnen helfen?" erkundigte sich eine warme Stimme.

„Ich – ich – ich wollte nur etwas über Ihre Kirche wissen. Ja, über Ihre Kirche. Ob – ob – wie sie ist und – ich meine, was machen Sie dort?" Wie dumm das klang! Das hätte ich nie tun dürfen. Was war heute bloß in mich gefahren?

„Wir beten Gott an und dienen ihm, so gut wir können." Er schwieg einen Augenblick. „Wenn Sie mir genau sagten, was Sie wissen möchten, könnte ich Ihnen besser Auskunft geben."

„Ich habe eigentlich gar keine Frage", platzte ich heraus. „Ich bin fremd hier. Ich habe nur eben Ihren Namen im Telefonbuch gesehen und –" Mein Gesicht glühte. Warum nur hängte ich nicht einfach auf?

„Wenn Sie einmal unseren Gottesdienst besuchen wollen, sind Sie herzlich willkommen", sagte die freundliche Stimme.

„Nein, nein, ich glaube nicht! Ich kenne dort niemanden. Macht nichts. Es tut mir leid, daß ich Sie belästigt habe."

„Warten Sie! Hängen Sie noch nicht auf. Ich könnte Ihnen ein paar Bücher über unsere Kirche geben. Sie dürfen sie in Ruhe lesen und sich dann entscheiden, ob Sie einmal kommen wollen oder nicht. Ich könnte sie Ihnen per Post zustellen."

Das war eine gute Idee. Ich erhielt Post und konnte dieses unangenehme Gespräch beenden. „Gut! Mein Name ist Schrei im Wind." Dann gab ich meine Adresse an.

„Oh, Sie wohnen ja ganz in der Nähe! Nur vier Blocks von der Kirche! In unserer Straße!"

Ich erschrak. Deshalb war mir der Name dieser Kirche aufgefallen und bekannt vorgekommen! An dieser kleinen Backsteinkirche ging ich Tag für Tag vorüber, wenn ich zur Arbeit mußte. Das war ja entsetzlich!

„Ich sollte noch schnell einen Besuch machen. Wenn es Ihnen recht ist, kann ich Ihnen die Bücher bringen. Dann haben Sie sie heute abend schon", sagte er.

„Okay", antwortete ich leise. Eigentlich hätte ich ihm sagen können, ich wäre heute nicht zu Hause, aber ich hatte nicht schnell genug überlegt.

Ich legte den Hörer auf und stellte das Telefon wieder unter den Stuhl. Mochte es dort bleiben! Mein erster und einziger Anruf hier hatte mich ja in eine schöne Situation gebracht! Was sollte ich jetzt tun? Ich lief zum Schrank und holte meinen Mantel heraus. Ich könnte einen Spaziergang machen und gerade fort sein, wenn er kam.

Dann überlegte ich. Wahrscheinlich würde er ein anderes Mal wiederkommen, und das käme aufs gleiche heraus. Es war besser, die Sache jetzt auszulöffeln. Ich hängte den Mantel wieder in den Schrank.

Kurze Zeit später hörte ich draußen Schritte. Jemand klopfte an die Tür des Nachbarhauses. Weder rechts noch links von mir wohnte jemand, also konnte es nur Reverend McPherson sein, der mich suchte. Nun klopfte es an meiner Tür, und ich sprang auf.

Die Tür schien mindestens eine Tonne zu wiegen, als ich sie zögernd öffnete. Ein kleiner Mann mit Brille stand vor mir.

„Ich bin Reverend McPherson."

Ich nickte. „Treten Sie ein." Schon wieder ein Fehler! Ich hätte ihn gar nicht hereinbitten dürfen. Ich setzte mich auf die Kante der Couch, und er nahm auf dem Stuhl gegenüber Platz.

„Ich will Ihre kostbare Zeit nicht zu lange in Anspruch nehmen. Sie haben sich für diesen schönen Abend sicher schon etwas vorgenommen?“ Er lächelte.

„Nein, ich habe gar nichts vor.“ Schon wieder ein Fehler! Ich hätte sagen sollen, daß ich bald wegginge; dann würde er wenigstens nicht lange bleiben. Ich machte doch alles verkehrt!

„Ich habe Ihnen einiges mitgebracht, das Ihnen irgendwie helfen könnte“, sagte er und legte eine Handvoll Schriften auf den Tisch. „Ich will versuchen, Ihre Fragen zu beantworten, wenn Sie welche haben.“

Ich preßte die Hände zusammen und starrte ihn an. Er schaute verlegen vor sich hin, aber ich glaube, es war meinetwegen. Ich tat ihm leid. Er mußte fühlen, wie verlassen ich war.

„Wie alt sind Sie?“

„Achtzehn.“

„Sie sehen nicht wie achtzehn aus. Sie sind doch noch nicht verheiratet?“

„Nein.“

„Gut. Nun, ich wollte damit sagen, daß man mit achtzehn Jahren noch sehr jung ist.“ Er sah sich unauffällig im Zimmer um. „Haben Sie eine Freundin oder eine Verwandte, die hier mit Ihnen wohnt?“

„Nein.“

„Sie sind nicht aus dieser Gegend?“ Er wußte bereits die Antwort.

„Nein, ich bin erst vor einigen Monaten hierher gekommen.“ Ich wußte, daß diese Auskunft nicht genügte, darum fügte ich hinzu: „Ich arbeite bei Hawkins.“

„Oh, meine Frau geht manchmal dorthin. Arbeiten Sie gern dort?"

„Ach ja, es geht."

Er drehte den Hut in seinen Händen, und für einen Augenblick war es bedrückend still im Zimmer.

„Wer ist Ihr Gott?" fragte ich, und meine Stimme klang fremd und schien von weither zu kommen, so, als habe sie gar nichts mit mir zu tun. Ich konnte es nicht glauben, daß ich die Frage gestellt haben sollte. Sie kam gewiß nicht von mir!

Er lächelte. „Eine wichtige Frage. Ich könnte Ihnen eine Menge nichtssagender Antworten geben oder die Ansichten großer Theologen erklären, aber ich glaube nicht, daß Sie das interessiert. Für mich ist Gott der Schöpfer aller Dinge. Er schuf den Menschen. Aber der Mensch geriet in Sünde. Gott liebte den Menschen so sehr, daß er seinen Sohn als Sühnopfer gab, damit wir Menschen von der Sünde frei werden und das ewige Leben erhalten konnten. Ich glaube noch viel mehr, aber das ist das Wesentlichste. Und Sie haben das sicher schon viele Male gehört."

Ich schüttelte den Kopf. „Nein, das habe ich noch nie gehört."

„Haben Sie schon die Bibel gelesen?"

„Ich habe keine. Ich habe sie nie gelesen. Die Bibel ist etwas für Kirchenbesucher."

„Die Bibel ist für alle Menschen geschrieben. Ich werde Ihnen eine geben. Ich habe jetzt keine mit, aber ich werde Ihnen eine bringen oder schicken. In welche Kirche sind Sie bis jetzt gegangen?"

Ich schluckte. „Ich war noch nie in einer Kirche."

Er konnte seine Überraschung nicht verbergen. „Ach so!" Einen Augenblick schwieg er, dann fragte er sanft: „Ich möchte Sie nicht in Verlegenheit bringen oder in Sie dringen, aber – wollen Sie mir nicht sagen, woran Sie glauben? Dann könnten wir vielleicht von dort ausgehen."

Ich holte tief Luft und wies auf meine Zeichnungen, die hinter ihm an der Wand hingen.

Er drehte sich um und betrachtete die Entwürfe der verschiedenen Indianergötter und die Zeichen, die ihre Geschichte erzählten.

„Ich bin –" Ich wollte das Wort „Mischling" nicht aussprechen. „Ich bin Halb-Indianerin. Meine Großmutter hat mir von den alten Religionen erzählt. Ich glaube an die alten Götter. Ich glaube an den Wind." Ich biß die Zähne zusammen und wartete darauf, daß er mich auslachte. Aber er tat es nicht. Langsam wich die Spannung von mir.

„Darüber weiß ich leider sehr wenig", sagte er. „Ich dachte, die Indianer glaubten an den Großen Geist."

Ich erzählte ihm einiges über unsere alte Religion.

„Ich hatte mich manchmal über gewisse indianische Sitten gewundert. Einige sind für uns unverständlich." Dann fügte er hinzu: „Ich glaube, daß einige unserer Bräuche auch Ihnen merkwürdig vorkommen."

„Ja, darüber erzählt man sich sogar eine Geschichte. Ein weißer Mann ging zu einem Kickapoo-Begräbnis und sah, daß die Indianer Nahrungsmittel ins Grab legten. Der weiße Mann fragte, wann der tote Indianer denn das alles essen sollte. Ein Kickapoo dachte einen Augenblick darüber nach. Dann fragte er den weißen Mann: 'Legt ihr nicht Blumen auf das Grab eurer Toten?' Der weiße Mann antwortete: 'Ja.' Da entgegnete der Indianer: 'Nun denn, wenn der tote weiße Mann an den Blumen riecht, dann ißt der tote Indianer seine Mahlzeit.'"

Der Reverend lachte – aber nicht über mich, sondern über diese Anekdote. Er sagte nicht mehr viel, blieb auch nicht mehr lange. Er müsse gehen und noch andere Leute besuchen, sagte er und lud mich noch in seine Kirche ein.

Ich war froh, daß ich so glimpflich davongekommen war. Es war nett von ihm gewesen, daß er mich weder in Verlegenheit brachte noch bekehren wollte. Er war sicherlich ein recht netter Mensch. Aber eines war sicher: Ich hatte meine Lektion gelernt. Nie wieder würde ich das Telefon benützen! Dieses kleine Ding konnte einen ja in die größten Schwierigkeiten bringen!

7

Als Flint merkte, daß ich ihn in keiner Art und Weise belästigte, kam er öfter zu mir. Wir waren einander nähergekommen als je zuvor. Da ich keine anderen Verwandten oder Freunde in der Stadt hatte, freute ich mich auf seine Besuche. Ich war immer enttäuscht, wenn er an einem Abend nicht kam.

Als er das nächste Mal auftauchte, brachte er schlechte Nachrichten. „Onkel Pascal ist tot", sagte er einfach.

„Tot?" Ich versuchte, an unsere letzte Begegnung zu denken. Das war, als Großmutter gestorben war. „Ich wußte gar nicht, daß ihm etwas fehlte."

„Ihm fehlte nichts." Flint zögerte. Dann erzählte er mir, was geschehen war. Pascal war bei einem Freund eingeladen gewesen. Nach dem Essen spielte er mit den Kindern, bevor sie zu Bett gingen. Dann blieb er noch bei den anderen sitzen und plauderte etwa eine Stunde. Nichts Besonderes. Er erzählte nur, daß viele seiner Freunde nicht mehr da wären und er sich oft einsam gefühlt habe. Gegen zehn Uhr abends verließ er seinen Freund und ging nach Hause. Etwa eine Stunde später schoß er sich eine Kugel durch den Kopf.

Flint war barmherzig und ersparte mir nähere Einzelheiten. Trotzdem stiegen einige häßliche Bilder in mir hoch. „Weshalb hat er das getan?" fragte ich.

„Er war einsam.“ Flint warf sich in einen Stuhl. „Wir sind alle einsam.“

„Ja“, flüsterte ich. Sogar jetzt hing die Einsamkeit wie Nebel in der Luft. Flint und ich waren zusammen, und doch waren wir die einsamsten Leute.

Lange saßen wir beisammen und hörten auf das Heulen des Sturmes. Ich dachte an Onkel Pascal. Ich erinnerte mich nur undeutlich an ihn. Ich wußte kaum mehr, wie er ausgesehen hatte, und nun war er nicht mehr da. Ich würde ihn nie wieder sehen, und, was noch schlimmer war: Er würde mir kaum fehlen.

Ich blickte auf Flint und war überrascht, ihn so verstört zu sehen. Er hatte einen Bruder verloren. Die beiden waren eng verbunden gewesen. Beide waren Junggesellen. Vielleicht dachte Flint, sie hätten viel Gemeinsames gehabt, und fragte sich, ob auch er so tragisch enden würde.

Plötzlich trafen sich unsere Blicke. Er warf mir ein gequältes Lächeln zu. „Weißt du, was ich jetzt mache, Schrei?“ Er stand auf.

„Nein. Was denn?“ fragte ich beiläufig.

„Ich gehe aus und betrinke mich. Ich trinke, wie ich noch nie in meinem Leben getrunken habe, und dann –“ Er brach ab.

„Und dann?“ Ich stand auf und ging zur Tür – nicht, um ihn hinauszulassen, sondern um ihm den Weg zu versperren.

„Nichts“, antwortete er. Er ging um mich herum, legte die Hand auf die Klinke und sah mich an. „Er hatte recht.“

„Wer hatte recht?“ Ich hatte Angst vor seiner Antwort.

„Pascal hatte recht." Flints Stimme brach, und ich wußte, daß ich ihn nicht allein fortlassen durfte, wenn ich ihn je wiedersehen wollte.

„Ich komme mit, Flint", sagte ich und schlüpfte in den Mantel. „Ich will jetzt nicht allein sein." Das stimmte. Ich wollte nicht allein sein – und ich wollte Flint auch nicht allein lassen.

„Warum nicht? Ich fahre nicht weit." Er fuhr bis zum nächsten Schnapsladen, ließ mich im Wagen sitzen und ging hinein. Mit einigen Schnapsflaschen kam er zurück. Dann fuhren wir zurück zu meiner Wohnung, und er drückte mir eine der Flaschen in die Hand. „Da, Kleine."

„Geh nicht weg, Flint, bitte! Komm noch zu mir herein." Ich nahm die Flaschen und öffnete die Wagentür. „Du kannst genausogut bei mir trinken, und hier ist es schön und warm." In dieser trüben Stimmung wollte ich ihn nicht allein lassen.

Bevor er nein sagen konnte, lief ich ins Haus und nahm die Flaschen mit. Er schien alle Energie verloren zu haben und folgte mir willenlos.

Flint machte die erste Flasche auf, schenkte ein Glas ein und reichte es mir. Die Flasche behielt er und streckte sich damit auf der Couch aus. „Etwas für den unnützen Krieger!" rief er und goß den Schnaps hinunter, als wollte er sich damit ertränken.

Früher hatte ich meine Onkel und Großvater so unbeherrscht trinken sehen. Für viele Indianer gehörte der Schnaps zum Leben. Die Geschichten vom „roten Mann und seinem Feuerwasser" hatten schon ihre Berechtigung. Der weiße Mann trinkt, weil er gern in Gesellschaft ist, der rote Mann, um sich zu betrinken. Er trinkt, um zu vergessen, daß er keine Heimat hat, um zu vergessen, daß er nur ein Relikt aus der Vergangenheit ist. Die beiden größten Mörder der Indianer sind Alkohol und Selbstmord. Heute abend waren hier die besten Voraussetzungen dafür gegeben.

Ich nippte an meinem Glas und blinzelte mit den Augen, denn der Schnaps brannte wie Feuer in meiner Kehle. Ich wußte, daß ich eigentlich nicht trinken sollte, aber ich schob diesen Gedanken weit von mir. Warum sollte ich nicht trinken? Warum nicht? Was machte es für einen Unterschied? Wen ging das überhaupt etwas an?

Als ich mein Glas geleert hatte, war Flint mit seiner Flasche zu Ende. Beide wiegten wir uns in der falschen Sicherheit, die der Alkohol gibt. Unser Verstand war umnebelt. Flint redete drauflos, und ich lachte über alles, ob es nun zum Lachen war oder nicht. Der Schnaps schien die Zeit aufzuhalten, und anstatt der Gegenwart zu entfliehen, blieben wir in ihr gefangen.

Meine Zunge wurde schwer, und der Kopf schmerzte. Ich war müde. „Ich gehe zu Bett, Flint", murmelte ich schlaftrunken.

„Gut, Kleine. Ich gehe weg." Er packte die letzte Flasche und ging zur Tür. Aber bevor er sie erreichte, stolperte er über einen Stuhl und fiel der Länge nach auf den Boden.

Wir lachten, bis uns der Bauch weh tat.

„Bleib lieber hier! Du kannst auf der Couch schlafen. Ich hole dir einige Decken." Ich wankte auf den Schrank zu.

Unterdessen war Flint eingeschlafen. Er blieb wie

ein Sack liegen – so, wie er hingefallen war. In einer Hand hielt er noch krampfhaft die ungeöffnete Flasche fest.

Ich versuchte nicht, ihn zu wecken. Ich breitete die Decke über ihn und ließ ihn auf dem Boden liegen.

Erst spät am Morgen erwachte ich. Noch bevor ich aufstand, war mir klar, daß ich einen furchtbaren Fehler begangen hatte. Mein Kopf schmerzte, die Augen brannten, und es war mir übel. Ich hatte einen richtigen Kater. Eine Stunde blieb ich noch im Bett, bevor ich aufstehen konnte. Ich hoffte, daß man mich nicht entlassen würde, weil ich nicht zur Arbeit kam. Ich würde ihnen sagen, daß ich krank sei. Es stimmte ja, denn bei keiner Krankheit der Welt hätte ich mich elender fühlen können als heute.

Wankend ging ich zu Flint, der immer noch auf dem Boden lag und schlief. Es sah nicht aus, als ob er sich in der Nacht bewegt hätte, aber dann sah ich, daß die Flasche leer war und neben ihm lag. Irgendwann in der Nacht mußte er aufgewacht sein, die letzte Flasche geleert haben und wieder eingeschlafen sein.

Ich ließ ihn liegen. Er mußte seinen Rausch ausschlafen. Außerdem wollte ich jetzt mit niemandem sprechen. Ich glaubte, nicht einmal die Zunge bewegen zu können. Ich saß da, stützte den Kopf in die Hand und trank bis mittags Kaffee.

Endlich erwachte Flint, setzte sich auf und sah mich an. „Wie geht es dir, Kleine?“ fragte er und griff sich sachte an den Kopf.

„Schrecklich!“

„Ja. Aber es war doch schön, nicht wahr?“ Flint warf mir wieder ein schiefes Lächeln zu.

Ich gab keine Antwort. Mir hatte es nicht gefallen. Ich war immer noch einsam und voller Angst. Und ihm ging es ebenso. Wir waren beide krank.

„Ich werde nie mehr trinken“, sagte ich und reichte Flint eine Tasse Kaffee.

„Weshalb nicht?“ fragte er und verzog das Gesicht, als er einige Schlucke Kaffee trank.

„Weil es Unsinn ist. Man trinkt die ganze Nacht, und wenn man am nächsten Morgen erwacht, hat sich doch nichts geändert.“

„Nun – es hilft dir, zu vergessen.“

„Ich habe nichts vergessen.“

Flint nahm eine zweite Tasse Kaffee. „Nein“, antwortete er ruhig, „auch ich nicht.“

Wir saßen da und starrten auf die leeren Flaschen auf dem Boden.

„Gibt es nichts Besseres?“ fragte er.

„Ich weiß es nicht. Aber es muß doch etwas geben.“ Mein Kopf tat wieder weh. „Es muß noch etwas anderes geben in diesem Leben, Flint. Sonst – sonst – was hat das alles für einen Sinn?“

„Das ist ja der Witz! Es gibt nichts anderes!“ Flint lachte laut auf. „Pascal hat das herausgefunden.“

Tränen stiegen mir in die Augen. „Flint, warum hat uns niemand lieb?“

Er schluckte hart. „Ich weiß es nicht.“

Ich wischte mit dem Ärmel über die Augen. „Es könnte doch sein, daß irgendwo jemand ist, der uns lieb hat.“

Flint streckte die Hand aus und fuhr mir übers

Haar. „Schon in Ordnung, Kleine. Du und ich, wir beide wollen zusammenhalten und die ganze Welt ins Gleis bringen!"

Ich lachte, obwohl mir gar nicht danach zumute war. „Du hast recht, Flint. Du und ich, wir halten zusammen und bringen die Welt ins rechte Gleis."

Flint blieb noch etwa eine Stunde. Wir sprachen über das Wetter und die Jagd und hundert andere nichtssagende Dinge. Aber wir waren beschäftigt und mußten deshalb nicht viel denken.

Als Flint wegging, fühlte ich mich bedeutend besser, und er auch. Durch den heutigen Tag würde er kommen, vielleicht durch die ganze Woche. Aber eines Nachts würde er wieder an Pascal denken. Und vielleicht – vielleicht wäre dann niemand in der Nähe, der ihn davon abhielte, sich das Leben zu nehmen.

Was geschieht mit uns, wenn wir sterben? Immer wieder stellte ich mir diese Frage. Ich dachte, ich wäre sie losgeworden, als ich meine Heimat verließ, aber nun kam sie wieder auf mich zu und ließ mir keine Ruhe. Großmutter hatte es nicht gewußt. Pascal hatte es nicht gewußt. Gab es jemand, der darauf eine Antwort hatte? Man kann nicht wissen, wie der Tod ist, bevor man stirbt, und dann ist es zu spät. Ich war niedergeschlagen und mutlos. Wieder hatte der Tod in meiner nächsten Nähe zugeschlagen, und ich fragte mich, ob Flint oder ich sein nächstes Opfer sein würden. Ich wollte nicht sterben, aber ich wollte eigentlich auch nicht leben. Das Leben war nichts Kostbares für mich. Ich war nur unglücklicherweise auf die Welt gekommen. Kurze Zeit würde ich hier sein und wieder verschwinden.

Ich dachte an die Schneeflocken, die so schnell zergingen. Vielleicht schmolz auch ich schon dahin und wußte es nur nicht? Je mehr ich darüber nachdachte, um so sinnloser schien alles, und um so trauriger wurde ich.

Draußen heulte der Wind, und ich ging unruhig auf und ab. Am liebsten wäre ich hinausgelaufen, aber hier in der Stadt gab es keine Berge, zu denen ich mich flüchten konnte. Die Leute würden höchstens denken, ich sei verrückt. Nein, heute abend konnte ich nicht mit dem Wind um die Wette laufen, aber ich konnte wenigstens einen Spaziergang machen.

Ich war bis zum nächsten Block gekommen und fühlte mich bedeutend besser. Es war der erste wirklich warme Frühlingsabend in diesem Jahr. Bald würden andere schöne Abende kommen, aber der erste war immer ein Ereignis. Ich dachte daran, wie Großmutter an solchen Abenden immer hinausging und das Ohr auf den Boden preßte. Sie horchte auf den ersten Pulsschlag von Mutter Erde, nachdem sie aus ihrem langen Winterschlaf erwacht war. Wenn sie sicher war, daß sie diesen Pulsschlag gehört hatte, sagte sie: „Mutter Erde ist erwacht. Bald können wir unseren Garten bepflanzen."

Die frische Luft gab mir neuen Lebensmut. Nun war ich nur einen einzigen Block von der Kirche entfernt. Ich blieb an der Straßenecke stehen und überlegte, was besser war, zur Kirche zu gehen und Reverend McPherson zu besuchen, oder umzukehren und nach Hause zu gehen. Lange stand ich vor der Verkehrsampel, die mehrmals die Farbe wechselte. Schließlich entschied ich mich dafür, an der

Kirche vorbeizugehen. Wahrscheinlich war er ohnehin nicht dort. Und wenn er dort war, würde sicher irgendein Gottesdienst stattfinden. Ich hatte zwar keine Ahnung, wann und wie diese Gottesdienste waren, aber ich wollte auf keinen Fall etwas damit zu tun haben.

Ein wenig später stand ich vor der Kirche. Alles war dunkel, nur im Studierzimmer brannte Licht. Durch das Fenster konnte ich Reverend McPherson sehen. Er saß an seinem Schreibtisch und las. Er war allein.

Ich ging die Treppe hinauf und ins Haus hinein. Dann klopfte ich an seine Tür.

„Herein!“ rief er. Ich hörte, wie er den Stuhl zurückstieß. Ich öffnete die Tür nur einen Spalt.

Als er mich erkannte, stand er auf und lächelte. „Nur herein! Ich habe gehofft, Sie würden uns einmal besuchen.“

„Haben Sie viel zu tun?“ fragte ich und blieb an der Tür stehen.

„Nein. Kommen Sie nur. Wir könnten uns ein wenig unterhalten. Wie geht es?“ Er setzte sich und schob mir einen Stuhl hin.

Ich setzte mich auf die Kante. „Mein Onkel hat Selbstmord begangen“, sagte ich unvermittelt. Ich war selbst überrascht, denn davon hatte ich ja gar nicht reden wollen.

„Oh – das tut mir leid. Kann ich etwas für Sie tun?“ erkundigte er sich.

„Nein.“ Ich schwieg eine Weile. Dann schaute ich geradewegs in seine Augen und fragte: „Was geschieht, wenn wir sterben?“

„Vieles. Es kommt darauf an, wie wir hier auf

Erden gelebt haben. Ob wir Christus gekannt und was wir damit gemacht haben." Er beugte sich nach vorn.

„Wer ist Christus?" fragte ich. „Sie haben von Gott und von Jesus gesprochen, und nun erzählen Sie noch von Christus. Haben Sie drei Götter?"

Reverend McPherson lächelte. „Es gibt Gott, den Vater und Schöpfer aller Dinge, seinen einzigen Sohn, Jesus Christus, unseren Herrn, und den Heiligen Geist."

„Ja, drei Götter."

„Nein. Wir nennen sie die heilige Dreieinigkeit. Drei Personen in einer."

„Das verstehe ich nicht."

„Es ist nicht leicht zu verstehen. Unser begrenzter menschlicher Verstand kommt da schwer mit, aber wir müssen ja nicht alles bis ins letzte verstehen, um zu glauben. Aber nicht darüber wollte ich heute abend sprechen. Ich möchte Ihre Frage beantworten, was geschieht, wenn ein Mensch stirbt."

„Ich glaube, daß ich das bereits weiß. Wenn wir sterben, sterben wir, und unser Leib verwest", sagte ich. Ich konnte beinahe Großmutters Stimme wieder hören und fragte mich, ob meine Augen denselben ängstlichen Ausdruck hatten wie damals die ihren.

„Wie traurig, wenn es so wäre! Der Mensch ist zu wertvoll, um auf dieselbe hoffnungslose Art zu sterben wie ein Hund. Sehen Sie, der Mensch hat eine Seele, und das ist der große Unterschied. Der Mensch kann zwischen Gut und Böse wählen. Er kann Gott annehmen oder ablehnen. Er kann den Himmel oder die Hölle wählen."

„Das sind nur Worte der Kirche. Sie haben für mich keine Bedeutung. In Wirklichkeit wissen Sie auch nicht, was geschieht, wenn jemand stirbt“, antwortete ich eigensinnig.

„Doch, ich weiß es. Gott wußte, daß der Mensch Angst vor dem Tod hat. Er wußte, daß diese Frage das menschliche Herz beschäftigt, und deshalb hat er uns eine Antwort gegeben. Die gleiche Frage, die Sie mir heute abend stellen, hat vor Tausenden von Jahren ein Mann namens Hiob gestellt. Er schrie in seiner Not: 'Wenn der Mensch stirbt, wird er wieder leben?'“

„Wenn ein Mensch stirbt, wird er nicht wieder lebendig. Der Prophet der Kickapoos sagte, er würde nach seinem Tod wieder auferstehen, aber es war nicht so. Er blieb tot. Tot ist tot“, erklärte ich.

„Das ist ja gerade das Wunder. Der Mensch lebt nicht nur noch einmal, sondern ewig! Unser jetziges Leben ist kurz und voll Angst und Not. Wenn unser späteres Leben ebenso wäre, würde kein Mensch ewig leben wollen. Aber das nächste Leben wird herrlich sein, wenn man Jesus Christus als seinen Herrn angenommen hat. Wir werden an einem wunderschönen Ort sein, den Gott für uns bereitet hat. Dort gibt es weder Tränen noch Tod, sondern Liebe und Freude. Ich finde keine Worte, um meine Freude zu beschreiben, wenn ich an das denke, was vor uns liegt.“ Seine Augen leuchteten.

„Woher wissen Sie das?“

„Die Bibel sagt es“, antwortete er und legte die Hand auf seine abgenutzte Bibel.

„Für mich bedeutet die Bibel nichts. Sie ist ja nur ein Buch.“

Reverend McPherson lehnte sich in seinem Stuhl zurück. „Ja, ich sehe Ihr Problem. Ich nehme es immer als selbstverständlich an, daß die Leute die Bibel als das Wort Gottes akzeptieren. Und ich vergesse immer wieder, daß es unzählige Leute gibt, die noch nie eine Bibel gesehen haben." Er sah mich an. „Haben Sie eine Bibel?"

„Nein." Ich schüttelte den Kopf. „Ich sehe nicht ein, wozu ich eine haben sollte. Haben Sie eine Kriegstrommel?"

Er lachte, und ich auch – zum erstenmal seit einer Woche.

„Nein, ich besitze keine Kriegstrommel, aber ich habe eine Bibel, die ich Ihnen geben kann."

Bevor ich einen Grund finden konnte, weshalb er mir keine schenken sollte, hatte er aus seinem Bücherregal eine Bibel genommen und meinen Namen hineingeschrieben. „Hier, diese Bibel gehört Schrei im Wind." Er gab sie mir.

„Sie hätten meinen Namen nicht hineinschreiben sollen. Vielleicht hätte jemand anders sie gern gehabt."

„Ich habe noch mehr Bibeln, die ich anderen Leuten geben kann. Diese hier ist ein besonderes Exemplar. Sie ist nur für Sie bestimmt."

Ich streckte die Hand aus und nahm sie. Als ich den harten, schwarzen Deckel berührte, hatte ich das Gefühl, als hätte ich einen gewissen Schritt getan, als hätte ich eine Art Verpflichtung übernommen. Ich wußte zwar nicht, wem gegenüber, aber ich wußte, daß sich alles ändern würde, wenn ich die Bibel annahm. Es war zu spät, sie zurückzugeben. Mein Name stand darin.

„Aber was ist mit dem Medizinmann? Solche Leute haben eine große Macht“, sagte ich.

„Ich weiß es. Ich glaube, der Teufel gibt ihnen diese Macht, und deshalb können sie die Leute dazu bringen, Falsches zu glauben.“

„Aber wenn die Christen Macht besitzen und der Teufel anderen Leuten auch Macht gibt, wie kann man hier unterscheiden?“

„Die Macht, die Gott gibt, führt zum Guten, aber die Macht des Teufels führt ins Verderben.“

Wir sprachen noch eine weitere Stunde miteinander. Mir schwirrte der Kopf von all den Worten und Gedanken, die so neu und fremd für mich waren. Irgendwie schien das Geheimnis gelüftet. Aber ich verstand nichts davon.

Es war unterdessen spät geworden. Ich dankte ihm für diese Zeit und das Buch, das er mir geschenkt hatte.

„Werden Sie nicht mutlos, wenn Sie sich in dem, was wir heute besprochen haben, nicht sofort zurechtfinden. Die weisesten Männer dieser Welt sind ratlos, wenn es um Tod und ewiges Leben geht. Das ist wahrscheinlich die tiefgründigste aller Fragen, über die Sie je sprechen und nachdenken werden. Es dauert seine Zeit, bis man es versteht, aber eines Tages werden Sie diese Dinge einordnen und erfassen können.“ Er schüttelte meine Hand. „Denken Sie daran, daß es Antworten gibt und wir Gewißheit darüber haben können, was nach dem Tod sein wird.“

Schweigend öffnete ich die Tür.

„Kommen Sie bald wieder!“ bat er mich.

„Ich denke nicht, daß ich wiederkommen werde.

Ich kann das nicht glauben, was Sie sagen", antwortete ich.

Ich dachte, daß er zornig würde, aber er sah mich nur traurig an. „Sollten Sie sich anders besinnen, so bin ich immer hier zu finden", sagte er sanft.

Ich drehte mich um und ging weg. Ich wollte, er hätte mir dieses Buch nicht gegeben, auf dem in Goldbuchstaben „Heilige Schrift" stand.

Als ich im Dunkeln nach Hause ging, wiederholte ich immer wieder: „Zu dumm! Welch große Dummheit von mir, dorthin zu gehen!" Ich war niedergeschlagen, und ein Gefühl grenzenloser Einsamkeit überkam mich. Wie, wenn er doch recht hatte? Wenn es doch ein Leben nach dem Tod gab?

Als ich nach Hause kam, ließ ich die Bibel in einer Schublade verschwinden. Morgen wollte ich sie wegwerfen. Wenn er nur meinen Namen nicht hineingeschrieben hätte!

Es war, als wütete ein loderndes Feuer in mir. Ich wollte am liebsten alles zerstören und gellend schreien. Ich wollte meine Feinde töten, ihre Skalps in meinen Händen halten und dem Himmel zurufen, ich hätte alle Feinde getötet und wäre Sieger. O, hätte ich nur vor hundert Jahren gelebt! Damals war das Leben noch einfach. Wenn man jemand haßte, tötete man ihn. Man wurde nicht bestraft. Man wurde bejubelt, weil man einen Feind besiegt hatte. Wer war mein Feind? Jeder! dachte ich bitter und schleuderte ein Kissen durch das Zimmer.

Die ganze nächste Woche war ich ungenießbar. Ich sprach nur, wenn ich unbedingt mußte. Bei der Arbeit hielt ich mich, wenn irgend möglich, im Hintergrund. Mein Mittagessen aß ich allein im staubigen Magazin, anstatt zusammen mit den anderen in der Kantine. Wenn ich zur Arbeit oder nach Hause ging, schaute ich zu Boden und wollte weder den Himmel noch die Bäume oder sonst etwas um mich sehen. Ich war zornig, aber ich wußte nicht, weshalb.

Als ich am Freitag nachmittag das Geschäft verließ, wartete Flint auf mich. Er lehnte an der Mauer des Gebäudes und sah mich erst, als ich neben ihm stand. Nie zuvor in meinem Leben war ich so glücklich, jemand zu sehen.

„Wartest du auf jemand?" erkundigte ich mich. Der Zorn und die Niedergeschlagenheit der letzten Tage fielen wie eine Decke von mir ab.

„Ja", erwiderte er beiläufig und richtete sich hoch auf. „Ich warte auf eine magere, häßliche Kickapoo-Frau. Hast du eine gesehen?"

„Nein. Aber wenn ich einer begegne, werde ich es dich wissen lassen", lachte ich. „Ich freue mich, dich zu sehen."

„Ich hatte nichts Besseres zu tun", sagte er.

Ich blieb dicht an seiner Seite. „Was gibt es Neues?"

„Ich habe von einem Tanzfest westlich der Stadt gehört. Ich dachte, du könntest mit mir kommen, wenn du nichts anderes vorhast."

Ich versuchte, ruhig zu bleiben und meine Aufregung nicht zu zeigen. „Hm, klingt nicht schlecht. Ich habe nichts Besonderes vor." Ich hatte nie etwas vor und war überzeugt, daß Flint das wußte und es nur nicht zeigen wollte.

„Ich lade dich zum Essen ein, und dann fahren wir hin. Ich habe gehört, daß es dort hoch hergeht.

Es ist nur für Vollblut", sagte er und kletterte in den Wagen.

Mit „Vollblut" meinte er, es sei ausschließlich für Indianer; die „Bleichgesichter" hatten keinen Zutritt. Ich war froh, daß er nichts von Mischlingen sagte, denn das betraf mich. Das war nur eine höflichere Form als „Halbblut".

Als wir die lange Hauptstraße hinunterfuhren, beschleunigte Flint immer mehr, bis wir etwa 130 Stundenkilometer fuhren. Er redete und lachte und schien so glücklich wie lange nicht mehr. Bald steckte er mich mit seiner guten Laune an. Ich drehte das Fenster herunter, um die frische Sommerluft hereinzulassen. Ich war nicht mehr müde. Der Wind blies mir neue Kraft zu.

Es war Vollmond, und die Farbe des Navajo war silbern. Es war beinahe taghell. Ich konnte jeden Zaunpfahl neben der Straße, jeden Baum und jedes Pferd sehen.

Ich war glücklich. Es freute mich, daß mich Flint mitgenommen hatte. Ich stieß einen langen Seufzer aus und lehnte mich zurück. So sollte es immer sein: Ich war frei und mit jemandem zusammen, der so war wie ich. Ich brauchte keine neue Religion und keine neue Lebensweise. Hierher gehörte ich, und ich war mit meinen Leuten auf dem Weg zu einem Fest.

Je schneller Flint fuhr, desto mehr Kilometer lagen zwischen mir und meiner leeren Wohnung und Reverend McPherson und seiner Kirche. Wenn Flint nur schnell genug fuhr, konnte ich alles hinter mir zurücklassen, sogar den neuen Gott, von dem ich gehört hatte.

Flint redete immerzu, aber ich hörte nur mit halbem Ohr hin. Ich war gefesselt vom Mondschein, dem Tempo des Wagens und meinen eigenen Gedanken. Ich dachte an jenen besonderen Ritt mit Donnerhuf zurück, und plötzlich übermannten mich wieder die Einsamkeit und der Schmerz des Verlustes in dem Bewußtsein, daß ein Teil meines Lebens für immer vorbei war.

Flint fuhr langsamer und bog in eine enge, schmutzige Straße ein. Ich setzte mich auf und sah mich um.

„Es sind nur noch einige Kilometer", sagte er. Nun sprach er nicht mehr, weil er sich auf die schmale, kurvenreiche Straße konzentrieren mußte.

Ich fühlte, wie die Stimmung dieses Abends dahinschwand, und wollte mich noch an sie klammern. Ich schaute zu Flint hinüber und sah, daß auch sein Lächeln verschwunden war. Ich wünschte, wir hätten die Abzweigung verfehlt. Ich wäre gern stundenlang so weitergefahren. Ich wußte, daß es mir nicht mehr gelingen würde, in die Stimmung von vorher zu kommen, deshalb gab ich den Versuch auf und achtete auf die Straße, die nun eher ein Feldweg war.

Flint stieg hart auf die Bremse. Ich wurde nach vorn geschleudert und konnte mich gerade noch am Armaturenbrett festhalten.

„Was ist los?" Ich sah keinen Grund, weshalb er hier anhielt.

„Dort, die Felsblöcke!" antwortete er und bog scharf nach links ab.

Im Scheinwerferlicht wurden drei Felsblöcke sichtbar, die am Straßenrand aufgetürmt waren.

Kein Mensch hätte sie beachtet – und wenn, so hätte niemand geahnt, daß sie ein Wink waren, die Straße zu verlassen und querfeldein zu fahren, wenn er die geheimnisvolle Zeichensprache nicht kannte.

Wir waren etwa einen Kilometer weit durch Felsblöcke und Büsche gefahren, als wir mehr als ein Dutzend Autos und Lastwagen entdeckten, die im Dickicht abgestellt waren. Die ersten Ankömmlinge hatten eine hufeisenförmige Koppel angelegt, etwas mehr als einen Meter hoch und groß genug für 15 Fahrzeuge. In früheren Zeiten hatte man während des Festes hier die Pferde gelassen. Heute abend diente die Koppel dazu, die Wagen vor den Augen Ungebetener zu verbergen. Keiner war hier willkommen, der nicht zum Fest geladen war.

Vor der Morgendämmerung, nachdem das Fest vorüber war, würden die Leute einer nach dem andern, still und unbemerkt, den Treffpunkt verlassen. Das Feuer würde gelöscht und die Asche vergraben werden. Die Koppel würde wieder verschwinden und bei Sonnenaufgang nichts mehr darauf hindeuten, daß heute abend jemand hier gewesen war. Im Gegensatz zum weißen Mann, der leere Büchsen, Zigarettenstummel und Papier hinterließ, blieb von den Indianern nichts zurück – oft nicht einmal ihre Fußspuren.

Flint stellte den Motor ab. Wir stiegen aus und drückten leise die Türen zu. Er ging voraus, und ich folgte ihm durch das Gestrüpp den steilen Hügel hinauf bis zum Rand der Schlucht.

Zwischen uns und dem Abgrund standen vier Tänzer in einer Linie vor dem Lagerfeuer. Hinter den Tänzern herrschte tiefstes Dunkel, das sich von der Schlucht der Toten bis zum sternenlosen Himmel erstreckte.

Ich folgte Flint und setzte mich neben ihn auf den Boden, wo die anderen Indianer saßen. Die meisten waren in Wolldecken gehüllt. Ich suchte nach einem bekannten Gesicht, konnte aber keines entdecken. An den verschiedenen Decken und Schmuckstücken sah ich, daß drei Stämme vertreten waren.

Ich war so in den Anblick der Indianer versun-

Die Tänzer stießen einen schrillen, angstvollen Schrei aus.

ken, daß ich erschrak, als die Tänzer unvermittelt einen schrillen, angstvollen Schrei ausstießen. Schnell wandte ich mich um und beobachtete die vier, die sich langsam um das Feuer drehten. Jeder Schritt war genau bemessen, und sie tanzten so wie unsere Vorfahren vor tausend Jahren – am gleichen Platz und in der gleichen Art. Ihre schrillen Schreie zu Ehren des Coyoten-Gottes klangen so echt, daß die Präriewölfe aus der Ferne antworteten.

Plötzlich bekam ich eine Gänsehaut. Ich rückte näher zu meinem Onkel. Er reichte mir seine Jacke, die ich eng um die Schultern legte.

Immer schneller drehten sich die Tänzer. Es war, als ob sich mein Pulsschlag dem Rhythmus der Trommel anpaßte. Die indianische Trommel hatte mich schon immer aufgewühlt, aber heute abend hatte sie etwas Bedrohendes, Böses, als ob sie etwas von mir nehmen würde.

Die anderen Indianer hatten in den Gesang eingestimmt und bewegten sich im Rhythmus der Trommel. Es schien, als würden wir alle in Trance versetzt.

Dann entdeckte ich etwas neben den Tänzern. Es war ein feiner, beinahe durchsichtiger Rauch. Zuerst war er kaum zu sehen, dann entwickelte er sich, bis er so hoch war wie ein Mensch. Er drehte und wendete sich wie ein Teufel. Er hatte keine Gestalt, keinen Körper. Ich war zu Tode erschrocken und konnte doch die Augen nicht von ihm wenden. Ich fühlte, daß er böse und gefährlich war. Ich wollte sprechen und mich bewegen, aber ich war wie gelähmt. Als der Tanz zu Ende war, verschwand der weiße Zauber mehr und mehr, bis er schließlich ganz weg war. „Was war denn das?“ flüsterte ich Flint zu.

„Was?“ Er beugte sich herüber, um mich besser zu verstehen, aber seine Augen starrten noch immer ins Feuer. Er hatte es nicht gesehen, sonst hätte er nicht fragen müssen, wovon ich sprach.

„Nichts. Es war nichts“, antwortete ich und betrachtete wieder die Flammen. Ich mußte mir das eingebildet haben. Da war doch nichts gewesen, sonst hätte Flint es auch sehen müssen. Aber weshalb hatte ich ein so eigenartiges Gefühl? Ich war froh, daß ich Flints Jacke übergeworfen hatte, damit er nicht sehen konnte, wie ich zitterte. Ich wünschte, die Tänze hörten auf. Ich wollte nach Hause gehen. Irgend etwas war hier in der Schlucht der Ahnen nicht geheuer.

In den nächsten zwei Stunden wurde weiter getanzt. Ich blieb ruhig sitzen, obwohl ich lieber weggegangen wäre, aber ich wollte Flint nicht vor den Kopf stoßen, sonst würde er mich nie mehr irgendwohin mitnehmen. Ich versuchte, an anderes zu denken, denn ich wollte den weißen Zauber nicht mehr sehen. Ich versuchte mir einzureden, daß ich nur müde war oder vielleicht einen Schatten gesehen hatte, aber es gelang mir nicht. Deshalb vermied ich es, die Tänzer oder das Feuer oder den Abgrund zu betrachten, sondern richtete meine Augen fest auf meine Zehenspitzen und den Boden rings um mich.

Unzählige Male ertappte ich mich dabei, wie ich an Reverend McPherson dachte und mir vorstellte, wie man sich in seiner Kirche fühlte. Dort gab es keine Zaubereien mit Rauch. Nächstes Mal wollte ich ihn fragen, was er darüber dachte. Er würde wissen, was das war. Dann fiel mir ein, daß ich gesagt hatte, ich wolle nie wieder dorthin gehen. Es war ein schwerer Fehler gewesen, daß ich zu dieser Kirche gegangen war und mit ihm gesprochen hatte. Vielleicht sollte der heutige Abend eine Warnung sein, nie wieder vom alten Weg abzuweichen. Ja, so mußte es sein. Ich gehörte hierher. Das war mein Volk, das waren meine Götter, von denen sie sangen. Aber ich hatte nicht das Gefühl, daß ich dazugehörte.

Flint saß bewegungslos da und verlor sich in den Bewegungen der Tänzer und ihrer Gesänge. Er gehörte hierher. Er war ein Teil davon, aber er war nicht glücklich.

Ich sah mich im Kreis um. Niemand lächelte. Die dunklen Gesichter waren wie aus Stein gemeißelt. Ein Indianer hatte wahrscheinlich keinen Grund zum Lächeln.

Der letzte Tanz war zu Ende. Nichts deutete darauf hin, daß auch das Fest vorüber war. Die Tänzer gingen in die Dunkelheit hinein, die Trommel verstummte, und die Leute standen auf und verschwanden ebenfalls ins Dunkel.

Ich erhob mich und bürstete den Staub ab. „Komm, Flint", sagte ich und nahm seinen Arm. „Es ist vorbei. Gehen wir doch!"

Er stand auf und streckte sich. „Nein, ich bleibe noch", antwortete er und deutete mit dem Kopf zu einer Baumgruppe.

Ich drehte mich um und erschrak. Zwischen den Bäumen versteckt war ein Tipi*. Dieses Tipi konnte

* Kultzelt

nur bedeuten, daß für heute abend noch eine Peyotezeremonie* vorgesehen war.

Als wir gekommen waren, hatte ich es nicht bemerkt. Es muß während der Tänze schnell aufgestellt worden sein. Flint hatte wahrscheinlich keine Peyotezeremonie hier erwartet, sonst hätte er mich nicht gebeten mitzukommen. Aber jetzt wollte er natürlich daran teilnehmen.

„Bitte, Flint“, bat ich und hielt seinen Arm noch fester.

„Ich bleibe hier“, antwortete er in einem Ton, der keinen Widerspruch duldete. Er zog seinen Arm zurück.

Wir standen bewegungslos da, und keiner sagte ein Wort. Ich blickte zu Boden und bohrte meine Absätze in die weiche Erde.

Flint griff in seinen Hosensack und zog den Wagenschlüssel heraus. „Da, Kleine, nimm den Schlüssel und warte im Auto auf mich. Es dauert nicht mehr lange.“

Ich nahm den Schlüssel und ging zum Wagen. Meine Kehle war wie ausgedörrt, und die Augen brannten. Ich schaute nochmals zurück – in der Hoffnung, daß sich Flint anders besonnen hätte und mir folgen würde. Aber er stand bereits am Eingang des Tipis.

Ich kletterte in den Wagen, nahm den Zündschlüssel und setzte mich ans Steuer. Es geschähe ihm ganz recht, wenn ich einfach davonfahren und ihn hier lassen würde! Aber ich brachte es nicht fer-

* Kult, in dessen Mittelpunkt der sakramentale Gemeinschaftsgenuß der Peyote steht, der Trancezustände bewirkt

tig, Flint zurückzulassen. Er hatte gewußt, daß ich auf ihn warten würde, als er mir den Schlüssel gab.

Ich schlug die Hände vors Gesicht und weinte. Ich weinte, weil ich auf Flint und die ganze Welt böse war. Ich weinte, weil dieser Abend, der so schön begonnen hatte, solch ein Ende nahm. Und wieder war ich allein. Was ich auch tat, und wo ich auch hinging, ich blieb immer allein.

Ich legte mich auf den Sitz und weinte, bis ich die Trommel im Tipi schlagen hörte. Dann setzte ich mich auf, wischte mit dem Ärmel die Tränen weg und beobachtete das Tipi. Rauch stieg auf – die Zeremonie hatte also begonnen. Obwohl ich nie an einer Peyotezeremonie teilnehmen durfte, wußte ich so genau, was sich dort abspielte, als säße ich neben Flint auf dem Boden.

Peyote ist ein Kaktus, der im Südwesten des Landes wächst. Wer davon ißt, wird in eine Traumwelt versetzt, in der er Visionen hat und mit den Geistern reden kann. Für die Indianer verkörpert Peyote die Mutter Erde. Die Sage erzählt, daß vor langer Zeit eine Frau einsam im Sterben lag. Sie hörte eine Stimme, die ihr befahl, eine Pflanze zu essen, die in der Nähe wuchs. Als sie davon aß, kehrten ihre Kräfte zurück, und sie war wieder imstande, den Weg zu ihrem Stamm zurückzufinden. Dort zeigte sie ihren Brüdern, wie man Peyote-Feste feiern müsse. Die meisten Indianer nennen das Peyote-Ritual „Halbmond-Weg“. Nichtindianer sollten nicht wissen, wovon die Rede war.

Ich sah die Klappe, die den Eingang zum Tipi verschloß. Für das Fest mußte alles genau vorbereitet werden. Der Eingang lag gegen Osten. Vier Indianer leiteten die Zeremonie. Der Wege-Boß ist der Anführer, dann kommt der Trommler-Boß, der Zedern-Boß und der Feuer-Boß. Zu Beginn steht der Wege-Boß in der Mitte des Tipi, mit dem Gesicht nach Westen, und legt sich dann auf den Boden. Das macht er, um seinen Stolz abzulegen und sich vor Mutter Erde zu demütigen. Dann streckt er die Arme weit aus und zeichnet mit den Fingerspitzen einen Halbmond auf der Erde. Über diesem Halbmond zieht er eine Linie, die Peyote-Weg oder Weg des Lebens genannt wird. Der Wege-Boß sitzt gegenüber dem Eingang, zu seiner Rechten der Trommler. Für das Peyote-Ritual gibt es eine eigene Trommel. Es wird eine gewöhnliche Metalltrommel zu einem Viertel mit Wasser gefüllt und eine nasse Hirschhaut darüber gespannt.

Links vom Wege-Boß sitzt der Zedern-Boß, der während der Zeremonie Zedernzweige auf das heilige Feuer wirft. Der Feuer-Boß sitzt beim Eingang des Tipi, bewacht das Feuer und verwehrt Fremden den Eintritt.

Das heilige Feuer wird in V-Form angelegt, wobei die Öffnung gegen Osten und das geschlossene Ende gegen Westen gerichtet ist. Auch das übrige Holz wird auf besondere Art aufgeschichtet.

Im ganzen Tipi werden Salbeiblätter verstreut. Flint und die anderen Indianer würden auf Haufen von Salbeiblättern sitzen.

Sobald alle ihre Plätze eingenommen haben, wirft der Feuer-Boß Zedernzweige in die Flammen. Man drückt ihm eine Adlerfeder in die Hand, die ihm über jeden Macht gibt, der im Tipi ein und ausgeht.

Alle ziehen die Kleider aus, nur die vier verantwortlichen Männer nicht. Sie reiben ihren Körper mit Salbei ein, um sich zu reinigen. Salbei ist eine alte Heilpflanze, aber auch eine Wunderpflanze, die die bösen Geister vertreiben soll.

Wenn die Peyote-Knospen herumgereicht werden, nimmt jeder der Männer vier davon. Dann nimmt der Wege-Boß „Vater Peyote" aus seinem mit Perlen verzierten Kästchen, hält ihn über den Rauch des heiligen Feuers und legt ihn vor sich hin. Die Peyote-Knospe, die als „Vater" verwendet wird, ist groß und vollkommen in ihrer Form. Manchmal wird ein Altar aus Wildleder oder perlenbestickten Kleidern gemacht und diese Knospe daraufgelegt.

Rings um „Vater Peyote" werden Kultgegenstände gelegt: eine Pfeife aus einem Adlerknochen, ein Salbeizweig, eine Kürbisrassel mit einem perlenbestickten Handgriff (Peyote-Perlenarbeiten sind anders), ein Pfeil und die Peyote-Federn des Wege-Bosses. Er nimmt Adlerfedern, wenn er welche findet, sonst behilft er sich mit präparierten Truthahnfedern.

Dann nimmt der Wege-Boß den Salbeizweig und die Feder in die linke und die Kürbisrassel in die rechte Hand und stimmt ein Peyote-Lied an. Der Trommler-Boß schlägt die Trommel dazu. Jedes Lied wird viermal gesungen. Vier ist eine heilige Zahl für Indianer und symbolisiert die Himmelsrichtungen und Jahreszeiten. Dann läßt der Wege-Boß Kürbis, Federn und Salbeizweige im Kreis herumgehen, und einige Männer singen dazu, wenn sie an der Reihe sind. Wenn jemand nicht singen will, gibt er die Sachen dem nächsten weiter. Ich fragte mich, ob Flint je gesungen hat. Ich bezweifle es. Ich glaubte nicht, daß er aus Begeisterung mitmachte.

Um Mitternacht wurden noch mehr Zedernzweige auf das Feuer geworfen. Das Mitternachtswasserlied wurde viermal wiederholt und ein Eimer Wasser ins Tipi getragen. Nun würden Flint und die anderen die Peyote-Knospen essen und dazu

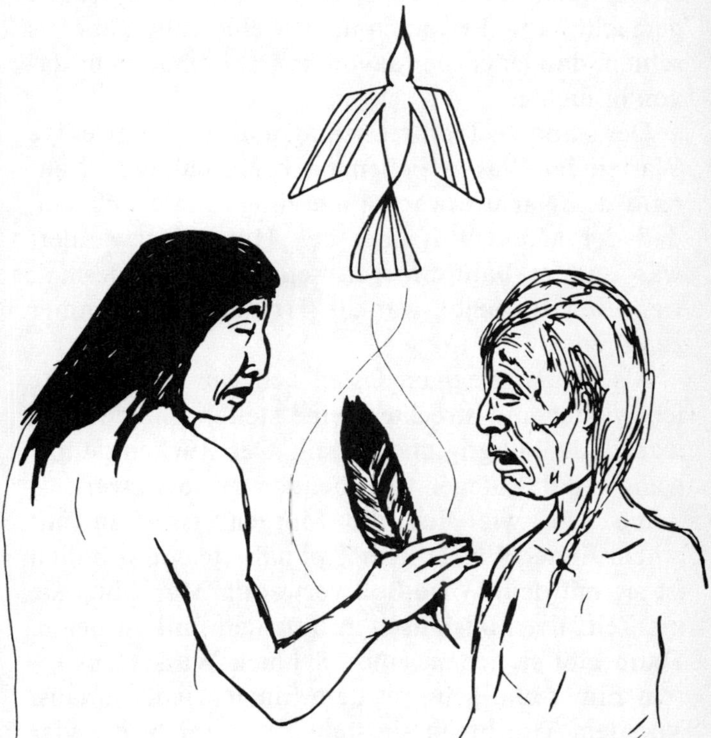

Der Wege-Boß reicht seine Federn im Kreis herum.

das Wasser trinken. Bis zum Morgengrauen würden sie bleiben.

Ich konnte mir genau vorstellen, was Flint tat, aber ich wußte nicht, welche Art von Visionen er hatte. Sie konnten gut oder schlecht sein. Sie mochten über Tod und böse Geister sein, oder sie waren gute Medizin für ihn und konnten ihm Kraft und Hilfe geben.

Ich weiß, daß er schon oft von Peyote Gebrauch gemacht hatte. Er sprach nicht viel darüber, aber es schien, daß jeder, der davon nahm, immer mehr davon brauchte.

Der ständige Trommelschlag und das langweilige Warten im Wagen ließen mich einschlafen. Während der Nacht erwachte ich einige Male. Ich sah, daß der Mond weit über den Himmel gewandert war und es bald Morgen sein mußte. Jedesmal, wenn ich erwachte, war die Trommel noch immer zu hören.

Als der Himmel im Osten hell wurde, erwachte ich wieder und streckte meine steifen Glieder. Ich war müde, hungrig und durstig. Der Rücken tat mir weh, weil das Liegen so unbequem gewesen war.

Ich sah, wie sich die Morgenwasserfrau mit einem Eimer Wasser dem Tipi näherte. Gewöhnlich ist sie mit dem Wege-Boß verwandt. Man bittet sie ins Zelt, um Maishülsen zu rauchen und zu beten. Dann gibt sie jedem einen Schluck Wasser aus ihrem Eimer und geht mit dem Eimer wieder hinaus. Vor dem Tipi bleibt sie stehen und reicht die vier heiligen Nahrungsmittel hinein: Wasser, Korn, Nüsse und Fleisch. Sie weisen auf das Leben der Indianer hin, bevor der weiße Mann auftauchte. Alle im Tipi essen davon. Nachher werden die heiligen Peyote-Gegenstände weggenommen, das Kästchen verschlossen – und die Zeremonie ist vorüber.

Ich schaute zum Eingang des Tipi hinüber und wartete auf Flint. Zwei andere Männer erschienen zuerst. Einer von ihnen legte sich unweit eines Baumes nieder und hielt sich mit beiden Händen am Stamm fest, als ob er dachte, die Erde bebe. Der andere stolperte ein paar Schritte weiter, dann wurde ihm schlecht, und er erbrach sich.

Als Flint auf den Wagen zuwankte, wußte ich, daß er nicht fahren konnte. Ich öffnete die Tür an meiner Seite und rutschte auf den Fahrersitz hinüber. Ich hoffte, er würde nicht erbrechen oder in Ohnmacht fallen. Dreimal probierte er, bis er in den Wagen klettern konnte. Seine Augen waren glasig und rotgerändert, die Lippen geschwollen und aufgesprungen, aber er lächelte und sang vor sich hin. Er merkte kaum, daß ich hier war.

Ich ließ den Motor an und hoffte, daß ich den Weg zur Hauptstraße finden würde. Flint konnte mir in diesem Zustand nicht helfen. Zweimal folgte ich einer falschen Spur und mußte zurück, aber endlich fand ich die Straße und fuhr nach Hause.

Gestern, auf der Hinfahrt, verging die Zeit schnell, und die Strecke schien kurz. Heute, beim grellen Licht der Sonne, war ich müde, und die Straße zog sich endlos dahin. Ein paarmal versuchte ich, mit Flint zu sprechen, aber er hörte und verstand nicht, was ich sagte. Er sang Peyote-Lieder und sprach von wilden Pferden und einem riesigen Vogel. Er war immer noch beim Fest der letzten Nacht.

Ich wollte daheim sein, bevor die Wirkung des Peyote nachließ. Früher schon hatte ich Menschen in diesem Zustand beobachtet. Ein paar Stunden nach dem Fest waren sie glücklich und zufrieden. Aber sobald die Wirkung vorüber war, verfielen sie in eine schwere Depression, die tage-, ja sogar wochenlang anhielt.

Flint würde dieses Tief überwinden, indem er sich betrank. Dann folgte ein Katzenjammer, dann eine tiefe Mutlosigkeit, dann wieder Peyote – und der Teufelskreis begann von vorne. Wir waren beide im selben Kreis gefangen. Wenn man sich in einem Kreis befindet, gibt es keinen Ausweg.

Mir schwirrte der Kopf, und bevor ich wußte, was geschah, war ich von der Straße abgekommen. Die Räder des Wagens steckten im losen Kies neben der Fahrbahn. Ich riß das Steuer herum und kam wieder auf die Straße, aber jetzt fuhr ich langsamer. Meine Hände schwitzten. Ich hatte beinahe einen Unfall verursacht. Wir hätten uns überschlagen und tot sein können. Sterben, dachte ich. So kommt man aus dem Teufelskreis heraus. Ich sah zu Flint hinüber, aber er war so abwesend, daß er nicht einmal bemerkt hatte, was geschehen war.

Ich richtete mich etwas auf und öffnete das Fenster, um kühle Luft hereinzulassen. War ich nur müde und dieser Beinahe-Unfall reiner Zufall, oder steckte etwas anderes dahinter?

8

Ich kam mir vor wie in einer Falle, als ich ins Warenhaus ging und ein neuer Arbeitstag vor mir lag. Ich hängte die Jacke auf und versuchte, an nichts anderes zu denken als an die vielen Kunden, die den ganzen Tag ein und aus gingen. Die Regale mußten gefüllt werden.

Als ich das Geschirr auspackte, warf ich einen Blick auf die Preisliste. Eine Tasse kostete zwölf Dollar, ein Teller achtzehn und das vollständige Gedeck mehrere hundert Dollar. Ich dachte an das zerkratzte, abgeschlagene Geschirr, das Großmutter und ich benutzt hatten. „Ach was", sagte ich vor mich hin, „auf einem achtzehn-Dollar-Teller ist nicht mehr Platz für Toast und Bohnen als auf einem Teller für zehn Cent!" Aber diese Leute aßen nicht Toast und Bohnen. Sie hatten fremde, teure Gerichte. Sogar Fisch! Ich schauderte. Großmutter hatte mir immer gesagt, daß unsere Leute nie Fisch essen würden, denn in den Fischen lebten die Seelen toter Frauen weiter, die auf dieser Erde böse waren.

Ich stellte gerade das letzte Geschirr aufs Regal, als Betty kam und mir eine hübsche Karte in die Hand drückte. „Willst du bitte unterschreiben?" fragte sie.

„Was ist das?"

„Frau Montgomery aus der Textilwarenabteilung

geht diese Woche in Pension. Sie arbeitet schon seit fünfzig Jahren hier in der Textilabteilung. Mit fünfzehn hat sie angefangen." Betty schüttelte den Kopf. „Kannst du dir das vorstellen? Fünfzig Jahre im gleichen Geschäft! Menschenskind, ich bleibe sicher nicht fünfzig Jahre hier! Sobald ich den Richtigen finde, heirate ich, und dann – ade!" Sie wartete, bis ich unterschrieben hatte, und ging dann weg. Ich hörte sie noch murmeln: „Fünfzig Jahre!"

Ich dachte an Frau Montgomery. Sie hatte in meinem Alter hier angefangen und war geblieben – ihr ganzes Leben lang. Jeden Tag sah sie die gleichen Leute und die gleichen Sachen, jeden Tag, immer das gleiche.

Eine Kundin kam herein und nahm eine der Teetassen in die Hand, die ich eben aufgestellt hatte.

„Kann ich etwas für Sie tun?" fragte ich.

Sie sah mich an, und ihr Gesicht wurde finster. „Wenn Sie nichts dagegen haben, so möchte ich lieber von einer anderen Verkäuferin bedient werden."

Mir war, als schütte mir jemand einen Eimer eiskalten Wassers über den Kopf. Ich drehte mich um und ging zu Betty. Ich wollte mir zwar nichts anmerken lassen, aber mein gequältes Lächeln und meine zitternde Stimme verrieten mich. „Betty, würdest du bitte diese Dame bedienen?"

„Ja, gern. Aber ich dachte, du würdest sie bedienen", antwortete sie und schaute auf die anspruchsvolle Kundin.

„Sie wollte jemand anders." Ich zuckte die Achseln. „Vielleicht ist ihr Ur-Urgroßvater von einem Indianer skalpiert worden." Ich drehte der Frau den Rücken zu und schrieb die Preise an, während Betty sie bediente.

Als die Kundin wegging, kam Betty zu mir. „Mach dir nichts draus. Sie gehört zu der Sorte von Leuten, die niemanden mögen."

Langsam verging der Morgen, und endlich war Mittagspause. Ich verspürte nicht die geringste Lust auf ein Mittagessen aus meiner braunen Papiertüte. Ich fühlte mich ausgepumpt, aber ich hatte keinen Hunger. Ich stand eine Weile unschlüssig da und wußte nicht, was ich tun sollte. Vielleicht täte mir ein Spaziergang in der frischen Luft gut. Wahrscheinlich war ich einfach müde und würde mich nachher besser fühlen und Appetit haben.

Sobald ich draußen war, wußte ich, daß ich das Richtige getan hatte. Frische Luft und Sonnenschein waren genau das, was ich nach einem langen Morgen in dem alten, stickigen Gebäude nötig hatte. Mit jedem Schritt fühlte ich mich besser. Ich ging weiter und weiter, ohne darauf zu achten, wohin. Plötzlich stand ich vor einem kleinen Park. Es war nur eine winzige Anlage, aber sie schien mir wie eine Oase inmitten dieser Stadt- und Steinwüste. Ich setzte mich ins Gras und betrachtete die Bäume und die Blumen. Ich sehnte mich zurück ins Reservat, wo man auf der Erde laufen konnte, nicht auf harten Pflastersteinen, wo man nachts die Coyoten hörte und nicht den Lärm der Straße.

Ich saß noch nicht lange dort, als ein Mann in Uniform auftauchte und sagte: „Entschuldigen Sie, Fräulein, aber Sie dürfen nicht hier im Gras sitzen."

Ich stand auf.

Er lächelte. „Ich meinte, daß es nicht gestattet ist,

die Wiese zu betreten. Sie müssen auf den Wegen bleiben", sagte er und deutete auf die schmalen, gewundenen Pfade.

Ich war verwirrt und wurde rot, sagte jedoch kein Wort und sah ihn auch nicht an, als ich den Park verließ. Immer, immer muß man auf dem harten Betonboden laufen! „Betritt nicht das Gras! Du darfst nicht fühlen, wie weich Mutter Erde unter deinen Füßen ist!"

Es war beinahe eine Stunde vergangen, als das Warenhaus wieder in Sicht kam. In einigen Minuten würde meine Mittagszeit vorüber sein. Aber als ich bei der Tür angelangt war, ging ich einfach weiter. Ich würde nicht mehr dorthin zurückgehen. Ich konnte nicht mehr zurückgehen. Ich wollte nicht mehr in dieser Falle bleiben. Ich wollte nicht fünfzig Jahre dort verbringen! Dann fiel mir ein, daß mein Mantel noch dort war, aber ich wollte nicht einmal zurückgehen, um ihn zu holen. „Leb wohl, lieber Mantel!" sagte ich und ging nach Hause.

Ohne Arbeit verging die Zeit nur sehr langsam. Ich war gelangweilt und ruhelos und sehnte mich nach einer Tätigkeit. Als der Sonntag kam, war ich so verzweifelt, daß ich mich entschloß, zur Kirche zu gehen. Was konnte es mir schaden?

Meine Knie zitterten, als ich die Treppe hinaufging und eintrat. Ich blieb am Eingang stehen und wußte nicht, ob ich wirklich hineingehen oder davonlaufen sollte.

Diese Entscheidung wurde mir jedoch abgenommen, denn hinter mir kamen einige Leute, und ich mußte weitergehen. Noch ein paar zögernde Schritte, und ich stand mitten in der Kirche. Licht strömte durch die bunten Glasfenster mit den verschiedenen Bildern. Auf einem war ein Mann mit Schafen zu sehen. Ein anderes Fenster zeigte ein paar Männer, die an einem Tisch saßen und aßen.

Meine Knie zitterten so sehr, daß ich mich setzen mußte. Aber ich wußte nicht, wohin ich mich setzen sollte. Vielleicht waren die Plätze auf den langen Bänken mit den hohen Lehnen nur für gewisse Leute bestimmt? Vielleicht gab es gar keinen Platz für mich?

Die anderen Leute gingen an mir vorüber nach vorne. So folgte ich ihnen und schlüpfte in die dritte Reihe. Unsicher setzte ich mich auf die Kante. Es ertönte sanfte Musik, und leise Stimmen sangen Lieder, die ich nicht kannte.

Mein Herz klopfte so laut, daß ich meinte, alle anderen müßten es hören. Ich fragte mich, ob nicht all diese Menschen zu mir herschauten und sich wunderten, was ich denn in ihrer Kirche wollte.

Vereinigte Evangelikale Brüderkirche

Verängstigt und unruhig saß ich da. Jeden Moment erwartete ich, daß jemand auf mich zukäme und mich aufforderte, die Kirche zu verlassen. Vielleicht würden sie sogar aufstehen, mit dem Finger auf mich zeigen und mich davonjagen. Ich wünschte, ich wäre nicht gekommen. Ich gehörte nicht hierher. Ich gehörte nicht zu diesen Leuten. Ich schlug die Augen nieder und preßte die Hände im Schoß fest zusammen. Ich hatte Angst, etwas Falsches zu tun und die Aufmerksamkeit aller auf mich zu ziehen.

Nach einer Weile reichte mir ein Mann einen Teller mit Geld. Verwundert sah ich ihn an. Ich hatte ein ungutes Gefühl im Magen, als ich den Teller in der Hand hielt. Was sollte ich denn damit anfangen?

Der Mann lächelte, beugte sich herab und flüsterte: „Würden Sie bitte so gut sein und den Teller weitergeben?“

Wie dumm kam ich mir vor! Ich drückte den Teller meiner Nachbarin so plötzlich in die Hand, daß sie ihn beinahe fallen ließ. Es wurde mir heiß, und ich hatte nur den einen Wunsch, davonzulaufen. Ich mußte endlich weg von hier und dorthin, wohin ich gehörte!

Ich nahm all meinen Mut zusammen und stand auf. Plötzlich erhoben sich alle anderen auch. Die ganze Kirche stand!

Ich war so erschrocken, daß ich bewegungslos dastand. Wollten mich all diese Leute nun aufhalten?

Dann erschien Reverend McPherson im Altarraum.

Ich stieß einen Seufzer der Erleichterung aus. Er würde nicht erlauben, daß mich diese Leute belästigten. Er würde mich gehen lassen.

Er sprach ein paar Worte, und die Leute neigten den Kopf, als ob sie beschämt wären. Dann sagte er noch etwas, und alle setzten sich wieder. Ganz mechanisch nahm auch ich wieder Platz.

Ich richtete meine Augen auf Reverend McPherson. Er sprach schon wieder über diesen Mann, der Jesus hieß. Ich fragte mich, was Großmutter wohl sagen würde, wenn sie wüßte, daß ich in einem Gebetshaus der Weißen war. Sie wäre sicher nicht erbaut.

Bald war der Gottesdienst vorüber, und alle verließen die Kirche. Ein paar Leute blieben stehen, gaben mir die Hand, nannten ihren Namen und fragten mich nach dem meinen. Aber ich wollte ihn nicht sagen. Wußten diese verrückten Leute nicht, daß, wenn ein Indianer seinen Namen innerhalb einer Stunde dreimal aussprach, seine Ohren verdorrten? Die Weißen mußten noch viel lernen, dachte ich.

Reverend McPherson stand an der Tür und gab den Leuten, die hinausgingen, die Hand. Schüchtern streckte ich meine Hand hin, und er lächelte und hielt sie fest in der seinen.

„Wir freuen uns, daß Sie heute gekommen sind. Wollen Sie mit uns zu Mittag essen?"

Das hatte ich nicht erwartet und wußte deshalb nicht, was ich sagen sollte.

Die rothaarige Frau neben ihm trat einen Schritt näher und legte den Arm um meine Schulter. „Ich bin Frau McPherson. Nenne mich einfach Audrey.

Es würde mich sehr freuen, wenn du mit uns essen würdest." Dann, als ob sie meine Gedanken erraten hätte, fügte sie hinzu: „Nach dem Essen kannst du bleiben, solange du willst, oder gehen, wann immer du willst."

„Gut", nickte ich und folgte ihr in die Wohnung.

Nach ein paar Minuten war alles bereit und der Tisch gedeckt.

„Wir danken Gott bei jeder Mahlzeit", sagte Reverend McPherson. Er und Audrey neigten den Kopf, schlossen die Augen und sprachen kurz mit Gott. Dann nahm Audrey den Deckel von einer Platte.

Mich traf beinahe der Schlag. Es war Fisch! Ein langer Fisch mit großen, runden Augen sah mich an, so daß ich eine Gänsehaut bekam.

„Wieviel darf ich Ihnen geben?" fragte Reverend McPherson.

„Ich habe keinen Hunger", antwortete ich matt und konnte die Augen nicht von denen des Fisches abwenden,

„Stimmt etwas nicht?" fragte Audrey.

Ich wiederholte, ich hätte keinen Hunger, aber in diesem Moment knurrte mein Magen so laut, daß die beiden es unbedingt hören mußten. „Ich – ich kann diesen – Fisch – nicht essen! Er schaut mich an!" sagte ich.

Audrey beugte sich über den Tisch, um den Fisch genau zu betrachten.

Mir wurde schlecht. Heute lief alles verkehrt. „Meine Leute glauben, daß in Fischen die Geister böser Frauen wohnen. Wenn wir Fisch essen, leben diese bösen Geister in uns weiter."

Ohne ein weiteres Wort deckte Audrey den Fisch wieder zu. Ich war glücklich, daß er mich nicht mehr ansehen konnte. Audrey nahm die Platte mit dem Fisch und trug sie in die Küche.

„Ich will jetzt gehen“, sagte ich und stand auf.

„Aber wir haben noch nichts gegessen, und Sie müssen doch Hunger haben“, sagte Reverend McPherson und zwinkerte mit den Augen. „Gibt es auch gegen Schinkenbrote etwas einzuwenden?“

„Nein, im Schinkenbrot sitzt kein böser Geist“, lachte ich.

Das Befremdende zwischen uns schmolz dahin. Wir sprachen über alles mögliche. Ich kann mich nicht entsinnen, je im Leben so viel gelacht oder gesprochen zu haben. Der Nachmittag verging im Nu.

„Willst du nicht zum Abendessen bleiben und dann mit uns zur Kirche gehen?“ schlug Audrey vor.

„Haben Sie am Abend auch einen Gottesdienst?“ fragte ich erstaunt. „Ist das nicht zuviel für Ihren Gott? Vielleicht möchte er gar nicht so oft belästigt

Ich – ich kann diesen – Fisch – nicht essen! Er schaut mich an!

werden von den Leuten? Vielleicht würde er lieber schlafen?"

„Unser Gott schläft nie", antwortete sie.

„Dann muß er aber schrecklich müde sein. Sogar der Wind schläft manchmal."

„Unser Gott ist nie müde. Er ist immer bereit, unsere Gebete zu hören und mit uns zu sprechen."

Ich dachte einen Augenblick darüber nach. „Ist der Abendgottesdienst genauso wie der am Morgen?"

„Nein, nicht ganz so. Es kommen weniger Leute, und es verläuft zwangloser."

„Reicht man den Teller wieder herum?" erkundigte ich mich.

„Nein, das wird nur im Morgengottesdienst gemacht", lachte Audrey.

„Was soll der Teller überhaupt?" wollte ich wissen.

„Er wird deshalb herumgereicht, damit jeder, der das Reich Gottes unterstützen möchte, Gelegenheit dazu hat."

„Ich habe kein Geld", sagte ich. „Ich habe auch nichts auf den Teller gelegt heute morgen. Was bin ich Ihnen dafür schuldig, daß ich in der Kirche war?"

„Nichts. Kein Mensch muß bezahlen, wenn er zur Kirche geht. Es muß auch niemand etwas geben, wenn er nicht will. Gott freut sich, wenn die Leute kommen – auch, wenn sie kein Geld haben."

„Es würde uns freuen, wenn du bleiben wolltest", sagte Audrey.

Als ich zögerte, sagte Reverend McPherson: „Bitte!"

„Gut, ich bleibe", antwortete ich. Es war gar nicht so übel gewesen heute morgen, nachdem ich mich vom ersten Schreck erholt hatte.

Es war ein ruhiger Gottesdienst. Nun waren weniger Leute, und der Teller wurde nicht herumgereicht. Ich blieb eine Weile, aber dann war ich müde, schon wieder von Jesus zu hören. Ich fand, sie könnten auch einmal über etwas anderes reden. Ich stand auf und ging weg.

Audrey sah mich überrascht an, aber sie lächelte und winkte mir mit der Hand zu.

Während der nächsten Tage arbeitete ich nichts, und plötzlich stellte ich fest, daß ich nur noch zwei Dollar hatte. Entweder mußte ich mir eine Arbeit suchen oder hungern. Ich wollte nicht wieder als Verkäuferin arbeiten und Kunden haben, die mich wegen meiner Hautfarbe ablehnten. Nein, danke! Vielleicht konnte ich eine Arbeit finden, bei der ich nichts mehr mit Menschen zu tun hatte und allein war.

Ich las die Stellenangebote in der Zeitung und fand eine Stelle, die mir sofort zusagte. Es wurde eine Putzfrau gesucht, die am Abend ein großes Bürogebäude reinigen sollte. Das schien genau das Richtige für mich. Ich las die restlichen Anzeigen gar nicht mehr, sondern schnitt die Adresse aus der Zeitung und machte mich auf den Weg.

Ich hatte ein großes, hohes Haus mit einem Dutzend Büros erwartet, aber es war nur ein kleines Gebäude mit sechs Büroräumen und einer Empfangshalle. Als ich dem Fräulein erklärte, daß ich wegen der ausgeschriebenen Stelle komme, bat mich ein Mann, der in mittlerem Alter war und einen schwarzen Anzug trug, in sein Büro zu kommen.

„Sie sehen ziemlich jung aus“, sagte er zuerst. „Wir haben eigentlich an eine ältere Person gedacht.“

„Ich bin achtzehn“, gab ich zur Antwort. Ich hatte diese Lüge schon so oft erzählt, daß ich sie beinahe selbst glaubte. „Ich bin harte Arbeit gewohnt. Vielleicht kann ich sogar schneller arbeiten, weil ich noch jung bin“, sagte ich voll Hoffnung.

Er lachte. „Es ist keine glänzende Stelle. Das Gehalt ist gering und die Arbeit schmutzig. Sie müßten abends nach neun Uhr kommen, staubsaugen, abstauben, Papierkörbe ausleeren und alle anfallenden Reinigungsarbeiten machen. Sie könnten gehen, sobald Sie fertig wären. An einem Abend würden Sie vielleicht zwei Stunden zu tun haben, an einem anderen fünf. Es ist wirklich keine Arbeit für ein junges Mädchen.“

„Es ist genau das, was ich mir wünsche. Schwere Arbeit macht mir gar nichts aus“, sagte ich ernsthaft. Ich wollte um jeden Preis eine Arbeit, bei der ich nichts mit Menschen zu tun hatte und mich verstecken konnte.

Er betrachtete mich einen Augenblick und stand dann auf. „Einverstanden. Sie können die Arbeit haben. Kommen Sie heute abend um sechs, und das Fräulein wird Ihnen zeigen, was zu tun ist. Ab morgen werden Sie allein arbeiten müssen.“

Endlich ging etwas so, wie ich es mir wünschte! Ich war froh, daß diese Stelle so leicht zu haben war. Ich hatte schon befürchtet, wieder von einem zum andern gehen zu müssen, nur um wieder weggeschickt zu werden. Diese Stelle war die richtige. Ich würde allein sein. Wenn ich schnell arbeitete, würde ich früh fertig sein. Die Arbeit schien nicht allzu schwer. Es war fast zu schön, um wahr zu sein.

Eines Abends schaute ich bei den McPhersons vorbei, um ihnen von meiner neuen Arbeit zu erzählen.

„Das ist eine rauhe Gegend. Sie müssen vorsichtig sein", warnte mich Reverend McPherson.

„Es wäre uns lieber, du hättest tagsüber eine Arbeit", schalt Audrey. „Du bist zu jung, um so spät nachts noch unterwegs zu sein."

„Ich bin nicht zu jung", antwortete ich. „Ich bin schon fünfzehn."

„Fünfzehn!" rief Audrey entsetzt. „Ich war schon besorgt genug, als ich noch dachte, du seist achtzehn! Jetzt, da ich weiß, daß du erst fünfzehn bist, müßte ich erst recht ein Auge auf dich haben und dich vor aller Welt beschützen. Du bist viel zu jung, um so allein zu sein. Du bist ja noch ein Kind!"

„Nun, ich fühle mich wie hundert!" sagte ich scherzhaft. Ihr Blick zeigte mir, daß sie das gar nicht lustig fand.

„Es ist traurig, daß du kaum Kind sein konntest und jetzt schon für dich sorgen mußt."

*

Seit drei Wochen arbeitete ich nun an meiner neuen Stelle. Abends um acht ging ich von zu Hause weg und war gegen neun Uhr dort. Meistens war ich um Mitternacht fertig und gegen ein Uhr wieder zurück.

Als ich eines Abends wieder auf dem Weg zur Arbeit war, hörte ich plötzlich Schritte hinter mir. Es waren kaum noch Leute auf der Straße, denn die Geschäfte und Büros hatten bereits geschlossen. Ich weiß nicht, was mich warnte – vielleicht der uralte Instinkt für Gefahren. Ich ging ein wenig schneller. Als nun auch die Schritte hinter mir schneller wurden, wußte ich, daß mir jemand folgte. Kein Mensch war auf der Straße, nicht einmal ein Wagen. Ein Block lag noch vor mir, dann kam eine Allee und dann erst mein Bürogebäude. Ich wußte, wenn etwas geschah, würde es in der Allee passieren. Ich versuchte mir einzureden, daß hinter mir wahrscheinlich eine harmlose alte Dame ging, die bei einer Freundin zu Besuch gewesen war. Wenn ich mich umdrehte, würde ich sehen, wie dumm ich war. Aber ich brachte es nicht fertig, stehenzubleiben und mich umzusehen. Ich hatte Angst, daß mich das, was hinter mir war, so erschrecken würde, daß ich wie gelähmt und völlig hilflos wäre. Darum ging ich einfach weiter.

Die Allee lag nun vor mir. Sie sah aus wie ein großes schwarzes Loch. Die Schritte kamen immer näher.

Kurz vor der Allee rannte ich drauflos. Ich lief um mein Leben. Meine Beine flogen über das Pflaster. Jeden Augenblick erwartete ich eine Hand, die sich um meine Kehle legen würde. Aber ich schaute nicht zurück; ich lief und lief. Dabei zog ich schon den Schlüssel aus meiner Tasche und hielt ihn bereit, um die Tür aufzuschließen, sobald ich sie erreichte. Ich nahm zwei Stufen auf einmal, stieß den Schlüssel ins Schloß, riß die Tür auf und schloß wie gehetzt hinter mir zu. Dann schob ich den Riegel vor, rannte durch den dunklen Gang ins erste Büro und schloß auch diese Tür ab.

Mit klopfendem Herzen und zitternden Knien stand ich im Dunkel. Ich horchte, ob jemand an der Tür probierte, aber ringsum war Stille. Gut, dachte ich, dann war es vielleicht doch nur eine kleine, alte Dame, die sich nun darüber wunderte, welch ein törichtes junges Geschöpf nachts wie eine Wilde durch die Straßen lief. Aber ich glaubte mir selbst nicht – nicht einen Augenblick.

Lange stand ich da, wie zur Salzsäule erstarrt. Ich wußte, daß ich den Vorfall vergessen und mit meiner Arbeit beginnen sollte, aber ich hatte Angst, Licht zu machen. Wenn doch jemand draußen stand, würde das Licht ihm zeigen, in welchem

Die Schritte verfolgten mich. Ich rannte, so schnell ich konnte.

Zimmer ich war. Vielleicht würde er versuchen einzubrechen oder auf mich warten, bis ich mit der Arbeit fertig und auf dem Heimweg war – um Mitternacht.

Ich war völlig aus der Fassung. Ich konnte mich nicht erinnern, je solche Angst gehabt zu haben. Ich brauchte dringend Hilfe und kannte nur einen Menschen, den ich anrufen konnte. Ich ging zum Apparat und wählte die Nummer von Reverend McPherson.

„Bitte, mach, daß er zu Hause ist! Bitte, mach, daß er zu Hause ist!“ Immer und immer wiederholte ich diese Worte, als das Freizeichen ertönte.

Als ich dann seine Stimme hörte, war ich vor Erleichterung einem Zusammenbruch nahe. „Hier ist Schrei im Wind“, meldete ich mich zitternd. „Bitte, bitte kommen Sie mich holen! Ich fürchte mich. Jemand verfolgt mich – ich weiß es. Ich bin jetzt im Büro, aber ich habe Angst, daß er draußen auf mich wartet.“

„Ich komme sofort. Ich werde hupen, wenn ich dort bin. Bleiben Sie, wo Sie sind!“ Er hängte auf.

Aber ich konnte mich nicht vom Telefon trennen und preßte den Hörer immer noch fest ans Ohr. „Bitte, beeilen Sie sich!“ flüsterte ich ins Telefon, obwohl mich niemand mehr hören konnte.

Ich versuchte mir vorzustellen, wann er hier sein konnte. Jetzt würde er in die 30. Straße einbiegen, jetzt in die 29., wenn er nicht bei Rot halten mußte. „Bitte, laß doch alle Lichter auf Grün stehen!“ Jetzt ist er in der 28. Straße. Oder hätte ich die Polizei rufen sollen? Vielleicht ist der Mann, der mich verfolgte, unterdessen weggegangen? Oder vielleicht war er hier im Haus? Vielleicht ging er von Tür zu Tür und suchte mich? Die Angst raubte mir beinahe den Verstand.

Ob hier im Zimmer etwas war, das ich als Waffe benützen konnte? Da – regte sich nicht etwas? War es ein Schritt? Ich spitzte die Ohren. Es war eine Hupe! Etwa einen Block entfernt. Und nun wieder, näher! Ich atmete erleichtert auf. Nun ertönte die Hupe vor der Haustür.

Im Nu war ich aus dem Haus und im Auto von Reverend McPherson.

„Alles in Ordnung?" fragte er und fuhr schnell davon.

„Ja." Ich zitterte wie Espenlaub. „Ja, es ist alles in Ordnung. Wie kommt es, daß Sie so schnell hier waren?"

„Wahrscheinlich habe ich ein paar rote Lichter übersehen und bin zu schnell gefahren. Aber ich glaube, Gott wird diesmal ein Auge zudrücken."

„Haben Sie jemand gesehen? Ich bin sicher, daß jemand hinter mir her war."

„Ich habe niemand gesehen, aber das will nichts heißen. Wenn Ihnen wirklich jemand gefolgt ist, wird er sich kaum sehen lassen wollen. Ich glaube, wir sollten zur Polizei gehen und Anzeige erstatten. Wenn sich hier in der Gegend jemand herumtreibt, sollte es die Polizei wissen. Sie könnten einen Streifenwagen schicken, der die Gegend beobachtet."

Ich lachte nervös. „Und wenn nichts dahinter steckt? Im Grunde ist ja gar nichts passiert."

„Macht nichts. Für die Polizei spielt das keine Rolle. Man ruft sie besser zu früh als zu spät. Wir haben eine Antenne in uns, die uns vor einer Gefahr warnt, sogar wenn wir sie nicht sehen. Ich glaube, es war richtig, daß Sie mich gerufen haben."

Er fuhr zum Polizeiposten, wo wir erzählten, was geschehen war. Der Polizist sagte, er wolle ein Auge auf die Gegend haben.

„Wollen Sie heute bei uns bleiben? Vielleicht fühlen Sie sich da sicherer", sagte Reverend McPherson. „Sie wissen: Sie sind jederzeit willkommen."

„Nein, jetzt bin ich wieder beruhigt. Doch vielen Dank!"

„Ich wünschte, Sie bekämen tagsüber eine Arbeit und –"

Ich ließ ihn nicht ausreden. „Machen Sie sich keine Sorgen. Morgen früh werde ich kündigen. So etwas will ich nie mehr erleben! Ich glaube, ich hatte nie im Leben solche Angst. Bis jetzt habe ich immer geglaubt, ich könne auf mich selbst aufpassen. Heute war ich vollkommen hilflos und voller Angst." Ich zitterte immer noch.

„Dann haben Sie heute etwas sehr Wichtiges gelernt. Wir alle brauchen irgendwann einmal Hilfe, und wir alle brauchen jeden Tag Gottes Hilfe. Es lag nie in Gottes Plan, daß wir Menschen mit allem allein fertig werden sollten. Vielleicht hat Gott erlaubt, daß Sie heute so erschreckt wurden, um Ihnen zu zeigen, daß man sich nicht immer nur auf sich selbst verlassen kann. Audrey und ich haben uns wegen Ihrer Nachtarbeit große Sorgen gemacht. Sie wird froh sein, wenn sie hört, daß Sie nicht mehr dorthin gehen wollen. Es war nicht die richtige Arbeit für Sie. Sie brauchen eine Arbeit, die Ihnen eine Zukunft bietet. Was würde Ihnen Freude machen?"

Ich zuckte die müden Schultern. „Ich weiß es nicht. Ich habe nie darüber nachgedacht. Solange ich zu essen habe, mache ich mir keine Sorgen." Als er vor meinem Haus ankam, fragte ich: „Haben Sie und Audrey wirklich Angst um mich gehabt?"

„Natürlich", antwortete er. Er wartete, bis ich sicher in meiner Wohnung war, dann fuhr er weg.

Ich redete mir ein, daß ich keine Angst mehr zu haben brauchte, aber ich stand doch ein paarmal auf, um nachzusehen, ob die Tür auch wirklich abgeschlossen war. Die ganze Nacht hindurch ließ ich alle Lampen brennen.

Ich kannte die Stadt und ihre Gefahren nicht. Zu Hause war die Nacht nie gefährlich gewesen. Wenn Vollmond war und der Wind blies, ritt ich mit Donnerhuf aus. Wir galoppierten durch das dunkle Tal und über die finsteren Hügel. Ich hatte keine Angst vor der dunklen Nacht. Es spielte keine Rolle, daß ich nachts nichts sehen konnte, denn Donnerhufs Augen sahen für mich. Nur die Coyoten waren nachts unterwegs, aber sie taten uns nichts zuleide.

Als ich an Donnerhuf und unsere nächtlichen Ritte dachte, wurde mir schwer ums Herz, weil ich nie mehr mit ihr ausreiten konnte. Hier in der Stadt mußte ich nachts hinter verschlossenen Türen bleiben, weil ein Mädchen allein nachts in Gefahr war. Dabei sagte man, die Stadt sei zivilisiert! Auf dem Land war man in der Wildnis, aber in der Wildnis bei den wilden Tieren war ich sicher gewesen. Wie sinnlos war doch das alles!

In dieser Nacht schlief ich nicht viel, denn ich mußte über zwei Dinge nachdenken, die mir Reverend McPherson gesagt hatte. Ich überlegte, weshalb ich eine Arbeit mit Zukunft brauchte. Wozu? Mein ganzes Leben lang war ich einsam und unglücklich gewesen. So war es, und so würde es auch in Zukunft sein. Dann wunderte ich mich, daß er und Audrey sich Sorgen um mich gemacht hatten. Bis jetzt hatte sich nie jemand Sorgen um mich gemacht. Manchmal sagte er Dinge, die mich überraschten. Aber eines war sicher: Heute hatte ich ihn um Hilfe gebeten, und er war sofort gekommen.

Wieder studierte ich die offenen Stellen. Jemand suchte eine Töpferin. Wenn es etwas gibt, das ein Indianer kann, dann ist es das Töpferhandwerk. Ich eilte zu der angegebenen Adresse.

Sobald ich im Büro stand, sagte ich: „Ich komme wegen der Stelle als Töpferin."

„Ah – das ist prima. Haben Sie schon als Töpferin gearbeitet?" erkundigte sich die Dame, als sie mir das Bewerbungsformular in die Hand drückte.

„Nun, meine Großmutter hat es mich gelehrt, als ich ein kleines Mädchen war. Das ist schon lange her, und ich habe vieles vergessen. Aber ich könnte es bestimmt bald wieder lernen."

„Gut. Kommen Sie mit", sagte sie und ging eine lange Halle hinunter. Ich folgte ihr.

Vor zwei großen, schweren Türen mit zwei kleinen Glasfenstern blieb sie stehen. Ich warf einen Blick durch das Fenster und sah große Maschinen, die durch Röhren miteinander verbunden waren. Sobald sie die Tür öffnete, drang ein ohrenbetäubender Lärm heraus, so daß ich mir unwillkürlich die Ohren zuhielt.

Sie sah mich an und lachte. „Haben Sie noch nie in einer Fabrik gearbeitet?"

Ich verstand kaum, was sie sagte, aber ich schüttelte den Kopf.

„Macht nichts. Sie werden sich an den Lärm gewöhnen und ihn später kaum mehr hören."

Es war, als ob tausend Trommeln in meinem Kopf schlügen. Wie konnte sich ein Mensch nur an solchen Krach gewöhnen?

Sie wies auf eine lange Reihe von Schaltern und Hebeln. „Hier ist Ihr Arbeitsplatz. Man wird Ihnen sagen, wann Sie den Schalter drehen und den Hebel bewegen müssen. Sie dürfen nichts machen, wenn Ihnen der Mann dort drüben in der Schürze nicht den Auftrag dazu gibt. Für die Töpferarbeiten ist es wichtig, daß Zeit, Temperatur und Lehmdichte genau bemessen sind. Er wird Ihnen alles erklären, was Sie wissen müssen. Befolgen Sie einfach genau seine Anweisungen." Sie winkte dem Mann mit der Schürze zu, und er kam herüber, um mir meine Arbeit zu erklären.

Ich stand da, zog, stieß und bohrte. Der Lärm ging mir durch und durch. Ich versuchte, ihn nicht zu beachten und an anderes zu denken. Ich dachte zurück an Großmutter. Sie hatte mir erzählt, wie die Indianer von altersher ihre Töpferwaren herstellten. Sie nahm einen kleinen Kürbis, füllte ihn mit Wasser, leerte es auf den Boden und kauerte sich daneben, um zu sehen, wie das Wasser in den Boden sikkerte. Dann goß sie noch mehr Wasser nach und sprach: „Nun mußt du sehr vorsichtig sein, denn du mußt Haut von unserer Mutter Erde abkratzen." Sie wühlte mit den Händen im Schlamm und nahm den nassen Klumpen auf, formte und bearbeitete ihn, bis eine kleine, rauhe Schale daraus entstand. Wenn sie ihr gefiel, legte sie sie auf einen Baumstrunk und ließ sie an der Sonne trocknen. Die heiße Sommersonne brannte den Lehm hart wie Stein. Es war so einfach, Töpfe herzustellen, wenn man es mit Mutter Erde, Wasser und Sonne tat. Es war eine ruhige Arbeit, nicht so lärmend wie diese hier. Oh, könnte ich noch einmal gemeinsam mit Großmutter den Lehm mit den Händen bearbeiten! dachte ich.

Weiter unten preßte eine Maschine ein Zeichen in die fertigen Töpfe. Bums. Bums. Bums. Alle genau gleich. Ich erinnerte mich noch daran, wie die Indianerfrauen ihre Töpfe bemalten: mit Yucca-Pinseln, die nur drei oder vier Borsten hatten. Sie arbeiteten viele Stunden, oft tagelang an einem einzigen Topf. Sie waren stolz auf ihre Arbeit. Aber auf diese Arbeit hier konnte man nicht stolz sein.

Ich schloß die Augen und stellte mir vor, in meinen Händen den Lehm aus längst vergangenen Tagen zu spüren. Aber in Wirklichkeit umfaßte ich einen kalten, harten Stahlgriff. So stellte man keine Töpfe her. So konnte ein Indianer nicht leben.

Ich stieß die schwere Tür auf und ging durch die lange Halle ins Freie. Hier war es still. Mit dem Lärm der Maschinen hörte auch das Hämmern in meinem Kopf auf. Ich bückte mich und kratzte etwas Erde los. Mutter Erde war noch immer da. Die gleiche Mutter Erde wie zu Hause im Reservat. Weshalb nur war hier alles so anders?

Ich ging nach Hause. Diese Arbeit hatte nur zwei Stunden gedauert. Was war mit mir nicht in Ordnung? Weshalb konnte ich nicht einfach zur Arbeit und nach der Arbeitszeit wieder nach Hause gehen, wie andere Leute es taten? Weshalb dachte ich immer an die Vergangenheit? An Mutter Erde, an die Sonne und an Frühling, Herbst und Winter?

Plötzlich hupte hinter mir ein Wagen und fuhr an den Straßenrand. Es waren Audrey und Reverend McPherson, die mir winkten, zu ihnen hinüber zu kommen.

„Wir haben dich gesehen und wollten wissen, ob du nun eine neue Stelle gefunden hast", sagte Audrey.

„Ja. Ich habe etwas gefunden. Zwei Stunden lang habe ich gearbeitet", sagte ich und lehnte mich gegen den Wagen.

„Zwei Stunden? Und dann?"

„Dann bin ich gegangen."

Auf ihren Gesichtern waren Belustigung und Enttäuschung zu lesen. „Und was nun?"

„Ich weiß es auch nicht", gab ich zur Antwort.

„Liebes Kind", sagte Audrey, „du kannst doch nicht dein ganzes Leben lang jede Woche eine andere Arbeit suchen. Du brauchst ein Ziel, einen Plan, etwas, das du erreichen möchtest. Gibt es denn nichts, das du dir im Leben wünschst?"

„Nein, ich glaube nicht." Ich drehte mich um und wollte weitergehen.

„Sollen wir dich nach Hause bringen? Du siehst müde aus."

„Nein, danke, ich kann laufen."

„Können wir dir irgendwie helfen?" fragte Audrey.

Ich schüttelte den Kopf und gab keine Antwort. Ich ging einfach weiter.

Der Wind kam auf. Er brachte erfrischende Kühle mit sich. Zu Hause öffnete ich alle Fenster und ließ den Wind durch das Haus blasen. Ich holte einige Perlen hervor und begann mit einem Halsband. Ab und zu schaute ich auf und beobachtete, wie der Wind die Vorhänge hin und her fegte.

Bis spät abends saß ich an der Arbeit. Als meine Augen müde wurden, ging ich zu Bett und betrachtete die Sterne durch das weit offene Fenster. Hier schienen sie kleiner und viel weiter weg. Es war nicht wie daheim, wo man meinte, die Sterne wären nur ein wenig höher als die Gipfel der Berge.

Bevor der Morgen dämmerte, blies der Wind heftiger. Die Vorhänge schlugen gegen die Lampe und stießen sie um. Das weckte mich. Ich stand auf, um das Fenster zu schließen. Eigentlich wollte ich wieder ins Bett, aber die schwarzen Äste und Zweige, vom Wind hin und her geschüttelt, fesselten meine Aufmerksamkeit. Ich blieb am Fenster stehen und sah zu, wie der Wind in den Bäumen spielte.

Als ich wieder in mein Bett schlüpfte, merkte ich, daß meine Wangen naß waren. Ich wußte gar nicht, daß ich geweint hatte.

„Ach, wenn ich nur heimgehen könnte! Wenn ich nur wieder nach Hause dürfte!“ flüsterte ich immer wieder vor mich hin.

9

Als das Pfeifen des Windes lauter wurde, wußte ich, daß er mich rief – daß er mich rief, nach Hause ins Reservat zu kommen, zu den Bergen und Tälern, die ich kannte und nach denen ich mich sehnte.

Ich nahm mein Kissen, entfernte den Überzug, der noch feucht von meinen Tränen war, und füllte ihn mit allerlei Dingen, die ich benötigte. Ich stopfte alle Lebensmittel hinein, die ich meinte tragen zu können, und, von einer plötzlichen Eingebung getrieben, sogar ein großes Küchenmesser für den Fall, daß ich mich gegen jemand zur Wehr setzen mußte. Das Leben in der Stadt hatte mich vorsichtig gemacht.

Ich schrieb eine kurze Nachricht für Flint und steckte sie in die Tür, als ich wegging. Ich erklärte ihm, daß ich zurück nach Hause gegangen sei, und bat ihn, mir gelegentlich den Rest meiner Sachen und etwas Lebensmittel zu bringen.

Zuerst ging ich so schnell ich konnte, um bei Einbruch der Dunkelheit zu Hause zu sein. Außerdem hatte ich Angst, daß ich die Nerven verlieren könnte, wenn ich unterwegs eine Rast einschaltete, und vielleicht sogar umkehren würde.

Nach einer Stunde verlangsamte ich meine Schritte, und nach weiteren vier Stunden schleppte ich mich nur noch mühsam vorwärts. Der Kissenbezug schien eine Tonne Felsblöcke zu enthalten. Ich war so erhitzt, daß ich meine Jacke auszog und auch noch ins Kissen stopfte. Nun war mir zwar nicht mehr so heiß, aber mein Bündel war noch schwerer geworden. Meine Hände waren schon ganz verkrampft vom stundenlangen Tragen.

Ich hatte acht Stunden gebraucht, um nach Hause zu kommen, nun würde in wenigen Minuten unser Häuschen in Sicht kommen. In der letzten Stunde war ich durch den Wald gewandert, den ich kannte und liebte. Jeder Baum war ein alter Freund, jeder Felsblock ein Markstein entlang des Weges. Nein, hier würde ich mich nie verirren wie in der Stadt mit ihren Straßen, die alle gleich aussahen, und den hohen Häusern, die die Sonne verdeckten.

Ich erreichte den Hügelkamm und schaute ins Tal hinab, wo unser Haus gestanden hatte. Aber – es war weg! Das Haus war verschwunden! Nichts war übrig geblieben als ein paar Balken, vom Feuer verkohlt.

Ich vergaß meine müden Beine und rannte mit dem Bündel auf dem Rücken, das bei jedem Schritt hin und her baumelte, den Hügel hinunter. Ich blieb dort stehen, wo die Haustür hätte sein müssen, und betrachtete den Trümmerhaufen vor mir. Es war nichts mehr da. Es konnte nicht lange gedauert haben, bis diese alte Hütte bis auf den Grund niedergebrannt war.

Ich ging durch die Aschenreste. Das Haus mußte schon vor Monaten abgebrannt sein, wahrscheinlich bald nachdem Cloud und ich das Tal verlassen hatten. Ich wußte, daß es kein Unglücksfall war. Jemand – entweder einer meiner Onkel oder ein Navajo-Freund meiner Großmutter – hatte das Haus mit einer Fackel angezündet, weil er dachte, Großmutters Seele sei vielleicht im Haus gefangen und könnte den Weg ins nächste Leben nicht finden.

Ich kauerte mich in die Asche. Nun war ich nach Hause gekommen, aber ich hatte kein Zuhause mehr.

Es wurde dunkel. Ich wollte die Nacht nicht im Freien verbringen. Wenn ich mich beeilte, konnte ich Clouds Hütte erreichen, bevor es ganz finster wurde. Dort würde ich wenigstens ein Dach über dem Kopf haben. Ich zwang mich aufzustehen und warf das Bündel über meine Schulter. Unter dem Gewicht brach ich beinahe zusammen.

Das Haus war weg! Nichts war übrig geblieben.

Keinen Blick warf ich auf den Stall. Ich richtete die Augen nur auf den Weg.

„Ich hätte nicht zurückkommen sollen“, sagte ich mir. „Es war meine Dummheit. Hier ist nichts mehr. Alles ist verschwunden: die Menschen, die Tiere und das Haus. Nur ich bin hier und wandere wie eine verlorene Seele im Tal umher.“

Als die Sonne unterging, erreichte ich Clouds Hütte. Ich nahm eine Kerze und Zündhölzer aus meiner Tasche und zündete die Kerze an. Sie gab nicht viel Licht, aber es war immerhin besser als die schreckliche Dunkelheit um mich her. Ich setzte mich auf den Boden, öffnete eine Büchse Bohnen und lehnte mich an die Wand, um sie zu essen.

Der Händler, der zu Cloud gekommen war, hatte nicht das Geringste zurückgelassen. Nichts war da als ein leerer Raum. Nicht einmal ein Stück Holz oder ein Blatt Papier waren mehr vorhanden.

Ich war erschöpft und konnte meine Augen nicht mehr offen halten. Noch einmal griff ich in mein Bündel und holte das Messer heraus. Ich rollte die Jacke zu einem Kissen zusammen, blies die Kerze aus und legte mich auf den Boden. Das Messer hielt ich fest in der Hand und wünschte, ich wäre nicht nach Hause gekommen.

Als ich am frühen Morgen erwachte, war ich steif vor Kälte. Auf dem Boden lag feiner Reif, und Nebelfetzen hingen über dem Tal, die erst verschwinden würden, wenn die Sonne höher stieg.

Zum Frühstück aß ich kaltes Fleisch. Dann steckte ich all meine Sachen wieder in mein Bündel. Nach einem letzten Blick auf meine alte Heimat machte ich mich wieder auf den Weg in die Stadt.

Ich versuchte, nicht an den Trümmerhaufen zu denken, der einmal mein Zuhause gewesen war. Ich versuchte, an nichts anderes zu denken, als daß ich einen Fuß vor den anderen setzen mußte.

Meine Füße schmerzten, als ich acht Stunden später wieder vor meinem Häuschen in der Stadt stand. Mein Briefchen steckte immer noch an der Tür; Flint war also nicht hier gewesen. Als ich den Zettel wegnahm und zerknüllte, war ich froh, daß Flint nun nichts erfahren würde von meinem Plan, wieder nach Hause zu gehen. Ich wollte nicht, daß er wußte, wie dumm ich gewesen war.

Was sollte ich tun? Zurück nach Hause konnte ich nicht mehr. Ich hatte kein Zuhause mehr. Auch in die Stadt gehörte ich nicht. Weshalb hatte mich der Wind zurück ins Reservat gerufen, wenn er doch wußte, daß ich dort keine Bleibe mehr hatte? Wollte er mich zum Narren halten? Ja, wahrscheinlich. Die alten indianischen Götter erlaubten sich mit den Menschen oft einen grausamen Spaß, und auch diesmal war es so gewesen. Er mußte aus irgendeinem Grund böse auf mich sein. Ich hatte etwas falsch gemacht, und dafür strafte er mich nun. Was hatte ich denn falsch gemacht? Was nur?

Plötzlich ging mir ein Licht auf: Der Wind wollte nicht, daß ich zur Kirche ging! Das mußte der Grund sein. Ich durfte mich nicht mehr in der Kirche zeigen, oder er würde mich schrecklich dafür bestrafen. Dies war nur eine Warnung gewesen.

Ich nahm meine Sachen wieder aus dem Kissenbezug. Er war schmutzig geworden von der langen Reise auf der staubigen Straße, und die letzten anderthalb Kilometer hatte ich ihn hinter mir hergezogen, weil ich zu schwach war, ihn zu tragen. Dann stieg ich in ein heißes Bad, das meinem zerschlagenen Körper wohltat. Ich war dankbar für diesen Luxus. Das Leben in der Stadt hatte mich verwöhnt. Ich hätte das fließende, warme Wasser, den Strom, den Kühlschrank und den Ofen vermißt.

Die nächsten Tage waren lang und langweilig. Sobald es dunkel wurde, ging ich zu Bett. Ich seufzte: „Wenigstens wieder ein Tag vorüber!" Ich fürchtete schon das kommende Morgengrauen. Ich haßte es, morgens zu erwachen. Ich zog einen Stuhl vor das Fenster, saß stundenlang dort und beobachtete die Leute, die vorübergingen, die Autos, die vorbeibrausten, und manchmal saß ich einfach da und starrte ins Leere.

Ich weiß nicht, wann ich sie zum erstenmal beachtete, aber ich ertappte mich dabei, daß ich eine Leuchtreklame beobachtete, die zwei Blocks entfernt aufblinkte und erlosch: „Branntwein – Likör" – immer wieder. Bald war ich von diesem Licht mehr gefesselt als von allem anderen.

Ich dachte daran, daß Flint eine halbvolle Whisky-Flasche im Küchenschrank vergessen hatte, als er das letzte Mal bei mir war. Je mehr ich daran dachte, desto mehr war ich versucht zu trinken. Ich wollte gar nicht trinken, denn der Whisky schmeckte schlecht und verursachte mir Kopfschmerzen, aber Flint und meine Onkel tranken eine Menge, also mußte doch etwas daran sein. Vielleicht hatte ich nur noch nicht genug getrunken. Vielleicht mußte man nur sehr viel davon trinken, um sich wohl zu fühlen.

Ich verließ den Stuhl am Fenster, ging zum

Schrank und nahm die Whisky-Flasche heraus. Ich hielt sie in der Hand und betrachtete die hellbraune Farbe. Als ich sie öffnete, trieb mir der scharfe Geruch das Wasser in die Augen. Ich war versucht, die Flasche wieder an ihren Platz zu stellen, aber dann entschloß ich mich doch, daraus zu trinken. Ich hatte schließlich nichts zu verlieren. Vielleicht würde sie mir die Zeit vertreiben und meine Stimmung heben. Ich goß ein wenig davon in ein Glas.

Es dauerte einige Minuten, bis ich den Whisky schließlich hinunterbrachte. Er schmeckte scheußlich und verbrannte mir die Kehle, aber ich hielt durch. Das nächste Glas ging schon besser hinunter. Nun wurde mir warm, und der Schlaf überkam mich. Jetzt mußte ich auf der rechten Spur sein, dachte ich und schenkte mir nochmals ein.

Das Zimmer begann sich um mich zu drehen, und das Licht tat meinen Augen weh. Ich kroch ins Bett und löschte die Lampe. Im Nu war ich eingeschlafen und erwachte erst spät am anderen Nachmittag.

Ich fühlte mich elend, als ich erwachte, und entschloß mich deshalb, noch mehr zu trinken, um meinen Kopf wieder klar zu bekommen. So verbrachte ich den ganzen Tag. Ein Glas Whisky – ein Nickerchen – ein Glas Whisky ...

Irgendwann zwischen Schnaps und Schlaf übermannte mich die Mutlosigkeit. Fragen über Fragen drehten sich in meinem Kopf. Warum probierst du weiter? Warum gibst du es nicht auf?

Ich konnte mich nicht erinnern, daß ich die Wohnung verlassen hätte, aber plötzlich stand ich auf der Straße. In meinem umnebelten Gehirn hatte nur ein einziger Gedanke Platz: Warte auf ein schnelles Auto und wirf dich vor ihm auf die Fahrbahn! Dann ist alles vorüber!

Endlich kam ein Wagen, der schneller fuhr als alle anderen. Da schloß ich fest die Augen, atmete tief und lief auf die Fahrbahn. Bremsen quietschten, und Räder schleiften, und ich wartete auf den Wagen, der mich überfahren sollte. Das dauerte aber lange! Ich sollte doch schon am Boden liegen!

Ich öffnete die Augen und sah, wie der Wagen einen Bogen um mich machte. Der Lenker schüttelte die Faust gegen mich und rief: „Blöde betrunkene Indianerin!“ Der Rest seiner Worte wurde vom Lärm seines Wagens übertönt, als er weiterfuhr.

Plötzlich war ich nüchtern und erkannte, daß ich mitten auf einer verkehrsreichen Straße stand. Rings um mich hupten die Autos, als ich versuchte, auf den Gehsteig zurückzukommen.

Mit zitternden Knien wankte ich in meine Wohnung zurück. Ich mußte einen anderen Weg finden, um mir das Leben zu nehmen. Ich trank den restlichen Whisky und warf mich aufs Bett. Ich versuchte, einen schnellen, leichten Weg zu finden, um zu sterben. Ich besaß weder ein Gewehr noch Schlaftabletten. Ich hatte zwar von Leuten gehört, die sich zu Tode tranken, aber das konnte jahrelang dauern. So lange wollte ich nicht mehr warten. Ich wollte es möglichst rasch hinter mich bringen.

Den ganzen nächsten Tag suchte ich nach einem Weg, meinem Leben ein Ende zu setzen. Dutzende von Möglichkeiten gab es, aber keine war leicht. Das Sterben ist nicht einfach.

Ich kam zu der Erkenntnis, daß ich zu arm zum

Sterben war. Ich war zu erschöpft, um ein Gewehr oder Schlaftabletten zu kaufen. Da ich ebenerdig wohnte, konnte ich auch nicht aus dem Fenster springen. Ich hatte nicht einmal einen Strick, um mich zu erhängen. Indianer haben sehr wenig Haare auf dem Körper, deshalb besaß ich nicht einmal Rasierklingen. Der Ofen im Zimmer war elektrisch, so daß ich auch nicht das Gas aufdrehen konnte, um mich zu vergiften. Die einzige Möglichkeit für mich war, vor ein Auto zu springen; und dabei hatte ich meine Nerven verloren – das wollte ich nicht noch einmal durchstehen!

Ich war zu arm, um zu sterben. Ich mußte mir eine neue Arbeit suchen, damit ich mir etwas kaufen konnte, um mir das Leben zu nehmen.

Das war so komisch, daß ich darüber lachen mußte. Leben war schwer, aber Sterben noch schwerer.

10

Am nächsten Morgen besuchte ich Reverend McPherson.

„Haben Sie jetzt Arbeit gefunden?“ fragte er.

„Nein.“ Ich sagte kein Wort davon, daß ich gar keine suchte.

„Ich könnte hier im Büro eine Hilfe brauchen. Allerdings nur für ein paar Tage. Und bezahlen könnte ich nicht viel.“

„Was für eine Arbeit wäre das?“ fragte ich.

„Nun, erstens sollte für die Bücher in der Bibliothek ein Verzeichnis angelegt werden. Einige müssen geklebt werden und brauchen neue Umschläge. Dann sollten Briefe sortiert und abgelegt werden und so weiter.“

Ich überlegte einen Augenblick und antwortete dann: „Danke, aber ich glaube nicht, daß er das gern sehen würde.“

„Wer? Ihr Onkel?“

„Der Wind. Der Wind will nicht, daß ich im Haus eines fremden Gottes arbeite.“

„Aber es gibt doch nur einen Gott!“ entgegnete er.

„Wenn der Wind kein Gott ist, was ist er dann?“ fragte ich.

„Schwer zu sagen. Ein Wissenschaftler könnte Ihnen vielleicht etwas über Hoch- und Tiefdruck, über Kaltluftfronten und ähnliches erzählen. Aber ich glaube, das interessiert Sie gar nicht." Dann leuchteten seine Augen auf. „Ich möchte nicht frivol sein, aber mir fiel gerade ein Gedicht ein, das ich als Kind lernte. Louis Stevenson hat es geschrieben. Offensichtlich hatte er seine eigenen Vorstellungen vom Wind. Moment, vielleicht kann ich mich noch daran erinnern. Es ist ziemlich lange her, daß ich ein Kind war.

'Du lässest bunte Drachen steigen
und spielst dem Vogel auf zum Reigen.
Man hört dich hier, man hört dich dort,
wenn man dich sucht, bist du schon fort!
O Wind, du bläsest tagelang;
o Wind, du singst gar lauten Sang!

Du hast so manches ausgeheckt
und feige dich alsdann versteckt.
Du neckst und spielst, du eitler Wicht,
und zeigst niemals dein wahr' Gesicht.
O Wind, du bläsest tagelang;
o Wind, du singst gar lauten Sang!

O Wind, du wehst so eisigkalt.
Sag mir, bist jung du oder alt?
Bist du ein Baum, ein Strauch, ein Tier
oder ein Menschenkind wie wir?
O Wind, du bläsest tagelang;
o Wind, du singst gar lauten Sang!'"

„Wie hieß der letzte Vers nochmal?" fragte ich, sobald er geendet hatte.

Langsam wiederholte er die Worte, damit ich sie mir einprägen konnte.

„War dieser Mann ein Indianer?" fragte ich.

„Nein, ein Engländer. Er schrieb dieses Gedicht vor mehr als hundert Jahren."

„Er hätte Indianer sein sollen – er verstand den Wind!" Ich wiederholte die Worte, die ich behalten hatte: „Du neckst und spielst, du eitler Wicht. O Wind, du wehst so eisigkalt. Sag mir, bist jung du oder alt? Bist du ein Baum, ein Strauch, ein Tier oder ein Menschenkind wie wir?" Ich nickte. „Das gefällt mir. Kennen Sie noch mehr Gedichte über den Wind?" Ich preßte die Hände zusammen und biß mir auf die Lippen. „Wie ist Ihr Gott nun wirklich?"

„Er ist für jeden alles. Die Bibel sagt: 'Wie sich ein Vater über Kinder erbarmt, so erbarmt sich der Herr über die, so ihn fürchten.'"

„Mein Vater hat mich im Stich gelassen. Ich will mir Gott nicht als Vater vorstellen."

„Die Bibel sagt auch: 'Wie nur eine Mutter trösten kann, so will ich euch trösten.'"

„Meine Mutter ist davongelaufen; sie hat mich vor Jahren verlassen. Seither habe ich nie mehr von ihr gehört", entgegnete ich.

„Es gibt einen Freund, der anhänglicher ist als ein Bruder."

„Ich hatte nie einen Freund, und ich habe weder Brüder noch Schwestern", hielt ich ihm entgegen.

Er zuckte die Achseln und lächelte. „Es heißt auch: 'Ihr Männer, liebet eure Frauen, gleichwie auch Christus die Gemeinde geliebt und sich selbst für sie hingegeben hat.' Aber Sie sind nicht verheiratet, da wird Ihnen auch dieses Wort nicht viel bedeuten, nicht wahr?"

„Nein. Ich glaube nicht, daß eines davon auf mich zutrifft", antwortete ich.

„Vielleicht keines von diesen Worten. Aber irgendwo in der Bibel steht ein Wort, das sich ganz besonders an Sie richtet, und wenn Sie es hören, wird es Ihr Herz für die geistlichen Wahrheiten der Bibel öffnen. Dann wird für Sie alles anders werden. Wenn Sie diesem Vers begegnen, wird sich Ihr ganzes Leben ändern. Sie werden nie mehr dieselbe sein. Wir wollen so lange suchen, bis wir den Vers gefunden haben, der für Schrei im Wind geschrieben wurde." Seine Hand legte sich auf die Bibel.

„Ich glaube nicht, daß da etwas für mich drin steht."

„In der Bibel steht für jeden etwas. Die Bibel spricht zu jedem Herzen."

„Sie sagt nichts über den Wind." Diesmal hatte ich doch bestimmt recht.

„Sie sagt sehr viel über den Wind!"

Ich sah ihn forschend an. „Was sagt sie darüber?"

„Ich kenne die Stellen nicht alle auswendig, aber ich könnte sie heraussuchen und für Sie aufschreiben. Dann können Sie die Verse in Ihrer Bibel nachlesen."

„Fein! Ich glaube, es wird mir nicht schaden, wenn ich weiß, was Ihr Buch über den Wind sagt." Ich zuckte so beiläufig die Achseln, um nicht zu zeigen, wie sehr mich dieses Thema interessierte.

Als er mir seine Liste gab, legte ich sie sorgfältig zusammen und steckte sie in die Tasche.

Spät nachts, als ich im Bett lag, steckte ich mir einige Kissen unter den Kopf und schlug eifrig alles nach, was die Bibel über den Wind sagte. „Das heißt ja nicht", beruhigte ich mich, „daß ich mich für diesen Gott interessiere. Ich will nur mehr über den Wind hören."

Es dauerte lange, bis ich alle diese Verse fand. Ich kannte ja die Reihenfolge der Bücher in der Bibel nicht. Aber endlich hatte ich doch alle meine Verse entdeckt und aufgeschrieben.

Das erstemal wurde der Wind in 1. Mose 8,1 erwähnt: „Da gedachte Gott an Noah und an alle Tiere und an alles Vieh, das bei ihm in der Arche war; und Gott ließ einen Wind über die Erde wehen, daß die Wasser fielen."

In 2. Mose 15,10 steht: „Als du aber mit deinem Winde wehtest, da bedeckte sie das Meer, sie versanken wie Blei im mächtigen Wasser."

Hiob sprach vom Wind: „Wie lange willst du solches reden und sollen die Reden deines Mundes sein wie heftiger Wind?"

Immer und immer wieder las ich diese Verse über den Wind, und es schien, als seien sie für mich geschrieben.

„Wer stieg zum Himmel empor und fuhr herab? Wer faßte den Wind in seine Fäuste?"

„Denn siehe, er bildet die Berge und schafft den Wind und zeigt dem Menschen an, was seine Gedanken sind."

Die Bibel sagt, daß der Herr einen großen Sturmwind auf das Meer sandte. Aber als ich Matthäus 8,26 las, wo es heißt, daß Jesus aufstand und dem Wind gebot, da wußte ich, daß ich etwas gefunden hatte. Weshalb hatte der Wind diesem anderen Gott erlaubt, ihm zu gebieten und ihn zu stillen? Man er-

Ich schlug eifrig alles nach, was die Bibel über den Wind sagte.

teilt doch nur Befehle, wenn der andere niedriger ist, und man folgt einer Weisung nur, wenn sie von jemandem kommt, der klüger und stärker ist und Autorität und Macht hat. Ich wurde neugierig auf diesen neuen Gott. War es möglich, daß er den Wind geschaffen haben könnte?

Langsam schien es, daß ich nur dann halbwegs glücklich war, wenn ich mit Reverend McPherson oder Audrey Gespräche führte. Ich redete mir ein, daß es nur die Langeweile sei, die mich von Zeit zu Zeit zu ihnen trieb. Außerdem waren sie außer Flint die einzigen Leute, die ich kannte, und er hatte so selten Zeit für mich. Immer öfter ging ich zur Kirche. Ich saß gern in Reverend McPhersons gemütlichem Büro mit den hohen Bücherregalen, dem beladenen Schreibtisch und den Pflanzen vor dem Fenster.

„Wie geht es Ihnen heute?" begrüßte er mich.

„Ich weiß es nicht", antwortete ich wahrheitsgemäß.

Er lächelte verständnisvoll. „Sie wären überrascht, wenn Sie wüßten, wie viele Leute sich genauso fühlen wie Sie. Sie wissen, daß Sie etwas belastet, aber Sie wissen nicht, was es ist. Wenn Sie mir sagen, wie Ihnen zumute ist, kann ich Ihnen vielleicht helfen."

Einige Augenblicke saß ich schweigend da. „Es hat keinen Sinn; ich finde nicht die rechten Worte. Wenn mein Herz voll ist, ist mein Kopf leer. Wenn ich allein bin, kann ich an vieles denken, das ich sagen möchte. Auf dem Weg hierher überlege ich immer, was ich Ihnen sagen will. Aber wenn ich zu Ihnen hereinkomme, bleiben meine Worte draußen, und der Wind bläst sie weg.“ Ich schluckte. „Ich verschwende nur Ihre kostbare Zeit.“

„Ganz und gar nicht. Oft ist es gut, mit jemandem zusammen zu sein, auch wenn er kein Wort spricht. Manchmal erfährt man über sein Gegenüber mehr, wenn es schweigt, als wenn es spricht.“ Er hielt inne. „Vielleicht könnte es Ihnen helfen, Ihre Gedanken und Fragen niederzuschreiben? Sie könnten immer ein kleines Notizheft bei sich haben, und wenn ein Gedanke oder eine Frage auftaucht, worüber Sie reden möchten, könnten Sie es aufschreiben. Wenn Sie mit mir darüber sprechen wollen, können Sie das Heft mitbringen und mir daraus vorlesen.“

Er wühlte in dem Durcheinander auf seinem Schreibtisch. „Ah! Hier ist es! Ich gebe Ihnen für den Anfang dieses kleine Notizheft. Ich habe es neulich gekauft und hatte noch keine Zeit, etwas hineinzuschreiben. Nun wartet es darauf, daß Schrei im Wind es mit ihren Gedanken füllt.“ Er lächelte, lehnte sich über den Schreibtisch und drückte es mir in die Hand. Dann griff er in seine Brusttasche und zog eine Feder heraus. „Nun haben Sie ein Heft, eine Feder – und Ideen! Das weiß ich! Sie müssen nur noch diese drei zusammenbringen!“

Freudig streckte ich die Hand aus und ergriff seine Geschenke. Ich lächelte, als ich das Heft durchblätterte und die leeren, weißen Seiten sah, die nur darauf warteten, gefüllt zu werden. „Ich will jetzt gehen.“ Ich stand auf. „Ich gehe nach Hause und werde etwas schreiben.“

„Ich freue mich darauf, es zu lesen.“ Er begleitete mich bis zur Tür.

„Vielleicht komme ich wieder", sagte ich zögernd.

„Ich rechne damit!"

Ich zögerte. Eigentlich wollte ich noch nicht gehen. „Vielleicht am Freitag", fügte ich hinzu.

„Sie sind bei uns immer willkommen." Er gab mir die Hand, dann ging ich die Treppe hinunter.

Auf der letzten Stufe blieb ich stehen und drehte mich nochmals um. Er stand hinter der Tür und sah mir nach. Ich winkte ihm noch zu und lief die Straße hinunter.

Ich hatte es so eilig, heimzukommen, daß ich ganz außer Atem war, als ich vor meiner Haustür stand. Ich zog eilig den Mantel aus, setzte mich an den Tisch und öffnete das Heft. Ich nahm die Feder zur Hand und schrieb in großen Buchstaben „Schrei im Wind" auf die erste Seite. Nur einen Augenblick hielt ich inne. Dann schien es, als ob die Feder Zauberkraft in sich hätte. Worte und Gedanken strömten von mir. Ich schrieb mehrere Seiten voll, bevor ich das Geschriebene überflog. Schreiben war so einfach, so leicht. Man konnte alles ausdrücken, was man auf dem Herzen hatte. Weshalb nur war das Reden so schwer, so mühsam?

Ich schrieb einige Fragen auf, die ich Reverend McPherson über Jesus und Gott, seinen Vater, stellen wollte. Ich erinnerte mich daran, daß mich Reverend McPherson gefragt hatte, was ich über den Wind dächte. Darum begann ich den Wind zu beschreiben. Ich schrieb auch über das Geisterpferd. Es war, als ob in meinem Herzen Tausende von unausgesprochenen Worten darauf warteten, zu Papier gebracht zu werden. Ich konnte nicht schnell genug schreiben, um mit meinen Gedanken Schritt zu halten.

Ich schrieb, bis die letzte Seite voll war. Dann legte ich die Feder hin und schaute auf die Uhr. Es war zwei Uhr morgens. Nun merkte ich erst, wie steif meine Finger vom vielen Schreiben waren. Ich streckte meine müden Glieder und fühlte mich frei und glücklich. Gedanken und Gefühle, die jahrelang in mir schlummerten, hatten nun endlich ihren Ausdruck gefunden. Lächelnd schlief ich ein und wußte, daß ich nicht bis Freitag warten konnte, um zu Reverend McPherson zu gehen. Morgen schon wollte ich ihn besuchen.

Sobald ich ihn sah, gab ich ihm die Gedichte, die ich geschrieben hatte. Ängstlich wartete ich auf sein

Es war, als ob in meinem Herzen Tausende von unausgesprochenen Worten darauf warteten, zu Papier gebracht zu werden.

Urteil. Es war für mich unendlich wichtig, was er darüber dachte.

Der Wind – von Schrei im Wind

Der Sommerwind ist warm, leidenschaftlich, voller Leben. Er streichelt die Blumen, bis sie erzittern. Die Bäume flüstern sich die Geheimnisse des Waldes zu, wobei die wilden Rosen erglühen. Eine Schaukel schwingt sich durch die Luft, als ob die Seele eines kleinen Mädchens aus ferner Zeit immer noch lachte und unter dem gleichen Baum spielte.

Die Zeit ist nun entschwunden. Der Wind ist unterdessen älter, klüger und vielleicht sogar zornig geworden, weil er seinem Schicksal nicht enteilen kann.

Achtlos fegt er die dürren Blätter des Herbstes beiseite – wie ein verschmähter Liebhaber seine einstigen Träume. Das braune Gras reibt sich an den geknickten Blumenstengeln, deren verwelkte Blüten längst fortgeweht sind.

Der Winter ist gekommen. Der Wind ist alt und verbittert, einsam und verlassen wie ein Witwer. Die Blätter liegen im Schnee begraben, und der Mond scheint hell und klar, wenn er im Eis des Teiches seine Schönheit betrachtet.

Die Schaukel bewegt sich nicht mehr. Schneemassen halten sie in schweigsamer Gefangenschaft.

Der Wind bläst immer noch, aber seine Kraft und seine Seele sind dahin. Der runzlige, alte Mann ruft vor den Häusern und bittet um Einlaß, um seinen vor Kälte zitternden Körper am Feuer zu wärmen. Er rüttelt am Fenster und pocht an die Tür, aber keiner gewährt ihm Einlaß. Er bleibt allein in der kalten Nacht. Zornig gibt er der Schaukel einen Stoß und befreit sie aus ihrer Gefangenschaft.

Dann schleicht der alte Wind langsam durchs Tal und verschwindet in der Nacht. Lautlos und traurig geht er, ohne Abschied. Die Bäume rühren sich nicht; sie winken ihm nicht nach. Sie stehen einfach da, vielleicht empfinden sie Trauer, vielleicht aber auch nichts.

Allein (für Pascal geschrieben)

Zwar ist's zu spät, doch trauern wir.
Verächtlich spricht man heut von dir!
Vielleicht, hätt' jemand einst gesagt:
„Ich lieb dich!“ – Er wäre nicht verzagt.
Die Zeit zählt nicht nach Tagen, Stunden,
sie zählt nach Freuden, zählt nach Wunden.
War er denn wirklich böse, schlecht?
Oder allein, traurig – doch recht?
Er lebte, und er starb allein,
hatt' nicht Frau, nicht Kind, nicht Heim.
Niemand weiß genau zu sagen,
wie schwer die Last, die er getragen.
Die Menschen gingen an ihm vorbei,
ohne zu fragen, ob glücklich er sei.
Er zählte nicht, war niemals gefragt;
er nahm sich das Leben – so wird's gesagt.
Wenn einer von euch ihm Liebe gezollt -
Sterben? Nein, sterben hätt' er niemals gewollt!

Das Geisterpferd – von Schrei im Wind

Heut nacht schlaf ich bestimmt nicht mehr,
denn der Mond scheint hell, der Wind weht schwer.
Wenn hell der Mond, wenn frei der Wind,
dann kommt zu mir der Geister Kind!

Mit stolzem Blick stehst du vor mir,
bereit, mich wegzutragen von hier.
Der Wind ist dein Leben, dein Atemzug,
trägt dich in die Ferne! Nicht schnell genug?

Du reitest mit mir bis ans Ufer der See.
Hinein in die Brandung – doch fest ich steh!
Die salzige Gischt netzt mein Gesicht;
du reitest fort, bis dein Auge bricht.

Auf, über Berg und Tal wir reiten,
rufen den Wind, uns zu begleiten.
Wir reiten durch Wildnis, durch Staub und Sand
bis in das ferne, fremde Land.

Mein Herz wird schwer; der Ritt ist aus,
und du, mein Freund, bringst mich nach Haus.
Es dämmert des neuen Tages Licht;
wir sind daheim, wenn die Nacht anbricht!

Mein Geisterpferd, komm, bleib bei mir;
ich fürcht' nicht den Tod, solange du hier.
Trag mich ins ferne, fremde Land,
das noch kein irdisches Wesen fand.

Als Reverend McPherson fertig war, lächelte er mir freundlich zu. „Gut! Wirklich gut! Mir gefällt es! Besonders das 'Geisterpferd' ist schön. Ich wußte, daß viel in Ihnen steckt. Ich glaube, wir werden

Mit stolzem Blick stehst du vor mir.

den Schleier des Geheimnisses um Schrei im Wind noch lüften!" Er gab mir das Notizheft zurück. „Sie sollten diese Gedichte veröffentlichen."

„Kein Mensch würde lesen, was Schrei im Wind geschrieben hat", antwortete ich.

Reverend McPherson lehnte sich im Stuhl zurück und sah mich an. „Wer ist Schrei im Wind in Wirklichkeit?" fragte er. Der Ton seiner Stimme verlangte nach einer Antwort.

„Ich bin niemand." Ich dachte, diese Auskunft genüge. Aber seine Augen hielten mich fest und verlangten, noch mehr zu wissen. „Ich bin der ungewollte Sproß zweier Menschen, die einander haßten. Ich habe meinen Vater nie gesehen, denn er verließ meine Mutter, bevor ich geboren wurde; und deshalb haßte sie ihn. Meine Mutter war jung und wollte nicht durch ein Kind, das sie nie gewollt hatte, gebunden sein. Darum ließ sie mich bei meiner Großmutter im Reservat. Aber es spielte ja keine Rolle. Ich habe meine Eltern nicht vermißt. Großmutter hat für mich gesorgt, und meine Onkel wohnten in der Nähe. Es ist gut gegangen." Schwer kamen die nächsten Worte über meine Lippen: „Ich bin ein wertloser Mischling. Es ist, als ob zwei Menschen versuchten, in einem Körper zu leben." Bitter fügte ich hinzu: „Jetzt wissen Sie, wer Schrei im Wind ist – niemand!"

Reverend McPherson sagte weich: „Dann weiß ich mehr über Schrei im Wind als sie selbst. Sie malen Bilder – das macht Sie zur Künstlerin. Sie schreiben wunderbare Gedichte – das macht Sie zur Dichterin. Sie sind ein reizendes junges Mädchen mit klugem Verstand. Sie könnten eine große Zukunft haben. Nicht Ihre Eltern, sondern Gott hat Sie geschaffen. Derselbe Gott, der Himmel und Erde geschaffen hat, ist auch Ihr Schöpfer. Ihr Leben ist nicht von Ihren Eltern her bestimmt. Sie können sein, was immer Sie sein wollen. Sie sind ein einmaliges Wesen von hohem Wert. Es gibt keinen zweiten Menschen auf der ganzen Welt, der wie Schrei im Wind ist. Gott hat Sie erschaffen, und für ihn sind Sie wertvoll. Sie bedeuten für ihn mehr als ein Stern am Himmel, denn er hat Millionen von Sternen, aber nur ein Mädchen wie Sie. Für Gott sind Sie wertvoller als alle Berge und Flüsse."

Das war mehr, als ich verstehen konnte. „Mehr wert als ein Stern am Himmel?" fragte ich.

„Ja", antwortete er, „mehr wert als das Leben seines einzigen Sohnes. Denn die Bibel sagt uns: 'Denn Gott hat die Welt so geliebt – denn Gott hat Schrei im Wind so geliebt –, daß er seinen eingeborenen Sohn gab, damit jeder – damit Schrei im Wind –, der an ihn glaubt, nicht verloren gehe, sondern ewiges Leben habe.'"

„Nein, das stimmt nicht", antwortete ich, denn ich wußte genau, daß mein Name nicht in der Bibel stand.

„Man könnte es so sagen, weil Sie für Gott so wertvoll sind, daß Jesus für Sie am Kreuz gestorben wäre, selbst wenn Sie der einzige Mensch auf dieser Welt wären. Sie dürfen nie mehr sagen, daß Sie niemand sind, denn Sie sind ein ganz besonderer Mensch. Sie sind ein besonderer Mensch für Gott und für Audrey und für mich. Ich habe das Gefühl, daß eines Tages Tausende von Menschen von Schrei im Wind hören werden. Ich kenne den Plan

Gottes für Ihr Leben nicht, aber eines weiß ich: Er hat einen besonderen Plan für Ihr Leben. Vielleicht will er Ihre künstlerische Begabung oder andere Talente gebrauchen, die noch in Ihnen schlummern. Gott hält seine Hand über Sie, und wenn Sie aufhören, gegen ihn zu kämpfen, und sich von ihm führen lassen, wird er große Dinge in Ihrem Leben tun." Er hielt einen Augenblick inne. „Möchten Sie, daß ich für Sie bete?"

„Nein", antwortete ich schnell. „Ich will nicht an Ihren Gott glauben."

Reverend McPherson lächelte. „Ich meine fast, Sie glauben schon an ihn, denn sonst hätten Sie nicht so Angst, Gott könnte meine Gebete erhören, daß Sie eine Christin werden."

Ich beobachtete ihn genau. Er glaubte wahrhaftig jedes Wort, das er sagte. Er dachte, daß ich etwas wert sei. War ich für Gott wirklich wertvoller als ein Stern? Als ich an jenem Abend heimging, betrachtete ich die Sterne und dachte sehnsüchtig: Könnte es sein, könnte es wirklich sein, daß ich für Gott mehr wert war als ein Stern?

11

Als ich heimkam, wartete Flint auf mich. „Wo warst du?“ erkundigte er sich.

Ohne zu überlegen, gab ich zur Antwort: „Ich ging zu einer Kirche und habe mit dem Pfarrer gesprochen.“ Dann schwieg ich, denn plötzlich wurde mir bewußt, daß ich ihm das nicht hätte sagen sollen.

„Was? In einer Kirche warst du?“ Er wurde wütend.

„Ja“, antwortete ich und fügte schnell hinzu: „Aber nicht in einem Gottesdienst. Ich habe nur mit dem Pfarrer gesprochen.“ Es war zu spät – ich konnte meine unbedachten Worte nicht mehr zurücknehmen.

„Du bist ja verrückt! Weshalb hast du das getan? Du bist Indianerin! Du brauchst keinen Schwarzrock!“

Flint gebrauchte den indianischen Ausdruck für Missionare. Die ersten Missionare unter unserem Volk waren katholische Priester gewesen, die lange, dunkle Roben trugen. Seit damals wurde jeder weiße Prediger „Schwarzrock“ genannt.

Flints Stimme war hart, und in seinen Augen funkelte der Haß. „Die Kickapoos haben nie die Religion des weißen Mannes angenommen. Von den Kickapoos sind mehr ihren alten Pfaden treu geblieben als von anderen Stämmen. Wir sind stolz darauf, daß uns der weiße Mann nie seine Religion aufschwatzen konnte oder unsere Kinder in unseren Schulen unterrichtete. Wir haben seine Schulen niedergebrannt und seine Kirchen angezündet. Wenn Schwarzröcke zu uns kamen, haben wir sie getötet! Weshalb hast du mit einem solchen gesprochen?“

„Ich weiß es nicht“, antwortete ich leise. „Ich kannte eben sonst niemand. Wir haben nur über Gedichte und ähnliches gesprochen.“

Ich habe Flint noch nie so zornig gesehen. Er hatte die Kiefer so fest aufeinandergebissen, daß seine Halsmuskeln hervortraten.

„Hör gut zu und vergiß nicht, was ich dir jetzt sage“, stieß er zwischen zusammengepreßten Zähnen hervor. „Ich wollte nie die Verantwortung für dich übernehmen, aber Cloud hat sie mir übergeben. Ich habe versprochen, ein Auge auf dich zu haben, weil du zur Familie gehörst. Bis jetzt hat es keine Schwierigkeiten mit dir gegeben, aber ich warne dich! Keine meiner Nichten wird sich mit diesen hinterlistigen Weißen oder ihrer verrückten Religion einlassen! Geh nie wieder dorthin, sonst ziehe ich dir bei lebendigem Leibe die Haut ab!“ Mit diesen Worten verließ er mich und schmetterte die Tür ins Schloß.

Zuerst wollte ich Flint gehorchen. Er war mein Onkel. Ich ging nicht mehr zur Kirche. Nach einigen Tagen wurde mir jedoch bewußt, wie sehr mir die Besuche bei den McPhersons fehlten. Bis jetzt hatte ich gedacht, daß es für mich keine Rolle spielte, ob ich hinginge oder nicht, aber ohne Reverend McPhersons Freundschaft und Audreys

Wärme gab es ein großes Loch in meinem Leben. Ich vermißte die Kirche und wagte es doch nicht, gegen Flints Willen hinzugehen.

Spät am Nachmittag läutete das Telefon, und ich erschrak bei dem ungewohnten Lärm. Nie vorher hatte bei mir das Telefon geläutet.

„Hallo!"

„Ist Schrei im Wind dort?"

„Ja."

„Hier ist Audrey. Wir haben dich vermißt, mein Kind. Geht es dir gut?"

„Ja."

„Wir hoffen, daß du heute abend zur Kirche kommst. Wir haben einen Weihnachtsgottesdienst. Es würde uns sehr freuen, dich bei uns zu haben."

„Gut", sagte ich und hängte auf. Nachher fragte ich mich, ob sie wirklich alles gesagt hatte, was sie sagen wollte, oder ob ich sie unterbrochen hatte. Ich würde mich nie daran gewöhnen, in einen Apparat hineinzureden und nur zu einer Stimme zu sprechen. Man sollte sein Gegenüber sehen, wenn man mit ihm spricht.

War es mir bis jetzt in der Kirche schon schön vorgekommen, so überwältigte sie mich jetzt geradezu. Überall brannten Kerzen. Tannenäste und Weihnachtssterne schmückten den Altarraum. Auf dem Altar selbst war eine Krippenszene dargestellt.

Ich ging nach vorn zum Altar, um alles aus der Nähe betrachten zu können. Der Schnee fiel von meinem Mantel und hinterließ eine nasse Spur auf dem Teppich.

Auf dem Altar war ein kleiner Stall mit Eseln, Kühen und Schafen aufgebaut. In einer Ecke waren ein Mann und eine Frau, die sich über ein neugeborenes Kind in einer Krippe beugten. Die flackernden Kerzen ließen sie wie lebendige Menschen erscheinen.

Ich hatte die Geschichte von der Geburt des Kindes schon gekannt, aber sie war für mich nur eine Legende. Als ich jetzt vor diesen winzigen Figuren stand, wußte ich plötzlich, daß sie Menschen darstellten, die wirklich gelebt hatten. Maria und Josef hatten wirklich gelebt; und wenn das so war, war auch das Kind Jesus wirklich zur Welt gekommen. Die Weisen und die Hirten hatten es geglaubt und waren gekommen, um das Kind Jesus zu sehen. Es war nicht mehr nur eine schöne Geschichte. Es war die Wahrheit!

Langsam streckte ich die Hand aus. Ich wollte das kleine Kind in der Krippe berühren. Aber in diesem Augenblick hörte ich Leute hereinkommen. Ich ging zu den Bänken und setzte mich. Kurz danach setzte sich eine Frau neben mich. Sie beugte sich zu mir und flüsterte mir zu: „Wir freuen uns, daß Sie hier sind. Mein Name ist Sally."

„Sally?" wiederholte ich. Die Weißen hatten doch merkwürdige Namen. Es waren nur Töne, keine Worte. Es war leicht, Namen wie „Singender Vogel" oder „Grauer Fuchs" zu behalten, aber unter Sally konnte man sich doch nichts vorstellen.

Sie lächelte. „Macht es Ihnen etwas aus, daß ich mich zu Ihnen gesetzt habe? Ich sitze nicht gern allein. Es ist viel schöner, neben einer Freundin zu sein."

Als sie das Wort „Freundin" aussprach, begegneten sich unsere Augen, und ich wußte, daß sie damit mich meinte. Wieder lächelte sie, und jetzt wußte ich, daß ich das Mädchen namens Sally nie mehr vergessen würde.

Der Gottesdienst begann. Reverend McPherson ging zur Kanzel und las die Weihnachtsgeschichte vor. Der Chor sang Lieder – schöner als alles, was ich bisher gehört hatte: „Stille Nacht", „Welch ein Kind" und andere.

Ich wußte plötzlich, daß diese winzigen Figuren Menschen darstellten, die wirklich gelebt hatten.

Ich warf verstohlene Blicke auf die Leute ringsum. Auf ihren Gesichtern stand geschrieben, daß sie jedes Wort glaubten, das sie sangen.

Nach dem Gesang schloß Sally ihr Liederbuch und sagte: „Ich habe die Weihnachtslieder so gern. Ich wollte, wir könnten sie öfter als nur einmal im Jahr singen."

„Aber weshalb singt ihr die schönsten Lieder nur einmal im Jahr?" fragte ich. „Ich würde sie das ganze Jahr hindurch singen. Sie sind so schön!"

„Ja, sie sind wirklich schön."

Der Gottesdienst war vorüber, und die Leute verließen eiligst die Kirche. In meinem Herzen war tiefer Frieden, als ich nach Hause ging. Es war frischer Schnee gefallen, und es sah aus, als lägen viele kleine Sterne auf der Straße. Meine Fußspuren waren die einzigen weit und breit. Es war, als sei ich die einzige Person, die in dieser reinen, weißen Welt lebte.

Als ich zu Hause ankam, sah ich frische Fahrradspuren, die zu meiner Wohnung führten. Der Schnee vor meiner Haustür war weggefegt, und irgend etwas lag auf der Treppe. Es war eine große Schachtel, auf der in riesigen Buchstaben mein Name stand.

Ich schloß die Tür auf, drehte das Licht an und zog die Schachtel herein. Sie war schwer und kaum zu tragen. Sorgfältig schloß ich die Tür wieder, zog meine Jacke aus und kniete mich neben die Schachtel. Dann hob ich vorsichtig den Deckel hoch.

In der Schachtel lagen etwa ein Dutzend Dosen mit Suppen, Gemüse und Fleisch. Daneben lagen zwei Päckchen in glänzendem roten Papier. Ich nahm das größere und wickelte es aus. Es kam eine wunderschöne rote Jacke zum Vorschein. Ich drückte sie an meine Wange. Wie konnte etwas so weich sein? Ich zog sie an. Sie paßte ausgezeichnet. Dann öffnete ich das andere Päckchen: ein Buch über Indianer, die Christen waren.

Es war die schönste Strickjacke, die ich je gesehen hatte.

Als ich es öffnete, fiel ein Umschlag heraus. Ich legte das Buch beiseite und öffnete den Brief. Es war eine Weihnachtskarte. Eine schöne Karte mit einem Krippenbild. „Ihre Freunde von der Kirche wünschen Ihnen ein gesegnetes Weihnachtsfest“, las ich.

Meine Hände zitterten. All das für mich? Für mich? Nein, unmöglich! Es mußte ein Irrtum sein. Ich schaute noch einmal auf die Schachtel. Ja, es stand mein Name darauf. Aber weshalb? Weshalb sollten mir die Leute von der Kirche etwas schenken? Ich war eine Fremde für sie, und doch hieß es auf der Karte „Ihre Freunde“. Waren sie wirklich meine Freunde? Weshalb? Ich hatte nichts, worüber sich jemand freuen würde.

Ich saß auf dem Boden, noch immer in meiner neuen roten Jacke, und nahm eine Dose nach der anderen aus der großen Schachtel. Wie wunderbar wird das schmecken! Dann nahm ich die Weihnachtskarte und stellte sie auf meinem Nachttisch auf. Das Krippenbild - Maria, Josef und das Kind – sah doch genauso aus wie die Krippe in der Kirche.

Vorsichtig legte ich die Jacke zusammen und streichelte sie ein letztes Mal, bevor ich sie in die Schublade legte. Dann räumte ich die Lebensmittel ein. So viel – und alles für mich!

Früh am nächsten Morgen klopfte es an meiner Tür. Es war Flint. „Hallo!“ rief er. „Ich dachte, ich könnte schnell auf einen Sprung zu dir kommen und sehen, was du machst.“

„Fein, daß du da bist! Was hast du in der letzten Zeit gemacht? Ich habe dich lange nicht mehr gesehen. Willst du mit mir essen?“

Er gab keine Antwort, aber ich schob dennoch etwas in das Backrohr. Er würde eine warme Mahlzeit nicht verschmähen.

Er schwieg lange, dann sagte er: „Ich habe meine Arbeit aufgegeben. Ich mochte sie nie besonders, so bin ich zu diesem Entschluß gekommen."

„Was wirst du denn jetzt machen?" Plötzlich kam ich mir vor wie Reverend McPherson. Er hatte genauso reagiert, als ich ihm erzählte, ich hätte meine Arbeit aufgegeben.

„Ach, ich weiß es nicht. Ich werde schon etwas finden. Eine Arbeit ist so gut wie die andere. Ich könnte Pferde zureiten auf der Circle-L-Ranch. Das sind nur fünfzehn Kilometer von hier." Er stand auf und lief hin und her.

Plötzlich blieb er stehen und stieß mit dem Fuß auf die große Schachtel. „Was soll diese Schachtel hier?"

„Ich habe ein Weihnachtsgeschenk bekommen", antwortete ich. Eigentlich wollte ich ihm erzählen, von wem es war und wie sehr ich mich darüber freute, aber ich wagte es nicht. Ich war glücklich, daß er nicht weiter darauf einging.

Beim Essen sprachen wir über unsere Familie und Leute, die wir kannten. Ich fragte ihn, ob er etwas von Cloud gehört habe. Er schüttelte den Kopf und meinte, er werde wohl kaum wieder etwas von ihm hören. Das machte mich traurig, denn ich vermißte Cloud. Ich hoffte immer noch, daß er eines Tages zurückkommen würde.

Nach dem Essen lehnte er sich in seinem Stuhl zurück und rieb sich den Bauch. Nach alter Indianersitte rülpste er laut und vernehmlich, um seine

Anerkennung zu zeigen. „Das war herrlich, Schrei. Du bist keine schlechte Köchin. Schade, daß du keinen Ehemann findest, für den du kochen kannst. Aber du bist viel zu mager, um etwas wert zu sein."

„Ich bin wertvoller als ein Stern", entgegnete ich.

„Was sagst du da?"

„Ach, nichts weiter. Bleibst du heute bei mir?"

„Nein, ich muß jetzt gehen. Danke für das Essen!" Als er die Tür öffnete, blies der Wind Schnee in meine Wohnung.

„Bitte komm bald wieder, Flint! Bleib nicht mehr so lange fort!"

„Keine Angst, ich komme schon wieder vorbei", sagte er und ging zu seinem Wagen.

Ich winkte ihm und wußte, daß dieses „ich komme wieder vorbei" Tage, Wochen oder sogar Monate bedeuten konnte. Ich hätte so gern gehabt, daß er geblieben wäre. Es war schön, jemand um sich zu haben, mit dem man sprechen konnte.

Ich sank in einen Lehnstuhl und griff nach dem Buch, das ich bekommen hatte. Bald war ich darin vertieft.

Einige Tage später ging ich zur Kirche, um Reverend McPherson für das Weihnachtsgeschenk zu danken. Wir sprachen nur kurz miteinander. „Es ist Zeit für den Gottesdienst. Ich muß in der Sakristei Licht machen. Sie sind herzlich willkommen, wenn Sie bleiben wollen."

„Was ist denn heute los?"

„Heute ist ein Gottesdienst für Kranke. Wir beten für alle, die krank oder behindert sind oder irgendwelche Schwierigkeiten haben."

„Ich bin nicht krank. Mich muß man nicht heilen!“ antwortete ich und zog dabei den Mantel an.

„Ich glaube doch, daß in Ihnen noch das kleine Kind steckt, das in der Vergangenheit manche Wunde bekommen hat, die noch nicht verheilt ist. Ich glaube, daß dieses kleine Kind so oft verletzt wurde, daß Sie es hinter einer Steinmauer versteckt haben, damit ihm nichts mehr passieren kann. Wollen Sie es nicht wieder herauslassen?“

Ich gab keine Antwort.

Schnell fuhr er fort: „Heute abend werden nur eine Handvoll Leute da sein. Es sind alles reizende Leute, aufrichtige Christen. Sie würden Ihnen gern helfen, wenn Sie es nur wollen. Sie könnten ohne weiteres in der letzten Bank sitzen. Sie müssen weder etwas sagen noch etwas machen.“

Beinahe sagte ich ja. Ich wollte bleiben, aber aus einem unbegreiflichen Grund, den ich nicht verstehen konnte, schüttelte ich den Kopf. Ich sah, daß er enttäuscht war. Als ich draußen stand, trieb es mich, wieder umzukehren. Beinahe wäre ich zurückgegangen – da hörte ich ihren Gesang aus der Sakristei und wußte, daß der Gottesdienst schon begonnen hatte. Ich hatte zu lange gebraucht, um mich zu entscheiden. Ich ging langsam nach Hause und hatte das Gefühl, etwas Wichtiges verpaßt zu haben.

12

Die ganze Woche über dachte ich darüber nach und entschloß mich, am Mittwochabend zur Kirche zu gehen. Ich wollte in einer der letzten Bänke sitzen und aufpassen, was die Leute sagten und machten. Wenn ich hinten saß, konnte ich jederzeit aufstehen und weggehen.

Als der Mittwoch endlich kam, wollte ich mich soeben anziehen, um zur Kirche zu gehen, als Flint vorfuhr. Es war das erstemal, daß mir sein Besuch nicht willkommen war. Ich wußte, daß ich nicht zur Kirche gehen konnte, wenn ich ihn hereinbat, deshalb ging ich ihm entgegen und schloß hinter mir die Tür.

„Hallo! Du gehst weg?" fragte er erstaunt, als er aus dem Wagen kletterte.

„Ja. Ich wußte nicht, daß du heute abend kommen würdest, deshalb habe ich mir etwas anderes vorgenommen."

„Eine Verabredung?" fragte er.

„Nein." Ich konnte ihm doch nicht sagen, daß ich zur Kirche wollte!

„Soll ich dich irgendwohin bringen?" erbot er sich.

„Nein. Ich gehe lieber zu Fuß. Aber hab vielen Dank! Komm doch morgen zum Essen! Ich mache dir ein paar Toastschnitten." Ich wußte, daß er gerne Toast hatte, und hoffte, er würde an morgen abend denken und den heutigen Abend darüber vergessen.

„Abgemacht." Er ging zum Wagen zurück. „Kann ich dich wirklich nicht ein Stück mitnehmen?"

Ich schüttelte den Kopf, und er ging weg. Ich war froh, daß er in entgegengesetzter Richtung davonfuhr.

Ich eilte die Straße entlang und kümmerte mich nicht um das, was um mich her vorging. Sonst wäre mir aufgefallen, daß mir ein Wagen folgte. Erst als ich über den Parkplatz vor der Kirche ging, hörte ich ein Auto hinter mir. Mir stockte das Herz vor Schreck, als ich mich umdrehte und Flint sah. Er war mir gefolgt, um zu sehen, wohin ich ging.

„Hallo!" rief ich. Wenn er doch nicht so zornig aussähe!

„Das ist also dein großes Geheimnis!" höhnte er und deutete mit dem Kopf auf die Kirche. „Das ist also der Grund, warum du kaum mehr daheim bist. Du gehst zur Kirche!"

„Hier ist es schön, Flint", antwortete ich. „Es ist ein guter Ort."

„Wie kann ein Ort gut sein, der dich deiner Familie, deinem Volk und deinen Göttern entfremdet?" erwiderte er scharf. „Wenn du gegen alles Alte bist!"

„Das stimmt nicht. Ich bin der gleiche Mensch, der ich immer war."

„Nein, eben nicht. Du bist anders, und das mag ich nicht. Die anderen aus unserer Familie wollen es auch nicht! Was auch immer sie dir da drin für Lügen erzählt haben, vergiß sie und denk daran, wer du bist! Diese Religion ist für den weißen Mann. Er soll sie behalten! Du aber bleib dort, wo du hingehörst, und versuche nicht, jemand zu sein, der du nicht bist."

„Weshalb bist du so böse? Was spielt es für eine Rolle, ob ich hierher komme oder nicht? Ich gehöre nicht zu ihnen. Ich komme nur her, weil die Leute nett zu mir sind und ich die Geschichten und die Musik gern höre. Es ist besser, hier zu sein, als allein zu Hause herumzusitzen."

„Du kannst mit mir kommen, wenn du dich einsam fühlst."

„Du gehst nur in Bars oder zu Peyote-Festen", antwortete ich. Als ich den zornigen Ausdruck seiner Augen sah, bereute ich meine unbedachten Worte.

„Peyote ist der Gott deines Volkes!" Er war wütender als je zuvor. „Diese Leute vergiften deinen Geist! Steig ein und komm mit mir. Und untersteh dich, noch einmal hierher zu gehen!" Er packte mich am Arm und wollte mich in den Wagen ziehen.

Ich riß mich los und lief auf die Kirche zu.

„Komm sofort zurück!" rief er mir nach, aber ich lief weiter. Ich hörte, wie die Autotür zuschlug, und dachte, er sei weggefahren, aber im nächsten Moment stand er neben mir.

„Ich warne dich, Schrei im Wind! Wenn du nicht sofort mit mir kommst, wirst du es bitter bereuen!" Er fuchtelte mit seiner Peitsche vor meinem Gesicht herum.

Ich wußte, daß er die Peitsche früher für die Pferde gebraucht hatte, aber ich war überzeugt davon, daß er sie nie gegen mich richten würde. Es war nur eine Drohung. „Laß mich in Ruhe!“ sagte ich und wollte weitergehen.

Flint knallte mit der Peitsche. Sie sauste durch die Luft und fiel auf meine linke Schulter. Ich taumelte. Als er die Peitsche wieder hob, kehrte ich ihm den Rücken zu, zog die Schultern ein und wartete auf den nächsten Hieb. Die Peitsche schnitt mir in den Rücken. Ein eiskalter Schauer überlief meinen ganzen Körper. Nach ein paar weiteren Schlägen empfand ich keinen Schmerz mehr. Es war mir, als sei ich nicht mehr in meinem Körper und Flint schlage einen anderen Menschen. Ich weiß nicht, wie oft er auf mich einschlug. Endlich hörte er auf.

Ich wartete auf den nächsten Hieb. Als keiner mehr kam, stand ich auf und sah Flint ins Gesicht. Er stand mit hängenden Armen vor mir. Die Peitsche hielt er so locker in der Hand, als wolle er sie

Die Peitsche schnitt mir in den Rücken.

jeden Augenblick zu Boden fallen lassen. Er schüttelte einige Male den Kopf und ging ein paar Schritte zurück.

„Komm nie mehr hierher!“ sagte er mit rauher Stimme. Aber in seiner Drohung lag keine Kraft mehr. Wie ein Gespenst stand er da. Dieser Mann war nicht der Onkel, den ich kannte. Dieser Mann vor mir sah müde und mager aus. Seine Augen hatten den Ausdruck eines gehetzten Tieres, das zu erschöpft ist, um weiter zu laufen, und nur noch auf den Tod wartet.

Ich brachte keinen Ton hervor. Die Stimme gehorchte mir nicht.

Flint drehte sich um und ging weg. Einen Augenblick später hörte ich das Brummen des Motors. Er fuhr davon.

Ich ging um die Ecke und stieg die Treppe zur Kirche hinauf. Die Betäubung war gewichen, und mein Rücken brannte wie Feuer. Bei jeder Bewegung empfand ich von neuem einen brennenden Schmerz in der Schulter. Ich mußte meine ganze Kraft anwenden, um die schwere Tür zu öffnen und hineinzukommen. Die Lichter schienen zu hell, und der Boden unter mir schwankte. Reverend McPherson kam auf mich zu. Dann versagten meine Beine, und ich fiel zu Boden. Mein Gesicht berührte die Kühle des Bodens. Ich schloß die Augen, und meine Sinne schwanden.

„Ich glaube, sie erwacht“, sagte eine Stimme aus weiter Ferne.

Ich versuchte, die Augen zu öffnen.

Eine kühle Hand legte sich auf meine Stirn. „Wie fühlst du dich?“ fragte die sanfte Stimme.

Endlich konnte ich meine Augen lange genug offenhalten, um Audrey neben mir zu erkennen. Ich lag auf dem Bauch in einem weichen Bett. Ich wollte mich bewegen, aber das Feuer brannte wieder auf meinem Rücken, und ich blieb still liegen.

„Dein Rücken ist übel zugerichtet. Du mußt wahrscheinlich einen Arzt aufsuchen“, sagte Audrey. Ich spürte, wie sie mit sanften Händen etwas Kühles auf meinen Rücken strich.

„Nein“, antwortete ich schwach, „keinen Arzt.“

„Was ist geschehen? Wir könnten dir helfen. Was auch passiert ist, wir möchten dir helfen.“

Dein Rücken ist übel zugerichtet.

Als sie meinen Rücken verarztet hatte, warf sie die blutigen Wattebäusche in den Abfalleimer. „Wenn es dir besser geht, will mein Mann mit dir reden."

„Es geht mir gut", sagte ich.

Audrey half mir, mich aufzurichten. Dann ging sie zum Schrank, holte eine Bluse heraus und half mir, sie anzuziehen. „Sie ist dir zwar zu groß, aber deine ist zerrissen", sagte sie, und ihre Stimme versagte. Nachdem sie mir in die frische Bluse geholfen hatte, nahm sie meine, die zerrissen und blutig war, und warf sie ebenfalls in den Abfalleimer. Dann ging sie hinaus.

Ich saß auf der Bettkante und hielt mich am Bettpfosten fest, weil ich so zitterte. Dann klopfte es an die Tür, und ich hörte die Stimme von Reverend McPherson: „Darf ich hereinkommen?"

„Bitte."

„Meine Frau macht eine Tasse Tee für Sie. Wie geht's?"

Ich wollte die Achseln zucken, aber da durchfuhr mich wieder dieser heftige Schmerz. Der Ausdruck meines Gesichtes zeigte deutlich, wie ich mich fühlte.

„Wollen Sie mir nicht sagen, was geschehen ist?"

„Mein Onkel –" Ich holte tief Luft. „Mein Onkel und ich hatten eine Auseinandersetzung. Er hat gewonnen." Ich wollte eigentlich lächeln, aber es gelang mir nicht.

„Ich verstehe nicht", antwortete er.

„Mein Onkel hat mir verboten, hierher zu kommen. Heute abend hat er vor der Kirche auf mich gewartet. Er wollte, daß ich mit ihm komme. Ich aber wollte zur Kirche, darum hat er mich geschlagen."

„Wollen Sie damit sagen, daß Ihr eigener Onkel Sie so zugerichtet hat, weil Sie hierher kommen?"

Ich nickte.

„Das sollte man nicht für möglich halten! Während ich in der Kirche saß und für den Gottesdienst betete, hat man Sie wenige Meter vor der Kirche ausgepeitscht! Das kann doch nicht möglich sein! Nicht in Amerika – nicht in der heutigen Zeit! Das darf er doch nicht! Wir rufen die Polizei und lassen ihn festnehmen."

„Das kann ich nicht", antwortete ich.

„Natürlich können Sie das! Niemand darf Sie so behandeln und ungeschoren davonkommen!"

„Er ist mein Onkel. Ich kann ihn nicht anzeigen. Wenn ich es täte – die ganze Familie würde sich geschlossen gegen mich stellen. So etwas passiert oft im Reservat."

„Aber Sie sind nicht im Reservat", rief er. „Sie sind hier nicht schutzlos jemandem ausgeliefert. Sie haben das Recht, die Kirche zu besuchen." Es sah aus, als wollte er noch mehr sagen, aber er war zu erregt, um die richtigen Worte zu finden.

„Macht nichts. Es tut ja nicht so weh", sagte ich müde, obwohl es mehr schmerzte als irgend etwas je zuvor. Vielleicht war es nicht so sehr die Peitsche, sondern der Gedanke, daß es Flint war, der die Peitsche hielt.

Er atmete tief. „Ich war noch nie so wütend wie jetzt."

Audrey kam mit einer Tasse heißen Tee. Die beiden saßen still da, während ich trank.

Als ich fertig war, gab ich ihr die Tasse zurück. „Ich glaube, ich sollte jetzt gehen", sagte ich.

„Nein!" antworteten beide. Dann meinte Audrey: „In diesem Zustand lassen wir dich nicht weg! Du bist krank, und du solltest nicht allein bleiben. Wir behalten dich bei uns, bis es dir besser geht. Außerdem wäre es zu gefährlich für dich, jetzt allein in deiner Wohnung zu sein. Was würdest du tun, wenn dein Onkel plötzlich auftauchte?"

„Machen Sie sich keine Sorgen um mich!"

„Wir sorgen uns aber um dich, weil wir dich lieb haben", antwortete Audrey.

Ihre Antwort verschlug mir den Atem. Nie im Leben hatte jemand diese Worte zu mir gesagt: „Wir haben dich lieb."

Sie drehte sich zur Kommode und nahm ein Nachthemd heraus. „Du bleibst bei uns", entschied sie. „Morgen früh kann ich in deine Wohnung gehen und holen, was du brauchst. Du kannst bleiben, so lange du willst. Wir werden nicht zulassen, daß dir noch etwas geschieht."

Ich gab keine Antwot. Es war möglich, daß Flint zu Hause auf mich wartete, und ich wollte wirklich hier bleiben, wo ich in Sicherheit war. Sicherheit – welch wohltuendes Wort.

Reverend McPherson ging hinaus. Audrey half mir, mich für die Nacht fertig zu machen, und deckte mich mit einer weichen, warmen Wolldecke zu. „Gute Nacht, Liebes", sagte sie. Sie beugte sich über mich und gab mir einen Kuß auf die Stirn.

Etwas in meinem Innern zersprang. Ich brach in Tränen aus und schlang meine Arme um sie.

Sie setzte sich aufs Bett und hielt mich liebevoll

umschlungen, und ich klammerte mich mit ganzer Kraft an sie. Mein Leben lang hatte ich nichts anderes als Grobheiten und rauhe Behandlung gekannt. Heute abend, zum erstenmal im Leben, hatten zwei Menschen zu mir gesagt: „Wir haben dich lieb.“ Jemand hatte mich wie ein kleines Kind zu Bett gebracht und mir einen Gute-Nacht-Kuß gegeben. Jemand machte sich Sorgen um mich, und jemand war wütend, weil ich geschlagen worden war. Zwei Menschen hatten mich in ihrem Heim aufgenommen, mir das Blut abgewaschen und meine Wunden verbunden. Nun wollten sie, daß ich bei ihnen blieb, damit sie mich beschützen konnten. Es stimmte, sie hatten mich wirklich lieb! Endlich hatte mich jemand lieb!

Ich schluchzte und hing an ihrem Hals, während sie mir das Haar zurückstrich, mich in ihren Armen wiegte und mich beruhigte, als wäre ich ein kleines Kind.

„Alles wird gut“, tröstete sie mich. „Alles wird in Ordnung kommen. Wir lieben dich, und Gott liebt dich noch mehr. Du bist nicht mehr allein. Du bist in Sicherheit.“

Ich wollte, daß sie es noch tausendmal sagte: „Du bist nicht mehr allein. Du bist in Sicherheit!“

Endlich schlief ich in ihren Armen ein. Als ich in der Nacht kurz erwachte, sah ich, daß neben mir ein großes Kissen lag, damit ich mich nicht auf den Rücken rollen konnte, was mir wieder Schmerzen verursacht hätte.

„O Cloud, ich wollte, du wärst bei mir! Du hättest es nie zugelassen, daß Flint mich schlug“, flüsterte ich vor mich hin und schlief wieder ein.

Die nächsten Tage waren die glücklichsten, die ich je erlebt hatte. Zum erstenmal schenkte mir jemand zärtliche Aufmerksamkeit, die ich als Kind nicht gekannt hatte. Audrey wurde für mich schnell die Mutter, die ich nie gehabt, und Reverend McPherson nahm den Platz des Vaters ein, den ich nie gekannt hatte. Friede und Liebe herrschten in diesem Haus, und ich gehörte zu ihnen.

Eines Abends saßen wir nach dem Essen vor dem Fernsehapparat und sahen uns einen alten Western an. In der ersten Szene schoß eine Reitertruppe Indianer nieder.

„Weshalb spricht man von einer Schlacht, wenn die Indianer von den Weißen getötet werden, und von einem Massaker, wenn die Indianer auf die Weißen schießen?“ fragte ich mit finsterer Miene.

„Du kämpfst immer noch einen Kampf, der seit hundert Jahren zu Ende ist“, antwortete Reverend McPherson. „Hör auf zu kämpfen, Schrei im Wind! Der Krieg ist vorbei. Der eigentliche Kampf spielt sich nicht auf dem Schlachtfeld, sondern in deinem Herzen ab.“

Ich wäre gern für immer bei den McPhersons geblieben, aber ich wußte, daß ich irgendwann einmal nach Hause gehen mußte. Ich fand, daß es jetzt an der Zeit war.

Als ich wieder zu Hause war, dachte ich ständig an Flint. Ich glaubte ihn hinter jedem Busch und in jeder Ecke zu sehen. Als zwei Wochen vergangen waren, atmete ich erleichtert auf. Vielleicht war Flint gar nicht mehr hier. Vielleicht war er nach Mexiko gegangen, wo viele Kickapoos lebten.

Als ich eines Abends aus der Kirche kam, wartete

er auf mich. „Du warst wieder in der Kirche, nicht wahr?“ fragte er drohend und kam auf mich zu.

„Ja“, antwortete ich und fühlte mich merkwürdig ruhig und tapfer.

„Wenn du damit nicht aufhörst“, sagte er mit rauher Stimme, „werden wir die Totenklage für dich halten.“

Mir stockte der Atem. „Das glaube ich nicht“, stieß ich hervor. Aber ich wußte, daß die Sache für ihn zu ernst war, um solche Worte nur einfach so leichthin auszusprechen. Es war das Schlimmste, was meine Angehörigen mir antun konnten. Sie würden sich treffen und die Totenklage für mich anstimmen. Dann würde man nie wieder von mir sprechen. Für sie wäre ich dann tot. Jede Verbindung wäre dann für immer abgeschnitten.

„Tot?“ flüsterte ich. Ich fühlte mich beinahe tot, als ich das Wort aussprach.

„Ich gebe dir bis Samstag Zeit. Überlege dir die Sache gut und entscheide dich.“ Dann wurde er für einen Augenblick wieder mein Onkel, und seine Stimme wurde sanfter. „Komm doch zurück! Dieses neue, verrückte Zeug ist es nicht wert, die Familie dafür einzutauschen. Du hast nur uns.“

Mein Herz krampfte sich zusammen, und ich war unsagbar müde. Jetzt wollte ich nicht nachdenken, um eine Entscheidung zu treffen. Weshalb konnte es nicht so bleiben, wie es war? Weshalb konnte ich nicht die Feste der Indianer besuchen, wenn mir danach zumute war, und die Kirche, wenn ich dorthin wollte? Es wäre um vieles einfacher. Ich sollte nicht zwischen einem von ihnen wählen müssen. Und ich war ja ohnehin zur Hälfte Indianerin und zur Hälfte Weiße. Zwei Welten. Hatte ich damit nicht das Recht, zu beiden zu gehören?

Ich durfte es nicht dazu kommen lassen, daß mir meine Verwandten für immer den Rücken kehrten, daß ich aus ihrem Leben verschwand wie Sandspuren im Wind, als ob ich nie gelebt hätte. Nein, das war dieser Mann Jesus nicht wert. Er konnte nicht erwarten, daß jemand um seinetwillen die Familie aufgab. Ich erinnerte mich, daß Reverend McPherson einmal erwähnt hatte, daß jemand, der Jesus folgen wolle, ihn mehr lieben müsse als Vater und Mutter. Nein, dieser Jesus verlangte entschieden zuviel von einem Menschen. Ich wollte ihm nicht folgen.

Ich sah Flint nicht wieder. Ich hatte keine Möglichkeit festzustellen, ob er seine Drohung wahr machen würde. Zum erstenmal war ich froh, daß Cloud nicht hier war. Wenn Flint seine Drohung wahr machte, würde Cloud in die Totenklage einstimmen müssen – und das wollte ich nicht.

13

Nun fand ich es an der Zeit, mit dem Wind zu sprechen. Gewiß war er es, der mich in diese verworrene Situation gebracht hatte. Er war böse auf mich und hatte mir seine Gunst entzogen. Er würde mir das Leben schwer machen, bis ich mich wieder auf seine Seite stellte. Deshalb war ich entschlossen, sobald es dunkel wurde, auszugehen und den Wind zu suchen.

Ich konnte den Sonnenuntergang kaum erwarten. Dann machte ich mich auf den Weg zu einem Hügel außerhalb der Stadt. Der Weg schien lange. Ich war nahe daran aufzugeben, aber ich wußte, wenn der Wind auf mich böse war, würde er mich so lange quälen, bis ich ihm wieder gehorchte.

Endlich erreichte ich den kleinen Hügel und kletterte hinauf. Er war nicht so hoch wie unserer zu Hause, und er hatte auf dem Gipfel auch keine heiligen Zeichen. Ich hatte zwar nicht viel Hoffnung, daß der Wind mein Gebet hören würde, aber ich erfüllte das vorgeschriebene Ritual und rief seinen Namen. Dann wartete ich auf ein Zeichen, daß er mich gehört hatte, auf eine Antwort. Aber es kam kein Wind auf, nicht einmal eine leichte Brise. Kein Blatt bewegte sich, alles blieb still. War der Wind so böse, daß er nicht einmal mit mir sprechen wollte? Oder war er daheim im Reservat geblieben? Blies er über andere Hügel und Täler, um mit anderen Indianern zu sprechen? Ich dachte immer, der Wind könne überall sein, aber er war nicht hier, nicht heute abend, nicht, wenn ich ihn brauchte.

Ich dachte daran, was Reverend McPherson über seinen Gott gesagt hatte, der jederzeit und überall war. Es mußte schön sein, einen Gott wie diesen zu haben.

Nach einer Weile wußte ich, daß der Wind heute abend nicht sprechen wollte, deshalb gab ich auf und machte mich auf den Heimweg.

Ich war zwar sehr müde, aber ich wußte, daß ich, selbst wenn ich im Bett lag, keine Ruhe finden würde. Für mich gab es keine Ruhe. Kickapoo – der ewige Wanderer – stand einmal hier und einmal dort, er wanderte, suchte, das war seine Bestimmung. Ich ging an meiner Wohnung vorbei und lenkte meine Schritte der Kirche zu. Je näher ich kam, desto schneller lief ich. Nun war ich kaum mehr müde. Mein Herz schlug schneller, ich war in Eile. Etwas Wichtiges lag vor mir, und ich durfte nicht zu spät kommen! Jetzt lief ich, obwohl ich meine Beine vor einer Stunde kaum noch schleppen konnte. Ich lief die Treppe hinauf und platzte in die Kirche.

Reverend McPherson stand hinten und hörte dem Chor bei der Probe zu. Er drehte sich um, und ich lief ihm entgegen.

„Schrei im Wind!“ Er schien zu fühlen, daß dies nicht einer meiner üblichen Besuche war.

„Ich wollte mit dem Wind sprechen, aber er war nicht da. Er gab mir keine Antwort. Ich möchte einen Gott, der immer da ist, der immer Antwort gibt. Wann immer ich mit meinen alten Göttern reden will, steht mir der neue Gott im Weg! Ihr Gott stiehlt sich immer in meine Gedanken, und dabei weiß ich nicht einmal, wer er ist!"

„Ich glaube, du weißt, wer Gott ist. Ich glaube, daß du ihn im Grunde deines Herzens immer gekannt hast. Darum bist du so ruhelos, so voller Zweifel und Fragen. Gott hat dich gerufen, aber du wolltest ihm keine Antwort geben."

„Weshalb kann er mich nicht in Ruhe lassen!?" begehrte ich auf – ein letztes Mal.

„Weil dich Gott zu sehr liebt, um dich in Ruhe zu lassen. Er sorgt sich um dich. Er liebt dich, und er gibt dich nicht auf, nur weil du eigensinnig bist. Es gibt keinen Ort, an den du vor Gottes Liebe fliehen könntest. Er hat dich bei deinem Namen gerufen, Schrei im Wind. Er will, daß du ihm folgst. Er will, daß du seine Liebe annimmst."

Unsicher stand ich auf der Schwelle. Dann hörte ich den Chor, und die Botschaft des Liedes erreichte mein Herz: „O Liebe, heil'ge Wundermacht, so unaussprechlich groß, du hast Erlösung mir gebracht, machst mich von Sünden los."

Die Worte drangen in mein Herz wie das leise Flattern eines Schmetterlings. Eine zarte Bewegung, so fein, daß man sie kaum beachtete, aber ich hatte sie gespürt. Ich wußte, sie war hier.

Gott liebte mich! Ob ich gut oder böse war, wichtig oder nicht – er liebte mich so, wie ich jetzt, in diesem Augenblick, war.

„O Liebe, heil'ge Wundermacht, so unaussprechlich groß, du hast Erlösung mir gebracht –" Ja, das war für mich! Meine Seele war müde vom Suchen, sie sehnte sich nach Ruhe. Ja, Gott liebte mich zu sehr, um mich allein zu lassen. Er hatte mich wie ein Kind beschützt. Er hatte mich davor bewahrt, mir das Leben zu nehmen. Er hatte mich in diese Kirche und zu den McPhersons geführt. Er hatte es zugelassen, daß Großmutters Haus abbrannte, damit ich wieder in die Stadt zurückkommen mußte, wo er auf mich wartete. So vieles wurde mir plötzlich klar. So vieles hatte dazu beigetragen, daß ich diesen Augenblick erleben durfte.

„Möchtest du beten?“ fragte Reverend McPherson mit leiser Stimme.

„Ich weiß nicht, was ich sagen soll.“

„Sprich einfach aus, was du im Herzen fühlst.“

„Gott – o Gott – kannst du mich hören? Weißt du, wer ich bin? Ich bin Schrei im Wind. Ich gehörte bis jetzt dem Wind. Aber nun gehöre ich dir, wenn du mich haben willst.“

Dann kamen die Tränen. Ich sprach und weinte, aber ich weiß nicht mehr, was ich sagte. Zeit spielte keine Rolle, als ich zum erstenmal mit Gott sprach. Es war beinahe zuviel, um es auf einmal zu erfassen. Gott liebte mich – mich – mich! Jesus starb für mich – mich! Nun war ich gerettet! Ich war Christin, ich war ein Gotteskind! Ich blickte zu Reverend McPherson hinüber.

Er lächelte und fuhr sich verstohlen mit dem Taschentuch über die Augen. „Preis sei Gott“, sagte er. „Preis sei seinem heiligen Namen! In diesem Augenblick wird der Name von Schrei im Wind im Himmel genannt. Audrey und ich haben unzählige Male für dich gebetet. Nun ist unser Gebet erhört worden. Gott hat Großes und Herrliches mit dir vor. Du hast dich gegen ihn aufgelehnt. Er hat so lange um deine Seele gerungen, daß er für dich bestimmt eine besondere Aufgabe haben muß."

„Was wohl die Zukunft für mich bringen wird?" fragte ich. Zum erstenmal im Leben wußte ich, daß ich eine Zukunft hatte.

„Ich weiß nicht, was die Zukunft für dich bringt, aber ich weiß, wer sie in der Hand hält", sagte er.

Wir sprachen noch eine Weile miteinander, dann holte er Audrey. Sie brachten mich nach Hause. Ein neues Erlebnis vertiefte unsere Freundschaft. Nun

Gott, kannst du mich hören? Ich bin Schrei im Wind. Ich gehörte bis jetzt dem Wind, aber nun gehöre ich dir – wenn du mich haben willst.

gehörte ich wirklich zur Familie. Noch vor wenigen Stunden hatte ich nichts. Jetzt besaß ich alles.

Auf meinem Heimweg wußte ich, daß jetzt alles anders war. Nie mehr würde ich allein sein!

Ich las in der Bibel, bis mir die Augen zufielen. Als ich im Bett lag, dachte ich an Großmutter und wünschte, ich hätte ihr von Jesus erzählen können. Dann dachte ich an meine Eltern, und in meinem Herzen war keine Bitterkeit mehr, kein Zorn. Die lodernden Kriegsfeuer waren gelöscht und würden nie wieder brennen. Das war gut so. Meine müde, ruhelose Seele hatte endlich Frieden gefunden.

Ich schlief ein, und ich schlief wie ein Kind in den Armen der Mutter. Als ich am nächsten Morgen erwachte, war die Welt ganz neu – und ich auch. Die Sonne schien hell, und das Leben war so herrlich wie nie zuvor. Ich lächelte den ganzen Tag und sang Weihnachtslieder vor mich hin. Es waren die einzigen, von denen ich den Text auswendig konnte.

Nun wollte ich mir eine Stelle suchen.Ich wollte in der Nähe der Kirche und meiner Freunde bleiben. Den ganzen Nachmittag lief ich herum, jedoch ohne Erfolg. Mittags ging ich in eine kleine Imbißstube, um ein Sandwich zu essen, etwas zu trinken und mich auszuruhen.

Während ich aß, bemerkte ich, daß mich ein Mann immerzu anstarrte. Jedesmal, wenn ich aufsah, begegneten sich unsere Blicke. Als ich aufstehen und das Lokal verlassen wollte, kam er zu mir herüber.

„Entschuldigen Sie, Fräulein, daß ich Sie so unverschämt angestarrt habe, aber ich habe Ihr wunderschönes Halsband bewundert. Ich möchte gerne wissen, wo Sie es gekauft haben."

„Ich habe es selbst gemacht", antwortete ich.

„Wirklich? Es ist sehr schön. Ich habe ein Juweliergeschäft hier in der Nähe. Ich verkaufe indianischen Schmuck, hauptsächlich Navajo-Silber und Türkise, aber auch anderes. Heutzutage findet man selten gute Perlenarbeiten." Er betrachtete noch einmal mein Halsband. „Sie werden nichts zu verkaufen haben?"

„Oh – ich habe noch einige Halsbänder", sagte ich in der Hoffnung, er interessiere sich dafür.

„Könnten Sie sie mir einmal ins Geschäft bringen, damit ich sie ansehen kann?" Er griff in seine Tasche und zog seine Visitenkarte hervor.

„Aber sicher", antwortete ich. „Haben Sie Interesse daran? Früher habe ich oft Perlenarbeiten verkauft."

„Wenn alle Ihre Arbeiten so hübsch sind wie diese, dann kaufe ich sie gern." Er lächelte und ging weg.

Plötzlich kehrte er wieder um und kam zu mir zurück. „Mir kam gerade ein Gedanke." Er lachte vor sich hin. „Sie suchen nicht zufällig Arbeit?"

Vor Überraschung blieb mir der Mund offen. „Doch, genau das mache ich heute: Ich suche eine Stelle."

„Nicht zu glauben! Meine Frau und ich führen das Geschäft. Außer Schmuck verkaufen wir noch indianische Malereien und Navajo-Teppiche. Seit Monaten suchen wir einen indianischen Silberschmied, doch wir können einfach keinen finden. Vorhin kam mir plötzlich der Gedanke: Warum ausgerechnet ein Silberschmied? Warum nicht ein Indianermädchen, das Perlenarbeiten macht? Sie könnten auch im Verkauf mithelfen." Er hielt inne, um Luft zu holen. „Kommen Sie doch zu meiner Frau! Sie kann Ihnen von unserer Arbeit erzählen."

Ich war zu überwältigt, um Worte zu finden. Sofort ging ich mit ihm in sein Geschäft.

Eine Stunde lang führte mich seine Frau im Laden herum und erklärte mir, was zu tun sei. Es war ein Wunder! Ich durfte Dinge verkaufen, die ich liebte und von denen ich etwas verstand, nicht Töpfe, Pfannen und Porzellan. Ich durfte schöne indianische Teppiche und Schmuck verkaufen, Perlenarbeiten machen. Diesmal fand ich eine Stelle, weil ich Indianerin war – nicht trotzdem! Sie schienen glücklich, mir die Stelle zu geben, und ich war froh, sie zu haben. Am nächsten Morgen sollte ich mit der Arbeit beginnen.

Sobald ich das Geschäft verlassen hatte, rief ich Reverend McPherson und Audrey an. „Soll ich Ihnen von einem Wunder erzählen?" fragte ich. Dann berichtete ich, was Gott an meinem ersten Tag als Christin für mich getan hatte.

An diesem Abend ging ich zur Kirche. Es war eine kleine Gebetsversammlung, und nachher blieben einige Leute zu einer Aussprache zurück.

Sally war auch dort. Ich erzählte ihr von meiner neuen Stelle und daß ich bald zu ihrer Kirche gehören würde. Sie war überglücklich.

Neben uns sagte eine Frau: „Wir freuen uns, daß Sie zu unserer Kirche kommen, aber es ist schade, daß Sie sich damit von Ihrer Kultur und Ihrem Erbe abwenden. Ich dachte immer, die Indianer seien Kinder der Natur, und ihre Religion sei wunderbar. Beten Sie nicht auch den Großen Geist an? Ist er nicht auch Gott?"

Ich wand mich auf meinem Stuhl. Eigentlich wollte ich sprechen, aber ich hatte Angst. Dann sah ich, daß mir Audrey, Sally und Reverend McPherson ermutigend zulächelten, und das gab mir Mut, etwas zu sagen.

„Die Religion der Indianer erscheint nur Außenstehenden schön. Für uns, die wir um die Angst, den Schrecken und die Hoffnungslosigkeit dieser Religion wissen, ist sie nicht schön. Ich erinnere mich noch an einen jungen Mann, der seine Frau verlor und den Medizinmann um Hilfe bat. Heute noch sehe ich ihn vor mir, wie er, zu Tode erschrokken, schreiend durch die Nacht lief. Niemand hat ihn je wieder gesehen. Wenn die indianische Religion so schön ist, warum begehen dann, im Vergleich zu anderen Rassen, vorwiegend Indianer Selbstmord? Warum gibt es unter den Indianern so viele Alkoholiker? Der Große Geist, den ich anrief, war nicht der wahre Gott. Es gibt Leute, die sagen, es spiele keine Rolle, welchen Gott man anbetet. Aber es spielt sehr wohl eine Rolle, sonst hätte Gott nicht in seinem Wort gesagt: 'Es ist in keinem andern das Heil; denn es ist auch kein anderer Name unter dem Himmel den Menschen gegeben, in welchem wir sollen gerettet werden!'" Dann schaute ich in die Runde. Alle Blicke waren auf mich gerichtet. Ich hatte zuviel gesagt.

Die Dame fragte weiter: „Aber könnte man denn nicht die Kultur der Indianer dadurch retten, daß man sie ins Christentum hineinnimmt? Könnten die

Indianer nicht eine eigene Kirche haben, ihre Symbole verwenden und ihre Sagen und Legenden in biblische Wahrheiten kleiden? Glauben Sie nicht, daß Sie sich dann im Christentum mehr daheim fühlen würden?"

„Nein, ich glaube, das wäre ein Fehler. Ich kann nicht Peyote-Perlenarbeit sehen, ohne an die Droge Peyote zu denken. Ich kann nicht die Sagen der Indianer hören, ohne an die Vergangenheit erinnert zu werden. Die Symbole und Perlenarbeit der alten indianischen Religion sind mehr als eine Zierde; sie verkörpern falsche Götter. Der Indianer muß bereit sein, etwas aufzugeben. Gott hat seinen Sohn aufgegeben. Das Erbe ist wichtig, aber nicht wichtiger als das Heil. Die Tradition zu schützen, ist wichtig, aber nicht wichtiger als die Frage, wo wir die Ewigkeit zubringen werden."

„Ja, Sie haben recht", sagte die Dame. „Ich habe das nie verstanden. Könnten Sie einmal in unseren Frauenkreis kommen und erzählen, was Sie soeben gesagt haben?"

„O nein, das kann ich nicht! Ich könnte nie vor vielen Leuten sprechen!"

„Du hast es aber gerade getan", lachte Sally. „Und du hast es gut gemacht. Wenn du uns mehr von deinen Leuten erzähltest, könnten wir mehr für sie tun."

Ich war einverstanden, am nächsten Donnerstag im Frauenkreis zu sprechen. Es war eine Gelegenheit, meinem Volk zu helfen!

Glücklich ging ich an diesem Abend zu Bett. Mir schien, als sei mein Leben bis jetzt wie eine welkende Knospe an einem verdorrten Weinstock gewesen. Dann hatte jemand lebenspendendes Wasser über mich ausgegossen. Und nun begannen die Knospen zu blühen.

Ich weiß nicht, woher ich den Mut hatte, in der Kirche zu sprechen, aber ich bin sicher, daß mir die Worte von Gott eingegeben wurden.

„Danke, Herr Jesus", betete ich. „Danke, mein Freund!"

14

Es war schön, bei Herrn und Frau Megel zu arbeiten, und ich liebte die Arbeit. Nichts hätte besser sein können. Jeden Morgen erwachte ich fröhlich und freute mich darauf, den ganzen Tag vor mir zu haben. Ich hatte es immer eilig, ins Geschäft zu kommen, und freute mich darauf, den Kunden zu zeigen, welch schöne Arbeiten die Indianer machen. Wenn ein Kunde Interesse zeigte, erzählte ich ihm eine alte Sage oder von den Stämmen, die die Teppiche oder Schmuckstücke herstellten. Sie hörten gerne zu. Mein Leben war erfüllt. Nie versäumte ich einen Gottesdienst. Oft besuchten mich Sally oder andere Leute aus der Kirche in meiner Wohnung.

Flint aber sah ich nie mehr. Nach jener letzten Nacht war er verschwunden. Ich ging zu seiner Wohnung, aber man sagte mir, er sei ausgezogen, sie wüßten nicht, wohin. Ich vermißte Flint. Ich wußte, daß er über das, was er gesagt und getan hatte, traurig war. Und ich wollte ihm so gerne sagen, daß ich ihm nicht böse sei, ihn verstehen könne und ihm verziehen habe.

Ich dachte viel an Cloud und hätte gerne gewußt, wo er sich aufhielt. Vor mehr als einem Jahr war er fortgegangen. Immer noch hoffte ich, er würde zurückkommen oder sich mit mir in Verbindung setzen, aber je mehr Zeit verstrich, desto geringer wurde diese Hoffnung. Vielleicht war er tot? Nein, das durfte nicht sein. Ich wollte ihm von Jesus erzählen und wie sehr sich mein Leben geändert hatte. O Cloud, weshalb bist du fortgegangen?

Eines Tages, als ich von der Arbeit nach Hause kam, steckte ein Brief in meinem Kasten. Als ich die einfache, runde Schrift sah, wußte ich, daß er von Cloud war. Ich las den Absender. Er war in Oregon. Vor Aufregung riß ich beim Öffnen des Briefes eine Ecke ab. Ich las: „Hallo, Schrei! Wie geht es Dir? Ich hoffe, Du verzeihst mir, daß ich fortgegangen bin und Dich allein gelassen habe. Ich möchte Dir erzählen, was mit mir geschehen ist. Nach unserem Abschied ging ich auf Wanderschaft und landete endlich hier in Oregon. Ich lernte ein Mädchen kennen. Sie war schön und gut. Sie erzählte mir von einem Mann, der Jesus heißt. Zuerst hörte ich ihr nicht zu, aber sie sprach immer wieder davon, daß ich mein Herz diesem Jesus schenken sollte – bis ich wußte, daß sie recht hatte. Ich kann es Dir nicht so erklären, aber die alte Religion ist eine Lüge. Sie ist falsch. Es gibt nur einen Gott. So vieles möchte ich Dir noch sagen. Mary (dieses Mädchen) und ich wollen im Sommer heiraten. Ich habe all das gefunden, was ich ein Leben lang suchte. Ich arbeite in einem Sportklub und zeige den Leuten, wie man fischt und jagt. Manchmal bin ich auch Fremdenführer. Es ist eine gute Stelle. Ich bin glücklich und möchte dieses Glück mit Dir teilen. Ich werde Dir ein Buch schicken, das man die Bibel nennt. Bitte lies es! Tu es mir zuliebe. Weißt Du, wo Flint ist? Bitte schreibe mir, wie es Dir geht. In Liebe, Cloud."

Ich drückte den Brief an mein Herz. Tränen der Freude rollten über meine Wangen. Auch Cloud hatte Jesus gefunden! Es war ein Wunder! Wir waren beide auf der Suche gewesen, auf der Suche nach dem wahren Leben. Wir waren in verschiede-

Auch Cloud hatte Jesus gefunden!

ne Richtungen gegangen, doch dann hatten wir beide – beinahe zur selben Zeit und Hunderte Kilometer voneinander entfernt – Gott gefunden!

Ich setzte mich hin, um Clouds Brief sofort zu beantworten und ihm meine eigene wunderbare Geschichte zu erzählen. Ich sah sein Gesicht vor mir, sein Lächeln, wenn er meinen Brief lesen würde. In Hunderten von Jahren hatte es in unserer Familie keinen einzigen Christen gegeben. Nun, innerhalb von zwei Wochen, waren es bereits zwei!

15

„Indianer überfallen Wounded Knee, Süd-Dakota.“ Diese Schlagzeilen erregten im Frühling 1973 die Gemüter. Eine Handvoll Indianer, mit alten Jagdwaffen ausgerüstet, hatten den Vereinigten Staaten den Krieg erklärt.

Ich sorgte mich um sie. Diese Handvoll Indianer wagte es, gegen die größte Nation der Welt aufzustehen – bestimmt würde das Häuflein Indianer im Nu von der Regierung erledigt sein. Und was blieb dann von ihnen übrig? Hatte die Regierung nicht immer wieder Indianer getötet? Indianer konnten nur verlieren, wie es immer schon gewesen war.

Jeden Tag überflog ich die Zeitungen und war darauf gefaßt, von einem zweiten Wounded-Knee-Massaker zu lesen. Tage und Wochen vergingen, die Spannung wuchs, aber die Indianer waren immer noch auf ihrem Platz.

Einige Mitglieder der AIM (Amerikanische Indianer-Bewegung) hatten Wounded Knee besetzt, um die Aufmerksamkeit der Amerikaner auf die Roten zu lenken, die immer und überall im Hintertreffen waren. Jahrelanges Verhandeln hatte ihnen nichts gebracht. Nun dachten viele Indianer, es sei an der Zeit, drastische Maßnahmen zu ergreifen.

Viele Indianer wurden vom alten Haß getrieben und wollten das Kriegsbeil wieder ausgraben. Wer konnte sagen, wie viele Indianer im ganzen Land die gleichen Gefühle hegten? Wie viele würden in ihre Wagen steigen und nach Wounded Knee fahren, um Rache zu üben? Dutzende? Hunderte? Die junge Generation der Indianer hatte genug vom Leben im Reservat, genug von korrupten Beamten und den Versprechungen der BIA (Büro für Angelegenheiten der Indianer), die nie gehalten wurden. Sie wollten etwas anderes, und sie wollten es sofort. Deshalb wurde die AIM ins Leben gerufen, und – ob richtig oder falsch – sie konnte die Leute zumindest dazu bringen, Notiz von den Indianern zu nehmen.

Ich hatte von Flint nichts mehr gehört oder gesehen und fragte mich, ob auch er in Süd-Dakota war. Ich wußte, daß er gerne mitmachen würde. Er wollte schon immer ein Krieger sein. Ich hatte ihn schreien hören: „Die Macht dem Indianer!" – wobei er so tat, als schieße er einen Pfeil ab. Ich hörte die Stimmen meiner Onkel, die den Schlachtruf ertönen ließen: „Heute ist der richtige Tag, um zu sterben!"

Ich ging früh zur Kirche, damit ich noch mit Reverend McPherson sprechen konnte, bevor der Mittwochabend-Gottesdienst begann. „Ich bin ein wenig durcheinander", erklärte ich ihm. „Einerseits bin ich stolz auf die Indianer in Wounded Knee, andererseits habe ich Angst um sie. Ich wollte sogar, ich wäre dort und könnte ihnen helfen. Ich weiß, daß man sie umbringen wird. Die Regierung bringt die Indianer immer um. Das ist gewöhnlich das Ende vom Lied." Ich fühlte mich elend.

„Ich verstehe dich nicht in allem", antwortete Reverend McPherson, „aber ich weiß, daß es für jeden tragisch wäre, dort zu sterben. Du mußt bedenken, daß wir nicht mehr im Jahre 1890 leben. Die Tatsache, daß die Regierung nichts unternommen hat, zeigt, daß sich die Zeiten geändert haben. Die Regierung sucht eine friedliche Lösung."

„Weshalb habe ich nur so Angst?" fragte ich. „Ich bin jetzt Christin. Mein Herz hat sich geändert. Weshalb fühle ich mein altes Blut aufwallen, daß ich am liebsten dorthin laufen und mitschreien würde: 'Seht uns an! Wir sind tapfer! Wir sterben für unser Recht!'"

Er lächelte. „Zuerst einmal - auch Christen werden zornig. Zornig zu werden, ist menschlich, und ich würde sagen, daß die Indianer ein Recht darauf haben, zornig und mutlos zu werden. Ich glaube nicht, daß du ein Gewehr ergreifen und zu ihnen gehen solltest, aber du könntest ihnen auf andere Art helfen."

„Wie kann man einer verlorenen Sache helfen?" murmelte ich.

„Nichts ist verloren, solange jemand an seine Sache glaubt. Das erste, was wir tun können, ist beten."

Ich sah ihn an.

„Wir können dafür beten, daß die Indianer nach ihrem besten Ermessen handeln. Wir können für die Regierung beten, daß sie sich korrekt verhält. Und wir können für all jene um Gottes Führung bitten, die mit dieser Sache zu tun haben. Nachher können wir Briefe schreiben - an andere Kirchen, an Senatoren und an alle, von denen wir glauben, sie könnten helfen." Seine Stimme drückte seinen ganzen Eifer aus. „Du kannst deinem Volk helfen,

Schrei im Wind! Hast du noch nie gehört, daß die Feder mächtiger ist als das Schwert?"

„Oder der Speer!" lachte ich.

Als die Gebetsversammlung begann, erwartete ich die üblichen Bitten für Kranke, Betagte und Menschen in Schwierigkeiten. Statt dessen bat Reverend McPherson, man solle heute an alle Beteiligten in Wounded Knee denken.

Meine Augen füllten sich mit Tränen, als einer nach dem anderen für die Handvoll Indianer dort betete, die niemand kannte und mit denen sie wahrscheinlich auch nicht einer Meinung waren. Ich wußte, daß es im Jahre 1890 keine Gebetsversammlungen für Indianer gegeben hatte. Die Zeiten hatten sich geändert. Die Leute nahmen Anteil, aber man mußte ihnen sagen, worum es ging. Meine Kehle war wie zugeschnürt, so betete ich nur im stillen: „Bitte, Herr, laß nicht zu, daß jemand getötet wird! Laß mich helfen, wenn ich kann, und, bitte, laß Flint nicht dorthin gehen. Und wenn er hingeht, dann bewahre ihn bitte!"

Wochen vergingen. Ich fragte mich schon, ob die Sache nie ein Ende nehmen würde, aber schließlich war es doch soweit. Ein Methodistenprediger half, daß es bei Wounded Knee zu einer Einigung kam.

Erleichtert atmete ich auf. Die Regierung hatte die Indianer nicht erschossen! Die Zeiten hatten sich wahrhaftig geändert!

Eines Morgens weckte mich das Telefon. „Hallo!" rief ich verschlafen.

„Spricht dort Schrei im Wind?" fragte eine fremde Stimme.

„Ja." Ich wartete.

„Sind Sie mit einem Mann namens Flint Pakotah verwandt?"

„Ja, er ist mein Onkel." Ich bekam Angst.

„Wir haben Ihren Namen und Ihre Telefonnummer in seiner Brieftasche gefunden. Er hatte einen Autounfall und ist verletzt. Man hat ihn ins Memorial Hospital gebracht."

„Ich komme sofort", antwortete ich und hängte auf. Ich hatte immer noch keine Ahnung, wer mich angerufen hatte.

Ich kam ins Krankenhaus und fragte nach Flint. Man bat mich zu warten, bis der Arzt mit mir gesprochen habe. Es dauerte beinahe eine Stunde, bis ein Mann in langem, weißem Mantel kam, sich neben mich setzte und erzählte, was vorgefallen war.

Flint war zu schnell gefahren und hatte die Kurve nicht erwischt. Sein Wagen raste einen steilen Abhang hinunter, überschlug sich und erlitt Totalschaden. Zum Glück hatte jemand den Unfall beobachtet und den Krankenwagen gerufen. Flint hatte sich drei Rippen und ein Bein gebrochen, aber er war froh, daß er noch am Leben war. Ich wollte ihn sehen, aber der Arzt sagte mir, er schliefe. Ich dürfe ihn erst am nächsten Tag besuchen.

Als ich am nächsten Nachmittag wiederkam, war ich von seinem Anblick erschüttert. Die Augen waren schwarz und verschwollen, und um Nase und Stirn hatte er einen Verband. Sein linkes Bein hing in einer Schlinge, und es schien, als sei sein ganzer Körper eine einzige Wunde.

„Hallo, Flint!" rief ich und ging auf ihn zu.

Er preßte die Lippen zusammen und schloß die Augen.

„Tut es sehr weh?“ fragte ich und wußte doch, daß er nie zugeben würde, Schmerzen zu haben.

Er gab keine Antwort.

Was sollte ich tun? Er hatte mit der Totenklage Ernst gemacht, und für ihn war ich tot. „Kann ich etwas für dich tun?“

Keine Antwort.

Ich stand eine Weile da und beschloß, daß ich genausogut nach Hause gehen könnte. Als ich ging, sagte ich zu ihm: „Wenn du irgend etwas brauchst, soll mich jemand anrufen. Es tut mir leid, daß du so schlimme Verletzungen hast.“ Ich sagte mir, es habe keinen Sinn, meine Zeit hier zu verschwenden. Er würde nie mehr mit mir sprechen. Ich würde ihn nicht mehr besuchen.

Aber so sehr ich es auch versuchte, ich konnte ihn nicht vergessen. Am nächsten Tag war ich wieder bei ihm. Wieder sprach er kein Wort, und ich sagte mir, daß dies nun mein letzter Besuch bei ihm gewesen sei. Eine Woche blieb ich weg, dann konnte ich nicht anders: Ich ging wieder hin.

„Hallo, Flint!“ sagte ich freundlich.

Schweigen.

Ich wollte schon weggehen, als er plötzlich sagte: „Was machst du hier?“

Ich war so erleichtert, als er endlich mit mir sprach. „Ich wollte sehen, wie es dir geht.“ Ich kam näher. „Du siehst nicht gerade gut aus.“

„Woher weißt du, daß ich hier bin?“ fragte er, wich aber meinem Blick aus.

„Du hattest in deiner Brieftasche meine Telefonnummer.“

Schweigen.

„Wie ist das passiert?“ fragte ich.

„Ich kam von einer Peyote-Feier zurück.“ Er starrte auf die Decke. „Ich glaubte, einen mächtigen Adler zu sehen, der auf mich zukam, und wollte ausweichen – aber es war gar kein Adler da.“

„Peyote!“ Ich schüttelte den Kopf. „Es wird dich umbringen!“

„Warum läßt du mich nicht allein?“ schnauzte er mich an und schloß die Augen.

Ich ging, ohne ein Wort zu sagen.

Am nächsten Tag war ich erkältet und konnte nicht zur Arbeit gehen. Erst nach einigen Tagen fühlte ich mich kräftig genug, um Flint wieder zu besuchen.

Als ich diesmal ins Zimmer trat, setzte sich Flint auf und sah mich an. „Ich dachte nicht, daß du wiederkommen würdest“, meinte er.

Ich zuckte die Achseln. „Ich mache mir Sorgen um dich.“

Er betrachtete die Schienen an seinem Bein und sagte ruhig: „Ich bin froh, daß du gekommen bist. Es tut mir leid, Schrei.“

Ich hatte noch nie gehört, daß Flint etwas im Leben leid getan hätte.

„Vergiß es!“ Schnell wechselte ich das Thema. „Wie fühlst du dich jetzt?“

„Miserabel. Ich hasse es, wie ein Tier aufgehängt zu sein!“

„Wann darfst du aus dem Krankenhaus?“

„Sie sagt, in einigen Wochen.“

„Sie?“ fragte ich. „Ich dachte, dein Arzt sei ein Mann?“

Flint wurde verlegen. „Natürlich. Eine der Schwestern hat gesagt, daß ich noch ein paar Wochen hierbleiben müsse."

„Sorgen sie gut für dich? Brauchst du etwas?"

„Danke, alles okay! Sie hat mir Bücher gebracht und borgt mir den kleinen Radioapparat, damit die Zeit schneller vergeht." Er deutete mit dem Kopf auf das kleine Radio neben dem Bett.

„Sie?" fragte ich.

„Eine der Schwestern", antwortete er schnell. Diesmal war er es, der das Thema wechselte.

Jetzt, da er wieder mit mir sprach, besuchte ich ihn jeden Tag nach der Arbeit. Sein Bein begann langsam zu heilen, und auch mit den Rippen wurde es besser. Er sah wieder aus wie Flint, aber er handelte nicht wie Flint. Er war fröhlicher, und er lachte und scherzte mehr als je zuvor.

Eines Tages fragte er mich: „Schrei, erinnerst du dich an die Geschichte, weshalb die Kickapoos die Pawnees hassen? Großmutter hatte sie einmal erzählt."

Ich dachte einen Augenblick nach. „Ja, jetzt entsinne ich mich."

„Erzähl sie mir, ich habe sie vergessen."

„Die Kickapoos und die Pawnees waren seit eh und je Feinde. Die Pawnees waren heimtückisch und fürchteten sich vor den Kriegern der Kickapoos. Sie warteten gewöhnlich, bis die Kickapoos auf die Jagd gingen, dann überfielen sie die Frauen und alten Leute, die im Lager geblieben waren. In jenem heißen Sommer 1845 haben Pawnees einigen Kickapoos die Pferde gestohlen, als sie beim Kleinen Fluß jagten. Die Kickapoos waren so zornig, daß sie diese Pawnees alle töteten. Die Kickapoos haben nicht nur ihre eigenen Pferde, sondern auch die der Pawnees noch mitgenommen." Ich hörte wieder Großmutters Stimme. „Damals haben die Kickapoos das Gelübde getan, sich für alle Zeiten an den Pawnees zu rächen. Als Zeichen dieses Schwurs haben sie einem Pawnee den Arm abgeschnitten und ihn an den Häuptling als Warnung geschickt."

„Das war vor einhundertdreißig Jahren", seufzte Flint. „Vor langer, langer Zeit. Eine zu lange Zeit, um immer noch zornig zu sein."

„Was willst du damit sagen?"

„Oh – nichts weiter. Hier ist eine Schwester aus dem Stamm der Pawnees. Ich wußte, daß die Kikkapoos die Pawnees hassen, aber ich konnte mich nicht mehr erinnern, weshalb. Jetzt weiß ich wieder, daß es wegen der Pferde war, die vor einhundertdreißig Jahren gestohlen wurden." Er lachte. „Das muß ich ihr erzählen."

Es fiel mir auf, daß er sehr oft von dieser Schwester sprach. „Wie heißt sie?"

Meine Frage überraschte ihn. „Oh, ich weiß nicht recht – ich glaube, Herbstrose oder so."

„Ein wunderschöner Name", antwortete ich. „Ist sie so schön wie ihr Name?"

„Ich habe nicht darauf geachtet. Sie ist nur eine Schwester." Er begann über das Wetter zu reden.

Ich wollte Flint erzählen, daß ich von Cloud einen Brief bekommen hatte. Aber dann würde er natürlich fragen, was er geschrieben habe. Und ich würde ihm sagen müssen, daß Cloud Christ geworden sei – und ich auch. Ich wußte, daß er noch nicht bereit war, darüber zu sprechen; so behielt ich die Neuigkeit für mich und wartete, bis der richtige Moment kommen würde.

Flint erholte sich zusehends. Er freute sich jedesmal auf meinen Besuch. Wir sprachen über alles mögliche, nur die Kirche wurde mit keinem Wort erwähnt. Keiner von uns wollte das gute Verhältnis trüben.

Als ich eines Abends in sein Zimmer kam, sah ich auf den ersten Blick, daß etwas nicht in Ordnung war. Flint sah böse aus. „Was ist passiert?“ fragte ich. Sein Essen stand unberührt neben dem Bett.

„Nichts“, sagte er in einem Ton, der verriet, daß etwas Schlimmes passiert sein mußte.

„Geht es dir schlechter?“

Weißt du, da war dieser Mann, der Jesus heißt.

„Nein. Es geht mir gut."

„Aber es sieht ganz und gar nicht danach aus!"

„Ach, es ist nichts. Nichts Wichtiges."

„Flint?" Ich mußte herausfinden, was es war.

„Da ich bald aus dem Krankenhaus darf, fragte ich die Schwester, ob ich sie nachher manchmal anrufen dürfe."

Bevor ich antworten konnte, ging die Tür auf, und eine Schwester erschien, um das Tablett mit dem unberührten Essen zu holen. „Sie hätten etwas essen sollen! Nun, vielleicht haben Sie später Hunger", sagte sie freundlich und verließ das Zimmer.

„Das war sie", sagte er im Flüsterton.

Ich konnte es nicht glauben. Flint hatte sich verliebt! Noch dazu in ein Pawnee-Mädchen!

Er zuckte die Achseln. „Nur keine Sorge. Sie will ohnehin nicht mit mir ausgehen." Er versuchte, gleichgültig auszusehen, aber es gelang ihm nicht so recht. Ich sah, daß ihn ihre Absage tief getroffen hatte.

„Weshalb nicht? Weil du ein Kickapoo bist?"

„Es ist – es ist –" Er schluckte und wandte sein Gesicht von mir ab. „Es ist – ich habe sie gebeten, mit mir auszugehen, aber sie wollte erst wissen, ob ich Christ sei."

„Was!" Ich ging auf die andere Seite, damit ich sein Gesicht sehen konnte.

„Sie hat mich gefragt, ob ich Christ sei." Flint schüttelte den Kopf. „Ich habe sie gefragt, was das für eine merkwürdige Frage wäre! Da gab sie mir zur Antwort, sie sei Christin und würde nicht mit einem Mann ausgehen, der nicht Christ sei."

Schweigend stand ich da und suchte nach Wor-

ten, die ihm helfen konnten. Flint mußte in ihr etwas Besonderes sehen, wenn ihn ihr Nein so elend gemacht hatte.

Bevor wir weiter darüber sprechen konnten, läutete die Glocke. Die Besuchszeit war zu Ende. Ich versprach, am nächsten Tag wiederzukommen, und verließ ihn.

Im Korridor sah ich die Schwester, von der Flint gesprochen hatte. Sie wartete auf den Lift, und ich ging zu ihr hin. Dabei fragte ich mich, was Flint so an ihr anzog. Sie war klein und rundlich, hatte dunkelbraune Rehaugen und kurzes, schwarzes Haar. Sie war eine Pawnee. Vor einem Jahr oder sogar noch vor einem Monat würde Flint eine Pawnee überhaupt nicht beachtet haben, und nun war er so traurig – wegen eines Pawnee-Mädchens! Er änderte sich – zwar nur ein wenig, aber er änderte sich.

Sie sah mich an und lächelte. Als ich ihr Lächeln sah, begriff ich Flint. In ihrem Lächeln lag die ganze Wärme und Freundlichkeit eines Sommertages.

Ich lächelte zurück, und da bemerkte ich noch etwas. Sie trug eine feine Goldkette um den Hals, an der ein Kreuz hing. Ich wußte, es war dieses Kreuz – und was es für sie persönlich bedeutete –, das sie davon abhielt, mit meinem Onkel auszugehen.

„Sie sind Flints Nichte, nicht wahr?“ fragte sie. „Er hat mir erzählt, daß Sie ihn oft besuchen.“

Ich nickte. „Ja, er ist mein Onkel. Ich mache mir Sorgen um ihn. Wird er wieder ganz gesund werden?“

„Ja. Voraussichtlich kann er nächste Woche wieder nach Hause gehen“, antwortete sie. Dann folgte ein langes Schweigen.

„Er mag Sie“, sagte ich kühn.

Sie schlug die Augen nieder und sagte schüchtern: „Ich ihn auch.“ Sie berührte sachte das kleine Kreuz an der goldenen Kette. „Wenn er nur –“ Dann schwieg sie.

Der Lift kam, und sie ging hinein. „Hinauf oder hinunter?“

„Weder noch! Ich habe etwas vergessen. Ich muß noch einmal zu Flint – nur ganz schnell!“ rief ich.

„Vielleicht sehen wir uns wieder einmal“, nickte sie mir zu, und der Lift verschwand. Ich hatte das Gefühl, wir würden uns noch sehr oft sehen.

Ich ging zu Flint zurück.

Er war höchst überrascht, mich nochmals zu sehen. Ich zog einen Stuhl an sein Bett und legte die Hand auf seinen Arm. „Flint, lieber Onkel Flint!“ Ich holte tief Atem. „Cloud und ich haben etwas, das wir mit dir teilen möchten.“

Er sah mich mit einsamen, hungrigen Augen an.

Ich lächelte und begann: „Weißt du, da war dieser Mann, der Jesus heißt . . .“

Crying Wind Stafford

Lied im Wind

Die Fortsetzung der ungewöhnlichen Geschichte
der Indianerin Schrei im Wind

Dieses Buch wurde mit Liebe geschrieben für
meinen Mann, Don,
und unsere Kinder –
Kleine Antilope
Verlorener Hirsch
Schneewolke
Frühlingssturm –
die mich lieben und lachen lehrten.

Das Kreuz

Auf dem Hügel stand
ein roher Galgen –
das verhaßte Kreuz.
Rot glühte die Erde
von Jesu Blut,
das dort geflossen,
an dem schändlichen,
dem verhaßten Kreuz,
an dem er für mich starb.
Herrliches Kreuz!
Himmlisches Kreuz,
wo Jesus die Freiheit mir gab.

Schrei im Wind

Crying Wind Stafford

Lied im Wind

Die Fortsetzung der ungewöhnlichen Geschichte der Indianerin Schrei im Wind

VORWORT

„Was ist eigentlich aus Onkel Flint geworden?" fragten die Leute, die mein erstes Buch „Schrei im Wind" gelesen hatten.

Das überwältigende Echo auf dieses Buch überraschte mich. Mein Telefon klingelte ununterbrochen, und eine Flut von Briefen traf ein, in denen sich die Leute nach dem weiteren Schicksal der in dem Buch erwähnten Personen erkundigten. Da wurde mir klar, daß ich meine Schreibmaschine abstauben und die Geschichte fertig erzählen mußte.

In „Schrei im Wind" schrieb ich von dem Kampf meiner Familie. Wir sind Indianer und glaubten an die alten Indianergötter. Eines Tages aber kamen wir mit dem christlichen Glauben in Berührung. In meinem Buch versuchte ich, das Entsetzen und die Einsamkeit zu beschreiben, die uns packte, nachdem wir erkannt hatten, daß unsere Religion Götzendienst war und uns nicht helfen konnte.

Einige Begebenheiten habe ich verschwiegen, weil es mir zu peinlich war, darüber zu sprechen. Da aber so viele Menschen an den Einzelheiten meines Lebens interessiert waren und herzliche Anteilnahme zeigten, habe ich mich entschlossen, meine tiefsten Geheimnisse preiszugeben in der Hoffnung, auf Verständnis und Mitgefühl zu stoßen. Ich habe oft Dinge gesagt oder getan, die ich später bereute. Um die Anonymität der Beteiligten zu wahren, habe ich die Namen einiger Personen und Ortschaften geändert. Ich möchte niemanden kritisieren oder in Verlegenheit bringen. Manchmal habe ich die Zeitangaben geändert, um die Geschichte interessanter zu gestalten. Die Ereignisse selbst jedoch sind so wiedergegeben, wie sie sich meinem Gedächtnis eingeprägt haben.

Wenn Ihnen manches seltsam, unmöglich oder einfach lächerlich vorkommt, dann denken Sie bitte daran, daß ich mich als Neubekehrte ohne Bindung an eine Gemeinde nur sehr langsam entwickeln konnte. Es war oft schwer, den richtigen Weg zu finden. Wie dem auch sei, alle in diesem Buch beschriebenen Ereignisse sind wahr und betreffen entweder mich selbst oder meine Familie.

Ich bin meinen Freunden und meinem geduldigen Mann sehr dankbar, daß sie mir geholfen haben, zu wachsen und meinen Platz in dieser Welt zu finden.

Schrei im Wind

1

Schüsse krachten. Wo die Kugeln in das ausgetrocknete Erdreich einschlugen, wirbelte der Staub auf. Ich blieb wie angewurzelt stehen. Eine einzige unvorsichtige Bewegung konnte mich das Leben kosten. Zwei weitere Schüsse böllerten durch das Tal, und wieder wirbelte der Staub um meine Füße.

Da - ein durchdringender Schrei: „Heute ist ein herrlicher Tag zum Sterben!” Ein junger Indianer preschte in halsbrecherischem Galopp heran und brachte sein Pferd einen knappen Meter von mir entfernt zum Stehen.

Der Indianer trug nur Blue jeans und Mokassins. Seine dunkle Brust war der Sonne ausgesetzt, und das lange, schwarze Haar fiel ihm wirr über die Schultern. Im Gürtel steckte ein Revolver, und in der rechten Hand hielt er seine Flinte. Er warf das rechte Bein über den Hals des Pferdes und ließ sich gewandt zu Boden gleiten. Das Tier begann zu grasen.

Mein Revolver lag kalt und schwer in meiner Hand, als ich ihn aus dem Halfter genommen hatte.

„Ist heute wirklich ein herrlicher Tag zum Sterben?” fragte ich.

Der Indianer lachte, bückte sich nach einer leeren Flasche und balancierte sie auf dem Kopf. Ich drückte den Abzug. Eine Kugel zerschmetterte die Flasche in tausend winzige Teilchen. Onkel Flint lachte und schüttelte sich die Glassplitter aus seinem dichten, schwarzen Haar.

„Gut getroffen, Schrei im Wind! Jetzt bin ich an der Reihe!”

Ich hob eine leere Konservendose auf und hielt sie in

Ich drückte den Abzug

meiner Hand. Augenblicklich zog mein Onkel den Revolver aus dem Gürtel und schoß. Die Dose flog in die Luft. Er drückte noch einmal ab, und sie fiel durchlöchert zu Boden. „Ich wollte, es wäre Jagdzeit!" seufzte Flint und jagte Kugel um Kugel in die Büchse. „Früher wußte man nichts von Jagdsaison. Wenn man Hunger hatte, schoß man sich etwas und aß es. Ich habe es satt, auf Büchsen zu schießen - und auf dich!" fügte er mit einem schiefen Lächeln hinzu.

„Gehst du wieder auf Bärenjagd?" fragte ich.

„Ja, ich habe eine Menge Fährten in der Nähe der Farm entdeckt. Kommst du mit?"

Ich schüttelte den Kopf. Nichts fürchtete ich mehr als Bären, weil ich überzeugt war, daß mich eines Tages einer umbringen würde.

Flint warf eine andere Konservendose in die Luft. Ich griff nach seinem Gewehr und drückte ab. Er hob die Dose auf und betrachtete das Loch.

„Du bist einer der besten Schützen, die ich kenne, Schrei im Wind", sagte er anerkennend.

Stolz erfüllte mein Herz. Es kam selten vor, daß mich mein Onkel lobte.

„Du hast mir ja bereits mit fünf Jahren das Schießen beigebracht. Und mit acht hast du mir das erste Gewehr geschenkt", erinnerte ich ihn.

„Stimmt! Und dein erstes Opfer war Großvaters Lastwagen!" rief er und lachte schallend.

Ich wollte, er würde das endlich vergessen! Großvater hatte mich geschlagen, weil ich meine Hausarbeiten nicht gemacht hatte, und voller Zorn durchlöcherte ich seinen alten Lieferwagen. Der war danach nicht mehr zu gebrauchen gewesen, blieb im Garten liegen und verrostete - eine ständige, böse Erinnerung an meinen Wutausbruch.

Bestrebt, das Thema zu wechseln, rief ich: „Ich glaube, wir haben über tausend Kugeln miteinander verpulvert!"

„Kann sein! Man darf nie aufhören zu üben. Eines Tages kann dein Leben davon abhängen, wie gut du mit deinem Gewehr umgehen kannst."

„Naja, früher war das so - heute ist es anders", antwortete ich.

„Anders?" brauste er auf. „Die Zeiten ändern sich, die Menschen aber nicht. Die Menschen sind gefährlich. Sie sind noch genauso wie vor hundert Jahren, und sie werden auch in hundert Jahren noch dieselben sein. Merk dir eines, Schrei: Laß dir nie im Leben dein Gewehr wegnehmen, denn es könnte sein, daß eines Tages dein Leben davon abhängt. Ein Indianer ohne Gewehr ist nur ein halber Mensch." Flint lud sein Gewehr nach. „Hier gibt es zu viele Gesetze. Ich kann nicht mehr atmen! Ich möchte frei sein! Kürzlich hörte ich, daß man die Indianer in Kanada besser behandelt als hier. Glaubst du, daß das stimmt?"

„Ich weiß es nicht. Schlechter könnte man sie ja kaum noch behandeln, vermute ich."

„Ich will fort - irgendwohin. Vielleicht zurück ins Reservat. Kann sein, daß ich dort etwas tun kann - vielleicht finde ich dort sogar die Freiheit!" Ein Hoffnungsschimmer glomm in seinen Augen auf.

„Was macht Herbstrose, deine Freundin?" erkundigte ich mich.

Herbstrose war eine Pawnee-Indianerin, die Flint im Krankenhaus kennengelernt hatte. Sie pflegte ihn nach einem schweren, beinahe tödlichen Autounfall gesund, und er hatte sich prompt in sie verliebt.

„Wir treffen uns nicht mehr. Sie wollte um jeden Preis einen Christen aus mir machen. Ich hätte unseren alten Indianergöttern absagen müssen. Nicht einmal Herbstroses wegen möchte ich aufhören, ein echter Indianer zu sein. Sie ist Indianerin, sie sollte das doch verstehen!" rief er bitter.

Ich schwieg. Ich war erst seit wenigen Wochen ein

Christ und wußte, wie schwer es ist, die alten Götter und den altgewohnten Lebensstil aufzugeben. Es war ein nervenaufreibender Kampf. Obwohl ich Jesus Christus als meinen Erlöser angenommen hatte, griff die Vergangenheit immer wieder nach mir. Von Zeit zu Zeit rief mich mein alter indianischer Gott, der Wind, beim Namen, und ich war versucht, ihm zu antworten. Ich hatte im christlichen Glauben erst ganz oberflächlich Fuß gefaßt und fühlte mich oft bedrückt, verängstigt und einsam.

„Ich möchte ein Indianermädchen heiraten, das mich so läßt, wie ich bin, und nicht immerzu versucht, mich zu ändern. Eine gute, gehorsame Frau, die mir viele Söhne schenkt, die alt und dick wird und mich in meinen alten Tagen wärmt", nickte er zufrieden vor sich hin.

„Und ich will einen kräftigen, schönen Indianer heiraten, mit Armen so stark wie Eichenbalken und Haaren so lang und schwarz wie die Schwingen des Raben. Er muß tiefliegende Augen wie der Adler haben und Wildleder und Perlen tragen!" rief ich. Mein Herz sehnte sich danach, daß eines Tages ein solcher Mann zu mir kommen möchte. Ein Krieger mit Namen Winterfalke oder Springender Wolf oder Feuerauge.

„Flint, weshalb passen wir zwei nicht in diese Welt?" fragte ich ihn zum tausendsten Mal. „Was ist bloß verkehrt an uns?"

„Nichts ist verkehrt; wir sind nur anders. In unserem Blut schlägt die Kriegstrommel, in deinem und meinem Herzen brennt ein gefährliches Feuer. Manchmal ist es nur ein winziges Flämmchen, doch plötzlich kann eine verheerende Feuersbrunst daraus entstehen, die alle Vernunft, alle Vorsicht niederbrennt und uns der Zerstörung preisgibt. Du und ich, wir gehören zu denen, die auf verlorenem Posten stehen. Wir werden gehetzt und gejagt. Ich sehe das Feuer in dir, wenn du zornig bist. Deine Augen blitzen. Dann bist du wie ein wildes Tier. Wenn man dich in die Enge triebe, würdest du bis zum letzten Atemzug kämpfen – aber niemals aufgeben."

„Du irrst dich!"

„Nein, ich täusche mich nicht. Ich kenne dich, weil ich mich selbst kenne – wir sind von der gleichen Art." Er kickte einen Stein aus dem Weg. „Ich kämpfe bis aufs Blut. Bin genug herumgestoßen worden! Würde es noch wie früher sein, wäre ich bestimmt ein Krieger", seufzte er.

Wieder legte er das Gewehr an und drückte blitzschnell ab – sechsmal, aber es war wie ein einziger Schuß. „Heute gibt es weder Ruhm noch Freiheit – nur noch Regeln und Gesetze. ‚Das ist verboten und jenes darf man nicht!' Ich kann das nicht mehr ertragen!"

Damit warf er mir eine leere Dose zu. „Auf den Kopf!" befahl er.

Die Angst, als Feigling angesehen zu werden, war größer als die Furcht vor dem Tod. Ich gehorchte. Mühelos schoß er mir die Büchse vom Kopf. Wir waren beide ausgezeichnete Schützen und verfehlten nie das Ziel. Und wenn auch – das Leben bedeutete uns nicht viel. Wir hatten sehr wenig, für das es sich zu leben lohnte. Beide waren wir einsam und ohne Zukunft. Der Tod schreckte uns weniger als das Leben.

Meine sieben Onkel waren meine einzigen Angehörigen, denn meine Eltern hatten mich nach der Geburt verlassen, und Großmutter hatte für mich gesorgt bis zu ihrem Tod. Das war kurz nach meinem fünfzehnten Geburtstag. Seither war ich auf mich selbst angewiesen, arbeitete da und dort und verdiente gerade genug, um mich über Wasser zu halten.

Flint und ich hatten oft harte Auseinandersetzungen miteinander, und mehr als einmal schlug er mich, weil ich die Kirche des weißen Mannes besuchte und mich von den alten Göttern abgewandt hatte. Nach seiner Begegnung mit dem Tod kamen wir uns wieder näher und vermieden alles, was unser Verhältnis hätte trüben können.

Kurz nach Großmutters Tod hatten meine sieben Onkel das Reservat verlassen. Ein Onkel nahm sich das Leben, ein anderer saß wegen eines Bankraubs hinter Gittern. Onkel Kansas geriet immer in irgendwelche Schwierigkeiten, und zwei andere waren verschwunden und ließen nichts mehr von sich hören.

Mein Lieblingsonkel, Cloud, war nach Oregon gezogen, hatte sich dort verliebt und war Christ geworden. Er arbeitete als Hüter in einem Wildpark. Nur Flint und ich waren zurückgeblieben.

Er und ich saßen nun auf und ritten zur Ranch zurück, auf der er arbeitete. Langsam ließen wir die Pferde auf dem ausgetretenen Pfad gehen. Keiner von uns hatte es eilig.

„Schrei im Wind", unterbrach er plötzlich die Stille. „Wir wollen nach Hause gehen."

„Nach Hause? Wir sind doch nirgends zu Hause!" antwortete ich resigniert.

„Ich meine das Reservat der Kickapoo. Komm, wir wollen dorthin zurückkehren!"

„Meinst du das wirklich ernst?" fragte ich ungläubig. Wollte er sich über mich lustig machen?

„Morgen gehen wir! Ich hole dich beizeiten ab. Pack deine Sachen, du wirst nie mehr zurückkommen. Wir gehen in die Freiheit!" Er stieß einen wilden Schlachtruf aus und gab dem Pferd die Sporen, daß es wie der Wind dahinflog.

Da jauchzte auch ich und ließ meinem Pferd die Zügel schießen. Bald würden wir frei sein!

Mein Pferd blieb weit hinter Flint zurück, so konnte ich ihn gut beobachten. Die Sonne spiegelte sich auf seinem nackten Rücken. Seine Muskeln waren so gespannt wie die des Pferdes. Es war, als ob die beiden um ihre Freiheit rannten.

Freiheit! War das möglich? Konnten wir zurück ins

Reservat und dort tatsächlich leben, wie es uns paßte?

Begeisterung erfüllte mich. Ich legte mich auf den Rükken meines Pferdes und trieb es an, bis wir Flint eingeholt hatten. Seite an Seite galoppierten wir dahin, lachend und johlend, erfüllt von der Hoffnung auf ein neues, freies Leben.

Abends packte ich meine wenigen Habseligkeiten in einen Pappkarton und rüstete mich zum Gehen. Ich besaß nicht viel. In einer Viertelstunde war alles eingepackt.

Ich wollte meinen Chef anrufen und ihm sagen, daß ich morgen nicht mehr zur Arbeit kommen wolle, aber dann ließ ich es bleiben - ich wollte ihn nicht stören. Vermutlich hätte er mich ohnehin bald entlassen. In diesem Jahr hatte ich schon achtmal die Stelle gewechselt.

Ich zog den Ledermantel mit den Fransen an und ging zur Kirche, um mich von Pastor McPherson und Audrey, seiner Frau, zu verabschieden. Sie waren meine besten Freunde geworden und standen mir helfend zur Seite, wann immer ich sie brauchte. Sie hatten mir von Jesus erzählt, und dies hatte mein Leben verändert. Es würde nicht leicht sein, von den einzigen Freunden, die ich je besessen hatte, Abschied zu nehmen.

Gleich als ich eintrat, merkten sie, daß ich etwas Besonderes vorhatte. Ich faßte mich kurz und verlor keine Zeit mit belanglosem Geplauder.

„Ich bin gekommen, um mich zu verabschieden", sagte ich.

„Verabschieden?" fragte Audrey.

„Wohin gehst du?" Pastor McPherson schloß die Bibel und faltete die Hände. Ich hatte mich schon oft von ihm verabschiedet, seit wir uns das erstemal getroffen hatten, und war dann doch nach wenigen Tagen oder Wochen wieder zurückgekommen.

„Flint und ich gehen zurück ins Reservat. Für immer! Ich werde Sie nicht mehr wiedersehen, aber ich will Ihnen schreiben und erzählen, wie es mir geht.” Damit versuchte ich, den Abschiedsschmerz zu lindern.

„Was willst du dort machen, Liebes?” fragte Audrey mit bekümmerter Miene.

„Oh - ich weiß noch nicht. Vielleicht ein wenig jagen, etwas Landwirtschaft betreiben. Es wird schon irgendwie gehen!”

„Glaubst du wirklich, daß das für dich das beste ist? Dein Onkel Flint, wird er -” Die Stimme versagte ihr. Sie dachte wohl an die furchtbaren Szenen, die wir einander in den vergangenen Monaten öfter gemacht hatten.

„Ooch, er ist jetzt sehr nett. Wir streiten uns nicht mehr.”

„Aber gibt es denn in eurem Reservat eine Kirche? Du mußt doch im christlichen Glauben wachsen. Du darfst nicht mehr zu deinem Windgott zurückkehren, hörst du? Du bist erst seit wenigen Wochen Christ und brauchst christliche Freunde und eine Gemeinde!”

„Keine Angst! Ich nehme die Bibel mit, die Sie mir gegeben haben, und ich werde darin lesen, auch wenn ich nicht zur Kirche gehen kann.”

Audrey ließ die Schultern hängen. „Schrei im Wind, du mußt aufpassen. Gott hat für dein Leben einen Plan. Du darfst diesen Plan nicht durchkreuzen. Du kümmerst dich ja gar nicht um deine Zukunft; du machst nie Pläne!”

„Natürlich habe ich einen Plan”, widersprach ich. „Ich gehe zurück ins Reservat.”

„Und nachher?”

„Dann wollen wir überlegen, was als nächstes kommt”, gab ich zurück und hoffte, Audrey würde mir nicht den üblichen Vortrag über den Wert einer sicheren Stelle mit guten Zukunftsaussichten halten. Sie konnte nicht verstehen, weshalb ich es an einer Stelle nicht länger als zwei Monate aushielt und weshalb ich meine Wohnung alle vier Monate wechselte. Sie wußte nicht, was es hieß, ruhelos und einsam zu sein. Sie war eine gute Freundin, aber sie verstand die Indianer nicht.

„Kind, mußt du wirklich gehen? Das kommt so plötzlich. Kannst du dir die Sache nicht noch einmal überlegen? Du hast jetzt eine gute Stellung, und deine Wohnung ist so nett eingerichtet", wandte sie ein.

„Die Arbeit gefällt mir nicht, und die Miete habe ich nur bis Ende dieser Woche bezahlt."

„Ach, mein liebes Kind! Wann wirst du endlich seßhaft werden?"

„Niemals, vermute ich. Der Wind ruft mich, und ich antworte ihm. Ich muß frei sein! Wissen Sie nicht, daß sogar der Name meines Stammes, Kickapoo=Wanderer bedeutet?"

„Aber du bist ein junges Mädchen! Bei einem Mädchen ist das anders. Du kannst nicht einfach immer wieder pakken und auf und davonlaufen!"

„Ich werde bei Onkel Flint bleiben."

„Aber - ach, Schrei im Wind!" seufzte sie.

„Wir gehen, um die Freiheit zu suchen", erklärte ich.

Nun mischte sich Pastor McPherson ein. „Freiheit kann man nicht suchen. Man trägt sie im Herzen. Wem gehört dein Herz, Schrei im Wind?"

„Dem Wind." Ich wußte, daß ich hätte sagen sollen: „Mein Herz gehört Gott." Aber es ist schwer, alte Wege zu verlassen.

„Wenn du irgend etwas brauchst, mußt du uns schreiben oder telefonieren. Wir werden dir helfen, so gut wir können. Wir bleiben deine Freunde, und du kannst zu uns kommen, wann immer du willst." Pastor McPherson schüttelte mir die Hand.

„Wir werden dich vermissen, Schrei im Wind, aber wenn es dich glücklich macht, wünschen wir dir gute Reise und viel Erfolg", sagte er.

Audrey umarmte mich und sagte mit Tränen in den

Augen: „Gott segne dich! Und vergiß uns nicht!"

„Ich werde schreiben, sobald wir dort sind", versprach ich und lief in die Nacht hinaus. Ich mußte weg von ihnen, bevor der Kloß in meiner Kehle noch größer wurde. Ich vermißte sie jetzt schon! Schließlich verdankte ich ihnen mein Leben. Als ich mich einmal so allein und verlassen gefühlt hatte, wollte ich meinem Leben ein Ende machen. Sie hatten mich gerettet. Mit so vielen Problemen hatte ich mich an sie gewandt. Ich würde ihren Rat und ihre Freundschaft sehr vermissen, und ich wußte nicht, wie weit mich meine Schwingen tragen würden.

2

Als Flint im Morgengrauen vorfuhr, saß ich schon vor der Tür. Schnell verstaute ich den Karton hinten im Wagen und kletterte auf den Sitz neben ihm.

„Ist das alles, was du hast?" Er deutete mit dem Daumen auf meine Schachtel.

„Ja, ich habe nicht viel. Wo sind denn deine Klamotten?"

„Ich habe noch weniger als du! Das meiste habe ich angezogen, und der Rest liegt unter dem Sitz. Wie kommt es bloß, daß wir so schwer arbeiten und es doch zu nichts bringen?"

„Keine Ahnung", sagte ich achselzuckend. „Vielleicht geben wir unser Geld zu schnell wieder aus? Ich habe nie begriffen, daß es Leute gibt, die noch etwas auf die hohe Kante legen können. Ich bin immer pleite."

„Na, mach dir deshalb keine Sorgen. Wenn wir wieder im Reservat sind, machen wir es besser." Er ließ den Motor an, und der Wagen ratterte die Straße hinunter nach Hause!

Dreizehn Stunden später fuhren wir im Reservat ein, müde, schmutzig und hungrig.

Als der Wagen schwankend und keuchend über den schmalen, versumpften Weg zuckelte, legte sich unsere anfängliche Begeisterung. Das Reservat wirkte verlassen. Die meisten der schäbigen Zweizimmer-Holzhütten standen leer. Kein Tier war zu sehen – Unkraut hatte die Weiden überwuchert.

„Wo sind nur all die Leute geblieben?" flüsterte ich.

Flint fuhr durch die hinteren Sträßchen, an denen

unsere Freunde und ihre Familien gewohnt hatten. Aber auch hier war kein Mensch zu sehen.

Endlich entdeckten wir einen alten Mann, der mit einem Maulesel pflügte. Flint hielt den Wagen an und stapfte über das frisch gepflügte Feld auf den Alten zu.

Ich sah, wie der alte Mann auf alle Fragen den Kopf schüttelte. Nach kurzer Zeit kehrte Flint zum Wagen zurück.

„Alle sind entweder gestorben, weggezogen oder ins Reservat nach Oklahoma gegangen. Der alte Mann erzählte mir, daß nur noch etwa fünfzig Familien hier geblieben seien. Meistens alte Leute wie er, die zu schwach und zu alt seien, um noch einmal von vorne anzufangen. Er meinte, wir sollten uns einfach ein leeres Haus suchen und dort einziehen.” Flint sah längst nicht mehr so glücklich aus wie noch vor kurzem.

„Was machen die Banakees?” erkundigte ich mich.

„Alle gestorben.”

„Und wie steht's mit den Cadues?”

„Genauso - alle tot.”

„Die Familie von Charlie Big Horse?”

„Ist nach Oklahoma umgezogen, ins Reservat. Ich glaube, wir finden hier keinen einzigen mehr, den wir kennen”, seufzte Flint.

„Hast du je in Erfahrung gebracht, wie es den Indianern ergangen ist, die das Reservat verlassen haben?”

„Wahrscheinlich gehen sie in der Menge unter. Sie ändern ihre Namen, schneiden die Haare kurz, kaufen sich einen neuen Anzug und bilden sich ein, wer weiß, was zu sein, nur kein Indianer.”

„Flint” - ich schluckte. „Mich hat man auch einmal für eine Weiße gehalten”, bekannte ich beschämt. „Ich habe Kleider getragen wie alle anderen, habe mir die Haare heller gefärbt und meinen Namen geändert.”

„Und was ist dann geschehen?” fragte er.

„Es war schrecklich. Ich habe ausgesehen wie eine Mißgeburt, habe mir ein paar Feinde zugezogen und fühlte mich miserabel! Das Schlimmste kam nachher. Als ich wieder bei Verstand war und erkannte, wie dumm ich mich benommen hatte, entschloß ich mich, wieder ich selbst zu werden. Da wollten mir die Leute, die mich als Weiße kennengelernt hatten, nicht glauben, daß ich Indianerin bin. Auch jetzt noch sagen sie oft: ‚Ich kenne Sie doch - Sie sind ja gar nicht Schrei im Wind. Sie sind ein weißes Mädchen und heißen Linda. Weshalb versuchen Sie denn, Indianerin zu sein?' Die Leute wußten nicht mehr, was sie von mir halten sollten. Einige sagten, ich sei Indianerin, andere meinten, ich sei eine Weiße. Vermutlich haben beide recht, denn ich bin ja ein Halbblut. Das beweist, daß man nie alles über einen Menschen wissen kann! Man kennt nur das Äußere, das, was der Mensch zeigen will." Ich schämte mich. „Ich wollte, ich wäre mir selbst treu geblieben und hätte nicht versucht, jemand anders zu sein."

„Ich kenne das. Mein Freund Black Hawk erzählt den Leuten, er sei Mexikaner und heiße José González. Er findet, es sei besser, Mexikaner als Indianer zu sein."

„Ist es wirklich besser?" erkundigte ich mich.

„Er säuft sich noch zu Tode. Vermutlich ist das die Antwort", meinte er grimmig. „Aber jetzt sollten wir uns ein Haus aussuchen und einziehen, bevor es dunkel wird." Er fuhr durch ein enges, schmales Sträßchen und blieb nach kurzer Zeit vor einem alten Haus stehen.

Wir stiegen aus und gingen hinein. Ein Rattenschwarm stob auseinander, und ich flüchtete mich entsetzt in den Wagen.

„Hier bleibe ich nicht", rief ich enttäuscht.

„Es wird dunkel. Du kannst im Wagen schlafen, und ich lege mich auf die Ladebrücke. Morgen suchen wir uns dann etwas Besseres."

Flint kletterte in den Lieferwagen und zog den Mantel über die Schultern. Ich kuschelte mich in meine Wolldekke, paßte auf, daß sich meine Füße nicht ins Lenkrad verirrten und mein Kopf nicht an die Tür bumste. Fast reglos blieb ich auf dem Sitz liegen. Nein, so hatte ich mir unsere Heimkehr nicht vorgestellt. Ich war froh, daß mich die McPhersons jetzt nicht sehen konnten, und wünschte mir sehnlichst ein weiches, warmes Bett und etwas zu essen.

Ich guckte durch die Windschutzscheibe und beobachtete die Sterne, die sich einer nach dem anderen hervorwagten. Endlich entschied sich auch der Mond, aufzuwachen und zum Himmel emporzuklettern. Es war Neumond. An der Spitze der schmalen Sichel hätte man sein Pulverhorn aufhängen können, und es wäre trocken geblieben. Der Regen würde während der ganzen Nacht im Himmel bleiben. Ich war froh darüber, denn Flint hatte schließlich kein Dach über dem Kopf.

Endlich wurde ich schläfrig, faltete meine Hände und betete: „Gott, hier spricht Schrei im Wind. Hast du bemerkt, daß ich ins Reservat zurückgekommen bin? Hilf Flint und mir. Gute Nacht." Ich hatte keine Übung im Beten und kannte Gott erst sehr oberflächlich, deshalb waren meine Gebete kurz und bündig.

Am nächsten Morgen schickte mich Flint auf Hasenjagd. Hasen sind leicht zu fangen. Sie rennen ein Stück weit, bleiben kurz stehen und rennen weiter. Das tun sie dreimal, und nach dem vierten Halt machen sie eine scharfe Wendung nach rechts oder links. Man muß ihnen nicht nachlaufen, man muß sie nur überlisten. Nach einigen mißglückten Versuchen konnte ich einen packen und brachte ihn zu Flint. Wir brieten ihn am offenen Feuer. Es war zwar ein mageres Häschen, aber wir hatten doch wenigstens ein Frühstück.

Danach fuhren wir durch die schmalen Straßen, und gegen Mittag fanden wir schließlich ein Haus, das wohl noch nicht sehr lange leer stand. Wir zogen ein, bevor es die Ratten in Beschlag nehmen konnten. Das Haus bestand aus drei kleinen Zimmern ohne Möbel, ohne Wasser und ohne Strom. Flint ging in den kleinen Laden und kaufte ein paar Lebensmittel und verschiedene Kleinigkeiten. Bis zum Abend waren wir ganz passabel eingerichtet und genossen das warme Abendbrot.

Am anderen Tag fand Flint Arbeit als Zureiter auf einer Farm in der Nähe, und ich begann einen Garten anzulegen. Wir hatten nun ein Zuhause und wollten hier bleiben. Alles ließ sich gut an, und ich konnte den McPhersons schreiben, daß sie sich um mich keine Sorgen zu machen brauchten.

Ein paar Tage später pflanzte ich Zwiebeln im Garten. Flint fuhr in den Hof und bremste scharf, eine riesige Staubwolke aufwirbelnd. Er rief durchs Wagenfenster: „Schrei, ich weiß, wie du dir im Handumdrehen zwanzig Dollar verdienen kannst!"

„Wenn das so einfach ist - warum verdienst du sie dann nicht selbst?" lachte ich. Flint fand immer eine Möglichkeit, rasch zu Geld zu kommen, aber es wollte dann doch damit nicht so richtig klappen.

„Auf der Farm, auf der ich arbeite, ist ein junges Füllen, das man zureiten sollte. Ich bin für das Tier zu schwer. Der Farmer sucht einen leichten Reiter, wenigstens für den Anfang."

„Nein, danke! Ich erinnere mich noch lebhaft an das Rennen mit den wilden Eseln. Du sagtest, es sei ein Kinderspiel, das Rennen zu gewinnen. Aber der Esel, den ich ritt, lief überallhin - nur nicht dahin, wo ich wollte! Ich war die letzte im Ziel. Nein, auf dieses leichtverdiente Geld verzichte ich lieber!"

„Diesmal ist es anders. Es ist ein reizendes, kleines, braunes Füllen. Du wirst nicht die geringste Mühe haben, im Sattel zu bleiben. Du hast Donnerhuf geritten, als wäre sie ein Stück von dir. Ich weiß, daß du dieses Pferd meistern wirst."

Ich erinnerte mich an Donnerhuf. Vor langer Zeit war sie verendet. Seit damals hatte ich nicht mehr oft auf einem Pferd gesessen. Flint deutete mein Schweigen als Zustimmung.

„Jetzt ist der beste Augenblick! Komm, wir gehen zur Ranch und probieren es!" rief er und öffnete den Wagenschlag.

Eine Stunde später saß ich auf der Einfriedung des Pferchs und beobachtete das kleine Füllen. Es wirkte gar nicht so klein und schien älter zu sein als ein Füllen.

„Flint, ich möchte lieber darauf verzichten. Das Pferd sieht böse und tückisch aus", sagte ich und rutschte vom Zaun herunter.

„Das Pferd ist lammfromm!" protestierte Flint. „Du mußt ihm nur zeigen, wer die Zügel in der Hand hat. Komm her, Schrei! Du benimmst dich ja wie eine ängstliche alte Tante!"

Flint tätschelte den Hals des Braunen. Der warf unwillig den Kopf zurück und schlug aus.

„Der gefällt mir nicht, Flint. Er wird mich garantiert abwerfen!"

„Es ist doch nur ein kleines Pferd. Sitz auf und reite ein paarmal um den Pferch, damit er weiß, wie es ist, wenn man jemand auf dem Rücken hat. Dann kannst du dir die zwanzig Dollar holen, und wir fahren in die Stadt. Übrigens - ich habe dem Boß schon gesagt, daß du ihn reiten wirst."

Langsam ging ich auf das Pferd zu und strich ihm über den Rücken. Es zitterte und schnaubte. „Wie heißt er?" fragte ich.

„Spielt doch keine Rolle! Das brauchst du gar nicht zu wissen, wenn du einmal mit ihm eine Runde drehst", entgegnete er ungeduldig.

„Wie heißt er, Flint?"

„Wirbelsturm!"

„Wie bitte? Ich glaube, du bist verrückt! Ich steige doch nicht auf ein Pferd, das Wirbelsturm heißt!"

„Ist doch nur ein Name! Wir könnten ihn ja auch Puderquaste nennen, wenn dir das lieber ist. Eine stumme Kreatur kennt ihren Namen ohnehin nicht."

Ich tätschelte das Pferd, schwang mich auf den ungesattelten Rücken und ließ mir von Flint die Zügel geben.

Das Pferd bockte und wich zurück. Dann legte es die Ohren zurück, und ich stieß ihm meine Knie in die Flanken. Wirbelsturm preschte vor und schlug dreimal nach hinten aus. Dann schien er sich plötzlich an seinen Namen zu erinnern, wirbelte herum und schlug mit allen Vieren gleichzeitig um sich. Er duckte den Kopf zwischen die Vorderbeine, sein Hals verschwand und ich flog in hohem Bogen über ihn hinweg. Mein Kopf schlug hart am Boden auf, und ich flog quer durch den Pferch, bis mich ein Zaunpfosten aufhielt. Ich fühlte einen harten Schlag in meinem Nacken und blieb reglos liegen.

Flint nahm die Zügel und band das Pferd an. Dann rannte er zu mir her.

„Schrei! Bist du verletzt?" Er kniete neben mir auf den Boden.

Ich warf ihm einen Blick zu, aber alles um mich her drehte sich. Deshalb schloß ich sofort die Augen wieder. „Mein Hals! Ich habe mir das Genick gebrochen!" schrie ich auf.

„Kannst du dich strecken? Kannst du den Kopf drehen?" fragte Flint.

Ich versuchte den Kopf zu bewegen, aber er tat so weh, daß ich es nicht ertragen konnte. „Es tut so weh, ich kann mich nicht rühren!" Ich spürte, daß mein Kopf auf meiner rechten Schulter lag und die Muskeln an der linken Seite zum Zerreißen gespannt waren.

Ich flog in hohem Bogen über ihn hinweg

„Kannst du Arme und Beine bewegen?" erkundigte sich Flint besorgt.

Ich bewegte Arme und Beine ganz sacht.

„Wenn du dich bewegen kannst, ist dein Genick nicht gebrochen - nur verrenkt. Ich werde es wieder einrenken." Er legte die Hände an meinen Kopf und versuchte, ihn zu drehen.

Der Schmerz war unerträglich, und ich schrie laut: „Nein, nein, laß mich in Ruhe! Flint, mein Genick ist gebrochen!"

„Ist es nicht, du hast nur einen starken Bluterguß. Ansonsten ist alles in Ordnung!" Er hob mich auf und trug mich zum Wagen. Als er versuchte, mich hinzusetzen, wurde mir übel. Er holte mich wieder heraus und legte mich auf die Ladebrücke. „Ich bringe dich nach Hause und stecke dich ins Bett. Dann bist du bald wieder okay."

Als der Wagen durch die schmutzige Straße dem alten Haus zuholperte, tat mir jeder Knochen weh. Auf dem Rücken spürte ich eine Beule, die ständig größer und dikker wurde. „Es könnte doch nicht so furchtbar weh tun, wenn nichts gebrochen wäre", stöhnte ich.

Daheim legte mir Flint heiße, feuchte Tücher auf Hals und Rücken. Mein Hals war immer noch krumm wie ein Angelhaken.

„Flint, wenn es mir je wieder besser geht - wenn - dann bring ich dich um!" zischte ich mit zusammengebissenen Zähnen.

„Ach, es ist doch nur ein Bluterguß! Morgen bist du wieder auf dem Damm. Wirklich, Schrei, du bist ein zäher Brocken!" Er nahm die heißen Wickel weg und betrachtete nachdenklich die Geschwulst am Rücken. „Hm, sollten wir nicht doch einen Arzt rufen?"

„Sieht es so schlimm aus?" Ich war froh, nichts sehen zu können.

„Ziemlich!" Er legte die heiße Packung wieder auf.

„Warten wir eine Stunde. Dann können wir uns entscheiden."

Während der nächsten Stunde sahen wir mindestens fünfzigmal auf die Uhr. Ich hatte wieder einen klaren Kopf, und mein Magen erinnerte mich unsanft daran, daß ich den ganzen Tag nichts gegessen hatte. Flint machte für uns beide Speck und Spiegeleier, und langsam kehrten meine Lebensgeister zurück.

Am Tag darauf blieb ich im Bett. In den folgenden Tagen streckte sich mein Hals ein wenig, und nach einer Woche war mein Kopf wieder dort, wo er hingehörte. Ich sah die Welt nicht mehr krumm.

Flint machte sich keine Sorgen mehr, und nach zwei Wochen suchte er nach einer anderen Möglichkeit, „spielend" zu Geld zu kommen.

Am ersten Sonntag im Reservat zog ich mein bestes Kleid an, nahm die Bibel und marschierte etwa zwei Kilometer bis zu der kleinen Holzkapelle.

Weit und breit war kein Mensch zu sehen. Ich setzte mich unter einen schattigen Baum und wartete auf den Gottesdienstbeginn. Zuerst dachte ich, ich sei viel zu früh, aber dann erkannte ich, daß wahrscheinlich niemand kommen würde.

Ich sah mir die Kapelle genauer an. Die weiße Farbe war abgeblättert. Der Turm beherbergte eine schweigende Glocke, und genau unter dem Kreuz entdeckte ich einige Wörter: „Kickapoo-Bibel-Kapelle".

Die Türen waren zugenagelt. Ich ging rund um das Gebäude und spähte durch die schmutzigen Fenster. Drinnen standen verstaubte Bankreihen, und die Kanzel war umgestoßen. Die Kapelle war leer, offenbar seit Jahren nicht mehr benützt.

„Geschlossen wegen mangelndem Interesse", flüsterte ich vor mich hin. Was war aus all den Leuten geworden, die diese schöne kleine Kirche gebaut hatten? Wo sind sie jetzt? Ich wußte, daß viele der jüngeren Generation wieder zu den alten indianischen Göttern zurückgekehrt waren, aber irgendwo im Reservat mußten doch noch einige Christen leben. Weshalb hatten sie ihre Kirche geschlossen?

Der Anblick der leeren Kapelle stimmte mich traurig. Sie sah wie eine alte, müde Frau aus. Alle ihre Kinder waren ausgeflogen und hatten sie ihrem Schicksal überlassen - dem Tod in der Prärie.

Die verlassene Kapelle

Kleine Kapelle auf weitem Feld,
trotzest den Stürmen, der ganzen Welt.
Traurig und einsam stehst du hier,
Ort des Gebetes bist du mir.

Hochzeit und Taufe, Trauer und Freud
lösten sich ab in vergangener Zeit.
Nun dringt der Staub durchs zerbrochene Tor,
und die Erde bringt nur noch Unkraut hervor.

Die Bänke hier - einst voll besetzt,
sind leer, niemand sie schätzt.
Die Leute sind fort, die Häuser leer,
kaum einige Alte kommen her.

Das alte Holzkreuz noch tapfer steht,
zum Gruß dem Fremden, der vorübergeht.
Niemand tritt mehr zum Beten ein,
du bleibst verlassen, bleibst allein.

Kleine Kapelle auf weitem Feld,
trotzest den Stürmen, der ganzen Welt.
Traurig und einsam stehst du hier,
Ort des Gebetes bist du mir.

Die verlassene Kapelle

3

Obwohl wir mittlerweile einige Monate im Reservat lebten, kannten wir nur wenige Leute. Deshalb war ich sehr erstaunt, als es eines Abends spät an unserer Tür klopfte. Ein unbekannter Mann mit einem Papiersack voll frischem Gemüse stand draußen.

„Ist dein Onkel da?" fragte er, wobei er einen suchenden Blick über mich hinweg ins Haus warf.

„Nein, er ist ausgegangen", antwortete ich und überlegte fieberhaft, ob ich diesen Mann schon irgendwo gesehen hatte.

„Er hat mich gebeten, das Gemüse zu bringen", murmelte er und streckte mir den Papiersack hin.

Ich öffnete die Tür und wollte den Sack nehmen, aber er ließ ihn plötzlich fallen, und das Gemüse kullerte über den Boden. Dann packte er mich am Handgelenk und stieß mich ins Haus. Sobald wir drinnen waren, ließ er meine Hand los und warf einen schnellen Blick in die Runde, um festzustellen, ob ich wirklich allein sei.

Ich war in einer schrecklichen Lage! Zwei Fehler hatte ich gemacht: Ich hatte ihm gesagt, daß ich allein war, und ich hatte die Tür geöffnet. Wie konnte ich nur so dumm sein! Unauffällig suchte ich einen Gegenstand, der sich als Waffe eignete. Neben dem Ofen stand ein Feuerhaken, aber ich war nicht sicher, ob ich den Mann damit außer Gefecht setzen konnte. Was, wenn ich ihn nicht traf und er mich im Zorn tötete?

Ich trat einen Schritt zurück. „Ach, Sie sind ein Freund meines Onkels? Arbeiten Sie mit ihm zusammen?" fragte ich und versuchte, meiner Stimme Festigkeit zu geben.

„Was sagst du?" Er wandte mir sein Gesicht zu, und ich stellte fest, daß er betrunken war.

„Ich hab gefragt, ob Sie meinen Onkel von der Farm her kennen. Jetzt wird er bald kommen. Er wird sich über Ihren Besuch freuen!" Ich wußte zwar, daß es noch Stunden dauern konnte, bis Flint nach Hause kam, wenn er für den heutigen Abend eine Verabredung hatte. Hoffentlich konnte man mir das nicht vom Gesicht ablesen!

Verzweifelt betete ich - Gott, hilf mir! Gott, hilf mir!

Er tat einen Schritt auf mich zu, und mein Herz stand beinahe still.

„Es ist so heiß hier drinnen. Könnten wir nicht für ein paar Minuten auf die Veranda gehen und frische Luft schnappen?" Ich lächelte ihm zu und ging hinaus. Er folgte mir dicht auf den Fersen, als ich über die Veranda ging.

Jetzt war es draußen ganz dunkel geworden, aber die Lampe im Zimmer leuchtete hell über die Veranda.

„Ach, sehen Sie doch!" rief ich und deutete nach rechts. „Gehört der Hund Ihnen?"

Ohne zu überlegen, drehte er den Kopf. Ich setzte über die Veranda und raste auf den Wald zu.

„Bitte, Gott! Laß nicht zu, daß er mich einholt!" flehte ich und rannte wie noch nie in meinem Leben.

Weit hinter mir hörte ich ihn fluchen, als er mir durchs Unterholz nachtorkelte.

Ich machte soviel Lärm wie nur möglich, als ich durch den Wald rannte. Es war sehr finster, und der Mann war betrunken; wenn er mir weit genug folgte, würde er sich vermutlich verirren. Nun schlich ich weiter, so leise ich konnte. Ich wollte einen Bogen um ihn machen und wieder nach Hause laufen. Er konnte natürlich Glück haben und direkt auf mich stoßen. Oder vielleicht war er gar nicht so betrunken wie ich annahm? Unterschätzte ich ihn?

Geräuschlos schlich ich dem Haus zu. Der Wald lag jetzt hinter mir. Ich rannte über den offenen Hof. Wenn ich nur rechtzeitig ins Haus kam! Endlich stand ich vor dem Fenster meines Schlafzimmers und kletterte hinein. Ich schloß das Fenster und hastete zum Schrank. Obwohl es stockdunkel war, fand ich auf Anhieb meine Flinte.

Nun wartete ich gespannt. Würde er wieder versuchen, ins Haus zu kommen?

Da! Ein Geräusch auf der Veranda! Er war zurückgekommen! Ich beobachtete die Türklinke und wartete, daß sie sich senkte. Ich hörte, wie das Gemüse draußen davonkugelte. Er stand vor der Tür!

Ich holte tief Atem. „Verschwinden Sie sofort oder ich schieße!" schrie ich. Wie der Blitz entsicherte ich mein Gewehr und hielt es schußbereit. „Das ist Ihre letzte Chance!"

Ich zählte bis drei, dann schoß ich durch die Tür und zerschmetterte sie. Einen Augenblick herrschte Stille, dann heulte ein Motor auf. Ein paar Sekunden später blickte ich hinaus und sah einen kleinen Lieferwagen davonfahren.

Ich rannte vor die Tür und schoß auf den Wagen. Bumm! Eines der Schlußlichter splitterte. Bumm! Noch einmal! Leider war er jetzt außer Schußweite. Die Reifen quietschten, und der Wagen war in eine Staubwolke gehüllt. Wieder schoß ich. Bumm! Jetzt war er weit unten auf der Straße. Er fuhr mindestens hundertvierzig Stundenkilometer!

Nun ging ich ins Haus zurück, schloß die Tür und lud das Gewehr – für alle Fälle. Ich atmete erleichtert auf. „Danke, Gott!" war alles, was ich herausbrachte.

Als Flint einige Stunden später nach Hause kam, erzählte ich ihm von dem schrecklichen Erlebnis.

„Nun?" fragte ich, als ich mit dem Bericht fertig war. „Und was wirst du jetzt tun?"

Ich erwartete, daß er sofort seine Flinte holen und dem Mann nachjagen würde.

„Du hast es richtig gemacht", nickte er anerkennend

und zog seine Schuhe aus. „Ich sehe dich eben immer noch als Kind. Hätte nie erwartet, daß ein Mann dich in Schwierigkeiten bringen könnte. Muß in Zukunft ein wachsames Auge auf dich haben”, gähnte er.

Ich war enttäuscht. Ich hatte zumindest einen Wutausbruch erwartet - statt dessen zog er sich seelenruhig aus und ging zu Bett!

„Wenn einer gekommen wäre, um deine Kaninchen zu stehlen, hättest du ihm die Nase zerschmettert! Wenn einer mich zu stehlen versucht, rührst du keinen Finger! Also bin ich für dich weniger als ein Kaninchen!” Ich war wütend.

Er lächelte. „Schrei, du bist in Sicherheit! Du hast den Mann vermutlich so erschreckt, daß er unterwegs einen Herzschlag bekommen hat. Wahrscheinlich hast du ihm mehr Angst eingejagt als er dir!”

„Das bezweifle ich!”

„Heute kann ich nichts mehr tun. Morgen will ich mich nach ihm erkundigen. Vielleicht finde ich heraus, wer es war. Dann kann ich immer noch entscheiden, was mit ihm geschehen soll. Aber jetzt komm, vergessen wir ihn und gehen schlafen!”

Ich ging gehorsam zu Bett, konnte aber lange nicht einschlafen.

Am nächsten Abend kam Flint mit einem geheimnisvollen Lächeln zurück. „Heute habe ich einigen Männern zugehört”, sagte er grinsend.

„Was haben sie besprochen?”

„Sie haben von einem Mann erzählt, der seinen Lastwagen reparieren muß. Offenbar hat ihm eine Wildkatze ein paar Löcher hineingeschossen”, lachte er. „Ich sagte ihnen, daß er von Glück reden könne, daß die Kugeln in seinen Wagen und nicht in sein Hinterteil gefahren seien! Dann fügte ich hinzu, daß, wenn er sich je wieder bei uns zeigen sollte, sein Hinterteil an unsere Scheune genagelt würde – das gelte übrigens für jeden, der sich in bezug auf meine Nichte irgendwelchen Illusionen hingebe." Er warf den Hut auf den Tisch und verschwand. „Kein Mensch wird dich mehr belästigen!"

Am anderen Morgen erregte lautes Hämmern Flints Aufmerksamkeit, und er ging zur Haustür, um zu sehen, was ich machte.

Er blieb hinter mir stehen und las laut, was auf dem Schild stand, das ich anbrachte. „Achtung, bissiger Hund". „Wir haben aber doch gar keinen Hund!" rief er.

„Man braucht keinen Hund, um eine Warntafel anzubringen", erklärte ich und griff in den Papiersack, um drei große Suppenknochen herauszuholen, die ich vor der Warntafel auf den Boden warf.

„Das zieht bestimmt nicht", lachte Flint. „Die Leute fürchten sich doch nicht vor einer Tafel."

„Doch, sie fürchten sich davor." Ich hob Hammer und Nägel auf und ging ins Haus. „Böse Menschen wird sie auf jeden Fall abhalten." Flint folgte mir, immer noch lachend und kopfschüttelnd.

Bevor wir das Haus erreichten, hörten wir es hinter uns hupen. Wir wandten den Kopf. Ein großer, roter Wagen hatte angehalten, und der Fahrer winkte uns zu sich heran.

„Was kann ich für Sie tun?" fragte Flint und ging auf den Wagen zu.

„Ich bin der Vetter von Bright Star. Sie sagte, daß ich bei Ihnen Kaninchen kaufen könne", antwortete der Fahrer.

„Wieviele möchten Sie?" erkundigte sich Flint.

„Vier."

„Kommen Sie mit mir zum Stall, Sie können sich Ihre Kaninchen selbst aussuchen", nickte Flint.

„Nein, danke! Ich laß mich nicht gern von Ihren Hunden auffressen."

„Hunde?" fragte Flint verständnislos.

„Ich hab die Tafel gelesen. Darum hab ich es vorgezogen, zu hupen statt auszusteigen. Ich bin zu alt, um es mit einer Meute wilder Hunde aufzunehmen. Lieber warte ich hier, und Sie bringen mir die Kaninchen." Er gab Flint acht Dollar.

Flint schob das Geld in seine Tasche. „Prima!" flüsterte Flint mir im Vorbeigehen zu. „Es klappt! Die Leute haben Angst vor Warntafeln!"

Flint blieb immer in der Nähe des Hauses, wie er es versprochen hatte. Der Mann, der mich überfallen wollte, kam nie wieder. Trotzdem fühlte ich mich nicht mehr sicher. Ich achtete auf jede Bewegung hinter Büschen, auf Schatten, die ich nicht kannte, und lauschte auf Tritte. Schon vor Sonnenuntergang ging ich ins Haus und schloß die Tür. Ich prüfte sämtliche Schlösser, bevor ich zu Bett ging, und schlief trotzdem oft unruhig. Allmählich wurde mir klar, daß ich allein nicht sicher war. Ein Mädchen allein ist immer in Gefahr. Meine Sicherheit hing von Flints Gegenwart ab. Wenn er mich verließ - was würde dann aus mir werden?

4

Im Garten begann es zu sprießen. Das Getreide stand erst eine Handbreit über dem Boden, als Flint ankündigte, daß die Zeit des Grünkorn-Tanzes und der Palaver gekommen sei.

Begeistert rannte ich am Morgen des großen Tages geschäftig hin und her. Als wir beim Festplatz ankamen, waren schon viele Wagen dort, und eine Menge Indianer rüsteten sich zum Tanz. Wir drängten uns durch das Menschengewühl, um einen Platz zu finden, von dem aus man die Zeremonie gut beobachten konnte.

Flint trug ein neues Westernhemd, und ich hatte mein Wildlederkleid angezogen und Perlen ins Haar gesteckt. Die meisten Indianer trugen zu Ehren des Tages ihre traditionelle Stammeskleidung. Der Grünkorn-Tanz sollte das Korn beschwören, dicht und hoch zu wachsen, um den Leuten genügend Nahrung zu geben, damit sie im nächsten Winter nicht hungern mußten.

Indianer aus verschiedenen Stämmen stellten sich in einer Reihe mit dem Gesicht nach Osten am Rand der Tanzfläche auf. Plötzlich verstummte die Menge und wartete gespannt der Dinge, die da kommen sollten.

Wie ein Trommelfeuer jagten auf einmal etwa fünfzig johlende Kickapoo-Krieger in wildem Galopp über den Hügelkamm.

Mein Herz begann wild zu klopfen. Tränen schossen mir in die Augen beim Anblick der jungen Krieger, die auf halbwilden Pferden, in eine Staubwolke gehüllt, den Berg herabstürmten. Kein Wunder, daß die Kickapoo-Krieger die ersten Siedler in Angst und Schrecken versetzt hatten.

Auch heute noch boten sie einen furchteinflößenden, herrlichen Anblick!

Die wilde Jagd endete mit einem Rennen. Dem Sieger gehörte das Pferd dessen, der als letzter das Ziel erreichte.

Als die Pferde über die weite Ebene jagten, fiel mein Blick auf einen der Reiter, und mein Herz ritt an seiner Seite mit. Er war jung, und seine Arme schienen kräftig wie Eichenstämme. Sein langes, schwarzes Haar flatterte im Wind, und um den Hals trug er ein altes indianisches Perlenband. Er war ein ausgezeichneter Reiter und hatte ein schnelles Pferd, doch er wurde nicht Sieger. Ein Junge auf einem grauen Pferd gewann. Für mich spielte das keine Rolle, denn obwohl der Krieger das Rennen verloren, hatte er doch mein Herz gewonnen.

Den ganzen Morgen versuchte ich, seine Blicke auf mich zu ziehen. Binnen kurzem hatte Flint entdeckt, wem meine besondere Aufmerksamkeit galt.

„Möchtest du ‚Gelber Donner' kennenlernen?" erkundigte er sich lächelnd. „Ich kenne seinen Onkel, der das arrangieren könnte!"

„Woher weißt du, wie er heißt?" murmelte ich vor mich hin - Gelber Donner. Es klang wie Musik in meinen Ohren.

Er lachte. „Er verkauft seine Pferde an die Ranch, auf der ich arbeite. Du kannst von Glück reden, daß du mich als Onkel hast!" erklärte Flint und schien höchst zufrieden mit sich selbst.

Getreu seinem Versprechen stellte er mich Gelber Donner vor. Mein Herz pochte so laut, daß ich glaubte, er müsse es hören, und als ich in seine Augen blickte, wußte ich, daß ich mich zum erstenmal im Leben verliebt hatte. Ganz plötzlich und ohne Vorwarnung hatte es mich gepackt. Es war, als ob ich von einem Felssturz mitgerissen würde. Von diesem Augenblick an war mein Leben für immer verändert.

Gelber Donner

Ich wartete nun jeden Tag auf Gelber Donner. Unzählige Male schaute ich erwartungsvoll aus dem Fenster, und Abend für Abend kämmte ich sorgfältig mein Haar, setzte mich in den Garten und wartete. Bestimmt würde er heute abend kommen!

Ich träumte von unserem gemeinsamen Leben – geheime Träume, die ich tief im Herzen verborgen hielt. Ich war überzeugt davon, daß, wenn ich Gelber Donner von ganzem Herzen liebte, er diese Liebe erwidern würde.

Die Gefühle für meinen schönen Krieger hüllten mich mehr und mehr in Träume, und ich wurde von Tag zu Tag schweigsamer. Eines Tages würde er kommen! Ich mußte nur Geduld haben, warten können. Jeden Tag, jeden Abend wartete ich. Die Wochen vergingen, und meine Gefühle für ihn wurden immer stärker.

Da – eines Abends kam er wirklich! Als er heranritt und sein Pferd an den Zaun band, wußte ich nicht, ob ich träumte oder ob es Wirklichkeit war!

Mit leuchtenden Augen und zitternden Händen eilte ich ihm entgegen.

„Hallo, Singender Wind! Ist Flint zu Hause?" fragte er.

Ich war vernichtet. Er wollte meinen Onkel besuchen, nicht mich! Und er hatte sogar meinen Namen vergessen!

Er ging ins Haus, und die beiden Männer unterhielten sich über den Preis eines Pferdes.

Ich saß auf der abgetretenen Holztreppe und stützte das Kinn in beide Hände. Wie konnte er die Gefühle, die ich für ihn hegte, übersehen? Er mußte blind sein!

Ich ging hinaus, tätschelte seinem Pferd den Hals und beobachtete den Sonnenuntergang. Dann ging ich ins Haus zurück.

Die Stimmen der Männer drangen durch die offene Tür. Ich blieb stehen, weil ich meinen Namen hörte.

„Schrei im Wind hat ein Auge auf dich geworfen, Gelber Donner", sagte Flint.

Die Schamröte stieg mir ins Gesicht. Das hätte er doch nicht sagen dürfen!

„Flint, du bist mein Freund – darum will ich ganz offen mit dir reden. Du und ich, wir sind Vollblut-Indianer. Aber deine Nichte ist ein Halbblut. Wenn sie eine Vollblutindianerin wäre, sähe die Sache ganz anders aus. Ich will nicht, daß einer meiner Söhne Mischling wird. Das Mädchen, das ich wähle, muß eine reinrassige Kickapoo-Indianerin sein."

„Im Herzen ist sie eine Vollblutindianerin, und das ist es ja wohl, was zählt", entgegenete Flint.

„Es ist unsere heilige Pflicht, die Rasse rein zu erhalten und unsere Leute zu schützen", erklärte Gelber Donner.

Dort, im Schatten der einbrechenden Nacht, schoß mir der Mann, den ich liebte, mit seinen Worten mitten ins Herz. Tödlich verletzt ließ er mich liegen, wie einen angeschossenen Hasen. Die Liebe hatte ihren Glanz verloren, und ich blieb verletzt und zerschmettert liegen.

Halbblut! Das würde ich mein Leben lang bleiben!

Ich rannte in den Wald und weinte bitterlich. Meine erste Liebe war gekommen und gegangen, ohne einen einzigen Händedruck, an den ich mich später hätte erinnern können.

Aus der Ferne drangen Hufschläge an mein Ohr.

„Leb wohl, Gelber Donner", schluchzte ich. „Ich werde niemals jemanden lieben außer dir!"

Flint kam heraus und sah sich nach mir um. Ich trocknete meine Tränen, als ich ihn kommen hörte.

„Was machst du hier?" fragte er sanft.

„Nichts". Ich schluckte.

Er schwieg. In weiter Ferne zuckte ein Blitz, und der Donner grollte.

„Du hast uns gehört, nicht wahr?" fragte er.

Ich brach in Tränen aus.

„Ich wollte, ich hätte dich ihm nicht vorgestellt. Vergiß

ihn, Schrei im Wind." Er legte den Arm um meine Schulter. „Komm ins Haus, bevor es zu regnen anfängt."

Er führte mich durch die Dunkelheit dem Hause zu und sprach kein Wort, bis wir die Tür erreichten.

Im Zimmer brannte eine Gaslampe. Ich wollte nicht, daß Flint mein tränenüberströmtes Gesicht sah, deshalb löste ich mich von ihm und setzte mich auf die Treppe. „Ich komm später hinein", schluchzte ich.

Er hielt die Tür auf und fragte sanft: „Es tut weh, nicht wahr?"

„Ja, es tut weh", flüsterte ich.

Er ging hinein, aber bevor er die Tür hinter sich schloß, drehte er sich um und sagte: „Sei stark, Schrei! Bleib immer stark, dann kann dir niemand weh tun!" Er löschte das Licht und ließ mich mit meinem Schmerz allein.

„Ich werde nie mehr jemanden lieben!" Ich wischte mir die Tränen aus den Augen. „Nie mehr! Nie mehr! Ich will stark sein!" gelobte ich und ging ins Haus.

Im Bett lag ich noch stundenlang wach und horchte auf das Tosen des Sturmes, das immer lauter wurde. Ich betete, daß der Schmerz aus meinem Herzen verschwinden möge. Damals wußte ich noch nicht, daß Wunden - geschlagen von denen, die wir lieben - niemals heilen.

Mein Liebeslied

Allein in dunkler Nacht träum ich von dir –
Bei Sonnenaufgang fehlst du mir!
Wenn ich dich seh, dann lacht der Himmel, pocht
mein Herz.
Ist es Freude? Ist es Schmerz?
Du gehst vorbei. Ich senke meinen Blick
und warte – auf das große Glück.
Mein Auge folgt bewundernd deinem Schritt.
Wann endlich – wann nimmst du mich mit?
Und geht die Sonne leuchtend nieder,
dann sucht mein Herz dich immer wieder.
Der Wind trägt deine Stimm' zu mir,
o Gelber Donner, mein Lied gilt dir!
Wir steigen auf Berge, wandern zum See,
ich bring dir Wasser aus geschmolzenem Schnee.
Deine Hand hält mich fest, führt mich sicher und gut.
Der Ring am Finger leuchtet wie Blut.
Mein Fuß im silbergeschmückten Schuh
eilt dir voll Liebe und Wonne zu.
Kannst du mich lieben so wie ich dich?
Nimmst du mich zu dir, Liebster, sprich?
All meine Lieder will ich dir singen,
doch ohne dich gibt es kein Klingen!
Und gehst du fort, dann friert mein Herz.
Der Himmel weint, teilt meinen Schmerz.

Die Wochen vergingen, und meine Tage waren grau und trüb. Unkraut und Ungeziefer machten sich im Garten breit und stahlen mir meine Ernte.

Eines Abends schob Flint den leeren Teller über den Tisch hinweg. „Schrei, es hat nicht geklappt. Hier gibt's auch keine Freiheit. Das Reservat ist noch schlimmer als die Welt draußen. Wir essen Gemüse mit Würmern und hatten schon drei Tage kein Fleisch mehr. Ich kann nur noch ein einziges Pferd zureiten, dann habe ich keine Arbeit mehr. Wir hätten nicht hierher kommen sollen."

Ich gab keine Antwort. Wären wir nicht hierher gekommen, hätte ich Gelber Donner nie kennengelernt. Hätte ich ihn nie getroffen, würde ich den tiefen Schmerz verschmähter Liebe nicht kennen. Ich schloß die Augen, und wieder einmal sah ich ihn vor mir, wie er im gestreckten Galopp über den Hügelkamm ritt, die aufgehende Sonne im Rücken. Gelber Donner mit schwarzem, flatternden Haar, den Kriegsruf auf den Lippen. Gelber Donner –

„Schrei im Wind!"

Flints Stimme holte mich in die Wirklichkeit zurück. Ich räumte den Tisch ab.

„Ich habe gesagt, es hat nicht geklappt. Wir hätten nicht hierherkommen sollen." Er schwieg. „Ich werde wieder weggehen. Und du?"

Weggehen? Gelber Donner nie wieder sehen?

Flint goß sich den restlichen Kaffee ein und räusperte sich.

„Er heiratet demnächst, Schrei. Ein Vollblut, wie er es damals gesagt hat."

Ich ließ die Teller fallen und sie zerschellten am Boden. Mein Herz war in mehr Stücke zerbrochen als das Geschirr.

„Wir haben hier nichts mehr verloren. Wir wollen dorthin gehen, wo wir hergekommen sind", sagte Flint.

„Wann?" fragte ich zitternd und hob die Scherben auf.

„Je eher, desto besser!"

„Heute?" Ich hob den Kopf.

Er sah mich an. „Warum nicht? Pack deine Schachtel!"

Ich vergaß das zerbrochene Geschirr und lief in mein Zimmer. Eine Stunde später waren unsere Habseligkeiten im Wagen verstaut. Flint ließ den Motor an.

Bevor ich einstieg, warf ich einen letzten Blick in die

Runde. Der Mond ging hinter den Bäumen auf, und ich glaubte, das Gesicht von Gelber Donner in ihm zu sehen. „Leb wohl", flüsterte ich ihm zu und schloß die Tür des alten Hauses. Ich wußte, daß ich nie mehr im Leben ins Reservat zurückkehren würde.

Schweigend fuhren wir dahin. Jeder hing seinen Gedanken nach. Flint hatte die gesuchte Freiheit nicht gefunden, und meine Liebe zu Gelber Donner kein Echo. Wir fuhren die ganze Nacht, und am frühen Morgen setzte mich Flint samt meiner Kleiderschachtel vor McPhersons Haustür ab.

Ich klingelte, und Audrey kam heraus.

„Du bist nach Haus gekommen!" rief sie und zog mich hinein.

„Ich hab kein Geld, keine Wohnung und keine Stelle", sagte ich leise.

„Du kannst bei uns bleiben, solang du willst", antwortete sie tröstend, und ich glaubte ihr. Sie trug meinen Pappkarton ins Gästezimmer.

„Du siehst müde aus, Liebes. Möchtest du dich hinlegen?"

„Wir sind die ganze Nacht gefahren", erklärte ich.

„Warum habt ihr es so eilig gehabt?" fragte sie, als sie die Bettdecke zurückschlug.

„Wir sind davongelaufen", antwortete ich und legte mich hin.

„Wovor?"

„Vor einem zerbrochenen Traum", flüsterte ich und schlief ein, bevor sie den Rolladen heruntergezogen hatte.

5

Audrey und Pastor McPherson gehörten nicht zu den Leuten, die nach einem Unglück mit ernster Miene und erhobenem Zeigefinger sagen: „Ich hab dir's ja gleich gesagt!", obwohl sie dazu absolut berechtigt gewesen wären. Sie stellten keinerlei Fragen, und ich war noch zu verletzt, um ihnen von Gelber Donner zu erzählen. Trotzdem hatte ich das Gefühl, sie wüßten Bescheid.

Eine Woche blieb ich bei ihnen, dann fand ich Arbeit als Kellnerin in einem Kaffeehaus. Sie halfen mir, eine Wohnung zu finden, und streckten mir die Miete vor, bis ich den ersten Lohn erhielt.

Ich war wieder genau dort, wo ich aufgehört hatte, nur mit einer Ausnahme: Jetzt wußte ich genau, wie einsam ich war, und die Nachtwinde brachten mir Träume von Gelber Donner.

Flint hatte Herbstrose wieder getroffen und ging sogar mit ihr zur Kirche. Ich war überzeugt, daß er sein Leben bald Gott übergeben und Herbstrose heiraten würde. Für ihn schien alles in Ordnung zu kommen.

Mein Leben aber war eine einzige Enttäuschung. Ich hatte mir vorgestellt, alles laufe wie am Schnürchen, sobald ich Christ wäre. Nichts könne mehr schief gehen, und ich würde mit besonderer Kraft ausgerüstet, die mich vor Schmerz, Einsamkeit und Mutlosigkeit bewahrte. Ich hatte einen magischen Schutzwall um mich her erwartet, der mich vor den Gefahren der Welt abschirmte. Ich hatte auf alle meine Gebete ein Ja erwartet und gehofft, ab sofort vollkommen und fehlerlos zu sein. Ich hatte mir sogar vorgestellt, daß eines Tages ein Millionär im weißen

Cadillac aufkreuzen und mich heiraten werde, und daß ich bis ans Ende meiner Tage glücklich und zufrieden sein würde.

Aber alles war anders geworden. Von einem Millionär war weit und breit nichts zu sehen, ich machte immer wieder Fehler, und manches lief verkehrt. Gott antwortete auf meine Gebete längst nicht immer mit Ja, und oft war ich niedergeschlagen und einsam. Irgendwie war es nicht so gekommen, wie ich es mir vorgestellt hatte.

Zweifel stiegen in mir auf. Vielleicht machte ich etwas falsch. Vielleicht war ich überhaupt nicht wirklich Christ, nicht gerettet worden. Vielleicht war ich nicht gut genug, um Gottes Segen zu empfangen. Vielleicht hatte Gott mir meine Sünden nicht vergeben. Manchmal war ich so niedergeschlagen, daß ich mir wie begraben in einem schwarzen Sarg vorkam. Ich fühlte mich schuldig, weil ich so mutlos war. Christen sollten doch nie mutlos sein, nicht wahr? Und ging es mir nicht wirklich besser als vielen anderen? Ich war gesund, hatte einige Freunde, und das Leben lag noch vor mir. Ich hatte allen Grund, glücklich zu sein. Weshalb fühlte ich mich so elend? Mein Leben war eine Berg- und Talfahrt, ohne ebene Zwischenstrecke. Ich dachte an ein altes Volkslied, das ungefähr so lautet: „Ab hier werden die Berge nicht mehr höher, aber die Täler tief und tiefer." Stimmte das? Gab es keine höheren Gipfel mehr zu erklettern? Wurden die Täler wirklich immer tiefer?

Meine Gedanken verirrten sich auf gefährliche Wege. Allmählich kam ich zu der Überzeugung, daß mir das Leben nichts zu bieten hatte und der Tod mir den Himmel öffnen würde. Wäre es nicht tausendmal besser, in den Himmel zu gehen anstatt sich auf dieser Erde herumzuschlagen? Ich gehörte ja jetzt Jesus, war ein Kind Gottes. Ich hatte vom Himmel gehört, und Gott wäre sicher nicht böse, wenn ich käme, bevor er mich rief. Wieder einmal dachte ich an Selbstmord, aber ich schämte mich meiner Gedanken so sehr, daß ich es nicht wagte, mit jemandem darüber zu sprechen. Früher war es anders gewesen; da hatte ich Jesus nicht gekannt. Jetzt gab es keine Entschuldigung mehr für mein Denken, denn ich wußte es besser. Ich verlor den Sinn für die Wirklichkeit und verlor mich in Träumen, bis meine eingebildete Welt mir wichtiger wurde als alles andere um mich her. In meiner Fantasie schuf ich mir eine Welt, wie ich sie mir wünschte.

Ich ging regelmäßig zur Kirche, las meine Bibel und betete. Trotzdem fühlte ich mich von Gott getrennt, und mein Leben war hohl und leer.

Ich wußte, daß ich mich selbst bedauerte und kam zu der Erkenntnis, daß ich etwas für andere tun mußte, um mich selbst zu vergessen. Ich suchte mir eine Stelle in einem Pflegeheim und war überzeugt, daß ich im Dienst für andere Glück und Zufriedenheit finden würde. Mit großen Plänen und hoffnungsfrohem Herzen begann ich. Frühmorgens ging ich an meine Arbeit, spät abends hörte ich auf. Aber es ging mir immer schlechter. Die Hoffnungslosigkeit einiger Patienten übertrug sich auf mich. Ich erkannte, daß ich weder ihnen noch mir selbst helfen konnte, und nach zwei Wochen gab ich die Stelle auf.

Dann fand ich Arbeit in einer Konditorei. Am zweiten Tag wurde ich entlassen, weil ich mehr Süßigkeiten aß, als ich verkauft hatte. Eine Woche arbeitete ich in einem Souvenirgeschäft. Dort hat man mich hinausgeworfen, weil ich einer Kundin sagte, wo sie die gleichen Sachen um die Hälfte billiger kaufen konnte. Während der nächsten paar Monate wechselte ich beinahe jede Woche die Stelle und zog zweimal um. Ich suchte das Glück am falschen Ort. Ich glaubte, daß man Glück in der Arbeit, an einem Ort oder in einem anderen Menschen finden könnte. Doch ich wußte nicht, daß wahres Glück von meiner Beziehung zu Gott abhing. Gott war unmerklich auf den zweiten Platz in meinem Leben abgeglitten, und ich lief im Kreis herum und sah nicht, was ich falsch machte.

Es war Mitternacht. Jemand klopfte wie verrückt an meine Tür. Ich stand auf und zog mich an. Es mußte einer meiner Onkel sein - kein Mensch sonst würde solchen Krach machen.

Ich riß die Tür auf, und herein stolperten Flint und Onkel Kansas.

Kansas war ein Jahr jünger als Flint. Er hieß eigentlich Kansas Kid, aber wir nannten ihn einfach Kansas. Er war hübsch, aber ungezügelt, und war der Meinung, daß die Gesetze nicht für ihn galten.

„Kansas! Wie schön, daß du kommst!" Ich umarmte ihn.

„Schön? Sogar mitten in der Nacht?" Er lachte.

„Besonders mitten in der Nacht!" Das stimmte. Ich schlief in letzter Zeit nicht gut. Wenn ich zu Bett ging, überfielen mich Erinnerungen, die mir den Schlaf raubten.

„Wo bist du im letzten Jahr gewesen?" fragte ich.

„Überall!" lachte er. „Wyoming, Montana, Arizona, Mexiko. Ich habe Lastwagen gefahren, Pferde zugeritten, gejagt, Fallen gestellt und in fünfzig verschiedenen Städten fünfzig verschiedene Stellen gehabt."

„Was bringt dich denn hierher zurück?" fragte ich.

„Ich wollte sehen, was von meiner armen Verwandtschaft übriggeblieben ist. Du und Flint, ihr seid die Ärmsten der Sippe, ich weiß." Er zog mich an den Haaren. „Wie wär's mit einem Imbiß?"

„Ich kann euch Speck und Eier braten", nickte ich und verschwand in Richtung Küche.

„Halt! Eier und Büffelsteak! Indianer essen nichts anderes als Büffelfleisch!" Er stampfte mit dem Fuß und schüttelte die Faust.

„Ich habe seit Jahren kein Büffelfleisch mehr gegessen", antwortete ich und dachte daran, was für ein Festschmaus das jeweils gewesen war.

„Wie? Schrei im Wind ißt nicht mehr das Fleisch ihrer Ahnen?" fragte Kansas erstaunt.

Flint warf ein: „Welche Schande! Komm, wir gehen und schießen einen Büffel für Schrei im Wind!" Und beide, Flint und Kansas, verschwanden in der Dunkelheit der Nacht.

Die beiden haben einen sitzen, dachte ich. Im gleichen Augenblick kam Flint zurück und übergab mir feierlich drei frische Steaks.

„Was ist das?" fragte ich verständnislos.

„Büffelfleisch."

„Nein, das glaub ich nicht", widersprach ich.

Darauf hatte er gewartet.

„He, Kansas, deine Nichte will nicht glauben, daß es wirklich Büffelfleisch ist! Beweise es ihr!"

Kansas erschien im Türrahmen mit dem Schädel eines frisch geschlachteten Büffels.

„Ein Büffel! Ein echter Büffel! Woher hast du denn den?" wollte ich wissen.

„Frag nicht!" sagte Flint. „Man sollte nie fragen, woher das Essen kommt. Nimm und iß und freu dich darüber."

Kansas legte den Büffelkopf in meine Badewanne.

„Gute Medizin", lobte er und tätschelte eines der Hörner. Er kam mit mir in die Küche. „Indianer brauchen Büffelfleisch zum Leben", erklärte er. „Wenn es keine Büffel mehr gibt, gibt es auch keine Indianer mehr. Der große Geist hat uns die Büffel gegeben. Sie gehören uns. Wir haben das Recht, sie zu jagen und zu essen."

Ich briet die Büffelsteaks mit ein paar Eiern und kochte Kaffee.

„Kansas, nicht einmal du kannst in der Stadt einen Büffel jagen", bemerkte ich.

„Nun - ich fand ein Seil und band es an den Wagen. Und an dem Seil, da hing ein Büffel!” lachte er.

„Wo hast du denn das Seil gefunden?”

„Im Zoo”, entgegnete er und schnitt sich ein Stück Fleisch ab.

„Das ist doch nicht möglich! Du kannst doch im Zoo nicht einen Büffel stehlen!” Ich war entsetzt.

„Ein Kickapoo-Krieger kann tun, was er will.”

Ich schenkte Kaffee ein und betete im stillen: „Vergib uns, Herr, daß wir von diesem gestohlenen Büffel essen.”

Im Morgengrauen verabschiedeten sich die beiden.

„Wartet! Ihr habt den Büffelkopf vergessen!” rief ich ihnen nach.

„Mach keine Faxen, Schrei im Wind! Was sollen wir mit dem Büffelkopf? Behalte ihn - er ist eine gute Arznei”, meinte Kansas.

„Kansas! Ich kann ihn doch nicht in der Wohnung behalten! Er fängt doch an zu stinken!”

Kansas kam zurück. „Bist du umständlich geworden! Wie viele Mädchen gibt es denn heute noch, die ihren eigenen Büffelkopf haben?” schimpfte er.

„Kansas!” bat ich.

„Gut, wir suchen uns einen Platz, an dem er sicher ist und trocknen kann”, sagte er und holte den Kopf. „Pack was zu essen ein und komm mit!”

„Ich kann nicht mit euch kommen. Ich muß in einer Stunde zur Arbeit”, wehrte ich ab.

„Was? Du willst dir nicht einen einzigen Tag Zeit nehmen für deinen Onkel? Nachdem du ihn seit einem Jahr nicht mehr gesehen hast? Und nachdem ich dir dieses großartige Geschenk mitgebracht habe?” Er hielt den Büffelkopf hoch in die Luft.

„Ich werde meine Stelle verlieren! Ich hab in diesem Jahr wenigstens ein Dutzend verschiedene Arbeitsplätze gehabt”, versuchte ich zu erklären.

„Und ich fünfzig. Spielt das eine Rolle? Willst du wirklich lieber von Tisch zu Tisch gehen und servieren, als draußen im Grünen ein Versteck für Bruder Büffel suchen?" Er seufzte tief. „Du brichst deinem Onkel das Herz."

„Na schön, dann komm ich." Ich lief in die Küche und stopfte einige Lebensmittel in einen Sack.

„Kein Fleisch, bitte!" rief Kansas hinter mir her. „Wir haben fünfhundert Pfund Fleisch im Wagen. Bring nur Brot, Ketchup und Getränke mit."

Als wir die Straße hinunterfuhren, sangen und scherzten wir und erzählten einander faustdicke Lügen. Morgen würde ich mir zwar einen neuen Arbeitsplatz suchen müssen, aber heute war es genau wie früher! Wir wollten uns freuen, und wir wollten wieder Indianer sein!

Wir fuhren etwa hundertfünfzig Kilometer, bis wir ein paar Sandhügel erreichten. Dort fanden wir eine kleine Höhle, die sich als Versteck für den Kopf des Büffels vorzüglich eignete. Dann rollten wir ein paar Felsblöcke vor den Eingang. Die nächste Farm war etwa fünfzig Kilometer entfernt.

Kansas holte den letzten Stein. „Früher waren Tausende von Büffeln in dieser Gegend. Jetzt müssen wir unseren Kopf riskieren, wenn wir dem Staat einen stehlen", klagte er bitter.

Die Erinnerung an unsere glorreiche Vergangenheit stimmte uns traurig. Wir drei Indianer waren hundert Jahre zu spät geboren und konnten es nicht ändern. Wir hatten im zwanzigsten Jahrhundert ebensowenig zu suchen wie unser Freund Büffel. Eines Tages würden auch wir Indianer aussterben. Kann sein, daß die Regierung dann unser letztes Exemplar im Zoo ausstellt.

Mittags aßen wir Brot und Büffelfleisch - am offenen Feuer gebraten.

Flint holte ein paar Gewehre aus dem Wagen. Er und

Kansas machten Schießübungen, während ich im warmen Sand lag und versuchte, den verlorenen Schlaf der vergangenen Nacht zu finden.

„Schrei! Hilf mir! Er hat mich angeschossen!" Kansas wankte, hielt sich die linke Schulter und fiel neben dem Feuer zu Boden.

Ich setzte mich auf, blinzelte den Schlaf aus den Augen und sah etwas Rotes zwischen seinen Fingern hindurchsickern und auf das Hemd tropfen.

„Schnell! Tu etwas!" Er krümmte sich und wimmerte. „Flint hat mich angeschossen! Ich muß sterben!"

Ich packte meine Jacke und preßte sie auf die Wunde.

„Flint! Was hast du getan! Er ist doch dein Bruder!" schrie ich Flint an, der daneben stand.

„Zeig mir, wo du getroffen bist", sagte ich zu Kansas und wischte sorgfältig das Blut von seiner Schulter. „Ich kann den Einschuß nicht finden!" Vorsichtig öffnete ich sein Hemd und entdeckte eine wunderbar gesunde Haut.

Kansas und Flint brachen in hysterisches Lachen aus. „Wir haben dich zum Narren gehalten! Es war Ketchup!" Sie schlugen einander auf den Rücken und heulten wie Kojoten. „Schrei, du fällst aber auch auf alles herein! Kannst du denn nicht zwischen Blut und Ketchup unterscheiden?"

Sie lachten immer noch, als wir in den Wagen kletterten und zur Stadt zurückfuhren. „Ich glaube euch mein Leben lang kein Wort mehr!" Zornig schüttelte ich die Faust gegen sie. „Das ist der Dank für meine Fürsorge, ihr wilden Tiere! Ihr habt mich heute zum letztenmal zum Narren gehalten!"

Kansas zog für einige Zeit zu Flint. Zum Glück wurde ich nicht entlassen, „weil ich mich von Bruder Büffel verabschiedet hatte", sondern durfte meinen Job behalten.

Ein paar Wochen später wartete Flint vor der Tür auf

mich, als ich nach Hause kam. „Kansas wurde angeschossen", sagte er.

„Glaub ich dir aufs Wort!" entgegnete ich schnippisch. „Meinst du nicht, daß er aufhören sollte, Ketchup zu vergeuden?"

„Nein, Schrei, diesmal ist's ernst. Ich lüge dich nicht an. Er wurde wirklich angeschossen, und er ist schwer verletzt. Ich bringe dich zu ihm ins Krankenhaus."

„Flint, wenn das wieder einer eurer dummen Scherze ist –"

„Nein, Schrei. Diesmal wirklich nicht", behauptete er mit zitternder Stimme. Ich glaubte ihm.

Die Fahrt zum Krankenhaus schien endlos. Unterwegs erzählte mir Flint, was geschehen war. „Der Polizei hat er erklärt, es sei ein Unfall. Er habe geschossen und sei dabei über die eigene Flinte gestolpert, dabei habe er sie verloren. Er behauptete, er wäre zur Stadt zurückgefahren und habe um Hilfe gerufen, aber die Leute hätten gedacht, er sei betrunken und wichen ihm aus. Erst als er aus dem Wagen fiel und blutend auf der Straße liegenblieb, rief jemand die Polizei."

„Und - wie geht es ihm jetzt?" Mir wurde übel.

„Der Schuß ist durch den Magen gegangen. Es sieht zwar schlimm aus, aber er wird durchkommen." Flint machte eine Pause. „Er - na ja."

„Was ist, Flint?"

„Nun, ich habe dir die Geschichte so erzählt, wie er sie die Leute glauben machen will. Sag kein Wort von dem, was ich dir jetzt erzähle."

„Keine Angst!" Ich rückte näher zu ihm.

„Kansas kennt ein Mädchen, und ihre Familie mochte ihn nicht. Sie hatten schon einen netten Jungen für sie ausgesucht, den sie heiraten sollte. Ihre Brüder warnten Kansas - er solle sich nie mehr in ihrer Nähe blicken lassen. Aber du kennst ja Kansas. Nun, einer dieser Brüder hat auf ihn geschossen. Dann bekam er es mit der Angst zu tun, fuhr Kansas in die Stadt und ließ ihn auf der Straße liegen. Es ist ein Wunder, daß er nicht verblutete, bevor man ihn ins Krankenhaus brachte."

„Weshalb hat er der Polizei nicht die Wahrheit gesagt? Sie hätte doch den Schuldigen eingesperrt."

„Er will das Mädchen schonen, nicht den Bruder. Er will sie nicht in diese Sache verwickeln. Sie weiß nicht einmal, was geschehen ist." Flint lächelte. „Kansas sagte, daß er für immer von allen romantischen Gefühlen ihr gegenüber geheilt sei!" Dann warnte er mich noch einmal: „Denk daran, es war ein Unfall!"

„Verstehe!" nickte ich.

Kansas bekam Bauchfellentzündung, und sein Zustand wurde kritisch. Tagelang schwebte er zwischen Leben und Tod, und ich fürchtete, daß der Wundbrand ihm das Leben kosten würde - wie meiner Großmutter.

Flint und ich besuchten ihn jeden Tag. Ich betete inbrünstig, daß Gott ihn am Leben erhalten möge. Endlich erholte er sich, und ich dankte Gott von ganzem Herzen.

Als Kansas nach Hause durfte, mußte er noch zwei Wochen im Bett bleiben. Die Verbände mußten Tag für Tag erneuert werden. Da er niemanden hatte, der ihn pflegen konnte, kam er zu mir. Ich gab ihm mein Bett und kampierte selbst auf der Couch.

Meistens schlief er. Wenn er wach war, las er Wildwestromane. Er machte mir wenig Arbeit, aber beim Wechseln des Verbands mußte ich schwer schlucken und den Atem anhalten. Ich mußte mich zwingen, nicht auf die große, blutige Wunde mit den blauschwarzen Rändern zu sehen. Doch auch diese Arbeit ging mir jeden Tag leichter von der Hand, und bald störte mich der Anblick nicht mehr.

Eines Tages warf er sein Buch ans Fußende des Bettes. „Hast du noch mehr Wildwestgeschichten?" fragte er.

„Möchtest du nicht einmal etwas anderes lesen? Hast du noch nicht genug von den Leuten, die sich gegenseitig totschießen?" fragte ich.

Er begann zu lachen. Dann beherrschte er sich und legte die Hand auf die Wunde. „Du weißt doch, daß früher die Cowboys wenigstens ein halbdutzendmal im Leben angeschossen worden sind und trotzdem uralt wurden."

„Aha - dann hast du also noch fünf Schüsse auf Lager. Viel Glück!" Ich legte ein paar Bücher auf sein Bett. Zwei Western und zwei christliche Bücher.

Er griff nach den beiden christlichen Büchern. „Die kannst du wieder haben."

„Du solltest sie lesen, sie sind gut."

„Ich habe dir schon x-mal gesagt, daß ich mich für Religion nicht interessiere. Ich wollte, du würdest endlich aufhören, mich anzupredigen. Ich habe genug davon!" brummte er.

„Ich muß die Gelegenheit nützen!"

„Hör zu, Schrei im Wind. Ich gebe zu - die alten Zeiten sind vorbei. Die Götter der Indianer sind wertlos, aber ich kann auch nicht an deinen Gott glauben. Ich glaube nicht, daß es irgendeinen Gott gibt, sonst wäre diese Welt nicht so niederträchtig und gemein. Ich glaube an nichts, weil es nichts zu glauben gibt. Ich muß mir das Leben auf dieser Welt so angenehm wie möglich machen, denn wenn ich sterbe, ist alles aus."

Ich zeigte auf seine Wunde. „Das hier nennst du so angenehm wie möglich?"

Er nahm ein Buch zur Hand und verschwand dahinter. Ich habe nicht mehr mit ihm über Religion gesprochen, und eine Woche später zog er aus. Danach habe ich ihn nie wieder gesehen.

Manchmal erzählte mir Flint seine neuesten Streiche. Kansas wurde eingesperrt, weil er versucht hatte, die Pauke einer Band zu stehlen. Er wurde erwischt, als er die

Pauke in ein Taxi schob und das Monstrum in der Tür stekken blieb. Drei Tage mußte er wegen Trunkenheit sitzen. Dann wurde er festgenommen, weil er einen Büffel aus einem privaten Tierpark stehlen wollte. Er behauptete, Indianer hätten das Recht, Büffel zu jagen, solange die Sonne am Himmel steht und solange das Gras grünt. Das sei vertraglich festgelegt. 50 Dollar Strafe wurden ihm aufgebrummt, dann wurde er entlassen. Er hatte ein paarmal geheiratet und wenigstens ein Dutzend Wagen zu Schrott gefahren. Er zerstörte sich selbst, nichts konnte ihn aufhalten.

Dann hörten wir, daß Kansas bei einer Schießerei in einem Wirtshaus in Wyoming den Tod gefunden habe. Ich erinnerte mich, mit welcher Leidenschaft er Westernhefte verschlungen hatte, und fragte mich, ob er wirklich im Streit erschossen wurde, oder ob er die Auseinandersetzung angezettelt hatte, weil er Selbstmordabsichten hegte. Es wäre dann genau wie der Schluß in einem seiner Wildwestromane gewesen: „. . . erschossen bei einem Schußwechsel in einer Kneipe in Wyoming." Ich vermißte Kansas und seine wilde unbekümmerte Art zu leben.

Jahre später ging ich noch einmal zu dem Platz, wo Flint, Kansas und ich einen ganzen Tag verbracht hatten, um ein Versteck für die „Gute Arznei", wie wir den Büffel genannt hatten, zu finden. Ich fand die Höhle wieder und rollte die Steine vom Eingang weg. Natürlich hatte ich ein Skelett erwartet, doch ich fand einen tadellos präparierten Büffelschädel. Das Fell war nicht einmal staubig, und die Haut war zu hartem Leder geworden. Ich zog ihn an den Hörnern heraus und sah ihn mir genauer an. Das Fleisch an den Kiefern war ausgetrocknet, und die langen Zähne gaben dem Büffel den Anschein eines Lächelns. Das hätte Kansas gefallen. Gute Arznei, der lächelnde Büffel. Ich nahm den Schädel mit nach Hause und verwahrte ihn.

Manchmal erschraken meine Freunde, wenn sie den

meterhohen Büffelschädel in meinem Wohnzimmer erblickten. Dann lächelte ich und hörte Kansas sagen: „Wieviele Mädchen gibt es denn heute noch, die ihren eigenen Büffelkopf haben?" Und ich streichelte eines der Hörner und fügte hinzu: „Dazu noch einen, der lächelt?"

Kansas, du fehlst mir! Weshalb hast du dich mit dem Sterben so beeilt?

Gute Arznei – der lächelnde Büffelkopf

6

Flint und ich saßen am Tisch und ließen den Kaffee kalt werden. „Flint", seufzte ich. „Unsere Familie wird immer kleiner. Großmutter ist gestorben, Pascal hat sich das Leben genommen, und nun lebt auch Kansas nicht mehr. Ich glaube, du solltest heiraten und Kinder kriegen, sonst ist von unserer Familie bald nichts mehr übrig."

„Du hast recht", nickte er. „Ich brauche eine Frau. Herbstrose ist fleißig und hübsch. Sie wäre die Richtige."

„Aber sie ist Christin. Sie wird dich kaum nehmen, wenn du nicht auch an Jesus glaubst", gab ich ihm zu bedenken.

„Ich weiß! Ich habe viel darüber nachgedacht. Vielleicht sollte ich es einmal mit diesem Gott versuchen, von dem du mir immer erzählst. Er hat schließlich dir geholfen – vielleicht würde er auch mir helfen."

Beinahe hätte ich einen Freudenschrei ausgestoßen.

„Flint, du wirst es niemals bereuen, wenn du Jesus Christus als deinen Retter annimmst!"

„Kann sein. Zu verlieren habe ich ohnehin nichts." Er zuckte die Achseln.

Es sah aus, als ob er diese wichtige Entscheidung auf die leichte Schulter nähme, aber ich kannte Flint und wußte, daß er nichts im Leben leicht nahm. Er hatte lange darüber nachgedacht und jetzt eine Entscheidung getroffen. Mein Onkel war verlegen und wartete darauf, daß ich etwas sagte.

„Wenn du an Jesus glaubst, wirst du Frieden und Geborgenheit finden. Ich bin stolz auf dich, und ich weiß, daß du mit Herbstrose glücklich werden und viele Söhne bekommen wirst. Du kannst an Gott glauben und trotzdem Indianer bleiben. Christsein bedeutet reif werden – reifer und männlicher."

Erleichtert nickte er. „Wahrscheinlich werde ich es schaffen. Ich habe es mir gut überlegt. Heute abend werde ich mit Herbstrose darüber reden und den Hochzeitstermin festlegen."

„Gott segne dich, Onkel Flint!"

Ich freute mich für ihn und war doch zugleich traurig. Dann war ja unsere schöne, gemeinsame Zeit vorbei. Flint würde Frau und Kinder haben und konnte nicht mehr wie der Wind einmal hier, einmal dort sein.

Onkel Cloud kam zur Hochzeit und amtete als Brautführer. Ich betrachtete die beiden, die so stolz und stattlich vor der Kirche standen. Die letzten meiner sieben Onkel. Zwei waren tot; einer war im Gefängnis; und zwei waren verschwunden – wir hatten keine Ahnung, ob sie überhaupt noch am Leben waren.

Ich beobachtete Flint und Herbstrose, und tiefer Schmerz erfüllte mich, als ich daran dachte, wie es wäre, wenn heute Gelber Donner und ich vor dem Traualtar stehen würden. Ich schloß die Augen und sah sein Gesicht vor mir. Als ich aufsah, kamen Braut und Bräutigam langsam durch den Mittelgang. Noch nie hatte ich Flint so glücklich gesehen.

Nach der Hochzeit fuhr mich Cloud nach Hause. Unterwegs sagte ich zu ihm: „Flint war glücklich, dich heute hier zu haben. Er hat den Bruder gebraucht. Auch ich bin froh, daß du gekommen bist. Ich hätte nicht gedacht, daß wir uns je wiedersehen würden."

Er lächelte. „Es ist ein Wunder, Schrei. Wir alle, du, Flint und ich, glaubten an unsere Indianerreligion und beteten die alten Götter an. Doch dann hörten wir die Frohe Botschaft und glauben nun an Jesus Christus als unseren Herrn. Es ist wirklich ein Wunder!"

Ich pflichtete ihm bei und fragte dann: „Weißt du, daß Kansas eine Zeitlang bei mir gewohnt hat? Ich wollte ihm von Jesus erzählen, aber er hat nicht zugehört. Es war schrecklich für mich, daß man ihn umgebracht hat." Ich holte tief Atem und versuchte, meiner Stimme Festigkeit zu geben, als ich fragte: „Cloud, glaubst du - glaubst du, daß Kansas in der Hölle ist?"

Er biß sich in die Unterlippe und sagte langsam: „Ich weiß es nicht, Schrei. Ich glaube, niemand kann sagen, dieser oder jener kommt in den Himmel oder in die Hölle. Erst wenn wir selbst sterben und im Himmel sind, werden wir es wissen. Der Schächer am Kreuz glaubte und wurde in letzter Minute gerettet. Vielleicht hat Kansas das gleiche erlebt."

„Das möchte ich gern glauben", antwortete ich leise.

„Ich auch", nickte er.

„Dann glauben wir doch daran - vielleicht ist es wirklich so geschehen", rief ich voll Hoffnung.

„Vielleicht", sagte er und wechselte das Thema.

Wir erzählten einander, was geschehen war, seit er nach Oregon gezogen und mich nach Großmutters Tod in Colorado gelassen hatte.

Dann sprach er von seinem Mädchen. „Ich wollte, du könntest sie kennenlernen", strahlte er. „Sie ist lieb und gut und graziös wie ein Reh. Sie hat mir von Gott erzählt. Im Frühling heiraten wir."

Er musterte mich kurz, wohl um zu sehen, wie ich auf diese Nachricht reagieren würde.

„Ich bin froh, daß du jemanden gefunden hast. Ich hoffe, daß ihr beide, du und Flint, glücklich werdet und viele Kinder bekommt."

„Und wie steht's mit dir, Schrei im Wind? Hast du auch einen Freund?"

Zögernd sah ich zu ihm auf. Ich wußte nicht, ob ich ihm von Gelber Donner erzählen sollte oder nicht.

Bevor ich antworten konnte, fuhr Cloud fort: „Flint hat mir von Gelber Donner erzählt. Es tut mir leid für dich, Schrei. Eines Tages wirst du darüber hinwegkommen und einen anderen Mann kennenlernen."

„Nein", flüsterte ich. „Es wird nie einen anderen geben."

„Schrei, möchtest du wieder einmal auf die Jagd gehen? Vielleicht finden wir frisches Fleisch, bevor ich wieder nach Oregon zurückfahre. Ich habe den Bogen im Kofferraum."

„O ja, fein!"

Wir gingen in meine Wohnung, und ich zog mich um. Dann fuhren wir in die Berge.

Ruhig ging ich hinter Cloud her, der sich wie ein lautloser Schatten durch den dichten Wald bewegte. Der Geruch von Kiefern und feuchter Erde hing in der Luft. Cloud war der beste Jäger und Fallensteller, den ich kannte, aber er hätte nie ein Tier aus reiner Jagdlust getötet. Er liebte die wilde Kreatur und schoß nur, was er zum Leben brauchte.

Cloud duckte sich hinter einem gefällten Baum und deutete auf einen kleinen Rehbock auf der anderen Seite. Er spannte den Bogen, zielte sorgfältig und drückte ab. Der Pfeil flog lautlos durch die Luft und traf das weidende Tier mitten ins Herz.

Cloud ging auf den verendeten Bock zu und sprach die alten Worte: „Vergib mir, mein Bruder, aber meine Familie muß zu essen haben." Er zögerte und sah mich an. „Jetzt bin ich Christ. Darf ich den Bock trotzdem noch Bruder nennen?"

„Ich weiß nicht. Ich meine, es ist nicht falsch. Gott hat uns eine gewisse Ehrfurcht für die Tiere gegeben. Aber –" fügte ich hinzu, „es ist nicht mehr so wie früher, als wir glaubten, einige Tiere seien Götter."

Cloud nickte, und ich wußte, daß er sich an die Zeit erinnerte, als er Adler und Bär als Götter angebetet hatte. Er bückte sich und zog dem Tier das Fell ab.

„Brauchst du das Fell?" fragte ich.

„Nein, du kannst es haben." Er rückte zur Seite und machte mir Platz. Ich zog das Fell mit der Hand statt mit dem Messer ab, weil ich mir ein Kleid daraus machen wollte und keine Messerspuren darauf hinterlassen wollte. Als ich fertig war, rollte ich den schweren Pelz zusammen und trug ihn zum Wagen, während sich Cloud mit dem Bock abmühte.

Als Cloud wieder in Oregon war, fühlte ich mich einsamer denn je und verbrachte soviel Zeit wie nur möglich bei Pastor McPherson und bei Gemeindeveranstaltungen. Ich wußte, daß ich zu oft bei den Pastorsleuten war und ausgerechnet immer zur Essenszeit bei ihnen auftauchte. Aber ich konnte einfach nichts mit mir anfangen. Ich hatte viel freie Zeit und langweilte mich.

Vermutlich haben mir Audrey und Pastor McPherson manchmal gegrollt, wenn ich wieder vor ihrer Tür stand, aber sie waren zu höflich, um es sich anmerken zu lassen. Sie hießen mich immer willkommen und legten ein Gedeck für mich auf.

Wieder wechselte ich meinen Job. Diesmal arbeitete ich in einer Gärtnerei. Aber ich konnte nicht gut mit Pflanzen umgehen. Wenn sie mich erblickten, wurden sie welk und starben.

Wieder einmal saß ich in McPhersons Arbeitszimmer und klagte, daß ich keine Stelle hatte.

„Schrei im Wind, du wirst bald einmal einen Weltrekord im Stellenwechsel aufstellen können", schalt er gutmütig. „Was sollen wir denn jetzt mit dir machen?"

„Ich bin so allein. Jetzt, da Cloud wieder weg ist, Flint geheiratet hat und Kansas gestorben ist, komme ich mir wie die letzte Kickapoo-Indianerin vor."

„Du brauchst ein Ziel, eine Berufung, etwas, woran du

glauben kannst, damit dein Leben reich und lebenswert wird", sagte er.

„Haben Sie eine Idee?" fragte ich voll Hoffnung.

„Nein, leider nicht. Du mußt deine Bestimmung selbst finden. Aber ich werde für dich beten", versprach er, und ich ging weg.

Am darauffolgenden Morgen fand ich Arbeit als Küchenhilfe in einem italienischen Restaurant. Ich rief Pastor McPherson an. „Glauben Sie, daß ich dazu berufen bin, mein Leben lang Spaghetti zu kochen?" fragte ich.

Er lachte und meinte, nein, das glaube er nicht - aber er sei trotzdem froh, daß ich wieder Arbeit hätte.

Als ich an jenem Abend von der Arbeit nach Hause ging und an der Ecke auf grünes Licht wartete, fiel mein Blick auf ein Stück Papier, das im Rinnstein lag. Das Wort „Navajo" stand groß auf der Titelseite.

Ich hob das Traktat auf, glättete es und las, daß die Navajo-Mission in Neu-Mexiko Mitarbeiter suche.

Mir war klar, dies könne kein Zufall sein. Gott hatte für mich geplant. Er hatte dafür gesorgt, daß das Papier im Rinnstein lag und die Ampel auf rot stand, so daß ich warten und das Blatt sehen mußte. Davon war ich felsenfest überzeugt.

Ich lief schnurstracks zu Pastor McPherson und Audrey.

„Wie geht's dem Spaghettikoch?" neckte Audrey.

„Ich geh' wieder weg", sagte ich bestimmt und beachtete ihre Einwände nicht, sondern zog das schmuddelige Papier aus der Tasche und zeigte es ihnen. „Ich habe meine Berufung gefunden. Hier ist Gottes Wille für mich", erklärte ich im Brustton der Überzeugung.

Verständnislos betrachteten sie das Papier und gaben es mir dann zurück. „Was soll das heißen?"

„Es heißt, daß eine Missionsgesellschaft in Mexiko Mitarbeiter braucht", erklärte ich ihnen, als ob sie nicht selbst lesen könnten. „Das geht mich an! Ich gehe dorthin als Mitarbeiterin."

„Woher hast du den Zettel?" fragte Audrey.

„Ich habe ihn im Rinnstein gefunden, während ich auf grünes Licht wartete. Gott hat ihn für mich dorthin gelegt."

„Der hat vielleicht schon seit Wochen dort gelegen." Pastor McPherson betrachtete kritisch den Schmutz, der daran klebte. „Was ist das für eine Mission? Wer steckt dahinter? Welche Glaubensgrundlage haben diese Leute?"

„Das weiß ich alles nicht. Ich schreibe ihnen noch heute, daß ich komme."

„Schrei im Wind, darüber solltest du noch einige Zeit nachdenken. Es könnte ja irgendeine Sekte oder weiß der Himmel was sein!" Pastor McPherson war mit meinem Vorschlag gar nicht einverstanden.

Sorgfältig faltete ich mein kostbares Zettelchen und ging. Ich wußte, daß dies der Ruf Gottes an mich war.

An diesem Abend erkannte ich das erstemal, wie sehr ich mich verändert hatte, seit ich Christ geworden war.

Vor Jahren, als wir von den fünf Missionaren hörten, die von den Auca-Indianern umgebracht worden waren, lachten wir. Wir waren froh, daß man sie getötet hatte. Die Missionare waren selber schuld daran! Sie waren gekommen und hatten nichts anderes als den Tod verdient. Der Glaube der Indianer ging sie gar nichts an. Das war einzig und allein unsere Sache! Diese Missionare hatten kein Recht, sich dort aufzudrängen, wo man nichts von ihnen wissen wollte. Wir freuten uns, daß die Aucas sie getötet hatten, und rissen unsere Witze darüber. Dabei erinnerten wir uns daran, daß auch unser Stamm viele Missionare umgebracht und ihnen die Köpfe abgeschnitten hatte. Und wir waren stolz darauf gewesen!

Nun wollte ich mit Missionaren zusammenarbeiten,

um Indianern von Jesus zu erzählen. Nur Gott allein konnte diesen Wandel in meinem Herzen vollbracht haben.

Noch am gleichen Abend schrieb ich an die Missionsgesellschaft, daß ich eine bekehrte Indianerin sei und gern kommen würde, wenn sie mich haben wollten.

Ich saß wie auf Nadeln und konnte die Antwort kaum abwarten. Nach einer Woche war es soweit. Die Missionare baten mich zu kommen!

Schnurstracks rannte ich zur Kirche, um Audrey und ihrem Mann den Brief zu zeigen. „Ich werde in einer Mission für Navajo-Indianer arbeiten!" schrie ich.

„Was für eine Mission? Was für eine Lehre haben diese Missionare? Wer sind sie?"

„Keine Ahnung!" Ich zuckte die Achseln. „Ich habe geschrieben, ich wolle kommen, und sie sind einverstanden."

Audrey rieb sich die Stirn, als habe sie Kopfweh, und Pastor McPherson starrte mich an, als ob ich den Verstand verloren hätte.

Mehrere Stunden lang versuchten sie, mir mein Vorhaben auszureden. Umsonst! Endlich borgte mir Pastor McPherson ein Dutzend Bücher über Gebet, Lehren und Hingabe, und Audrey ließ verstohlen zwanzig Dollar in meine Tasche gleiten.

Wieder einmal sagten wir einander Lebewohl, aber diesmal war es nicht so schwer wie sonst, denn ich wußte, daß Gott mich führte.

Ich nahm den Mitternachtsbus und fuhr die achthundert Kilometer nach Neu-Mexiko. Ich war voller Zuversicht und Glück über das wunderbare Abenteuer, das mir bevorstand.

Erst als die Tür des Busses aufging und ich den Wagen der Missionsgesellschaft sah, der mich abholte, packte mich das Entsetzen.

7

Ein hochgewachsener Mann trat mit freundlichem Lächeln auf mich zu und schüttelte mir die Hand. „Herzlich willkommen!"

Ich erstarrte und war unfähig, einen klaren Gedanken zu finden. Das einzige, das mir einfiel, war die Begrüßung, die mein Onkel immer für mich hatte: „Hoi, Liebling!"

Der Missionar lief dunkelrot an.

Ich biß auf meine Lippen. „Tut mir leid! Ich bin so nervös - ich weiß nicht, warum - ich glaube, ich steig wieder in den Bus und fahr nach Hause", stammelte ich.

Er begann zu lachen, bückte sich nach meiner Tasche und half mir in den Wagen, auf dem in großen Lettern der Name der Mission geschrieben stand.

Missionar Bell stellte mich seiner Frau Lola vor. Dann begann die lange, staubige Fahrt zur Missionsstation.

Die Missionare stellten mir viele Fragen, und meine Antworten waren eine einzige Enttäuschung für sie.

„Sie sind viel jünger, als wir erwartet hatten. Wie alt sind Sie eigentlich, Schrei im Wind?"

„Achtzehn."

„Welche Bibelschule haben Sie besucht?"

„Keine, aber ich habe schon die meisten Psalmen gelesen!"

„Welche Schulbildung haben Sie?"

„Ach, die ist kaum der Rede wert!"

Mr. Bell bekam einen Hustenanfall.

Lola lächelte nervös. „Wie lange sind Sie schon Christ?"

„Seit ein paar Monaten."

Ihr Lächeln erstarb, und ihr einziger Kommentar war:

„Oh!"

Unterdessen hatte sich Missionar Bell wieder gefaßt. „Welche Kirche übernimmt die Kosten für Sie?"

„Keine. Ich bin auf eigene Faust gekommen."

„Aber Sie haben uns doch geschrieben, daß Sie die Sprache der Navajo beherrschen!" sagte Lola ermutigend.

„Ja, früher. Aber ich habe vieles vergessen. Nun, ich werde es bald wieder lernen."

Wieder lief Mr. Bell rot an. Diesmal sagte er nichts.

Bald danach kamen wir auf die Missionsstation. Es war ein braunes Gebäude aus Lehmziegeln und hatte viele Zimmer. Daneben stand eine Kapelle. In sie verliebte ich mich auf den ersten Blick. Sie war alt und baufällig, aber mir erschien sie schön.

Die Sonne legte sich schlafen und überzog den Himmel mit einer roten Decke. Ich packte meine Sachen aus und richtete mich in dem kleinen Zimmer ein, das man mir zugewiesen hatte. Nachher machten Missionar Bell, Lola und ich einen Rundgang auf dem Missionsgelände.

In meinem Herzen war tiefer Friede. Ich wußte, daß Gott mich hierhergeschickt hatte. Es war seine Sache, nun auch Mr. Bell und Lola davon zu überzeugen.

Zum erstenmal in meinem Leben hatte ich es nun mit christlichen Indianern zu tun. Ich war begeistert. Die Tage waren lang und die Arbeit schwer, und weil ich auf eigene Faust gekommen war, ohne eine Kirche, die finanziell für mich aufkam, erhielt ich nur ein Taschengeld. Audrey schrieb mir jede Woche und schickte mir fünf Dollar für meine persönlichen Bedürfnisse. Ich arbeitete täglich vierzehn Stunden und bekam fünf Dollar pro Woche, aber ich war noch nie so glücklich gewesen.

Lola und ihren Mann hatte ich gern. Sie behandelten mich wie ein Familienmitglied. Ich half Lola in der Küche und im Haushalt. Daneben lehrte ich Bibelverse in Englisch und Navajo. Einige Male pro Woche machten wir die Runde im Reservat und besuchten die Navajo-Familien in ihren Hütten.

Eines Tages fühlte sich Lola nicht wohl und wollte die lange Reise auf holprigen Straßen und durch die heiße Wüste nicht auf sich nehmen. Deshalb gingen Missionar Bell und ich allein zu den Siedlungen. Wir hatten den Wagen voll beladen mit Kleidern für die Frauen und Süßigkeiten für die Kinder.

Nach dem Besuch bei der ersten Familie entschloß sich der Missionar, die Straße zu verlassen und durch den Busch zu fahren, um etwa fünfzehn Kilometer abzukürzen.

Nach kurzer Fahrt gerieten wir in ein Gebüsch von Trauerweiden. Zu spät erkannte der Missionar, daß die Weiden einen tiefen Wassergraben verdeckten. Plötzlich verschwand der Boden unter dem Wagen. Wir segelten durch die Luft und landeten so hart im Graben, daß wir mit dem Kopf am Wagendach anschlugen.

Als sich der Staub gesetzt hatte, stiegen wir aus und untersuchten den Schaden. Wir hatten eine Reifenpanne und ein Loch im Benzintank. So gut es ging, verstopften wir das Loch und wechselten den Reifen.

Nach einigen mißglückten Versuchen gelang es Mr. Bell, den Wagen aus dem Loch zu fahren, und bald waren wir wieder unterwegs.

Nach ein paar Kilometern keuchte und hustete der Motor und gab endlich den Geist ganz auf. Missionar Bell drehte wieder und wieder den Zündschlüssel, aber die einzige Antwort war ein kurzes Kratzen.

„Kein Benzin mehr", stellte er fest. „Es sind nur noch wenige Kilometer bis zum Haus der Schnurrbart-Frau. Dort können wir Hilfe holen."

Als wir ausstiegen, konnten wir vor Hitze kaum atmen, und unsere Augen tränten im Licht der gleißenden Sonne. Im Sand kamen wir nur langsam voran. Wir schwitzten.

Unser Mund war so ausgetrocknet, daß wir nicht miteinander reden konnten.

Ich ging voraus, und als ich mich umdrehte, merkte ich, daß Missionar Bell weit hinter mir zurückgeblieben war. Ich setzte mich an den Straßenrand, um auf ihn zu warten, und entdeckte im Sand plötzlich eine volle Bierdose. Ich nahm einen Stein und warf ihn nach der Dose. Dumpf schlug er auf. Ich hob die Büchse auf und schüttelte sie kräftig. Wahrscheinlich war sie von einem Lastwagen heruntergefallen.

Nun hatte mich Missionar Bell erreicht. „Was haben Sie da gefunden?" fragte er mit einem Blick auf die Büchse.

„Eine volle Bierdose. Sie lag im Sand." Damit überreichte ich ihm den Fund.

Nachdenklich sah er sie an. „Ich will den nächsten Finder vor Versuchung bewahren und den schädlichen Trank in den Sand leeren, damit er kein Unheil anrichten kann." Er faßte nach dem Ring und riß ihn hoch. Ein Springbrunnen von heißem Bier ergoß sich über den Ärmsten. Er warf die Dose in hohem Bogen von sich, aber das Unglück war schon geschehen. Von Kopf bis Fuß war er mit Bier getränkt und duftete wie eine Brauerei.

Mit rotem Gesicht sah er mich an. Der Bierschaum saß wie eine Krone auf seinem Kopf.

Ich brach in schallendes Gelächter aus, setzte mich in den Sand und bog mich vor Lachen. Er marschierte weiter und ließ mich einfach sitzen, während ich nicht mehr aufhören konnte zu lachen.

Schließlich dachte ich, es sei besser, ihm auf den Fersen zu bleiben. Mochte er denken, die Hitze habe das Bier in die Luft gejagt – es war immer noch besser, als schriebe er das Unglück meinem Schütteln zu!

Die Sonne hatte seine Kleider getrocknet, bevor wir Frau Schnurrbarts Hütte erreichten, aber der penetrante Biergeruch war an ihm hängengeblieben.

Die Hunde begannen zu kläffen, als wir uns der Hütte näherten. Eine grauhaarige, bucklige Frau schob die Decke beiseite, die als Tür diente, und kam heraus.

„Yah'a'teh", sagte sie.

„Yah'a'teh", erwiderte der Missionar und erklärte ihr, weshalb wir hier waren.

Sie sagte, daß ihr Sohn bald mit dem Wagen zurücksein und uns zur Missionsstation bringen würde. Während sie sprach, schnupperte sie auffällig und warf dem Missionar argwöhnische Blicke zu, die er geflissentlich zu übersehen versuchte.

Plötzlich entdeckte ich einen Kübel Wasser auf einem Baumstrunk. Meine Kehle war beinahe ausgedörrt. Ich gab Mr. Bell einen Schubs und deutete auf den Eimer.

Schnurrbart-Frau griff in ihre Tasche, zog ein Stück schwarzen Kautabak heraus, biß mit ihren wenigen Zahnstümpfen davon ab und begann zu kauen. Im nächsten Augenblick wußte ich, wie sie zu ihrem Namen gekommen war. Tabaksaft umrahmte ihre Lippen und lief ihr übers Kinn, so daß sie aussah, als hätte sie einen Schnurrbart und einen Backenbart dazu.

Sie nahm eine Schöpfkelle, füllte sie mit Wasser und bot mir zu trinken. Ich sah sie an und hatte plötzlich keinen Durst mehr. Ich brachte es nicht fertig, aus ihrer Kelle zu trinken.

Nun bot sie Mr. Bell die Kelle an. Er nahm sie und hielt sie zögernd in der Hand. Einen Blick warf er auf die Tabaksauce, die ihr aus dem Mund lief, und einen zweiten auf die Kelle. Der Durst war stärker. Er drehte die Kelle um und trank dort, wo der Stiel angemacht war, in dem Glauben, daß ihr Mund diesen Teil noch nicht berührt hatte.

Die alte Frau schlug sich auf die Knie und kicherte: „Mr. Bell! Sie trinken ja auf die gleiche Art wie ich aus dieser Kelle!" Dann spuckte sie ihren Tabak in weitem Bogen aus.

Bell wurde bleich und setzte sich in den Schatten eines Mesquitstrauchs, um sich von diesem Schrecken zu erholen.

Er trocknete seine Stirn mit dem Taschentuch und sagte: „Schrei im Wind, bis jetzt habe ich mich immer gefragt, weshalb der Herr Sie zu uns geschickt hat. Heute habe ich es herausgefunden. Der Herr in seiner Weisheit hat Sie benützt, um mich Demut zu lehren. Als ich Prediger wurde, schwor ich, daß mir jemals weder Alkohol noch Tabak über die Lippen kommen würden. Und dank Ihnen –" er funkelte mich an – „habe ich beide Laster innerhalb einer einzigen Stunde kennengelernt!"

Die Fahrt zur Missionsstation verlief schweigend. Nur hin und wieder unterbrach mein leises Kichern die Stille.

Nachdem sich Missionar Bell von seiner Begegnung mit Alkohol und Tabak erholt hatte, lachten wir noch oft über dieses Abenteuer. Wenn irgend jemand die Sünde des Hochmuts erwähnte, lächelte er und sagte: „Schrei im Wind bringt es fertig, den größten Hochmutspinsel innerhalb kürzester Zeit zu demütigen!"

Als ich etwa einen Monat auf der Station gearbeitet hatte, kam eine zweite Praktikantin. Sie war ein hübsches, blondes Mädchen und hatte ein Jahr die Bibelschule besucht. Gott habe sie zum Missionsdienst berufen, meinte sie. Ungeduldig erwartete ich ihre Ankunft, denn obwohl ich die Bells liebte, freute ich mich doch auf jemanden, der ungefähr gleich alt war wie ich.

Sharon war tatkräftig und eifrig bestrebt, Seelen zu gewinnen. Die tägliche Schinderei in Küche und Waschküche ging ihr gegen den Strich. Sie wollte das Evangelium verkündigen und sich nicht mit schmutzigem Geschirr abgeben.

Endlich schlug ihre Stunde. Missionar Bell, Lola, Sharon und ich fuhren im Lastwagen durch die Wüste, um eine Navajosiedlung zu besuchen.

„Ich bin so aufgeregt!" sprudelte Sharon heraus. „Wie viele werden sich wohl heute bekehren?"

„Wahrscheinlich niemand. Gerettete Seelen sind so selten wie Regen in der Wüste. Es braucht Geduld. Letztes Jahr sind nur fünf Menschen zum Glauben gekommen", gab Mr. Bell zur Antwort.

Sharon war an diesem Tag entschiedener denn je, einen Indianer zum Herrn zu bringen.

Wir parkten den Wagen und gingen ins Navajo-Lager. Eine Navajo-Frau mit einem halben Dutzend Kindern am Schürzenzipfel bat uns, in ihre Hütte zu kommen.

Dort herrschte die reinste Backofenhitze. Wir konnten kaum atmen. Die Indianerin und ihre Kinder saßen auf einer Seite, wir auf der anderen. So bildeten wir einen Kreis auf dem schmutzigen Boden. Der Geruch der ungewaschenen Kinderkörper hing schwer in der heißen Sommerluft.

Die Navajo-Frau brachte uns allen Brot und ein undefinierbares Gericht. Sharon betrachtete die dicke Fettschicht, die auf ihrer Tasse schwamm und flüsterte: „Hast du eine Ahnung, was das ist?"

„Nur nicht fragen!" flüsterte ich und nahm einen Schluck. „Es schmeckt ein wenig nach –" Ich sah mich um. „Möchte wissen, was mit der alten, grauen Katze geschehen ist, die vor kurzem noch hier war!"

Sharon verschluckte sich an ihrem letzten Bissen und wurde kreideweiß.

„Ich wollte sagen, es schmeckt – nach Hammelfleisch", fuhr ich fort.

Sharon zeigte auf den einzigen Schmuck in der Hütte.

„Was ist das?" fragte sie.

Es war ein langer schwarzer Pferdeschweif, den die Indianerfrau als Kammbehälter benützte.

„Darüber möchte ich lieber nicht sprechen", murmelte ich, und Sharons Augen weiteten sich entsetzt. Im gleichen Augenblick sagte die Navajofrau etwas und zeigte auf Sharon.

Missionar Bell übersetzte. „Sharon, sie sagte soeben, daß dein Haar wie die Sonne glänzt und daß es ihr sehr gut gefällt."

Sharon legte beide Hände um den Kopf, sprang auf und rannte hinaus zum Missionswagen. Dort blieb sie hinter verschlossener Tür sitzen, bis wir wegfuhren.

Erst jetzt wagte sie es, die Hände von ihrem Haar zu nehmen. „Kein Mensch hat mir gesagt, daß Indianer stinken!" rief sie, den Tränen nahe. „Diese Heiden!"

„Sie können jeden Tag pro Person höchstens einen Liter Wasser aus ihren seichten Brunnen schöpfen. Das brauchen sie zum Trinken und können es nicht zum Waschen verschwenden. Sie riechen nach Staub, nach dem Rauch des Lagerfeuers und nach ihren Steppenpflanzen. Du dagegen riechst nach Zahnpasta, Parfüm, Haarspray und Puder. Die Indianer finden, daß du komisch riechst", erklärte Missionar Bell.

Bevor wir die Station erreichten, gerieten wir in einen Sandsturm, der uns beinahe erstickte, unsere Augen blendete und auf der Haut juckte, so daß wir uns immerzu kratzen mußten.

Sharon begann sich den Kopf zu kratzen. Ihr Haarspray wirkte wie ein Sandmagnet, und ihre Kopfhaut begann zu jucken und zu beißen. Je mehr sie kratzte, desto schlimmer wurde es.

„Welch schrecklicher Tag!" stöhnte sie, als wir endlich daheim waren. „Ich fühle mich so schmutzig! Ich kann gar nicht verstehen, was mit meinem Kopf los ist!"

„Ich hoffe, daß es keine Läuse sind", bemerkte ich trokken. „Du weißt ja, wie schmutzig diese Heiden sind!"

Entsetzt schrie Sharon auf. „Läuse! Ich habe Läuse bekommen!" Sie sprang aus dem Wagen, bevor Mr. Bell den Motor abgestellt hatte. Ehe wir noch im Haus waren, stand sie schon unter der Dusche und rieb sich die Haare. Eine halbe Stunde später duschte sie immer noch.

„Vielleicht solltest du ihr sagen, daß nur der Staub an diesem Beißen schuld ist", schlug Lola vor.

„Wahrscheinlich würde sie mir nicht einmal glauben. Ich bin schließlich auch eine von denen", erwiderte ich nur.

Lola klopfte an die Badezimmertür und konnte Sharon endlich dazu bewegen, herauszukommen.

„Ich werde nie einen Missionar heiraten!" rief sie aufgebracht. „Ich heirate einen Pfarrer, der eine nette, ruhige, zivilisierte Gemeinde in Los Angeles betreut!"

Zwei Tage später packte sie ihre Sachen und verließ uns - gerade als wir uns anschickten, ein anderes Navajolager zu besuchen.

Sie fehlte mir, und ich fühlte mich irgendwie schuldig. Ich weiß, daß ich es ihr hätte leichter machen können. Ich hätte sie wirklich nicht mit dem Pferdeschweif necken sollen, der dort in der Hütte gehangen hatte. Aber wie konnte ich wissen, daß sie glaubte, Indianer seien immer noch auf der Jagd nach Skalps? Ich hoffte, daß sie ihren Pfarrer mit einer schönen, großen Kirche mitten in der Stadt finden würde. Sie würde eine gute Pfarrfrau abgeben. Bestimmt würde sie ihren Kindern später interessante Geschichten von den zwei Wochen erzählen, die sie unter den „Wilden" verbracht hatte.

Wir freuten uns, wenn sich einige Indianer für Jesus entschieden, und weinten, wenn dann beinahe die Hälfte wieder zu den alten Göttern, zum Medizinmann und den alten Bräuchen zurückkehrten und Jesus verließen.

Eines Tages kam Blaues Glas, eine unserer treuesten Christinnen, zur Station und bat um Kleider.

„Was ist denn mit den Kleidern geschehen, die wir dir letzte Woche gegeben haben?" fragte Lola.

Blaues Glas senkte den Blick und erklärte, daß sie die Kleider gewaschen und aufgehängt hatte. Dann sei der Staubteufel hineingefahren, und jetzt seien lauter winzige Staubteufelchen darin. Sie hatte sich gefürchtet, die Kleider von der Leine zu nehmen. Deshalb habe sie den Medizinmann gebeten, es für sie zu tun und die Kleider zu verbrennen, damit die Staubteufel ihr nichts anhaben konnten. Dem Medizinmann hatte sie für seinen Dienst ein Schaf gegeben.

Lola seufzte und gab ihr andere Kleider. „Werden wir sie jemals wirklich verstehen?" fragte sie müde. „Werden wir wirklich einmal an sie herankommen?"

Pony Boy Chee war ein junger Krieger, der mehr Schwierigkeiten machte als jeder andere weit und breit. Er ließ die Luft aus den Reifen des Missionswagens, warf Steine gegen unsere Fenster und drohte, das Missionsgebäude anzuzünden. Als er dem Medizinmann ein Pferd gestohlen hatte, warteten alle ängstlich auf die Folgen dieses Frevels, denn der Medizinmann hatte ihn verflucht. Er prophezeite, daß Pony Boy Chee eines Tages wie dürres Gras brennen würde.

Missionar Bell war sich bewußt, daß hier ein erbitterter Kampf zwischen teuflischen und himmlischen Mächten tobte, und beschloß, am Sonntag über dieses Thema zu predigen. Er erklärte, daß er, obwohl die böse Macht des Satans absolute Realität sei, nicht glaube, daß der Fluch wirksam werde. Im Gegenteil, Pony Boy Chee habe alle Aussicht, alt und grau zu werden, trotz seiner Bosheit.

Am gleichen Sonntagnachmittag wurde Pony Boy Chee auf dem Friedhof geschnappt. Die Navajo-Polizei verhaftete ihn als Grabschänder. Als sie unterwegs zum Gefängnis waren, brach ein heftiges Gewitter los. Es goß wie aus Kübeln. Die Polizisten sahen sich gezwungen, am Straßenrand anzuhalten und das Ende des Sturms abzuwarten.

Pony Boy Chee packte die Gelegenheit beim Schopf, sprang aus dem Wagen und rannte davon. Er war keine hundert Schritte gelaufen, als der Blitz einschlug und den Flüchtigen auf der Stelle tötete. Die Polizei vermutete, daß die eisernen Handschellen den Blitz angezogen hatten. Der Medizinmann aber lächelte geheimnisvoll und sonnte sich in der neuen Macht, die er über die gewonnen hatte, die an die Erfüllung seines Fluches glaubten.

Ich liebte meine Arbeit auf der Missionsstation und hatte Lola und Missionar Bell sehr gern. Doch nach einem Jahr stellte ich fest, daß eigentlich andere Methoden in der Missionsarbeit unter Indianern angewandt werden müßten. Indianer selbst sollten ihre Stammesgenossen missionieren. Der weiße Mann wird die Indianer nie erreichen, solange er sie als minderwertig, unzuverlässig und naiv betrachtet. Ja, Indianer müssen zu Missionaren werden – das ist es.

Ich wollte die Missionsarbeit eigentlich nicht aufgeben, weil ich die indianischen Christen liebte. Trotzdem hatte ich keine Ruhe mehr. Ich wußte, daß meine Zeit hier abgelaufen war. Im geistlichen Leben hatte ich Fortschritte gemacht, und die Gemeinschaft mit Christen hatte mir in jeder Beziehung gut getan. Ich würde dieses Jahr in schönster Erinnerung behalten. Die Bells und ich würden trotz aller Meinungsverschiedenheiten gute Freunde bleiben.

Am letzten Abend vor meiner Abreise stand ich schweigend vor dem Haus und sah in die Wüste hinaus, wo die Sonne als rote Kugel im Sand verschwand. Nun war sie nur noch ein leuchtender Streifen, und wenige Augenblicke später war nichts mehr von ihr zu sehen. Ich war so einsam, daß ich am liebsten geweint hätte. Die Stimmen von Lola und Mr. Bell drangen aus dem Haus. Die beiden sprachen über ganz belanglose Dinge. Hatte sie daran gedacht, die Lichtrechnung zu bezahlen? Und hatte er bemerkt, daß die Katze bald Junge kriegen werde? Kleine, unwichtige

Dinge - gerade sie kitten das Leben zweier Menschen aneinander.

Würde ich auch einmal einen Menschen haben, mit dem ich über solch kleine, unbedeutende Dinge reden konnte? Ich bezweifelte es. Was hatte ich denn schon zu bieten? Meine Angehörigen hatten mich „Doppel-Häßlich" genannt, weil ich zweimal so häßlich war als irgend jemand anders. Kein Mann würde ein solches Mädchen heiraten wollen. Wenn ich doch nur auf irgendeine Art schön werden würde! Ich wartete darauf, „aufzublühen" wie andere Mädchen, aber statt zu erblühen, welkte ich schon als Knospe dahin. Ich konnte mir kein besseres Aussehen verschaffen. Für mich gab es keine Aschenbrödelgeschichte mit Happy End. Ich zuckte zusammen, wenn ich mich im Spiegel betrachtete. Wenn ich nur etwas Schönes an mir hätte - ich würde das Beste daraus machen! Aber da war nichts, gar nichts. Meine Onkel hatten recht - ich war Doppel-Häßlich.

„O Gott!"

Beinahe hätte ich gefragt, weshalb er mich nicht hübsch gemacht hatte. Aber da diese Frage sinnlos war, sagte ich nur: „Hilf mir, mich nicht nach etwas auszustrecken, das ich nicht haben kann. Ich weiß, daß ich nie ein richtiges Zuhause, einen Mann und Kinder haben werde. Deshalb bitte ich dich, mir zu helfen, auf diese Wünsche zu verzichten und mir an dir genügen zu lassen."

Schuldgefühle stiegen in mir hoch, als ich das letzte Mal den staubigen Weg zur Missionsstation unter die Füße nahm. Gott allein sollte für einen Menschen doch genügen! Weshalb wollte ich noch mehr! Außerdem - vor nicht allzu langer Zeit hatte ich überhaupt nichts! War ich unbescheiden? Würde mich je einmal etwas befriedigen?

8

Die Rückkehr zu Audrey und Pastor McPherson war ein einziges Fest. Wir unterhielten uns stundenlang und versuchten, die Ereignisse eines ganzen Jahres in einem einzigen Tag unterzubringen. Wieder einmal blieb ich bei ihnen, bis ich Arbeit und eine Wohnung fand.

Ich besuchte Onkel Flint, der unterdessen Vater eines Jungen geworden war. Auch Cloud hatte geheiratet und eine Tochter bekommen. Beide schienen mit ihrem neuen Leben zufrieden, und beide waren entschiedene Christen geworden.

Ein Zuhause, eine Frau und ein kleines Kind hatten es fertiggebracht, auf Flints Gesicht ein Lächeln zu zaubern. Er hatte eine sichere Stellung, arbeitete schwer und schmiedete Zukunftspläne für seinen Sohn. Er hatte Frieden mit Gott, mit sich selbst und der Welt gefunden.

Ich fand Arbeit in einer Schreibwarenhandlung und verkaufte Briefpapier und Karten. Die Arbeit war leicht, und ich hatte mich bald mit den Kollegen angefreundet. Daisy, eine junge Christin, wurde meine Freundin. Wir plauderten, lachten und beteten miteinander.

Ich hatte den Eindruck, daß alle Leute auf der ganzen Welt verheiratet waren - außer mir. Ich las Bücher wie „Ledig und doch glücklich" und sogar solche, die Ratschläge gaben, wie man sich einen Ehemann angeln konnte. Aber nichts wollte helfen.

Ich verbrachte Stunden im Gespräch mit Pastor McPherson, und jedes Gespräch verlief ungefähr gleich:

„Ich bin so einsam", begann ich.

„Ich weiß", nickte er.

„Ich möchte heiraten", fuhr ich fort.

Er lächelte. „Heiraten allein wird deine Einsamkeit nicht vertreiben. Einige der einsamsten Menschen, die ich kenne, sind verheiratet."

„Alles andere wäre besser als mein jetziger Zustand", bohrte ich weiter.

„Nein, du irrst dich. Du könntest es noch viel schlechter haben. Glaube mir, in meine Sprechstunde kommen jede Woche wenigstens ein Dutzend Leute, die unglücklich verheiratet sind und alles dafür gäben, wenn sie wieder ledig wären."

Ich nickte. Ich wußte, daß er recht hatte. Ich kannte viele unglücklich verheiratete Frauen.

„Du bist noch jung. Es ist ganz natürlich, daß du einen Ehepartner haben möchtest. Du hörst den „Ruf der Wildnis". Hab' Geduld. Wenn du jetzt einen Fehler machst, könntest du dein ganzes Leben zerstören."

„Sie kennen nicht zufällig einen Halbblut-Indianer, der eine Frau sucht, die ihm das Zelt warm hält?" fragte ich im Scherz. Aber er ging nicht darauf ein, und auch nicht der Schimmer eines Lächelns huschte über sein Gesicht.

„Möchtest du einen - einen Mann heiraten, der ein halber Indianer und ein halber Weißer ist?" Er wollte den Ausdruck „Halbblut" nicht gebrauchen.

„Ich weiß nicht, wer mich sonst nehmen sollte - ein Vollblutindianer jedenfalls nicht."

„Du würdest aber nicht mehr ins Reservat zurückgehen und dort leben wollen, oder?"

„Nein", rief ich. „Dort war zu viel Armut, zu viel Hunger und Elend." Dorthin wollte ich nicht zurückkehren. Ich könnte nicht mehr in einer Einzimmerhütte mit schmutzigem Fußboden leben. Ich wünschte mir ein richtiges Haus mit Elektrizität und fließendem Wasser.

„Du mußt einen Christen heiraten. Und bevor du ihn heiratest, mußt du sicher sein, daß er wirklich Christ ist.

Nach der Hochzeit wird er sich kaum mehr ändern."

„Zuerst muß ich ihn finden!" antwortete ich murrend.

„Laß dir Zeit! Sonst würdest du ihn vielleicht an der nächsten Ecke wieder stehen lassen!" Er unterbrach sich. „Oder vielleicht möchte Gott, daß du ledig bleibst?"

„Wahrscheinlich. Sonst hätte er mich nicht so häßlich gemacht", sagte ich bitter.

„Schrei im Wind, du bist noch so jung! Du hast genug Zeit, dich umzusehen und auf den Richtigen zu warten. Laß dich von Gott leiten."

„Das ist leicht gesagt. Sie sind nicht allein. Sie haben Audrey."

„Ja, das stimmt. Manchmal ist es einfach, gute Ratschläge zu geben." Er schwieg lange, dann fuhr er fort: „Sei nicht traurig!" Und der Name Gelber Donner hing unausgesprochen in der Luft.

Ich ging zurück in meine Wohnung, schloß die Tür hinter mir und blieb im Dunkel stehen. Die Einsamkeit legte sich wie ein Rauhreif auf mich und ließ mich frieren und zittern.

Bald war Valentinstag. Wie ich diesen Valentinstag haßte! Er erinnerte mich mit Nachdruck an die Tatsache, daß ich allein war. Ich hatte nie einen Valentin gehabt und würde vermutlich auch nie einen haben.

Ich steckte die Valentinskarten auf den Ständer. Dumme Karten! Ich zog eine heraus, um sie ins Schaufenster zu legen, und zögerte dann. Es war eine wunderschöne Karte. Mit einem großen, roten Herzen, auf dem geschrieben stand: „Für dich, Liebling. Ich liebe dich mein Leben lang!" Ich hielt sie in den Händen und las die Worte immer wieder. Einer plötzlichen Eingebung folgend, zog ich meine Brieftasche und bezahlte die Karte, als Daisy gerade nicht hersah.

Am Abend stellte ich sie auf meinen Tisch und betrachtete sie während des Essens. Wie sehr wünschte ich mir einen wirklichen Valentin! Welche Wirkung kann doch ein dummes Blatt Papier ausüben, wenn ein Herz darauf gemalt ist!

Daisy kam zu Besuch und entdeckte bald den Valentin auf meinem Tisch. Sie nahm die Karte zur Hand.

„Oh, Schrei im Wind, wie hübsch! Woher kommt sie?" Sie öffnete das Kärtchen. „Keine Unterschrift!"

Ich schwieg.

„Ein heimlicher Verehrer!" Sie schnappte nach Luft. „Wie aufregend! Hast du eine Ahnung, wer es ist?" Behutsam stellte sie die Karte wieder auf den Tisch.

Gern hätte ich ihr den wahren Sachverhalt verschwiegen, aber Daisy war mir zu lieb, um sie täuschen zu können.

„Ich habe sie selbst gekauft", bekannte ich kleinlaut.

„Ach - mein dummes Mundwerk!" entschuldigte sie sich.

Nachdem sie gegangen war, nahm ich die Karte, sah sie mir noch einmal an und warf sie dann in den Papierkorb.

Die Monate vergingen. Ich lebte nur von einem Tag zum anderen und gab mir Mühe, jeden Gedanken an die Zukunft zu verdrängen. Ich ging regelmäßig zum Gottesdienst, aber die erste Freude, die erste Liebe zu Gott, war nicht mehr da. Der Himmel war grau, die Stürme tobten. In meiner Welt gab es keine Farbe, keine Freude mehr!

9

Das Geschäft wurde umgebaut, und wir bekamen drei Tage frei. Ich wollte ausschlafen und lesen, aber das Telefon klingelte frühmorgens und riß mich aus tiefem Schlaf. Es war Daisy, die mich zu einem Picknick einlud.

„Ich gehe nicht mit. Ich bin zu müde", gähnte ich. „Nächstes Mal!"

„Nein, wir rechnen mit dir. Die frische Bergluft wird dir guttun! In einer Viertelstunde bin ich bei dir. Beeil dich!" und sie hängte ein.

Ich legte den Hörer auf die Gabel und kroch wieder ins Bett. Eigentlich könnte ich wieder einschlafen und ihr Klopfen überhören. Ich blinzelte. Nein, Daisy konnte ich nicht überhören. Sie würde so lang an die Tür pochen, bis ich öffnete. Ich konnte genauso gut sofort aufstehen. Diesmal würde ich mitkommen, aber später nie mehr. Ich war gereizt und müde. Ein Picknick in den Bergen war das letzte, nach dem mir der Sinn stand. Ich zog alte, geflickte Jeans an und ein Hemd, das meinem Onkel gehört hatte. Kaum war ich mit der Bürste durch das Haar gefahren, da hörte ich auch schon das Hupsignal. Schlaftrunken taumelte ich hinaus und ließ mich auf den Rücksitz des Wagens fallen, neben zwei andere Mädchen.

„Ich bin müde", murmelte ich. Daisy, ihr Onkel und die anderen Mädchen lachten und scherzten, während ich zum Fenster hinaussah und wünschte, ich wäre wieder im Bett.

„Onkel Dan will weiter hinaufgehen und fischen, während wir kochen", rief Daisy über die Schulter hinweg nach hinten.

Ich zitterte. Ein Fischer! Meine Haut begann zu kribbeln. In den Augen meiner Leute sind Fische unrein und beherbergen den Geist böser Weiber. Meine Leute würden nie Fisch essen! Wirklich, dieser Tag war gar nicht nach meinem Geschmack.

Nach einer Stunde Fahrt auf schmalen Serpentinen erreichten wir die Paßhöhe, und Daisy rief vergnügt: „Wir sind am Ziel! Alles aussteigen!" Wir griffen nach Picknickkörben und Decken, Onkel Dan nahm die Angelrute und verschwand in Richtung Fluß.

Ich breitete eine Decke, die als Tisch dienen sollte, aus und half, den Imbiß vorzubereiten.

Nachher kletterten Daisy und ihre Freundinnen auf den Felsen, auf dem Dan seine Rute ausgelegt hatte, und gaben ihm gute Ratschläge. Zuerst hielt ich mich abseits, aber bald wurde mir das Alleinsein langweilig, und ich ging zu den anderen.

Wir lachten und scherzten, und die Mädchen hänselten Dan weidlich. Gutmütig ließ er es sich gefallen. Ich lachte mit und plötzlich war ich froh, mitgekommen zu sein.

„Weshalb geht ihr Gören nicht zu meinem Kollegen da drüben? Ihm könnten eure Ratschläge vielleicht helfen, und ich hätte endlich meine Ruhe beim Fischen!"

Erst jetzt bemerkte ich den Fischer, der weiter unten am Fluß angelte. Ich konnte ihn nicht klar erkennen, weil die Entfernung zu groß war, aber er schien jung und hochgewachsen zu sein.

Daisy warf einen Blick in seine Richtung. „Gut, fragen wir ihn, ob er schon was gefangen hat und welche Köder er verwendet." Die Mädchen liefen über die grünen Wiesen und an den Felsblöcken vorbei auf den anderen Fischer zu.

Ich setzte mich auf einen Felsen, lehnte mich gegen einen Baum und beobachtete den Fluß.

Dan legte die Rute hin und murmelte etwas von Köder

holen und zum Wagen zurückgehen und ließ mich allein.

Ich betrachtete die Angelrute neben mir. Ich hatte noch nie gefischt. Wozu sollte ich auch etwas fangen, das ich nie essen würde? Nein, Fische waren schmutzig und ungenießbar. Obschon ich jetzt Christ war und genau wußte, daß in den Fischen keine bösen Geister hausten, brachte ich es nicht über mich, einen zu essen.

Heimlich schubste ich die Rute mit meinem Fuß. Was für ein merkwürdiges Ding - eine Schnur und ein Haken an einem Stock! Es sah nicht aus, als wäre es schwer zu handhaben. Ich begriff nicht, weshalb die Leute soviel Aufhebens davon machten.

Ich warf einen Blick zum Wagen hinüber. Dan rumorte im Kofferraum und wandte mir den Rücken zu. Die Mädchen waren nirgends zu sehen. Einem plötzlichen Impuls folgend, nahm ich die Rute in die Hand, stand auf und tauchte den Angelhaken ins Wasser. Wäre es nicht toll, wenn ich einen großen Fisch fangen würde? Ich lächelte vor mich hin. Das wäre der Clou des Tages! Wahrscheinlich mußte ich den Haken in tieferes Wasser werfen, als Dan es getan hatte. Achtung, zuerst das kleine, runde Ding stoßen, dann die Rute zurückziehen, und der Haken landet im tiefen Wasser!

Etwas hatte ich falsch gemacht! Der Haken wollte nicht ins Wasser fallen! Suchend drehte ich mich um. Da - ich hatte den Haken auf einen Baum geworfen und er war an einem Ast hängengeblieben. Ich zog ein paarmal an der Rute. Sie krümmte sich, aber der Haken hing fest. Ich warf einen verstohlenen Blick nach dem Wagen. Dan saß auf der Decke und trank Kaffee. Er konnte mich nicht sehen. Wieder zog ich an der Rute. Die Schnur gab nicht im geringsten nach! Panik erfaßte mich. Weshalb hatte ich das dumme Ding nicht in Ruhe gelassen! Wahrscheinlich hatte ich jetzt Dans Fischerrute kaputt gemacht. Ich stand da wie ein begossener Pudel. Ob ich auf den Baum klettern sollte und den Haken herunterholen? Nein, das war kein Baum zum Klettern. Was um alles in der Welt sollte ich bloß machen? Ich stand da und schaute hilflos in die Baumkrone hinauf.

„Auf dem Baum wachsen keine Fische", sagte plötzlich eine Männerstimme hinter mir.

Ich ließ die Rute los, fuhr herum und blickte in ein gutgeschnittenes Gesicht und zwei graue Augen.

Der Mann griff in die Zweige, löste den Haken und rollte die Schnur auf. Dann übergab er mir die Rute, die ich mit einem tiefen Seufzer wieder dorthin legte, wo ich sie genommen hatte.

Ich fühlte den Blick der grauen Augen auf mir ruhen und wünschte sehnlichst, der Mann würde verschwinden. Im gleichen Augenblick hörte ich die Stimme der Mädchen, die sich einen Weg durchs Unterholz suchten. Daisy kam zuerst aus dem Wald und zupfte die Blätter aus ihrem Haar.

„Oh, Don ist bei dir! Wir haben ihn zum Essen eingeladen!" Daisy und die anderen Mädchen kamen auf uns zu. „Hat er dir erzählt, daß er aus Alaska kommt? Er verbringt seinen Urlaub hier", fügte sie hinzu und ging weiter.

Ich lief ihr nach und fragte mich, ob Grauauge wohl jemandem erzählen würde, daß er mir geholfen hatte. Aber er erwähnte kein Wort davon.

Onkel Dan, der Fischer und die Mädchen unterhielten sich über die Berge, das Fischen und über Alaska. Seine Antworten ließen die tiefe Liebe erkennen, die er zu seiner rauhen Heimat im Norden hegte.

Ich saß auf dem äußersten Zipfel der Decke und versuchte zu essen, aber jedesmal, wenn ich die Augen vom Teller hob, merkte ich, daß Grauauge mich beobachtete. Ich wurde so nervös, daß mir der Appetit verging.

Nach dem Essen schlug Dan vor, höher zu steigen und den Wasserfall zu besichtigen. Ganz langsam faltete ich die Decke zusammen und machte mir so lange damit zu schaffen, bis die anderen weit voraus waren. Dann erst folgte ich ihnen langsam.

Ich wollte sie erst beim Wasserfall einholen. Dort oben wollten wir über den Fluß setzen und auf der anderen Seite bis zum Gipfel steigen. Die schmalste Stelle war etwa einen Meter breit, und unten gurgelte das Wasser. Dan war der erste, der sprang. Es sah ganz leicht aus. Daisy war die nächste. Sie verlor den Halt und krabbelte auf allen vieren auf festen Grund. Dann sprangen die anderen Mädchen, und Grauauge mit seinen langen Beinen konnte einfach hinübergehen. Nun drehten sich alle um und warteten auf mich. Ich blieb zögernd auf dem Felsen stehen und warf einen ängstlichen Blick auf die Wassermassen unter mir. Sollte ich wirklich da hinüber?

„Komm schon, Schrei!" drängte Daisy.

Der Alaska-Mann beugte sich über das Wasser und streckte mir die Hand entgegen. „Hier, meine Hand. Ich helfe Ihnen", sagte er.

Ich zögerte. Eigentlich wollte ich seine Hand nicht ergreifen, aber ich hatte Angst, daß ich ohne Hilfe ins Wasser fallen würde.

„Nur keine Angst! Ich lasse Sie nicht fallen!" nickte er mir aufmunternd zu.

Ich holte tief Atem und streckte die Hand aus. Starke Hände ergriffen sie und zogen mich über das Wasser. Jetzt war ich in Sicherheit, aber die starke Hand hielt die meine noch immer fest. Ich wollte mich losmachen, aber Grauauge führte mich behutsam und sicher bis zum Gipfel. Erst als wir oben waren, erlaubte er mir, meine Hand aus der seinen zu lösen.

Daisy und die Mädchen pflückten Blumen, und Dan saß auf einem Stein, um sich von den Strapazen zu erholen.

Der Alaska-Mann bückte sich, pflückte eine Akelei und betrachtete sie.

Der Alaska-Mann

„Können Sie eigentlich auch reden?" fragte er.

Ich nickte.

Da lächelte er und gab mir die Blume.

„Sie ist hübsch", sagte ich.

„Genau wie Sie!" erwiderte er.

Forschend sah ich ihn an. Scherzte er? Nein, er lachte nicht. Mein Herz stand still, und dann begann es ganz schnell zu pochen. Ich drehte mich um und ging zu Daisy hinüber, um bei ihr Schutz zu suchen. Als ich zurückblickte, sprach der Mann mit Dan und schien mich vergessen zu haben.

Weshalb konnte er nicht zu seinen Fischen zurückgehen und uns in Ruhe lassen! Schließlich war es unser Picknick, nicht das seine!

Wir kehrten auf einem anderen Weg zum Wagen zurück, und ich hielt mich möglichst fern vom Alaska-Mann. Erst als wir einsteigen wollten, trat er wieder auf mich zu.

„Haben Sie einen Freund?" erkundigte er sich.

Ich schüttelte den Kopf.

„Darf ich Sie wiedersehen?" bat er.

Ich warf einen Blick in die Runde. Alle beobachteten uns, und ich lief rot an wie eine Tomate.

„Wo sind Sie zu Hause?" fragte er.

Dan ließ den Motor an.

Da mischte sich Daisy ein. „Wenn Sie hier noch niemanden kennen – weshalb kommen Sie nicht am Sonntag in unsere Kirche? Wir würden uns freuen, Sie zu sehen. Es ist die kleine Backsteinkirche in der dreißigsten Straße." Dann fügte sie hinzu: „Schrei im Wind versäumt nie einen Gottesdienst", und kicherte.

Der Alaska-Mann lächelte ihr zu. „Danke! Dann also bis Sonntag!"

Ich widerstand der Versuchung, ihn noch einmal anzusehen, bevor wir wegfuhren. Statt dessen heftete ich meine Blicke auf die wilde Akelei, die ich immer noch in der Hand hielt.

Unterwegs stießen sich die Mädchen mit den Ellenbogen an und kicherten – Dan habe zwar keinen Fisch, aber Schrei im Wind vielleicht einen Mann gefangen! Ich war glücklich, als sie mich endlich vor meiner Wohnung ablieferten.

Später, als ich allein war, legte ich die Blume behutsam zwischen zwei Seiten eines Buches. Den Tag würde ich nie vergessen, an dem ein Fremder mich, Doppel-Häßlich, als hübsch bezeichnet hatte!

Als ich am Sonntagmorgen zur Kirche ging, fragte ich mich, ob Grauauge wirklich dasein würde. Ich wünschte, er möchte nicht kommen. Irgendwie fühlte ich mich in seiner Nähe unbehaglich. In der Kirche entdeckte ich ihn nicht und atmete erleichtert auf. Nun, auch recht. Ich würde ihn also nie wiedersehen.

Kaum hatte ich mich gesetzt, als sich jemand neben mich setzte. Ich schaute auf und geradewegs in die Augen des Alaska-Mannes. Mit zitternden Händen hielt ich das Gesangbuch, und hin und wieder warf ich einen verstohlenen Blick auf den Mann neben mir. Er hatte ein scharfgeschnittenes Gesicht und ein viereckiges Kinn. Mit dem blonden Haar und den grauen Augen war er wirklich ein „Bleichgesicht". Nur wenn er lächelte, funkelten seine grauen Augen warm und herzlich. Er war groß und hatte breite Schultern. Seine Hände waren kräftig und mit Narben und Schwielen bedeckt, Zeichen harter Arbeit.

Es war das erstemal seit ich zur Kirche ging, daß ich danach keine Ahnung mehr von der Predigt hatte. Meine Gedanken waren bei dem Fremden neben mir.

Kaum war das letzte Amen verklungen, standen wir auf und wollten hinausgehen. Einige Kirchgänger kamen neugierig auf uns zu, um den „Mann neben Schrei im Wind" zu begrüßen. Während er sich mit ihnen unterhielt, huschte ich auf die andere Seite hinüber zu Audrey.

„Ist das jetzt dein Freund?" fragte sie lächelnd.

„Ich kenne ihn nicht. Er ist Daisys Freund", sagte ich achselzuckend.

„Merkwürdig, daß er sich dann nicht zu Daisy gesetzt hat", fand sie. „Komm, bleib doch zum Essen bei uns. Du kannst deinen Freund mitbringen. Wir würden uns freuen, ihn bei uns zu haben!" Sie tätschelte meinen Arm und wandte sich dann den anderen Leuten zu.

Grauauge stand plötzlich neben mir. „Darf ich Sie zum Mittagessen einladen?"

„Nein, danke. Ich bin schon anderswo eingeladen. Danke trotzdem."

Er sah irgendwie enttäuscht aus. „Können wir uns vielleicht am Nachmittag treffen?"

„Ich habe keine Ahnung, wann ich heimkomme."

„Macht nichts. Ich kann warten. Wo wohnen Sie denn?"

Ich blickte mich hilfesuchend um, aber alle schwatzten miteinander. Ich gab ihm meine Adresse und lief zu Audrey, die schon auf mich wartete.

Während des Mittagessens stellten Audrey und Pastor McPherson viele Fragen über „den Mann, der Schrei im Wind bis in die Kirche folgte."

„Ich kenne ihn doch gar nicht", sagte ich hilflos. „Er ist fremd hier, und ich werde ihn wahrscheinlich nie wiedersehen."

„Oh, ich bin überzeugt davon, daß er wieder auftaucht", lachte Audrey.

Ich war froh, als wir endlich auf ein anderes Thema zu sprechen kamen.

10

Ich war vor etwa einer Stunde nach Hause gekommen und malte an einem Sonnenuntergang, als jemand an die Tür klopfte. Als ich öffnete, fand ich mich wieder einmal Auge in Auge mit dem Alaska-Mann.

„Hallo! Ich habe einmal gehört, daß man Blumen und Bonbons mitbringen soll, wenn man ein schönes Mädchen besucht!" Er lächelte und streckte mir ein Lutschbonbon und ein paar welke Löwenzahnblüten entgegen. „Ich hätte Ihnen gern etwas mitgebracht, aber ich habe kein einziges geöffnetes Geschäft gefunden."

„Ich habe Ihr Auto gar nicht gehört", bemerkte ich.

„Es muß überholt werden, deshalb ist es jetzt in der Werkstatt. Ich bin zu Fuß hergekommen - vom Park des Roten Felsen."

„Das sind ja fast acht Kilometer!" rief ich bestürzt.

„Ach, das ist gar nicht so weit! Übrigens - ich hatte das Gefühl, der Weg bis zu Ihnen sei wenigstens dreitausend Kilometer lang!" Ich bat Don, hereinzukommen.

Wir bastelten den ganzen Nachmittag an einem Puzzle, das ich früher einmal begonnen hatte. Mir fiel beim besten Willen nichts ein, worüber wir sprechen konnten, und jedesmal, wenn er die Stille mit einer Frage unterbrach, konnte ich nur mit ja oder nein antworten. Dann saßen wir wieder lange Zeit wie Stockfische da und schwiegen uns an.

Er fügte das letzte Stück in das Puzzle ein, stand auf und streckte sich. „Ich muß jetzt den Wagen holen. Können wir heute abend miteinander ausgehen?"

Ich zögerte. Was um alles in der Welt sollten wir den

ganzen Abend miteinander reden! Überhaupt - ich hatte keine passenden Kleider, keine Schuhe - nur alte, abgetragene Mokassins.

„Nein - ich glaube nicht", sagte ich gedehnt.

„Wir könnten irgendwohin gehen - wohin Sie gern möchten", drängte er.

Ich stand da und starrte zu Boden. „Mir fällt nichts ein."

„Ich komme später wieder, dann gehen wir miteinander essen." Er ging.

Ich schloß die Tür und murmelte vor mich hin: „Ich habe doch gar nicht gesagt, daß ich mit dir gehen will!"

Nach dem Essen begleitete mich Don nach Hause. Während ich in meiner Handtasche nach dem Schlüssel suchte, erklärte er: „Eines Tages werde ich dich heiraten. Ich bleibe nur noch wenige Tage hier, dann muß ich zurück nach Alaska. Aber ich komme wieder, und dann heiraten wir."

Ich ließ die Tasche fallen, und ihr Inhalt verstreute sich über den Fußboden. „Das ist doch wohl nur ein Witz!", stieß ich hervor.

„Nein!" Er sammelte meine Siebensachen ein, steckte sie in die Tasche und drückte mir mein Eigentum wieder in die Hand. „Nein, das ist kein Witz. Ich glaube, daß wir füreinander bestimmt sind. Unsere Bekanntschaft ist kein Zufall. Vom ersten Augenblick an wußte ich, daß du die Richtige für mich bist." Er umarmte und küßte mich. „Ich liebe dich, Schrei im Wind."

Sobald ich mich vom ersten Schrecken erholt hatte, murmelte ich: „Tut mir leid. Ich kann niemanden heiraten, der nicht zu meiner Kirche gehört."

„Ich kann ihr beitreten."

„Zuerst mußt du ein Christ sein."

„Ich bin Christ!"

„Weshalb möchtest du mich denn überhaupt heiraten?"

„Weil ich dich liebe. Ich werde zwar nie reich sein, aber

ich werde mit meiner Hände Arbeit genug zu essen und genug Kleider für dich verdienen. Und ich will für dich sorgen und jeden Sonntag mit dir zur Kirche gehen."

„Das geht zu schnell. So schnell kann ich nicht einmal denken", sagte ich und versuchte verzweifelt, den Schlüssel ins Schloß zu stecken. Ich zitterte wie Espenlaub, und mein Schlüssel wollte und wollte das Schloß nicht finden.

„Ich habe keine Zeit, das alles ordnungsgemäß zu erledigen. Ich kann dir weder den Hof machen noch Geschenke bringen. Das werden wir alles nach der Hochzeit besorgen. Sieh mal, ich begreife sehr gut, daß du jetzt noch nichts für mich übrig hast, aber das wird sich eines Tages ändern." Er wartete auf eine Antwort.

„Ich will darüber nachdenken", sagte ich und verschwand hinter der Tür.

Ich konnte es nicht fassen! Ein Mann hatte mich tatsächlich um meine Hand gebeten! Es machte ihm nichts aus, daß ich ein mageres, häßliches Halbblut war!

In dieser Nacht schlief ich nicht. Natürlich war es verrückt, daran zu denken, einen wildfremden Mann zu heiraten. Ich wußte überhaupt nichts von ihm. Außerdem gehörte er nicht zu der Art Männer, die mir gefielen. Ich wollte Gelber Donner heiraten, aber er hatte mich verschmäht. Wenn das nun meine einzige Chance war, jemals zu heiraten? Und was geschah, wenn ich diesen Don Stafford nicht nahm? Dann würde ich eine alte Jungfer und blieb mein Leben lang allein. Ich durfte nicht zu wählerisch sein. Überhaupt, wer war ich denn eigentlich? Ich war weder hübsch noch klug noch reich. Was konnte ich einem Mann schon bieten? Sicher, Pastor McPherson hatte mir einmal gesagt, daß ich wertvoller als ein Stern sei, aber ich konnte mir nicht vorstellen, einem Mann beizubringen, daß er sich glücklich schätzen solle, mich zu bekommen, weil ich in Gottes Augen wertvoller war als ein Stern!

Früh am nächsten Morgen rief mich Pastor McPherson an und erzählte mir, daß mein Freund, Don Stafford, bei ihm gewesen sei und sich um die Mitgliedschaft in seiner Kirche beworben habe. Die Aufnahme sollte am kommenden Sonntagmorgen erfolgen. Ich war sprachlos.

Etwas später erschien der Alaska-Mann bei mir. Er brachte mir einen silbernen Anhänger, auf dem die Worte eingraviert waren: „Ich liebe dich - Don."

„Hast du dir die Sache überlegt?" fragte er.

„Ja."

„Und?"

„Ich weiß es nicht", gab ich zur Antwort.

„Verstehe. Da du mich ja ohnehin nicht kennst, könnte ich genausogut Blaubart oder Jack the Ripper sein."

„Wie bitte?"

„Schon gut", wehrte er ab.

„Ich danke dir für den Anhänger." Ich legte das Kettchen um den Hals.

„Ich habe noch etwas anderes gekauft - für den Fall!" Er gab mir eine kleine Schachtel.

Ich öffnete den Deckel. Zwei goldene Eheringe lagen vor mir. Weshalb fanden die weißen Menschen ausgerechnet Gold schön? Mir gefiel Silber oder Türkis weitaus besser.

Ich war müde. Müde von der Arbeit, müde vom Alleinsein, müde, Entscheidungen zu treffen, müde, für meine Zukunft zu bangen. „Wenn du mich willst, dann heirate ich dich halt." Ich seufzte. Was hatte ich schon zu verlieren?

Er packte mich und hob mich hoch in die Luft. Wenn er mich nur ein klein wenig fester gedrückt hätte, wären vermutlich meine sämtlichen Rippen gebrochen. Ein einziger Gedanke flog durch meinen Kopf: Was habe ich bloß getan!

Am Abend besuchte ich Pastor McPherson in seinem Büro. „Don hat mich gebeten, ihn zu heiraten", erzählte ich.

„Und was hast du geantwortet?" fragte er.

„Ja!" entgegnete ich verlegen.

„Liebst du ihn denn?"

Schwer lastete die Stille auf mir - ich konnte sie beinahe fühlen. „Ich bin müde. Ich will nicht länger allein sein." Es war nur noch ein Flüstern.

„Ich möchte, daß du glücklich wirst. Glaubst du, daß du mit Don glücklich sein kannst?" fragte er.

„Das weiß ich nicht. Ich glaube, er ist sehr nett. Außerdem findet er mich zum Heiraten nicht zu häßlich. Wahrscheinlich würde mich ohnehin kein anderer nehmen."

„Hast du darüber gebetet und Gott nach seinem Willen gefragt?"

„Ich habe gebetet, aber keine Antwort gehört", gab ich zu. Ich schwieg und betrachtete den Fußboden.

„Die Ehe ist kein Kinderspiel. Es gibt Schwierigkeiten, auch wenn zwei sich lieben", sagte Pastor McPherson. „Aber die Liebe ist der Kitt, der die Eheleute zusammenhält. Ohne Liebe - nun -" er machte eine hoffnungslose Bewegung mit der Hand.

„Wahrscheinlich mag er mich schon, sonst hätte er mich nicht gefragt. Er könnte eine Bessere haben, aber er hat mich gewählt. Es ist das erstemal in meinem Leben, daß jemand mich will. Außerdem - was habe ich schon zu verlieren?" fragte ich.

Pastor McPherson seufzte und schloß die Augen. „Schrei im Wind! Wenn du nur wüßtest! Ich könnte dir herzzerreißende Geschichten über Leute erzählen, die unglücklich verheiratet sind."

„Aber ich bin einsam!"

„Du kannst heiraten und doch einsam bleiben."

„Vielleicht wird diese Sache mit der Liebe übertrieben?

Vielleicht erwarten die Leute zuviel von der ehelichen Liebe und werden deshalb enttäuscht? Am Ende sollte man gar nichts erwarten, wenn man heiratet, dann wird man auch nicht enttäuscht", entgegnete ich.

„Wie stellst du dir das Leben mit Don vor?" wollte er wissen.

„Keine Ahnung. Ich besorge den Haushalt und die Küche, und er kümmert sich um das nötige Geld. So hat jeder seinen Bereich."

„Und wie steht's mit Kindern?" fragte er offen.

Ich lief rot an. „Ich will keine."

„Wie denkt denn Don darüber?"

„Keine Ahnung. Davon haben wir noch nicht gesprochen."

„Schrei im Wind! Wie stellst du dir denn dein zukünftiges Leben vor?"

„Bis jetzt war mein Leben nicht sehr viel wert. Vielleicht wird es jetzt besser. Ich weiß nur eines – ich will nicht mehr allein sein."

„Aber du bist doch gar nicht allein!" wandte er ein. „Gott liebt dich, wir haben dich lieb, und du hast Freunde in der Gemeinde –"

„Das weiß ich. Aber ich komme Abend für Abend in ein leeres Zimmer, esse meine Mahlzeiten allein und verbringe jeden Abend mit einem Buch. Ich weiß, daß Gott mich liebt, aber ich brauche jemanden, mit dem ich sprechen kann. Ich möchte heiraten", erklärte ich ihm.

„Aber das ist ja gerade das Unverständliche! Du sagst nicht: ich möchte Don heiraten. Du sagst einfach: Ich möchte heiraten." Er seufzte.

„Don hat mich darum gebeten, kein anderer. Drum will ich ihn heiraten", entgegnete ich störrisch.

„Für dein ganzes Leben, bis daß der Tod euch scheidet?" fragte er.

Ich gab keine Antwort.

„Die Ehe ist nicht wie einer deiner vielen Jobs. Du kannst sie nicht nach einer Woche wieder an den Nagel hängen, wenn es dir nicht paßt", warnte er mich.

„Ich will nicht mehr allein sein", wiederholte ich.

Er rieb sich die Augen, als ob er sehr müde wäre. „Du bist also fest entschlossen. Nun, ich kann dir nicht vorschreiben, wie du dein Leben gestalten sollst. Ich wollte, du würdest noch ein Weilchen warten, aber wenn du dazu nicht bereit bist, werde ich euch beide mit großer Freude trauen." Er drückte mir die Hand. „Gott segne dich, Schrei im Wind, und er helfe dir!"

Ich schrieb an Cloud und erzählte ihm, daß ich heiraten wolle. Sobald ich wüßte, wo wir leben würden, wollte ich ihm meine Adresse mitteilen.

Dann sagte ich es Flint.

„Was wirst du?" fragte er erstaunt.

„Ich hab gesagt, daß ich heiraten werde."

Er lachte laut heraus. „Ist das dein Ernst?"

„Ja! Ich werde in ein paar Tagen heiraten." Ich schluckte und wartete auf die Explosion, die kommen mußte.

„Wer ist er? Du hast ja keinem Menschen etwas davon erzählt!" lachte er.

„Ich habe ihn erst vor ein paar Tagen kennengelernt."

„Wer ist er denn? Woher kommt er? Zu welchem Stamm gehört er?" fragte Flint.

„Er heißt Don Stafford und ist aus Alaska." Ich atmete tief. „Er ist weiß."

„Er ist weiß? Du willst einen weißen Mann heiraten? Bist du verrückt geworden?" schrie er.

„Er wollte mich heiraten, und ich habe ja gesagt. Er hat sich meiner Kirche angeschlossen –" Meine Stimme versagte.

„Du weißt, wie man über Mischehen spricht! Wird dein Mister Stafford es ertragen, Squaw-Mann genannt zu werden? Und du wirst dir noch Schlimmeres als das anhören müssen! Das wird niemals klappen!" sagte er kopfschüttelnd.

„Ich habe mein ganzes Leben lang Schimpfnamen hören müssen. Das weißt du. Außerdem bin ich ein Halbblut, das bedeutet auch halb weiß. Indianer wollen mich nicht. Was soll ich aber deiner Meinung nach tun? Warten, bis irgendwann einmal ein Halbblut auftaucht?"

„Deine Mutter war Indianerin und dein Vater ein weißer Mann, und ihre Ehe hat nicht einmal einen ganzen Monat gedauert. Das sollte dir genügen!"

„Sie waren keine Christen. Don und ich, wir sind beide Christen", gab ich zurück.

„Du machst einen schrecklichen Fehler!" Aufgebracht schritt er hin und her. „Weshalb willst du dich auf so etwas einlassen?"

„Du solltest mich besser verstehen als irgend jemand sonst, Flint. Ich bin einsam", sagte ich leise.

„Du verkaufst dich!" schrie er.

„Ich heirate!" brüllte ich zurück.

„Nicht aus Liebe! Du heiratest nicht aus Liebe!" Jetzt brüllte er.

„Was weiß ich schon von Liebe! Ich bin noch nie geliebt worden", rief ich wütend.

„Du wirst es bitter bereuen! In spätestens einem Monat wird er dich wegen einer weißen Frau verlassen. Du wirst mit einem Kind dastehen und nicht wissen, wohin du gehen sollst. Und du wirst enden wie deine Mutter!"

Ich wollte nicht weiter diskutieren. „Bitte, Flint, komm zu meiner Hochzeit!"

„Nein!" brummte er.

„Ich bin auch zu deiner Hochzeit gekommen –"

„Wir haben aus Liebe geheiratet, nicht aus Geschäftsinteresse!" schnauzte er mich an.

„Versuch doch zu verstehen –"

„Ich verstehe sehr gut. Du hast dich verkauft!" Nun

senkte er die Stimme. „Warum will er dich überhaupt heiraten?"

„Das weiß ich nicht", entgegnete ich wahrheitsgetreu.

„Überleg dir doch mal – was soll denn nachher geschehen?"

Wieder hörte ich das gleiche Lied, das mich mein Leben lang begleitet hatte.

„Du bis häßlich wie eine Vogelscheuche, Schrei. Du hast eine plattgedrückte Nase und abgebrochene Zähne, du hast Eselsohren und bist spundeldürr, und außerdem bist du eine schlechte Köchin. Der Mann, der dich nimmt, muß verrückt sein!"

„Vielleicht ist er wirklich verrückt." Jetzt hatte ich genug. „Sieh mal, Flint, er sagte, er wolle mich heiraten. Nach deinen eigenen Worten kann ich es mir nicht leisten, wählerisch zu sein. Wenn er mich auch nur für einen einzigen Monat behält, dann weiß ich doch, daß jemand mich für kurze Zeit wirklich haben wollte. Und wenn ich nachher mit einem Kind dastehe, bin ich wenigstens nicht mehr allein. Ich hab' wirklich nichts zu verlieren."

Ich verließ Flint noch niedergeschlagener, als ich vorher war. Wieder einmal waren mir, dank der Worte meines Onkels, sämtliche Fehler bewußt geworden, und ich stellte mir erneut die Frage: Weshalb nur wollte der Alaska-Mann mich heiraten?

Die nächsten Tage vergingen wie im Flug. Wir hatten uns fünfmal getroffen, und Don brachte mich nach Hause.

„Morgen ist also unser großer Tag", stellte ich fest. „Wenn du immer noch . . ."

Er lächelte. „Ich liebe dich, Schrei!"

Ich wußte, daß er eigentlich erwartete, das gleiche von mir zu hören, aber ich brachte die Worte „Ich liebe dich" nicht über die Lippen, deshalb sagte ich einfach „danke" und schüttelte ihm die Hand. „Wir sehen uns morgen in der Kirche!" Mit diesen Worten verabschiedete ich mich von dem Mann, der morgen mein Ehemann werden sollte.

Es war ein kalter, windiger Tag. Ich erwachte, und die Angst packte mich mit eisernem Griff. Ich zitterte so heftig, daß ich nicht einmal meine Kaffeetasse halten konnte, ohne die Hälfte zu verschütten.

„Heute ist mein Hochzeitstag. Heute werde ich Don Stafford aus Alaska heiraten", flüsterte ich bang.

„O nein, kommt nicht in Frage!" antwortete ich mir, ging hinaus und schlug die Tür hinter mir zu.

Ich ging zum Reitstall, der ganz in der Nähe war, und mietete ein Pferd.

„Wie lange wollen Sie das Pferd haben?" fragte der Reitknecht.

Meine Hochzeit war auf zwei Uhr angesetzt. „Ungefähr bis vier", erwiderte ich. Ich gab dem Pferd die Sporen und galoppierte davon, hinauf in die Berge.

Das Pferd war zwar dick und schwerfällig, aber es war doch ein Pferd, und Reiten war immer noch besser als spazierengehen.

Ein guter Ritt hat mir immer wieder Mut und Kraft gegeben. Aber heute wurde es je länger, desto schlimmer mit mir. Ich stellte mir Grauauge vor, wie er vor der Kirche stand und auf mich wartete - ich dachte an die Leute, die dort herumstanden und auch warteten.

Nein! Nein, ich wette, daß Herr Stafford überhaupt nicht hingeht. Er wollte mich ja gar nicht wirklich heiraten. Er hat nur Spaß gemacht. Ich lächelte. Das wäre ein guter Witz! Wäre das nicht eine Bombenüberraschung für die Leute, wenn weder die Braut noch der Bräutigam zur Hochzeit erschienen? Und erst Pastor McPherson! Ich hätte gern sein Gesicht gesehen, wenn er den Leuten erklärte, daß leider keine Hochzeit stattfinden könne, weil

Braut und Bräutigam sich die Sache anders überlegt hätten!

Aber - wenn der Alaska-Mann nun doch aufkreuzte? Wenn er tatsächlich dort stand und auf mich wartete? Wie peinlich für ihn, wie demütigend! Wie schrecklich von mir!

Mir wurde noch elender. Ich mußte zurückgehen. Ich hatte mich bereit erklärt, ihn zu heiraten, also mußte ich auch mein Wort halten.

Ich wendete das Pferd und ritt dem Stall zu. Es war kälter geworden, und meine Hände waren so steif und unbeweglich, daß ich kaum die Zügel halten konnte.

Zehn Minuten vor zwei schlich ich durch die Hintertür in die Kirche und rannte in die Küche, wo Sally und Audrey Platten belegten und Getränke bereitstellten.

Sally schaute auf. „Wo bleibst du denn nur? Du bist ja nicht einmal angezogen! Liebe Zeit, du hast ja Heu in den

Hochzeitstag

Haaren!" Sie flog um den Tisch, packte mich an der Hand und schleppte mich mit Audrey in das kleine Zimmer, in dem das geliehene Brautkleid auf mich wartete.

„Ist er überhaupt gekommen?" fragte ich. „Ist Herr Stafford hier?"

„Natürlich ist er hier! Er wartet seit über einer Stunde auf dich und steht wie auf Nadeln!" Audrey zog mir das lange, weiße Kleid an, und Sally löste die Riemen meiner Mokassins, um sie mit einem Paar weißer Schuhe zu vertauschen. „Wo hast du denn gesteckt?"

„Ich bin ausgeritten."

„Ausgeritten? Am Hochzeitstag?" Fassungslos starrte mich Sally an.

„Ich dachte nicht, daß er auf mich warten würde", entschuldigte ich mich achselzuckend.

„Du meine Güte!" stöhnte Audrey. Im Nu hatten mich die beiden angezogen, das Heu aus den Haaren gebürstet, mir einen Schleier aufgesteckt und mich zur Tür hinaus geschubst.

Beide flüsterten mir zu: „Gott segne dich!", umarmten mich und verschwanden in der Sakristei.

Zitternd betrachtete ich die Ausgangstür. Vielleicht konnte ich einfach durch diese Tür gehen und wieder nach Hause laufen und –

„Bist du fertig?" Pastor McPhersons Stimme schreckte mich auf.

„Ich glaube, ja. Ist einer meiner Onkel gekommen?"

„Nein", antwortete er.

„Ich dachte es mir."

„Du bist schön. Soll ich die Braut wirklich hergeben?" Er lächelte mir zu und nahm meinen Arm.

Musik ertönte, und wir betraten die Kirche. Alle meine Freunde aus der Gemeinde waren da. Ein Kloß steckte in meiner Kehle, und Tränen traten mir in die Augen. Auf dem Altar brannten Kerzen, und dort vorne stand der

Alaska-Mann und wartete lächelnd auf mich.

Ich war während der ganzen Zeremonie wie versteinert und bewegte mich wie ein Automat. Das Lächeln auf meinem Gesicht war wie eingefroren. In weniger als einer Stunde sollte unser neues Leben als Mann und Frau beginnen.

Das Unterzeichnen der Heiratsurkunde war für mich ein böser Augenblick.

„Ich will meinen Namen nicht ändern. Wenn ich jetzt Frau Don Stafford bin, was geschieht dann mit ‚Schrei im Wind'?" wollte ich wissen.

„Du mußt deinen Namen nicht ändern, du mußt nur einen neuen hinzufügen. Das bedeutet, daß du nun zu jemandem gehörst. Du bist jetzt Schrei im Wind Stafford." Pastor McPherson drückte mir die Feder in die Hand und ich unterschrieb.

Die Autotür fiel hinter mir ins Schloß, und alle standen draußen herum und winkten mir zu. Audrey und Sally weinten, und Pastor McPherson machte ein besorgtes Gesicht. Als der Wagen wegfuhr, wurde mir wieder einmal bewußt, daß ich zu einem Fremden gehörte.

Ich warf ihm einen argwöhnischen Blick zu. Er wandte die Augen nicht von der Straße ab, aber er sagte zu mir: „Hab keine Angst! Alles wird gut werden. Du wirst es nie bereuen." Dann griff er in seine Tasche und zog einen Briefumschlag hervor, den er mir gab.

„Hier drin sind hundert Dollar. Pastor McPherson hat sie mir gegeben, bevor wir wegfuhren. Es ist ein Geschenk deiner Freunde aus der Gemeinde. Bewahre es auf, es gehört dir. Es ist eine Art „Fluchtgeld". Wenn du je einmal unglücklich bist, kannst du mit Hilfe dieses Geldes wieder zu deinen Freunden zurückkehren."

Ich nahm den Umschlag und steckte ihn in meine Tasche. Nun fühlte ich mich schon bedeutend besser. „Fluchtgeld". Das Wort gefiel mir. Nun konnte ich jederzeit wieder ausreißen, wenn mir mein neues Leben nicht gefiel.

So begann mein Leben als Frau Don Stafford. Ich war verheiratet mit einem stillen, gelassenen Fremden, den ich erst wenige Tage kannte. Mit Tränen in den Augen und Furcht im Herzen sah ich dem Ehebett entgegen, weil ich einen Mann geheiratet hatte, den ich nicht liebte. In meinem Herzen lebte immer noch die Erinnerung an Gelber Donner.

11

Nun waren wir also unterwegs nach Norden. Die Kilometer flogen dahin. Hundert – fünfhundert – siebenhundert. In wenigen Tagen würden wir Alaska erreichen. Dann werde ich Tausende von Kilometern von meiner alten Heimat und meinen Freunden entfernt sein, überlegte ich.

Würden wir wohl in einem Iglu wohnen? Fiel dort oben das ganze Jahr hindurch Schnee? Und was dann, wenn er mich plötzlich nicht mehr mochte und davonjagte? Ich schielte zu ihm hinüber. Er war tief in Gedanken versunken. Tat es ihm jetzt schon leid, daß er mich geheiratet hatte?

Wir machten halt, um etwas zu essen. „Was möchtest du gern?" fragte er mich.

„Nichts, danke. Ich hab keinen Hunger", entgegnete ich. Mir war weder nach essen noch nach trinken zumute. Ich kam mir vor wie ein wildes Tier im Käfig.

Wir ließen die amerikanisch-kanadische Grenze hinter uns, und als die amerikanische Flagge immer kleiner wurde und schließlich ganz verschwand, war ich überzeugt davon, daß ich meine Heimat nie wiedersehen würde. Ich fuhr ans Ende der Welt.

Seit der Hochzeit hatte ich nur ein paar Bissen gegessen, aber als wir den Yukon erreichten, wurde das Hungergefühl in mir so mächtig, daß alles andere daneben verschwand. Ich begann zu essen wie ein Scheunendrescher – zu meines Ehemannes großer Erleichterung! Das Yukongebiet war die schönste, wildromantischste Landschaft, die ich je gesehen hatte. Wir fuhren stundenlang dahin, ohne ein Haus zu sehen oder einem anderen Wagen zu begegnen. Aber es gab hier viel Wild - wir beobachteten Elche, Hirsche und Füchse. Am Ufer eines Sees waren Hunderte von Seeadlern damit beschäftigt, Fische zu fangen. Einmal machten wir halt, um ein längst verlassenes Lager der königlich-kanadischen Polizei zu besichtigen. Da stand plötzlich ein dreibeiniger Bär vor uns! Don packte mich und rannte mit mir dem Wagen zu. Unterwegs brummte er etwas von einem dreibeinigen Bären, der schneller laufen konnte als ein zweibeiniges Mädchen. Wie hätte er auch Pastor McPherson erklären sollen, daß er einem Bären erlaubt habe, mich aufzufressen!

Es war spät, und wir beide waren müde und hungrig, als wir vor einem kleinen Café hielten, um das Abendbrot einzunehmen. Wir setzten uns in eine Ecke, und die Kellnerin brachte Don die Speisekarte.

„Tut mir leid, mein Herr - die da bedienen wir hier nicht", erklärte sie mit einem Seitenblick auf mich.

Don hob den Blick von der Speisekarte. „Wie bitte?"

Das Mädchen zeigte mit dem Finger auf mich und wiederholte: „Wir bedienen keine Indianer. Sie muß hinausgehen." Dann wies sie auf eine Tafel im Schaufenster. *„Indianer werden nicht bedient."*

Dons Augen wurden hart wie Stahl, als er der Kellnerin die Karte zurückgab. Dann ergriff er meine Hand, und wir gingen hinaus.

Schweigend fuhren wir ein paar Kilometer weiter. Dann fand ich, daß es an der Zeit sei, irgend etwas zu sagen.

„Mach dir nichts draus. Vergessen wir's einfach!"

„Die sind verrückt!" Don sprach heftiger, als es sonst seine Art war.

„Ich weiß! Sollen wir zurückfahren und sie skalpieren?" fragte ich.

Sein harter Gesichtsausdruck machte einem Lächeln Platz. „Tut mir leid, Schrei."

„Für dich ist es viel schwerer als für mich. Ich habe mein Leben lang nichts anderes gekannt.”

„Soll das heißen, daß du an diese Art Behandlung gewöhnt bist?” fragte er.

„Nein”, antwortete ich ruhig. „Nein, gewöhnen kann man sich nie daran, aber man lernt, damit zu leben.”

Don hatte zum erstenmal erlebt, was es hieß, ein „Squaw-Mann” zu sein und war wütend geworden. Ich fragte mich, ob er wohl imstande sein würde, solche Demütigungen zu ertragen, oder ob er mich eines Tages um einer blonden Frau willen im Stich lassen würde.

Spät abends erreichten wir Alaska. Das einzige Zimmer, das wir finden konnten, lag über einer Bar und kostete zweiundfünfzig Dollar pro Nacht. Lärm und Geschrei drang in unser Zimmer, und der Gestank von Whisky und Rauch verpestete die Luft. Wir betrachteten das kleine, schmutzige Zimmer und sahen einander an.

„Es ist zu kalt, um im Auto zu schlafen. Das hier ist das einzige freie Zimmer”, erklärte er. „Ich hoffe nur, daß diese besoffenen Indianer uns nicht die ganze Nacht wach halten -” Don wurde rot und schloß die Augen. „Verzeih - das wollte ich nicht sagen! Ich hab's nicht so gemeint. Ich wollte nichts gegen Indianer sagen - ich meine nur - ich hoffe, diese Leute da unten geben bald Ruhe, damit wir schlafen können.”

„Schon gut”, nickte ich.

„Ich will sehen, ob ich etwas zu essen bekomme. Schließ' die Tür ab und mach erst auf, wenn ich komme!”

„Laß dich von den Indianern nicht skalpieren!” warnte ich ihn und schloß die Tür hinter ihm ab.

Beinahe eine Stunde später klopfte er.

„Unten hatten sie nichts zu essen. Ich mußte in ein anderes Restaurant, und die Leute nahmen sich Zeit zum Kochen!” Er wickelte ein paar fette Hamburger aus. „Die Indianer unten in der Bar braten sich einen Bären, den einer von ihnen heute gejagt hat." Er drückte mir einen Hamburger in die Hand. „So wie heute wird es nicht immer sein, Schrei. Es gibt nicht nur schmutzige Zimmer und kaltes Essen für dich. Du darfst dir unsere Ehe nicht wie den heutigen Tag vorstellen!"

Plötzlich hatte ich Mitleid mit ihm. Er gab sich alle erdenkliche Mühe! Bis zu diesem Augenblick wäre es mir nicht eingefallen, daß auch er Angst haben könnte. Ich hatte gedacht, er sei viel älter als ich, weil er schon so viel herumgekommen war und so verschiedene Arbeiten getan hatte. Auf einmal erkannte ich, daß er trotz seiner vielen Abenteuer nicht viel älter war als ich.

Er hatte mir erzählt, daß er als Teenager von zu Hause fortgegangen war und in Alaska als Fischer auf einem Krabbenfänger gearbeitet hatte. Dann hatte er auf den Ölfeldern geschuftet, wo die Temperatur bisweilen auf 65 Grad unter Null fiel. Er erzählte mir von den Jahren, die er in dieser kalten Wildnis verbracht hatte, und allmählich wurde mir klar, daß auch er einsam war. Er war so einsam, daß er nicht einmal sah, wie häßlich ich war.

„Die Ehe ist eine Zeit der Anpassung, die ein Leben lang dauert", hatte Pastor McPherson uns gesagt. Er hatte uns eine Menge guter Ratschläge gegeben, aber als er das Wort „Anpassung" brauchte, hat er uns nur die Spitze des Eisbergs gezeigt. Als ob nicht allein schon darin genug Gegensätze vorhanden wären, daß Don ein Mann und ich eine Frau war, daß er ein Weißer und ich eine Indianerin war, und daß wir verschiedenen Kulturbereichen entstammten - er kam aus einer modernen, komplizierten Welt, und ich stand immer noch mit einem Bein in der Steinzeit.

Die lange Reise hatte mir fürchterliche Kopfschmerzen verursacht.

„Warum nimmst du nichts dagegen?" fragte Don.

„Weil ich nichts bei mir habe", gab ich zu und preßte einen nassen Waschlappen auf meine Augen.

„Ich kann dir was holen", meinte er. „Was hast du im Reservat gegen Kopfschmerzen genommen?"

„Ich habe die Rasseln einer Klapperschlange in mein Stirnband gebunden."

„Wie bitte??"

„Das war die beste Medizin. Aber wenn man keine Klapperschlange finden konnte, hat man die Blätter der wilden Rose gegessen."

„Ich kaufe dir lieber eine Schachtel Aspirin."

„Glaubst du wirklich, daß das hilft?" blinzelte ich zweifelnd hinter dem Waschlappen hervor.

„Viele Leute nehmen Aspirin, wenn sie Kopfweh haben", erklärte er.

„Also gut - vielleicht hilft es, bis wir eine Klapperschlange finden", stimmte ich zu.

Das war nur der Anfang.

Als wir in Anchorage ankamen, mietete er ein kleines Häuschen und kaufte Lebensmittel und andere notwendige Sachen. Es blieben ihm nur noch wenige Tage, dann mußte er wieder an seinen Arbeitsplatz in den Ölfeldern, die Hunderte von Kilometern entfernt waren. Zehn Tage mußte er arbeiten, dann kam er für fünf Tage nach Hause.

Mein neues Heim weckte gemischte Gefühle in mir. Ich hatte eigentlich nicht vorgehabt, mich mitten in Alaska niederzulassen, aber ich hatte immerhin eingewilligt, hier zu leben.

„Herr, hilf mir!" betete ich.

12

Ich kochte unser erstes Mittagessen - Fleisch, Kartoffeln, Zwiebeln, Mais und Toastbrot - und richtete es an.

Don lächelte mir zu, nahm ein wenig und kaute endlos daran herum. Beim zweiten Bissen stand er auf, entschuldigte sich und rannte hinaus. Ein paar Minuten später kam er in die Küche zurück. Er lächelte immer noch, aber sein Gesicht war weiß wie ein Leintuch.

„Mein Essen ist schuld daran, nicht wahr? Du kannst mein Essen nicht vertragen", klagte ich, halb zornig, halb beschämt. „Ich hätte wissen müssen, daß ein weißer Mann die indianische Küche nicht verträgt."

„Nein, nein, daran liegt's nicht! Es ist nur - nun, ich habe noch nie eine ganze Mahlzeit gegessen, die in einer einzigen Pfanne gekocht wurde. Es schmeckt - hm, es schmeckt etwas ungewöhnlich", sagte er.

„Du magst mein Essen nicht", schmollte ich.

„Aber nein, keine Spur! Es ist wirklich in Ordnung. Ich werde mich daran gewöhnen." Er setzte sich wieder hin und betrachtete seinen Teller, von dem das gelbe Fett troff. „Vielleicht könntest du etwas weniger Fett nehmen? Meine Kartoffeln schwimmen mir davon!"

„Fett ist gut für dich, es hält Bären ab!"

„Hier gibt es keine Bären", entgegnete er.

„Sieh da! Es klappt schon!" gab ich zurück.

„Hast du kein Kochrezept?" fragte er schüchtern.

Ich begriff. „Doch! Ich hab ein sehr gutes Rezept!"

„Fein!" Er war begeistert. „Was brauchst du dazu?"

„Man nimmt ein Viertel reinen Alkohol, ein Pfund besten schwarzen Kautabak, eine Flasche Jamaica-Ingwer, eine Handvoll roten Pfeffer, ein Viertel schwarze Melasse und ein Viertel Wasser, mischt das alles und kocht es so lange, bis die Schärfe vom Tabak und vom Pfeffer verschwunden ist, dann siebt man das Ganze und fertig ist die Zauberei!" erklärte ich stolz.

„Aha! Und was in aller Welt soll das sein?" erkundigte er sich.

„Kickapoo-Handels-Whisky", antwortete ich eifrig.

„Ist dies das einzige Rezept, das du kennst?" fragte er skeptisch.

„Ja!"

„Ich kaufe dir ein Kochbuch." Dann schüttelte er den Kopf. „Dieses Gesöff hat vermutlich mehr Kickapoo-Krieger umgebracht als sämtliche Kriege der Vergangenheit!"

„Meine Onkel haben massenhaft davon getrunken. Es hat ihnen nicht geschadet", entgegnete ich und beobachtete, wie die Kartoffeln auf meinem Teller in ihrem Fett herumschwammen.

„Deine Onkel müssen einen Magen aus Eisen gehabt haben", bemerkte er und kratzte den Inhalt unserer Teller zusammen. Dann holte er drei Bratpfannen hervor und briet Eier in der einen, Speck in der anderen und Kartoffeln in der dritten. Bald hatten wir ein delikates Mahl. Ich hatte einen ausgezeichneten Koch geheiratet! Er kochte so gut, daß ich mich wieder einmal fragte, weshalb er mich geheiratet hatte.

Am ersten Abend in unserem neuen Zuhause streute ich eine Menge Maismehl auf die Türschwelle, um sicher zu gehen, daß wir immer genug zu essen haben würden.

Ich war immer ruhig und schweigsam gewesen – ich sprach selten, huschte wie ein Schatten durchs Leben und bemühte mich, möglichst unbemerkt im Hintergrund zu bleiben. Ich war noch nach der alten Sitte erzogen worden, nach der Schweigen gleichbedeutend mit Überleben war. Schweigen verbarg uns vor dem Feind. Schweigen half uns ein Reh jagen oder einen Hasen fangen. Lärm verjagte das Wild, und man blieb hungrig. Lärm konnte das Leben kosten. Nun war es anders geworden. Ich mußte lernen, mich zu unterhalten; lernen, unnötigen Lärm zu machen, und lernen, zu reden, wenn es nichts zu sagen gab.

Es war schwierig, mit diesem Fremden zu reden, der nicht wußte, was es bedeutete, eine Indianerin zu sein.

Wenn Don sich über mein Schweigen beklagte, gab ich zur Antwort: „Wir haben ja nichts Gemeinsames, über das wir sprechen könnten."

Deshalb war ich überrascht, als Don plötzlich eine Menge über Indianer und ihre Kultur wußte. Jeden Abend während des Essens erzählte er von einem großen Häuptling oder von den Besonderheiten eines Indianerstammes.

„Ich hatte keine Ahnung, daß du so viel über Indianer weißt", sagte ich eines Abends, als wir uns über Geronimo unterhalten hatten.

„O ja, ich habe mich schon immer für Indianer interessiert." Er stockte. „Siehst du, du hast dich geirrt. Du und ich, wir beide haben viel Gemeinsames."

Etwas in seinem Blick war merkwürdig, aber ich fand nicht heraus, was es war.

Eines Abends spät kam ich zufällig hinter sein Geheimnis. Es war kalt, und ich erinnerte mich, daß ich meine Jacke im Auto vergessen hatte. Ich ging noch einmal zurück, um sie zu holen. Da sah ich, daß unter dem Rücksitz die Ecke eines Buches hervorlugte. Ich erinnerte mich nicht, ein Buch im Auto vergessen zu haben, aber es mußte mir gehören, denn Don las nie.

Ich zog es heraus, und da war nicht nur ein Buch, sondern gleich drei Bücher unter dem Sitz. Ich las die Titel:

Amerikanische Indianer von A bis Z (Apachen-Zunis)

Die Schlacht von Little Bighorn
Der rote Mann – der edle Wilde.

Ich lächelte. Um mich besser zu verstehen, las Don im geheimen diese Bücher. Als ich den Titel sah ‚Der edle Wilde', brach ich in schallendes Gelächter aus.

Er hatte verschiedene Passagen unterstrichen und lernte sie fast wörtlich auswendig. Ich erinnerte mich an seine Bemerkungen beim Essen und erkannte jetzt, daß sie geradewegs aus diesen Büchern kamen. Ich fragte mich, wie viele Stunden er schon im Auto beim Lesen dieser langweiligen, altmodischen Bücher verbracht hatte, denn er las sehr langsam.

Ich hörte auf zu lachen. Im Grunde genommen gab es gar nichts zu lachen. Er versuchte verzweifelt, mich zu verstehen. Es berührte mich tief, zu sehen, wie sehr er sich um mich sorgte. Vielleicht sollte ich mir auch mehr Mühe geben? Ich stopfte die Bücher wieder unter den Sitz in ihr Versteck und ging hinein. Es sollte sein Geheimnis bleiben.

Alpträume. Jede Nacht. Ich hatte so schreckliche Träume, daß ich laut schreiend erwachte und mein Herz so rasend klopfte, daß ich am ganzen Körper zitterte. Ich hatte geglaubt, daß diese Alpträume nach meiner Bekehrung aufhören würden, daß ich nicht länger mehr Angst haben und friedlich schlafen würde. Aber die Träume verfolgten mich weiter, und ich fürchtete mich jeden Abend, ins Bett zu gehen. Ich wußte, daß mich um Mitternacht die Träume quälten, und ich erwachte jedesmal voller Angst und Schrecken.

Ein Traum, der immer wiederkehrte, drehte sich um Doppelblind, den Medizinmann, dessen Familie ihm nach dem Tod beide Beine abgehackt hatte, damit er nicht mehr zurückkommen und sie töten könne. Immer und immer wieder träumte ich, daß er auf seinen blutigen Stümpfen aus dem Grab stieg.

In anderen Träumen war ich wieder das Schulkind, das vom Lehrer wegen nichts und wieder nichts schwer bestraft wurde, weil es in seinen Augen alles falsch gemacht hatte. Und nach der Schule jagten mich Horden von Kindern nach Hause und warfen mir Steine und Schimpfnamen an den Kopf. Wenn ich erwachte und erkannte, daß ich kein Kind mehr war und nie wieder zur Schule gehen mußte, dankte ich Gott dafür. Ich war erwachsen und mußte nicht mehr zur Schule. Niemand durfte mich mehr nach Hause jagen und Steine nach mir werfen. Kein Lehrer durfte mich mehr so sehr erschrekken, daß mein Magen sich umdrehte. Nein, vor der Schule war ich gerettet!

Andere Alpträume waren so furchtbar, daß ich Don nichts davon erzählen konnte. Ich erwachte schweißgebadet und schreiend. Allmählich hatte ich vor dem Schlafen solche Angst, daß ich nicht mehr zu Bett ging, sondern die ganze Nacht auf dem Stuhl sitzen blieb und sämtliche Lichter brennen ließ.

Die Zeit unserer ersten Trennung kam. Don mußte wieder an seinen Arbeitsplatz fliegen.

„In zehn Tagen bin ich wieder zurück", sagte er auf dem Flugplatz und hielt mich fest. „Die Zeit wird schneller vorbei sein, als du denkst. Wenn du irgend etwas brauchst, rufe die Nummer an, die ich dir aufgeschrieben habe. Mein Freund wird dir helfen." Er küßte mich zum Abschied, nahm seinen Koffer und stieg ins Flugzeug. Nach wenigen Minuten war die kleine Maschine außer Sicht.

Er ist fort! Er wird nie mehr zurückkommen! Ich bin allein in einem fremden Land! Ich weinte auf dem ganzen Weg nach Hause. Flint hatte recht gehabt – Don hatte mich verlassen, wie Flint es vorausgesagt hatte.

Tagelang schlich ich trübsinnig umher und verbrachte die langen Stunden mit Lesen. Genau zehn Tage später platzte plötzlich Don ins Zimmer, über und über mit Schnee bedeckt. „Ich bin wieder da!" rief er lachend.

Ich rannte ihm entgegen und legte die Arme um seinen Hals. „Du bist zurückgekommen! Du bist tatsächlich zurückgekommen!" Ich konnte es nicht fassen.

„Ich habe dir doch gesagt, daß ich nach zehn Tagen wieder zurück bin. Glaubst du wirklich, daß ich dich heirate und den weiten Weg hierherbringe, nur um dich wieder zu verlassen? Wann wirst du endlich lernen, mir zu vertrauen?"

Die fünf gemeinsamen Tage vergingen wie im Flug, und bald mußte er mich wieder allein lassen. Die zehn Tage ohne Don schlichen dagegen im Schneckentempo dahin. Nach jedem Zehn-Tage-Turnus fragte ich mich, wie lange es noch dauern würde, bis er nicht mehr zurückkam. Man hatte mich in meinem Leben schon so oft verlassen, daß ich mir nichts anderes vorstellen konnte.

Als ich noch unverheiratet war, gab es um mich her keine Geräusche, außer meiner eigenen. Nun war Leben eingezogen - man hörte das Aufziehen des Weckers im Schlafzimmer und das Klimpern der Münzen, die Don aus der Tasche in die Schublade legte. Man hörte Türen öffnen und schließen und das Klappern des Geschirrs. Geräusche, die Leben anzeigten. Wenn Don weg war, kehrte wieder Stille ein, aber es war nicht mehr das tiefe, drückende Schweigen der Einsamkeit, das ich vorher gekannt hatte, denn ich wußte, daß nach seiner Rückkehr das Haus wieder voller Leben sein würde.

Nachtmusik

Die Nacht ist still,
ich höre nur den Hauch der Liebe neben mir,
den warmen, den vertrauten Ton,
der mir verkündet, daß ich nicht allein.
Die Lasten des Tages versinken im Dunkel der Nacht.
Ich schwebe auf einer weichen, weißen Wolke hoch
über der Erde
und nehme nur das Wissen deiner Gegenwart mit mir.
Die Nacht ist still,
ich höre nur das Atmen meines Mannes -
den warmen, den vertrauten Ton,
der mir anzeigt, daß ich nicht allein.

„Du hast mich noch nie um etwas gebeten, seit wir verheiratet sind", sagte Don eines Tages. „Du brauchst doch sicher verschiedenes. Möchtest du nicht einmal einkaufen gehen und dir neue Kleider oder sonst etwas aussuchen?"

„Nun -" ich zögerte - „ich hätte schon gern ein neues Kleid."

„Fein! Wieviel Geld brauchst du?" Er zückte die Brieftasche.

„Weißt du - ich habe es immer selbst gemacht", entgegnete ich.

„Auch gut. Was brauchst du dazu? Ich könnte es dir bringen."

„Okay. Ich muß zwei Elchhäute und zehn Pfund Perlen haben", antwortete ich.

„Wie bitte??"

„Ich möchte mir ein neues Wildlederkleid machen", erklärte ich.

Einen Augenblick war er ratlos, dann hellte sich sein Gesicht auf.

„Ich kenne einen Pelzhändler unten bei Boot Legger's Cove. Wir wollen sehen, ob er ein paar Häute hat."

Kurze Zeit später hatte ich einige Rehhäute und meine zehn Pfund Perlen, dazu die sechs Hasenfelle, die ich so bewundert hatte.

Als Don das nächstemal von der Arbeit nach Hause kam, war mein Kleid beinahe fertig.

„Was wirst du mit den Hasenfellen machen?" fragte er neugierig.

„Ich habe mit Tusche darauf gezeichnet", antwortete ich und holte die Überraschung, die ich mir für ihn ausgedacht hatte.

Er betrachtete die Tuschzeichnungen von Elch, Karibu und Rotwild, die ich auf die gegerbte Hasenhaut gemalt hatte.

„Es ist ein Geschenk für dich", sagte ich schüchtern.

„Das ist wirklich gut! Es gefällt mir!" Er sah sie lange an. „Möchtest du noch mehr davon machen – und verkaufen?"

„Kein Mensch würde meine Malerei kaufen. Ich bin keine Künstlerin", entgegnete ich.

„Wir kaufen noch zehn Häute, und ich bringe dir Farbe und Pinsel. Damit machst du noch mehr solcher Bilder, und ich verkaufe sie einem Souvenirgeschäft."

Ich mußte über seinen Eifer lachen, aber ich malte die verlangten zehn Bilder. Am anderen Tag verkaufte er sie um sieben Dollar pro Stück und brachte einen Auftrag für vierzig weitere Bilder nach Hause.

„Hier hast du dein Geld", sagte mein Mann. „Du kannst mit deinen Bildern eine Menge Geld verdienen, wenn du willst. Du kannst es nach Belieben verwenden, aber ich möchte nicht, daß du Lebensmittel damit einkaufst oder Rechnungen bezahlst. Ich habe versprochen, für dich zu sorgen, und das will ich auch weiterhin tun. Aber wenn du gern malst und das Geld ausgeben willst, um deinen

Freunden Geschenke zu machen und deine Gemeinde zu unterstützen, bin ich einverstanden."

Ich nickte. Sprechen konnte ich nicht, dazu war ich viel zu aufgewühlt. Die Leute kauften wirklich meine Bilder! Während des nächsten Jahres verkaufte Don mehr als fünfhundert meiner Skizzen und Bilder, die meisten auf Hasenleder gemalt. Ich bekam solche Übung im Malen wilder Tiere, daß ich dreißig Bilder pro Tag schaffte. Don hatte in jedem Souvenirgeschäft im Umkreis von über hundert Kilometern meine Bilder verkauft.

Eines Tages erklärte er: „Ich glaube, du solltest ein eigenes Bankkonto haben und den Erlös deiner Bilder dort anlegen. Füll' dieses Formular aus, notiere die Nummer deiner Sozialversicherung und unterschreibe dann mit Frau Don Stafford."

„Weshalb kann ich nicht Schrei im Wind bleiben?" erkundigte ich mich.

„Weil die Leute dann glauben würden, wir seien nicht verheiratet", erklärte er mir.

Ich schloß einen Kompromiß und schrieb „Schrei im Wind Stafford."

Don seufzte. „Und nun deine Versicherungsnummer."

„Ich habe keine Nummer, nur einen Namen", entgegnete ich.

„Alle Menschen haben eine Versicherungsnummer", behauptete Don.

„Ich nicht."

„Du hast doch schon an vielen Orten gearbeitet - du mußt eine Nummer haben", beharrte er.

„Nein. Ich habe den Leuten gesagt, ich hätte sie vergessen, und weil ich nirgends länger als ein paar Wochen gearbeitet habe, hat sich kein Mensch darum gekümmert", erklärte ich.

„Dann müssen wir eine Nummer für dich beantragen!"

„Ich will keine Nummer! Ich bin Schrei im Wind. Ich

habe einen Namen. Ich will keine Nummer - Nummern sind böse Omen. Wenn du dem Staat erlaubst, dir eine Nummer zu geben, kann er dich jederzeit finden", erklärte ich.

„Und weshalb sollte er nicht?" fragte Don verständnislos.

„Sie könnten sich eines Tages dazu entschließen, die Indianer auszurotten."

„Lächerlich!" rief Don.

„Sie haben es vor hundert Jahren versucht, und es könnte wieder so werden", behauptete ich. „Denk daran, was mit den Juden in Deutschland geschehen ist!"

„Du bist eine Indianerin und lebst in den USA. Deshalb werde ich für dich eine Versicherungsnummer beantragen." Dann lachte er. „Und wenn der Staat dich eines Tages sucht, verstecke ich dich auf dem Dachboden!"

„Ja - das sagst du jetzt", entgegnete ich stirnrunzelnd.

Kurze Zeit später kam er mit einem Umschlag nach Hause, in dem zwei Karten der Sozialversicherung waren. Eine nahm er heraus und legte sie in die Schachtel, in der er alle wichtigen Papiere aufbewahrte. Die andere Karte drückte er mir in die Hand.

Als Don das Zimmer verließ, betrachtete ich die Karte. Jetzt war ich nicht mehr Schrei im Wind. Ich war Nummer 522-54-2700. Nun hatte mich die Behörde in ihrer Kartei. Man konnte mich jederzeit finden, und Don hatte vielleicht gelogen, als er sagte, er würde mich auf dem Dachboden verstecken. Ich nahm die Karte, zerriß sie in tausend kleine Stücke und warf sie in den Papierkorb. Weg damit! So, nun war ich wieder Schrei im Wind!

Als Don zurückkam, sagte er: „Da fällt mir gerade ein - du brauchst noch einen Führerschein, der hier in Alaska gültig ist. Zeig mir mal deinen Ausweis!"

Ich holte den Führerschein und reichte ihn Don.

„Der gehört ja einer Rose Tsosie!" rief er überrascht.

„Ja, ich weiß," nickte ich.

„Wo ist denn dein Führerschein?"

„Das ist meiner! Ich habe ihn im Leihhaus gekauft!"

„Du kannst doch im Leihhaus keinen Führerschein kaufen!" lachte Don.

„Natürlich kannst du! Im Reservat kannst du deinen Ausweis für fünfzig Cent versetzen. Damit bekommt man einen Drink im Saloon. Wenn du den Schein nicht mehr einlösen kannst, verkauft ihn der Pfandleiher um zwei Dollar."

„Das kann doch nicht wahr sein!" rief Don ungläubig.

„Ist es aber. Für die Polizei sehen alle Indianer gleich aus - schwarze Haare, braune Augen, dunkle Haut. Du mußt nur darauf achten, daß Alter und Maße ungefähr stimmen."

„Das geht doch nicht!" Don schüttelte den Kopf. „So etwas ist verboten! Willst du damit wirklich sagen, daß in Amerika die Hälfte der Indianer mit einem Führerschein herumfährt, der in der Pfandleihanstalt für zwei Dollar gekauft wurde?"

Ich zuckte die Achseln.

Don ging hinaus und murmelte etwas vor sich hin. Ich steckte den Ausweis von Rose Tsosie wieder in die Tasche. Noch nie hatte ich jemanden kennengelernt, der sich so sehr um Gesetze und Vorschriften kümmerte wie Don!

Nach einigen heftigen Diskussionen nahm mich Don mit auf die Polizeistation, wo ich nun einen vorschriftsmäßigen Führerschein erhielt.

„Ich sehe nicht ein, wo hier der Unterschied liegt. Ich fahre genau gleich - ob mit diesem Ausweis oder mit dem, den ich beim Pfandleiher gekauft habe", klagte ich.

Don schüttelte den Kopf und seufzte. „Ein Mann braucht Nerven aus Stahl, wenn er mit einer Indianerin verheiratet ist!"

13

Mitten in der Nacht wurde ich durch irgend etwas geweckt. Wenn Don fort war, schlief ich nur leicht und hörte auch das leiseste Geräusch. Ich wußte, daß etwas nicht in Ordnung war. Angestrengt horchte ich ins Dunkel. Da ich nun nichts mehr hörte, nahm ich an, ich hätte geträumt und beschloß, weiterzuschlafen. Ich zog die Decke über die Ohren, drehte mich auf die andere Seite – und fand mich einem fremden Mann gegenüber!

Ich schrie laut auf, stob wie ein Wirbelwind aus dem Bett, rannte durchs Zimmer und warf alles, was nicht niet- und nagelfest war, dem Eindringling an den Kopf.

Der rotbärtige Fremdling setzte sich erstaunt im Bett auf und rieb sich die Augen.

„Was um alles in der Welt ist in dich gefahren, Schrei?" Es war Dons Stimme, aber sie kam aus einem unbekannten Gesicht.

Zögernd kam ich näher.

„Ich hatte Gelegenheit, einen Tag früher in die Stadt zu kommen, aber es war schon so spät, daß ich dich nicht wekken wollte. Ich wollte dich nicht so erschrecken", entschuldigte er sich.

„Was ist denn mit deinem Gesicht passiert?" Ich konnte nicht glauben, daß dieser behaarte Mann mein Ehelieb-ster war.

„Ach, wir Männer haben beschlossen, uns den Bart wachsen zu lassen", lachte er. „Gefalle ich dir?"

„Du hast ja Haare im ganzen Gesicht! Ich war zu Tode erschrocken!" Ich legte die Bücherstütze hin, die ich immer noch als Waffe in der Hand hielt.

Dann warf ich die Decke wieder aufs Bett, holte mein Kissen, das ich quer durchs Zimmer geschleudert hatte, und legte mich wieder hin. Indianer haben keine Haare im Gesicht - und sie verlieren auch ihre Haare nicht.

„Vermutlich wird er sich demnächst eine Glatze zulegen", brummte ich vor mich hin.

„Was hast du gesagt?" fragte Don schlaftrunken.

„Nichts." Vorsichtig strich ich mit einem Finger über den roten Bart. „Gute Nacht, Pelzgesicht!"

Als ich mich am nächsten Morgen anzog, betrachtete ich mich kritisch im Spiegel. Ich sah aus, als wäre ich geradewegs aus dem Reservat gekommen.

Ich fand, daß ich jetzt, da ich ein anderes Leben führte, auch anders aussehen sollte. Vielleicht sollte ich mich doch wie alle anderen Frauen kleiden, um meinen Mann nicht in Verlegenheit zu bringen, dachte ich.

Ich ging in die Stadt und kaufte mir ein kurzes Kleid. Da ich immer nur bodenlange Kleider getragen hatte, kam ich mir mit den bloßen Beinen halb nackt vor. Außerdem waren sie eiskalt. Die Strumpfhose, die mir die Verkäuferin aufgeschwatzt hatte, wärmte meine Beine nicht.

Mein nächstes Ziel war der Schönheitssalon. Ich nahm all meinen Mut zusammen und trat beherzt durch die Tür. Sobald die Friseusen mein langes Haar sahen, begannen sie, wie auf Kommando, ihre Scheren zu schleifen. Schützend legte ich die Hände über meine Haare und erklärte energisch, daß ich sie nicht geschnitten, ja nicht einmal mit der Schere berührt haben wollte. Ich wollte sie nur gelockt und hochgesteckt haben, um anders auszusehen. Zögernd legten sie ihre Scheren weg und begannen, mein Haar zu bearbeiten. Nachdem sie drei Stunden shamponiert, gewickelt und beinahe meine Ohren unter der Trokkenhaube zum Schmelzen gebracht hatten, entließen sie mich. Mein Haar war so hoch aufgetürmt, daß ich das

Gefühl hatte, ein Kürbis sitze auf meinem Kopf. Zu meiner neuen Haartracht hatte ich auch ein neues Gesicht bekommen. Sie hatten mit Make-up, Lidschatten, Wimperntusche und Lippenstift nicht gespart. Ich war überzeugt, daß ich nun aussah wie alle anderen Frauen und daß Don mein „neues Ich" hinreißend finden würde.

Er war ganz und gar nicht hingerissen. Er trat ein, sah mich an und fragte: „Hat es lang gedauert, bis sie dich so aufgeputzt hatten?"

„Den ganzen Tag! Gefalle ich dir jetzt?"

Er mußte sich die Antwort nicht zweimal überlegen. „Nein. Du hast mir so gefallen, wie du warst."

„Ich wollte hübsch aussehen. Ich wollte aussehen wie alle anderen, damit du dich meiner nicht zu schämen brauchst."

„Ich habe mich deiner nie geschämt, und einer der Gründe, weshalb ich dich heiraten wollte, war gerade, daß du nicht aussahst wie alle anderen. Du warst du. Versuche nicht, in eine fremde Haut zu schlüpfen. Du mußt dir selbst treu bleiben."

Ich kam mir albern vor. Da hatte ich so viel Zeit und Geld verbraucht, nur um schließlich wie eine dumme Pute auszusehen! Tränen rollten über meine Wangen und hinterließen schwarze Spuren aus Wimperntusche.

Don berührte mein Haar, das vom Spray ganz steif geworden war.

„Könntest du nicht mal gehen und sehen, ob du irgendwo meine Frau findest? Wenn ja, sag ihr, daß ich sie zum Mittagessen einladen möchte!"

Ich stand unter der Dusche und spülte mein „neues Ich" gründlich weg. Eine halbe Stunde später kehrte ich ins Wohnzimmer zurück - mit langem Kleid, ohne Make-up, das Haar in Zöpfe geflochten.

Don zog mich an einem Zopf. „Ja - das ist meine Frau!"

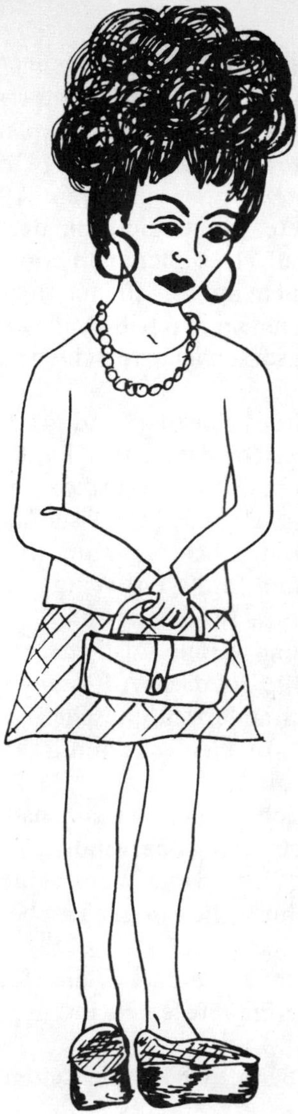

Schrei im Wind –
in moderner Aufmachung!

Ich streckte mich und berührte sein Gesicht. Sein Bart war verschwunden, er hatte sich glatt rasiert.

„Komm, wir gehen essen", sagte er lächelnd.

Um mein altes Ich zu feiern, ging Don mit mir in ein Restaurant für Meeresspezialitäten. Als ich die Speisekarte betrachtete, drehte sich mir der Magen um. Ich dachte nicht, daß ich es über mich bringen könnte, etwas zu essen, das nicht auf vier Beinen übers Land spazierte oder mit zwei Flügeln durch die Luft flog. Etwas, das sich nur durchs Wasser schlängelte, schien mir zum Essen völlig ungeeignet.

Don bestellte Lachsfilet und wartete auf meinen Wunsch. Ich entschied mich für Thunfischbrötchen. Der Name klang nicht so übel wie all die anderen Gerichte, die zu haben waren. Als es auf den Tisch kam, nahm ich eine Hälfte in die Hand, betete darum, daß ich nicht krank davon würde und fühlte ein Würgen in meiner Kehle. Schnell ließ ich das Brötchen in der Tasche meiner Jacke verschwinden und wartete auf die erste Gelegenheit, auch die andere Hälfte auf diese Art loszuwerden. Sobald ich merkte, daß Don anderweitig beschäftigt war, ließ ich auch die zweite Hälfte meines Thunfischbrötchens in die andere Tasche gleiten.

„Siehst du, Liebes, Fische essen schadet dir nichts! Man muß sich nur ein wenig überwinden."

Sicher, dachte ich bei mir. Wenn es dich nicht stört, zerquetschte Fischbrötchen in der Tasche zu haben, macht es gar nichts!

Auf der Heimfahrt drehte er die Heizung an und die warme Luft verbreitete einen intensiven Thunfischgeruch im Wagen.

Don schnupperte. „Ich könnte wetten, daß es hier nach Fisch riecht!"

„Das bildest du dir wohl nur ein", entgegnete ich und wünschte, wir wären schon daheim.

Kaum zu Hause, rannte ich in die Küche und stülpte die Fischbrötchen in den Abfallkübel. Ich wollte meine Taschen reinigen, bevor Don hereinkam.

Als er ein paar Minuten später auftauchte, saß ich brav auf dem Diwan und guckte das Fernsehprogramm an.

„Es tut mir leid", sagte er.

„Was tut dir leid?"

„Daß ich dich zwingen wollte, Fisch zu essen. Es gibt wirklich keinen einzigen Grund, weshalb du ausgerechnet Fisch essen solltest", erklärte er.

„Fein! Dann vergessen wir es!" Ich stieß einen erleichterten Seufzer aus.

„Morgen bringe ich deine Jacke in die Reinigung", erbot er sich.

Ich kuschelte mich tiefer in den Diwan und wandte keinen Blick vom Bildschirm.

„Weil wir doch gerade beim Thema Essen sind - glaubst du, daß wir hin und wieder einmal etwas anderes essen könnten als Mais?"

„Mais ist das Beste. Indianer essen seit eh und je Mais."

„Ich habe Mais sehr gern, aber seit wir verheiratet sind, haben wir zu jeder Mahlzeit Mais gegessen. Könnten wir es zwischendurch nicht auch mit etwas anderem probieren?"

Ich nickte. Während des nächsten Monats hatten wir zu jeder Mahlzeit Erbsen, und nachher kehrten wir wieder zum Mais zurück.

„Liebling, diese Hose ist zu lang. Könntest du sie mir um ein paar Zentimeter kürzen? Ich möchte sie heute noch anziehen", sagte Don.

Ich nahm die Hose und lief ins andere Zimmer. Ich wußte, daß es lange dauern würde, wenn ich die Aufschläge mit der Hand nähen sollte, aber ich hatte die Nähmaschine, die mir Don gekauft hatte, noch nicht so recht im

Griff. Deshalb versuchte ich es mit einem Kompromiß – ich bog den Saum ein, nahm den Hefter von Dons Schreibtisch und klammerte die Aufschläge fest.

Dann brachte ich ihm die Hose zurück. Er betrachtete sie, zog sie wortlos an und ging weg.

Spät in der Nacht erwachte ich und entdeckte, daß Don nicht im Bett war. Ich stand auf und schlich zum Badezimmer, aus dem ein schmaler Lichtstrahl schimmerte. Don saß am Rand der Badewanne und nähte den Saum seiner Hosenbeine. Ich schlich zurück ins Bett und gelobte, die Heftmaschine nie wieder zu verwenden.

14

„Was hat dir Weihnachten bedeutet, als du noch ein Kind warst?" fragte Don.

„Wir haben nie Weihnachten gefeiert. Wir glaubten ja nicht an Gott", sagte ich.

„Viele Leute feiern Weihnachten, ohne an Gott zu glauben", meinte Don. „Willst du damit sagen, daß ihr euch überhaupt nicht um Weihnachten gekümmert habt?"

„Nein - das nicht gerade! Ich erinnere mich, daß mir einmal die Freundin eines Onkels ein Geschenk machte. Es war eine kleine Flasche Parfüm. Ich hatte nie vorher etwas Ähnliches gehabt. Es schien mir ein richtiges Erwachsenen-Geschenk zu sein, und ich war so stolz darauf, daß ich beschloß, es nie zu gebrauchen, damit es ewig halte."

„Hat es ewig gehalten?" wollte Don wissen.

„Nein. Nachts versteckte ich es unter meinem Bett. Es wurde zu Eis, und als ich am anderen Morgen erwachte und nach meinem wunderbaren Schatz sah, war nichts mehr davon übrig als Glasscherben und gefrorenes Parfüm. Ich konnte nicht einen einzigen Tropfen davon brauchen", seufzte ich. „Wie verlief denn Weihnachten für dich, als du noch ein kleiner Junge warst?"

„Schrecklich! Meine Eltern waren zu geizig, um mir oder meiner Schwester etwas zu kaufen. Einmal hängte ich einen Strumpf an die Tür, damit der Nikolaus ihn füllen konnte. Mehr als alles andere wünschte ich mir einen Baseball, und als ich am Weihnachtsmorgen etwas Großes, Rundes in meinem Socken entdeckte, dachte ich, ich hätte endlich meinen Baseball bekommen. Aber es war nur eine Orange! Seit damals hasse ich Orangen!" Er schwieg einen Augenblick. „Wenn meine Eltern zu arm gewesen wären, um Geschenke zu kaufen, hätte ich es verstanden. Aber auch wenn man arm ist, kann man Spielsachen für seine Kinder basteln. Ich war für sie nur eine billige Arbeitskraft. Ich habe auf unserer Ranch schwerer gearbeitet als je einer unserer Tagelöhner. Seit meinem zehnten Lebensjahr habe ich mir meinen Lebensunterhalt selbst verdient. Sobald ich alt genug war, einen Wagen zu fahren, sparte ich für einen alten Lieferwagen und flüchtete nach Alaska. Ich wollte so weit wie möglich von Texas weg."

„Was ist aus deiner Familie geworden?" fragte ich.

„Vermutlich sind sie immer noch auf der Ranch. Meine Schwester hat sehr früh geheiratet, um von zu Hause wegzukommen", erwiderte er.

„Glaubst du, daß du deine Leute je wiedersehen wirst?"

„Nein. Schrei, meine Leute sind -" er seufzte. „Sie sind - einfach eine Katastrophe! Mein Vater trinkt, und meine Mutter ist - nun, sie ist wirklich eine böse Frau. Meine Schwester und ich gingen so früh wie möglich aus dem Haus. Ich komme mir vor wie ein Waisenkind, denn ich hatte nie wirkliche Eltern. Ich war für sie kein Sohn, sondern nur eine billige Arbeitskraft. Du würdest mir einen Gefallen tun, wenn du meine Kindheit und meine Familie nie wieder erwähnst. Ich möchte alles vergessen, was geschehen ist, bevor ich dich kennenlernte. Du bist das einzige Gute, das mir je begegnet ist."

Es war unser erstes gemeinsames Weihnachtsfest, und es sollte etwas Besonderes werden. Zum erstenmal im Leben hatte ich jemand, der mir gehörte und dem ich ein Geschenk machen konnte.

Ich fing viel zu früh mit den Vorbereitungen an, aber ich war zu aufgeregt, um noch länger warten zu können. Unser Weihnachtsbaum war schon Ende November aufgestellt und geschmückt.

Stundenlang klapperte ich sämtliche Geschäfte ab, um für meinen Mann ein passendes Geschenk zu finden. Nichts schien mir gut genug, bis ich eines Tages beim Anblick der Herrenhemdem eine Idee hatte. Ich wollte ihm ein Hemd schneidern, wie es die Häuptlinge der Irokesen trugen! Flugs kaufte ich ein hellblaues Hemd und meterweise bunte Bänder. Daheim nähte ich die Bänder mit winzigen Stichen aufs Hemd. Ich schlüpfte hinein und tanzte damit herum. Die roten, gelben, blauen und grünen Bänder flatterten und leuchteten wie ein Regenbogen. Das würde ihm gefallen! Ein Häuptlingshemd! Ich war überzeugt davon, daß er noch nie so etwas besessen hatte. Stolz packte ich mein Geschenk ein und legte es feierlich unter den Weihnachtsbaum.

Auch Don legte Geschenke unter den Baum; und ich schüttelte, drückte und preßte jedes Päckchen so lange, bis das Papier zerknittert und die Bänder aufgegangen waren.

Don schimpfte und drohte, die Pakete zu verstecken, wenn ich sie nicht in Ruhe ließe. Trotzdem konnte ich nie an ihnen vorbeigehen, ohne sie mit den Händen zu berühren.

„Du solltest mir erlauben, sie jetzt schon aufzumachen. Was ist, wenn mir etwas zustößt und ich zu Weihnachten gar nicht mehr am Leben bin? Dann wüßte ich nie, was du mir schenken wolltest!"

Aber Don lachte nur und verpackte die Geschenke noch besser.

Am Weihnachtsabend saßen wir im Dunkeln, beobachteten die flackernden Lichter am Baum und hörten uns die Weihnachtslieder im Radio an.

In meinem Herzen erwachte die Sehnsucht nach meinen alten Freunden, und ich fühlte mich einsam und allein. Hin und wieder rollte eine Träne über meine Wangen. Aber als das Lied erklang „Am Weihnachtstag werde ich zu Hause sein", wurden die Tränen zu einem Strom. Ich schlug die Hände vors Gesicht und weinte bitterlich.

Don verstand auch ohne Worte, was in mir vorging, und überließ mich schweigend meinem Heimweh.

Kaum hatte ich laut zu weinen begonnen, als ich merkte, wie das Haus bebte. Meine Tränen versiegten augenblicklich. Das Entsetzen packte mich.

„Was ist das?" flüsterte ich angstvoll.

„Nur ein kleiner Erdstoß", entgegnete Don.

Wieder begann das Haus zu zittern. Das Geschirr klapperte im Schrank, und eine Fensterscheibe zersplitterte.

„Das ist ja ein richtiges Erdbeben!" schrie ich. Ich packte eines meiner Geschenke und sprang mitten aufs Bett. „Wir müssen sterben! Ich habe dir ja gesagt, daß etwas passieren wird! Gib mir schnell meine Geschenke!"

Ein neuer Stoß erschütterte das Haus in den Grundfesten, und die Lichter des Weihnachtsbaumes gingen aus. Ich blieb wie angewurzelt auf dem Bett stehen, ein halbausgepacktes Geschenk in der Hand. Tiefe Stille herrschte. Wir warteten darauf, daß der Boden sich auftat und uns lebendigen Leibes verschlingen würde.

Da flackerte das Licht wieder auf, und Don drehte noch ein paar Lampen an. Er nahm mir das halboffene Paket aus der Hand und legte es wieder unter den Baum.

„Du meine Güte! Was ist denn da passiert?" rief er überrascht und betrachtete den Baum.

Aus einem Berg von Tannennadeln ragte das dürre Skelett des Baumes gen Himmel, behangen mit Lichtern und glitzerndem Tand. Ich hatte den Baum zu früh aufgestellt, und er war vollkommen ausgedörrt. Das Erdbeben hatte sein Nadelkleid abgeschüttelt, und wir standen nun vor dem häßlichsten Weihnachtsbaum der Welt! Mein Heimweh war verflogen, wir brachen in schallendes Gelächter aus.

Wir beschlossen, unsere Päckchen jetzt und nicht erst

am anderen Morgen zu öffnen. Don überreichte mir feierlich drei Pakete, die ich neugierig aufriß. Im ersten war eine Silberkette mit einem Kreuz, und ich legte sie um den Hals, bevor ich die anderen Geschenke ansah. Im zweiten Paket war ein winziger Wal, den Don für mich geschnitzt hatte, und im dritten lag ein flauschiger, rosaroter Bademantel.

„Oh, danke! Das sind wunderbare Geschenke!" rief ich und betrachtete den Wal, den er für mich geschnitzt hatte. Nachher schlüpfte ich in den weichen, warmen Bademantel. „Wie schön ist das alles! Aber jetzt mußt du dir dein Geschenk ansehen!" Ich drückte ihm das Päckchen in die Hand und wartete gespannt auf das, was er dazu sagen würde.

„Welch schönes –" Er hielt das Hemd hoch und ließ die farbigen Bänder in der Luft baumeln. „Es ist ein sehr hübsches – Ja, was ist es eigentlich?"

„Es ist das Häuptlingshemd der Irokesen!" sagte ich stolz und half ihm beim Anziehen.

Er betrachtete sich im Spiegel. „Ich bin aber kein Irokesen-Häuptling!"

„Gefällt es dir nicht?" Ich war enttäuscht. „Ich habe vergessen, daß du kein Indianer bist. Ich hätte dir ein Geschenk für Weiße kaufen sollen."

„Aber nein, es gefällt mir! Wirklich! Es ist nur – ich habe noch nie ein solches Hemd gehabt, deshalb war ich so überrascht. Es ist wirklich schön!" sagte er und zog es wieder aus. Nach einem kurzen Blick auf mein Gesicht besann er sich anders und schlüpfte wieder hinein. „Es ist so schön, daß ich es bei einem besonderen Anlaß tragen wollte, aber es gefällt mir so gut, daß ich es schon heute anziehen will." Wieder betrachtete er sich im Spiegel.

„Ich könnte die Bänder wieder abtrennen!" schlug ich vor.

„Nein! Du hast dir mit dem Annähen so viel Arbeit

gemacht! Ich bin wahrscheinlich der einzige Mann in ganz Alaska, der ein Häuptlingshemd hat. Wetten wir?" Er lächelte. „Fröhliche Weihnachten, Schrei im Wind! Ich liebe dich!"

„Fröhliche Weihnachten!" Ich überlegte, ob auch ich sagen sollte: „Ich liebe dich!", aber ich konnte mir nicht vorstellen, daß mein Mund diese Worte jemals aussprechen könnte.

Wir warfen noch einen letzten Blick auf unseren erbärmlichen Baum und gingen dann zu Bett. Um den Hals trug ich das silberne Kreuz, und unter dem Kissen versteckte ich den kleinen, geschnitzten Wal.

Es war das schönste Weihnachtsfest, das ich je erlebt hatte.

15

Es fiel mir schwer, neue Freunde zu finden. Deshalb klammerte ich mich verzweifelt an meine alten Freunde in Colorado. Briefeschreiben wurde ein Teil meines Alltags, und gespannt wartete ich auf Post. Ein Brief von Freunden aus meiner Gemeinde bewirkte, daß ich mein neues Leben weniger einsam, weniger angstvoll empfand. Sorgfältig verwahrte ich jeden Brief, den ich bekam, und las ihn immer wieder an den Tagen, an denen keine Post ankam.

Begierig wartete ich Tag für Tag auf den Briefträger und war ungehalten, wenn er später als gewöhnlich kam. Meine Tage wurden „gut", wenn ich eine Menge Post erhielt, und „schlecht", wenn der Briefkasten leer blieb.

Eines Tages erhielt ich einen Brief, der mich tief erschütterte. Es war an einem bitterkalten Januartag. Die Kälte drang durch Mark und Bein, und nichts konnte mich wärmen. Ich trug meine dicksten Kleider und hielt mich in nächster Nähe des Ofens auf, aber auch das half nichts. Ich erinnerte mich daran, wie eiskalt es oft war, als wir noch in dem kleinen Dachpappenhaus im Reservat wohnten. Mir schien, als hätte ich mein ganzes Leben lang gefroren. Wie sehnte ich mich nach einem einzigen Sonnenstrahl, der wieder Leben in meinen zitternden Körper bringen konnte!

Er kam mit der Morgenpost, der Brief von Sally, in dem sie schrieb, daß Audrey gestorben sei. Meine Augen schwammen in Tränen, und meine Hände zitterten so sehr, daß ich den Rest des Briefes kaum lesen konnte. Audrey und Pastor McPherson hatten ihr Abendbrot gegessen und saßen vor dem Fernsehapparat. Von einem

Augenblick zum anderen war Audrey nicht mehr. Sie starb so friedlich, so ruhig, daß Pastor McPherson, der neben ihr saß, nicht einmal merkte, daß Gott sie heimgeholt hatte. Er stellte ihr eine Frage, und als sie keine Antwort gab, dachte er, sie sei eingeschlafen. Erst als er sie zu wecken versuchte, entdeckte er, daß sie für immer eingeschlafen war.

Erschüttert schrie mein Herz auf. Audrey, meine Freundin – heimgegangen! Stundenlang weinte ich und verfiel in tiefe Depression. Audreys Tod stürzte mich in ein schwarzes Loch. Ich vermißte sie schwer und verstand nicht, weshalb sie sterben mußte, obwohl sie so herzensgut war und von so vielen Menschen noch gebraucht wurde.

Ich zürnte Gott, daß er jemanden sterben ließ, den ich liebte. Ich wußte, daß ich mich für Audrey freuen sollte; sie lebte ja nun in der Gegenwart des allmächtigen Gottes, und ihre Freude war vollkommen. Aber der Schmerz um sie hüllte mich so völlig ein, daß ich an nichts anderes als an meinen großen Verlust denken konnte.

Erst als Pastor McPherson mir schrieb, war ich imstande, Audreys Tod als den Willen Gottes anzunehmen. Trotz seines großen Schmerzes und seiner Einsamkeit schrieb er mir von seinem allmächtigen, liebenden Heiland, der Audrey heimgeholt hatte. Er wußte, daß sie beide nach kurzer Trennung im Himmel wieder vereint sein würden. Sein Glaube nahm auch für mich den Stachel des Todes weg, und ich erkannte, daß der Tod für einen Christen nicht das Ende bedeutete – er ist nur ein Schritt zum ewigen Leben.

16

Der Schneesturm peitschte gegen das Fenster. Don brachte den Flockenwirbel mit ins Haus, streifte die weißen Kristalle vom Anorak und bedeckte den Boden mit den glitzernden Schneesternen.

„Diesmal werde ich länger wegbleiben", erklärte er. Die gleichen Worte hatte ich schon öfter gehört.

„Ich weiß. Schon recht!" antwortete ich.

Er mußte Hunderte von Kilometern nordwärts fliegen, über den Polarkreis hinaus, wo er auf einem Ölfeld arbeitete.

„Mach dir keine Sorgen um mich! Mir geht's gut. Wenn nur die Sonne bald zurückkommt! Es ist so schwer, im Dunkeln zu leben." Ich ging zum Fenster und schaute in die Winternacht von Alaska, die monatelang dauerte. Monate der Dunkelheit, Monate bangen Wartens auf die Sonne lagen vor mir.

„Was siehst du, Schrei im Wind?" fragte Don.

„Nichts", gab ich zur Antwort. Wie konnte ich ihm sagen, daß ich in weiter Ferne hohe Berge und grüne Wälder sah? Und Indianer, die auf wilden Pferden unter der sengenden Sonne durch die Prärie jagten? Wie konnte ich ihm erklären, daß ich donnernde Büffelherden in den Wolken sah? Seine grauen Augen konnten niemals die Dinge erkennen, die vor den meinen standen. Seine Ohren konnten nie den Schlag der alten Trommel hören, der in meinem Herzen dröhnte.

Wieder war er gegangen, und es konnte Wochen dauern, bis er zurückkehrte. Ich verkroch mich mit einem

Dutzend Büchern in unserem warmen Häuschen und ließ die ganze Welt draußen.

Drei Tage später heulte der Wind wie ein hungriger Wolf und blies die Schneekristalle so heftig ans Fenster, daß sie wie Kieselsteine gegen die Scheiben klirrten. Jeden Morgen lag der Schnee höher, und mittags wußte ich, daß das Ende des Schneefalls nicht abzusehen war. Wenn dieser Sturm noch länger dauerte, war ich vollkommen eingeschneit, und die Lebensmittel würden mir langsam ausgehen. Es war ein Fehler gewesen, die Vorräte nicht aufzufüllen. Nun blieb mir nichts anderes übrig, als mich in den Sturm hinauszuwagen, um einzukaufen.

Ich zog meine Lederjacke an und band ein Tuch um den Kopf. Dann stapfte ich hinaus in die blendend weiße Welt. Die Flocken fielen so schnell und dicht, daß man kaum die Hand vor den Augen sah, und ich betete, daß ich meinen Weg nicht verfehlen möge.

Trotz des tiefen Schnees dauerte es nicht lange, bis ich die drei Kilometer bis zum nächsten Lebensmittelladen geschafft hatte. Ich wußte, daß ich viel zuviel kaufte, aber ich war hungrig und wollte Vorrat für mehrere Tage haben. Als ich die zwei schweren Einkaufstaschen hob, wankte ich unter ihrer Last.

Obwohl es erst kurz nach Mittag war, wurde es bereits dunkel. Mit jedem Schritt wurden meine Taschen schwerer. Nach etwa einem Kilometer war ich so müde und verschwitzt, daß ich stehenblieb, um mich auszuruhen. Ich zog die Jacke aus und setzte mich hin, bis ich imstande war, die restliche Wegstrecke zu gehen. Der eisige Wind brachte mir sofort mehr als Kühlung, und nach wenigen Augenblicken zog ich die Jacke wieder an, packte meine schweren Taschen und stapfte nach Hause.

Keuchend wankte ich durch die Haustür. Ich kippte den Inhalt meiner Taschen auf den Tisch. Meine Brust schmerzte, und mein Hals brannte. Ich versuchte, meine

Einkäufe wegzuräumen, aber ich war viel zu schwach dazu. Nur Milch und Fleisch brachte ich in die kleine Schneehütte, die uns als Kühlschrank diente. Dann kochte ich mir eine Suppe und aß ein paar Löffel voll, aber mein Hals tat weh und weigerte sich, zu schlucken. Erschöpft ließ ich mich ins Bett fallen.

Als ich am nächsten Morgen spät erwachte, hatte ich das unangenehme Gefühl, krank zu sein. Auf meinen Lungen schien ein riesiger Büffel zu stehen, und ich konnte nur ganz flach atmen. Ich lag im Bett und beobachtete den Schnee, der an das Fenster peitschte, bis die weiße Wand so hoch war, daß ich nichts mehr sehen konnte.

Ich war zu schwach, um das Bett zu verlassen, und wenn ich mich aufsetzte, wurde mir schwindlig. Mein Körper glühte, und jeder Atemzug hörte sich wie das Rasseln einer Kette an. Ich döste vor mich hin und war glücklich, wenn ich ein wenig schlafen und den Schmerz in meiner Brust vergessen konnte.

Am anderen Tag nach Mitternacht hörte der Sturm so plötzlich auf, als ob jemand eine Tür geschlossen hätte. Der Ofen ging aus. Ich versuchte zu beten, aber meine Gedanken flatterten davon, und ich konnte nur wenige Worte stammeln. Erinnerungen an meine Kindheit tauchten auf, ich dachte an die Zeit, da ich in der warmen, goldenen Sonne gespielt hatte. Meine Mutter fiel mir ein, eine kleine, zarte Frau mit traurigen Augen. Langsam kehrten meine Sinne zurück. Mir war, als führen Messer durch meine Lungen, und ich hustete Blut.

„Ich sterbe", krächzte ich heiser, und konnte nicht glauben, daß das meine Stimme war. „Ich muß hier sterben, hier, an diesem kalten, finsteren Ort, weit weg von daheim!"

Daheim! Daheim, wo es warm ist und wo liebe Freunde mir zulächeln.

Dann stützte ich mich auf meinen Ellbogen und rief

einen Namen, den ich seit Jahren nicht mehr laut ausgesprochen hatte. „Mutter!" schluchzte ich. „Mutter! Ich will zu meiner Mutter!" Ich war wieder ein kleines Kind, das Trost und Hilfe brauchte, das Angst hatte, das hungerte, fror und litt. All die vergangenen Jahre zählten nicht mehr. Nichts war mehr wichtig für mich, nur sie. Sie wollte ich jetzt in meiner Nähe haben.

Ich sank zurück aufs Bett. „Wenn ich noch einmal davonkomme, werde ich mich aufmachen und sie suchen", flüsterte ich. „Ich möchte meine Mutter wiedersehen."

Heimweh

Einsam ist mein krankes Herz,
die Fremde birgt nur Leid und Schmerz.
Die Winterdecke wärmet nicht
noch tröstet mich des Nordens Licht.

Die Berge, so herrlich sie auch sind,
trennen uns beide - die Mutter vom Kind.
Ich bin gefangen im kalten Land,
mich fesselt der Griff einer eisigen Hand.

Im Sommer blühen Vergißmeinnicht,
doch beugen im Wind sie ihr Angesicht.
Das Heimweh kehrt wieder, der Winter ist lang,
und meinem Herzen ist's so bang.

Auf den Ölfeldern fielen einige Maschinen aus. Deshalb schickte die Gesellschaft ihre Männer eine Woche früher als vorgesehen nach Hause. Als Don kam, fand er mich unter Mänteln und Decken im Bett begraben. Ich zitterte vor Kälte und spuckte Blut.

Er brachte mich ins Krankenhaus, und ich hörte den Arzt mit ihm reden.

„In einer warmen, trockenen Gegend ginge es ihr besser. Wie so viele Indianer hat sie schwache, anfällige Lungen, was auf schlechte Ernährung und die primitiven Wohnverhältnisse zurückzuführen ist, in denen sie aufwuchs. Sie hat Glück gehabt, daß Sie jetzt nach Hause gekommen sind!"

Ich schloß die Augen und dankte Gott für meine Rettung. Ich war überzeugt, daß es kein Zufall war, daß die Maschinen auf den Ölfeldern ausfielen und Don früher als erwartet heimkehrte.

Nach wenigen Tagen erholte ich mich, nur ein hartnäkkiger Husten quälte mich noch monatelang.

Als ich mich besser fühlte, nahm mich Don mit auf eine Reise durch Alaska. Wir besuchten kleine Handelsniederlassungen längs der Straße und beobachteten Karibuherden und große, häßliche Elche, die ihre Nahrung in den sumpfigen Tälern suchen. Von allen Orten, die wir besuchten, gefiel mir Homer am besten. Die Docks mit Dutzenden von Fischerbooten schienen aus einem Bilderbuch zu stammen. Don zeigte mir das Schiff, mit dem er einmal auf Krabbenfang gegangen war. Ich machte Skizzen und schrieb Gedichte. Wir verbrachten unzählige Stunden am Strand und beobachteten die Brandung. Ich war überwältigt von der Größe und Majestät des Pazifiks.

„Schrei im Wind hat den Pazifischen Ozean gesehen!" rief ich und plantschte in dem eiskalten Wasser.

„Und der Pazifik hat Schrei im Wind gesehen!" rief Don zurück.

„Das ist nicht so wichtig!" lachte ich.

Diese Tage der Ruhe und Freiheit gaben mir die Gesundheit wieder, und ich fühlte mich viel kräftiger, als wir in unser kleines Haus zurückkehrten.

17

Don hatte zwar die Grundschule besucht, aber er konnte kaum lesen und schreiben. Es dauerte unglaublich lang, bis er sich durch einen einfachen Abschnitt „gebissen” hatte, und wenn er schrieb, konnte man es kaum lesen – ganz zu schweigen von seiner mangelhaften Orthographie.

„Ich verstehe nicht, wie du mit deiner mangelhaften Schulbildung so schnell und gut lesen und schreiben kannst. Ich habe zwölf Jahre meines Lebens in der Schule vergeudet und kann nur mit drei Kreuzchen unterschreiben!” lachte Don.

„Großmutter hat mir Romane zu lesen gegeben, als ich fünf Jahre alt war. Ich bin mit Western und Agatha Christie-Kriminalromanen aufgewachsen. Als ich acht Jahre alt war, kannte ich fünfzig verschiedene Methoden, um jemanden zu vergiften. Jahrelang habe ich mindestens drei Bücher pro Woche gelesen – das gibt eine ganz nette Summe Lesestoff. Kann sein, daß die Erziehung in der Schule eher ein Nachteil ist”, fügte ich hinzu.

„Würdest du gern wieder zur Schule gehen und mit einem Diplom abschließen?” fragte Don, als er meine Bücher aufeinander stapelte.

Mir wurde übel, und ich sank auf den nächsten Stuhl.

„Zurück zur Schule?” In mir stieg die Erinnerung an steineschleudernde Kinder und grinsende Lehrer auf. „Nein! Ich werde nie wieder zur Schule gehen!”

Don fuhr fort: „Ich habe heute eine Anzeige gelesen. Die Universität bietet Fernkurse auf verschiedenen Gebieten an. Ich dachte, das würde dich interessieren.”

„Du schämst dich, weil ich so ungebildet bin", klagte ich.

„Was fällt dir ein! Ich dachte nur, daß du mehr aus dir machen könntest. Du bist intelligent. Du hast in einer Woche mehr Bücher gelesen als ich in meinem ganzen Leben. Ich dachte, du würdest gern noch mehr lernen." Er warf ein kleines Buch auf den Tisch. „Sieh dir das mal an und dann gib mir Bescheid. Okay?"

Ich nahm das Heft und überflog die Seiten. Fünfundzwanzig Kurse waren ausgeschrieben. Bei den meisten hatte ich keine Ahnung, was gemeint war, doch einer nannte sich „Indianische Anthropologie." Das würde sicher interessant sein. Es war ein Kurs über das Leben der alten Indianer. Ich sprach mit Don darüber.

„Das ist genau das Richtige für dich! Am besten schreibst du dich sofort ein!" Er war begeistert.

„Na, gut", brummte ich und füllte den Zettel aus. Wenn er eine Hochschulabsolventin zur Frau haben wollte, hätte er eben eine solche heiraten sollen!

Eine Woche später brachte der Postbote die Bücher, und bald erhielt ich meine ersten Aufgaben. Ich war wieder in der Schule, die ich so sehr haßte. Es war zwar ein Fernkurs, aber es war doch eine Schule.

Die Bücher gefielen mir, und die Fragen waren nicht so schwer, wie ich es mir vorgestellt hatte. Ich las, daß der Mensch als schleimige Zelle im Ozean seinen Ursprung hatte und im Verlauf mehrerer Millionen Jahre eine Entwicklung bis zum Menschenaffen durchgemacht habe. Dann verlor er seinen Pelz, nahm verschiedene Hautfarben an und wurde Mensch. Der Kurs war für ein Jahr vorgesehen, aber da ich viel freie Zeit zur Verfügung hatte, brauchte ich nur sechs Monate. Als ich mit Auszeichnung abschloß, war Don außer sich vor Begeisterung.

„Großartig! Ich wußte, daß du es schaffen würdest! Du könntest dir noch einen akademischen Titel erarbeiten, wenn du weitermachst. Welchen Kurs willst du als nächsten belegen?" Er nahm einen Reißnagel und heftete mein Zeugnis an die Wand.

„Als nächsten? Du hast nichts davon gesagt, daß ich mehrere Kurse nehmen sollte! Ich dachte, wenn ich diesen einen gut durcharbeite, sei die Sache erledigt. Ich will doch gar nicht mehr zur Schule gehen! Weshalb sind diese Zettel da so wichtig?" Ich packte das Zeugnis und riß es von der Wand. Dann lief ich ins Schlafzimmer und schmetterte die Tür hinter mir zu.

Don lief mir mit dem Zeugnis in der Hand nach.

„Tut mir leid. Ich dachte, du hättest Freude am Lernen, weil du doch ohnehin die ganze Zeit liest. Ich dachte, du würdest dir gern ein solches Ziel setzen, und ich wollte dir dabei helfen. Natürlich brauchst du keinen Kursus mehr zu machen, wenn du nicht willst", fügte er hinzu.

Ich hörte auf zu weinen. „Ich lese und lerne gern, aber ich brauche kein Papier von irgend jemandem, das mir sagt, was ich gelernt habe. Dieser Wisch macht mich nicht um ein Haar klüger!"

Ich war böse auf Don. Seinetwegen hatte ich nun eine Nummer der Sozialversicherung und einen Führerschein. Und ich hatte einen Kurs an irgendeiner Schule mitgemacht, um etwas über die Indianer zu lernen, und nun wollten die mir weismachen, daß Indianer aus einer Zelle des Ozeans kamen und nicht von Gott geschaffen worden waren!

Wie die meisten Weißen dachte auch Don, was auf einem Papier steht, sei ungeheuer wichtig. Aber wie die meisten Indianer war ich genau der gegenteiligen Meinung.

Die Wochen vergingen. Die bewußten und unbewußten Schläge und Nadelstiche machten mich traurig und müde. Ich hatte nun genug vom Verheiratetsein. Ich wollte mich scheiden lassen und nach dem Süden zurückkehren, wo die Sonne so warm schien und ich meinen Kopf nicht mehr in dumme Papiere stecken mußte. Herr Stafford konnte ruhig hier bei seinen Papieren und seinem Schnee bleiben. Ich wollte es ihm zeigen!

Ich lief zum Schrank, nahm all seine Kleider heraus und legte sie auf einen Haufen. Nachher leerte ich seine Schubladen und legte alles fein säuberlich zusammen. Nun nahm ich die Decke vom Bett und schnitt sie in zwei gleich große Hälften. In eine Hälfte wickelte ich seine Kleider. Ich trug das Paket hinaus und legte es vor die Tür. Zuletzt stellte ich seine Schuhe neben das Bündel, mit den Spitzen von der Türe weg.

Dann trat ich zurück und betrachtete mein Werk. So, nun waren wir nach indianischer Sitte geschieden!

Ich ging wieder hinein und schloß die Tür hinter mir. Ich wollte ihn nie wieder sehen.

Erleichtert setzte ich mich hin und begann, auf Hasenfellen zu malen. Genau um fünf Uhr dreißig ging die Tür auf und herein kam Don mit dem Bündel Kleidern in der einen und den Schuhen in der anderen Hand.

Ich stand auf. „Was machst denn du hier?" Wußte er nicht, daß ich mich von ihm getrennt hatte? Wenn ein Mann seine Sachen draußen vor der Tür fand, mit den Spitzen der Schuhe nach vorn zeigend, nahm er seine Sachen und verschwand.

„Gehört das in die Reinigung, oder hast du nur die Schränke sauber gemacht?" fragte er und warf alles auf den Diwan. Er hielt seine Deckenhälfte hoch. „Was ist denn da passiert?" wunderte er sich.

Ich stand da, die Arme in die Hüften gestemmt. Wußte er denn überhaupt nichts? Ich betrachtete ihn eine Weile, dann fand ich, ich könnte ihn eigentlich vorläufig noch behalten. Also ging ich auf ihn zu, nahm ihm die Decke aus der Hand und ging ins Schlafzimmer.

„Was machst du denn jetzt?" fragte er.

„Ich nähe die Decke wieder zusammen", erklärte ich und wunderte mich, wie er bis heute durchs Leben gekommen war, wenn er doch gar nichts wußte. Ich mußte eine andere Möglichkeit finden, um unsere Ehe zu scheiden. Don kannte ja die Spielregeln der Indianer nicht.

Mein Mann sagte mir jeden Tag, daß er mich liebte, aber ich hatte schon in frühester Kindheit gelernt, niemandem zu trauen, deshalb glaubte ich ihm nicht. Ich war überzeugt davon, daß er es nur sagte, weil man es von ihm erwartete. Schließlich – was kostete es ihn schon? Es waren ja nur Worte. Worte sind billig! Und ich brachte es immer noch nicht übers Herz, ihm zu sagen „Ich liebe dich!"

Die Worte, die Flint mir bei unserer letzten Begegnung gesagt hatte, klangen mir noch in den Ohren: „Was kann er schon an dir finden? Weshalb sollte irgendein Mann dich heiraten wollen?" Ich fand keinen einzigen Grund, weshalb Don mich hatte haben wollen. Er hätte hübschere Mädchen heiraten können, solche, die „Ich liebe dich" sagen konnten und es auch wirklich so meinten. Er mußte jetzt endlich erkannt haben, welch furchtbaren Irrtum er begangen hatte. Bald würde er mich verlassen und nie mehr zurückkommen. Was aber würde aus mir, wenn er mich verließ? Ich kannte niemanden hier oben. Ich war weit weg von zu Hause. Wahrscheinlich würde er mich davonjagen nur mit dem, was ich am Leibe trug, und ich würde verhungern oder erfrieren.

Da es ohnehin nur eine Frage der Zeit war, bis er mich verließ, wollte ich ihm zuvorkommen und zuerst weggehen. Mein ganzes Leben lang waren die Menschen um mich her weggegangen. Ich war immer zerbrochen, verängstigt und allein zurückgeblieben. Diesmal würde ich klüger sein – diesmal würde ich weggehen!

Ich wußte, daß ich in der Kirche und vor Gott versprochen hatte, diesen Mann zu lieben, zu ehren und ihm bis zum Tode zu gehorchen. Deshalb vermied ich es sorgfältig, Gott in dieser Sache um seine Meinung zu fragen. Ich wußte, daß er nicht einverstanden war. Am besten würde ich einfach verschwinden, und wenn ich sicher daheim angelangt war, konnte ich Gott ja um Vergebung bitten. Ich hoffte, er würde mich nicht gerade mit einem Blitzschlag töten.

Also begann ich, Pläne zu schmieden. Ich legte das Geld, das ich mit meinen Malereien verdiente, beiseite und wollte in ein paar Wochen auf und davon gehen. Don gegenüber ließ ich mit keiner Silbe etwas von meinem Plan verlauten. Das war mein Geheimnis. Er war freundlich zu mir gewesen, und ich war ihm dafür dankbar, aber ich war überzeugt, daß das Ende unserer Beziehung vor der Tür stand, und das machte mich ruhelos und nervös. Ich war sehr vorsichtig, um Don nicht argwöhnisch zu machen. Und ich war überzeugt, daß er keine Ahnung von meinem Vorhaben hatte.

Eine Woche, bevor ich gehen wollte, brachte Don eine Schuhschachtel nach Hause und gab sie mir. Als ich sie öffnete, fand ich ein reizendes schwarzes Kätzchen darin.

„Wie niedlich! Woher hast du es?" fragte ich.

„Es war in der Zeitung angeboten", sagte er und streichelte das Kätzchen.

Ich drückte das weiche Bällchen an meine Wange. „Wie heißt es?"

„Bleib-ein-wenig", entgegnete er.

Ich schaute in Dons graue Augen. Sein Blick schien mich zu durchbohren und meine Gedanken zu lesen.

„Was sagst du?"

„Es heißt ‚Bleib hier!'" antwortete er. „Ich bring ihm ein wenig Milch." Und er verschwand in der Küche.

Das Kätzchen lag auf meinem Schoß. Ahnte Don etwas? Das war doch nicht möglich! Ich war doch so vorsichtig gewesen. Es mußte purer Zufall sein.

„Bleib hier", wiederholte ich, als Don zurückkam. „Das ist doch kein Name für eine Katze."

„Ich fand, es sei ein guter Name. Vielleicht wird er es vor dem Weglaufen und Verlorengehen bewahren." Don kraulte das Kätzchen hinter den Ohren. Es schnurrte behaglich und schlabberte die Milch aus der Untertasse.

Bald nahm die Katze Besitz von unserem Häuschen und führte sich auf, als ob es ihr gehörte und wir ihre Haustiere wären. Ich war fest entschlossen, mein Herz nicht zu sehr an das kleine Ding zu hängen, denn ich wollte ja bald ausreißen. Mein Köfferchen war schon gepackt und lag unter dem Bett, damit Don es nicht finden konnte. Ich wollte nur das mitnehmen, was ich in die Ehe mitgebracht hatte, und das war nicht viel. Es fand Platz in einem kleinen Koffer.

Der Tag kam, an dem ich abreisen wollte. Ich hatte es den ganzen Tag über vermieden, Don in die Augen zu blikken, weil ich Angst hatte, er könnte meine Gedanken erraten. Ich wußte nicht genau, wie er sich verhalten würde, wenn er ahnte, daß ich ihn diese Nacht verlassen wollte. Ich war emsig beschäftigt mit Putzen und Kochen. Zwei Apfelkuchen hatte ich gebacken, damit er etwas zu essen hätte, wenn ich weg war. Ich gab mir Mühe, nicht an mein Vorhaben zu denken, sonst wurde ich ganz konfus. Dabei war es doch die einfachste Sache der Welt: Ich verließ meinen Mann, bevor er mich verlassen konnte.

Als ich sicher war, daß Don schlief, huschte ich aus dem Bett und schlich auf Zehenspitzen ins Bad. Schnell zog ich mich an und raffte die letzten paar Sachen zusammen. In einer Stunde würde mich das Flugzeug wieder nach Hause bringen. Nichts konnte mich mehr zurückhalten.

Vorsichtig zog ich das Köfferchen unter dem Bett hervor und betete, daß Don nicht aufwachen möge. Ich öffnete es, um meine letzten Kleinigkeiten einzupacken. Da fand ich einen Zettel auf meinen Kleidern. Ich nahm das Papier zur Hand und las in dem trüben Licht: „Ich liebe dich. Bitte, geh nicht fort!”

Don wußte also um alles! Er hatte es die ganze Zeit über gewußt!

Reglos stand ich im Dunkeln. Tränen liefen lautlos über meine Wangen. Bleib-ein-wenig streckte sich, rollte sich auf die andere Seite und schlief wieder ein.

Wenn ich nicht sofort wegging, verpaßte ich mein Flugzeug. Und wenn ich blieb, was erwartete mich? Was, wenn Don mich sitzen ließ und ich wieder allein dastand?

Da hörte ich Gottes Stimme in meinem Herzen: „Don ist nicht der Typ, der sich mit einem Köfferchen in der Hand mitten in der Nacht wie ein Dieb aus dem Staub macht. Du hast mich um einen Ehemann gebeten, und ich habe dir einen gegeben. Glaubst du wirklich nicht, daß ich weiß, welcher der Richtige für dich ist?”

Lautlos klappte ich das Köfferchen zu und schob es wieder unters Bett. Ich schlüpfte aus den Kleidern und schlich sachte wieder ins Bett, um Don nicht zu wecken. Vielleicht konnte ich ihm wirklich trauen? Vielleicht liebte er mich wirklich und hatte gar nicht die Absicht, mich zu verlassen?

„Gut, Herr”, betete ich. „Ich will bleiben.”

Bald darauf schlief ich ein. Den Zettel hielt ich fest in meiner Hand - ein paar Worte, mit Bleistift auf ein Stück Papier gekritzelt, die mir sagten: „Ich liebe dich! Bitte, geh nicht fort!”

18

Keiner von uns beiden hat jemals das Zettelchen in meinem Koffer erwähnt. Wir verhielten uns so, als sei nichts geschehen.

Ich bildete mir ein, für Don keine Liebe zu empfinden, aber ich konnte zum mindesten so tun, als ob. Wenn ich meine Sache gut machte, würde er nie den Unterschied merken.

Ich probierte verschiedene Rezepte aus dem Kochbuch, das Don mir geschenkt hatte, und ich lernte mit der Nähmaschine zu nähen und nicht nur mit dem Hefter zu klammern. Ich versuchte, mein aufbrausendes Temperament zu beherrschen und unser Leben friedlich zu gestalten. Allmählich fragte ich mich: „Was würdest du heute für Don tun, wenn du ihn wirklich lieb hättest?" Als Antwort putzte ich seine Schuhe oder backte einen Kuchen. Ich fand, es lohne sich, ihm ein wenig Theater vorzuspielen, denn er schien jetzt viel glücklicher als je zuvor.

Der Sommer kam, und die Sonne machte gut, was sie den Winter hindurch versäumt hatte. Ich liebte die langen Tage und ging erst morgens um drei ins Bett, weil es immer hell war. Don nahm mich auf lange Wanderungen mit, und ich lernte die wilde Landschaft kennen und lieben. Wir kampierten im Freien und paddelten im Kanu in eiskalten Flüssen. Es war herrlich, wieder die Nähe von Mutter Erde zu spüren, den Wind und die Sonne zu erleben und durchs dichte Gras und unter hohen Bäumen zu wandern.

Eines Tages liefen wir kilometerweit durch einen dichten Wald, in dem die Farne größer waren als wir selbst. Wir pflückten Beeren und suchten Fossilien. Es war ein wunderschöner Tag. Wir waren so weit weg von jeder Zivilisation, daß mir schien, wir seien die einzigen Menschen auf der ganzen weiten Welt.

Als wir eine kurze Rast einschalteten, bückte sich Don, pflückte eine Löwenzahnblüte und überreichte sie mir. „Hier - eine Sonnenscheinblume!" lächelte er.

Plötzlich stieg die Erinnerung an jenen Tag in mir auf, an dem er mir mit Lutschbonbon und Löwenzahn den Hof gemacht hatte. Wir waren nun beinahe ein Jahr verheiratet, und er hatte in mein Leben mehr Glück gebracht, als ich mir jemals erträumt hatte.

„Ich liebe dich!" sagte ich. Meine Worte schwebten in der Luft wie ein Vogel im Flug. Ich konnte nicht fassen, daß ich sie wirklich ausgesprochen hatte, und Don konnte nicht glauben, daß er sie wirklich gehört hatte.

„Ich liebe dich!" wiederholte ich und fand, das zweitemal sei es bedeutend leichter zu sagen. „Wirklich, ich hab' dich lieb!" Und mein Herz sprudelte über von Gefühlen, die ich mein ganzes Leben lang begraben hatte. Ich warf mich in Dons Arme, ganz überwältigt vor Freude, daß ich mich in meinen Mann verliebt hatte.

Unsere Liebe wuchs, und jeder Tag wurde ein neues Abenteuer. Zwei einsame Menschen würden nun niemals mehr allein sein. Wenn er auf den Ölfeldern arbeitete, schrieben wir uns täglich, und wenn er daheim war, schien jeder Tag ein einziges Fest.

Wie Frauen es seit Urzeiten getan hatten, begann auch ich, um ein Kind zu beten - um das größte Geschenk, das eine Frau dem Mann machen kann, den sie liebt.

Unzählige Male betete ich: „Herr, bitte, schenk uns einen Sohn, und ich will ihn zum Dienst für dich großziehen."

Als die Wochen vergingen und sich kein Kindchen meldete, fürchtete ich, ich sei unfruchtbar. War ich im Begriff,

Ich liebe dich!

eine verdorrte, knorrige, alte Eiche zu werden, die nie Frucht getragen hatte? Nächtelang saß ich im Dunkeln und weinte bittere Tränen. Ich war oft im Leben enttäuscht worden, aber diesmal war auch Don in Mitleidenschaft gezogen, und deshalb schmerzte die Leere doppelt.

Ich versuchte zu beten: „Herr, dein Wille geschehe" und begann, mich mit dem Gedanken anzufreunden, daß wir unser Leben lang nur zu zweit sein würden. Wir liebten einander und waren glücklicher als die meisten anderen Leute. Eigentlich hätte ich zufrieden sein können, aber ich war es nicht.

Ich fing an zu hadern. Ich hatte den Eindruck, Gott habe sich von mir abgewandt. Andere Frauen bekamen Kinder - weshalb nicht ich? Tiere hatten Junge - weshalb nicht ich?

„Nein, Herr! Ich kann nicht mehr bitten ‚Dein Wille geschehe', wenn dieser Wille bedeutet, daß ich kinderlos bleiben muß. Ich will nicht aufgeben! Ich werde dich um ein Kind bitten, und wenn es sein muß, hundertmal am Tag, bis an mein Lebensende! Ich will ein Kind! Gib mir einen Sohn, und ich verspreche dir, daß ich ihn zu deinem Dienst erziehen will." Unzählige Male sprachen meine Lippen dieses Gebet: „Gib mir einen Sohn! Gib mir einen Sohn!"

Ich suchte in der Bibel und las jede Stelle, die von Kindern handelte. Bald hatte ich herausgefunden, daß Kinderlosigkeit in der Zeit des Alten Testaments eine Schande bedeutete.

Rahel war unfruchtbar. Doch dann wurde sie schwanger und gebar einen Sohn und sprach: „Gott hat die Schmach von mir genommen" - 1. Mose 30, 23.24.

Im Buch Samuel weinte Hanna und flehte den Herrn an: „Wenn du ... deiner Magd einen Sohn gibst, will ich ihn dem Herrn weihen sein Leben lang."

„Kinder sind eine Gabe des Herrn, und die Frucht des

Leibes ist sein Lohn", schrieb der Psalmsänger. Wenn Kinder Lohn waren, würde ich kinderlos bleiben, denn ich hatte nichts getan, das Lohn von Gott verdiente.

Aber ich klammerte mich an die Geschichten in der Bibel, in denen die Frauen unfruchtbar waren und später doch Kinder bekommen hatten. Sie waren meine Hoffnung. Ich litt mit Rahel und Hanna und freute mich mit ihnen, weil ihre Gebete erhört worden waren.

Ich kaufte Babywäsche, Decken und Rasseln und versteckte sie, damit Don sie nicht entdeckte. Er würde mich niemals verstehen, sondern höchstens denken, ich hätte den Verstand verloren.

An Tagen, wo ich niedergeschlagen war, holte ich die Kindersachen aus dem Schrank, drückte sie an mein Herz, schloß die Augen und betete: „Bitte, Herr, gib mir einen Sohn!"

In einer Septembernacht, als der Mond über die Baumwipfel blickte und der Wind die dürren Blätter von den Zweigen schüttelte, stand ich am Fenster und bat zum tausendsten Mal: „Gib mir einen Sohn, und ich werde ihn dir zur Ehre erziehen!"

Plötzlich verschwand der Mond vor meinen Augen. Statt dessen sah ich einen riesigen Adler durch die Lüfte schweben. Die Bäume verwandelten sich in einen zerklüfteten Felsen, in dessen Spalten ein Nest versteckt war. Der Adler flog auf sein Nest zu, zog die Flügel ein und setzte sich auf einige Eier. Wenige Augenblicke später breitete er wieder die Schwingen aus und flog ins Tal hinunter, gefolgt von ein paar jungen Adlern.

Die Vision verschwand. Nur noch der Mond und die Bäume standen vor mir. Ich rieb meine Augen und starrte hinaus: Kein Adler, keine Felsen, keine Eier. Und doch hatte ich es gesehen, so klar, als wäre hellster Sonnenschein.

„Danke, Gott. Ich weiß, daß das deine Antwort war. Ich

weiß, daß ich jetzt meinen Sohn unter dem Herzen trage." Und ich weinte vor Freude.

Ich wollte Don wecken, um ihm die frohe Nachricht zu sagen, aber ich fürchtete, er würde mir nicht glauben. Er würde höchstens sagen, ich hätte geträumt und es mir eingebildet. Ich konnte die Schönheit dieser Vision nicht in Worte kleiden. Sie war zu kostbar, zu einmalig. Es war ein Geheimnis zwischen Gott und mir.

Ich war wie Rahel; Gott hatte die Schmach von mir genommen. Er hatte mein Gebet erhört.

Ich machte ein paar winzige Mokassins aus dem feinsten Leder, das ich finden konnte, und stickte blaue Perlen darauf.

Als sie fertig waren, übergab ich sie Don als Geschenk. „Sie sind für deinen Sohn", erklärte ich und bemühte mich, den Stolz und die Bewegung meines Herzens vor ihm zu verbergen.

„Meinen Sohn?" Er lächelte. Mein strahlendes Gesicht sagte ihm, daß Gott uns gesegnet hatte. „Es könnte ja auch ein Mädchen werden", sagte er und betrachtete die blauen Perlen.

„Nein", schüttelte ich den Kopf. „Ein Mann muß einen Sohn haben. Ich habe um einen Sohn gebetet. Es wird ein Sohn sein!"

Voller Glück zählte ich die Tage. Meine Zeit war ausgefüllt mit Vorbereitungen und Gebeten für die Ankunft unseres Kindes.

Ich brach einen Weidenzweig ab, bog ihn zu einem Reifen und flocht lange Grashalme hinein, bis in der Mitte nur noch eine kleine Öffnung war. Das fertige Netz hängte ich über dem Kinderbettchen auf. Es war ein Traumnetz, wie es die Indianermütter seit undenklichen Zeiten für ihre Kinder gemacht hatten. Das Netz fing die bösen Träume ein, und nur die guten durften durch das winzige Loch in der Mitte schlüpfen. Mein Kind würde glücklich schlafen. Ich machte einen hölzernen Sitz, um mein Kind tragen zu können. Und ich nähte mehr Kleider, als das Kleine je anziehen konnte.

Es war eine glückliche Zeit für mich, und Don war noch aufmerksamer als vorher.

Manchmal überlegte ich, wo ich wohl gelandet wäre, wenn er mich verlassen hätte, wie Flint mir prophezeit hatte. Hätte ich mir dieses Kind auch so sehnsüchtig gewünscht? Was wäre geschehen, wenn ich ein Kind hätte und allein dastehen würde wie meine Mutter? Zum erstenmal im Leben hatte ich eine Ahnung, wie die Sache von ihrer Seite her ausgesehen haben mochte. Man hatte sie viel zu jung an einen Mann verheiratet, der sie nicht liebte. Als er sie verließ, mußte sie furchtbar verängstigt und verletzt gewesen sein. Heute verstand ich besser, weshalb sie mich bei Großmutter gelassen hatte. Ich wünschte von Herzen, sie wüßte, daß sie nun bald selbst Großmutter werden würde.

Don schickte mich zum Arzt. Aber Großmutter hatte alle ihre elf Kinder daheim geboren. Da konnte ich doch wenigstens eines daheim gebären! Der Gedanke, zur Entbindung ins Krankenhaus zu gehen, hatte etwas Beängstigendes für mich. Ich hatte fürchterliche Geschichten über Krankenhäuser gehört. Zum Beispiel, daß man die Patienten kahlschor. Und daß man sie behielt, solange es dem Krankenhaus paßte, und daß sie nicht nach Hause durften, wenn sie wollten. Und manchmal passierten Fehler, und die falschen Leute wurden operiert. Ich wollte nicht ins Krankenhaus. Ich war nicht krank. Ich bekam nur ein Kind.

Eines Montagmorgens wußte ich, daß die Zeit gekommen war. Mein Herz klopfte bei dem Gedanken, daß ich in wenigen Stunden Mutter sein würde. Als Don abends von der Arbeit nach Hause kam, sagte ich ihm, daß es nicht mehr lange dauern würde. Das Baby würde bald da sein!

Die Stunden vergingen, und die Wehen wurden heftiger. Die Nacht verging und der Morgen kam. Don stand neben meinem Bett. Keiner von uns beiden hatte in der Nacht ein Auge zugetan, und die Kräfte hatten mich verlassen.

„Das dauert zu lange", sagte Don. „Ich bringe dich ins Krankenhaus."

Ich begann zu weinen. „Nein, nein! Warte noch ein wenig! Es wird kommen, sobald es bereit ist", und ich flehte ihn an, mich nicht ins Krankenhaus zu bringen. –

Eine Schwester half mir ins Bett. „Wie lange liegt sie schon in den Wehen?" erkundigte sie sich.

„Etwa vierzig Stunden", antwortete Don mit einer Stimme, die gar nicht zu ihm gehörte.

Die Schwester führte Don hinaus, und ich begann laut zu weinen. Ich wollte mein Kind daheim zur Welt bringen, bei meinem Mann. Nun hatten sie ihn hinausgeführt, und ich war allein.

Eine Kickapoo-Frau, die im Kindbett starb, wurde als gefallene Kriegerin betrachtet und mit allen Ehren bestattet, die einem Krieger zukamen, aber diese Aussicht war im Augenblick nur ein kleiner Trost für mich.

Eine andere Schwester kam herein und steckte mir Eis in den Mund. „Nur keine Angst", sagte sie und hielt mir die Hand. Ich war überzeugt davon, daß Gott einen Engel gesandt hatte, um mich zu trösten.

Am frühen Morgen des Mittwoch war unser Sohn endlich da, ein gesundes, schreiendes, strampelndes Baby.

„Danke, o Gott, für unseren Sohn!" Ich lachte. „Er sieht aus wie eine kleine Antilope!" Und so nannten wir unseren erstgeborenen Sohn auch – Kleine Antilope.

Don stand an die Tür des Kreißsaals gelehnt, und als die Schwester die Tür aufstieß, um mein Bett hinauszufahren, gab sie ihm einen Stoß in den Rücken.

„Wir haben einen Sohn!" rief ich laut und lachte übers ganze Gesicht. „Wir haben einen Sohn bekommen!"

Später, als ich Kleine Antilope zum erstenmal im Arm hielt, rannen Tränen über meine Wangen. Wie schön, wie kostbar war er! Mein Sohn! Ich war Mutter geworden! Gott hatte mich gesegnet, Leben in die Welt zu bringen. Nie mehr im Leben würde ich mich häßlich oder nutzlos fühlen. Ich hatte einen Sohn geboren!

Als man die Geburtsurkunde ausfüllen mußte, drängte Don darauf, daß wir unserem Sohn auch einen christlichen Namen geben müßten, deshalb heißt er Aaron Kleine Antilope Stafford.

Daheim stand ich stundenlang neben der Wiege und betrachtete fasziniert das kleine Wesen. Nachts schlich ich in sein Zimmer, um mich zu überzeugen, daß er noch da war und atmete. „Don, ich und das Kind, das macht drei!" flüsterte ich.

Als ich eines Tages beim Bibellesen an die Stelle in Römer 8 kam, wo es heißt: „... Gott, der seines eigenen Sohnes nicht verschonte", rollten die Tränen über mein Gesicht und ich betrachtete das kleine Kind, das in meinen Armen lag und friedlich schlummerte. Mein Sohn! Ich würde meinen Sohn niemals opfern - nicht einmal, um die ganze Welt, jeden einzelnen Menschen dadurch zu retten! Und doch hat Gott seinen einzigen Sohn gegeben für Menschen, die ebenso unwert waren und sind wie ich selber. Wieviel mehr mußte Gott seinen Sohn geliebt haben als ich den meinen, und wie sehr mußte er uns lieben, wenn er seinen Sohn sterben ließ, um uns das ewige Leben zu schenken! Gottes Opfer bekam für mich eine ganz neue, tiefere Bedeutung, und ich wußte, daß ich es nie mehr als selbstverständlich annehmen würde. Zum erstenmal verstand ich, wie sehr Gott mich liebte und was ihn diese Liebe gekostet hatte.

Als Kleine Antilope eine Woche alt war, begann ich,

ihm aus der Bibel vorzulesen. Gott hatte mein Gebet erhört - nun wollte auch ich mein Versprechen halten. Kein Tag verging, ohne daß Kleine Antilope etwas aus Gottes Wort hörte. Wenn ich ihm jeden Tag einen kleinen Abschnitt vorlas, konnte ich mit ihm die Bibel zehnmal durchlesen, bevor er erwachsen war und das Elternhaus verließ. Ich wollte, daß Gottes Wort in seinem Herzen fest verankert würde, bevor er als erwachsener Mann ins Leben hinauszog.

Als mein Sohn zehn Tage alt war, nahm ich ihn mit in den Wald, wickelte ihn aus seinen Decken und Windeln und streckte ihn der Sonne entgegen. „Sonne, bitte, wärme dieses Kind und leuchte ihm auf allen seinen Wegen!" Kleine Antilope strampelte mit seinen winzigen Beinchen, aber er weinte nicht.

„O Gott, höre mir zu und sieh das schöne Kind, das du mir geschenkt hast! Ich habe es dir geweiht, als es noch unter meinem Herzen schlief. Tag für Tag wird er von deiner Liebe hören, von deiner Güte und Größe! Hilf mir, ihn zu deiner Ehre zu erziehen und laß ihn zum Mann heranwachsen, der eines Tages seinen eigenen Sohn in den Armen halten wird. Amen."

Ich zog ihn an und wickelte ihn sorgsam in seine Decke. Dann gingen wir wieder nach Hause.

Die Welt war so schön! Die Zukunft war voller Verheißungen. Gott antwortet auf Gebete!

Kleines Bübchen, lächelnd liegst du mir im Arm,
dein Anblick macht das Herz so warm!
Mein kleiner Bub, du hast im Leben
nur Licht und Freude mir gegeben.
Mein kleiner Bub, mach hell die Welt
mit deinem Blick,
bring Sonnenschein, bring Fried' und Glück!

O Gott, höre mir zu und sieh das schöne Kind, das du mir geschenkt hast!

19

Nicht nur ein Kind. Eines fühlt sich einsam. Nein, es müssen wenigstens zwei sein. Zwei, um miteinander zu spielen. Eines läuft davon, das andere rennt ihm nach!

Ich kannte kein Spiel, denn ich hatte als Kind nie gespielt. Nur ein einziges Mal hatten mich ein paar Kinder aufgefordert, mit ihnen Verstecken zu spielen. Ich hatte mich hinter einigen Büschen versteckt und wartete lange – zufrieden mit mir, weil ich ein so wunderbares Versteck entdeckt hatte, in dem mich niemand finden konnte. Erst nach geraumer Zeit dämmerte mir, daß mich niemand finden würde, weil mich niemand suchte. Sie wollten mich nur loswerden! „Nie mehr werde ich solch dumme Spiele spielen", weinte ich, und ich hielt mein Versprechen.

Die „Spiele", die meine Onkel mit mir spielten, waren nichts für kleine Kinder. Wir hatten uns gegenseitig leere Büchsen vom Kopf geschossen, oder wir zielten einander auf die Füße, um zu sehen, wer zuerst aufsprang. Wilde Spiele, gefährliche Spiele. Pferderennen in halsbrecherischem Tempo, Stürze, Unfälle, Sichwälzen im Staub – und doch irgendwie zu überleben. Nein, das waren keine Spiele für meine Kinder. Ich wollte Bücher kaufen. Ich wollte lernen, wie man spielt, und ich wollte wieder ein Kind werden.

Als Kleine Antilope sechs Monate alt war, fand ich, es sei Zeit für das zweite Kind.

„Es tut mir leid, Kleine Antilope", flüsterte ich ihm zu. „Du wirst nicht mehr lange unser Einziger sein!"

Eines Tages kam Don heim und erzählte, er habe seine Stelle verloren. Die Gesellschaft habe ihre Bohrungen eingestellt, und es sah nicht danach aus, als ob er bald eine andere Stelle finden würde.

„Ich glaube, wir sollten weg von Alaska. Ich habe gehört, daß es in Oklahoma billige Bauernhöfe zu kaufen gibt. Was hältst du davon?" fragte er mich.

„In Oklahoma ist es warm! Die Kinder könnten in der Sonne spielen! Wir könnten einen Garten anlegen!" Ich war sofort bereit, mitzugehen.

Don kaufte ein Zelt, und eine Woche später waren wir unterwegs auf einer Reise, die sechs Monate dauern sollte. Don wollte mir soviel wie möglich vom Land zeigen, deshalb fuhren wir nicht direkt nach Oklahoma, sondern zogen gemächlich durch alle Staaten im Westen. Ich war überzeugt davon, daß ich mein Kind am Straßenrand, irgendwo in der Wüste von Arizona, zur Welt bringen würde. Glücklicherweise kamen wir doch noch rechtzeitig nach Oklahoma, kauften eine Farm mit vierzig Morgen Land und hatten beinahe alle unsere Sachen ausgepackt, bevor unser Sohn ankam.

Don brachte mich in ein Indianerkrankenhaus, und unser zweiter Sohn kam mit zehn Pfund Gewicht und einer Länge von 58 cm auf die Welt. Er war das größte Kind, das je in diesem Krankenhaus geboren worden war. Gerade als wir uns auf den Weg ins Krankenhaus machten, kam eine Hirschkuh durch unseren Garten auf die Veranda. Deshalb gaben wir unserem Sohn den Namen Verlorener Hirsch. Wieder bestand Don darauf, daß er auch einen christlichen Namen haben müsse, und deshalb nannten wir ihn noch Shane.

Nun hatte ich zwei prächtige Söhne, und ich lernte wie nie zuvor, mein Vertrauen auf Gott zu setzen.

Sechs Monate später erwartete ich wieder ein Kind. Don schüttelte den Kopf und fragte: „Glaubst du nicht, daß du nun aufhören könntest, um Kinder zu beten? Gott hat uns reichlich gesegnet!"

Nun hatte ich zwei kleine Kinder, für die ich sorgen mußte, und das dritte war unterwegs.

Unser Haus war alt, und die Wände hatten breite Risse, durch die allerlei Getier hereinkroch. Ich tötete Taranteln, Skorpione und Mäuse und Tausende von namenlosen Insekten. Eines Tages zog ich die Besteckschublade auf und fand eine zusammengeringelte Schlange darin! Ich schlug die Lade so heftig zu, daß sie die Schlange zerquetschte, aber noch Monate nachher konnte ich die Schublade nicht öffnen ohne heimliche Angst. Wir nagelten Dachpappe an die Wände in der Hoffnung, das Ungeziefer abzuhalten, aber es dauerte nicht lange, da hatte der Sturm unsere Verschalung wieder weggerissen.

Ich legte einen Garten an und sang dazu das alte Lied: „Kleine Samenmutter, willst du uns deine Kinder geben?" Die meisten Samenkinder gingen nicht auf, weil Verlorener Hirsch hinter mir herlief und die Körnchen, die ich „verlor", fein säuberlich aufhob und in seine Tasche steckte. Doch das erfuhr ich erst viel später!

Die einzige Nachbarin war eine Irokesen-Medizin-Frau. Sie behandelte wöchentlich zwanzig oder dreißig Indianer mit allen möglichen wirklichen und eingebildeten Krankheiten. Sie hielt sich einen Frosch und einen Falken als „gute Medizin", eine Halskette aus Adlerklauen und eine andere aus menschlichen Knochen.

Man nannte sie die Kräuterfrau der Turtel-Sippe. Es gab keine Pflanze im Wald, die sie nicht für irgend etwas verwenden konnte.

Aber sie war klug genug, um sich auch die Erkenntnisse der modernen Welt anzueignen. Sie hielt sich nicht nur an alte Lieder und Gedichte, sondern befaßte sich mit Astrologie und stellte den Leuten Prognosen nach den Sternen und ihren Tierkreiszeichen.

Eines Tages fragte sie mich, unter welchem Himmelszeichen ich geboren sei.

„Unter dem Zeichen des Kreuzes", gab ich zur Antwort.

„Das gibt es nicht." Sie runzelte die Stirn.

„Doch, das gibt es. Ich bin unter dem Zeichen des Kreuzes von Golgatha geboren", lächelte ich.

„Du bist eine Indianerin! Du solltest dich an das halten, was dir von Jugend auf bekannt ist!" Und sie fing an, mir Geschichten zu erzählen und die Kraft der weißen Magie, der „guten" Zaubermittel, zu rühmen. Weil sie sich mit Zauberei befaßte, wurde sie auch Powacca genannt, das bedeutet „die mit den beiden Herzen".

Ein mehr freundschaftlicher Kampf entspann sich. Sie versuchte, mich auf den „alten Weg" zurückzuführen und ich war bestrebt, sie für Jesus zu gewinnen.

Als ich eines Tages im Garten jätete, entdeckte ich eine Mokassinschlange, die sich um einen Maisstengel geringelt hatte, nur wenige Zentimeter von meiner Hand entfernt. Zu Tode erschrocken rannte ich ins Haus, holte ein Gewehr und schoß der Schlange in den Kopf. Ich entdeckte noch zwei andere und tötete sie ebenfalls. Als ich mit zitternden Knien ins Haus zurückging, dankte ich Gott, daß er mir die Schlangen gezeigt hatte, bevor sie mich sahen.

Später, als ich der Medizinfrau von den Mokassinschlangen erzählte, schimpfte sie. „Alle Kreaturen sind deine Brüder! Du solltest kein Tier töten, es sei denn, du brauchst das Fleisch zum Essen! Ich wohne neben einer Felswand, in der viele Schlangen hausen. Ich sehe immer Schlangen, aber ich spreche zu ihnen und rufe sie an: ‚Hallo, mein Bruder, laß mich in Frieden!' Der Schlangengott hat mir versprochen, daß mir nie eine Schlange etwas tun würde."

Auf dem Heimweg entdeckte ich eine schwarze Schlange neben unserem Hühnerhaus.

„Hallo, mein Bruder!" rief ich. „Mach dich bereit zum Sterben!" Ich schoß und warf dann einen Blick über die

Schulter, um zu sehen, ob mich die Kräuterfrau beobachtet hatte.

Wir hatten unzählige Diskussionen. Wenn sie von ihrer Astrologie erzählte, sprach ich von Jesus. Keine von uns beiden gab auch nur einen Millimeter nach, und doch freuten wir uns an der Gesellschaft des anderen. Sie war eine höchst beachtenswerte Frau.

Doch an einem regnerischen Frühlingstag fand man die Kräuterfrau tot inmitten ihrer Karten und Sternzeichen, ihrer Kräutersammlung und Kultgegenstände. Sie war am Biß einer Schlange gestorben.

Immer wieder kann man von unwissenden Leuten den Satz hören: „Die Religion der Indianer ist gut - laßt sie doch ihre alten Götter anbeten!" Wie sehr wünschte ich, sie hätten die alte Kräuterfrau gekannt und geliebt wie ich und um ihren qualvollen, sinnlosen Tod gewußt.

Der Schlangengott hat die Kräuterfrau im Stich gelassen.

Die Kräuterfrau

20

Eines Morgens fühlte ich mich unendlich schwach und müde.

„Herr, ich bin so müde", flüsterte ich. „Gib mir Kraft, um durch diesen Tag zu kommen." Ich zwang mich aufzustehen und stand auf wackligen Beinen.

„Herr, ich kann nicht! Ich bin zu müde." Ich fiel aufs Bett zurück. Wenn ich nur noch ein paar Minuten schlafen dürfte - nur eine einzige Minute. „Bitte, laß mich liegen!" flehte ich, aber noch bevor ich mit meinem Gebet fertig war, hörte ich ein feines Stimmchen aus dem Nebenzimmer rufen. „Mami, Mami!"

Tränen rollten über meine Wangen. Ich war so müde, und mein Körper war schwer wie Blei. Nur mit größter Anstrengung konnte ich mich erheben.

In der Nacht vorher mußte ich sechzehnmal aufstehen, meine Buben hatten Ohrenweh und konnten vor Schmerz kaum schlafen. Heute ging es ihnen besser, aber mein Kopf brummte, und mir tat alles weh.

Irgendwie ging auch dieser Morgen vorbei, und ich dankte Gott, als es Zeit war, die Kinder zum Mittagsschläfchen ins Bett zu bringen. Nun konnte ich mich endlich hinlegen und den versäumten Schlaf nachholen.

Auf dem Weg ins Schlafzimmer wurde mir plötzlich schwarz vor Augen. Ich rieb mir die Augen, aber ich konnte nichts sehen. Es war, als ob jemand eine Decke über meinen Kopf gezogen hätte. Ich mußte mir den Weg zum Bett ertasten und legte mich mit geschlossenen Augen hin.

Ich bin nur müde. Ich bin nur müde. Nach einer kurzen

Ruhepause geht es mir wieder besser – dachte ich.

Die Kinder waren ebenso müde wie ich, und als Don abends nach Hause kam, schliefen wir alle drei. Er weckte mich, und als ich endlich die Augen öffnete, schien Don weit entfernt zu sein, am Ausgang eines Tunnels, umgeben von Dunkelheit.

„Ich weiß gar nicht, was mit meinen Augen los ist", klagte ich und rieb sie wieder und wieder. „Ich kann heute gar nicht sehen! Ich glaube, wenn ich wieder einmal richtig schlafen könnte, würde es mir sofort besser gehen."

Don betrachtete meine Augen. „Ich finde nichts Besonderes an ihnen." Er hielt meine Hand fest und bemerkte, daß mein Ehering fehlte. „Wo ist denn dein Ring?"

„Er saß zu lose, deshalb habe ich ihn abgezogen."

Er wühlte im Schrank, bis er die Waage fand, und stellte sie neben dem Bett auf den Boden. „Stell dich drauf!" befahl er.

Ich gehorchte, und er las das Gewicht ab. „Zweiundneunzig Pfund! Du wiegst nur zweiundneunzig Pfund! Wohin sind denn die anderen fünfzehn Pfund verschwunden? Du bist in Erwartung – du solltest zunehmen, nicht abnehmen! Du hast fünfzehn Pfund abgenommen!"

Ich begann zu weinen. Irgend etwas war nicht in Ordnung. Ich nahm ab, ich konnte beinahe nichts mehr sehen und ich war so müde, daß ich am liebsten sterben wollte.

Früh am nächsten Morgen fuhr mich Don zum Arzt, um verschiedene Tests machen zu lassen. Das Resultat war alles andere als befriedigend. Vier Organe funktionierten nicht, wie sie sollten. Ich war blutarm und erschöpft, und mit meinen Blutkörperchen war auch etwas nicht in Ordnung. Trotzdem schien es dem Kindchen unter meinem Herzen gut zu gehen.

Doch einige Untersuchungsergebnisse schienen einander zu widersprechen. Das einzige, was der Arzt sicher feststellen konnte, war, daß mein Körper nicht arbeitete, wie er sollte und daß mein Blutbild schlecht war.

Es gab noch weitere Untersuchungen, Diätkost und Medikamente, aber nichts half. Ich war im sechsten Monat schwanger und wog weniger als fünfzig Kilo. Ich sah aus wie ein Skelett und hatte tiefe, schwarze Ringe unter den Augen. Inbrünstig betete ich für mein Kind, daß es gesund und normal zur Welt kommen möge.

Ein Arzt schlug vor, die Schwangerschaft zu unterbrechen. Ich nannte ihn einen Mörder, rannte ihm davon und weigerte mich, je wieder zu ihm zu gehen.

Ein anderer Arzt äußerte den Verdacht auf Leukämie, aber die Laboruntersuchungen gaben kein eindeutiges Bild. Jeden fünften Tag mußte ich zu einer Blutuntersuchung ins Krankenhaus. Der Doktor schlug Bluttransfusionen vor, aber ich lehnte ab, weil ich fürchtete, es könne dem Kind schaden.

Don übernahm mehr und mehr Haushaltarbeiten. Er kochte und putzte, und ich versuchte, mich so viel wie möglich um unsere beiden Jungen zu kümmern, aber oft konnte ich nichts anderes für sie tun, als sie auf den Schoß nehmen und ihnen Geschichten erzählen. Meine Augen waren so schlecht geworden, daß ich kaum noch lesen konnte. Oft sah ich doppelt, und manchmal schien alles um mich her so dunkel, daß ich alle Lichter andrehte in der Hoffnung, besser sehen zu können.

Manchmal fühlte ich mich so schwach, daß ich überzeugt war, ich müsse sterben. Ich war bei so vielen Ärzten gewesen, daß ich mich nicht einmal mehr an ihre Namen erinnerte, aber sie alle sagten, daß mit meinem Blut etwas nicht in Ordnung war. Keiner fand heraus, was es war oder woher es kam. Doch alle waren sich darin einig, daß die Sache ernst war.

Ich weinte. Ich betete. Ich besuchte Gottesdienste in verschiedenen Kirchen, die Krankenheilungen versprachen. Alles umsonst. Im Gegenteil, es wurde immer schlimmer mit mir.

Ich ging zu einem Rechtsanwalt und machte mein Testament, damit Don keine Schwierigkeiten bekam, falls ich sterben sollte. Ich notierte die Lieder und Bibelstellen, die ich für mein Begräbnis wünschte. Ich ordnete meine Sachen, so gut ich es verstand, und immer wieder fragte ich Gott: „Was geschieht bloß mit meinen Kindern?"

Ich schrieb lange Briefe an Kleine Antilope und Verlorener Hirsch und legte sie in ihre Bilderbücher. Sie mußten wissen, daß ich sie von ganzem Herzen liebte und nicht verlassen wollte. Ich bat sie, ihrem Vater zu gehorchen und Jesus nachzufolgen. Es war sehr schwierig, die Lehren eines ganzen Lebens auf ein paar Briefseiten festzuhalten.

Ich bat Don, wieder zu heiraten, sobald er eine gläubige Frau gefunden habe, die ihn und die Kinder liebte. Immer und immer wieder betonte ich, daß sie aber eine überzeugte Christin sein müsse.

Ich hatte mir stets Sorgen gemacht, meine Kinder zu verlieren. Es war mir nie im Traum eingefallen, daß ich vor ihnen sterben könnte. Nun aber hatte es den Anschein, als sei meine Lebensuhr abgelaufen.

Ich weinte um all die Monate und Jahre, die ich nun nicht mehr neben ihren Betten sitzen konnte, um ihnen Geschichten zu erzählen, ihre Gebete zu hören und sie in den Schlaf zu wiegen. Mit Schmerzen dachte ich an die Tage, da sie krank sein würden und keine Mutter da war, um sie zu trösten. Ich dachte an all die Spiele, die wir nie miteinander spielen konnten, an die Spaziergänge durch herbstliche Wälder, die nie stattfinden und an die vielen Weihnachtsfeste, die wir nie miteinander feiern würden. Es war mehr, als ich ertragen konnte. Ich hatte keine Angst vor dem Sterben, denn ich wußte, daß ich Jesus als meinen Heiland angenommen und er mir ewiges Leben geschenkt hatte. Wenn ich starb, ging ich in den Himmel, um für immer bei Jesus zu sein. Aber ich litt um meine Kinder, die Waisen sein würden. Und was geschah mit dem Ungeborenen, das ich unter dem Herzen trug? Würde ich lange genug durchhalten, um ihm das Leben zu schenken, oder mußte es mit mir sterben?

„O Gott, laß mich lang genug leben, um meine Kinder aufzuziehen! Laß mich nur so lange hier auf dieser Erde, bis sie erwachsen sind!" Das war ein unmögliches Gebet. Meine Kinder waren so klein, daß ich wenigstens noch zwanzig Jahre leben mußte, bis sie auf eigenen Füßen stehen konnten. Und die Ärzte befürchteten, daß ich nicht einmal mehr so lange zu leben hatte, bis mein drittes Kind geboren war!

Don schlich wie ein Greis durchs Haus. Er war schweigsam geworden, und er ging nicht mehr stolz und aufrecht einher. Seine Augen waren glanzlos und traurig, und er hatte das Lächeln verlernt.

Ich versuchte, tapfer zu sein. Und doch kam es vor, daß ich mich nächtelang in Dons Armen in den Schlaf weinte.

Ich erinnerte mich an die einsamen Tage, bevor ich Don kennenlernte. Ich dachte an die Zeit, da ich mit Selbstmordgedanken gespielt hatte, weil ich das Leben nicht lebenswert fand. Nun war das Leben reich und schön. Jetzt, da ich von ganzem Herzen leben wollte, mußte ich sterben.

Ich begann, ein Tagebuch zu führen, damit den Kindern eine Erinnerung an mich blieb. Sie mußten wissen, daß ich sie von ganzem Herzen geliebt hatte!

Überall beteten Freunde für mich. Regelmäßig wurden meine Blutuntersuchungen fortgesetzt – alle fünf Tage ein neuer Test. Ich tat alles, was die Ärzte mir befahlen – ausgenommen, es schadete meinem Kind. Ich würde nie das Kind opfern, nur damit ich am Leben bleiben konnte.

Im neunten Monat nahm ich ein wenig zu, und nun war

auch mehr Hoffnung für das Kind. Aber mein rechtes Bein war jetzt gelähmt, und ich mußte auf Krücken gehen.

Als endlich der Tag kam, an dem ich ins Krankenhaus mußte, war ich überzeugt davon, daß ich meine Familie nie wiedersehen werde. Gott hatte mich so lange am Leben erhalten, bis das Kind auf der Welt war. Nun aber war meine Lebensuhr abgelaufen.

Schneewolke, unser dritter Sohn, wurde an einem Sonntag im Januar geboren. Wie glücklich waren wir, daß er gesund und normal zur Welt kam, wenn er auch nur sechs Pfund wog.

Wenige Minuten nach der Geburt fühlte ich, wie in mein gelähmtes Bein das Leben zurückkehrte. Die Schmerzen im Rücken waren verschwunden. Ich hatte Hunger, und eine halbe Stunde nach der Entbindung aß ich mein Abendbrot. Während der nächsten paar Tage im Krankenhaus mußte ich beinahe ununterbrochen essen. Mein Augenlicht war wieder zurückgekehrt, und noch nie hatte ich mich so stark gefühlt wie jetzt.

Der Arzt stellte fest, daß es mir besser ging, aber er wollte nichts Genaues sagen, bevor er mich nicht gründlich untersucht hatte.

Als ich wieder daheim war, konnte ich nicht genug zu essen bekommen. Während der nächsten beiden Wochen aß ich mindestens sechsmal pro Tag. Einen Monat später mußte ich wieder zum Arzt zur Kontrolle. Schneewolke war zwar klein, aber kerngesund. Meine letzten Blutuntersuchungen waren in Ordnung, nur der Blutzuckergehalt war niedrig. Die merkwürdigen, unförmigen Blutkörperchen, die sich während der letzten sechs Monate bei jeder Untersuchung gezeigt hatten, waren verschwunden!

Der Arzt lächelte und sagte: „Ich weiß nicht, was passiert ist. Sie sind sehr krank gewesen. Ich habe nie herausgefunden, was Ihnen wirklich gefehlt hat, und jetzt habe ich keine Ahnung, weshalb Sie wieder gesund sind! Ich möchte alle sechs Monate eine Blutprobe von Ihnen, aber soweit ich es beurteilen kann, sind Sie wieder kerngesund. Sie werden bestimmt lange genug leben, um Ihre Enkelkinder zu sehen!"

Die Tests wurden gemacht, aber nichts Krankhaftes zeigte sich mehr. Der Arzt hat nie herausgefunden, woher meine Krankheit kam noch weshalb sie wieder verschwunden ist. Auch ich kann keine Antwort auf diese Fragen geben, aber ich bin sicher, daß das Gebet die Antwort auf die zweite Frage ist.

Das Leben bekam neuen Glanz für mich - jetzt, da ich wußte, wie zerbrechlich es ist.

21

Ich war mit meinen drei Buben so sehr beschäftigt, daß ich mich von der ganzen übrigen Welt absonderte. Während sechs Monaten sah und sprach ich mit niemand anderem als mit Don und den Kindern.

„Möchtest du nicht einmal eine andere Frau einladen? Oder eine Nachbarin besuchen? Du hast doch sicher das Bedürfnis, wieder mal mit jemandem zu plaudern?" fragte Don eines Tages.

Ich zuckte die Achseln. „Wieso? Ich bin glücklich mit meiner Familie, in meinen vier Wänden. Ich brauche sonst niemanden."

„Ich glaube aber doch, daß es gut für dich wäre, einmal auszugehen und andere Menschen zu sehen. Morgen nimmst du die Kinder und den Wagen und fährst in die Stadt, um Einkäufe zu machen."

„Aber du bringst doch alles, was wir zum Leben brauchen! Und wenn ich einmal etwas für mich haben muß, kann ich es durch ein Versandgeschäft kommen lassen! Ich will nicht in die Stadt fahren!" Ich hatte das Gefühl, daß sich Don um meine Einwände gar nicht kümmerte und mit seinem Vorschlag einen bestimmten Zweck verfolgte.

„Es wird dir gefallen! Mach dir ja keine Sorgen! Fahr einfach in die Stadt und bring Schneewolke in die Klinik für seine übliche Untersuchung. Dann kaufst du noch ein, was du brauchst, und fährst wieder nach Hause. Was sollte schon passieren?"

In dieser Nacht konnte ich kaum schlafen. Ich sorgte mich um alles mögliche, das geschehen könnte - Reifenpannen, Zusammenstöße, die Orientierung verlieren - das waren die harmlosesten Pannen, die ich erwartete.

„Keine Angst, du wirst es schon schaffen!" ermutigte mich mein Mann am nächsten Morgen, als er mir die Autoschlüssel in die Hand drückte und die Tür hinter mir zuwarf.

„Ich möchte doch lieber, daß du fährst", bat ich. „Was soll ich machen, wenn etwas schief geht?"

„Was sollte schon schiefgehen? Du mußt ja nur ein paar Lebensmittel kaufen, zum Arzt und dann nach Hause fahren. Da kann doch gar nichts passieren!"

„Wahrscheinlich hast du recht." Ich ließ den Motor an und fuhr weg. Es war das erstemal seit Schneewolkes Geburt, daß ich mit den Kindern allein ausfuhr. Ich war gar nicht so überzeugt davon, daß ich alle drei beaufsichtigen konnte, wenn ich den Wagen lenkte und Einkäufe machte. Aber ich lächelte vor mich hin. Don hatte recht. Was sollte schon passieren?

Als ich in die Stadt kam, sah ich ein Schild mit der Aufschrift „Automatische Waschanlage" und beschloß, Don mit einem sauber gewaschenen Wagen zu überraschen. Ich hatte zwar noch nie den Wagen gewaschen, aber ich hatte Don dabei beobachtet. Es sah ganz leicht aus.

Ich fuhr in die Waschstraße. Als der Wagen den Randstein berührte, ertönte ein kurzes Hupsignal. Ich stieg aus, nahm den Schlauch zur Hand und steckte die Münze in den Geldautomat. Dann spritzte ich den Wagen ab, während die Buben vergnügt im Auto saßen und auf dem Rücksitz hin und her hopsten. Im gleichen Augenblick entdeckte ich, daß die Fenster offen waren. Ein heftiger Strahl aus Wasser und Seife ergoß sich ins Wageninnere und über die Kinder.

„Macht die Fenster zu!" schrie ich und lenkte den Wasserstrahl dorthin, wo er hingehörte.

„Ich kann nicht!" schrie Kleine Antilope. „Der Knopf ist voller Seife!"

Als ich durchs Fenster griff, um ihm zu helfen, machte

sich die Wasserschlange selbständig und verwandelte sich in ein wildes Ungeheuer, das unseren Wagen zu demolieren drohte.

Bäng! Bäng! Bäng! Sie flog durch die Luft und hämmerte auf das Dach des Wagens. Ich rannte ums Auto und versuchte, das Ungetüm zu fangen. Vergeblich! Sie drehte sich so wild im Kreise, daß ich nicht einmal in die Nähe kam. Ich sprang ins Auto und fuhr im Eiltempo davon, bevor die wunderbare Waschanlage die Windschutzscheibe zertrümmern konnte. Den Monsterdreschflegel überließ ich seinem Schicksal, und er rächte sich, indem er zornig gegen die Wand schlug und Wasser und Seife in alle vier Himmelsrichtungen verspritzte. Man konnte den Radau bis über den nächsten Häuserblock hinweg hören. Ich fragte mich, wie lange es dauerte, bis die eingeworfene Münze ihre Pflicht erfüllt hatte.

Ob Don wohl merkte, daß die eine Hälfte des Wagens gewaschen war? Ich hoffte inbrünstig, daß die Kleider der Jungen und meine eigenen trocknen würden, bevor wir einkaufen gingen.

Der Gang durch den Laden verlief ziemlich ereignislos, wenn man davon absah, daß vierzehn Krautköpfe davonkugelten, nachdem Kleine Antilope den untersten von ihnen aus dem Regal gezogen hatte.

Nun mußte ich nur noch Schneewolke in die Klinik bringen, dann konnten wir uns auf den Heimweg machen.

Das Wartezimmer war überfüllt, jeder Stuhl besetzt. Ich lehnte mich an die Wand mit Wolke im Arm, während Antilope und Hirsch den fremden Raum inspizierten. Bald hatten sie die Aufmerksamkeit aller Anwesenden auf sich gezogen und waren emsig damit beschäftigt, neue Bekanntschaften zu schließen.

Eine Dame mit einem blütenweißen Schal auf den Knien zog Antilope ins Gespräch. Plötzlich, ohne Vorwarnung, ergriff er das zarte Gebilde und schneuzte sich hinein. Dann rannte er davon, Hirsch hinterdrein.

Ich schickte ein Stoßgebet zum Himmel und bat Gott, die Dame nicht in Ohnmacht fallen zu lassen, bevor ich zu der Entsetzten hinüberlief. Ich entschuldigte mich und erklärte, daß ich selbstverständlich die Reinigungskosten übernehmen werde. Sie lehnte ab und murmelte vor sich hin, daß sie nie wieder einem Kind raten wolle, ein Taschentuch zu benützen!

Ein gellender Schrei von nebenan lenkte die Aufmerksamkeit aller auf das Zimmer, in dem Notfälle behandelt wurden. Die Schwester verließ eiligst ihren Schreibtisch und rannte ins Nebenzimmer. Die Frau neben mir vermutete, daß ein Kind behandelt wurde, das von einem Auto angefahren worden sei.

Das Geschrei nebenan wurde noch lauter.

„Furchtbar! Weshalb machen die denn nichts, um die Schmerzen des armen Kleinen zu lindern!" seufzte eine andere Frau.

Ich hielt Ausschau nach meinen beiden Buben. Sie waren nirgends zu sehen. Ich lief den langen Gang hinunter, um sie zu suchen. Als ich beim Notfallzimmer vorbeiging, erkannte ich die Ursache des Geschreis. Hirsch und Antilope rannten um den Untersuchungstisch herum, und eine Schwester und ein Arzt jagten hinterdrein.

Ich stürzte hinein, packte die beiden am Kragen und stieß sie auf den nächsten Stuhl, ohne meinen harten Griff zu lockern.

„Das sind die flinksten Bengel, die mir je unter die Augen gekommen sind", schnaufte der Doktor. „Eigentlich sind noch zwei andere Patienten vor Ihnen, aber ich glaube, es ist besser, Sie sofort dranzunehmen!"

Nach kurzer Untersuchung erklärte er mir, daß Wolke vollkommen gesund sei, und daß wir erst ein Jahr später wiederkommen müßten. Erleichtert packte ich die drei ins Auto und machte mich auf den Heimweg.

Ein großer, schwarzer Wagen fuhr vor mir. Plötzlich gerieten die Räder meines Autos in ein Loch und der Wagen sackte ab. Die Hupe brüllte auf. Sie war festgeklemmt! Ich hämmerte mit aller Wucht auf sie ein und hoffte, das schreiende Ding zum Schweigen bringen zu können. Vergeblich. Als ich endlich den Kopf hob, erkannte ich, daß der schwarze Wagen vor mir ein Leichenwagen war!

Ich wollte rückwärts ausweichen, aber der Lenker hinter mir winkte mir, weiterzufahren. Der Weg war zu schmal und zu morastig, um überholen oder ausweichen zu können. Ich wäre unweigerlich steckengeblieben. So blieb mir nichts anderes übrig, als dem Leichenwagen mit gellender Hupe zu folgen. Kilometerlang fuhren wir hintereinander her - der Leichenwagen, ich und meine Hupe, und zuletzt der Lastwagen.

Endlich wurde die Straße breit genug zum Überholen, und ich konnte den Leichenwagen ohne Begleitmusik ziehen lassen. Ich stieg aus, um herauszufinden, wie ich dem Lärm ein Ende machen könnte.

Auch der Lastwagen hielt, und der Fahrer schlenderte zu mir herüber. „Weshalb hupen Sie denn dauernd hinter dem Leichenwagen her?" brüllte er mir zu.

„Eine alte Indianergewohnheit, um die bösen Geister fernzuhalten!" schrie ich zurück. „Wissen Sie etwa, wie man das Ding hier abstellen kann?"

Wenige Minuten später fuhr ich in aller Ruhe nach Hause.

Als ich in den Hof fuhr, kam Don zum Wagen und half mir, die Einkaufstaschen auszuladen. „Alles gut gegangen? Nichts passiert?" fragte er und griff nach den Taschen.

„Nein. Gar nichts passiert", gab ich zur Antwort und folgte ihm ins Haus. „Überhaupt - was hätte denn schon schiefgehen können?"

Ich liebte meine drei Söhne, aber Don und ich hätten noch gern ein Mädchen gehabt. So betete ich um ein weiteres Kind und fühlte, daß Gott mich durchtragen würde.

Als Schneewolke sechs Monate zählte, meldete sich ein weiteres Kindchen an. Diesmal war ich gesund, es gab keinerlei Probleme. Von Anfang an war ich überzeugt, daß es eine Tochter war, und ich kaufte nur rosarote Babysachen ein.

Das neue Kind

Ein kleines Kindchen wird erwartet,
ein kleines Kind, das Mutters Ruhe stört.
Der Papa aber lächelt nur und meint:
„Gut so, wir freuen uns darüber!"
Zwei kleine Buben rennen durch die Tür,
ein Kind liegt in der Wiege,
ein andres kriecht umher.
Vier kleine Kinder, das älteste knapp vier –
Weil wir so reich an Kindern,
können niemals arm wir sein!

22

„Du wirst doch nicht schon wieder guter Hoffnung sein!" Meine Freundin betrachtete mich und schüttelte den Kopf. „Vier Kinder in vier Jahren? Hast du noch nie etwas von Familienplanung gehört?"

„Natürlich hab ich davon gehört! Ich hab eine Familie geplant, und nun hab ich eine", gab ich zur Antwort.

Sie lachte. „Du mußt verrückt sein!"

Ich war wütend und konnte nur mit Mühe die Tränen zurückhalten. Mit einer einzigen gedankenlosen Bemerkung hatte sie mir den Tag verdorben und die Freude geraubt, die das Erwarten eines Kindes mit sich bringt.

Weshalb sehen manche Leute es als Nachteil an, ein Kind zu bekommen? Irgend etwas stimmt doch nicht, wenn man ein Kind als Last und nicht als Segen empfindet. Warum gibt es Mütter, die glauben, sich entschuldigen zu müssen, weil sie Kinder kriegen und ihre Familie liebhaben? Weshalb wird so oft Druck ausgeübt, daß die meisten Frauen es vorziehen, berufstätig zu sein und Karriere zu machen, anstatt sich ihrer Familie zu widmen? Weshalb kann Mutterschaft nicht die höchste Karriere für eine Frau sein?

Ich war immer noch verärgert, als ich eine Stunde später meine Wäsche aufhängte. „Ich versteh das nicht! Ich kann das überhaupt nicht begreifen!" brummte ich vor mich hin. Ich wußte, daß mein Ärger unberechtigt war, aber ich kam mir vor wie eine Bärin, die ihre Jungen verteidigt.

Meine Freundin war auf Stellungssuche. In Gedanken schrieb ich eine fingierte Anzeige in einer Zeitung, die gar nicht existierte. Eine Anzeige, auf die sie niemals antworten würde:

„Gesucht wird attraktive, gepflegte Dame mit guter Schulbildung und angenehmen Umgangsformen. Sie sollte stets freundlich und guter Laune sein, bereitwillig vierundzwanzig Stunden pro Tag arbeiten und keinerlei Ansprüche an Gehalt, Ferien oder Krankheitsurlaub stellen. Sie muß Fußböden schrubben, delikate Mahlzeiten zubereiten, das Haus in Ordnung halten, waschen, bügeln und schwere Reinigungsarbeiten auf sich nehmen. Sie muß imstande sein, die Mark sechsmal umzudrehen, bevor sie sie ausgibt, und dasselbe Kleid fünf Jahre lang zu tragen, ohne daß es abgetragen wirkt. Sie muß genug Zeit finden, um Gute-Nacht-Geschichten vorzulesen, Tränen zu trocknen, einen aufgeschlagenen Ellenbogen zu verbinden, Kuchen zu backen und mit kleinen Kindern zu spielen. Sie muß eine echte Partnerin für den Ehemann sein und außerdem die Stelle einer Geliebten, Freundin, Buchhalterin, Krankenschwester, Putzfrau und Gärtnerin versehen können. Gesucht wird: eine Mutter!"

Mein Zorn war verraucht. Ich bedauerte meine Freundin, die den reichen Aufgabenkreis einer Mutter nicht kannte. Als ich ins Haus ging, rief ich meine Buben: „Kommt herein, es gibt Milch und Kuchen!"

Begeistert gehorchten sie, rannten wie die Wilden herzu und schlugen beinahe die Tür ein. Sie schlangen ihre runden, schmutzigen Arme um meinen Hals. Ich verlor das Gleichgewicht, und wir stürzten alle vier lachend und schreiend zu Boden.

„Mami, wir haben dich lieb!" riefen sie und drängten sich um den Tisch.

Meine Kinder! Immer ein Segen, nie eine Last!

Das Kind, das ich unter meinem Herzen trug, strampelte. Ich danke dir, o Gott, für meine Kinder!

Seit drei Stunden gab das Radio Sturmwarnung durch. Um Mitternacht brach dann der Sturm los. Er heulte ums

Haus, die Fensterscheiben des Schlafzimmers splitterten, und der Regen ergoß sich übers Bett. Ich stopfte ein Kissen in das Fensterloch und setzte mich auf den Bettrand. Mein viertes Kind war unterwegs. Don würde noch lange nicht nach Hause kommen, und ich wußte, daß ich unmöglich auf ihn warten konnte.

Wir hatten kein Telefon, und das Auto war mit Don unterwegs. Unser nächster Nachbar war etwa zwei Kilometer entfernt. Ich weckte meine drei Buben, zog ihnen die Schuhe an und die Mäntel über ihre Pyjamas. Sie waren ganz verschlafen. Schneewolke ließ alle Glieder hängen. Ich nahm ihn auf den Arm und drückte Antilope die Taschenlampe in die Hand. Hirsch nahm ich an der Hand, und so zogen wir gemeinsam los, um Hilfe zu holen.

Antilope zündete mit seiner Lampe überallhin, nur nicht auf den Weg. Die Blitze, die über den Himmel zuckten, gaben mehr Licht als das wandernde Lämpchen. Bis auf die Haut durchnäßt, kamen wir beim Nachbarn an.

Ich polterte an die Tür und schrie aus Leibeskräften. Wenig später öffnete ein schlaftrunkener Mann.

„Darf ich Ihr Telefon benützen? Ich muß dringend meinen Mann anrufen!" bat ich und schubste die drei Kleinen ins Haus.

Ich rief die Plantage an, auf der Don arbeitete, und der Nachtwächter versprach, meinen Mann zu benachrichtigen.

„Ich würde Ihnen gern helfen, aber mein Wagen ist kaputt", meinte der Nachbar und gähnte.

„Schon gut! Danke, daß ich das Telefon benützen durfte", nickte ich. Mir blieb nichts anderes übrig, als mit den Kindern wieder in die kalte, stürmische Nacht hinauszugehen. Der Heimweg war bedeutend länger, denn in meinen Armen trug ich Wolke, auf dem Rücken Hirsch, und das vierte Kindchen erinnerte mich fortwährend daran, daß es uns bald Gesellschaft leisten würde.

Als wir endlich wieder daheim waren, zog ich allen dreien trockene Sachen an, und auch ich mußte mich von Kopf bis Fuß umziehen. Dann raffte ich einige Decken und Kissen zusammen, um für die Kinder im Auto ein Bett zu machen. Die Fahrt zum Krankenhaus war immerhin 100 Kilometer, und die Kinder konnten währenddessen auf dem Rücksitz schlafen.

Gewöhnlich brauchte mein Mann eine Stunde, um vom Arbeitsplatz nach Hause zu kommen, aber diesmal schaffte er es trotz des Regens in 20 Minuten. Als wir die Kinder ins Auto packten, sagte er: „Der Sturm hat die Brücke bei Twin Oaks weggerissen. Wir müssen den Umweg über Spring Creek machen und durch die Berge fahren."

„Das schaff ich nie!" stöhnte ich mit zusammengebissenen Zähnen.

„Natürlich schaffst du es!" tröstete er, als wir mit quietschenden Reifen losfuhren.

Während dieser Fahrt überquerten wir riesige Wasserlachen, die bis zu den Stoßstangen kamen, glitschigen Schlamm und rasten durch enge, gewundene Straßen. Wir überfuhren die Staatsgrenze und landeten mit quietschenden Bremsen vor der Klinik in Siloam Springs, Arkansas.

Als mein Mann sich im Kreißsaal von mir verabschiedete, um nach den Buben zu sehen, die im Wartezimmer schliefen, wartete ich auf ein paar Worte, die mich aufmuntern sollten, etwa: „Ich liebe dich", oder „Ich will für dich beten." Stattdessen warf er mir, die ich mir in die Lippen biß und die Fäuste vor Schmerz zusammenpreßte, einen Blick zu und rief: „Alles Gute, mein Liebes!"

Kurze Zeit später wurde unsere Tochter geboren, und ihr Name stand bereits fest. Sie hieß Frühlingssturm.

Die rundliche Krankenschwester legte mir mein schönes, neugeborenes Mädchen in die Arme. Es war erst wenige Stunden alt, und ich drückte es vorsichtig an meine Brust, die vor Glück zu zerspringen drohte.

Ich blickte auf und sah, wie die Schwester mich beobachtete, als ich meine Kleine stillte.

„Haben Sie auch Kinder?" fragte ich.

„Ja, ich hatte eine Tochter - aber ich hab' sie verloren", gab sie zur Antwort.

„Oh, das tut mir aber leid!"

„Nein, sie ist nicht gestorben. Ich hab sie einfach verloren. Ich war so glücklich, als sie zur Welt kam! Aber wir hatten Schulden, und als sie sechs Monate alt war, hab ich eine Halbtagsstelle angenommen - nur für wenige Monate, um verschiedene Rechnungen zu bezahlen. Die Halbtagsstelle wurde zur Ganztagsstelle, und die paar Monate haben sich in viele Jahre verwandelt. Heute ist sie achtzehn, heiratet diese Woche - und ich kenne sie gar nicht mehr. Wir sind Fremde füreinander, und nun ist sie gegangen. Als sie klein war, bat sie mich, ihr Gute-Nacht-Geschichten vorzulesen, aber ich war zu müde oder zu beschäftigt, und ich kam nie dazu. Ich habe sie immer auf morgen vertröstet, aber dieses Morgen ist nie gekommen. Wissen Sie, ich könnte Ihnen nicht ein einziges Stück zeigen, das ich mir von meinem Verdienst gekauft hätte. Ich hätte gar nicht arbeiten müssen! Wir hätten es auch ohne mein kleines Einkommen geschafft. Ich habe mich selbst und meine Tochter betrogen, und nichts auf der Welt kann mir mein kleines Mädchen zurückgeben." Sie wischte sich die Augen.

Mein Kind war eingeschlafen, und die Schwester nahm es sachte auf, um es zurück in die Säuglingsabteilung zu bringen.

„Sie haben ein schönes Kind! Verlieren Sie es nur ja nicht!" sagte sie leise.

„Nein, niemals!" gab ich zurück. Diese Frau tat mir unendlich leid. Als ich mich hinlegte, versprach ich mir selbst, meinem Kind unzählige Gute-Nacht-Geschichten vorzulesen, um das wettzumachen, was jene Mutter versäumt hatte, die zu beschäftigt gewesen war, um ihrem Kind etwas vorzulesen.

Als wir Frühlingssturm nach Hause brachten, sagte Don: „Du hast nun innerhalb von vier Jahren vier Kinder in vier verschiedenen Staaten geboren. Ich hab ja nichts dagegen, daß du von überall, wo du warst, ein Andenken mitbringst - aber könntest du nicht mal wie andere Frauen Teller oder Salzstreuer sammeln?"

Für Frühlingssturm

Jesus, mein Hirte, behüte mein kleines Bett,
schick einen Engel, der im Schlafe bei mir steht.
Mama und Papa und die Brüder behüte du,
gib ihnen heute Nacht eine süße Ruh.
Bewahre und beschütz uns allzugleich
und führ uns in dein ewiges Himmelreich. Amen.

Das Leben bei uns wurde nun höchst abwechslungsreich. Der Tag hatte nicht genug Stunden, um auch nur die Hälfte dessen zu tun, was getan werden mußte.

Ich hatte soeben den Tisch für das Abendessen gedeckt und warf einen Blick aus dem Fenster. Die Enten marschierten zum Teich! Ich seufzte. Wie kommen die Enten aus dem Hühnerhof? Wahrscheinlich hatte ich vergessen, die Tür zu schließen, nachdem ich sie gefüttert hatte. Ich mußte sie zurückjagen. Es war beinahe dunkel, und wenn ich sie die ganze Nacht draußen ließ, würde der Fuchs sie unweigerlich töten.

Kleine Antilope und Hirsch spielten eifrig mit ihren Bausteinen, und die beiden Kleinen lagen in der Wiege. Leise verschwand ich durch die Küchentür und rannte zum Teich. Sobald mich die Enten erblickten, flatterten sie quakend davon, jede in eine andere Richtung. Zweimal

Meine Kinder und ich

jagte ich sie um den ganzen Teich, bis ich sie endlich im hohen Gras in die Enge getrieben hatte. Ich packte zwei und trug sie in den Hühnerhof. Sorgfältig schloß ich hinter ihnen ab. Als ich hinter den beiden anderen herlief, war es beinahe dunkel geworden. Ich hoffte, daß die beiden Buben unterdessen nichts Dummes angestellt hatten. Die Entenjagd hatte länger gedauert, als ich erwartet hatte. Endlich erwischte ich auch die letzten zwei und sperrte sie in ihre Behausung.

Ungewöhnliche Stille empfing mich, als ich in die Küche trat. Das glich den Buben so gar nicht! Schnell lief ich ins Wohnzimmer.

Die Blutflecken, die ich entdeckte, ließen Schlimmes befürchten. Die Knie zitterten mir, und ich sank wie gelähmt zu Boden.

Mit weit offenen Augen stand Antilope neben dem Diwan. Seine kleine Hand umklammerte ein Küchenmesser. Um seinen Mund waren Blutspuren, und sein Hemd war mit Blut durchdrängt, als ob sein Bauch aufgeschlitzt worden wäre. Das Blut zu seinen Füßen bildete eine große Lache. Hirsch saß auf dem Boden, ebenfalls mit Blut befleckt.

„O Gott, laß sie nicht sterben!" Ich wollte aufstehen, aber ich konnte mich nicht bewegen. Mein Herz hatte ausgesetzt. Während ich die blöden Enten jagte, hatten meine Buben mit Küchenmessern gespielt und sich ernsthaft verletzt. Ich wußte, daß Antilope bei dem großen Blutverlust, den er erlitten, gar nicht am Leben bleiben konnte!

Aus Leibeskräften begann ich zu schreien: „Don! Don! Don!"

Ich hatte gesehen, wie er unten am Berg die Kaninchen fütterte. Er konnte mich nie hören, er war viel zu weit weg! Aber ich hatte meine Stimme unterschätzt. Augenblicklich hastete er herein, ganz außer Atem.

Ich zeigte auf Antilope. „Er hat sich den Bauch aufgeschlitzt! Er stirbt!"

Don rannte zu ihm. „Wenn ich die Arterie abbinden kann, damit er endlich zu bluten aufhört, können wir ihn ins Krankenhaus bringen!" Er drückte seinen Finger auf Antilopes Brust und fragte: „Weshalb schreit er denn nicht?"

„Er hat einen Schock!" gab ich zur Antwort. Mühsam richtete ich mich auf, aber meine Füße trugen mich noch nicht. „Er stirbt!" schluchzte ich.

Don zog die Hand zurück, sah seine Finger an und begann, sie zu reiben. Wieder berührte er Antilopes Hemd und schnüffelte an dem roten Zeug an seiner Hand.

„Das ist doch gar nicht Blut!" rief er und schaute umher. Dann bückte er sich, um etwas aufzuheben, das neben dem Diwan stand, und hielt es hoch, um es mir zu zeigen.

„Das ist kein Blut! Antilope hat sich mit Erdbeermarmelade verschmiert!" Er nahm das Messer aus der Hand des Jungen und steckte es klirrend ins leere Glas.

Tränen der Erleichterung stürzten mir aus den Augen, als ich entdeckte, daß der rote Blutfleck tatsächlich aus Erdbeermarmelade bestand. Während ich die Enten gejagt hatte, war Antilope auf den Tisch gekrochen und hatte sich und seinen Bruder mit dem Messer „gefüttert".

Erschöpft sanken Don und ich auf den Diwan. Es machte uns nichts aus, daß wir auch noch von der roten Marmelade abbekamen. Wir brachen in schallendes Gelächter aus und konnten gar nicht aufhören - aus Freude über unseren Sohn, den wir verloren glaubten, und der wohlbehalten und quicklebendig vor uns stand.

Antilope und Hirsch saßen auf dem Fußboden und wunderten sich über ihre Eltern, die lachten, bis ihnen die Bauchmuskeln weh taten.

Ich begann aufzuräumen, und als ich die Kleider der Buben in die Waschmaschine stopfte, betrachtete ich die beiden noch einmal. Wie gut war alles abgelaufen! Es hätte wirklich Blut fließen können. Das Messer war scharf genug, und ich war viel zu lange draußen geblieben. Der Alptraum hätte Wirklichkeit werden können. Aber, dem Herrn sei gedankt, daß sich die schreckliche Tragödie in eine Komödie verwandelt hatte, die wir später unseren Kindern erzählen wollten, wenn sie älter waren. Sie würden wohl immer wieder bitten: „Mami, bitte erzähl uns noch einmal von jener Nacht, als du dachtest, wir hätten uns umgebracht!"

„Danke, o Gott! Danke!" betete ich, als ich ein Bleichmittel in die Maschine gab. „Danke, daß du meine Kinder beschützt hast, als ich versuchte, ein paar dumme Enten zu retten!"

Dem Herrn sei gedankt!
Mein Sohn war gesund!

23

„Etwas Interessantes dabei?" fragte Don, als er den Stapel Rechnungen sah.

„Pastor McPherson hat eine Karte geschrieben. Er wollte wissen, wann ich mein Buch schreibe", lachte ich.

Don hob den Kopf. Er war gerade mit der Stromrechnung beschäftigt.

„Ein alter Scherz von ihm! Er will mir immer einreden, ich solle ein Buch darüber schreiben, was es heißt, eine Indianerin zu sein", gab ich zur Antwort.

„Gute Idee! Weshalb eigentlich nicht?" fragte Don.

„Ich hab doch keine Ahnung, wie man ein Buch schreibt", erklärte ich achselzuckend.

„Keine Ahnung? Du hast doch Tausende von Büchern gelesen! Du weißt doch, was sich gut liest und was nicht. Ich glaube, du solltest es tun. Es könnte den Indianern eine Hilfe sein - und vielleicht auch den Weißen."

„Glaubst du wirklich, daß ich dazu imstande wäre?" fragte ich zweifelnd. „Ich wünschte wirklich, den Leuten klarzumachen, was es bedeutet, ein Indianer zu sein."

„Du kannst es, wenn du es wirklich willst. Bitte doch Gott um seine Hilfe!" sagte er und vertiefte sich wieder in seine Rechnungen.

Vielleicht war es doch nicht nur ein Scherz? Vielleicht konnte ich wirklich ein Buch schreiben! Vielleicht könnte ich morgen damit beginnen.

Am anderen Morgen fielen mir Pastor McPhersons Worte wieder ein. „Wann werden Sie mit Ihrem Buch beginnen?"

Ich schaute aus dem Fenster. Der Wind pfiff ums Haus, und es war kalt.

„Heute!" sagte ich laut. „Heute fang ich an mit meinem Buch!"

Ich eilte zum Schrank und suchte nach der alten Schreibmaschine, die eine Freundin vor Jahren weggeworfen hatte. Ich hatte sie aus ihrem Müll gefischt und mit ihrer Zustimmung stolz nach Hause getragen. Ich kramte unter alten Stiefeln, Weihnachtsschmuck und diversen Masken, bis ich sie fand. Die Typen waren dick mit Staub bedeckt, und das Farbband fehlte, aber das störte mich nicht. Glückselig schleppte ich meinen Schatz in die Küche und stellte ihn liebevoll auf den Tisch.

Voller Eifer fuhr ich in die Stadt und kaufte ein Farbband, Kohlepapier und einen Karton mit zweitausend Blatt Schreibmaschinenpapier.

Sorgfältig ordnete ich meine Utensilien auf dem Tisch und schaute auf die Uhr. Es war Mittag. Ich hatte vier Stunden Zeit für meine Geschichte, bis mein Mann von der Arbeit nach Hause kam.

Es dauerte ziemlich lange, bis ich begriffen hatte, wie man das Farbband einführt. Dann entdeckte ich, daß der Buchstabe L nicht funktionierte. Aber das spielte keine Rolle - ich konnte schließlich die Zahl sieben tippen, bis das L wieder repariert war. Ich mußte mir nur vorstellen, daß die Sieben ein L war, das auf dem Kopf stand.

Ich tippte meinen ersten Satz: „Don ste77te sich neben mich und seine 7ippen berührten zärt7ich die meinen." Dann lehnte ich mich im Stuhl zurück und betrachtete kritisch mein Werk. So weit, so gut! Eine wunderbare Liebesgeschichte war im Entstehen. Jetzt brauchte ich nur noch einen Rahmen, ein paar Charaktergestalten und irgend etwas, das die Lücke zwischen Anfang und Ende ausfüllte.

Wieder sah ich auf die Uhr. Ich beschloß, den Braten in den Backofen zu schieben, während ich weiter dichtete.

Zurück zur Arbeit. Wo bin ich stecken geblieben?

„Don ste77te sich neben mich und seine 7ippen berührten zärt7ich die meinen." Wer weiß, vielleicht war das der Anfang eines Bestsellers?

Oder müßte es besser klingen? Ich schrieb den Satz noch einmal. Alle guten Schriftsteller schreiben ihr Manuskript mehr als einmal. Das war ein weiteres gutes Wort: Manuskript. Ich durfte es nicht vergessen!

„Don ste77te sich neben mich und seine männ7ichen Arme hü77ten mich ein. Seine 7ippen berührten zärt7ich die meinen und sein 7iebevo77er Kuß –"

Das nenne ich schreiben!

Aber was roch denn da so nach Rauch? Der Braten war angebrannt! Ich hatte den ganzen Nachmittag für diesen einen Satz gebraucht. Na ja, „Vom Winde verweht" ist schließlich auch nicht an einem Tag geschrieben worden, und wenn ich einmal den richtigen Faden gefunden hatte, konnte auch ich schneller schreiben, sagte ich mir.

Da hörte ich Dons Wagen vor dem Haus. Nun, für heute hatte ich genug geschrieben. Ich zog mein „Manuskript" aus der Maschine, faltete es und steckte es in die Schürzentasche. Die Schreibmaschine wurde wieder im Schrank begraben.

Der Braten war hoffnungslos verbrannt, und etwas anderes hatte ich nicht. Höchstens Pfannkuchen konnte ich noch schnell machen. Ich hatte den ganzen Tag nicht abgewaschen – das Dichten hatte mir keine Zeit gelassen. Schließlich konnten wir ja auch Papierteller verwenden. Ich hoffte nur, der Sirup würde die Teller nicht aufweichen. Vielleicht, wenn wir schnell aßen –

Ich lächelte und tastete nach dem Manuskript in der Schürzentasche. Wenn mich Pastor McPherson nächstes Mal nach meinem Buch fragte, konnte ich antworten, daß ich bereits damit begonnen hätte!

Ich mußte mir natürlich einen Künstlernamen zulegen. Kein Mensch würde ein Buch lesen wollen, das von einer Schrei im Wind geschrieben wurde. Ich mußte mir einen typisch weißen Namen suchen. Vielleicht Gwendolyn Lovequist –

Am anderen Tag war ich damit beschäftigt, ein belegtes Brötchen aus dem Teppichroller zu kratzen, mit dem Verlorener Hirsch sein Sandwich hatte flachpressen wollen.

Erst spät abends, als alle schon schliefen, begann ich ein Buch zu schreiben mit dem Titel „Schrei im Wind".

„Braune Füße in Mokassins wanderten lautlos –"

Als die Seiten sich mehrten, ließ ich weinend die Vergangenheit an mir vorüberziehen. Den Glanz meines Pferdes „Donnerhuf", Großmutters Tod, die lange Suche nach dem wahren Gott. Als ich mich damit abmühte, meine Gedanken zu Papier zu bringen, fragte ich mich, ob wohl je ein Mensch die Geschichte einer ungebildeten Halbblut-Indianerin lesen würde.

Bis jetzt hatte ich den Plan Gottes für mein Leben immer unterschätzt.

24

Ich schlug die Augen auf. Angst überkam mich, als ich mich umdrehte und auf den Wecker sah. Bald mußte ich aufstehen. Ich stöhnte leise und schloß die Augen wieder mit dem Wunsch, diesen Tag einfach zu übergehen. Heute hatte ich Geburtstag. Ich hasse Geburtstage. Es ist schließlich kein Vergnügen, ein Jahr älter zu werden.

Ich seufzte, stieg aus dem Bett, zog den fadenscheinigen Morgenrock an und ging hinunter in die Diele. Die Kinder schliefen noch. Vielleicht konnten Don und ich zur Abwechslung mal ruhig frühstücken. Ich setzte den Kaffee auf und machte ein paar Spiegeleier. Der Toast war gerade schön braun, als Don in der Küche erschien.

„Morgen", brummte er und nahm sich eine Tasse Kaffee.

Er hatte mich nicht einmal angesehen. Ich wußte nicht, ob ich froh oder böse sein sollte, weil er meinen Geburtstag vergessen hatte.

Don schlang sein Frühstück hinunter und griff nach seiner Aktentasche. Er drückte mir einen flüchtigen Kuß auf die Wange, dann verschwand er durch die Küchentür und schmetterte sie hinter sich zu.

Es dröhnte wie ein Gewehrschuß, und aus dem Schlafzimmer der Kinder ertönte ein lauter Schrei. Der Tag hatte nun auch offiziell begonnen.

Ich ließ die Zuckerdose fallen, so daß die feinen Körnchen in alle vier Himmelsrichtungen zerstoben. Der Kuchen, den ich backte, blieb sitzen und sah aus wie ein Fladen mit einem Loch in der Mitte. Ein Wolkenbruch hatte es auf meine Wäsche abgesehen und bespritzte sie mit Schlamm, bevor ich sie abnehmen konnte, und mein Sohn riß das Tischtuch mit sämtlichen Tellern und Platten vom Tisch.

Tränen rollten über meine Wangen, als ich zum drittenmal an diesem Morgen den Boden wischte. Ich schimpfte: „Oh, wie ich Geburtstage hasse!"

Verlorener Hirsch zupfte an meiner Schürze. „Wein nicht, Mami, Jesus hat dich lieb!"

Wie oft hatte ich die gleichen Worte schon zu ihm gesagt! Nun gab er sie mir zurück.

Natürlich hatte Jesus mich lieb. Ich wußte, daß es so war. Aber - weshalb regten mich dann so belanglose Zwischenfälle dermaßen auf?

Ich überdachte, was alles heute morgen schiefgegangen war. Schlecht gelaunt war ich erwacht. Meiner Nachlässigkeit war es zuzuschreiben, daß die Zuckerdose in Scherben ging. Und hatte ich den Kuchen wirklich nach Rezept gebacken, oder hatte ich die Zutaten nur so ungefähr gemischt? Die Regenwolken hatte ich schon von weitem kommen sehen - wenn ich ihnen mehr Aufmerksamkeit beigemessen hätte, wäre meine Wäsche sauber und trokken von der Leine gekommen. All meine Schwierigkeiten hätten vermieden werden können, wenn ich den Tag mit mehr Freude und Aufmerksamkeit begonnen hätte.

Die Worte meines Sohnes hatten mich daran erinnert, daß Gott trotz meiner schlechten Laune ganz nahe bei mir war. Jesus hat mich auch dann noch lieb, wenn ich griesgrämig und unausstehlich bin.

Ich erinnerte mich an meinen fünfzehnten Geburtstag. An jenem Tag war der Unfall passiert, der meiner Großmutter das Leben kostete. Wenige Tage später war mein herrliches Pferd verendet, und dann hatte mich mein liebster Onkel im Stich gelassen. Ein dunkles Kapitel in meinem Leben hat an jenem Tag begonnen und alle nachfolgenden Geburtstage überschattet.

Ich ging ins Schlafzimmer und hob den schweren Dekkel der alten Truhe. Ich wühlte und suchte so lange, bis ich die kleine Schachtel fand.

Ich nahm sie heraus und öffnete den Deckel. Vor mir lag ein kleines Porzellanpferd. Die Beine waren abgebrochen, aber mich interessierte vor allem der Kopf. Ich hatte das Figürchen vor Jahren in einem kleinen Geschäft entdeckt. Es war Liebe auf den ersten Blick gewesen. Das Pferd schien eine Abbildung von Donnerhuf zu sein. Stolz war es auf dem Regal gestanden, und seine kleine Mähne flatterte im unsichtbaren Wind. Sein Anblick freute mich immer. Eines Tages hatte es ein Kind heruntergeworfen und zerbrochen. Ich hatte die Scherben in den Abfall gefegt. Später tat es mir leid, und ich holte die Überreste meines Pferdchens wieder heraus, wickelte sie in ein Taschentuch und steckte alles in die kleine Schachtel. Manchmal, wenn alles schief ging, nahm ich das kleine Figürchen hervor und betrachtete den Kopf, der mich so sehr an Donnerhuf erinnerte. Es war ein geheimes Bindeglied zu meiner Vergangenheit.

Meine Mutter fiel mir ein, und ich fragte mich, ob sie sich wohl daran erinnerte, daß ich heute Geburtstag hatte. Heute verfolgte mich die Vergangenheit und jagte mir Angst und Schrecken ein.

Als Don abends nach Hause kam, hatte sich meine üble Laune nicht im geringsten gebessert.

„Du hast meinen Geburtstag vergessen", stichelte ich. „Dabei bin ich die einzige Frau, die du hast!"

Er lachte. „Hab ich jemals deinen Geburtstag vergessen?" Er zog ein kleines Päckchen aus der Tasche und überreichte es mir.

Neugierig wickelte ich es aus. Ein wunderbarer Ring mit einem Türkis lag vor mir. Ich schämte mich, daß ich ihm Vorwürfe über seine Vergeßlichkeit gemacht hatte.

Am Abend ging es laut her bei uns. Wir spielten mit den Kindern alle nur erdenklichen Spiele, und als es Zeit war, zu Bett zu gehen, waren alle erschöpft. Der plätschernde Regen draußen machte es sogar den Kindern leicht, sich auf das warme Bett zu freuen.

Die Regentropfen wurden größer und fielen dichter. Blitze zuckten über den Himmel, und der Donner krachte, daß die Fenster klirrten. Der Lärm weckte die Kleine und sie begann zu schreien. Ich holte sie zu uns und tröstete sie, bis sie in meinen Armen wieder einschlief.

Ich schaute aus dem Schlafzimmerfenster. Das Gewitter verzog sich. Das Grollen des Donners war nur noch von weitem zu hören, und die Blitze hatten ihre Kraft verloren.

Ich hüllte die Kleine in ihre Decke. „Papa und ich sind zwei, mit der Kleinen aber drei", summte ich vor mich hin. Jetzt aber hatten wir vier Kleine! „O Gott, ich danke dir für meine prächtige Familie!" Ein langer Weg lag hinter uns. Wie sehr wünschte ich, noch einmal zurückzugehen und alles nochmals zu durchleben. Wie schön konnte das Leben sein!

Ich zog die Vorhänge zu und ging zu Bett. Der Sturm war vorüber, und ich war froh, daß auch mein Geburtstag erst nächstes Jahr wiederkehrte.

Schnell schlief ich ein, aber Ruhe fand ich nicht. Ich träumte von einer Stimme, die mich immer wieder bei meinem Namen rief. Eine bekannte Stimme, und doch wußte ich nicht, wem sie gehörte. Plötzlich nahm sie Gestalt an. Meine Mutter, Kleiner Vogel, stand vor mir und rief meinen Namen. Ich wollte ihr entgegenlaufen, aber jemand nahm mich am Arm und hielt mich zurück. „Es ist zu spät. Sie ist tot!"

Ich begann zu schreien: „Es ist nicht zu spät! Es kann nicht zu spät sein!"

Der Griff an meinem Arm wurde fester. Jemand schüttelte mich.

„Liebling, so wach doch auf!" Es war Dons Stimme und sein Arm. „Du hast einen bösen Traum!"

Meine Tränen hatten das Kissen genetzt, und mein Hals tat weh. „Ich hab meine Mutter gesehen. Sie hat nach mir gerufen!" schluchzte ich.

Er zog mich an sich und deckte mich besorgt zu. „Du hast nur geträumt. Schlaf weiter!"

„Nein! Ich hab sie gesehen! Sie war hier im Zimmer!"

„Du hast geträumt", wiederholte er und schickte sich an, weiterzuschlafen.

Ich stand auf und drehte das Licht an. Niemand war im Zimmer, nur Don und ich. Es war wirklich nur ein Traum gewesen, aber ein sehr realer Traum!

Ich erinnerte mich an jede Einzelheit. Wenn sie mich nun wirklich von irgendwoher rief? Wenn sie wirklich im Sterben lag und der Traum eine Mitteilung war? Entschlossen wischte ich die Tränen ab und holte Papier und Feder.

Ich mußte herausfinden, wo meine Mutter war. Ich wollte nicht warten, bis es zu spät war, wie in meinem Traum.

Seit meiner Heirat hatte ich keinen Kontakt mehr mit meiner Familie. Das kam einerseits daher, daß ich Christ geworden war, und andererseits, daß ich einen Weißen geheiratet hatte. Es würde nicht einfach sein, die Verbindung mit meinen Verwandten wieder aufzunehmen und sie zu bitten, mir bei der Suche nach Mutter zu helfen. Vielleicht wußte niemand, wo sie war. Seit Jahren hatte man nichts mehr von ihr gehört.

Ich entschloß mich, zuerst an Tante Rehkitz zu schreiben. Ich war überzeugt, daß sie mehr wußte, als sie vorgab.

Mein Brief war nur kurz. „Liebe Tante Rehkitz, könntest du mir bitte helfen, meine Mutter zu finden? In Liebe, Schrei im Wind."

Ich versiegelte den Brief, adressierte ihn und schlüpfte in meinen Mantel. Mit der Taschenlampe suchte ich mir den Weg zum Briefkasten, trotz strömenden Regens. Ich wußte, daß ich den Brief vermutlich nie abschicken würde, wenn ich ihn bis zum Morgen liegen ließ. Nach all diesen Jahren hatte ich Angst, auch nur einen Tag länger zu warten.

Ich zitterte, als ich den Umschlag in den Kasten warf. „Bitte, laß es nicht zu spät sein!" betete ich und rannte zurück. Erleichtert kuschelte ich mich an Don und ließ mich von ihm wärmen.

Nun war ich beruhigt. Ich hatte den ersten Schritt getan. Jetzt lag es nicht mehr an mir. Den nächsten Schritt mußte Tante Rehkitz tun – und Gott.

Es verging beinahe ein Monat, bevor ich von Tante Kitz Antwort bekam. Ich hatte fast die Hoffnung aufgegeben, je etwas von ihr zu hören. Wahrscheinlich sollte meine Suche zu Ende sein, bevor sie noch begonnen hatte!

„Liebe Schrei im Wind!

Seit einigen Jahren habe ich nichts mehr von deiner Mutter gehört. Sie hat bei einer Frau gearbeitet, vermutlich weiß diese, wo sie ist. Hier ihre Adresse . . .

Tante Kitz

PS. Ich habe gehört, daß du fromm geworden bist!"

Da mußte ich lachen. „Ich habe gehört, daß du fromm geworden bist!" Wahrscheinlich hatte die ganze Verwandtschaft vernommen, daß Flint, Cloud und ich Christen geworden waren. Ich konnte mir vorstellen, wie sie die Köpfe schüttelten, wenn von uns die Rede war. Ich wollte ihr schreiben und zu erklären versuchen, was Gott für mich getan hatte. Doch zuerst mußte ich an diese Freundin meiner Mutter schreiben.

Die Antwort kam umgehend:

„Liebe, kleine Schrei im Wind!

Deine Mutter hat mir oft von dir erzählt. Leider habe ich nichts mehr von ihr gehört, seit sie nach Kansas gezo-

gen ist. Beigeschlossen schicke ich dir die letzte Adresse, die ich von ihr hatte.
Viel Glück! Frau Murphy."

Jetzt mußte ich bald am Ziel sein. Mein nächster Brief war an sie direkt gerichtet. Ich schrieb ein Dutzend Briefe, bis ich mich für ein einfaches, kurzes Wort entschließen konnte.

„Lieber Kleiner Vogel!
Ich bin Schrei im Wind, deine Tochter. Ich bin verheiratet und habe vier Kinder. Ich würde mich freuen, einmal von dir zu hören. Schrei im Wind."

Ich schickte den Brief an die Adresse, die mir Frau Murphy gegeben hatte, und auf den Umschlag schrieb ich „Bitte nachsenden", für den Fall, daß sie nicht mehr dort wohnte.

Die nächsten Tage verbrachte ich in gespannter Erwartung. Die Tage vergingen, und keine Antwort kam. Ich erwartete meinen Brief zurück mit dem Vermerk: „Adressat unbekannt".

Eine Woche später kam die Antwort.

„Meine Tochter!
Danke, daß du uns geschrieben hast. Ich bitte dich, mir die Jahre des Schweigens zu vergeben. Ich habe viele Fehler gemacht, und mein Herz ist schwer. Ich werde alt, und ich habe den größten Teil meines Lebens nutzlos vergeudet.
Dein Vater und ich sind nach all den Jahren der Trennung wieder vereint. Wir haben beide den Herrn Jesus als Retter angenommen und sind Christen geworden. Ich wollte dich schon lange suchen, aber ich dachte, es sei zu spät. Du hast nie auf die Briefe geantwortet, die ich dir schrieb, nachdem ich dich bei Shima Sani gelas-

sen hatte. Ich dachte, dein Herz sei voller Haß gegen mich.
Bitte, meine Tochter, schreib uns wieder. Hast du ein Bild, das du mir schicken könntest?
Brauchst du Hilfe? Bitte schreib!

Alles Liebe
Mutter und Vater."

Ich setzte mich auf den Fußboden, weinte und las den Brief wenigstens zehnmal durch.

„Wir sind Christen", hatte sie geschrieben! „Dein Vater und ich, wir sind wieder vereint!" Ich konnte es nicht fassen! Meine Eltern, die einander tödlich gehaßt hatten, waren wieder vereint und kannten den Herrn! Es war ein Wunder, ein unfaßliches Wunder!

Ich zerbrach mir den Kopf wegen der Worte: „Du hast nie auf die Briefe geantwortet" ... Ich hatte von meiner Mutter nie einen Brief bekommen. War es möglich, daß Shima Sani sie vor mir versteckt hatte? Sie hatte in ihrem Leben manche Gemeinheit begangen - das könnte eine davon sein.

Als Don nach Hause kam, zeigte ich ihm den Brief.

„So, du hast also deine Mutter gefunden", sagte er nachdenklich und gab mir den Brief zurück. „Was denkst du nun über sie?"

„Ich weiß es nicht. Ich bin froh, daß ich sie gefunden habe. Ich bin glücklich darüber, daß sie und Vater Christen geworden sind, aber es ist schon so lange her - ich weiß wirklich nicht, was ich denken soll. Auf jeden Fall möchte ich sie besser kennenlernen."

Dons Gesicht wurde ernst. „Sei vorsichtig und übereil' nichts!" warnte er.

Ich nickte. „Ich will aufpassen. Ich werde auch nicht zuviel von ihr erwarten."

Ich beantwortete ihren Brief und sandte Bilder von uns allen.

Ihr nächstes Schreiben enthielt ein Bild von ihr und Vater. Hundertmal betrachtete ich es! Meine Mutter hatte Großmutters Augen, schwarz und tiefliegend, wie die Augen eines Adlers. In zwanzig Jahren würde sie genauso alt und runzlig aussehen wie Großmutter seinerzeit. Ich überlegte, ob ich in zwanzig Jahren meiner Mutter gleichen würde.

Sie blickte wie ein freundliches, schüchternes Geschöpf in die Welt - wie ein erschrecktes Kaninchen, das auf der Flucht ist und nach einem Versteck sucht. Es tat weh, den Vater so alt und müde zu sehen. Ich hätte nie gedacht, daß meine Eltern alt werden könnten. In meiner Erinnerung waren sie immer jung geblieben. Sie hatten zu jung geheiratet, und beide waren aus ihrer unglücklichen Ehe ausgebrochen. Mich hatten sie bei Großmutter gelassen, weil sie fanden, das sei am besten für mich.

Briefe flogen jetzt hin und her. Manchmal klangen sie verlegen, manchmal fröhlich, aber meistens traurig. Unsere Briefe bauten die Brücke zueinander.

Ich hörte Dinge, von denen ich keine Ahnung gehabt hatte. Meine Mutter wollte zu mir zurückkehren, aber Großmutter hatte es ihr verboten. Sie hatte mir oft geschrieben, aber die Briefe kamen jedesmal ungeöffnet zurück.

Immer wieder betonte sie, daß sie versucht habe, ihre Fehler wieder gutzumachen, und aus den Briefen ging deutlich hervor, daß sie und Vater wirklich Christen waren. Sie hatten vor einem Jahr den Herrn Jesus gefunden, in einer Evangelisationsversammlung in ihrer kleinen Stadt.

Es würde lange dauern, bis unser Verhältnis einigermaßen normal würde. Die Einsamkeit so vieler Jahre zu überwinden, ist nicht so einfach.

„Möchtest du deine Eltern sehen?" fragte Don.

„Noch nicht. Wir müssen uns Zeit lassen, müssen uns aneinander gewöhnen. Keiner von uns will einen Fehler riskieren, der alles wieder zunichte macht. Ich glaube, dies ist unsere letzte Gelegenheit, um - um Freunde zu werden. Wenn die Zeit reif ist, werden wir einander finden. Jetzt genügen die Briefe. Sie sind mehr, als ich je erwarten konnte."

„Weißt du", meinte Don, nachdem er den letzten Brief gelesen hatte. „Sie scheinen mir genau die Art Menschen zu sein, die ich mir als Freunde wünsche."

Es war ein eigenartiges Gefühl, nach so vielen Jahren des Alleinseins plötzlich Eltern zu haben. Wie lange war ich doch ganz allein dagestanden! Dann gab mir Gott Freunde, einen Mann, Kinder, und jetzt sogar noch meine Eltern!

Ich kann mich nicht genug darüber wundern, wie Gott Unmögliches möglich machen kann.

25

„Mein Buch ist angenommen!" rief ich begeistert durchs Haus.

„Ich hab dir's doch gleich gesagt!" Don stürzte ins Zimmer und wirbelte mich im Kreis herum. „Ich hab's gewußt!" Wir freuten uns wie Kinder. Ich pries Gott für seine wunderbare Gnade, denn ich wußte, daß ich selber kein Talent hatte. Er allein war es, der mir geholfen hatte.

Als ich Pastor McPherson besuchte und ihm erzählte, daß mein Buch „Schrei im Wind" veröffentlicht werde, lächelte er und erklärte: „Das hab ich immer gewußt!"

Ich lachte. „Don hat dasselbe gesagt!"

„Don und ich, wir haben an Sie geglaubt! Wir haben vieles gemeinsam erlebt und manche Schwierigkeit gemeistert." Er nahm meine Hand und betete, daß das Buch ein Erfolg würde, daß es Menschenherzen berühren und zu Jesus führen möge. „Ich wollte, Audrey könnte heute bei uns sein", sagte er seufzend.

„Ich möchte Ihnen die Widmung vorlesen", bat ich und las mit zitternder Stimme:

„Für Herrn Pastor Glenn O. McPherson –
Weil er an mich glaubte,
lernte auch ich, an mich zu glauben."

Er schüttelte den Kopf, und seine Augen füllten sich mit Tränen.

„Ich finde keine Worte. Ich kann nur sagen – danke!"

Viele freundliche, ermutigende Briefe kamen von dem Verlag. Als sie mich fragten, ob ich mit dem Buch auf Reisen gehen und Vorträge halten wolle, lehnte ich ab. „Erstens habe ich nichts zu sagen, und zweitens kann ich meine Familie nicht so lange im Stich lassen."

„Wir könnten kurze Vortragsreisen arrangieren, damit Sie nicht zu lange von Ihren Lieben weg sind. Höchstens ein paar Tage. Wir wissen, daß Familienpflichten zuerst kommen. Sagen Sie einfach, was Sie denken, Schrei im Wind. Sagen Sie den Leuten die Wahrheit über die Indianer. Erzählen Sie ihnen, daß die Religion der Indianer nichts Erhebendes, nichts Schönes ist - daß keine Religion gut ist, wenn nicht der lebendige Gott im Mittelpunkt steht."

„Ich kann niemals vor vielen Leuten sprechen. Ich habe Angst!" erklärte ich. Es ging mir wie Mose.

„Sie müssen keine Angst haben. Sie werden für Gott reden, und er wird Ihnen helfen. Irgend jemand muß sich doch für die Indianer einsetzen! Weshalb nicht gerade Sie?"

Zögernd warf ich einen Blick auf Don. Er mußte mir helfen.

„Das ist *die* Gelegenheit deines Lebens! Ich kann mich der Kinder annehmen. Du mußt gehen. Ich möchte auch, daß du diesen Auftrag annimmst!"

„Dann geh ich", entgegnete ich.

Ich bat Gott um seine Hilfe für die Monate, die vor mir lagen. Ich würde mich in einer neuen, fremden Welt mit Flugzeugen, Hotels und Wolkenkratzern zurechtfinden müssen. Wohin ich auch gehen werde, sei es in ein Reservat in Neu-Mexiko oder ein Hotel in New-York, meine Botschaft wird überall die gleiche sein: Die Indianer brauchen Gott, und alle anderen Menschen auch!

Ich konnte es nicht fassen, daß Gott ein so unbedeutendes Wesen wie mich dazu auserkoren hatte, meine Geschichte Tausenden von Menschen landauf, landab zu erzählen. Man weiß nie, was Gott aus unserem Leben machen kann, wenn wir ihm nicht die Zügel in die Hand geben - und aufhören, selbst zu bestimmen.

26

Unsere Farm lag an einem wunderschönen Fleckchen Erde, aber die Wirbelstürme und die häufigen Gewitter ängstigten mich. Ich war dauernd auf Schlangenjagd und konnte längst nicht mehr sagen, wie vielen von ihnen ich schon den Garaus gemacht hatte. Jeden Tag flehte ich: „Herr, behüte meine Kinder vor den Schlangen, wenn sie draußen spielen.” Wenn ich eine Tarantel sah, wurde ich beinahe ohnmächtig, und vor den Skorpionen nahm ich Reißaus.

Ich vermißte die Berge und die Wälder, meine Gemeinde und meine Freunde. Ich hatte Heimweh. Je länger, desto mehr verweilten meine Gedanken bei den alten Freunden, den alten Zeiten.

Als ich eines Morgens Wäsche aufhängte, überfiel mich das Heimweh wie eine Flutwelle. Ich fiel auf die Knie und weinte laut: „Ich will nach Hause, ich will nach Hause!” Immer und immer wieder sprach ich diese Worte vor mich hin, bis es nicht mehr nur ein Wunsch, sondern eine verzweifelte Bitte war.

Don war hier auch nicht mehr so glücklich wie am Anfang, und als ich ihm sagte, wie sehr ich mich nach daheim sehnte, beschloß er, die Farm zu verkaufen.

Es fiel uns aber doch schwerer, als wir gedacht hatten, unseren Besitz aufzugeben. Ganz befriedigt hatte er mich nie. Irgend etwas fehlte, aber ich fand nicht heraus, was es war. Etwas, das man nicht in Worte kleiden konnte. Die Farm war niemals eine wirkliche Heimat für mich gewesen. Aber jetzt, als wir unsere Sachen packten, überfiel mich ein tiefer Schmerz – etwa so, wie wenn man einen lieben Freund zu Grabe trägt. Ich war im Begriff, etwas zu verlieren. Was, wenn wir nie ein anderes Heim fänden und ruhelos umherziehen müßten? Ich hatte Angst, furchtbare Angst, daß meine Lieben für mein Heimweh einen bitteren Preis bezahlen müßten. Ein neuer Anfang lag vor uns. Don mußte Arbeit finden, die Kinder ihre Freunde zurücklassen.

„O Gott, hilf uns!" betete ich, als wir wegfuhren und unsere Farm zurückließen.

Gebet für ein neues Heim

Herr, gib uns doch ein kleines Haus,
aus dem wir nie mehr ziehen aus.
Mit weichen Stühlen, einem Herd,
vier Betten, um zu schlafen unbeschwert.

Ein wenig gutes Ackerland
mit Bäumen rings um seinen Rand.
Wo Berge, Fels und Wolken grüßen
und wir von Herzen lachen müssen.

Gib sanfte Winde, weichen Regen,
uns und dem Land zum reichen Segen.
Kätzchen, Spiele, der Bücher viel
sind für uns das nächste Ziel.

Ein Garten voller Blumenpracht
mir Tag für Tag entgegenlacht.
Ein Heim, das allen Menschen paßt,
in dem du, Herr, der Ehrengast.

In Colorado angekommen, fanden wir sofort ein kleines Haus, das wir vorübergehend mieteten, während Don nach Arbeit und ich nach einem Heim Ausschau hielten.

Flint und Cloud hatten kleine Farmen in den Bergen.

Flint und seine Frau hatten zwei kleine Buben, Cloud zwei kleine Töchter. Beide führten ein ruhiges Leben als Christen.

Cloud besuchte uns und brachte Kleiner Antilope einen Bogen mit Pfeilen, die er selbst geschnitzt hatte. „Hier, kleiner Krieger, damit kannst du einen Bären töten", lachte er.

„Hundert Bären will ich schießen!" prahlte Kleine Antilope und rannte mit dem neuen Spielzeug davon.

„Das ist ein wunderbares Geschenk, Cloud! Du hast sicher viel Zeit dafür gebraucht. Er wird sein Leben lang daran denken", dankte ich ihm.

Cloud wehrte ab. „Nicht der Rede wert!" Aber ich sah, daß er auf sein Werk stolz war.

„Cloud, ich habe ein Buch geschrieben", sagte ich schüchtern.

„Worüber?" fragte er.

Ich schluckte. „Über uns."

Erstaunt sah er mich an.

„Ich habe über uns geschrieben - unsere Familie, unser Leben", erklärte ich leise.

„Alles?" fragte er zweifelnd.

„Ja."

Einen Augenblick schwieg er. Dann lächelte er mir zu. „Fein! Ich freu mich für dich!" Er schlug mir so kräftig auf die Schulter, daß ich wankte. „Höchste Zeit, daß jemand aus unserer Familie etwas tut! Ich bin stolz auf dich!"

Eine große Last fiel von mir ab, und ich richtete mich hoch auf. Er betrachtete Kleine Antilope, der sein neues Spielzeug ausprobierte.

„Du mußt dir darüber klar sein, Schrei, daß unsere Leute dir auch Widerstand entgegenbringen werden. Etliche von unserer Sippe werden nicht wollen, daß du über das Leben der Indianer sprichst. Sie werden dir grollen - und sie können dir gefährlich werden. Sie werden dich eine Lügnerin nennen und dich verleumden, nur um selber besser dazustehen. Es wird nicht leicht für dich sein."

„Das hab ich mir auch gedacht. Aber tief im Herzen fühle ich, daß ich auf dem richtigen Weg bin. Unser Volk hat viel zu lange in der Dunkelheit gelebt - zu viele Geheimnisse, zu viel Angst hat unser Leben überschattet. Es ist höchste Zeit, die Fenster aufzumachen und die Sonne hereinzulassen in unser Leben. Weg mit dem Staub der Vergangenheit!" rief ich.

„Ich bin ganz deiner Meinung, Schrei. Aber die, die noch auf dem alten Weg sind, werden es dir schwer machen", warnte er.

„Wenn du hinter mir stehst, Cloud, kann ich den anderen die Stirn bieten."

Bald fand ich heraus, daß durch unsere Sippe eine klare Trennungslinie geht. Diejenigen, die Christus gefunden hatten, waren von meinem Buch begeistert. Die anderen haßten das Buch - und mich, weil ich es geschrieben hatte.

Wenn mein Buch nichts anderes ausrichtete, dann sollte es wenigstens dazu beitragen, daß die Leute aufhörten, die Religion der Indianer als wunderbar zu bezeichnen. „Wie schön ist doch diese Naturreligion - laßt den Leuten doch ihren alten Glauben!"

Laßt den Leuten ihren alten Glauben, damit sie weiterhin ohne Hoffnung leben? Laßt sie in Ruhe, damit sie nie von der Liebe Gottes und von der Vergebung der Sünden hören? Laßt sie in Ruhe, damit sie im Dunkeln sterben und in eine Ewigkeit ohne Gott gehen? Was ist denn daran so wunderbar?

Don und ich besichtigten Dutzende von Häusern. Die meisten, die uns gefielen, waren zu teuer. In der Stadt konnten wir nicht leben, wir brauchten Luft und Sonne und genügend Lebensraum.

Ein Freund schickte uns einen Häusermakler. „Ich bin T. J. Calhaun, ich werde Ihnen ein passendes Haus suchen", versprach er lächelnd. Bald darauf zeigte er uns ein paar Anwesen, die unserer Preisvorstellung entsprachen, aber keines gefiel uns so richtig.

Langsam verlor ich den Mut. Don wurde ungeduldig, weil er endlich irgendwo daheim sein wollte. Er hatte Arbeit als Fernfahrer gefunden, und obwohl der Arbeitstag lang und der Lohn bescheiden war, schätzten wir uns glücklich, so schnell Arbeit gefunden zu haben - in einer Zeit, in der viele arbeitslos waren. Nun fehlte uns nur noch ein Heim, ein wirkliches Zuhause.

Schuldgefühle bedrückten mich. Ich war schuld, daß meine Lieben entwurzelt, heimatlos dastanden. Es schien unmöglich, ein Haus zu finden, das unseren Wünschen, und vor allem unserem mageren Geldbeutel, entsprach.

Eines Abends tauchte der Makler wieder auf. „Ich hab' noch ein Objekt, das ich Ihnen zeigen könnte", begann er zögernd. „Mein eigenes Haus. Eigentlich wollte ich es nicht verkaufen, aber ich glaube, ich muß mich doch an den Gedanken gewöhnen. Ihr Leben hat sich geändert. Sie müssen die Vergangenheit begraben und wieder von vorn beginnen."

Langsam fuhr er mit uns über eine schmale, staubige Landstraße.

„Es ist ein altes Kolonisten-Anwesen mitten in einem Staatswald. Alles habe ich verkauft, mit Ausnahme von elf Morgen Land, dem Haus und den Scheunen. Jetzt ist es Zeit, sich auch vom letzten Stück zu trennen." Er verließ die Hauptstraße und bog auf einen schmalen Weg, der durch dichten Wald führte.

Die Sonne ging gerade unter, als er vor einem alten Holztor hielt. „Von hier aus müssen wir zu Fuß weiter", erklärte er.

Wir kletterten aus dem Wagen und folgten dem schmalen, steinigen Pfad. Nach einer Wegbiegung sah ich zum erstenmal die Farm. Tränen traten mir in die Augen. Das Blockhaus und die Nebengebäude waren ungefähr hundert Jahre alt. Hohe Föhren und riesige Felsblöcke umgaben die Farm und hielten neugierige Blicke fern.

Als wir das Haus betraten, zog ein riesiger Kamin meine Aufmerksamkeit auf sich. Dicke Balken trugen die Decke, und die Lampen waren aus alten Wagenrädern gebastelt.

„Das nehmen wir!" rief ich entzückt.

Don bekam einen Hustenanfall, und der Makler wurde bleich.

Nachts gab mir Don Instruktionen, wie man keinesfalls ein Haus kaufen dürfe, und daß wir uns die alte Ranch nicht leisten könnten.

„Frag ihn doch, ob er sie uns nicht billiger gibt", bat ich. „Ich muß das Haus haben! Das ist mein Heim!"

„Er wird es nicht billiger geben - jetzt, da er weiß, wie sehr es uns gefällt. Du hättest den Mund halten sollen, ihn im Zweifel lassen." Er machte einen anderen Vorschlag: „Die kleine Geißenfarm hier in der Nähe ist auch nicht so übel. Die könnten wir uns leisten!"

„Sie ist fürchterlich! Die Geißen haben fast alle Bäume angeknabbert. Außerdem kann man das Haus nicht einmal heizen. Nein! Nein! Ich möchte die alte Ranch!" Ich begann zu schluchzen. „Gott hat mir doch dieses Anwesen nicht nur gezeigt, um mich damit zu ärgern. Er will, daß ich es bekomme, ganz gewiß."

Am nächsten Morgen ging Don zu dem Makler und bot ihm tausend Dollar weniger, als er ursprünglich verlangt hatte. Zu seiner großen Überraschung nahm der Mann das Angebot an.

Jetzt hatten wir unser Heim! Kurze Zeit später waren wir in Donnerbühl, unserem versteckten, verträumten Tal eingezogen - weitab von der übrigen Welt. Wieder daheim! Jeden Sonntag saßen wir in der Kirche, wo Pastor

McPherson immer noch Prediger war und uns die Botschaft von Gottes Liebe verkündigte.

Ich sah mich in der Kirche um. Sally war noch da, aber viele vertraute Gesichter fehlten. Audrey, Edith und viele andere hatte der Herr abberufen. Da, wo ich einst ganz alleine saß, saß jetzt meine Familie neben mir. Wir füllten eine ganze Bankreihe!

Pastor McPherson stand auf der Kanzel. Die Jahre waren nicht spurlos an ihm vorübergegangen. Er war ein wenig grauer, ein wenig demütiger, uns aber desto lieber geworden!

27

Wie sehr ich den Herbst liebte! Gott berührte die Bäume, daß sie sich in Gold verwandelten, und die fallenden Blätter erinnerten mich an den Segen, der vom Himmel kam. Ich liebte es, die Blätter mit den Händen zu fangen und mit den Füßen durch das raschelnde Laub zu schreiten. Welches Vergnügen, den Kindern zuzusehen, die Laubhütten bauten und Purzelbäume schlugen!

Im Herbst schien sich die Natur besonders anzustrengen, um den Bergen ein Festkleid anzuziehen. Das bunte Bild sollte uns in den langen, kalten Winter begleiten. Mir war der Herbst immer die liebste Jahreszeit gewesen, aber diesmal fürchtete ich das Ende des Sommers, denn dann war für meinen ältesten Sohn die schöne Zeit der Freiheit vorüber. Er hatte das Alter erreicht, in dem für ihn der Ernst des Lebens - die Schule - begann.

„Ich will meinen Sohn nicht zur Schule schicken!" wehrte ich mich. „Die Schule ist etwas Fürchterliches! Die Lehrer sind grausam, haßerfüllt und denken an nichts anderes, als wie sie kleine, unschuldige Kinder in Verlegenheit bringen können!" Schmerzliche Erinnerungen an meine eigene Schulzeit stiegen in mir hoch. Der Gedanke, daß meine Kinder zur Schule mußten, war wie ein Alptraum für mich. Nein! Ich würde es nicht zulassen, daß man meine Kinder auslachte. Meine Kinder durften nicht von bösen Gassenjungen nach Hause gejagt werden. Nein! Meine Kinder sollten nicht zur Schule gehen!

„Das Gesetz befiehlt, daß die Kinder zur Schule müssen", erklärte mein Mann ernst.

„Das Gesetz hat kein Recht, mir die Kinder wegzunehmen", schluchzte ich. „Das wäre ja gesetzlich geschützter Menschenraub!"

„Aber, aber! Sie nehmen dir doch die Kinder nicht weg! Sie wollen, daß jedes Kind eine möglichst gute Schulbildung erhält. Er geht ja nur ein paar Stunden pro Tag zur Schule!" erklärte Don. „Weshalb regt dich denn das so auf?"

„Ich bin mehr als aufgeregt! Ich bin wütend und krank! Ich möchte gegen die Schule kämpfen, aber ich kann nicht! Die Regierung erklärt, daß jedes Kind eine gute Schulbildung braucht, aber sie bringt ihnen doch nicht bei, was sie wissen müssen. Sagt ihnen die Schule etwas über Gott? Nein! Lernen die Kinder, wie man kocht, oder wie man jagt, oder wie man in der Wildnis überleben kann? Nein! Bringt ihnen die Schule bei, wie man ein guter Mensch wird und für seine Familie sorgt? Nein! Sie lehrt nur: ‚Johnny hat sieben Äpfel gegessen, wie viele bleiben übrig?' Sie sagt, daß ein weißer Mann namens Columbus Amerika entdeckt hat, aber die Indianer haben Amerika tausend Jahre früher entdeckt! Sie lehren, daß Custer von den Indianern umgebracht worden ist - aber Custer war ein Großmaul, der es auf Frauen und Kinder abgesehen hatte und sie tötete! Sie lehrt Lügen!" schrie ich. „Ich kann die Kinder daheim unterrichten. Ich kann Bücher kaufen. Die Regierung hat kein Recht, mir meine Kinder zu nehmen! Ich will um sie kämpfen!"

Mein Mann lächelte. „Eine Indianerin sollte besser als jeder andere wissen, daß man gegen die Regierung nicht ankommt."

Ich senkte den Kopf. Ich wußte, daß er recht hatte. Man kann nicht gegen die Regierung kämpfen und gewinnen. Mein Sohn mußte zur Schule gehen. Ich mußte mein Lamm dem Schlächter ausliefern.

Ich lief aus dem Haus und suchte Trost im Wald. Unter einem abgestorbenen Baum weinte ich bittere Tränen, weil meine Kinder die gleiche Qual erleiden mußten wie seinerzeit ich.

Das war nicht fair! Mein Herz brannte. Ich würde meine Kinder nehmen und mit ihnen flüchten. Wir würden zurück ins Reservat gehen, wo sich niemand darum kümmerte, ob meine Kinder zur Schule gingen oder nicht.

Ich erinnerte mich daran, wie meine Onkel über die „Erziehung" sprachen, die die Regierung ihnen angedeihen ließ. Ein Bus war ins Reservat gekommen, und die Kinder waren laut und grob zusammengetrommelt worden. Der Bus fuhr sie in ein Internat für Indianer, und man brachte sie in großen Schlafsälen unter. Sie sahen ihre Familie erst am Ende des Schuljahres wieder, denn die Schule war weit entfernt, und die Eltern konnten die Reise nicht bezahlen. Sie konnten einander nicht einmal schreiben, denn die wenigsten Eltern konnten lesen. Oft wußten Eltern und Kinder nicht, ob der andere Teil noch am Leben war.

Viele Teenager sprangen aus dem fahrenden Bus und versteckten sich, um der Schule zu entgehen. Deshalb wurden Fußketten eingeführt und die Schüler angekettet, bis sie „sicher" in der Schule ankamen. Erst vor kurzem waren die ersten Schulen im Reservat gebaut worden, die den Kindern ermöglichten, allabendlich nach Hause zu gehen, anstatt für Monate entführt zu werden.

Mein eigener Stamm, die Kickapoo, hatte die Erziehungsmethoden der Regierung mehr als alle anderen angefochten. Sie haben sechs Schulen einfach niedergebrannt. Kein anderer Stamm hat an den alten Sitten so zäh festgehalten wie die Süd-Kickapoos. Sie sind beinahe alle Analphabeten. Nicht, weil sie dumm sind, sondern weil sie sich weigern, den „Weg des weißen Mannes" zu gehen. Sie wollten nichts wissen von Schulbildung.

Unaufhörlich flossen meine Tränen. Tief sog ich die frische Abendluft ein. Es mußte eine Möglichkeit geben.

Es gibt immer irgendeine Möglichkeit, wenn man nur scharf genug nachdenkt.

Kleine Antilope mußte zur Schule. So sagte das Gesetz. Wenn ich die Möglichkeit des „freiwilligen" Schulbesuchs nicht nutzte, steckte man mich ins Gefängnis. Das Gesetz sagte ... Aber wenn ein Kind krank ist, kann nicht einmal das Gesetz es zwingen, zur Schule zu gehen! Ich lächelte vor mich hin. Ja, Kleine Antilope würde in der Schule einfach fehlen. Ich würde ihn für krank erklären und fast immer daheim behalten. Das war ganz leicht zu machen! Ich stand auf und bürstete den Schmutz aus den Kleidern. Jetzt fühlte ich mich viel besser. Ich würde ihn ein paar Tage zur Schule schicken und dann ein paar Tage daheim behalten. So war das Problem gelöst!

Schweren Herzens fuhr ich am anderen Tag meinen fünfjährigen Sohn zur Schule. Er trug seine neuen Blue-Jeans und ein neues Hemd. Seine Augen leuchteten vor Begeisterung. Ich beobachtete ihn während der Fahrt. Er freute sich. Er verstand noch nicht, was er früh genug entdecken würde – daß nämlich die Schule kein Spaß ist, daß die Lehrer niemals Freunde der Kinder waren, und daß andere Kinder nicht mit Mischlingen spielten. Die Erfahrungen, die er heute machen würde, könnten ihn noch viele Jahre lang schmerzen.

Ich fuhr, so langsam ich konnte. Viel zu schnell erreichten wir die Schule. Ich versuchte, den Klumpen in meinem Magen zu vergessen, als ich ihn an seiner kleinen Hand in das große Gebäude führte.

Ein ängstliches Kind wurde von der Mutter ins Zimmer geschubst. Sie sprach ein paar leise Worte, warf einen Blick auf die Uhr und verschwand. Das verwirrte, verängstigte Kind blieb allein in einer fremden, unbekannten Welt zurück. Es begann zu schluchzen und bedeckte mit seinen rundlichen, kleinen Händen die Augen.

Eine magere Frau mit glänzender, blauer Bemalung auf

den Augenlidern saß hinter einem Schreibtisch und schaute mich mit kaltem Blick an.

„Hallo", sagte ich. „Hier ist mein Junge –"

„Füllen Sie bitte das Formular aus, gehen Sie in Zimmer 2 A, dort wird sich Frau Jones um Sie kümmern." Sie schob ein paar Papiere über ihr Pult und hakte ihre Liste ab, ohne uns auch nur anzusehen.

Ich nahm die Papiere und setzte mich an den kleinen Tisch, um sie auszufüllen.

Kleine Antilope klammerte sich an meine Hand, als würde er ertrinken.

Ich las: „Name des Schülers."

„Kleine Antilope Stafford", schrieb ich. Dann sah ich mich um. Alle anderen Kinder waren weiß. Ich radierte den Namen wieder aus. „Aaron Stafford", schrieb ich diesmal. Für ihn würde es leichter sein, hier als Aaron zu gelten. Ein Schuldgefühl stieg in mir hoch, weil ich mich in die Enge treiben ließ.

Adresse: Wagon Tongue Gulch

Alter: Fünf

Rasse:

Spielte das eine Rolle? Ich schämte mich nicht, Indianerin zu sein, aber ich mußte es auch nicht besonders betonen, weil mein Sohn vielleicht darunter zu leiden hatte. Ich bin Chinesin – ich komme vom Mond – ich bin rot –! Ich überlegte. Wenn ich schrieb „Indianer", verleugnete ich seinen Vater. Schrieb ich „weiß", verleugnete ich mich selbst als seine Mutter. Schrieb ich „Indianer/Kaukasier", stempelte ich ihn zum Mischling. Ich war versucht, ihn als „Pfefferminze" (rot und weiß) zu bezeichnen. Sollte ich diese Spalte leer lassen? Nein, das sah dann so aus, als wüßte ich nicht, was mein Sohn war. Schließlich schrieb ich „Amerikaner".

Wieder radierte ich seinen Namen aus. In großen Buchstaben setzte ich hin „Aaron Kleine Antilope Stafford."

Wir waren, die wir waren. Die Schule konnte weder aus mir noch aus meinen Kindern jemand anders machen. Mit der rechten Hand trug ich die Papiere, an der linken Hand führte ich meinen kleinen Jungen in Zimmer 2 A.

Eine Frau in braunem Kostüm warf einen Blick auf meine Formulare. „Sie sind in der falschen Klasse. Gehen Sie bitte in Zimmer 1 B."

Wir gingen durch den langen Korridor in ein anderes Zimmer. Eine kleine Frau im Hosenanzug nahm die Formulare und überflog sie.

„Kleine Antilope?" Sie hob die Brauen.

Ich sah ihr fest in die Augen, ohne eine Antwort zu geben.

„Nun, gut –". Sie las weiter und bleckte die Zähne, ohne den Schimmer eines Lächelns.

Wenig später ließ ich Kleine Antilope in der Schule zurück und fuhr nach Hause. Ich versuchte, den verstörten Blick zu vergessen, der mir folgte, weil ich ihn zum erstenmal im Leben unter lauter Fremden allein gelassen hatte. Fremde, die ihn geringer als sich selbst einschätzten, nur weil er anders war. Fremde, denen er nichts bedeutete und für die er nichts anderes war als ein Junge in Pult Nummer vier.

Zorn stieg in mir hoch. Die Schule hatte sich nicht geändert. Immer noch herrschte das gleiche unpersönliche, geisttötende System. Ich fürchtete die kommenden Tage, an denen mein Sohn weinend heimkommen würde, weil die anderen ihm Schimpfnamen an den Kopf geworfen hatten. Halbblut war vermutlich das sanfteste, das er zu hören bekam. Ich wußte, daß er die Zielscheibe sämtlicher blöder Witze sein würde, die Indianer betrafen. Ich wußte, daß er in Kämpfe verwickelt würde, die er nicht wollte, und daß er verlieren mußte, weil er klein und schwach für sein Alter war.

Ich konnte nichts anderes tun als sein Zuhause noch

glücklicher zu gestalten. Sein Elternhaus würde ihm Zufluchtsort sein. Wir waren eine Familie, und solange wir zusammenhielten gegen „sie", konnten wir überleben. Ich haßte die Schule, weil sie mein Kind Tag für Tag viele Stunden gefangenhielt. Es war, als ob ein riesiger Bär meinen kleinen Jungen in winzige Stücke zerrisse. Jede Nacht würde ich Stunden damit zubringen müssen, meinen Jungen wieder zu trösten und aufzurichten.

Den ganzen Tag sah ich auf die Uhr. Die Zeiger rückten so langsam weiter, daß ich dachte, es würde nie Abend. Ich kochte Antilopes Lieblingsgericht und backte kleine Kuchen für ihn, um aus seinem ersten Schultag ein Fest zu machen. Vielleicht kam er ja ganz zufrieden nach Hause! Vielleicht war ja alles gut gegangen. Vielleicht hatte sich das Leben in der Schule doch geändert?

Endlich war es vier Uhr! Ich fuhr zur Straße vor und wartete auf den großen, gelben Schulbus, der in einer dicken Staubwolke daherratterte.

Antilope stieg aus und lief auf meinen Wagen zu wie ein Vogel, der dem Käfig entflohen ist. Sein Gesicht war tränenüberströmt, die Tasche seines neuen Hemdes abgerissen. Mein Herz war schwer. Ohne zu fragen wußte ich, was geschehen war.

„Ich bin froh, daß du wieder daheim bist." Ich versuchte, so fröhlich wie nur möglich zu sein. „Ich hab Kuchen für dich gebacken." Endlich wagte ich die Frage: „Wie war es in der Schule?"

„Ein großer Junge hat mich auf dem Spielplatz umgestoßen", gab er zur Antwort und blickte schweigend aus dem Fenster.

Als wir in den Hof fuhren, wo sein Bruder Hirsch ungeduldig auf ihn wartete, lächelte er. „Ich hab ja Freunde zu Hause - ich brauche keine in der Schule!" Und er lief auf den Bruder zu.

Ich nahm seinen Mantel und seine Tasche und trug sie

ins Haus. Die Tasche war schwer. Ich öffnete sie und fand sein Essen unberührt. Er war zu nervös gewesen, um auch nur einen Bissen zu essen.

Don kam herein und wusch sich die Hände. „Nun - wie war es in der Schule?" fragte er und hängte das nasse Tuch auf den Haken.

Ich warf ihm einen bösen Blick zu. „Wie wird's schon gewesen sein?" Ich ärgerte mich über ihn. Er war das Oberhaupt der Familie - er hätte seinen Sohn beschützen, etwas für ihn tun müssen.

Nach dem Abendessen packte ich Antilopes Tasche für den nächsten Tag, als er in der Küche erschien und noch einen Kuchen verlangte.

„Was machst du denn da?"

„Deine Sachen für morgen einpacken", gab ich zur Antwort.

„Aber ich war doch schon in der Schule! Ich muß doch nicht nochmals hingehen - oder doch?"

„Du mußt noch sehr, sehr oft hingehen", nickte ich.

„Aber ich möchte nicht mehr! Bitte, schick mich nicht mehr in die Schule!" bettelte er und legte die Arme um meine Beine. „Bitte, Mami!"

Ich hob ihn auf und drückte ihn fest an mich. „Der erste Tag ist immer schwer. Morgen wird es besser gehen. Morgen wirst du vielleicht schon einen Freund finden."

Er fuhr sich über die Augen. „Glaubst du?"

„Bestimmt! Morgen wirst du keine Angst mehr haben. Es wird dir viel besser gehen, und du wirst nicht mehr so nervös sein, daß du keinen Hunger hast. Morgen kannst du essen!"

„Ich will nichts zu essen", antwortete er.

„Du wirst aber Hunger kriegen!"

„Ich kann nicht essen, wenn ich allein bin", erklärte er.

„Aber du ißt doch mit den anderen Kindern, du bist doch gar nicht allein!"

„Doch, ich bin allein. Ich muß ganz allein in einem anderen Zimmer essen."

„Was soll das heißen?" fragte ich verständnislos.

„Alle anderen Kinder essen im Speisesaal, aber mich hat die Lehrerin ganz allein in ein anderes Zimmer geschickt."

„Aber da war doch sicher noch jemand anders mit dir im Zimmer?" Das konnte doch nicht wahr sein – er mußte doch sicher nicht allein essen!

„Nein. Die Lehrerin sagte, daß im Speisesaal nicht genug Platz sei, und ich solle in einem anderen Zimmer essen. Ich kann nicht essen, wenn ich allein bin. Mein Hals ist dann wie zugeschnürt, und ich kann gar nicht schlukken", entschuldigte er sich.

„Hast du etwas angestellt? Mußte sie dich vielleicht strafen?"

„Nein, ich hab gar nichts gemacht. Ich war nicht unartig. Sie mag mich einfach nicht."

„Aber nein – sie hat dich sicher gern! Da muß ein Mißverständnis vorliegen. Morgen geb ich dir einen Brief mit. Ich will ihr sagen, daß du mit den anderen Kindern im Speisezimmer essen mußt."

Er lächelte. „Darf ich dann wirklich bei den anderen essen?"

„Ja! Morgen geht es schon viel besser!" Nachdenklich beobachtete ich, wie er noch einen Kuchen nahm und hinauslief, um seinen Bruder zu suchen.

Ich schrieb ein Briefchen und steckte es in seine Schultasche:

„Liebe Frau Matthews,

Antilope ist sehr unglücklich, weil er allein essen muß. Bitte, lassen Sie ihn heute mit den anderen Kindern zu Mittag essen."

Das würde genügen. Der Anfang war schlecht gewesen,

Ich muß allein essen!

aber es mußte ja besser werden.

Als er am nächsten Tag von der Schule kam, bemerkte ich erleichtert, daß sein Hemd nicht zerrissen und sein Gesicht nicht tränenüberströmt war.

„Heute ist es schon besser gegangen, nicht wahr?"

„Ja. Niemand hat mich umgestoßen. Sieh mal, ich habe auf dem Spielplatz ein Stückchen grünes Glas gefunden!" Er zog den Splitter aus seiner Tasche und zeigte ihn mir. „Ich hab noch mehr Schätze gefunden", verkündete er und zog einen krummen Nagel, einen abgebrochenen Bleistift und einen Kaugummiumschlag aus der Tasche.

„Schön, wirklich!" nickte ich.

„Ich suche Schätze, wenn die anderen Kinder spielen." Behutsam ließ er seine Kostbarkeiten wieder in die Tasche gleiten.

„Spielst du denn nicht mit?" erkundigte ich mich.

„Sie lassen mich nicht. Wenn ich mit ihnen spielen will, stoßen sie mich weg. Aber es macht mir nichts aus. Ich suche eben Schätze!"

Ich hätte schreien mögen. Die anderen Kinder spielten, während mein Sohn ganz allein herumstand und Glasscherben und krumme Nägel auflas!

„Ist denn kein Lehrer bei euch auf dem Spielplatz?" Vielleicht wußten die Großen gar nicht, wie man Kleine Antilope behandelte.

„Doch, Frau Matthews war da."

„Was hat sie denn gesagt?"

„Ich soll nicht auf den Spielplatz gehen."

Ich war so wütend, daß ich kein Wort sagen konnte.

Am anderen Morgen fuhr ich mit Antilope in die Schule und begleitete ihn ins Klassenzimmer. Da saß Frau Matthews. Sie zeigte mir zwar wieder ihre Zähne, aber ohne eine Spur von Lächeln.

Ich hoffte, meine Stimme würde nicht zu verärgert klingen, als ich sagte: „Mein Sohn hat mir erzählt, daß er ganz alleine essen muß."

„Ja, das stimmt. Für ihn ist kein Platz mehr am Tisch. Wissen Sie, das Eßzimmer ist sehr klein!"

„Das heißt, daß Platz für alle Kinder ist, mit Ausnahme eines einzigen?" fragte ich.

„Genau so ist es!"

„Dann könnte man ja abwechseln. Einmal könnte mein Sohn allein essen, und am nächsten Tag ein anderes Kind", schlug ich vor.

„Nein, nein, so geht das nicht! Die anderen Kinder kennen einander und sind gewöhnt, miteinander zu essen", wehrte sie ab.

„Aber dann wird ja mein Junge die anderen Kinder nie kennenlernen, wenn er immer allein essen muß", wandte ich ein.

„Oh - er wird sich daran gewöhnen! Das ist es ja, was die Schule erreichen will - daß man sich anpaßt, sich in eine gewisse Ordnung fügen lernt", dozierte sie, als ob ich erst fünf Jahre alt wäre.

„Er kann aber nicht essen, wenn er allein ist", beharrte ich.

„Er wird es schon noch lernen. Vielleicht hat er zu Hause keine Disziplin gelernt?" Ihre blauen Augen waren kalt wie Eis.

„Er ist ein gutmütiges Kerlchen", erklärte ich. „Bei ihm ist nicht viel Strenge und Disziplin nötig."

„Mütter können die Sache natürlich nicht mit den Augen eines Lehrers beurteilen", erklärte sie mir.

„Das kann schon sein. Ich bin nicht vollkommen. Auch mein Sohn ist nicht vollkommen." Ich wollte hinzufügen, „auch Lehrer sind nicht vollkommen", aber ich dachte, es sei besser zu schweigen. „Ich will nicht, daß Sie meinen Sohn strafen, indem sie ihn allein essen lassen. Sie können ihn auf andere Art bestrafen, wenn er etwas angestellt hat."

„Das ist keine Strafe! Aber wir haben einfach keinen Platz für ihn am Tisch!"

Bei mir selbst dachte ich: Er wird gestraft, weil seine Mutter Indianerin ist!

„Vielleicht könnten Sie doch einen Platz für ihn am Tisch finden?" bohrte ich.

„Ich will sehen, was sich machen läßt", nickte sie herablassend und zeigte wieder ihre weißen Zähne. Danach verabschiedete ich mich.

„Bitte, lieber Gott", betete ich, „laß es damit bewenden. Laß Kleine Antilope mit den anderen Kindern essen!"

Die Tage vergingen. Nichts änderte sich. Jeden Tag brachte Kleine Antilope das Mittagessen unberührt nach Hause. Jeden Tag hatte man ihn zum Essen in ein anderes Zimmer geschickt.

Ich schrieb verschiedene Briefe und bat, man möge ihm erlauben, bei den anderen Kindern zu essen. Keine Antwort!

Zwei Wochen vergingen. Nun war meine Geduld zu Ende.

„Weshalb ist Antilope nicht in der Schule?" fragte Don eines Tages. „Er fehlt schon seit drei Tagen!"

Als ich erklärte, daß ich ihn nicht mehr hinschicken würde, wurde er wütend.

„Was soll das heißen – du schickst ihn nicht mehr zur Schule?"

„Die Lehrerin schickt ihn immer allein in ein Zimmer, wenn die anderen essen. Ich habe mit ihr gesprochen. Ich habe ihr geschrieben. Sie geht nicht darauf ein. Sie sagt nur: ‚Für Ihren Sohn ist am Tisch kein Platz'", erklärte ich. „Ich werde ihn nicht mehr zur Schule schicken, wenn er nicht bei den anderen Kindern essen darf."

Schweigend stand Don vor mir. Dann stapfte er durch das Zimmer, daß das Haus zitterte, und schmetterte die Tür ins Schloß, daß die Scheiben klirrten.

Ich sah aus dem Küchenfenster und beobachtete, wie er Bretter, einen Hammer und eine Schachtel Nägel ins Auto warf. Die Reifen quietschten, als er zum Tor hinausraste.

Eine Stunde später war er wieder da. Nicht wie ein wütender Stier, sondern ganz zahm. Um seinen Mund spielte ein zufriedenes Lächeln.

„Wo bist du gewesen?"

„In der Schule. Ich sagte Frau Matthews, wenn nicht genug Platz am Tisch sei für meinen Sohn, werde ich ihm einen Tisch machen. Ich bat sie, mir zu zeigen, wo. Bevor ich das zweite Brett aus dem Wagen holte, versprach sie mir, daß von jetzt an der Tisch auch für Antilope groß genug sein werde. Schick ihn morgen wieder hin."

Meine erste Frage am anderen Tag war: „Wo hast du heute zu Mittag gegessen?"

Mit einem breitem Grinsen antwortete Antilope: „Im Speisesaal bei den anderen Kindern!"

Die erste Runde war gewonnen. Aber das war nur der Anfang. Viele Schlachten lagen noch vor uns. Ein paar konnten wir gewinnen, die meisten aber mußten wir verlieren. Wir mußten um Rechte kämpfen, die den anderen verfassungsmäßig zustanden.

Jeden Abend betete ich, daß Gott meine Kinder in der Schule bewahren möge. Bewahren vor grausamen Kindern und ungerechten Lehrern. Ich betete, daß es eines Tages möglich würde, die Kinder in eine christliche Schule zu schicken, in der sie verstanden und geliebt wurden, und in der sie nicht um das Recht kämpfen müßten, mit ihren Kameraden am gleichen Tisch essen zu dürfen.

In meiner Phantasie malte ich ein Bild von der perfekten Lehrerin und nannte sie Frau Baker. Sie war freundlich und verständnisvoll. Sie liebte Kinder. „Bitte, Herr, schick mir eine Frau Baker, die meine Kinder unterrichten wird!" betete ich.

Die perfekte Lehrerin

Danke, Frau Baker.
Danke, weil Sie mein Kind lächelnd begrüßen
und ihn vor großen Buben zu schützen wissen.
Danke, weil Sie ihm Jacke geben und Hut
und ihn für den Heimweg kleiden gut.
Das schätze ich!

Danke für Geduld und Freundlichkeit,
für Ernst und Strenge, doch ohne Streit.
Danke, weil Sie ihm sagen, wenn er unrecht tut –
auch das Lernen von Liedern und Gebeten finde ich gut.
Danke, daß Sie ihn lehren, zu sagen ‚Bitte schön' –
Auch das ABC wird ihm gut anstehn.
Muß ich ihn teilen mit der Lehrerin,
bin ich so froh – Sie übernehmen ihn!

Sie setzen einen Meilenstein mit allem, was Sie ihn lehren,
können seine Freude, sein Wissen mehren.
Sie helfen meinem Sohn, daß er das Ziel erreicht
und nicht vom rechten Weg abweicht.

Stock und Stein können mich verletzen, aber niemals Namen. Nein, das ist nicht wahr! Namen können verletzen, Namen sind wichtig. Gott wußte, daß Namen wichtig sind, deshalb hat er Adam den Auftrag gegeben, die Tiere zu benennen. Später hat Gott selbst die Namen der Menschen geändert, wenn sich die Richtung ihres Lebens änderte.

Mein Sohn spielte draußen mit Nachbarsbuben, als ich jemand rufen hörte: „Mischling!"

Ich öffnete die hintere Haustür und rief die Kinder herein, um ihnen eine Erfrischung anzubieten.

„Ja", nickte ich. „Kleine Antilope, Verlorener Hirsch, Schneewolke und Frühlingssturm sind Mischlinge. Das heißt, daß sie zur Hälfte Indianer und zur Hälfte Weiße sind. Ihr wißt, was es bedeutet, weiß zu sein. Wißt ihr aber auch, was es heißt, ein Indianer zu sein?" fragte ich.

Der Großhans und seine zwei Freunde zuckten die Achseln und kamen mit Antilope ins Haus.

Ich gab jedem Kind eine Decke, die sie um ihren Leib

schlingen konnten, und hieß sie, sich im Kreis auf den Boden zu setzen.

„Wollt ihr einmal essen wie die Indianer?" fragte ich, und die Buben nickten eifrig.

Ich gab ihnen Pop-Corn, Erdnüsse, Kartoffel-Chips, heiße Schokolade und Melassekuchen.

„Das ist doch kein Indianeressen!" brummte der Großhans unzufrieden.

„Natürlich! Die Indianer haben diese Dinge schon vor vielen hundert Jahren gegessen, lange bevor der weiße Mann in unser Land gekommen ist. Wir kannten den Ahornsirup, Kartoffeln, Kaugummi und noch hundert andere Dinge!"

„Das hab ich nicht gewußt", erklärte der Großhans und stopfte sich mit Pop-Corn voll.

Ich erzählte ihnen die Geschichte von Donnervogel und sang ein Lied von Geronimo, und plötzlich bestürmten sie mich mit Dutzenden von Fragen über die Indianer.

Als sie zur Tür hinausrannten, nahm ich einem von ihnen den Gummiball aus der Hand. „Wir haben den Gummiball schon vor tausend Jahren gekannt", sagte ich und gab ihn zurück.

„Toll!" Er stieß einen lauten Pfiff aus und rannte hinter meinem Sohn her.

„He, Kleine Antilope! Könntest du mir nicht auch einen Indianernamen geben? Kann ich nicht dein Blutsbruder werden? Hast du schon einmal in einem richtigen Wigwam gewohnt?" hörte ich ihn rufen, als er den anderen über den Hof nachlief.

Ich schloß die Tür und hob die Decken vom Boden auf. Der Großhans würde Kleine Antilope vermutlich nie mehr Mischling schimpfen. Jetzt gerade wünschte er, auch ein halber Indianer zu sein. Das Problem von heute war mit ein paar Stück Kuchen und einer Geschichte gelöst worden. Aber eines Tages würde man ihn wieder

Mischling nennen, und das könnte ihn vielleicht abhalten, das Mädchen zu heiraten, das er liebte, oder den Beruf zu ergreifen, der ihn interessierte. Dann würden ein paar Stück Kuchen nicht mehr ausreichen, um ihn zu trösten.

„Bitte, Herr, sei bei ihm an den Tagen, da man ihn Mischling und anderes schimpft." „Mein Sohn, sei stolz auf das, was du bist. Du kannst das Beste aus beiden Welten haben. Du hast die Wahl. Wenn du groß bist, kannst du wie ein Indianer leben und auf dem Waldpfad gehen, oder du kannst wie ein Weißer leben und den Autobahnen folgen. Wähl dir das, was dich glücklich macht. Sei stolz, sei immer stolz darauf, daß in deinen Adern das Blut zweier Rassen fließt!"

28

Dank meiner Kinder lernte ich die Güte und Freundlichkeit Gottes auf eine Art kennen, wie sie mir tausend Predigten nicht vermitteln könnten. Kinder scheinen von Gott mehr zu wissen als irgend jemand anders, und wenn ich ihnen zuhörte, war mir, als hörte ich Gott reden.

Kleine Antilope kam ins Haus gerannt, die Teile eines zerbrochenen Autos in der Hand.

„Mach es wieder ganz, Mami!" weinte er.

Die Räder waren von der Achse gesprungen. Es war einfach, den Wagen wieder ganz zu machen. Man mußte die Räder nur wieder auf die Achse klemmen.

„Gib mir das Auto, ich kann es reparieren", bat ich, aber der Bub gab mir nur das Fahrgestell - die Räder behielt er fest in seiner Hand.

„Mach es wieder ganz, Mami", schluchzte er.

Er gab mir das Auto, aber die Räder wollte er behalten.

„Du mußt mir alles geben, sonst kann ich es nicht in Ordnung bringen."

Plötzlich fiel mir ein, daß ich zwar Gott gebeten hatte, meine Probleme zu lösen, daß ich ihm aber nicht alle Teile übergeben hatte. Jetzt war mir klar, daß ich *alles* Gott überlassen mußte.

„Alle eure Sorgen werfet auf ihn, denn er sorgt für euch" (1. Petrus 5,7). Nicht nur ein paar Sorgen, nicht nur einen Teil eurer Sorgen - nein, *alle* eure Sorgen werfet auf ihn!

Mein Sohn gab mir die Räder, und in wenigen Augenblicken waren sie dort, wo sie hingehörten. Das Spielzeug war wieder wie neu, und er ging getröstet davon.

Ich konnte ihm erst dann helfen, als er genug Vertrauen

in mich bewies und mir alle Stücke übergab. Ich hatte Gott noch nicht in allen meinen Problemen restlos vertraut. In Zukunft wollte ich es besser machen.

Als ich das neue Bild aufhängte, das Jesus zeigt, der an der Tür steht und anklopft, war Hirsch sehr beeindruckt.

Etwas später zog ein Gewitter auf. Ein heftiger Donnerschlag ließ das Haus in den Grundfesten erzittern und die Scheiben klirren. Die Augen meines Sohnes wurden groß und rund, und er fragte besorgt: „Ist das Jesus, der an unsere Tür klopft?"

Ich erklärte ihm, daß es nur ein lauter Donnerschlag war, aber er glaubte mir erst, als ich die Tür öffnete und niemand draußen stand.

Wie real ist Jesus einem Kind! Wie sicher war mein Junge gewesen, daß Jesus vor der Tür stand. Trotz seiner Jugend fühlte er, daß Jesu Klopfen anders sein mußte als das Klopfen eines Menschen. Sein Klopfen verkörperte Macht und Strenge und könnte vielleicht ähnlich klingen wie ein Donnerschlag.

Würde ich es merken, daß Jesus an mein Herz klopfte, oder war ich zu beschäftigt? War ich ihm nahe genug, um seine leisen Worte zu hören, oder mußte er an meine Tür poltern, um meine Aufmerksamkeit zu erringen?

Wenn sich jetzt mein Gewissen regt, frage ich mich: „Ist es Jesus, der klopft?"

„Siehe, ich stehe vor der Tür und klopfe an; so jemand meine Stimme hört und die Tür auftut, zu dem werde ich eingehen und das Mahl mit ihm halten und er mit mir" (Off. 3, 20).

Antilope schüttete seinen Brei auf den Boden. Verlorener Hirsch nahm einen Bleistift und kritzelte damit über den Spiegel. Wolke versuchte, an den Vorhängen hochzuklettern, bis die Nägel aus der Wand flogen und Gardinenhalter, Gardinen und Sohn mit lautem Krach auf dem

Fußboden landeten. Während ich versuchte, die Vorhänge wieder aufzuhängen, stürmten die Buben in die Küche.

Sie verhielten sich auffallend ruhig, und ich rief hinaus: „Was macht ihr da draußen?"

Prompt kam Antilopes Antwort: „Nichts, Mama. Wir versuchen nur, die Eier wieder einzupacken!"

Ich ließ die Vorhänge fallen und rannte in die Küche. Sie hatten ein Dutzend Eier auf dem Boden aufgeschlagen, um herauszufinden, ob sie innen alle gleich aussahen, und versuchten nun, die klebrigen rohen Dinger wieder in die Schale zu bugsieren, bevor ich merkte, was sie getan hatten.

Obwohl ich mich über die Verschwendung und die entsetzliche Unordnung ärgerte, mußte ich doch heimlich lachen über ihr verzweifeltes Bemühen, ihre Missetat zu verbergen. Es ist eben unmöglich, ein rohes Ei wieder zusammenzusetzen!

Manchmal, wenn ich mich in Schwierigkeiten gebracht habe, versuche auch ich, die Dinge wieder ins Lot zu bringen, ohne daß Gott es merkt. Meine Anstrengungen, die Sünde vor Gott zu verbergen, sind genauso sinnlos wie das Bemühen meiner Kinder, ihre zerbrochenen Eier vor mir zu verstecken.

„Nichts aber ist verdeckt, was nicht aufgedeckt werden wird, und nichts verborgen, was nicht bekannt werden wird" (Lukas 12, 2).

Wie stolz war ich auf meinen neuen Rosenstrauch! An jedem Zweig hingen volle, rote Knospen, die nur darauf warteten, in ihrer vollen Pracht zu erblühen. Jeden Tag gingen die Kinder und ich hinaus und betrachteten den Busch. Wir warteten gespannt auf den Tag, da er über und über mit Blüten bedeckt sein würde.

Eines Morgens erreichte Antilope den Rosenstrauch vor mir, und ich sah, wie er sorgfältig die schützenden grünen Blätter zurückbog und langsam jedes kleine Blütenblatt zu öffnen versuchte.

„Was machst du denn da?” fragte ich und versuchte, meine Sorge um die Blumen nicht zu deutlich zu zeigen.

„Ich versuche, der Rose zum Blühen zu helfen, ohne ihr wehzutun”, antwortete er ernst.

Ich erklärte ihm, daß die Natur keine Eile habe, und daß die Rose zu ihrer Zeit blühen werde.

Als ich ihn an diesem Abend zu Bett brachte und sah, wie klein und zart er war, betete ich im stillen: „Bitte, Herr, hilf mir, meine Kinder zum Blühen zu bringen, ohne ihre zarten Blütenblätter zu verletzen.”

„Gewöhnt man einen Knaben an den Weg, den er gehen soll, so läßt er nicht davon, wenn er alt wird” (Sprüche 22, 6).

Heute pflückte Kleine Antilope Löwenzahnblüten für mich. Er hielt sie so fest in der Hand, daß die Stiele beinahe zerquetscht waren. Schweißtropfen rannen ihm von der Stirn.

„Ich hab dich lieb, Mami! Ich hab die Sonnenscheinblumen für dich gepflückt!” sprach er und streckte sie mir entgegen.

„Wie der Vater, so der Sohn.” Ich lächelte, als ich mich an den Tag vor vielen Jahren erinnerte, als sein Vater mir „Sonnenscheinblumen” brachte. Ich gab ihm einen Kuß. Man muß schon ein besonderer Mensch sein, um überall Schönheit zu entdecken. Sogar ein ganz gewöhnliches Unkraut wird schön, wenn es von der Liebe berührt wird.

Verlorener Hirsch bettelte schon über einen Monat um einen kleinen Hund, aber sein Vater wehrte ab. „Kommt nicht in Frage! Ein Hund gräbt Löcher im Garten, jagt unsere Enten und tötet unsere Kaninchen. Es gibt keinen Hund, und dabei bleibt's!”

Jeden Abend betete Verlorener Hirsch um einen kleinen Hund, und jeden Morgen war er enttäuscht, daß draußen noch immer keiner auf ihn wartete.

Ich schälte Kartoffeln fürs Mittagessen, und er saß zu meinen Füßen und fragte zum tausendsten Mal: „Warum will Papa mir keinen Hund erlauben?"

„Weil ein Hund oft Schwierigkeiten bringt. Wein' nicht mehr. Vielleicht wird er es sich eines Tages anders überlegen", tröstete ich ihn.

„Nein, das wird er nicht! Und in einer Million Jahre hab ich immer noch kein Hündchen!" jammerte er.

Ich betrachtete sein schmutziges, tränenfeuchtes Gesicht und konnte ihm diesen Herzenswunsch nicht abschlagen. „Ich weiß, wie wir Vater dazu bringen könnten, seine Meinung zu ändern", sagte ich schließlich.

„Wirklich?" Verlorener Hirsch wischte die Tränen ab und schneuzte sich.

Ich drückte ihm eine Kartoffel in die Hand. „Nimm das und trag es mit dir herum, bis es sich in ein Hündchen verwandelt", flüsterte ich so leise, daß niemand es hören konnte. „Laß es nie aus den Augen, auch nicht für einen einzigen Augenblick. Behalt es immer bei dir, und am dritten Tag mußt du ihm eine Schnur umbinden und es im Hof hinter dir herziehen. Paß auf, was dann geschieht!"

Verlorener Hirsch packte die Kartoffel mit beiden Händen. „Mama, wie kannst du eine Kartoffel in ein Hündchen verwandeln?" Er drehte sie rundum und betrachtete sie mißtrauisch.

„Pst! Das ist ein Geheimnis!" flüsterte ich und schickte ihn hinaus.

„Herr, du weißt, was eine Frau auf sich nehmen muß, um den häuslichen Frieden zu erhalten!" betete ich.

Zwei Tage lang trug Verlorener Hirsch seine Kartoffel getreulich mit sich herum.

Am dritten Tag sagte ich zu Don: „Wir müssen unbedingt ein Haustier für Hirsch anschaffen."

„Was fällt dir ein? Weshalb denn?" Don lehnte in der Tür.

„Ich fürchte, er wird sonst krank", erklärte ich. „Seit Tagen trägt er eine Kartoffel mit sich herum, nennt sie Skipper und behauptet, sie sei sein kleiner Hund. Er nimmt sie mit ins Bett, badet sie, und gerade eben hat er ihr eine Schnur umgebunden und führt sie spazieren."

„Eine Kartoffel?" Erstaunt sah Don aus dem Fenster, wie Hirsch mit seinem „Hündchen" spazieren ging.

„Sein Herz wird brechen, wenn die Kartoffel weich und faul wird." Ich räumte den Tisch ab. „Nebenbei bemerkt – jedesmal, wenn ich Kartoffeln schäle, beginnt er zu weinen und klagt, ich bringe die Verwandten seines Hündchens um."

„Eine Kartoffel?" fragte Don noch einmal ungläubig. „Mein Junge hat einen Kartoffelhund?"

„Nun, du hast doch erklärt, daß er keinen Hund haben darf. Das war für ihn vermutlich eine so große Enttäuschung, daß in seinem armen kleinen Kopf eine Schraube locker wurde. Ich fürchte, er bekommt demnächst einen Nervenzusammenbruch!" seufzte ich.

„Er ist doch erst drei Jahre alt!" rief Don aus. „Mit drei Jahren bekommt man keinen Nervenzusammenbruch!"

„Weshalb zieht er denn dann eine Kartoffel als Hund hinter sich her?" fragte ich.

„Morgen bring ich ihm einen kleinen Hund", versprach Don und lief hinaus, um nach Hirsch zu sehen. Als die Tür ins Schloß fiel, hörte ich ihn noch einmal murmeln: „Ein Kartoffelhund?"

Am anderen Tag brachte Don ein winziges, putziges Hündchen und zwei trächtige Katzen nach Hause, die uns bald darauf mit vierzehn Jungen beglückten.

Alle waren überglücklich. Don war überzeugt davon, daß er seinen Sohn vor einem Nervenzusammenbruch bewahrt hatte. Verlorener Hirsch hatte zu seinem Hündchen noch sechzehn Katzen bekommen, und er war fest davon überzeugt, daß seine Mutter die Macht hatte, eine Kartoffel in einen Hund zu verwandeln. Und ich war glücklich, weil ich meine Kartoffel zurückbekam, und kochte sie zum Mittagessen.

Gesegnet sind die Friedensstifter!

Ganz tief innen jedoch meldete sich ein feines Stimmchen, das mich daran erinnerte, daß ich Don gegenüber nicht ganz ehrlich gewesen war. Sicher, ich hatte ihn davon überzeugt, daß Verlorener Hirsch einen Hund haben sollte, aber ich wäre froh gewesen, dieses Ziel auf andere Weise zu erreichen. Was so einfach begonnen hatte, lag jetzt schwer auf mir und machte mich unglücklich. Ich fragte mich, ob ich nicht Don die ganze Geschichte erzählen und ihn um Vergebung bitten sollte.

Eines Abends fragte Kleine Antilope: „Papa, ich habe heute auf Oaks Farm ein kleines, schwarzes Pony gesehen. Ein reizendes Pony! Papa, darf ich das Pony haben?"

Aller Augen richteten sich auf Don. Im Zimmer herrschte Totenstille. Don legte die Gabel hin und legte den Arm um Antilopes Schulter.

Mit übertriebenem Flüstern nickte er: „Mein Junge, wenn du ein Tier haben möchtest, mußt du folgendes machen: Nimm eine große Wassermelone, bind ihr eine Schnur um und zieh sie hinter dir her, rund ums Haus –"

Ich stellte meinen Tee hin und fragte ganz erstaunt: „Ja, woher weißt denn du –?"

Don lachte. „Als ich Verlorener Hirsch den Hund gab, erzählte er mir, daß du eine Kartoffel in einen Hund verwandeln kannst. Da bin ich natürlich draufgekommen, wie sich die Sache verhalten hat!"

„Bist du mir böse?" fragte ich. „Ich weiß, daß es nicht recht war, dich zu beschummeln. Aber als ich es merkte, war es schon zu spät!"

„Wenn ich nicht so eigensinnig gewesen wäre, hättest du ja keinen Trick erfinden müssen. Als ich sah, wie verklärt Verlorener Hirsch sein Hündchen umarmte, sah ich, daß ich einen Fehler gemacht hatte. Wenn ich auf euch gehört hätte, ohne mir einzubilden, daß nur ich im Recht sei, wäre es besser gewesen." Er lachte wieder. „Ich vergebe dir, wenn du mir vergibst!"

Ich lächelte, und mein Schuldgefühl war wie weggeblasen. „Eine Wassermelone in ein Pony verwandeln?" fragte ich, und alle lachten.

29

Die Sommersonne verschwand rotglühend hinter den Bergen, als Don und ich Hand in Hand auf dem Felsenhügel standen und unser Heim betrachteten.

Die Kinder rannten zwischen den hohen Föhren herum und spielten Verstecken.

Kleine Antilope war groß geworden. Er war ruhig, nachdenklich und empfindsam. Ich wußte, daß wir auf unseren Erstgeborenen immer stolz sein würden.

Verlorener Hirsch war ein einziges Lachen. Oft neckte er seinen kleinen Bruder so lange, bis er in Tränen ausbrach. Verlorener Hirsch konnte immer alle zum Lachen bringen, sogar wenn er einen schlechten Tag hatte. Für ihn würde das Leben leichter sein als für viele andere.

Schneewolke war für sein Alter klein und oft schwer zu verstehen, aber er hatte das Gesicht eines Engels. Wenn er erwachsen war, würde er Großes leisten.

Und erst Frühlingssturm, das runde, pausbackige Bündel Liebe! Wie kostbar bist du mir, meine Tochter – wieviel Freude machst du mir!

Frühlingssturm watschelte auf mich zu und drückte mir eine zerquetschte Löwenzahnblüte in die Hand.

Ich nahm das armselige Ding, drückte es an meine Lippen und küßte es. Sonnenscheinblumen! Welche Erinnerungen bergen sie für mich!

Dann betrachtete ich Don, meinen wunderbaren, starken, geduldigen Mann. Mein Anker, mein Fels, meine große Liebe.

Er drehte sich um, fing meinen Blick auf und lächelte.

„Ich glaube, nächstes Frühjahr kann ich dir ein Pferd kaufen", sagte er.

„Ein Pferd! Ich soll ein Pferd haben!" Ich war begeistert. „Mit einem Pferd kann ich wieder Indianerin sein!"

„Schrei im Wind, du hast nie aufgehört, Indianerin zu sein! Du gehörst in die Tage der glorreichen Vergangenheit, in die Welt vor hundert Jahren. Wir sind Menschen des zwanzigsten Jahrhunderts, die Raketen auf den Mars schießen. Du aber lebst im neunzehnten Jahrhundert, mit Pferden, die durch die Wildnis galoppieren. Du warst immer Indianerin, und du wirst immer eine bleiben. Deine Wildheit hat sich auf unsere Kinder vererbt. Ich lese es in ihren Augen. Die Berge und der Wind rufen sie und machen sie ruhelos. Sieh sie dir jetzt an, wie sie um die Bäume rennen – es sind nicht nur spielende Kinder, es sind eher wilde Pferde, die durchs Tal donnern." Und traurig fügte mein Mann hinzu. „Es sind deine Kinder, Schrei im Wind. Wie wenig von meinem Blut fließt doch in ihren Adern!"

„Aber sie sehen aus wie du." Ich wollte die Trauer in seiner Stimme verbannen.

„Ja, ihre Haut ist hell und ihr Haar ist blond, aber in ihren schwarzen Augen leuchtet die Wildheit. Die gleiche Wildheit, die ich vor vielen Jahren auf dem Gesicht eines Kickapoo-Mädchens entdeckte!" Er lächelte.

Die vielen Jahre erschienen mir wie eine Handvoll Staub, aber als ich mein Leben Gott übergeben hatte, hatte er meine Leere gefüllt, meine Furcht weggenommen und Frieden in mein Herz gesenkt.

„Ich habe alles, alles, was die Welt zu bieten hat!" lächelte ich.

Dons Hand umschloß die meine, und langsam wanderten wir auf unser Haus zu.

Unsere drei strammen Söhne liefen weit voraus. Lachend und schreiend spornten sie uns zur Eile an. Frühlingssturm trottete an unserer Seite dahin.

Wir waren eine glückliche Familie.

Crying Wind Stafford

Tanz im Wind

Die Fortsetzung der ungewöhnlichen Geschichte der Indianerin Schrei im Wind

Crying Wind Stafford

Tanz im Wind

Die Fortsetzung der ungewöhnlichen Geschichte der Indianerin Schrei im Wind

Dieses Buch ist allen Lesern von „Schrei im Wind“ und „Lied im Wind“ gewidmet, die mir geschrieben und mich gefragt haben: „Was ist weiter mit Ihnen und Ihren Lieben passiert?“
Ich möchte Ihnen dafür danken, daß Sie so viel Anteil an unserem Leben nehmen!
In diesem Buch will ich Ihnen von unseren Kindern und den Herausforderungen und Abenteuern erzählen, vor die wir immer wieder gestellt werden – und von Gott, der mein Leben, das mit einem Schrei begann, zu einem Lied und einem Tanz im Wind verwandelt hat.

Vorwort

Die Lebensgeschichte der Halbblut-Indianerin Schrei im Wind erschien 1977 unter dem Titel „Schrei im Wind" zum ersten Mal in Deutschland und stieß ebenso wie zuvor in Amerika auf eine begeisterte Leserschaft. Schrei im Wind legt einen weiten Weg zurück von der abergläubischen, unglücklichen und zutiefst entwurzelten Indianerin zu der fröhlichen, in sich ruhenden Frau, die uns in diesem dritten Band ihrer Biographie begegnet.

*

Schrei im Wind wird als ungewolltes Halbblut-Kind in einer Indianer-Reservation in Colorado geboren. Ihre Mutter lehnte das Kind ab, der Vater hatte sie bereits vor der Geburt verlassen. Schließlich geht auch die Mutter fort, und Schrei im Wind wird von ihrer Großmutter aufgezogen, die bereits 11 Kinder hat.

Schrei im Wind wächst in ärmlichen, trostlosen Verhältnissen in der Reservation auf. In der Schule wird sie wegen ihrer indianischen Abstammung verspottet und bricht daher die Schulausbildung bald wieder ab. Sie lernt von ihrer Großmutter die indianische Lebensweise und auch den ihrem Volk eigenen Götterglauben und liest zwischendurch Kitschromane. Nur ihr Onkel Cloud bringt ihr etwas wie Zuneigung entgegen.

Doch nach dem Tod der Großmutter muß Schrei im Wind mit gerade 15 Jahren für sich selbst sorgen. Keiner ihrer Onkel will Verantwortung für sie übernehmen, deshalb sucht sie sich Arbeit und eine Wohnung in der Stadt. Sie ist zutiefst unglücklich und einsam dort.

*

Zufällig macht sie die Bekanntschaft des Pastorenehepaars McPherson und spricht mit ihnen über den christlichen Glauben. Doch kann sie damit noch nicht viel anfangen; zu tief ist sie im indianischen Geisterglauben verwurzelt, obwohl sie diesen als bedrohlich empfindet. Einsamkeit und Sinnlosigkeit treiben sie zu einem Selbstmordversuch, und in ihrer Verzweiflung wendet sie sich wieder an die McPhersons, die sie sofort bei sich aufnehmen.

Als ihr Onkel Flint von ihren Beziehungen zu den Christen erfährt, peitscht er Schrei im Wind auf offener Straße aus. Wieder rettet sie sich zu den McPhersons und erfährt dort eine Liebe und Annahme, wie sie sie noch nie erlebt hat. Sie begreift, daß der indianische Geisterglaube nicht hilft. Schließlich bekehrt sie sich zum christlichen Glauben und begegnet zum ersten Mal der bedingungslosen Liebe Gottes.

Überglücklich erfährt sie, daß ihr Lieblingsonkel Cloud inzwischen ebenfalls zum Glauben gekommen ist. Auch beruflich eröffnen sich ihr endlich Zukunftsperspektiven.

*

Doch noch immer ist Schrei im Wind hin- und hergerissen zwischen zwei Kulturen. Ihr indianisches Erbe läßt sie ruhelos umherziehen; nicht umsonst bedeutet der Name ihres Stammes „Kickapoo“ = ewige Wanderer. Immer wieder wechselt sie die Arbeitsstelle, und schließlich kehrt sie ins Reservat zurück. Auf einem Stammestreffen verliebt sie sich in den Indianer „Gelber Donner“, doch der Mann ihres Herzens sagt ihr, daß er nur eine Vollblut-Indianerin heiraten will.

Enttäuscht und frustriert geht Schrei im Wind wieder zurück zu den geduldigen McPhersons, immer auf der Flucht vor sich selbst, vor ihren zwei verschiedenen Identitäten.

*

Eines Tages findet sie im Rinnstein eine zerfledderte Broschüre von einer Indianer-Missionsgesellschaft in Mexiko. Schrei im Wind ist überzeugt, daß dies Gottes Aufgabe für sie ist und bewirbt sich blind bei der Organisation.

Tatsächlich findet Schrei im Wind in Mexiko immer mehr zu ihrem inneren Gleichgewicht. Zwar ist die Arbeit dort frustrierend, weil viele Indianer auch nach ihrer

Bekehrung noch abergläubisch bleiben und sich wie Schrei im Wind selbst nur schwer von ihren Wurzeln lösen können, doch für Schrei im Wind ist es eine Zeit des geistlichen Wachstums und der Stabilisierung.

Immer stärker wird nun in ihr der Wunsch nach einer Familie und Kindern. Nach ihrer Rückkehr nach Colorado lebt sie eine Weile bei ihren beiden Onkeln Flint und Cloud, die inzwischen beide Christen geworden sind. Doch sie fühlt sich schrecklich allein, und darunter leidet langsam auch ihre „erste Liebe" zu Jesus.

*

Bei einem Ausflug begegnet sie einem jungen Mann aus Alaska: Don Stafford. Es ist Liebe auf den ersten Blick – zumindest von Dons Seite!

Don umwirbt Schrei im Wind heftig und bittet sie noch am ersten Tag, seine Frau zu werden. Weil sie keine Lust mehr hat, allein zu sein, stimmt Schrei im Wind leichtfertig zu, obwohl sie nicht das Geringste für Don empfindet. Ihr klingen noch die Worte ihres Onkels in den Ohren, daß sie nicht zu wählerisch sein dürfe.

Ihre Verwandten sind entsetzt, als sie davon erfahren. Ein Weißer und noch dazu ein völlig Fremder!

Auch Schrei im Wind kommen nun Zweifel. Doch die Hochzeit findet statt, und ehe sie sich's versieht, sind Schrei im Wind und ihr frisch angetrauter Ehemann, den sie überhaupt nicht kennt, unterwegs nach Alaska.

Don bemüht sich sehr um Schrei im Wind, und auch sie ist freundlich zu ihm, doch empfindet sie weiterhin nicht viel für ihn. Sie wird von Heimweh geplagt, und bald schlägt ihre ruhelose Natur wieder durch, und sie beschließt, Don zu verlassen.

Doch Don ahnt das voraus und schafft es, sie zurückzuhalten. Nach und nach begreift Schrei im Wind, daß Don sie wirklich liebt, und endlich wächst auch ihre Zuneigung zu ihm, bis sie sich schließlich in ihren eigenen Mann verliebt.

*

Das nun glückliche Paar wünscht sich Kinder, doch zunächst klappt es nicht. Schrei im Wind fleht Gott um einen Sohn an, und endlich kündigt sich das erste Baby an. Es ist tatsächlich ein Sohn und wird auf den Namen Aaron Kleine Antilope getauft.

Als Don seine Stelle verliert, ziehen die Staffords auf der Suche nach einer neuen Bleibe durch die Vereinigten Staaten, bis sie schließlich in Oklahoma eine kleine Farm kaufen.

Dort wird der zweite Sohn, Shane Verlorener Hirsch, geboren, und bald ist Schrei im Wind wieder schwanger. Während der Schwangerschaft wird sie jedoch schwer krank. Sie bekommt Sehstörungen, nimmt rapide ab und hat Lähmungserscheinungen. Kein Arzt kann ihr helfen, und es sieht so aus, als ob sie sterben müsse. Doch so leicht gibt Schrei im Wind nicht auf – jetzt, wo sie endlich glücklich ist, will sie leben!

Tatsächlich schafft sie es, bis zur Geburt des kleinen „Schneewolke“ durchzuhalten, und wie durch ein Wunder verschwinden gleich darauf alle Krankheitszeichen. Schrei im Wind wird wieder ganz gesund, und die Ärzte stehen vor einem Rätsel.

Das vierte Kind ist wunschgemäß ein Mädchen. „Frühlingssturm“ kommt während eines schweren Unwetters zur Welt, und nun ist die Familie komplett.

*

Schrei im Wind beschließt, ihre Eltern ausfindig zu machen, die sie vor langer Zeit verlassen haben, und die Beziehung zu ihnen in Ordnung zu bringen. Tatsächlich gelingt es ihr, ihre Mutter per Brief zu erreichen, und sie erfährt, daß ihre Eltern nach langer Zeit wieder vereint sind und beide inzwischen zum Glauben gekommen sind. Ein reger Briefwechsel beginnt, und viele Wunden der Vergangenheit heilen, obwohl Schrei im Wind und ihre Eltern letztlich nicht wieder zusammenfinden.

Nach langem Zureden von ihren Freunden schreibt Schrei im Wind ihre Lebensgeschichte auf, die auch gleich veröffentlicht wird. Das Buch findet viele bewegte Leser, und Schrei im Wind wird zu Vortragsreisen, Kongressen und Fernsehauftritten im ganzen Land eingeladen – ausgerechnet sie, eine ungebildete Halbblutindianerin!

Endlich hat sie zu ihrer Berufung gefunden.

*

In diesem dritten Band der Lebensgeschichte von Schrei im Wind lesen Sie, wie es der mutigen Indianerin und ihrer Familie seither ergangen ist.

Schrei im Wind erzählt mit der ihr eigenen unbändigen Lebensfreude und mit erfrischendem Humor von Freud und Leid ihrer durch die beiden Bücher entstandenen kurzzeitigen Popularität, von lustigen und bewegenden Erlebnissen mit ihren Kindern und vor allem mit ihrem Gott, der alle Menschen um ihrer selbst willen liebt – unabhängig von ihrer Hautfarbe und ihrer Herkunft.

Kapitel 1

Wie es einem ergehen kann …

Ich habe kein Gold zusammengetragen,
Der Ruhm, den ich gewann, zerrann.
Ich lasse nichts zurück,
Außer meinem Namen im Herzen eines Kindes.

Pearse 1879–1916

Jeder ist in seinem Leben einmal fünfzehn Minuten lang berühmt. Nach der Veröffentlichung meiner ersten beiden Bücher „Schrei im Wind" und „Lied im Wind" war auch ich fünfzehn Minuten lang berühmt.

Meine Bücher wurden in ein Dutzend Sprachen übersetzt, und man lud mich ein, auf Kongressen zu sprechen und im Fernsehen aufzutreten.

Ich reise nicht sehr gern, ich lasse nur ungern meine Familie allein, und vor allem mag ich keine Flugreisen. Ich weiß, daß Gott auf der Erde auf mich aufpassen kann, aber mir fällt es schwer zu glauben, daß er mich auch im Blick hat, wenn ich in einer Metallröhre sitze und Tausende von Kilometern über der Erde in atemberaubender Geschwindigkeit dahinrase.

Trotzdem hatte ich den Eindruck, daß Gott mir eine seltene Gelegenheit gegeben hatte, meinen Glauben weiterzugeben und die Geschichte des indianischen Volkes zu erzählen. Es war an der Zeit, Gott und all den Menschen, die mein Leben verändert hatten, etwas zurückzugeben.

Don richtete es so ein, daß er während der vier oder fünf Tage im Monat, an denen ich fort war, bei unseren Kindern zu Hause bleiben konnte. Die meisten Einladungen zu Vorträgen oder Buchvorstellungen lehnte ich ab, und es war immer sehr schwer, die wenigen auszuwählen, die ich annehmen wollte.

Die für die Planung meiner Vortragsreisen verantwortliche Sekretärin meines Verlegers rief mich eines Tages an: „Ich habe für den elften Januar ein wichtiges Fernsehinterview zugesagt.“ Sie quietschte beinahe vor Freude. „Es findet in Chicago statt, und Millionen Menschen im ganzen Land werden es sehen!“

„Am elften Januar kann ich nicht“, erwiderte ich. „An diesem Tag wird mein Sohn sechs Jahre alt; da muß ich zu Hause sein.“

„Das ist doch bestimmt nicht Ihr Ernst! Sie können doch dieses Interview nicht wegen eines Kindergeburtstages absagen! Sagen Sie Ihrem Sohn, Sie würden ein paar Tage später feiern. Er ist doch erst sechs, er wird das gar nicht merken“, meinte sie.

„In einem Monat wird sich niemand mehr erinnern, wer an diesem Tag im Fernsehen aufgetreten ist“, gab ich zurück. „Bitte versuchen Sie, das Interview zu verlegen, und erklären Sie den Verantwortlichen, daß ich an diesem Tag einen Geburtstagskuchen in der Form eines Autos backen muß."

Sie rief mich eine Stunde später zurück.

„Ich habe mit den Fernsehleuten gesprochen. Sie sagten, Sie würden dann eben einen anderen Schriftsteller in die Sendung nehmen", erklärte sie mir in einem Ton, der Schuldgefühle in mir wecken sollte. „Sie haben eine wichtige Gelegenheit verpaßt."

Das war vor einigen Jahren. Jedesmal, wenn der Geburtstag meines Sohnes vor der Tür steht, lächelt er und fragt:

„Erinnerst du dich daran, wie du dieses Fernsehinterview abgesagt hast, um bei mir zu bleiben?"

„Das bist du mir wert. Ich würde deinen Geburtstag auch nicht verpassen, um mit fünf Königen und einem Präsidenten zusammenzusein", erwidere ich ihm.

„Ich weiß", antwortet er.

Ich stellte das Reisen ein und gab die Vortragsverpflichtungen auf. Die Leute fragten, ob es mir nicht schwerfalle, auf das Publikum, die Aufmerksamkeit und die Fernsehinterviews zu verzichten.

„Überhaupt nicht", antwortete ich. „Ich möchte lieber zu Hause berühmt und in der Welt unbekannt sein als überall in der Welt bekannt und zu Hause eine Fremde."

*

Mein Mann ist gewöhnlich sehr ruhig und ausgeglichen, aber manchmal ist es sogar mit seiner Ruhe vorbei.

„Schrei im Wind, wer war das?" fragte Don erstaunt, als

ein Mann in einem Bademantel durch unsere Küche spazierte und im Bad verschwand.

„Ich weiß es nicht“, erwiderte ich, während ich mir eine Tasse Kaffee eingoß. „Seine Familie stellt gerade ihren Wohnwagen in unserem Hof auf.“

„Aber was für Leute sind das, um Himmels willen?“ Dons Stimme war mittlerweile laut geworden.

„Na ja, als ich im letzten Winter in Chicago bei diesem Kongreß der christlichen Buchhändler gesprochen habe, sagte ich zum Schluß meiner Rede: 'Wenn Sie mal in Colorado sind, kommen Sie doch auf eine Tasse Kaffee vorbei. Ich schätze, da ist tatsächlich jemand auf meine Einladung zurückgekommen.“

„Aber an diesem Kongreß haben doch sechstausend Leute teilgenommen! Wer sind denn diese Leute in unserem Hof?“ fragte Don.

„Die Dame sagte, ich würde mich sicher an sie erinnern; sie hätte ein blaues Kleid getragen und mir zugewinkt“, antwortete ich.

„Das wird ein langer Sommer“, seufzte Don und schluckte zwei Aspirin.

Wir wohnten fünfzig Meilen von der nächsten Stadt entfernt, doch in diesem Sommer kamen mehr als hundertfünfzig Leute „auf einen Kaffee vorbei“. Sie pflückten Blumen aus unserem Garten, machten unzählige Fotos von unserer Familie, und ein Ehepaar fragte uns doch tatsächlich, ob ihre Großmutter nicht bei uns leben könnte, weil sie sie einfach nicht mehr ertragen könnten.

Die Leute liehen sich Werkzeug, Bettwäsche und Geld von uns, und eine Frau aus Iowa bat mich, ein paar Sachen für sie zu waschen, weil der kleine Jimmy sich im Wagen übergeben hatte. Ich kochte ihnen Mittagessen, während ich ihre Wäsche wusch.

Zu jeder Tages- und Nachtzeit kamen Leute, und mehr als einmal waren wir bereits zu Bett gegangen, wenn es an der Tür klingelte. Don fällt es schwer, nach Mitternacht noch freundlich zu sein.

Ein Mann in einer Klinik für psychisch Kranke las mein Buch „Schrei im Wind" und floh aus dem Sanatorium. Er trampte nach Colorado, um mich zu heiraten, und er war sehr ungehalten, als er feststellen mußte, daß ich bereits verheiratet war. Wir mußten den Sheriff rufen und ihn fortbringen lassen. Er hatte zwanzig Jahre in diesem Sanatorium verbracht, und weil seine Ärzte ihn für gewalttätig und gefährlich hielten, wurde er in einem Krankenhaus mit größeren Sicherheitsvorkehrungen untergebracht. Er war eine Bedrohung nicht nur für uns, sondern auch für alle, die ihn mitgenommen hatten oder unterwegs mit ihm in Berührung gekommen waren.

Er hatte uns zwar nichts getan, sondern nur einen Schrecken eingejagt, aber danach sahen wir unbekannten Besuchern mit gemischten Gefühlen entgegen.

In einer Zeitung wurde erwähnt, daß unsere Familie jeden Sonntag eine bestimmte Gemeinde besucht. Als wir eines Tages vom Gottesdienst nach Hause kamen, stellten wir fest, daß in unser Haus eingebrochen worden war. Der Dieb hatte sogar die Nahrungsmittel aus dem Gefrierschrank gestohlen.

Es beunruhigte mich, daß mein Heim nicht mehr so herzlich war, wie ich es mir wünschte, und daß unsere Familie unter dem Besucherstrom litt. Ich hatte das Gefühl, daß die Kinder in Gefahr sein könnten.

Don und ich kamen überein, daß wir unsere Privatsphäre wiederherstellen mußten, und ich mußte ihm hoch und heilig geloben, unter keinen Umständen jemals wieder sechstausend Leute einzuladen, auf einen Kaffee vorbeizukommen, ganz egal, wie nett sie waren.

*

Die Post war immer herrlich. Viele Leute schrieben mir, nachdem sie meine Bücher gelesen hatten, und Hunderte von Briefen kamen von Kindern aus der ganzen Welt. Ich begann mit vielen Leuten intensive Brieffreundschaften, die über Jahre anhielten.

Ich mag Briefe. Sie wecken mich nachts nicht auf, und es ist ihnen auch egal, wie ich aussehe. Ich kann selbst entscheiden, wann ich sie lesen und ob ich sie beantworten will. Ganz besondere Briefe hefte ich über meinen Schreibtisch und lese sie mehrmals. Briefe bringen mich nicht in Schwierigkeiten.

Na ja, meistens wenigstens.

Einmal erhielt ich einen verzweifelten Brief von Dorothy, einer Frau Ende sechzig, die mir schrieb, sie sei im Grunde eine nette, ehrliche Frau und habe noch nie etwas Verrücktes getan. Als sie in ihrem Damenkränzchen jedoch über mein Buch sprachen, hätte sich diese hochnäsige Rachel Thurston damit gebrüstet, sie würde mir schreiben und mich um ein Autogramm bitten, und aus irgendeinem Grund wäre sie, Dorothy, dann einfach ausgerastet und hätte in einem Anfall geistiger Umnachtung behauptet, sie sei eine enge Freundin von mir.

Dorothy, sonst immer still und schüchtern, stand auf

einmal im Mittelpunkt des Interesses, und sie sonnte sich in Rachels neiderfülltem Blick. Sie warf alle Vorsicht über Bord, ging noch einen Schritt weiter und verkündete, sie würde am Freitag sogar mit mir essen gehen.

Ihre Euphorie wurde jedoch sehr schnell gedämpft, als alle Mitglieder des Damenkränzchens darauf bestanden, sich uns anzuschließen.

In ihrem Brief bat Dorothy mich inbrünstig, sie am Freitag im Restaurant zu treffen (sie wohnte glücklicherweise in der Nähe) und so zu tun, als seien wir alte Freundinnen. Sie sagte, sie würde ein blaßrosa Kleid und eine Perlenkette tragen, damit ich sie erkennen könnte.

Sie schrieb, sie würde es vollkommen verstehen, wenn ich sie für verrückt hielte, und falls ich nicht auftauchen würde, würde sie ihren Freundinnen gestehen, daß sie gelogen hatte. Danach würde sie sich aus diesem Damenkränzchen zurückziehen, weil diese Rachel ihr natürlich fortan das Leben zur Hölle machen würde. Die ganze Sache täte ihr schrecklich leid.

Ich faltete ihren Brief zusammen. Mir blieb keine Wahl.

Am Freitag im Restaurant warf ich also wie verabredet die Arme um Dorothys Hals und sprach immer wieder davon, daß sie mir eine so liebe Freundin sei. Das Essen verlief sehr fröhlich. Dorothy war sehr dankbar; sie wußte nicht, ob sie weinen oder lachen sollte. Rachel war wirklich eine sehr kalte und abstoßende Frau, und ich konnte verstehen, warum Dorothy so gehandelt hatte.

Ich schätze, wir alle begegnen dann und wann einer Rachel Thurston in unserem Leben. Das beste an diesem Tag war, daß Dorothy und ich wirklich Freundinnen wurden und uns seither häufig zum Essen treffen.

Sie sagt immer, daß ich an jenem Tag für sie wie Robin Hood gewesen sei, der Retter der Witwen und Waisen.

Danke, Dorothy! Wie oft bekommt man im Leben schon die Gelegenheit, Robin Hood zu sein? Die Sache hatte sich doch gelohnt!

*

„Wir sollten umziehen", meinte Don. Und schrecklicherweise hatte er recht damit.

Die folgenden Wochen waren schlimm. Ich weinte, schmollte, schluchzte und jammerte. Ich liebte unser Heim. Ich hatte den Rest meines Lebens dort verbringen wollen, nicht nur vier kurze Jahre.

Ich wußte, er hatte recht. Wir waren isoliert; und für die Kinder war es nicht gut, so weit von anderen Menschen entfernt zu leben. Es war auch nicht ungefährlich, weil wir manchmal tagelang eingeschneit waren. Der Winter dauerte ewig, und der Sommer war so kurz. Wir machten manchmal Witze darüber und sagten: „Ich erinnere mich noch genau an den letzten Sommer – er begann am Donnerstag. Und Donnerstag abend war er wieder vorbei."

Don hatte recht, und das gefiel mir überhaupt nicht. Wir mußten in eine wärmere Gegend ziehen, wo wir der Zivilisation näher waren. Er sagte es nicht, aber ich wußte, er wollte auch unsere Privatsphäre wiederherstellen. Immerhin gab es beinahe sechstausend Menschen, die wußten, wo wir wohnten und die jederzeit auf einen Kaffee vorbeikommen könnten.

Don ist ein sehr einfühlsamer und vorsichtiger Mensch.

Er holte eine Karte der Vereinigten Staaten und breitete sie auf dem Küchentisch aus. Er schloß die Augen und zeigte blind mit dem Finger auf einen beliebigen Ort. Dann öffnete er die Augen und sagte: „Wir sollten nach Cow Skin in Missouri ziehen." Cow Skin, zu deutsch „Kuhhaut" – das klang ja furchtbar!

Noch nie in meinem Leben bin ich ohnmächtig geworden, doch in diesem Augenblick wäre es beinahe passiert.

Unser wunderschönes Haus in den Bergen wurde verkauft. Es sollte in ein christliches Erholungsheim umgewandelt werden. So sehr es auch schmerzte, Abschied zu nehmen, war ich doch froh über die Arbeit, die von nun an dort getan werden sollte. Erschöpfte Christen sollten hier Erholung und Erneuerung finden. Gott hatte dafür gesorgt, daß unser Haus zu diesem Zweck ausgewählt worden war, um uns das Loslassen zu erleichtern, da war ich ganz sicher.

Nach zwei weiteren Wochen des Weinens, Schmollens, Schluchzens und Jammerns hatten wir uns auf einer Farm auf halben Weg zwischen Cow Skin und Possum Flats in Missouri eingerichtet.

Mit anderen Worten, Don hatte uns ans Ende der Welt verfrachtet. Wir waren verloren. Oder doch nicht?

Kapitel 2

Dich zu lieben

Don und ich sind seit sechsundzwanzig Jahren verheiratet, und wir haben immer noch keine einzige Gemeinsamkeit entdeckt.

Im Frühling pflanzt er Gemüse, um unsere Körper zu ernähren, und ich pflanze Blumen als Nahrung für die Seele.

Mir ist immer kalt, und ich drehe deshalb die Heizung meist voll auf; ihm ist immer warm, und er reißt die Fenster auf.

Ich liebe Opern, den Klang indianischer Trommeln und Lieder am Lagerfeuer. Don mag Countrymusik, den Klang von Gitarren und Banjos und Lieder über alte Hunde und Trucks.

Ich mag Süßes, er Steaks und Kartoffeln.

In sechsundzwanzig Jahren waren wir uns nie über eine Sache einig. Seltsam ist, daß wir uns aber auch nie richtig uneinig waren. Unsere Kinder können sich nur an zwei sehr heftige Auseinandersetzungen erinnern: In einer ging es darum, wer den Müll hinausbringen sollte, und den Grund der zweiten wissen wir schon nicht mehr.

Unsere Ehe ist nicht vollkommen, und natürlich hat es immer wieder Zeiten gegeben, wo ich überlegt habe, ob ich nicht ein paar wohlgezielte Pfeile auf ihn abschießen sollte. Wir haben einfach nur die Tatsache akzeptiert, daß wir so vollkommen gegensätzlich sind, daß es hoffnungslos ist zu versuchen, den anderen zu ändern. Ich erwarte nicht, daß er sich eine Oper anhört; Don erwartet nicht, daß ich mir Countrymusik anhöre. Ich erzähle den Leuten, wir würden nicht streiten, weil wir gereifte Christen seien. Don erzählt den Leuten, wir würden uns nicht streiten, weil die Erziehung unserer vier Kinder uns so stark in Anspruch nehme, daß wir keine Energie hätten, uns in irgendwelchen Punkten uneinig zu sein.

*

Unsere Farm ist etwa einen Zentimeter tief. Das bedeutet, nach etwa einem Zentimeter Erde trifft man auf festen Stein. Es ist schwierig, auf Steinen einen Garten anzulegen, aber Don versucht es jedes Jahr neu. Er hackt, gießt und jätet Unkraut, er kämpft gegen das Wetter und die Hasen, und endlich kann er ernten.

„Sieh nur, Schrei." Stolz zeigt er mir die neuen Kartoffeln. „Ich habe einen ganzen Scheffel ausgegraben."

„Wie viele hattest du gepflanzt?" fragte ich.

„Vier Scheffel . . . aber die Ernte ist viel besser ausgefallen als letztes Jahr."

Er hatte eine Rekordernte an Tomaten und beschloß, Ketchup zu machen. Immerhin kostete Ketchup im

Geschäft fast zwei Dollar pro Flasche. Wenn wir den Ketchup selbst machten, würden wir ein Vermögen sparen.

Nachdem wir die Flaschen und die anderen Zutaten gekauft hatten, stand ein Dutzend Flaschen mit geschmacklosem, rosafarbenem Brei in den Regalen herum, der uns fünf Dollar pro Flasche gekostet hatte.

„Also, ich habe ausgerechnet, wie es in diesem Jahr mit dem Garten gelaufen ist“, erklärte er und warf seinen Bleistiftstummel hin. „Fünfundsiebzig Dollar.“

„Du meinst, wir haben dieses Jahr nur fünfundsiebzig Dollar verloren?“ Ich war hocherfreut. „Im vergangenen Jahr hatten wir einen Verlust von hundert Dollar.“

„Ja, es wird besser. Wenn es noch fünf Jahre so weitergeht, dann machen wir schließlich noch Gewinn.“

„Das ist wundervoll.“ Ich klopfte ihm anerkennend auf die Schulter. „Der Landwirt ist das Rückgrat der Nation.“

„Ich denke, ich werde mich nach einem Gartenkatalog umsehen“, strahlte er. „Man kann nicht früh genug anfangen, darüber nachzudenken, was man im kommenden Jahr pflanzen will. Wenn der Sommer nicht zu heiß ist oder es zuviel regnet, wenn das Wild uns den Salat nicht abfrißt und ich ungefähr hundert Stunden hacke und Unkraut jäte, können wir den Verlust vielleicht auf fünfzig Dollar senken.“

Das mag ich so sehr an Don – er ist ein solcher Optimist.

*

Noch nie in seinem Leben hat Don einen Pfennig Geld vergeudet . . . aber er hat schon Tausende fortgeworfen.

„Ein gesparter Pfennig ist ein vergeudeter Pfennig“, sagt er immer. „Aber wenn du einen Pfennig findest und ihn aufhebst, wirst du den ganzen Tag lang Glück haben.“

„Weißt du, was der ärmste Junge in der Stadt mit dem reichsten Mann gemeinsam hat?“ fragte Don unsere Tochter Kleine Antilope. „Sie beide bücken sich, um einen Glückspfennig aufzuheben, und beide lächeln. Das einzige, was man mit einem Glückspfennig kaufen kann, ist ein Lächeln.“

Um sicherzugehen, daß auch wirklich genügend Glückspfennige herumliegen, wirft Don jede Woche hundert Pfennige fort. Er verteilt sie auf Schulhöfen, in Parks und auf Bürgersteigen.

„Wie viele Pfennige hast du mittlerweile gepflanzt?“ fragte ich.

„Ach, ich schätze, etwa fünfzigtausend oder noch mehr. Denk nur, wenn nur die Hälfte von ihnen gefunden wurden, habe ich fünfundzwanzigtausend Menschen zum Lächeln gebracht und eine kurze Zeit glücklich gemacht. Das ist doch schon was“, antwortete er.

„Das ist tatsächlich was“, stimmte ich ihm zu.

*

Schrei im Wind und Don Stafford mit den Kindern Verlorener Hirsch, Frühlingssturm, Schneewolke und Kleine Antilope (v. r.)

US

Verlorener Hirsch und Schneewolke betreiben Bodybuilding, und sie sind stolz darauf, wenn sie ihre eigenen Rekorde brechen.

„Als Kind hatte ich keine Gewichte, die ich hätte heben können", meinte Don. „Ich habe nur gearbeitet."

„Wieviel kannst du eigentlich heben, Dad?" fragte Schneewolke.

„Nun, Sohn, bei der Arbeit hebe ich jeden Tag zweihundertfünfzig Pfund", antwortete er, „aber ich kann sie nicht weit tragen."

Das ist typisch für Don. Er ist körperlich und moralisch unglaublich stark, aber nie prahlt oder brüstet er sich damit. Er hält es einfach für selbstverständlich, daß ein Mann tut, was richtig ist, für seine Familie sorgt und anderen hilft, wo er kann.

Don ist der stärkste Mann, den ich kenne. Er kann kochen, nähen, bügeln und Kekse backen. Er kann genauso gut ein Gewicht von über zweihundert Pfund heben wie für seine Kinder Popcorn machen. Mit bloßen Händen kann er Stahl biegen, aber auch seiner Tochter einen Knopf an den Mantel nähen. Für ihn gibt es keine „Männerarbeit" oder „Frauenarbeit". Jede Arbeit ist gleichviel wert und notwendig für das Überleben der Familie.

Der Gehsteig vor unserem Haus hat schrecklich viele Risse. Don und ich haben schon häufig darüber gesprochen, sie aufzufüllen, aber das ist eine Arbeit, die man gern vor sich herschiebt.

Wir hätten das auch weiterhin aufgeschoben, wenn die Risse nicht so groß geworden wären, daß wir uns ständig mit den Füßen darin verfingen. Früher oder später würde jemand hinfallen und sich am Ende noch verletzen.

Don kaufte Zement und die Bretter für den Rahmen. Gleich am folgenden Morgen wollten wir uns an die Arbeit machen.

Don und ich saßen im Hof und sprachen über unseren neuen Gehsteig. Er würde großartig werden; wir wollten ihn verbreitern, und er würde glatt, gleichmäßig und natürlich viel sicherer sein.

Während wir auf der Veranda saßen, kamen die Kinder an und spielten mit ihren Spielzeugautos auf dem Gehsteig. Die Risse waren die idealen Straßen für ihre Wagen.

„Morgen werde ich den Gehsteig erneuern", verkündete Don.

Verlorener Hirsch sah auf. „Wird er genauso wie dieser hier werden?" fragte er.

„Besser", meinte Don. „Er wird breiter werden und keine Risse mehr haben."

„Aber ein Gehsteig muß Risse haben!" widersprach Verlorener Hirsch. „Wir brauchen die Risse für unsere Autos."

„Daddy, für die Schmetterlinge sind die Risse wie Straßenkarten. Sie werden die Blumen nicht mehr finden, wenn die Risse nicht mehr da sind", warf Schneewolke ein.

„Daddy", Frühlingssturms Augen füllten sich mit Tränen, „das sind die Straßen der Feen. Es sind die einzigen Straßen, auf denen die Feen nachts nach Hause finden. Sie werden sich verirren."

„Und was nun?" fragte ich.

Don sah mich an, dann die Kinder. „Ich wußte nicht, daß diese Risse so wichtig sind. Ich schätze, wir lassen sie besser so, wie sie sind, damit die Feen und Schmetterlinge sich nicht verirren", beschloß er.

Die Kinder kehrten zu ihrem Spiel zurück und schoben ihre kleinen Wagen herum.

„Wir werden den Gehsteig in Ordnung bringen, wenn sie älter sind“, meinte er beiläufig.

In diesem Augenblick liebte ich ihn so sehr, daß ich kein Wort herausbrachte.

Don

Ich erinnere mich,
Wie der Mond am Himmel tanzte,
Und wie der Flieder blühte,
Und an duftende,
Neblige Wiesen,
Und ich denke daran, wie sehr ich dich liebe.

Ich erinnere mich an
Heiße Sommernächte,
Schmetterlingskarten,
Feenstraßen,
Und ich denke daran, wie sehr ich dich liebe.

Ich erinnere mich an
Frostteppiche,
Silbermoos,
Weihnachtsschnee,
Und ich denke daran, wie sehr ich dich liebe.

Ich erinnere mich, wie sehr ich dich geliebt habe
Und dich immer noch liebe.

Kapitel 3

Familien-Bande

Zwei Straßen mündeten in einen Wald, und ich
nahm die weniger befahrene,
und genau das hat alles geändert.

Robert Frost, 1874–1963
The Road Not Taken

Ich habe mein Leben auf der weniger befahrenen Straße verbracht.

Don sagt, ich „dümpele" ständig nur umher. Er geht äußerst ungern mit mir einkaufen, weil ich ein Geschäft nicht verlassen kann, bevor ich nicht an jedem einzelnen Regal entlanggegangen bin und mir alle Sachen ausgiebig angesehen habe.

Er bekommt noch immer ein nervöses Zucken im linken Augenwinkel, wenn jemand unsere letzte Reise erwähnt, bei der wir fünf Tage für vierhundert Meilen brauchten, weil ich jedes Museum und jeden historischen Platz besuchen, jeden Parkplatz und (wie er behauptet) jedes Schlagloch in der Straße ansehen mußte.

Ich möchte nicht der Herde folgen, ich möchte erforschen. Ich möchte umherziehen. Ich möchte dümpeln.

Da wäre zum Beispiel die Sache mit der Hausarbeit. Hausarbeit macht häßlich. Ich bin tatsächlich dieser Meinung. Nie habe ich mehr Zeit für die Hausarbeit verwendet als für meine Familie. Und zwar aus einem ganz einfachen Grund: Ein Haus ist der Ort, *wo* ich lebe. Meine Familie ist dagegen der Grund, *warum* ich lebe.

Wenn ich Geschirr spüle und eines der Kinder sagt: „Im Garten blüht eine Osterglocke auf“, trockne ich meine Hände ab und gehe mit ihm in den Garten.

Ich kann nicht sagen, wie oft ich am Herd gestanden habe, und jemand kam herein und sagte: „Sieh dir nur den wundervollen Sonnenuntergang an. Der Himmel sieht aus wie flüssiges Gold!“

Dann stelle ich den Herd ab und gehe mit meiner Familie in den Hof. Ein Sonnenuntergang dauert nur Minuten, doch die Erinnerung bleibt ein Leben lang. Das Abendessen kann warten.

Wenn ein Kind mich bittet, mit ihm zu spielen oder etwas zu unternehmen, dann ist das für mich keine Unterbrechung, sondern eine Einladung.

Meine Kinder haben mich durch Feentunnels aus mit Rauhreif überzogenen Zweigen im Wald geführt. Sie haben mir Schwärme von Wildgänsen gezeigt, die bei Vollmond am Himmel vorüberzogen. Wir haben ganze Arme voll Wildblumen gepflückt, sind mit Füchsen um die Wette gelaufen, haben einen Berglöwen berührt, Dinosaurierknochen entdeckt und Höhlen erforscht.

Wie könnte ich die schönste Zeit meines Lebens mit Staubwischen und Putzen vergeuden?

Eines Tages wird mein Haus makellos sein. Ich werde jedes Zimmer von oben bis unten saubermachen.

Sobald die Osterglocken im Garten nicht mehr blühen, keine Wildgänse am Himmel mehr vorüberziehen und wenn niemand mehr sagt: „Schnell, Mama, du mußt unbedingt kommen und dir das ansehen!"

Die folgenden Verse aus dem Gedicht von Robert Frost habe ich immer besonders geliebt:

Die Wälder sind lieblich, dunkel und tief,
doch ich muß mein Versprechen halten
und noch meilenweit gehen, bevor ich schlafen kann.

Ich denke, irgendwie habe ich mir ein paar Minuten gestohlen, um diese Wälder zu durchstreifen, bevor ich nach Hause ging.

*

Bei meinem ersten Kind warnten mich die Leute: „Warte, bis er zwei Jahre alt wird. Das ist ein schreckliches Alter."

Nun, meine Kinder wurden eins nach dem anderen zwei Jahre alt, und sie waren überhaupt nicht schrecklich. Ein Zweijähriger ist süß. Er kann laufen, reden, diskutieren und ist einfach wundervoll.

Als meine Kinder größer wurden, sagten die Leute: „Warte nur, bis sie ins Teenageralter kommen."

Ich habe vier Teenager. Sie können laufen, reden, diskutieren und sind einfach wundervoll.

Ich habe meine Kinder in jedem Alter und in jeder Phase genossen, die sie durchgemacht haben. Nie hat mich eines von ihnen enttäuscht.

Bei uns gab es nicht viele Regeln, außer einer: *Verletze nie absichtlich ein lebendes Wesen. Zerstöre nichts, was dir nicht gehört, und freue dich an allem, was Gott dir gegeben hat.*

Wenn die Kinder diese Regel brachen oder „schlechter Laune" waren, verwendete ich meine tödlichste Geheimwaffe: Ich sang ihnen etwas vor.

Noch nie war ich der Ansicht, daß ein Mensch durch Schläge klüger, netter oder ehrgeiziger wird. Ich war immer der Meinung, daß man einen Menschen durch Schläge demütigt und ihm seine Würde nimmt.

Wenn die Kinder bestraft werden mußten, sang ich. Gott hat mich mit einer grauenvollen Stimme gesegnet. Wenn ich singe, klingt es, als hätte sich eine Katze in einem Ventilatorschacht verfangen. Da ich eine so scheußliche Stimme habe, singe ich möglichst nicht, und ich kenne auch nur den Text von einem Lied, nämlich „Jingle Bells."

Wenn die Kinder stritten, sang ich. Wenn sie schmollten, sang ich. Irgendwann brauchte ich nicht mehr zu singen. Ich brauchte nur noch damit zu drohen.

„Wenn du nicht um halb elf von diesem Fußballspiel zurück bist, werde ich singen . . . und zwar vor allen deinen Freunden."

Das ist die absolut beste Waffe. Die Kinder kommen nie zu spät, aber sollte es doch einmal vorkommen . . .

Meine Kinder sind der Meinung, ich sei übertrieben fürsorglich und überängstlich. Angesichts der Beinah-Katastrophen, die wir schon überlebt haben, glaube ich allerdings, daß ich nicht ängstlich genug bin.

Wir hatten einmal ein verwaistes Kalb, das nur wenige Pfund wog. Sein Fell war wie schwarzer Samt, und seine riesigen braunen Augen flehten um Hilfe. Ich wickelte es in ein Handtuch, hielt es in meinen Armen und fütterte es mit der Flasche.

Wir nannten es Baby und gaben ihm unzählige Liter Milch zu trinken. Wir liebten es, und es überlebte und wuchs. Und wuchs.

Baby wurde zu einem munteren kleinen Kalb, das mit den Hunden im Hof spielte und zu mir gelaufen kam, wenn ich mit seiner Flasche in den Hof trat.

Baby wurde größer, doch er vergaß niemals, daß ich ihn im Arm gehalten und ihm die Flasche gegeben hatte. Wann immer er mich sah, kam er angerannt. Es war lustig und süß, bis aus Baby ein ausgewachsener Bulle von tausend Pfund geworden war, der immer noch geknuddelt und gestreichelt werden wollte.

Von einem ausgewachsenen Bullen über die Weide gejagt zu werden, der seine Milchflasche haben möchte, ist gar nicht mehr lustig, sondern angsteinflößend. Baby wußte nicht, daß ein spielerischer Stoß mit seinem Kopf uns die Knochen brechen konnte.

Das Ganze wurde lächerlich, als wir immer am Tor stehen blieben, um zu sehen, wo Baby gerade graste, und dann über den Hof zum Stall rannten, um das Futter auszulegen, bevor Baby uns entdeckte.

Baby liebte unsere Familie über alles. Das war mein

Fehler. Ich hatte ihn verwöhnt, und nun war er gefährlich. Wir mußten Baby verkaufen, bevor er versehentlich einen von uns umbrachte.

An seinem letzten Morgen bei uns ging ich mit einer Flasche Milch auf die Weide.

„Baby!“ rief ich.

Er kam mit aufgerissenen Augen und geblähten Nüstern auf mich zugelaufen. Zentimeter vor mir blieb er stehen und begann aus der Flasche zu trinken. Ich tätschelte sein weiches, schwarzes Fell.

„Ich werde dich vermissen, Baby“, sagte ich, und das meinte ich auch so. Es war meine Schuld, daß wir ihn verkaufen mußten, und das tat mir schrecklich leid. Ich hatte ihn nicht erwachsen werden lassen. Nun würde er auf eine andere Farm kommen, wo er in einer Herde leben und wundervolle Kälber hervorbringen würde. Er würde Gras fressen und einen Namen bekommen, der besser zu einem Bullen paßte, wie zum Beispiel „Tornado“ oder „Blitz“. Niemand würde ihn mehr Baby nennen und mit einer Flasche füttern. Er mußte erwachsen werden. Ich mußte ihn loslassen.

Genauso erging es mir auch mit meinen Kindern.

„Du mußt uns eines Tages erwachsen werden lassen“, sagte Kleine Antilope. „Wann wirst du die Schürzenzipfel abschneiden?“

An seinem sechzehnten Geburtstag bekam er einige hübsche Geschenke, doch er war sehr erstaunt, als er eine Schachtel öffnete und ein langes rosa Band darin fand.

„Was ist denn das?“ fragte er und hielt es mit zwei Fingern in die Höhe.

„Du hast mich doch gebeten, die Schürzenzipfel abzuschneiden. Das habe ich getan“, erwiderte ich.

Er sah in die Schachtel.

„Da liegt aber nur ein Schürzenzipfel drin“, sagte er. „Wann wirst du den anderen abschneiden?“

„Niemals“, lächelte ich.

Ich dachte immer, nur Kinder würden unter Wachstumsschmerzen leiden. Ich hatte unrecht, das Herz einer Mutter ist genauso von diesem Phänomen betroffen. Man hat das Gefühl, als würden zwei Steine unter dem Gewicht eines sich langsam bewegenden Gletschers aneinander gerieben.

Mir liegt diese tiefe Liebe zu meinen Kindern eben einfach im Blut. Ich kann nichts dagegen tun.

Eines der schönsten Komplimente habe ich einmal von einer vollkommen Fremden erhalten: „Sie sind die Art von Mutter“, sagte die Frau, „die dafür sorgt, daß die Keksdose immer gefüllt ist und so steht, daß die Kinder sie erreichen können.“

Nie habe ich ihre Worte vergessen, und die Keksdose ist zum ganz besonderen Symbol meiner Liebe zu meinen Kindern geworden.

Einige Mütter erlauben ihren Kindern keine Kekse, weil sie der Meinung sind, andere Nahrungsmittel seien gesünder. Ich respektiere ihre Entscheidung. Alle Eltern müssen selbst entscheiden, was gut für ihre Kinder ist und was nicht.

Ich persönlich bin jedoch der Meinung, daß in einem Schokoladenkeks viel Trost liegt. Und außerdem schmekken sie einfach wunderbar.

*

Nach fünf (überwiegend) glücklichen Ehejahren hatte Gott meinem Mann und mir noch kein Kind geschenkt.

Ich beschloß, ernsthaft darum zu beten und versprach Gott, die perfekte Mutter zu sein, wenn er uns ein Kind schenken sollte, dieses Kind von ganzem Herzen zu lieben und es ganz in Gottes Sinne zu erziehen.

Gott erhörte meine Gebete und segnete uns mit einem Sohn.

Im folgenden Jahr segnete Gott uns mit einem weiteren Sohn.

Im darauffolgenden Jahr segnete Gott uns erneut mit einem Sohn.

Im darauffolgenden Jahr segnete Gott uns mit einer Tochter.

Mein Mann war der Meinung, wir würden so langsam in den unteren Rand der Sozialskala hineingesegnet. Wir hatten nun vier Kinder, und das älteste war vier Jahre alt.

Lassen Sie mich Ihnen einen guten Rat geben: Bitten Sie Gott niemals um etwas, wenn Sie es nicht ganz ernst meinen, denn er könnte Ihre Gebete erhören! Wie mein Pastor einmal sagte: „Wenn du um Regen bittest, achte darauf, daß du einen Regenschirm dabei hast.“

Gott hatte mir vier Kinder anvertraut, und ich wollte ihn nicht enttäuschen. Ich versuchte, gelassen zu bleiben,

---

Schrei im Wind mit Kleine Antilope in einer traditionellen indianischen Tragewiege

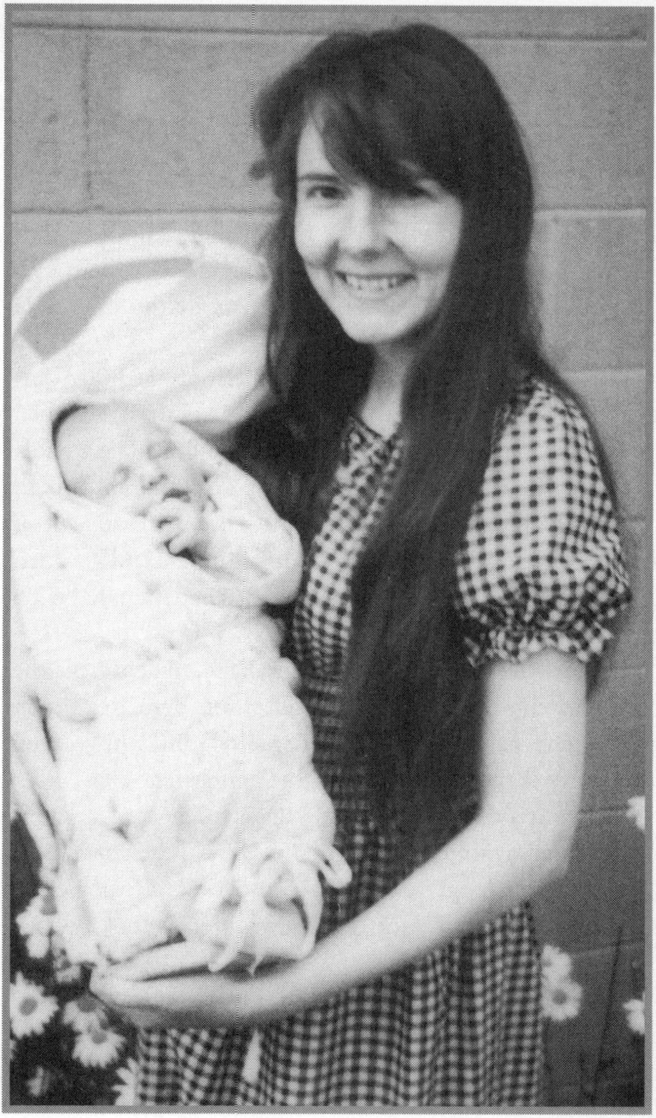

als die Kinder einmal zwei Dutzend Eier auf den Küchenboden warfen, weil sie nach Küken suchten.

Ich versuchte verständnisvoll zu sein, als sie in unserem Gästezimmer eine Pension für heimatlose Frösche einrichteten. Ich brauchte fast zwei Stunden, um die dreiundzwanzig Frösche einzufangen.

Als meine Tochter sich mit Ketchup einschmierte und in einem Bettuch einrollte, um zu sehen, wie sich ein Hot Dog fühlt, versuchte ich, das Ganze von der humorvollen Seite zu nehmen.

Obwohl ich in der ganzen Zeit mehr als 25.000 Windeln gewechselt, niemals eine warme Mahlzeit gegessen und selten länger als eine Viertelstunde geschlafen habe, danke ich Gott noch immer jeden Tag für meine Kinder.

Zwar habe ich mein Versprechen, eine perfekte Mutter zu sein, nicht gehalten (nicht einmal annähernd) – doch das Versprechen, sie im Sinne Gottes zu erziehen, habe ich eingelöst.

Ich merkte, wie „gut" ich meine Sache machte, als die Sonntagsschullehrerin einmal fragte, wer dem Reisenden aus Jericho geholfen habe, und mein Sohn antwortete: „Ein Amerikaner", anstatt der gute Samariter.

Ich wußte, daß ich ein wenig daneben lag, als ich meiner Tochter erzählte, wir würden in die Kirche gehen und Gott anbeten (engl.: „worship") und sie ein Stück Seife mitbrachte, weil sie Gott auch „waschen" (engl.: „wash up") wollte.

Einmal erklärte ich meinen Kindern, daß Gott uns ewiges Leben geben würde. Mein Sohn hatte mich anscheinend nicht richtig verstanden, denn er hielt es für sehr großzügig von Gott, uns sein „Eheweib" zu geben.

Am Ostersonntag zog ich unseren vier Kindern ihre neuen Kleider an. Drei von ihnen schafften es sauber in den Wagen, doch Schneewolke fiel der Länge nach in eine Pfütze. Als ich ihn endlich gewaschen und umgezogen hatte, waren wir spät dran.

Die Kirche war bereits wohlgefüllt, und nur in der ersten Reihe waren noch Plätze frei. Wir hatten keine Wahl und marschierten wie eine Osterparade den Gang entlang – ein Vater und eine Mutter mit drei ordentlich wie aus dem Bilderbuch gekleideten Kindern und einem mit zerknitterten Jeans, zerschlissenen Tennisschuhen und einem alten Micky-Maus-T-Shirt. Ganz eindeutig ein Fall von Kindesvernachlässigung!

Wir setzten uns in die erste Reihe und atmeten tief durch. Wir hatten es bis in die Kirche geschafft, jetzt konnte nichts mehr schiefgehen.

Als der Kollektenteller herumgereicht wurde, öffnete ich meine Tasche, um meinen Geldbeutel herauszunehmen. Eine Schlange hatte sich darin zusammengerollt.

Ich stieß einen markerschütternden Schrei aus und sprang auf, wobei der Inhalt meiner Tasche sowie der Kollektenteller breitflächig durch die Gegend flogen.

Die Schlange (nur eine Gummischlange, wie sich später herausstellte) landete im Chor und verursachte dort eine Panik, gegen die eine Stampede in einer Büffelherde harmlos wirkte.

Es dauerte nur fünf Minuten, bis wieder Ruhe eingekehrt war. Ich glaube, unser Pastor hatte eine besondere Begabung dafür, einen Aufruhr niederzuschlagen. Aber vielleicht war er auch einfach nur an unsere chaotische Familie gewöhnt.

Unsere vier Kinder litten seltsamerweise in bezug auf den Besitzer der Gummischlange und darauf, wie sie in meine Tasche gekommen war, unter plötzlichem Gedächtnisschwund.

Ein besonders erhebender Augenblick war das Weihnachtskrippenspiel. Meine Tochter spielte die Maria, zwei meiner Söhne waren Hirten, und mein jüngster Sohn war ein Weiser. Das war ihre Gelegenheit zu glänzen.

Mein fünfjähriger Hirte hatte seine Zeile gelernt: „Wir fanden das Kind in Windeln gewickelt", doch er war nervös und sagte: „Das Kind war in Binden gewickelt."

Meine vierjährige ‚Maria' sagte äußerst unheilig: „Doch nicht Binden, du Dummkopf, das sind doch Windeln!"

Zwischen Maria und dem Hirten brach ein heftiger Zweikampf aus, und erst ein Engel, der im Eifer des Gefechts seinen Heiligenschein und seinen linken Flügel verlor, konnte den Streit wieder schlichten.

Mein Mann und ich rutschten auf unseren Stühlen ein wenig tiefer, als ‚Maria' völlig aufgelöst die Puppe, die das Jesuskind darstellen sollte, fallenließ und „Mama! Mama!"-brüllend durch die Kirche lief.

Schließlich schafften wir es, daß ‚Maria' die Puppe wieder in den Arm nahm, sie einwickelte und fest an sich drückte, als die Weisen auftraten.

Unser anderer Sohn trat im Gewand seines Vaters und einer Papierkrone vor, kniete sich ehrfürchtig vor die Krippe und verkündete laut: „Wir sind die drei Weisen und bringen Geschenke von Gold, Schweinebauch und Dürre."

Die Gemeinde brach in Gelächter aus und klatschte laut Beifall.

„Noch nie habe ich ein Krippenspiel so genossen wie dieses", lachte unser Pastor und wischte sich die Tränen aus den Augen. „Nie mehr werde ich die Weihnachtsgeschichte hören können, ohne an Gold, Schweinebauch und Dürre denken zu müssen."

Soviel zu meinen perfekt erzogenen und zutiefst in christlicher Unterweisung gereiften Kindern.

Kapitel 4

Viechereien

Alle Dinge, hell und schön,
Alle Wesen, groß und klein,
Alle Dinge, klug und wundervoll,
Gott, der Herr hat sie geschaffen.

Mrs. Alexander, 1818–1895

„Sie ist mir bis nach Hause gefolgt, Mama. Kann ich sie behalten?“

Wenn man in der Stadt lebt, bedeutet das in der Regel, daß Ihr Kind eine streunende Katze oder einen kleinen Hund mit nach Hause gebracht hat. Wenn man auf dem Land lebt, kann das alles mögliche bedeuten, von einem Küken bis zu einem Schwein. An diesem Tag war es eine Ziege.

„Ist sie nicht süß, Mom?“ Schneewolke umarmte die übelriechende schwarze Mutterziege, die mich mit ihren leeren Augen anstarrte und kein Zeichen von Intelligenz erkennen ließ.

„Sie sieht wertvoll aus. Ich bin sicher, ein Farmer hat sie verloren und will sie zurückhaben." Ich hoffte, daß das stimmte.

„Wir werden eine Anzeige aufgeben, und wenn sich in einer Woche niemand gemeldet hat, kann ich sie behalten, ja?" meinte Schneewolke hoffnungsvoll.

„Na gut", stimmte ich zu. Mir war nicht klar, daß ich damit soeben mein Leben selbst zerstört hatte.

Niemand erhob Anspruch auf die Ziege, obwohl ich auch in der folgenden Woche noch einmal annoncierte. Ein sehr kluger Mensch hatte sie offentsichtlich vor unserer Haustür ausgesetzt und hegte nicht die Absicht, sich schuldig zu bekennen.

Die Ziege fraß alles, was sich in unserem Hof befand, außer der Katze. Sie mähte die Blumen mit Stumpf und Stiel ab und trampelte auf der Motorhaube meines Wagens herum. Sie wurde zudem immer dicker; ganz offensichtlich war sie trächtig.

Am Erntedankfest brachte sie Drillinge zur Welt. An diesem Abend fegte ein Schneesturm über unsere Farm hinweg, und die Ziegen mußten ins Haus geholt werden, damit sie nicht erfroren.

An diesem Abend kam auch unser Pastor zu Besuch. Er sagte, er würde keinen Menschen kennen, der Ziegen in seinem Wohnzimmer hielt. Er blieb nur wenige Minuten und behauptete, er wolle nach Hause, bevor die Straßen unpassierbar würden. Dabei hatte er eigentlich zum Essen bleiben wollen. Die Mutterziege kaute hingebungsvoll an seinen Schuhbändern; doch das brachte ihn auch nicht dazu, seine Meinung zu ändern. Ich mußte an den alten Witz denken, in dem ein Mann sagt, daß er jetzt seine

Ziege im Schlafzimmer halte. Darauf fragt sein Gesprächspartner entsetzt: „Ja, aber was ist mit dem Gestank?"

„Nun", sagt der Mann, „daran wird sich das Tier eben gewöhnen müssen."

*

Wir stellten fest, daß eine erst vier Stunden alte Ziege in einer Stunde 42mal auf einen Stuhl springen, auf ein Sofa hüpfen und über einen Kaffeetisch rutschen kann. Drillinge können folglich 126mal springen, hüpfen und rutschen. Die Mutterziege saß in Dons geliebtem Ohrensessel, käute gemächlich wieder und zeigte wie immer keinerlei Anzeichen von Intelligenz.

Die traditionelle Weihnachtsparade fand ganz in der Nähe statt, und welches Tier erinnert uns mehr an Weihnachten als eine Ziege und drei Zicklein? Don versprach, die Ziege mit ihren drei Kleinen in seinem Wagen dorthin zu bringen, doch er verspätete sich, und wir hätten die Parade versäumt, wenn ich mich nicht mit meinen vier Kindern und den vier Ziegen in meinem Wagen auf den Weg in die Stadt gemacht hätte. Ich mußte verrückt gewesen sein, das zu tun.

Der Mutterziege gefiel das Autofahren soweit recht gut, aber sie bestand darauf, auf dem Beifahrersitz zu sitzen. Sie saß sehr aufrecht und war vorschriftsmäßig angeschnallt. Die drei Kinder hielten jeweils eine Baby-Ziege auf dem Schoß. Die Leute in den vorbeifahrenden Wagen starrten uns entgeistert an, und ich hoffte, sie hätten gemerkt, daß ich vier Ziegen in meinem Wagen hatte und nicht vier extrem häßliche Kinder.

Als wir in der Stadt ankamen, schmückte Schneewolke die vier Ziegen mit Lametta und Glöckchen und folgte der Musikkapelle und dem Festwagen mit dem Weihnachtsmann die Straße entlang.

Die Musikkapelle spielte „Hört, die Engel“, und die Ziegen sprangen mitten in die Musikkapelle hinein und machten dort kurzen Prozeß. Der Weihnachtsmann sprang von seinem Festwagen herunter und half uns, die Ziegen vor der Eingangstür eines Geschäfts zusammenzutreiben.

Die Ziegen wurden wieder auf die Straße gezerrt und vor der Kapelle plaziert, damit eine möglichst große Distanz zwischen den Musikern und ihnen lag.

Schneewolke und seine Ziegen gewannen den zweiten Platz für den ungewöhnlichsten Auftritt. Das Bild der Mutterziege erschien groß auf der Titelseite der Zeitung, und sie sah zugegebenermaßen sehr gut aus.

Ich war im Hintergrund zu sehen und zeigte keinerlei Anzeichen von Intelligenz.

*

Ich erinnere mich an Bilder, die Jesus zeigen, wie er ein kleines Lamm liebevoll im Arm hält. Jesus, der gute Hirte.

Das Leben eines Hirten scheint leicht zu sein. Er braucht nur über die Weiden zu wandern und den Schafen und Ziegen beim Fressen zuzusehen. Manchmal führt

---

Verlorener Hirsch und Schneewolke mit einer der Ziegen

er sie an einen Fluß, damit sie trinken können. Die Arbeit eines Hirten ist eine wundervolle Aufgabe.

Das war jedenfalls meine naive Vorstellung, bis wir selbst Schafe und Ziegen bekamen. Ich stellte fest, daß sie sehr intensive Zuwendung brauchen. Schafe sind unvorstellbar dumm, werden leicht krank und stellen unglaubliche Dummheiten an. Wir haben schon Schafe aus dem Teich gezogen und Ziegen von Bäumen gerettet. Sie haben nicht einmal genug Verstand, um sich aus eigenem Antrieb bei Regen oder Kälte in den Stall zurückzuziehen. Wenn ein Schaf richtig Angst hat, kann es sein, daß es sich hinlegt und einfach stirbt. Ziegen dagegen springen alles an, selbst wenn sie bei dem Versuch ihr Leben lassen.

Sie müssen nachts in den Stall gebracht werden, damit keine Kojoten oder ähnliches Raubzeug an sie herankommen. Ich kann an dreißig Vormittagen hintereinander zum Stall gehen und sie zur Weide führen, und sie folgen mir willig. Und an einem Morgen verwechseln sie mich aus heiterem Himmel mit einem Wolf und rennen panisch in fünfzehn verschiedenen Richtungen davon, wobei sie alles niedertrampeln, was ihnen in den Weg kommt – mit Vorliebe natürlich Dinge, die mir besonders am Herzen liegen.

Das seltsame Verhalten der Schafe ist mir sehr vertraut. Unzählige Male bin ich Gott so dicht gefolgt, daß ich ihn fast berühren konnte – und dann, aus keinem besonderen Grund, stürze ich wie ein Schaf kopflos davon und renne so schnell ich kann in die entgegengesetzte Richtung. Ich weiß es besser, genau wie unsere Schafe, aber das hält keinen von uns ab, rebellisch und dumm zu sein. Dann wieder bin ich so entmutigt, daß ich mich am liebsten hinlegen und einfach sterben würde, genau wie ein Schaf.

Ich hoffe und glaube, daß ich für den Rest meines Lebens die meiste Zeit direkt im Schatten des guten Hirten gehen werde, aber es wird immer wieder Gelegenheiten geben, wo ich über den Zaun springen und über die Hügel davonrennen werde auf der sinnlosen Suche nach dem grüneren Gras jenseits meiner eigenen Weiden.

Wie alle Schafe bin ich nicht vollkommen schlecht; ich bin nur manchmal ein wenig eigensinnig. Aber früher oder später werden alle verirrten Schafe müde, hungrig und ängstlich und erinnern sich daran, wer ihr Hirte ist. Und dann laufen wir wieder nach Hause.

*

Es war ein Zufall, daß wir im Laufe der kommenden Jahre eine Ziegenfarm aufbauten. Hunderte Ziegen kamen und gingen. Wir liebten sie alle, und jedesmal, wenn wir eine verkauften, weinte ich. Ich stellte fest, daß jede Ziege eine einzigartige Persönlichkeit besaß, wenn auch nicht unbedingt eine besonders einnehmende. Jede hat sich in meine Erinnerung eingegraben.

„Erinnerst du dich noch an Nanny, Prissy und Pamia?" fragt manchmal ein Familienmitglied jemand, und wir alle lachen, weil sie so schrecklich blöd waren, so unangenehm gerochen haben und uns dennoch so lieb geworden waren.

Einmal kam ein Gewitter und brachte heftige Regenfälle und Sturm. Ich schrie die Schafe an, um sie in den warmen Stall zu treiben, doch sie hatten offenbar beschlossen, im Regen stehenzubleiben, bis er aufhörte oder bis ich ertrunken war – je nachdem, was zuerst eintrat.

Der nächste Blitz veranlaßte sie dann jedoch, um ihr Leben zu rennen, und während ich neben ihnen herplatschte, sah ich, wie ein kleiner Vogel unbeholfen über den Weg hüpfte. Er würde jeden Augenblick von den Schafen zertrampelt werden.

Ich rannte an dem hüpfenden Vogel vorbei und dachte, er sollte sich besser ein wenig beeilen, wenn er es bis zu dem Zaun schaffen wollte, bevor die Schafe über ihn hinwegtrampelten. Ich war beinahe versucht, ihn aufzuheben, doch er war zu jung, um allein zu überleben. Seine Eltern waren nirgends zu sehen. Selbst wenn ich ihn vor den Schafen rettete, würde er vermutlich vor Kälte sterben. Am besten ließ ich der Natur ihren Lauf. Nur die Starken überleben.

Wen wollte ich denn hier zum Narren halten? Natürlich brachte ich es nicht über mich, den Kleinen seinem Schicksal zu überlassen! Ich bückte mich, hob das durchnäßte Federknäuel auf und brachte es in den Stall, wo ich es auf einen Heuballen setzte.

„Das war's", sagte ich. „Ich habe dich vor dem Regen und den Schafen gerettet. Jetzt bist du auf dich selbst gestellt."

Der Vogel hüpfte im Kreis, fiel von dem Heuballen herunter und hoppelte prompt auf die Schafherde zu.

„Dummer Vogel!" rief ich, packte ihn und steckte ihn in meine Manteltasche.

Durch den strömenden Regen marschierte ich zum Haus. Ich hängte meinen Mantel auf und setzte den durchnäßten Vogel in einen Schuhkarton, den ich mit einem Handtuch ausgelegt hatte. Das Handtuch hatte ich vorher über dem Toaster erwärmt.

„Du kannst bleiben, bist der Regen aufhört", sagte ich und schob das Abendessen und einen Blaubeerkuchen in den Ofen.

Nach dem Abendessen sah ich nach dem Vogel. Er war getrocknet, und hatte seine wenigen Federn aufgeplustert. Es ist schwierig, bei so kleinen Vögeln die Sorte zu erkennen. Er konnte eine kleine Drossel oder aber ein kleiner Geier sein.

Ich wußte, ich hätte mich nicht einmischen dürfen. Wie oft hatte ich versucht, kleine Vögel wie diesen zu retten, die dann nach ein paar Tagen doch gestorben waren? Jedesmal hatte ich geweint und mir geschworen, es nie wieder zu tun.

Ich starrte in seine kleinen, runden Augen und fragte mich, ob er wohl denken konnte. Er blinzelte, und ich fragte mich, ob er sich wohl in bezug auf mich dasselbe fragte. Du meine Güte, wie klug muß ein Vogel schon sein, um einfach in einem Nest zu sitzen und seinen Schnabel aufzureißen, wenn seine Mutter mit einem Wurm nach Hause kommt? Er braucht ihn nicht einmal hinunterzuschlucken, sie stopft ihn ihm in den Hals bis halb in seinen Magen hinein. Aber dieser kleine Vogel hier war offensichtlich selbst dazu zu dumm. Ich fragte mich, ob Vögel wohl jemals aus ihren Nestern sprangen, um Selbstmord zu begehen, aber ich glaubte es eigentlich nicht. Wenn es einen nicht deprimiert, den ganzen Tag Würmer zu fressen, was soll einen dann noch zum Selbstmord treiben?

Ich hätte ihn nicht mit hineinbringen dürfen, sondern im Stall lassen sollen, wo seine Mutter ihn vielleicht gefunden hätte. Ich sah nach draußen. Es war stockdunkel.

Wenn ich ihn jetzt rausbringen würde, wäre er am Morgen vermutlich erfroren. Der Anblick eines toten kleinen Vogels, der seine dürren Beine in die Luft streckte, war nicht gerade eine erfreuliche Aussicht.

Wenn ich in den Wald ging und ihn dort auf einen Baum setzte, würde ich vielleicht eine Lungenentzündung bekommen oder vom Blitz getroffen werden, und dann würde *ich* am Morgen diejenige sein, die ihre dürren Beine in die Luft streckte. Auch keine erfreuliche Aussicht!

Ich würde ihn über Nacht im Haus behalten müssen, doch morgen früh würde er gehen. Ganz bestimmt! Ich puhlte einige Blaubeeren aus dem Kuchen und schob sie ihm in den aufgerissenenSchnabel.

Wir nannten ihn in unserer liebevollen Art „Dummer Vogel", und eine Woche später lebte er noch immer und wohnte in unserem Badezimmer. Da ich mir darüber im klaren war, daß ich es wohl nicht schaffen würde, einen Vogel stubenrein zu bekommen, schien es mir angebracht, ihn in einem gekachelten Raum zu halten. Einmal fiel er in all seiner Dummheit in das Toilettenbecken und wäre beinahe ertrunken, doch ich rettete ihn im letzten Moment und trocknete ihn mit meinem Fön.

Er hoppelte und hüpfte umher, schlug mit seinen winzigen Flügeln und machte entsetzliche Geräusche, die keinesfalls dem Gesang eines Vogels ähnelten. Überall hinterließ er seinen Mist – blauen Mist, weil er mehr Blaubeeren als sonst etwas fraß. Manchmal gab ich ihm Spaghetti und hoffte, er würde sie für Würmer halten. Er weckte uns stets im Morgengrauen, pickte uns in die Finger und begann, im Haus herumzufliegen. Langsam verwandelte er sich von einem Federbällchen in eine Drossel.

Ich wußte, ich mußte ihn bald gehen lassen. Wieder mein altes Problem. Doch die Alternative wäre gewesen, ihn in einem Käfig zu halten, aber er gehörte nicht in einen Käfig.

Am Sonntagmorgen vor dem Gottesdienst brachte ich „Dummer Vogel" in den Wald und ließ ihn frei. Er schwang sich in die Luft und flog davon. Kein Abschiedszwitschern. Gar nichts.

Vögel! Wer braucht sie schon?

Trotzdem, vielleicht kommt er ja eines Tages zurück. Vielleicht erinnert er sich an mich, setzt sich auf meine Schulter und zwitschert mir ins Ohr.

Vielleicht verschwendet er aber auch keinen Gedanken mehr an mich. Vögel haben vermutlich ein sehr kurzes Gedächtnis. Kein Wunder, wo ihr Gehirn doch so klein ist. Wahrscheinlich hat er mich bereits vergessen.

Meine Kehle war wie zugeschnürt, und das Schlucken fiel mir schwer.

Auf dem Weg zum Gottesdienst hielten wir an und kauften ein Vogelhäuschen und zehn Pfund Vogelfutter. Don und die Jungen stellten das Vogelhäuschen so auf, daß wir es vom Wohnzimmerfenster aus sehen konnten.

Vielleicht war „Dummer Vogel" noch immer in der Nähe. Vielleicht kam er zurück und setzte sich auf das Vogelhäuschen. Vielleicht baute er im Ahorn ein Nest und gründete eine Familie. Vielleicht kam er ja Jahr für Jahr zurück, zog seine Jungen groß, und mindestens eins würde nach ihm kommen und vor lauter Dummheit aus dem Nest fallen, und ich konnte für es sorgen.

Ich hätte nichts dagegen gehabt. Nicht wirklich. Es macht wirklich nicht viel Mühe, einen Vogel zu versorgen.

Man braucht ihn nur zehn- bis fünfzehnmal pro Tag zu füttern, und wenn er fortfliegt, bricht es einem das Herz.

Es macht wirklich keine Mühe, einen dummen Vogel zu versorgen.

Im Baum über mir höre ich einen Vogel singen. Es könnte „Dummer Vogel" sein, vielleicht ist er es auch nicht, aber er könnte es sein.

Ich hoffe, er ist es.

„Verkauft man nicht fünf Sperlinge für zwei Groschen? Dennoch ist vor Gott nicht einer von ihnen vergessen." (Lukas 12,6)

*

Die Tage und Jahre waren bestimmt durch die Tiere, die in unser Leben traten und wieder daraus verschwanden. Wir konnten einige Tiere retten, verloren andere, und jedes hinterließ eine Erinnerung, ein Lächeln, eine Träne; jedes machte unser Leben ein wenig reicher.

Don hat die Angewohnheit, Überraschungen mit nach Hause zu bringen – manchmal schöne, manchmal nicht so schöne. Das kann alles mögliche sein, von einem ungewöhnlichen Stein, den er bei der Reparatur eines Zaunes auf der Weide gefunden hat, bis hin zu einer herrlichen Türkiskette, die er für mich gekauft hat.

An diesem Tag brachte er zwei Pferde mit.

„Sie sind wunderbar", meinte ich, als er sie auslud und auf die Koppel brachte. „Aber du solltest doch eigentlich nur einen Laib Brot und eine Flasche Milch mitbringen."

„Das Brot und die Milch habe ich vergessen", sagte er, während er zusah, wie der schlanke Fuchs, gefolgt von dem kleineren Schimmel, auf der Koppel herumsprang. „Auf dem Weg zum Geschäft habe ich einen Freund getroffen, der mir erzählte, er wolle diese beiden Pferde verkaufen. Ich erklärte ihm, ich würde sie vielleicht für die Kinder kaufen, wenn sie nicht zuviel kosten sollten." Er grinste.

„Wieviel?" Ich rechnete damit, daß er vermutlich unser ganzes Geld dafür ausgegeben hatte, aber das machte mir nichts aus. Ich liebe Pferde.

Zufrieden strahlte er mich an. „Mein Freund sagte, ich könnte die Pferde umsonst haben, unter einer Bedingung."

„Welche Bedingung?" fragte ich.

„Daß wir die beiden Pferde bis zu ihrem Tod behalten und nicht voneinander trennen", sagte Don.

„Wie bitte?" fragte ich. „Pferde können zwanzig, sogar dreißig Jahre alt werden." In Gedanken rechnete ich dreißig Jahre auf mein Alter und stellte mir vor, wie ich mir als alte Schachtel noch immer täglich einen Riesenballen Heu auf den Rücken lud, um die Pferde zu füttern.

„Das ist komisch." Irgendwie hatte ich das Gefühl, daß die Sache einen Haken haben mußte. Aber beide Pferde waren recht hübsch, wirkten gesund und schienen auch charakterlich einwandfrei zu sein.

„Einem geschenkten Gaul schaut man nicht ins Maul", meinte Don selbstgefällig. „Der Rote heißt Stern und der Schimmel Coco."

Stern lief durch die Tür in den Stall hinein. Coco rannte gegen die Wand, stieß sich den Kopf, drehte sich im Kreis und wieherte verwirrt.

„Er hat den Stall nicht gesehen", meinte Don, ging zu ihm und sah ihm in die Augen.

„Er ist blind wie eine Fledermaus“, seufzte er.

„Ach, der Arme! Wir werden gut auf ihn aufpassen müssen, damit er sich nicht verletzt“, meinte ich.

„Vielleicht brauchen wir das gar nicht“, erwiderte er und deutete auf die Pferde.

Stern kam aus dem Stall und wieherte. Coco eilte zu ihm hin und folgte ihm zum Wassertrog. Sie tranken beide, und Stern kehrte in den Stall zurück, Coco nur wenige Zentimeter hinter ihm.

„Ein Pferd als Blindenhund?“ Ich konnte es kaum glauben.

„Jetzt weiß ich, warum der Mann nicht wollte, daß sie getrennt werden. Ohne Stern ist Coco hilflos“, sagte Don.

Noch am selben Nachmittag ritten die Kinder auf beiden Pferden im Hof umher. Coco folgte Stern so dicht, als wären sie mit einem unsichtbaren Seil aneinandergebunden. Die Kinder waren von den Pferden hellauf begeistert. Don und ich erklärten ihnen, daß Coco vollkommen blind sei und nur zusammen mit Stern geritten werden könnte. Nachdem wir uns vergewissert hatten, daß die Pferde wirklich lammfromm waren und die Kinder ausgezeichnet mit ihnen klarkamen, gingen Don und ich ins Haus.

Wie aus dem Nichts ertönte auf einmal Hufgetrappel und ein lautes: „Los, Coco, los!“

Wir drehten uns um und sahen gerade noch, wie Schneewolke mit Coco über den Hügel davongaloppierte.

„Er wird sich den Hals brechen!“ schrie ich. Ich sah schon vor mir, wie sie in einen Zaun rannten oder in eine Grube stürzten.

Wir rannten hinter Schneewolke her, doch in diesem Augenblick wendete er Coco und galoppierte auf uns zu.

Sie schossen an uns vorbei und durch das Tor der Koppel. Schneewolke brachte Coco zum Stehen und stieg ab.

„Ein tolles Pferd!“ rief er.

Don und ich waren sprachlos.

„Schneewolke, du hättest dir das Genick brechen können!“ rief ich, als ich endlich meine Stimme wiederfand. „Coco kann doch nichts sehen!“

„Er braucht nichts zu sehen. Ich passe für ihn auf. Nie würde ich ihn irgendwohin führen, wo es gefährlich ist oder zulassen, daß er sich verletzt.“ Schneewolke tätschelte den Hals des Pferdes. „Er vertraut mir.“

So einfach war das. Coco war allein vollkommen hilflos und der Gnade der anderen Tiere und Menschen in seiner Umgebung ausgeliefert. Aber er war nie nervös oder ängstlich. Er vertraute vollkommen darauf, daß Stern ihn über die Weide, zum Stall und zum Wassertrog führte. Er vertraute Schneewolke, daß er ihn sicher führte.

Dieses kleine weiße Pferd, kannte uns noch keine Stunde, doch es vertraute uns voll und ganz.

Ich spürte, wie Schuldgefühle in mir hochstiegen. Mein Vertrauen in Gott war nicht halb so groß. Ich behauptete, ich würde Gott vertrauen, doch dann machte ich mir Sorgen. Manchmal hatte ich Zweifel und häufig echte Angst.

Wahres Vertrauen war bei diesem blinden Pferd zu finden, das mit seinem jungen Reiter mit halsbrecherischer Geschwindigkeit über die Weiden galoppierte. Der Junge vertraute darauf, daß das Pferd sofort jeden seiner Befehle ausführte, und das Pferd vertraute darauf, daß sein Herr immer nur tat, was gut für ihn war. Es gab zwischen ihnen keinen Raum für den geringsten Zweifel oder Furcht.

„Ich werde dir nun mehr vertrauen", flüsterte ich Gott leise zu.

*

Im Laufe der folgenden Jahre ritten Schneewolke und Coco Hunderte von Meilen zusammen. Coco wurde eine Berühmtheit, und die Leute blieben häufig stehen, um Coco und seinen Blindenführer auf der Weide zu beobachten. Die Leute nahmen die Pferde sogar als Orientierungspunkt, wenn sie Wegbeschreibungen weitergaben.

„In Tanglewood links und die Straße entlang, bis du zwei Pferde auf einer Weide siehst, ein rotes und ein weißes, dann noch eine Meile und danach rechts."

Coco und Stern waren nicht nur Pferde, sie waren Freunde, Haustiere, Lehrer, Gefährten und Orientierungspunkte.

Nach zehn glücklichen Jahren starb Coco.

An einem kalten Januarmorgen ging ich in den Stall, um die Pferde zu füttern, und Coco war tot. Ohne Schmerzen und ohne Todeskampf war er im Schlaf gestorben. Am Abend vorher, als er seinem Freund zum letzten Mal in den Stall folgte, war es ihm noch gut gegangen.

Mit gesenktem Kopf stand Stern lange neben seinem Gefährten.

Kleine Antilope und Schneewolke mit ihren Haustieren

Ich setzte mich neben Coco und weinte. Coco war ein ganz besonderes Geschenk gewesen, und nun war er tot, und wir alle würden ihn schrecklich vermissen.

Eisregen fiel, als Verlorener Hirsch und ich ein Grab aushoben. Verlorener Hirsch hackte den steinigen, gefrorenen Boden auf, und ich schaufelte den Schutt fort. Wir brauchten sechs Stunden für das Loch.

Bevor wir ihn begruben, schnitt ich ihm eine Locke seiner weißen Mähne ab. Ich wollte sie behalten. Vor Jahren, als mein geliebtes Pferd Donnerhuf gestorben war, hatte ich auch eine Strähne ihrer Mähne abgeschnitten. Ich bewahrte sie noch immer in einer kleinen Schachtel auf. Mittlerweile waren seit Donnerhufs Tod 27 Jahre vergangen, und ich konnte die Haarsträhne immer noch nicht ansehen, ohne daß mir Tränen in die Augen stiegen.

Wir begruben Coco und legten ihm sein Zaumzeug mit ins Grab.

Stern stand nur wenige Meter entfernt und wieherte, als würde sein Herz brechen. Wochenlang trauerte er, und er verlor so viel Gewicht, daß wir dachten, er würde ebenfalls sterben. Den ganzen Tag trottete er am Zaun entlang und hielt Ausschau nach seinem Freund. Die Ziegen folgten ihm und schliefen nachts zusammengerollt zu seinen Füßen. Sie halfen ihm über seine Einsamkeit hinweg, und als der Frühling kam, nahm Stern wieder zu, und sein Fell begann wieder zu glänzen.

Wir alle vermissen Coco, das kleine blinde Pferd, das uns so vieles über Vertrauen und Mut gelehrt hatte.

Es ist schrecklich, etwas zu lieben, das der Tod berühren kann.

Kapitel 5

Die Farbe der Eichenblätter im Oktober

„Er macht es schon wieder. Jeden Morgen wird die Flagge gehißt, jeden Abend wieder eingezogen. Er muß irgendein Fanatiker sein“, meinte Schneewolke, als er aus dem Küchenfenster starrte.

„Mr. Greenwood ist eben Patriot“, erklärte ich.

„Wir sind auch Patrioten, aber wir haben keinen zehn Meter hohen Flaggenmast in unserem Garten stehen“, widersprach er. „Ich wette, er ist ein Spion und hißt die Flagge bloß, damit niemand ihn verdächtigt.“

„Der Spion kommt heute abend zum Abendessen. Dann kannst du ihn ja fragen, welche wertvollen Informationen er zu finden hofft“, meinte ich.

Als Mr. Greenwood abends kam, trug er einen Anzug mit Krawatte, und es war offensichtlich, daß er sich auf den Abend gefreut hatte.

„Warum hissen Sie jeden Tag die Flagge?“ fragte Schneewolke, der noch nie dazu neigte, Zeit mit unnützem Geplauder zu vergeuden.

„Das hat eine Menge Gründe, denke ich", lächelte Mr. Greenwood. „Ich bin froh, Amerikaner zu sein. Mir gefällt es, wenn ich sehe, wie die Flagge am Mast hochklettert. Das gibt mir ein gutes Gefühl."

„Ich dachte, Sie sind vielleicht ein Spion", meinte Schneewolke.

Mr. Greenwood lachte, und sein Gesicht sah dabei aus wie eine zerknitterte Papiertüte. „Nein, ich bin kein Spion. Früher war ich Soldat. Bereits mit siebzehn trat ich in die Armee ein. Ich habe den Zweiten Weltkrieg mitgemacht. Beide Beine wurden mir angeschossen, aber ich hatte mehr Glück als viele andere Jungs; ich konnte nach Hause. So viele gute junge Männer auf beiden Seiten haben ihr Leben verloren. Es war schrecklich, auf Jungs zu schießen, mit denen wir hätten Fußball spielen können", sagte er traurig.

„Haben Sie Orden bekommen?" fragte Schneewolke.

„Ja, ein paar habe ich zugesprochen bekommen, sie aber nie erhalten. Außerdem haben wir nicht versucht, uns Orden zu verdienen, wir wollten einen Krieg gewinnen", entgegnete Mr. Greenwood.

„Sie haben Ihre Sache bestimmt gut gemacht", meinte Schneewolke. „Vielen Dank."

Mr. Greenwood tätschelte ihm die Schulter. „Keine Ursache."

„Nein, ich meine es ernst", beharrte Schneewolke. „Vielen Dank."

Der Abend flog nur so vorbei. Mr. Greenwood war ein sehr netter und interessanter Mann, und wir waren froh, ihn zum Nachbarn zu haben.

Am nächsten Morgen standen wir am Fenster und beobachteten, wie Mr. Greenwood die Flagge hißte.

„Gestern abend habe ich etwas für ihn gebastelt", sagte Schneewolke. Er streckte uns die Hand entgegen. „Es ist die Kopie eines Ordens aus dem Zweiten Weltkrieg. Ich habe ein Bild davon in einem Buch gefunden."

Ein Stern aus Goldfolie, dessen Spitzen in Punkte mündeten und leicht gekrümmt waren, hing an einem gestreiften Band, das ich als ein Stück von Sturmwolkes Lieblingshemd identifizierte.

„Ich weiß, es ist nicht der echte, aber er wird den richtigen Orden doch nie bekommen, nicht wahr?" fragte er.

„Nein, mein Sohn, das wird er nicht", antwortete ich. „Du könntest ihn ihm doch sofort geben."

„Ich traue mich nicht, allein hinüberzugehen. Würdest du mitkommen?"

„In Ordnung", stimmte ich zu.

„Ich weiß, es ist etwa vierzig Jahre zu spät, aber ich habe Ihnen Ihren Orden gebracht", sagte Schneewolke und heftete das Pappmodell an die Hemdtasche des alten Mannes.

Mr. Greenwood ging in Hab-Acht-Stellung und salutierte. Damit verlieh er der kleinen Zeremonie eine solche Feierlichkeit, daß uns allen Tränen in den Augen standen.

„Ich könnte nicht stolzer sein, wenn der Präsident selbst mir ihn verliehen hätte", sagte er.

Ein paar Tage später machte ich einen Besuch bei Mr. Greenwood und entdeckte einen Bilderrahmen über seinem Tisch. Darin steckte ein Bronzestern aus Goldfolie an einem Stück von dem Lieblingshemd eines Kindes. Es bedeutete dem alten Soldaten offensichtlich sehr viel.

Am folgenden Morgen sah Schneewolke aus dem Küchenfenster, um Mr. Greenwood zu beobachten, wie er die Flagge hißte.

„Mama, sieh nur!" rief er und rannte zur Tür hinaus.

Ich befürchtete, dem alten Mann sei etwas passiert und lief hinter meinem Sohn her.

An der Ecke unserer eigenen Veranda war ein Flaggenmast aufgestellt worden. Über dem Geländer hing eine sorgfältig zusammengefaltete amerikanische Flagge – ein ganz besonderes Geschenk eines alten Patrioten an einen kleinen Jungen.

Schneewolke entfaltete die Flagge und befestigte sie an dem Mast. Fröhlich flatterte sie im Wind.

Mr. Greenwood stand in seinem Hof und beobachtete uns. Schneewolke salutierte, und der alte Mann lächelte und salutierte ebenfalls.

*

Als Verlorener Hirsch zwölf Jahre alt war, wurde ihm ein Ferienjob angeboten. Die Arbeit war leicht, nahm nur fünfzehn Minuten am Tag in Anspruch und wurde gut bezahlt.

Natürlich gab es einen Haken.

Die Frau, die ihn anstellen wollte, war verrückt. Alle sagten das.

Ich mußte zugeben, daß ich bereits einige ziemlich seltsame Geschichten über Miss Neal gehört hatte und mir Gedanken um die Sicherheit meines Sohnes machte.

„Vielleicht könnten wir Miss Neal gemeinsam besuchen", schlug ich vor. „Wir könnten dann selbst sehen, ob sie ...“ Ich wollte das Wort „verrückt“ nicht aussprechen, „... ob sie eine Dame ist, für die du arbeiten solltest.“

Verlorener Hirsch war es peinlich, daß seine Mutter ihn zu seinem ersten Vorstellungsgespräch begleitete, aber gleichzeitig war er auch ein wenig erleichtert, daß er der berüchtigten Miss Neal nicht allein gegenübertreten mußte.

Wir gingen zusammen den Weg zu dem alten zweistöckigen Gebäude hinauf, in dem Miss Neal wohnte. Die Vorhänge waren vorgezogen und die Fenster trotz der Sommerhitze fest geschlossen.

Wir klopften an die Tür, und eine zittrige Stimme bat uns, hereinzukommen. Miss Neal saß in einem Schaukelstuhl in der Nähe eines Ofens. In dem Zimmer war es bereits so heiß wie in einem Backofen, aber Miss Neal legte noch mehr Holz nach.

„Ich friere immer“, erklärte sie. „Du wirst zweimal pro Woche meinen Holzvorrat nachfüllen müssen. Einmal pro Woche brauche ich ein paar Lebensmittel, aber vor allem möchte ich, daß jemand jeden Tag einmal vorbeischaut, um zu sehen, ob ich noch hier oder bereits in den Himmel gegangen bin.“

Verlorener Hirsch schob seinen Stuhl ein wenig weiter von dem Ofen zurück. Die Vorstellung, eines Tages herzukommen und festzustellen, daß Miss Neals Seele in den Himmel gegangen, ihr lebloser Körper jedoch noch hier war, erschreckte ihn ein wenig.

Ich sah mich vorsichtig in dem Zimmer um. Keinesfalls wollte ich neugierig erscheinen. Das Haus wirkte ein wenig kahl; dieses Wort kam mir unwillkürlich in den Sinn. Es gab keine Familienbilder oder Erinnerungsstücke, nichts von dem Krimskrams, der normalerweise im Haus einer alten Frau zu finden ist.

Sie war neunzig Jahre alt, doch nach ihren Besitztümern zu urteilen, konnte sie frühestens gestern geboren worden sein. In ihrem Leben hatte sie keinen irdischen Besitz angesammelt.

Sie war sehr dünn, so dünn, daß sie aussah wie ein Bündel Stöcke, in der Form eines Menschen zusammengebunden.

„Du hast schönes Haar, Verlorener Hirsch, aber nicht so schön wie das von Mark", sagte sie. „Sein Haar hat die Farbe von Eichenblättern im Oktober, man kann es nicht anders beschreiben." Sie lächelte, und ihr Gesicht mit den vielen Runzeln bekam einen glücklichen Ausdruck.

„Ich glaube nicht, daß ich ihn kenne", meinte Verlorener Hirsch. „Kein Junge in der Schule hat so eine Haarfarbe."

„Nein, natürlich kennst du ihn nicht. Er ging fort, als er siebzehn war. Mark und ich wurden im Jahr 1900 geboren, er am fünfzehnten April, ich am dreiundzwanzigsten", erklärte sie. „Wir haben uns schon immer geliebt. Wir wollten heiraten, aber 1917 mußte er nach Europa in den Krieg."

Es war so still im Zimmer, daß ich die Luft anhielt, ohne zu wissen, warum.

„Er ist noch nicht wiedergekommen, aber eines Tages kommt er nach Hause. Er schrieb mir immer so wundervolle Briefe. Der Krieg war schrecklich, der deutsche Winter bitterkalt." Sie schaukelte langsam hin und her. „Mark erzählte mir, wie kalt es dort war, und seither ist mir nie mehr richtig warm geworden. Alle sind gestorben, seine

Eltern, meine Eltern, meine Schwester. Ich bin die einzige, die noch übrig ist und darauf wartet, daß er nach Hause kommt. Ich bin die einzige, die hier sein wird, um ihn willkommen zu heißen, wenn der Krieg vorüber ist."

Ich sah meinen Sohn an und betete, daß er still sein würde. „Sag es nicht, bitte, sag es nicht", flehte ich innerlich. Verlorener Hirsch schwieg.

Der Erste Weltkrieg war für andere vielleicht im Jahr 1918 zu Ende gegangen, aber für Miss Neal wütete er seit vierundsiebzig Jahren.

„Möchtest du den Job haben?" fragte sie. „Einige Jungen sagten, sie wollten den Job, kamen dann aber nicht mehr wieder. Sie halten mich für verrückt. Hältst du mich auch für verrückt?"

„Nein. Na ja, vielleicht ein bißchen", antwortete Verlorener Hirsch. „Aber jeder ist auf seine Weise verrückt. Ich will den Job."

Sie lachte.

„Ich werde gleich morgen früh anfangen. Mein Vater hat frische Erdbeeren im Garten. Ich könnte Ihnen welche mitbringen", schlug er vor.

„Das wäre schön, aber bring genug für zwei mit", sagte sie, „für den Fall, daß Mark nach Hause kommt. Er liebt nämlich Erdbeeren."

Den ganzen Sommer lang ging Verlorener Hirsch jeden Morgen zu ihrem Haus. Er brachte ihr Blumen und Gemüse aus unserem Garten. Wenn sie vergaß, ihn zu bezahlen, zuckte er nur die Achseln und sagte, es mache nichts. Manchmal brachte er ihr zur Abwechslung auch Kuchen mit, aber immer zwei Stücke, für alle Fälle.

Für Verlorener Hirsch war der Erste Weltkrieg von da

an nicht mehr nur ein geschichtliches Ereignis. Er war ein schrecklicher Alptraum für ihn, weil Miss Neal mit siebzehn Jahren ihre wahre Liebe verloren und den Rest ihres Lebens allein verbracht hatte und es ihr seither nie mehr warm geworden war.

Im September bekam Miss Neal einen Schlaganfall und wurde in einem Pflegeheim untergebracht. Kurz darauf starb sie.

Sie war die letzte Person auf der ganzen Welt gewesen, die wußte, wie Marks Haar ausgesehen hatte. Es hatte die Farbe von Eichenblättern im Oktober, und sie hatten sich schon immer geliebt.

Kapitel 6

Die Bärentür

Alpträume können schrecklich sein. Sie schleichen sich ein, wenn die Kinder schlafen, treten an ihr Bett, wecken sie auf und lassen sie mit klopfenden Herzen zurück. Und auf einmal sieht jeder Schatten im Zimmer aus wie ein Ungeheuer.

Frühlingssturm und Schneewolke hatten Alpträume. Kaum eine Nacht verging, in der sie nicht aufwachten und nach mir riefen.

Manchmal reicht es nicht aus, den Kindern nur zu erzählen, daß alles nur ein Traum war und ihnen nichts passieren kann. Manchmal brauchen sie etwas, das sie sehen und berühren können.

Ich erinnerte mich an die Geschichte vom Traumnetz. Indianische Mütter verwendeten es über Jahrhunderte hinweg, um böse Träume fernzuhalten. Ich nahm einen Weidenzweig, formte einen Kreis daraus, heftete Wildlederstreifen daran und ließ nur in der Mitte eine kleine Öffnung. Daran befestigte ich Federn und Perlen und hängte das Ganze über das Bett meiner Tochter.

„Dies wird alle Träume auffangen, die in der Luft herumschweben", versprach ich. „Die bösen Träume werden in dem Netz abgefangen, aber die schönen Träume fliegen durch das Loch und legen sich auf dein Kissen. Du wirst keine bösen Träume mehr haben."

Es beunruhigte mich, daß ich das Traumnetz vollkommen vergessen hatte. Ich fragte mich, wie viele andere indianische Traditionen ich wohl im Laufe der Jahre vergessen hatte, weil ich zu beschäftigt gewesen war.

Schneewolke sah, wie ich nach einem zweiten Weidenzweig für sein Traumnetz griff.

„Für mich brauchst du keines zu machen", sagte er. „Ich glaube nicht daran. Das ist doch nur ein alter indianischer Aberglaube." Eigensinnig streckte er sein Kinn vor. „Ich bin schon groß, ich brauche solche Märchen nicht mehr."

Wie ich dieses Kind liebte! Und wie selten konnte ich es ihm richtig zeigen.

„Du hast recht", stimmte ich zu, „Traumnetze sind für deine Schwester in Ordnung, denn immerhin ist sie ein ganzes Jahr jünger als du, aber du bist bald ein Teenager, und du brauchst die Realität. Ich denke, du bist nun alt genug für das Familiengeheimnis."

„Familiengeheimnis?" fragte er, und seine dunklen Augen funkelten aufgeregt.

„Ja, aber du darfst es niemand anderem erzählen. Nur zwei Leute kennen dieses Geheimnis: du und ich.“

„Ich werde es bestimmt nicht weitererzählen“, flüsterte er.

Ich nahm seine Hand, und wir schlichen durch das Haus, bis wir vor der Eingangstür standen.

„Und hier ist das Geheimnis“, flüsterte ich. „Das ist nämlich keine gewöhnliche Tür. Es ist eine echte Bärentür. Sie wurde von einem alten Mann in den Bergen aus Eisenholz gearbeitet. In den Bergen gab es Hunderte von Bären, und er wußte, er mußte die stärkste Tür der Welt machen. Diese Tür kann Bären, Wölfe, schlechte Menschen und auch Alpträume abhalten.“

Schneewolke legte seine Hände an die Holztür.

„Solange wir diese Bärentür haben, kann nichts Schlimmes in unser Haus hineinkommen. Nicht einmal der größte Bär der Welt könnte diese Tür einrennen. Aber du bist so stark, du kannst sie mit einem Finger aufdrücken“, sagte ich.

Er öffnete die Tür mit einem Finger, dann sah er mich lächelnd an.

„Woher wissen wir, daß sie Bären abhält?“ fragte er.

„Hast du jemals einen Bären in unserer Küche gesehen?“ fragte ich. „Weißt du, falls jemals ein Bär in unser Haus käme, würde er sofort in die Küche gehen wollen, weil er alle unsere Nahrungsmittel auffressen möchte, vor allem meine leckeren Schokoladenkekse. Wenn wir das erste Mal einen Bären in unserer Küche sehen, wissen wir, daß die Tür alt und verschlissen ist. Bis dahin ist die Bärentür so stark wie Eisen, und sie wird alle bösen Dinge draußen halten.“

Die Alpträume wurden seltener und verschwanden schließlich ganz.

Beinahe ein Jahr verging, bis Schneewolke zu mir kam, meine Hand nahm und mich zu der Tür führte.

„Sieh dir die Tür an, Mama! Sie hat Einkerbungen an der Stelle, wo ich sie immer mit dem Fuß auftrete. Es ist nur eine Tür", lachte er. „Sie ist nicht aus Eisenholz gearbeitet; es ist eine ganz normale, billige Holztür, die nicht einmal einen Kater davon abhalten würde, in unser Haus zu kommen. Du hast das alles nur erfunden!"

„Aber es hat doch tatsächlich die Alpträume verscheucht", erinnerte ich ihn.

„Nein", sagte er, „*du* hast die Alpträume verscheucht."

„Vergiß nicht die Bären", lachte ich und nahm ihn in den Arm. „Es sind tatsächlich nie welche in die Küche gekommen, oder? Also hat die Tür funktioniert."

Kapitel 7

Das Wasser und ich

Glaube, der nicht zweifelt, ist ein toter Glaube

Miguel de Unamundo, 1864–1936

Als ich sechs Jahre alt war, ertrank mein bester Freund im nahegelegenen Fluß.

Das Wasser war kalt, schwarz und unergründlich tief. Als man meinen Freund schließlich fand, standen die Menschen am Flußufer und weinten. Ich weinte nicht, weil ich dachte, mein Freund würde am folgenden Tag oder in der folgenden Woche zurückkommen. Ich wußte nicht, daß der Tod unwiderruflich ist.

Am nächsten Tag begann es zu regnen, und es hörte nicht mehr auf, bis der Fluß über die Ufer trat und die ganze Stadt überflutete. Als unsere Familie beschloß, die Stadt zu verlassen, stand das Wasser bereits in unserem Hof. Wir hatten fast zu lange gewartet.

Als wir über die Brücke fuhren, brach sie zusammen,

und unser Wagen stürzte ins Wasser. Er verfing sich im Treibholz, so daß er nicht ganz unterging, doch ich saß auf dem Rücksitz und sah, wie das Wasser durch das Fenster eindrang. Ich war vor Furcht wie gelähmt und konnte mich nicht rühren. Ich bewegte mich nicht einmal, als ein Fisch hereinschwamm, über meinen Schoß glitt und den Wagen durch das Fenster auf der anderen Seite wieder verließ.

Meinem Onkel gelang es, uns aus dem Wasser zu ziehen. Während die Erwachsenen den Verlust des Wagens betrauerten, blickte ich in das dunkle Wasser und fragte mich, ob der Geist meines Freundes sich irgendwie immer noch in dem Fluß aufhielt. Ich konnte mir nichts Schlimmeres vorstellen, als in diesem schrecklichen dunklen Wasser gefangen zu sein.

Als ich größer wurde, hielt ich mich möglichst vom Wasser fern. Ich wäre vollkommen zufrieden gewesen, wenn ich mitten in einer Wüste gelebt hätte, wo es außer dem Wasser in meiner Trinkflasche keine Pfütze gab.

Als Dons Chef heiratete, lud er uns zum Hochzeitsempfang in ein sehr elegantes Hotel ein, in dessen Eingangshalle Fontänen und Wasserfälle plätscherten. Da er ein sehr großzügiger Mensch ist, sagte er, wir könnten unsere Kinder mitbringen.

Don und ich kamen überein, daß jeder von uns auf zwei unserer Kinder aufpassen sollte, und wir wollten auch nur eine Stunde bleiben, damit die Kinder sich nicht langweilten oder müde wurden. Wir würden wieder gehen, bevor irgend jemand merkte, wie es wirklich war, wenn man vier Kinder unter fünf Jahren hatte.

Wir beteten für die beiden Neuvermählten und dafür,

daß die Kinder uns nicht in Verlegenheit bringen würden. Wir wußten nicht, daß wir ganz falsch gebetet hatten.

Ich trug ein wunderschönes neues Kleid mit einem weiten Rock, und Don hatte einen neuen blauen Anzug bekommen. Wir fanden uns sehr elegant.

Wir tranken Punsch und aßen leckere kleine Sandwiches. Gerade als Braut und Bräutigam den Kuchen anschneiden wollten, sah ich, wie die kleine Frühlingssturm in einem der Brunnenbecken verschwand.

Sie würde ertrinken! Ich stellte mein Punschglas hin, rannte durch die Menge zum anderen Ende der Halle und sprang ohne zu zögern in das Wasserbecken.

Das Becken war nur knietief. Ich stand mit meinen Stöckelschuhen im Wasser, während mein Rock wie eine welkende Blume auf der Wasseroberfläche trieb. Und was noch peinlicher war: Frühlingssturm war gar nicht in das Wasserbecken gesprungen, sondern dahinter; es hatte nur so ausgesehen, als sei sie im Wasser.

Ich stieg langsam aus dem Becken. Mein Rock war tropfnaß, aus meinen Schuhen schwappte das Wasser. Verlegen begab ich mich zu unserem Wagen, während Don unsere vier Kinder einsammelte.

Es hatte keinen Zweck zu erklären, warum eine erwachsene Frau mitten in einer Hochzeitsfeier wie von Furien gehetzt quer durch den Saal rannte und scheinbar grundlos in ein Brunnenbecken sprang.

Am nächsten Tag beschloß Don, es sei an der Zeit, seiner Familie das Schwimmen beizubringen. Die vier Kinder lernten es praktisch über Nacht.

Doch wie sehr ich mich auch bemühte, ich konnte meine Angst vor dem Wasser nicht überwinden. Trotz all seiner Bemühungen konnte Don mich nicht dazu bringen, mich treiben zu lassen. Wenn er mich und ein Bleirohr gleichzeitig ins Wasser geworfen hätte, wäre ich zuerst gesunken.

In einer Familie von Schwimmern bin ich die einzige, die am Strand sitzt und die anderen im Wasser beobachtet.

Eines Tages sah ich zu, wie die Kinder im Wasser spielten. Schneewolke schwamm weiter hinaus als je zuvor. Mein Mund wurde trocken, und mein Herz begann zu klopfen. Ich lief zum Wasser und rief, er solle zurückkommen, aber er hörte mich nicht.

Er war zu weit draußen, und er würde es nie zum Strand zurück schaffen. Ich sah mich um. Alle anderen waren viel zu weit entfernt, um ihn zu erreichen.

„Schneewolke! Komm zurück! Komm zurück!" rief ich. Tränen strömten meine Wangen hinunter. Er würde es nicht schaffen, er würde es nie schaffen. Er würde ertrinken!

Da sah ich, wie Schneewolke unterging.

Es war keine Zeit zu verlieren. Ich rannte los und stürzte mich ins Wasser.

„Bitte, Gott", betete ich, „laß mich nur drei Minuten lang schwimmen können. Bitte Gott, hilf mir nur dieses eine Mal zu schwimmen, nur drei Minuten lang.

Ich hatte von Leuten gehört, die nie schwimmen gelernt und doch jemanden vor dem Ertrinken gerettet hatten. Ich hatte von Leuten gehört, die ein paar Minuten lang Bärenkräfte bekommen hatten, um Autos von Menschen zu heben und sie vor dem sicheren Tod zu bewahren.

Ich konnte es schaffen! Ich konnte hinausschwimmen und meinen Sohn vor dem Ertrinken retten!

Doch ich schaffte es nicht.

Ich bewegte die Arme und trat mit den Beinen – und versank schneller als ein Bleirohr. Sofort war mir sonnenklar, daß ich sterben würde. Ich würde ertrinken, genau wie mein bester Freund.

Ich sah mich mit letzter Kraft unter Wasser um. Weit hinten in der Ferne entdeckte ich Schneewolkes Beine, die sich im Wasser bewegten. Er würde es schaffen, er würde in Sicherheit sein, und ich würde ertrinken. Was für eine dumme Art zu sterben!

Gleich war es soweit. Ich konnte den Atem nicht mehr länger anhalten.

Irgend jemand packte mich an den Haaren und riß mich hoch, und wie ein Wal schoß ich aus dem Wasser.

Verlorener Hirsch zog mich an den Haaren zu einem Schlauchboot und half mir hinein.

„Schneewolke . . ." keuchte ich.

„Ihm geht es prima, er ist am Strand", sagte Verlorener Hirsch. „Bitte tu so etwas nie wieder, Mama. Ich sah, wie du ins Wasser gerannt bist, und ich schrie: ‚Spring nicht hinein, Mama, du wirst ertrinken', aber du bist trotzdem gesprungen. Bitte, Mama, hör auf, uns retten zu wollen, bevor du dich noch dabei umbringst."

Das war das letzte Mal, daß ich ins Wasser gesprungen bin.

Ich weiß nicht, warum Gott manche Gebete erhört und andere nicht. Ich hielt es für eine gute Idee. Gott hätte mich ruhig drei Minuten lang schwimmen lassen können, um meinen Sohn zu retten. Für ihn wäre das ein Klacks gewesen. Aber ich vermute, in seinen Augen war es gar keine so gute Idee, ins Wasser zu springen.

*

Zwei meiner Lieblingspersonen in der Bibel sind Thomas und Petrus. Ich kann mit beiden so gut mitempfinden.

Der zweifelnde Thomas mußte zuerst mit eigenen Augen Jesu Wunden sehen, bevor er glauben konnte, und Petrus war manchmal zu schnell in seiner Begeisterung und bekam dann hinterher Zweifel.

Trotzdem – sowohl Thomas als auch Petrus bewiesen eine Menge Mut.

Thomas *wollte* glauben, er wollte nur sichergehen, daß das, was er glaubte, auch wirklich stimmte. In Anbetracht der falschen Propheten, die es damals gab, schien das klug und richtig zu sein.

Petrus war Fischer; er verbrachte sein ganzes Leben in der Nähe des Meeres und wußte ganz sicher, daß Wasser keine Balken hat. Als Jesus ihm gebot zu kommen, stieg er jedoch sofort aus dem Boot und marschierte los. Das Wasser war dunkel und tief, und er hatte bestimmt Angst, aber er ging los. Keiner der anderen Jünger wagte, was Petrus wagte.

Wenn wir nicht in Frage stellen und zweifeln, wie können wir dann wachsen? Wenn unser Glaube zu zerbrechlich ist, um einer näheren Untersuchung standhalten zu können, dann haben wir ihm vielleicht den falschen Stellenwert eingeräumt.

Wenn wir Fragen haben, die Gott nicht beantworten kann, dann ist unser Gott zu klein. Vielleicht zeugt es von größerem Glauben, wenn wir Dinge in Frage stellen, als wenn wir blind glauben.

Genau wie meine Kinder mir Fragen stellen zu Dingen, die sie nicht verstehen, frage ich Gott: „Warum?“ „Wann?“ und „Wie?“

Er hat immer mehr Antworten, als ich Fragen habe.

Kapitel 8

Freunde fürs Leben

Ein Freund ist wie ein seltenes Buch, von dem es nur ein Exemplar gibt.

„Diese schreckliche Mrs. Campbell hat schon wieder ihren Köter rausgelassen!“ Ich rannte über den Hof, um unseren Hund Lucky festzuhalten, bevor Lamar, der Hund der Nachbarin, wieder über den Zaun sprang.

Lamar hatte gerade über den Zaun gesetzt, als ich Lucky in den Stall gesperrt hatte.

Ich jagte Lamar fort und ging zum Telefon.

Ich hatte Mrs. Campbell noch nicht kennengelernt, doch zwischen uns war eine Fehde ausgebrochen, die vermutlich Jahrzehnte andauern und sicher auch noch von unseren Urenkeln fortgesetzt werden würde.

Wir hielten unsere Lucky in unserem Hof, wo sie hingehörte, aber ihr Hund Lamar sprang über den Zaun, grub sich unter dem Zaun durch und zwängte sich zwischen den

Latten hindurch, um zu Lucky zu gelangen. Mindestens fünfmal pro Tag rief ich Mrs. Campbell an und bat sie, etwas wegen ihres Hundes zu unternehmen. Sie war immer sehr höflich, aber ihr Hund lebte praktisch bei uns, und ich wollte nicht, daß unser Hund von ihrem Junge bekam.

„Mrs. Campbell, Lamar war schon wieder hier", sagte ich mit zusammengebissenen Zähnen. „Ich dachte, wir hätten uns darauf verständigt, daß Sie Lamar jeden zweiten Tag im Haus behalten, damit wir Lucky an diesen Tagen hinauslassen können."

„Sie haben recht", stimmte sie zu. „Es tut mir wirklich leid, ich habe es vergessen."

Schon bald wurde deutlich sichtbar, daß Lamar uns alle überlistet hatte. Lucky würde Junge bekommen, und ich war sehr wütend.

Als die sechs Welpen geboren waren, bestand kein Zweifel daran, wer der Vater war. Sie sahen alle genauso aus wie Lamar.

Ich wartete, bis sie entwöhnt waren, dann setzte ich sie in eine Schachtel und marschierte mit ihnen zu Mrs. Campbells Haus.

Ich klopfte an die Tür und drückte ihr die Schachtel mit den fiepsenden Welpen in den Arm.

„Ich glaube, die gehören Ihnen", sagte ich und ging davon.

Jetzt hatte ich dieser schrecklichen Mrs. Campbell eine Lektion erteilt. Und endlich waren wir quitt: Sie hatte eine Schachtel mit wimmernden, fiependen Welpen am Hals. Ha!

Aber warum empfand ich nicht die erwartete Befriedigung?

Zu Hause angekommen, mußte ich mir eingestehen, daß ich kleinmütig, gemein, bösartig und verachtenswert gehandelt hatte. Ich mag es gar nicht, wenn das passiert.

Wieso hatte ich mich noch vor einer Stunde so selbstgerecht gefühlt?

Nun, da ich mich zum Narren gemacht, mich wie eine Hexe verhalten und einer Nachbarin weh getan hatte, konnte ich keinem anderen mehr außer mir selbst die Schuld dafür geben.

Ich mußte versuchen, den Schaden wiedergutzumachen, den ich angerichtet hatte. Aber Mrs. Campbell würde mich vermutlich erschießen, wenn ich es wagte, noch einmal auf ihrer Türschwelle zu erscheinen.

Daran bestand kein Zweifel. Ich war der gemeinste, hassenswerteste und niederträchtigste Mensch auf der Erde.

Ich backte einen Schokoladenkuchen und bestrich ihn gerade mit Zuckerguß, als es an der Tür klopfte.

Es war Mrs. Campbell. Sie war vermutlich gekommen, um mich zu töten.

„Ich wollte mich für die Schwierigkeiten entschuldigen, die ich Ihnen bereitet habe, und Ihnen diesen Auflauf als Friedensgabe bringen", lächelte sie. „Ich habe übrigens alle sechs Welpen gut untergebracht."

„Kommen Sie herein", sagte ich. „Ich habe gerade einen Kuchen für Sie gebacken. Ich wollte nachher zu Ihnen gehen und mich entschuldigen und Sie davon zu überzeugen versuchen, daß ich wohl geistig umnachtet war."

„Ich heiße Phyllis Phyllis", sagte sie. „Und ich stottere nicht. Ich wurde nach meinen beiden Großmüttern genannt."

„Im Ernst – Ihre beiden Großmütter hießen Phyllis?“ fragte ich. „Sie heißen tatsächlich Phyllis Phyllis Campbell?“

„Genau. Verrückt, nicht wahr? Aber es ist nun einmal so“, antwortete sie.

„Ich heiße Schrei im Wind“, stellte ich mich vor.

„Sie machen wohl Witze! Sie heißen wie der Wetterbericht und finden *meinen* Namen seltsam?“

Wir lachten, bis uns die Bäuche schmerzten, dann setzten wir uns hin und aßen zusammen ein Stück Kuchen und etwas von dem Auflauf und unterhielten uns. Ich konnte mich nicht erinnern, jemals so viel gelacht zu haben.

Unsere Kindheit war sehr ähnlich verlaufen, so daß wir uns sofort zueinander hingezogen fühlten. Noch nie hatte ich einen Menschen kennengelernt, mit dem ich so viele Gemeinsamkeiten hatte. Wir waren äußerlich grundverschieden, aber im Herzen wie Zwillinge – eine blonde, blauäugige Frau italienischer Abstammung aus New Jersey und eine schwarzhaarige, braunäugige Frau indianischer Abstammung aus Colorado.

Als Don von der Arbeit nach Hause kam, konnte ich es kaum erwarten, ihm alles zu erzählen.

„Ich habe heute Mrs. Campbell kennengelernt“, verkündete ich.

Frühlingssturm
in ihrem indianischen Festgewand aus Rehleder

„Diese schreckliche Mrs. Campbell?“ fragte er.

„Wag bloß nicht, sie so zu nennen! Phyllis Phyllis ist die netteste Frau, die ich je kennengelernt habe“, sagte ich und holte ihren Auflauf aus dem Ofen. „Ehrlich, Don, du mußt versuchen, ein wenig freundlicher zu den Menschen zu sein.“

Er murmelte irgend etwas, was ich nicht verstand. Schließlich wechselte er das Thema.

„Denkst du, du könntest alle diese Gurken irgendwie verarbeiten?“ fragte er. „In diesem Jahr gibt es eine Rekordernte. Wir werden Hunderte, wenn nicht Tausende von Gurken ernten.“

Als Phyllis Phyllis am nächsten Morgen herüberkam, um die Kuchenplatte zurückzubringen, bemerkte sie die vielen Gurken in der Küche.

„Es wäre eine Schande, wenn alle diese Gurken verderben würden“, sagte sie. „Ich habe eine Idee . . . Wir könnten sie doch einlegen. Wir können so viele einmachen, daß ihr das ganze Jahr davon essen könnt.“

„Einlegen? Ist das nicht viel Arbeit?“ Es war Juli und fast fünfunddreißig Grad draußen. Ich wollte nicht in der heißen Küche stehen und Gurken einmachen. Außerdem hatte ich das schon einmal probiert und eigentlich keine Lust dazu.

„Ich habe ein wundervolles Rezept für Pickles“, sagte sie. „Meine Mutter hat es mir gegeben. Ich werde schnell die Zutaten besorgen, dann können wir gleich anfangen.“

So ist Phyllis Phyllis. Sie schleicht sich von hinten an, und man dreht sich wie ein Kreisel, bevor man weiß, daß sie einen überhaupt getroffen hat.

An diesem Tag machten Phyllis Phyllis und ich fünfzig Gläser Pickles ein.

„Ich garantiere dir, das sind die besten sauren Gurken, die du je gegessen hast", versprach sie, als wir fünfundzwanzig Gläser in ihrem Keller verstauten. „Meine Mutter hat es nie geschafft, dieses Rezept selbst auszuprobieren, aber sie hat es von meiner Tante bekommen, die es von ihrer Nachbarin hatte und sagte, es sei einfach köstlich."

„Willst du damit sagen, daß wir fünfzig Gläser eingelegte Gurken nach einem Rezept hergestellt haben, das du noch nie ausprobiert hast?" fragte ich.

„Ach, weißt du, wo doch in eurem Garten so viele Gurken wachsen, können wir nächste Woche vielleicht noch einmal fünfzig Gläser einmachen und verkaufen. Damit können wir uns ein wenig Geld nebenbei verdienen", sagte sie.

„Falls das Rezept so gut ist, wie du sagst, könnten wir es sogar an eine große Gesellschaft verkaufen und ein Vermögen machen." Vermutlich hatte ich zu lange Essigdüfte eingeatmet, denn ich dachte schon genauso utopisch wie Phyllis Phyllis. „Wir könnten Millionäre werden."

„Wir könnten die Gurken-Königinnen der Welt werden." Ihre Augen strahlten. „Wir werden unermeßlich reich und teilen alles halbe-halbe auf."

Nachdem sie gegangen war, räumte ich die Küche auf und dachte an die eingelegten Gurken und wie reich wir werden würden. Sie war eine großartige Freundin. Man stelle sich nur vor, sie saß auf einer solchen Goldmine und wollte ihren Reichtum mit mir teilen!

Fünfundzwanzig Gläser mit Gurken standen fein säuberlich auf dem Regal. Unser Vermögen. Unser Stolz. Unsere Zukunft.

Ich konnte es kaum erwarten, bis meine Familie sie probierte. Sie würden so stolz auf mich sein, und Don würde sich maßlos freuen, daß sein Garten nun doch endlich etwas hervorgebracht hatte, das uns reich machen würde.

Beim Abendessen stellte ich ein großes Glas Gurken mitten auf den Tisch. Ich würde alle erst probieren lassen, und nachdem sie sich darüber ausgelassen hatten, wie köstlich sie waren, würde ich ihnen von unserem neuen Geschäft erzählen.

„Igitt! Was ist das denn? Ich glaube, mir wird übel!" würgte Frühlingssturm.

„Das sind die gräßlichsten Gurken, die ich je gegessen habe", sagte Kleine Antilope. „Wo kommen die denn her?"

„Ich glaube, meine Zähne zersetzen sich." Schneewolke trank einen großen Schluck Wasser.

„Die sind aber wirklich ziemlich übel. Müssen irgendwie schlecht geworden sein", meinte Don. „Du solltest sie in das Geschäft zurückbringen und dich beschweren. Vielleicht gibt man dir das Geld zurück."

„Was soll denn mit ihnen sein?" Ich nahm ein Stück Gurke und biß hinein. „Die sind doch . . . uaaah!" Mein Mund zog sich zusammen.

„Manche Leute mögen ja sehr saure saure Gurken", sagte Don. „Stand irgendeine Warnung auf dem Etikett, daß sie extrasupersauer sind?"

„Wenigstens haben wir nur ein Glas davon, das wir loswerden müssen", sagte Schneewolke nichtsahnend.

Ich trank zwei Gläser Wasser und hielt den Mund.

Ich wußte nicht, ob ich Phyllis Phyllis anrufen und sie

warnen sollte, daß wir die schlechtesten Gurken der Welt produziert hatten. Und wenn sie nun absichtlich so sauer waren, weil ihre Familie das mochte? Ich wollte ihre Gefühle nicht verletzen. Ich beschloß, nichts zu sagen und die Gurken morgen stillschweigend verschwinden zu lassen.

Doch so lange brauchte ich gar nicht zu warten. Einige Jungen aus der Gemeinde kamen nach dem Abendessen vorbei und fragten, ob wir der Organisation ‚Brot für alle' Nahrungsmittel spenden könnten. Die Gemeinde sammelte häufig Essen und Kleidung für arme Familien.

Ich ging in die Küche und füllte eine Tüte mit Dosen. Als ich den Schrank öffnete, starrte ich auf die eingelegten Gurken. Abgesehen davon, daß sie sehr, sehr sauer waren, waren sie ja ganz in Ordnung.

Nur weil wir sie nicht mochten, bedeutete das nicht, daß niemand sonst sie mögen würde. Ich half den Jungen, eine Tüte mit Dosen und vierundzwanzig Gläser mit eingelegten Gurken zum Wagen zu tragen.

So war allen gedient. Meine Familie brauchte die sauren Gurken nicht zu essen, Phyllis Phyllis' Gefühle wurden nicht verletzt, und irgend jemand würde sich bestimmt über die Gläser freuen.

Am kommenden Sonntag saßen wir alle in der Kirche. Der Pastor verkündete, die Sammlung von Nahrungsmitteln wäre ein großer Erfolg gewesen, und man hätte doppelt soviel Ware zusammenbekommen wie erwartet.

„Es wurden viele Dosen gespendet, und außerdem achtundvierzig Gläser hausgemachte saure Gurken", verkündete der Pastor.

Nanu? Ich hatte doch nur vierundzwanzig Gläser gespendet.

Plötzlich dämmerte es mir, und ich beugte mich vor, um Phyllis Phyllis anzusehen. Sie starrte mich genauso verblüfft an.

Jede von uns hatte fünfundzwanzig Gläser Gurken, und jede von uns hatte ein Glas geöffnet. Und wir beide hatten die restlichen Gläser der Gemeinde gespendet.

Wir begannen zu lachen. Das war der Beginn einer wundervollen Freundschaft. Jeden Dienstag verbrachten wir von da an gemeinsam. Wir gingen einkaufen, arbeiteten zusammen und erlebten Abenteuer und Mißgeschicke.

Sie fuhr mich ins Krankenhaus, als mein Sohn bei einem Autounfall verletzt wurde. Ich saß neben ihr im Krankenhaus, nachdem ihre Tochter sich beim Schlittenfahren das Bein gebrochen hatte.

Wir sind die besten Freundinnen, Freundinnen fürs Leben, und wir stehen uns näher als Schwestern. Wir stehen uns so nahe, daß wir vergangene Weihnachten dasselbe Geschenk füreinander gekauft haben.

Ich wünschte, jeder hätte eine so gute Freundin wie Phyllis Phyllis.

Liebe macht blind; Freundschaft drückt ein Auge zu.
Anonym

Kapitel 9

Der Preis der Liebe

„Meine Murmeln sind weg!" rief ich. Ich hatte fünf Murmeln in einem Glaskrug auf dem Bücherregal stehen gehabt, und jetzt waren sie fort. „Wer hat meine Murmeln?"

„Verlorener Hirsch spielt damit", sagte Kleine Antilope. „Was macht das schon? Es sind doch nur ein paar alte Murmeln."

„Sie sind mehr wert als Gold", erklärte ich Kleine Antilope. „Sie waren ein ganz besonderes Geschenk von einem Freund. Das ist schon lange her."

Wir gingen zu Verlorener Hirsch, der draußen im Sand mit den Murmeln spielte.

„Ich will euch die Geschichte dieser Murmeln erzählen, warum ich sie die ganzen Jahre über aufbewahrt habe, und warum sie mir soviel bedeuten", sagte ich, während die Kinder sich im Gras unter dem Apfelbaum ausstreckten.

„Das Ganze begann an einem heißen Sommertag vor fast einhundert Jahren . . ."

*

Die Sonne von Kansas brannte auf das schweißüberströmte Gesicht des kleinen Jungen, dessen nackte Füße kleine Staubwolken aufwirbelten, während er den Feldweg entlangeilte.

Es war der 10. August 1902, und der fünfjährige Loren Mendall wollte sich eine Braut kaufen.

Seine rechte Hand war tief in der Tasche seines verschlissenen Overalls vergraben, und seine schmutzigen Finger umklammerten fünf Murmeln – zwei blaue, zwei rote und eine braune mit einer Einkerbung.

Loren war ein Waisenjunge und lebte bei einer Familie in der Nähe der Eisenbahnlinie. Das Ehepaar hatte sieben eigene Kinder, und Loren bekam nur die Reste ab. Er war nichts als Haut und Knochen, und die Leute gaben ihm den Spitznamen „Schrotflinte", weil seine Kleider so zerrissen waren, daß sie aussahen, als seien sie von Schrotkugeln durchsiebt worden.

Minnie stand auf der Veranda ihres dreistöckigen viktorianischen Hauses und wartete auf ihn. Ihr schwarzes Haar fiel in Locken auf ihre Schultern, und auf ihren runden, rosa Wangen waren immer Grübchen zu sehen, weil sie so viel lächelte. Als sie Loren entdeckte, winkte sie und rannte ihm entgegen.

„Papa ist im Garten", sagte sie und führte ihn in den Garten.

Loren atmete tief durch und ging zu dem großen, dünnen Mann, der gerade Tomaten pflückte.

Minnies Vater war der Besitzer der Zeitung. Ihm gehörte auch der größte Laden in der Stadt und viele Grundstücke und Häuser. Er war sehr reich und wichtig. Minnie war sein einziges Kind. Minnie konnte alles haben, was sie wollte – und sie wollte Loren, den blonden Jungen mit dem verschmitzten Lächeln, den sie im Park kennengelernt hatte.

„Papa, ich möchte dir Loren vorstellen." Sie hüpfte beinahe vor Aufregung. „Er möchte dir etwas mitteilen."

Mr. Crowder legte seine Tomaten in seinen Korb und drehte sich zu den beiden Kindern um. Da stand seine kostbare Minnie und sah in ihrem weißen Spitzenkleid so hübsch und zerbrechlich aus wie eine Porzellanpuppe, und neben ihr stand ein bemitleidenswerter Junge mit schmutzigen Füßen, halbverhungert und so dreckig, daß er zehn Meter gegen den Wind roch.

„Was möchtest du mir mitteilen?" fragte Mr. Crowder.

„Ich möchte Minnie heiraten und bezahle Ihnen fünf Murmeln für sie", sagte Loren.

Minnies Herz klopfte zum Zerspringen, und ihr wurde schwindelig. Ihre Augen flehten ihren Papa wortlos an, und ihr Kinn begann zu zittern.

„Zeig' mir die Murmeln." Mr. Crowder streckte Loren seine Hand entgegen, und Loren legte sie einzeln in seine Handfläche.

Als er bei der braunen angekommen war, sagte Loren: „Diese hier ist ein bißchen kaputt, aber sie rollt immer noch gut."

„Ich freue mich, einen ehrlichen Menschen kennenzulernen", erwiderte Mr. Crowder und betrachtete sorgfältig die Murmeln. „Das sind sehr schöne Murmeln. Hast du noch mehr?"

„Nein, Sir. Das ist alles, was ich besitze", antwortete Loren mit zitternder Stimme.

„Wenn du bereit bist, mir deinen gesamten Besitz für meine Tochter zu geben, dann ist das genug, denke ich." Er blickte Minnie an. „Was hältst du davon?"

„Ich möchte ihn heiraten, Papa", sagte sie und schüttelte ihre schwarzen Locken.

„Dann ist die Angelegenheit also geregelt. Loren, du kannst meine Tochter heiraten, aber ihre Mama wäre sehr traurig, wenn sie jetzt schon aus dem Haus ginge. Und außerdem braucht sie ein schönes Haus, in dem sie leben kann. Du wartest, bis sie erwachsen ist, und baust ihr ein Haus. Dann sprechen wir über die Hochzeit." Er steckte die Murmeln in seine Tasche und ging in seinen Garten zurück.

Minnie und Loren rannten in den Hof und versteckten sich unter dem Fliederbusch. Sie würden heiraten! Minnies Papa war einverstanden! Sie malten Pläne für ihr Haus in die Erde und benutzten Zweige für die Einrichtung.

An diesem Abend erzählte Mr. Crowder seiner Frau, ihre fünfjährige Minnie hätte einen Heiratsantrag bekommen, und sie lachten beide sehr herzlich darüber. Er legte die Murmeln in die unterste Schublade seines Schreibtischs, und elf Jahre lang blieben sie unberührt darin liegen.

Minnie und Loren blieben trotz der vielen Bemühungen, sie auseinanderzubringen, die besten Freunde. Minnie weigerte sich, ihren Geburtstag zu feiern, wenn Loren nicht eingeladen wurde, und Loren kam ungezählte Male zu ihrem Haus, brachte ihr wilde Blumen, Vogelnester und alles mögliche, was er fand.

Als Minnie dreizehn wurde, sollte sie eine Mädchenschule in St. Louis besuchen. Minnie bekam einen Wutanfall und weinte tagelang.

„Ich kann Loren nicht verlassen“, schluchzte sie. „Er bringt mir doch immer Blumen.“

„Aber Liebling, du kannst doch alle Blumen bekommen, die du möchtest“, tröstete sie ihre Mutter. „Du brauchst sie nur beim Gärtner zu bestellen.“

„Du verstehst das nicht“, weinte Minnie. „Loren pflückt sie selbst, nur für mich!“

Schließlich befürchtete Mrs. Crowder, Minnies Gesundheit könnte Schaden nehmen, wenn sie weiterhin weinte, und gab die Idee auf, ihre Tochter auf eine private Mädchenschule zu schicken.

Als ihnen klar wurde, daß sie die Schlacht verloren hatten, gab Mr. Crowder Loren einen Job als Laufjunge in seinem Geschäft, und er suchte ein älteres Ehepaar, das ihn aufnahm. Zum ersten Mal in seinem Leben bekam er gutes Essen und anständige Kleidung.

Als Loren sechzehn wurde, machte Mr. Crowder ihn zum Assistenten des Geschäftsführers in seinem Laden. Er erklärte, daß Loren ehrlich zu ihm gewesen war, obwohl er alles hätte verlieren können, was er sich wünschte.

„Einem solchen Jungen kann ich vertrauen“, sagte er. „Er weiß nicht, wer seine Eltern sind, aber es müssen gute Menschen gewesen sein, weil ich nie einen ehrlicheren Jungen kennengelernt habe.“

Loren hatte nun einen Job und warb offiziell um Minnie.

Am 30. Juni 1914 heirateten die beiden. Minnies Hochzeitskleid war das eleganteste, das die Leute je gesehen hatten. Es kam aus New York und hatte eine vier Meter lange Schleppe.

Elegant schritt Minnie durch die Kirche. In der Hand

hielt sie ihren Brautstrauß aus rosa Rosen. In dem Strauß befand sich eine kleine Satintasche mit den fünf Murmeln, die Loren ihrem Vater zwölf Jahre zuvor als Brautpreis gegeben hatte.

Minnie und Loren hatten drei Söhne, zwei Töchter, einundzwanzig Enkelkinder und vier Urenkel. Sie waren einundsechzig Jahre miteinander verheiratet. Die Murmeln standen die ganzen Jahre in einem Kristallgefäß auf ihrem Kaminsims.

In der Mendall-Familie wurde es dann zur Tradition, daß die Männer den Frauen, die sie liebten, fünf Murmeln schenkten. Das war ein Versprechen, daß sie bereit waren, alles für die geliebte Frau hinzugeben, was sie besaßen.

Acht Bräute haben seither einen Brautstrauß getragen, der ein kleines Täschchen mit fünf Murmeln enthielt, zwei blaue, zwei rote und eine braune mit einer Kerbe.

*

Die Kinder schwiegen eine Zeitlang und dachten über die Geschichte nach.

„Aber Mama, wie hast du denn diese Murmeln bekommen?" fragte Verlorener Hirsch, als er mir die Murmeln in die Hand legte.

„Vor langer Zeit hat ein Junge sie mir geschenkt. Er war der Ururenkel von Loren Mendall", sagte ich. „Wir waren sehr jung und liebten uns so, wie Kinder sich lieben. Wir versprachen uns zu heiraten, wenn wir erwachsen waren."

„Was ist aus ihm geworden?" fragte Frühlingssturm.

„Er ist gestorben“, erklärte ich. Doch ich brachte kein weiteres Wort mehr heraus.

Ich hielt die Murmeln in der Hand und erinnerte mich an den Tag, an dem ein kleiner Junge mir seinen gesamten Besitz geschenkt hatte, und einen kurzen Augenblick lang fragte ich mich, was wohl passiert wäre, wenn er nicht im Alter von sechs Jahren ertrunken wäre.

Kapitel 10

Eltern

Das Bedürfnis nach elterlicher Liebe
ist meine größte Versuchung gewesen

Edgar Allen Poe, 1809–1849

„Nie wieder!“ Das waren die ersten Worte, die ich auf dieser Welt hörte. Meine Mutter sprach sie im Augenblick meiner Geburt. Sie sagte zu Shima Sani, meiner Großmutter, zwei Dinge auf dieser Welt würde sie verabscheuen: Kinder und Hunde. Aber wenn sie wählen müßte, würde sie lieber einen Hund haben als noch ein Kind.

Großmutter beruhigte sie und sagte, eine junge Mutter würde ihr Baby manchmal zuerst wegen der Schmerzen nicht mögen, die es ihr bei der Geburt bereitet hatte, doch wenn sie gelernt hätte, das Baby zu lieben, wäre der Schmerz schnell vergessen. Großmutter wartete und beobachtete, aber meine Mutter weigerte sich, mich in den Arm zu nehmen – schlimmer noch, sie wollte mich nicht einmal stillen. Ihre Brust war prall gefüllt, und sie schrie vor Schmerzen, doch sie weigerte sich trotzdem, mich trinken zu lassen. Großmutter mischte Kaffee mit Zucker und Sahne und tröpfelte das Gemisch löffelweise in meinen Mund.

Meine Onkel Flint und Cloud, die selbst noch Kinder waren, wechselten sich darin ab, mich zu halten und mir etwas zu trinken einzuflößen. Manchmal rieben sie mir Schinkenfett auf die Zunge, wenn ich vor Hunger schrie.

Eines Abends wickelte mich meine Mutter in eine Decke und nahm mich zum ersten Mal hoch. Großmutter nickte zustimmend mit dem Kopf. Jetzt würde alles in Ordnung kommen, dachte sie. Ohne ein Wort zu sagen ging meine Mutter nach draußen und verschwand auf einem Feldweg. Großmutter sah aus dem Fenster, doch meine Mutter war schon nicht mehr zu sehen.

Plötzlich wurde meine Großmutter von Angstgefühlen überwältigt. Sie schickte meinen Onkel Flint zu den Nachbarn. Er sollte Hilfe holen. Sie und Cloud eilten zu dem einzigen Platz, wo sie hofften, meine Mutter zu finden: zum Fluß.

Der Fluß war dunkel und tief. Seine tückischen Strömungen zogen die Leute nach unten und hielten sie da fest, bis sie keine Luft mehr bekamen. Keiner schwamm in diesem Fluß, keine Tiere gingen hinein. Mehr als ein Angler, der zu dicht an seinem Ufer gestanden und in das brodelnde Wasser hineingerutscht war, wurde fortgeschwemmt und heruntergezogen. Ihre Leichen fand man dann erst Tage später, wenn sie viele Meilen weiter unten an Sandbänken angeschwemmt wurden . . . falls sie überhaupt jemals gefunden wurden.

Als Großmutter und Cloud meine Mutter entdeckten, begannen sie zu rufen. Großmutter rannte so schnell sie konnte, doch Cloud hatte sie bereits überholt.

Meine Mutter stand am Flußufer und hielt mich im Arm. Sie rührte sich nicht, stand einfach nur da und starrte in das reißende Wasser.

Großmutter war außer Atem, als sie bei meiner Mutter ankam.

„Wir werden zusammen sterben", sagte meine Mutter. „Ich werde hineinspringen, und wir beide werden ertrinken. Dann wird er jeden Morgen in dem Wissen aufwachen, daß er den Tod seiner Frau und seiner Tochter verschuldet hat, und es wird ihm leid tun, daß er mich verlassen hat." Sie sprach von ihrem Mann und meinem Vater, der sie verlassen hatte, als er erfuhr, daß sie schwanger war.

„Bring dich um, wenn du willst, aber gib mir das Kind." Großmutter riß mich aus den Armen meiner Mutter.

Meine Mutter stand am Flußufer und schwankte hin und her zwischen der Entscheidung für das Leben oder den Tod.

Großmutter drehte sich um und machte sich auf den Heimweg. Sie hielt mich im Arm und sah nicht zurück. Dann kam unser Nachbar mit Flint. Er packte meine Mutter am Arm und zog sie vom Wasser fort.

Eine Stunde später packte meine Mutter wortlos ihre Sachen zusammen und lud sie auf den Lastwagen des Nachbarn. Er fuhr sie zur Bushaltestelle, und ich habe sie nie wiedergesehen. Sie hat sich nicht einmal von mir verabschiedet.

Als ich vier Jahre alt war, wußte ich, daß ich der nicht

gewollte Sprößling zweier Menschen war, die sich haßten, und daß meine Ankunft in der Welt großes Unglück verursacht hat.

Mein Onkel neckte mich oft und machte mich für alles Schlimme verantwortlich. Wenn es regnete, war es meine Schuld. Wenn ein Haustier starb, war ich daran schuld. Man erzählte mir, der Zweite Weltkrieg sei meine Schuld. Kein Land der Welt wolle mich haben, darum kämpften sie miteinander, und der Verlierer müßte mich nehmen.

Ich wuchs auf voller Schuldgefühle wegen Dinge, für die ich nichts konnte, und die Worte „Es tut mir leid" kamen beinahe so häufig aus meinem Mund wie mein Atem.

Ich sehnte mich nach meinen Eltern. Ich schnitt Bilder aus Büchern aus und tat so, als wären die darauf abgebildeten Leute meine Mutter und mein Vater. Ich trug sie mit mir herum, bis sie zerknittert und zerrissen waren, dann suchte ich nach einem Bild von neuen Eltern. Es war mir egal, welches Alter oder welche Nationalität sie hatten; wenn sie nur nett aussahen und lächelten, adoptierte ich sie für eine Weile.

Bei der Geburt meiner eigenen Kinder achtete ich darauf, daß die ersten Worte, die sie auf dieser Welt hörten, waren: „Ich liebe dich. Willkommen in unserer Familie. Ich danke Gott für dieses wundervolle Baby!"

Als meine Kinder anfingen zu fragen, warum sie keine Großeltern hätten wie ihre Freunde, machte ich mich auf die Suche nach meinen Eltern. Es war ein schwieriges Unterfangen, aber schließlich hatte ich Erfolg. Ich war so froh, als ich sie endlich ausfindig gemacht hatte! Ich schrieb ihnen einen Brief, stellte mich ihnen vor und schickte Fotos von mir und meinen Kindern. Sie beantworteten tatsächlich einige meiner Briefe, doch als ich einen Besuch plante, baten sie mich, nicht zu kommen. Beide wollten die Vergangenheit vergessen. Ich war „die Vergangenheit".

Ich schrieb noch ein paar Mal, doch sie beantworteten meine Briefe nicht mehr. Ich versuchte alles, was in meiner Macht stand, um ihnen näherzukommen, doch ich schaffte es nicht.

Es war, als hätte ich jahrelang einen Eimer genommen und sei mit ihm zum Brunnen gegangen. Der Brunnen war schon immer ausgetrocknet gewesen, und ich hatte in meinem ganzen Leben noch nicht einen einzigen Tropfen Wasser herausholen können. Doch jeden Tag aufs neue nahm ich meinen Eimer und ging zu dem Brunnen in der Hoffnung, Erwartung, Wasser zu finden.

Jeden Tag ließ ich meinen Eimer herunter, und wenn ich feststellte, daß er wieder leer war, weinte ich, wurde zornig und fühlte mich verletzt, und ich ging nach Hause und haßte den Brunnen, weil er meinen Eimer nicht gefüllt und mir gegeben hatte, was ich wollte und brauchte.

Und endlich wurde mir klar, daß nicht der Brunnen daran schuld war, sondern ich selbst. Der Brunnen konnte nichts dafür, daß er ausgetrocknet war. Menschen können nicht geben, was sie nicht haben, aber ich konnte aufhören, Tag für Tag zu einem ausgetrockneten Brunnen zu laufen.

Meine Eltern haben mich nie geliebt und werden mich nie lieben. Ich kann nichts daran ändern. Manchmal ist es das beste und tapferste, aufzugeben und die Dinge ruhen zu lassen.

In Gottes Augen bin ich kein Unfall oder ein Fehler. Nie gehe ich mit einem leeren Eimer von Gott fort, immer füllt er meine Leere und umgibt mich mit seiner Liebe.

Kapitel 11

„Mama, ich muß dir etwas sagen ...“

Jeden Tag mache ich mit jedem meiner Kinder einen Spaziergang von einer Viertelstunde. Wir tun das schon seit Jahren. Anfangs, als sie noch klein waren, wurden ihre kurzen Beine oft müde, und ich mußte sie nach Hause tragen. Jetzt könnten sie alle *mich* vermutlich nach Hause tragen.

Sobald das Abendessen beendet ist, wird nur das Essen weggeräumt. Das Geschirr kann warten. Frühlingssturm und ich machen uns auf den Weg.

Wir gehen in das kleine Tannenwäldchen hinter unserem Haus, setzen uns auf eine Bank und reden über den Tag oder auch über gar nichts. Manchmal gehen wir bis zum Teich und lassen Steine über die Oberfläche hüpfen oder füttern die Enten mit Brotkrumen.

Frühlingssturm besitzt eine innere Heiterkeit, die ihre Umwelt erhellt. Sie ist so elegant und anmutig wie ein Schwan, aber immer die erste, eine Höhle zu erkunden, auf Bäume zu klettern oder mit ihren Brüdern zusammen Eidechsen zu fangen.

Auf dem Rückweg kommen wir oft an einer Ruine vorbei. Das sind die Überreste eines Hauses, das 1910 gebaut worden war. Frühlingssturm und ich haben in der Ruine einen Blumengarten angelegt. Die Steinmauern, die einst die verschiedenen Zimmer voneinander abgeteilt haben, sind nun die Abgrenzungen zwischen Iris, Männertreu, Osterglocken und Stiefmütterchen. Im Frühling blühen die Krokusse dort. Zwei Fliederbüsche, die vor langer Zeit gepflanzt wurden, bringen noch immer üppige lila Dolden hervor.

Manchmal, wenn wir unseren „Garten" umgraben, finden wir Murmeln, Spielzeugteile oder zerbrochenes Porzellan, das der Familie gehörte, die vor langer Zeit hier gewohnt hat. Wir lassen es liegen, weil wir uns vorstellen, diese Familie sei noch irgendwo in der Nähe.

Als nächstes gehen Schneewolke und ich los. Er ist abenteuerlustiger und läuft am liebsten zu dem ausgetrockneten Flußbett hinunter. Wir klettern über umgefallene Baumstämme, und manchmal schwingt er sich wie Tarzan von Ast zu Ast. Er unterhält sich gern über das, was in der Welt vorgeht, und da er besser informiert ist als ich, weiß ich, wenn wir nach Hause zurückkehren, immer mehr als vorher. Schneewolke kennt alle Pflanzen und findet Blumen, die so klein sind, daß meiner Meinung nach nur Ameisen von ihrer Existenz wissen können. Seine sanfte Art mit Lebewesen ist eine besondere Gabe, und Pflanzen und Tiere gedeihen unter seiner Pflege.

Danach ziehe ich mit Verlorener Hirsch los. Er kann seine Umgebung nie so lassen, wie er sie vorfindet. Auf jedem Spaziergang muß er etwas „in Ordnung bringen". Er verschiebt einen Stein, zupft ein Unkraut aus, richtet eine Blume auf. Er hinterläßt die Dinge immer besser, als er sie vorgefunden hat, und er hat immer eine lustige Geschichte zu erzählen. Man kann keine fünf Minuten mit ihm zusammensein, ohne herzlich lachen zu müssen. In Verlorener Hirschs Nähe kann man nicht traurig oder besorgt sein; er ist wie eine leuchtende Sonne, die vor Fröhlichkeit und Lebensfreude fast zerspringt. Jede Minute jeden Tages ist für ihn ein aufregendes Abenteuer und ein Fest.

Zuletzt gehe ich mit Kleine Antilope. Die Sonne ist dann meist schon untergegangen, und die Eulen und Uhus beginnen ihre nächtliche Unterhaltung.

Kleine Antilope ist der Ruhige, Nachdenkliche in unserer Familie. Da er bereits mit vier Jahren lesen gelernt hat und sich zu Weihnachten immer Bücher wünscht, sieht sein Zimmer aus wie eine Bibliothek. Unsere Spaziergänge schätze ich besonders, weil er bereits fast erwachsen ist. Er wird bald fortgehen, und dann werden wir keine Spaziergänge mehr zusammen machen können.

Dies ist immer eine gute Zeit, um allein, fern vom Rest der Familie, fern von der Aktivität und dem Lärm des Hauses, über Probleme zu sprechen. Es tut gut, am Ende des Tages mit jedem Kind eine bestimmte Zeit allein zu verbringen. Wind, Regen oder Schnee haben uns nie davon abgehalten, wenn auch unsere gemeinsame Zeit dann manchmal ein wenig verkürzt war.

*

Einige Spaziergänge waren etwas ganz Besonderes und werden uns immer in Erinnerung bleiben. Die meisten waren nur eine angenehme Unterbrechung des Tages. Einige verliefen auch unglaublich schmerzlich.

„Mama, ich muß dir etwas sagen", begann Kleine Antilope eines Tages und setzte sich auf die Schaukel an einer 100jährigen Eiche.

„Ich höre."

Ich sah zu, wie er langsam hin- und herschaukelte. Die Schaukel hing bereits seit zehn Jahren dort. Er war sieben Jahre alt gewesen, als sein Vater auf den dicken Ast geklettert und die Seile daran befestigt hatte.

„Ich möchte meinen indianischen Namen ablegen. Ich möchte jetzt nur noch Aaron genannt werden, nicht mehr Kleine Antilope", sagte er.

„In Ordnung." Ich war froh, daß meine Stimme ruhig blieb. „Wir haben euch ja sowohl indianische als auch nicht-indianische Namen gegeben, damit ihr wählen könnt."

„Ich bin zu alt, um noch Kleine Antilope genannt zu werden. Ich bin doch fast erwachsen. Die meisten unserer indianischen Freunde haben ihre Stammesnamen bereits vor Jahren abgelegt", fuhr er fort. „Ich möchte ein neues Leben beginnen."

„Das ist okay. Es wird eine Weile dauern, bis ich mich daran gewöhnt habe, dich Aaron zu nennen, aber ich werde es schaffen", stimmte ich zu.

Frühlingssturm, Kleine Antilope, Schneewolke und Verlorener Hirsch (v. l.) vor ihrem Tipi im Garten beim „Cowboy-und-Indianer"-Spielen

„Mama, das ist nicht nur mein Wunsch.“ Er sah zum Himmel hoch. „Die anderen wollen ebenfalls ihre indianischen Namen ablegen. Er macht das Leben zu kompliziert.“

„Sie haben mir nichts davon gesagt“, entgegnete ich.

„Sie haben mich gebeten, es für sie zu tun“, erklärte er.

Sie hatten also Angst, mich zu verletzen, darum ließen sie Kleine Antilope, nein, Aaron, die ‚Schmutzarbeit‘ für sie erledigen.

„Dann sag ihnen, daß es in Ordnung ist. Ich verstehe euch. Ich hatte auch Schwierigkeiten, mich als Schrei im Wind in einer Welt von ‚Jennifers‘ und ‚Marys‘ zu behaupten.“

„Als Kind war es in Ordnung, ein Indianer zu sein, aber nun ist das anders. Wenn ich ein Vollblutindianer wäre, würde ich mich an die Traditionen halten, doch ich bin halb Weißer, halb Indianer, und Mama, seien wir doch mal ehrlich – es ist leichter, ein Weißer zu sein. Ich schäme mich meiner Herkunft wirklich nicht.“ Er schüttelte den Kopf. „Bitte versuch zu verstehen. Ich bin froh, daß du uns die indianischen Bräuche gelehrt hast, aber jetzt möchte ich andere Wege gehen.“

Ich nickte. Ich verstand ihn tatsächlich.

„Wir werden dich Aaron und die anderen beiden Shane und Trent nennen“, sagte ich. „Wie möchte Frühlingssturm genannt werden, da sie nur einen Namen hat?“

„Sie ist im Augenblick mit ihrem Namen noch zufrieden. Aber vielleicht möchte sie ihn später noch ändern“, erklärte Aaron.

Ich hatte gelogen. Als die Kinder klein waren, hatte ich ihnen gesagt, sie könnten später zwischen der indianischen Lebensweise oder der ihres Vaters entscheiden. Ich hatte gedacht, ich hätte es ernst gemeint, aber ich hatte gelogen. Ich *wollte*, daß sie sich für die indianische Lebensweise entschieden. Ich hatte unser Haus mit indianischen Artefakten gefüllt, mit indianischer Kunst und Musik, und ich hatte indianisches Essen gekocht. Ich war nicht fair gewesen.

Als die Kinder noch klein waren, gefiel ihnen die indianische Lebensweise. Sie hatten soviel Freiheit und Spaß. Doch als sie älter wurden, wurden sie ihrer indianischen Herkunft überdrüssig. Andere Wege sahen vielversprechender aus.

Nein, ich würde sie nicht zwingen. Jahrelang hatte ich meinen eigenen kleinen Stamm gehabt, doch nun wollten sie nicht mehr länger ‚Cowboy und Indianer' spielen.

Büffelfleisch war nicht so gut wie Pizza, Geschichten unter dem Sternenhimmel konnten mit dem Fernsehen nicht konkurrieren, und Stammeszusammenkünfte waren langweilig, denn immerhin waren die meisten Leute dort alt. Das stimmte, einige der Indianer waren einhundert Jahre und noch älter. Ihre Eltern hatten vielleicht noch am Little Big Horn gegen General Custer gekämpft oder Büffel auf der großen Ebene erlegt. Sie verfügten über ein Jahrhundert an Weisheit, die bald für immer verloren sein würde . . . aber für Teenager waren sie eben nur alte Leute.

Die alten Indianer gingen zu den Stammeszusammenkünften und machten nur den Kürbistanz mit, weil es der einzige war, der so langsam getanzt wurde, daß sie mithalten konnten. Sie tanzten einmal, dann saßen sie in ihre Decken oder Schals gehüllt den restlichen Abend vor dem Lagerfeuer und sahen den jungen Leuten zu, die mit

Federn geschmückt zu den Trommeln tanzten und markerschütternde Schreie ausstießen. Sie erinnerten sich dann an ihre Jugend und wie sie getanzt hatten und wie ihre Großeltern die Kriegstänze vollführt hatten. Doch für sie war das Realität gewesen. Sie waren die letzten der richtigen Indianer.

Meine Kinder hatten sich entschieden, und ich fühlte mich ein wenig verletzt, weil sie nicht meine Lebensart gewählt hatten. Doch sie waren gläubige Christen, gute Menschen, liebenswerte Kinder – wie konnte ich mich da beklagen, weil sie nicht in der Vergangenheit leben wollten.

„Hast du noch mehr auf dem Herzen?“ fragte ich.

„Vielleicht eines noch.“ Seine Stimme war so leise, daß ich näher an ihn herantreten mußte, um ihn zu verstehen.

„Ein Lehrer in der Schule hat gesagt, ich sollte zum College gehen. Er sagte, ich hätte in den vier Jahren Highschool immer so gute Noten bekommen, daß ich ein gutes College besuchen könnte. Mama, ich hasse das Landleben. Ich habe es satt, Holz zu hacken, Heu zu machen und die Tiere zu versorgen.“ Leise fuhr Aaron fort: „Ich möchte zum College gehen.“

Keiner aus unserer Familie hat jemals ein College besucht, aber Aaron ist schon immer anders gewesen. Schon mit acht Jahren hatte er sich eine Aktentasche gewünscht. Während andere Kinder zum Fernseher rasten, wenn die Zeichentrickfilme begannen, eilte er zur Mattscheibe, wenn die Finanznachrichten begannen.

Soweit ich denken kann, hat unsere Familie immer Land- und Viehwirtschaft betrieben. Keiner hat je einen Schreibtischberuf erlernt oder ausgeübt. Die meisten haben nicht einmal die Highschool abgeschlossen. Nie wäre mir in den Sinn gekommen, daß meine Kinder den Wunsch haben könnten, das College zu besuchen. Dies schien mir eine ganz andere Welt zu sein, die nicht für Leute wie uns bestimmt war.

„Du mußt tun, was du für richtig hältst", sagte ich. „Und wir stehen hundertprozentig hinter dir. Du wirst in allem, was du tust, großartig sein."

„Der Lehrer sagte, ich könnte vielleicht ein Stipendium bekommen, aber auch das deckt nur die Hälfte der Studiengebühren, und das College kostet eine Menge Geld, mehr als wir haben."

„Mach dir ums Geld keine Gedanken", beruhigte ich ihn. „Du darfst nie zulassen, daß Geld deine Entscheidungen beeinflußt."

Aaron lachte. Er wußte genausogut wie ich, daß es in finanzieller Hinsicht ein verheerendes Jahr gewesen war. Manchmal hatten wir wochenlang nichts anderes als gebackene Käsesandwiches gegessen.

Aaron, mein erstes Kind, war also tatsächlich siebzehn Jahre alt und wollte zum College gehen. Ich wollte, daß er klein blieb, aber ich konnte die Zeit nicht zurückdrehen.

„Schreibe dich ruhig ein und tu, was getan werden muß. Du wirst zum College gehen", sagte ich.

Wir kehrten zum Haus zurück, das mir bereits jetzt schon seltsam leer erschien. Aaron ging neben mir her, doch seine Gedanken waren beim College. Mein Erstgeborener würde das Haus verlassen, und ich unterdrückte nur mühsam die Tränen. Bei jedem Schritt flüsterte es in mir: „Er wird fortgehen. Er wird sein Zuhause verlassen. Ich werde meinen Sohn verlieren, meinen Erstgeborenen."

Ich erzählte Don, was Aaron gesagt hatte. „Na ja, keiner von ihnen ist so aufgewachsen, daß er später einmal Cowboy oder Indianer wird", lächelte Don.

Ich schüttelte den Kopf, weil ich Angst hatte zu weinen, wenn ich versuchte zu sprechen.

„Weißt du noch, wie wir stundenlang darüber gesprochen haben, daß wir den Kindern die indianische Lebensweise nahebringen und sie die Landwirtschaft lehren wollten, damit sie eines Tages in meine Fußstapfen treten? Sie sind keinem von uns beiden nachgeschlagen, und vermutlich werden alle zum College gehen und in der Stadt leben. Ich frage mich, was wir falsch gemacht haben", lachte er.

„Nichts." Endlich fand ich meine Stimme wieder. „Wir haben etwas richtig gemacht: Wir haben ihnen beigebracht, selbständig zu denken und stark zu sein, und genau das tun sie."

„Ich fühle mich so alt wie ein Dinosaurier", meinte Don.

„Ich weiß, aber wir können uns glücklich schätzen. Du warst Cowboy und hast in Neu-Mexiko Viehherden zusammengetrieben, während des Vietnamkrieges warst du bei der Marine und hast danach dein Glück auf den Ölfeldern Alaskas gesucht, du hast auf Krabbenfängern in der Nordsee gearbeitet und viele Abenteuer erlebt. Und auch ich habe meine Abenteuer erlebt und Dinge getan, von denen andere Leute nur träumen. Jetzt ist es an der Zeit, daß unsere Kinder ihre eigenen Abenteuer erleben."

Keines von unseren Kindern hatte sich für die indianische Lebensart entschieden. Sie sprechen die Sprache nicht und kennen keine indianischen Lieder. Meine Tochter möchte keine Perlenstickerei erlernen und sich kein traditionelles Wildlederkleid machen.

Vor langer Zeit, als sie klein waren, gingen unsere Kinder mit zu den Stammeszusammenkünften und tanzten bei Vollmond den Kürbistanz. Sie sprangen zu den Klängen der Trommeln um das Lagerfeuer. Sie spielten in unserem Wigwam.

Die Vergangenheit schwand Stück für Stück wie im Herbst die Blätter von einem Baum.

„Ich will sie nicht verlieren." Ich legte meine Arme um Don und weinte an seiner Brust. „Ich will nicht."

Ich ging wieder nach draußen und wanderte allein im Hof umher.

Das alte Wigwam auf der Wiese sah genauso traurig aus, wie mir zumute war. Es war zerrissen, und nun flatterten die Stücke im Wind wie die grauen Haare auf dem Kopf einer alten Frau.

Die Zeichnungen von Bären und Rehen waren so verblaßt, daß ich sie kaum noch erkennen konnte. Ich erinnerte mich, wie das Wigwam ausgesehen hatte, als es noch neu gewesen war. Der Stoff war sauber und weiß gewesen, die Zeichnungen in kräftigem Rot und Blau gehalten. Es war ein wunderhübsches Zelt gewesen. Wir hatten so oft darin gesessen, und ich hatte den Kindern die Legenden unserer Vorfahren erzählt. Wir schliefen auf Navajo-Decken, aßen Büffelfleisch und indianisches Brot, das wir über dem Lagerfeuer gebacken hatten.

Unzählige Nachbarskinder hatten in dem Wigwam gespielt. Vom Eingang aus hatte ich Schnee, Sterne und Sonnenuntergänge betrachtet und zugesehen, wie meine Kinder größer wurden. Die Jahreszeiten waren gekommen und gegangen. Jetzt war das Wigwam alt und zerschlissen. Die Nachbarskinder, die darin gespielt hatten, waren lange fort. Meine Kinder gingen daran vorbei, ohne es überhaupt wahrzunehmen. Es hatte so lange hier gestanden, daß es für alle anderen außer mir unsichtbar geworden war.

Es war zerrissen, mitleiderregend, alt und müde.

Ich machte ein kleines Lagerfeuer vor dem Wigwam, setzte mich in das Tipi und sah zu, wie der Mond über den Hügeln aufging.

Leise sang ich ein Lied, das älter war als die Zeit, und als ich zu traurig wurde, um es noch länger zu ertragen, trat ich nach draußen und fuhr mit der Hand über die Zeichnungen der Bären und Hirsche. Ein letztes Mal ging ich um das Wigwam herum, dann zog ich ein brennendes Stöckchen aus dem Feuer und hielt es an den Zeltstoff.

Das Feuer kroch daran hoch, und in wenigen Minuten stand das Wigwam in Flammen. Das Feuer überdeckte die Löcher und die verblaßten Bilder, und ein paar Sekunden lang sah es strahlend und neu aus, dann sackte es in einem Funkenregen in sich zusammen, daß die Funken in den Himmel schossen und sich zu den Sternen gesellten.

Ich stand da, bis von meinem einst so schönen Zelt nur noch Asche übrig war.

Dann wischte ich mir die Tränen von den Wangen und ging zum Haus zurück. Aaron stand im Schatten der Eiche

---

Schrei im Wind in indianischer Tracht vor ihrem Tipi

und wartete auf mich, ich weiß nicht wie lange schon. Er sagte kein Wort, ging einfach nur neben mir her.

Es gab nichts, was wir hätten sagen können.

*

Zwei Wochen vergingen wie im Flug. Papiere mußten ausgefüllt, Briefe geschrieben und Telefonanrufe getätigt werden. Aaron machte seinen Abschluß an der Highschool. Gestern erst war er in den Kindergarten gekommen, so schien es mir, und der Schmerz in meinem Herzen war derselbe, wie zwei nur Sekunden auseinanderliegende Messerstiche; in Wirklichkeit lagen jedoch Jahre dazwischen.

Ich wußte, mir blieb keine Zeit mehr, und Aaron brauchte das Geld für das College jetzt sofort.

Nie hätte ich mir träumen lassen, daß der Collegebesuch so teuer war. Aaron hätte ein Studentendarlehen aufnehmen können, doch ich wollte nicht, daß er sein eigenständiges Leben mit einer Schuldenlast auf dem Rücken begann.

Ich besaß nur ein wertvolles Teil, und das war mein indianisches Feierkleid mit dem dazugehörigen in Silber gefaßten Türkisschmuck.

Ich hatte beinahe ein ganzes Jahr gebraucht, das Kleid aus vier Rehhäuten zu nähen. Es war so weich wie ein Blütenblatt, und die Fransen waren so schmal wie Tannennadeln. Vom Fransenschneiden hatte ich damals Blasen an den Händen bekommen. Aus sechzehn Pfund farbigen Glasperlen hatte ich ein Muster gestickt, in dem die vier Symbole der Namen meiner Kinder enthalten waren.

Das Kleid hatte ich zu Stammesfeiern und Zeremonien

getragen, und es gehörte zu mir wie mein Name oder mein Schatten. Ich nahm das Kleid und hielt es an meine Wange, roch ein letztes Mal an dem weichen Leder.

Ich legte das Kleid fort und nahm meinen Schmuck zur Hand – eine silberne Türkiskette in Form von Kürbisblüten, einige Türkisringe und ein paar Armreifen. Jedes einzelne Stück barg zahllose Erinnerungen. Dies waren Dinge, die eine indianische Frau normalerweise ihr ganzes Leben lang behielt und schließlich an ihre älteste Tochter weitergab. Das war nicht nur ein einfaches Baumwollkleid, das in einem Geschäft von der Stange gekauft und ein paar Monate getragen worden war, bevor es ausrangiert wurde. Dieses Kleid war wie ein Tagebuch meines Lebens. Die meisten Schmuckstücke besaß ich schon seit meinem fünften Lebensjahr, bevor ich Don kennenlernte und die Kinder bekam.

Ich legte das Kleid und den Schmuck schweren Herzens in einen Koffer.

Weiße Taube besaß einen Handelsposten und hatte schon früher ein paar Perlenstickereien von mir gekauft. Ich wußte, sie würde mir das Kleid und den Schmuck abnehmen. Es war der einzige Weg, um das Geld für Aarons College zu besorgen.

Weiße Taube wußte, wie schwer es mir fiel, dieses Stück meiner Vergangenheit zu verkaufen, aber sie wußte auch, daß es für eine gute Sache war. Sie machte mir einen fairen Preis.

Auf dem Heimweg weinte ich. Immer wieder sagte ich mir: „Es ist doch nur ein Kleid; ich kann mir jederzeit ein neues machen“, aber ich wußte, das stimmte nicht. Es war mehr als ein Kleid, und nie würde ich mir ein neues machen. Ich hatte meine Vergangenheit für die Zukunft meines Sohnes verkauft.

Zwei Wochen, nachdem Aaron die Highschool beendet hatte, verließ er sein Zuhause, um zum College zu gehen.

Noch nie habe ich ihn so glücklich gesehen.

Kapitel 12

Wenn man in die Jahre kommt …

Ich kann die alten Lieder nicht singen,
die ich vor so langer Zeit gesungen habe,
denn Herz und Stimme würden mir versagen,
und dumme Tränen würden fließen.

Claribel 1840–1869

Ich hielt Shanes Abschlußzeugnis in der Hand und las unter Tränen den darauf abgedruckten Namen:

„Shane Travis Verlorener Hirsch Stafford."

Es war ein besonderes Geschenk an mich, daß Shane seinen indianischen Namen auf sein Abschlußzeugnis hatte setzen lassen. Ich wußte, daß er den Namen „Verlorener Hirsch" vermutlich zum letzten Mal benutzt hatte.

Zwei Wochen später, im Alter von siebzehn Jahren, trat Shane wie Aaron genau ein Jahr zuvor in dasselbe College ein. Zwei meiner Söhne lebten nun nicht mehr zu Hause.

Die Zeit zerrann zwischen meinen Fingern wie Wasser, und das machte mich traurig.

Nie hätte ich erwartet, einmal vierzig zu werden. Das schien mir immer so weit in der Zukunft zu liegen – aber eines Tages, zwischen Abendessen kochen und Wäsche waschen, wurde ich einfach so vierzig.

Vierzig Jahre alt zu werden schien mir keine große Sache zu sein, bis es mir selbst passierte. Ich war nicht alt, aber ich war auch nicht mehr jung. Ich war in einem sehr seltsamen Alter dazwischen.

Noch vor gar nicht allzu langer Zeit starben die meisten Frauen, bevor sie die Vierzig erreichten. Kindbettfieber, Krankheiten und pure Erschöpfung rafften sie häufig bereits in den Zwanzigern und Dreißigern dahin.

Manchmal hatte ich den Eindruck, als hätte ich bereits sehr lange gelebt. Manchmal dagegen schien es mir, als sei ich gestern noch ein Kind gewesen. Wenn ich tatsächlich jetzt erst die Lebensmitte erreicht hatte, lagen noch einmal vierzig Jahre vor mir. Ich wollte sie nicht vergeuden, aber irgendwie wußte ich nicht, was ich aus dem noch vor mir liegenden Leben machen sollte.

*

Phyllis Phyllis war sehr mitfühlend und verständnisvoll und richtete mir ein „Jetzt-bist-du-einen-Schritt-näher-am-Grab"-Fest aus, mit schwarzer Dekoration und einem Kuchen in der Form eines Grabsteins. Sie fragte mich, was ich mir wünschte.

„Ich möchte wieder ein junges Mädchen sein und so frei wie der Wind auf meinem Pferd dahinreiten."

Phyllis Phyllis lieh sich zwei Pferde von einem Freund, und wir ritten aus. Wir galoppierten über die Hügel, setzten über Bäche hinweg und trabten stundenlang die Waldwege entlang. Es war herrlich, die Sonne auf meinem Rücken zu spüren, den Wind in meinem Gesicht, das Donnern der Hufe zu hören, das in meinem Herzen widerhallte.

Wir fühlten uns wieder wie junge Mädchen . . . jedenfalls so lange, bis wir von den Pferden abstiegen und vor Muskelschmerzen kaum noch laufen konnten.

„Mir tut alles weh; sogar meine Wimpern", stöhnte Phyllis Phyllis.

„Und was wünschst du dir zum Geburtstag?" fragte ich.

„Ich habe eine Idee . . . wir mieten uns ein Flugzeug und probieren es mit Fallschirmspringen."

Phyllis Phyllis liegt im Alter eine Geburtstagskerze hinter mir. Sie sagt, die Mitte eines Sandwiches sei das beste Stück, und in der Mitte eines Kuchens befinde sich die Sahne, also müsse die Lebensmitte das beste Alter überhaupt sein.

Ich hoffe, sie hat recht.

Als Frühlingssturm noch klein war, fragte sie mich, ob ich als Kind einen Lieblingsdinosaurier gehabt hätte, und ob der Mond bereits erfunden gewesen sei, als ich geboren wurde. Solche Fragen waren früher lustig, doch jetzt fand ich sie überhaupt nicht mehr komisch.

Ich denke, daß ich jetzt ein besserer Mensch bin als mit zwanzig. Ich bin freundlicher, geduldiger und hoffentlich lustiger. Mit vierzig ist mir klar, daß viele meiner Träume niemals in Erfüllung gehen werden, doch ich habe deshalb noch nicht aufgehört zu träumen.

Unsere Kinder waren nun beinahe alle erwachsen, und eines nach dem anderen werden sie von zu Hause fortgehen. Don und ich würden uns ein Leben ohne Kinder aufbauen und einander neu entdecken müssen.

Früher dachte ich, ich wüßte eine Menge über Gott, doch nun wird mir klar, daß ich überhaupt nichts weiß. Seine Macht, seine Liebe sind größer als das Universum.

Was ich über Gott weiß, ist kaum ein Teelöffel voll, aber trotzdem – oder gerade deswegen! – möchte ich die Ewigkeit mit ihm verbringen.

Kapitel 13

Schwere Zeiten

Das Herz wird ausgefegt
und die Liebe beiseitegelegt.

E. Dickenson, 1830–1886

Wie oft wir auch gewarnt werden, daß das Leben nur kurz sei, wir glauben es nicht wirklich. Wir denken, wir hätten jede Menge Zeit, den Menschen zu sagen, daß wir sie lieben, unseren Frieden mit Gott und unserer Familie zu schließen und unsere Lieben auf eine Zukunft ohne uns vorzubereiten.

Don und ich hatten nicht groß darüber gesprochen, daß wir miteinander alt werden wollten – es war für uns immer ganz selbstverständlich gewesen.

Wir würden unsere kleine Farm versorgen, und unsere Kinder und Enkelkinder würden uns in den Ferien und zu Weihnachten besuchen. Wir würden alles das tun, wofür wir nie die Zeit gehabt hatten, als die Kinder noch klein waren. Wir dachten, wir hätten alle Zeit der Welt.

Aber so war es nicht.

An Aarons Geburtstag starb Don bei einem Autounfall. Er fuhr von der Arbeit nach Hause und versuchte, einen langsam fahrenden Laster zu überholen. Dabei verlor er die Kontrolle über seinen Wagen und krachte gegen eine Felswand. Er war auf der Stelle tot.

*

Der Schmerz und die Leere waren unaussprechlich. Die Welt war auf einmal kalt und farblos geworden. Ich ging abends ins Bett, rollte mich zusammen und wünschte, ich würde morgens nicht mehr aufwachen, aber ich mußte aufwachen, lächeln, reden, Frühstück für die Kinder machen und einen weiteren Tag überstehen.

Während der folgenden Monate waren die Kinder und ich wie erstarrt.

Wir klammerten uns an unseren Glauben und an uns. Der Sommer verging, und der Garten versank in einem Dschungel von Unkraut, weil niemand den Mut aufbrachte, sich seiner anzunehmen. Es war Dons Garten gewesen; es tat zu weh, auch nur daran vorbeizugehen. Don war überall, und doch war er nirgendwo.

Schneewolkes Trauer verwandelte sich in Zorn auf Gott, und er weigerte sich, den Gottesdienst zu besuchen. Doch das beunruhigte mich nicht zu sehr. Ich kannte meinen Sohn. Er brauchte Zeit, um darüber hinwegzukommen, und das würde ihm auf seine Weise gelingen. Aaron verließ das College, um zu Hause zu bleiben und auf der

Farm zu helfen, obwohl wir alle ihn baten, es nicht zu tun. Verlorener Hirsch und Frühlingssturm wurden sehr still und zogen sich in sich selbst zurück.

Es war, als würde unsere ganze Familie zentimeterweise sterben. Ich mußte mich einer Rückenoperation unterziehen und litt größere Schmerzen, als ich je für möglich gehalten hätte. Einen ganzen Monat war ich ans Bett gefesselt.

Phyllis Phyllis kam fast jeden Tag herüber, brachte uns häufig Essen und immer ein Lächeln und ein wenig Hoffnung. „Wann wirst du endlich dieses Tal des Selbstmitleids verlassen und wieder anfangen zu leben?" schimpfte sie mich aus.

„Der Doktor hat gesagt, ich müsse einen Monat liegen", erinnerte ich sie.

„Seit wann hört Schrei im Wind auf Ärzte?" verspottete sie mich. „Don wäre von euch allen enttäuscht. Wie können deine Kinder stark sein, wenn du es nicht bist? Ihr alle vergeudet euer Leben, und wenn das keine Sünde ist, dann weiß ich nicht, was Sünde ist!"

Wie konnte ich einen so tiefen Schmerz erklären?

„Ich habe eine Idee . . .", sagte sie.

„Oh nein! Jedesmal, wenn du eine Idee hast, geraten wir in Schwierigkeiten!" stöhnte ich.

„Diesmal ist es etwas anderes. Hör zu. Wir beide verabscheuen den Winter, die Kälte, den Schnee, das Eis . . . laß uns davonlaufen und auf einer Insel leben. Wir werden im Meer schwimmen, Bananen essen und Blumen im Haar tragen", schlug sie vor.

„Erstens ist das hier mein Zuhause, und ich werde es nie verlassen. Zweitens, falls du es vergessen hast, ich habe schreckliche Angst vor Wasser, und eine Insel ist der letzte Ort, wo ich leben möchte. Drittens, man läuft nicht einfach fort und lebt auf einer Insel. Vor allem Indianer tun so etwas nicht. Indianer leben in der Wüste, in den Bergen oder auf der Prärie, aber nicht auf Inseln."

„Indianer können leben, wo sie wollen", gab sie zurück. „Du kannst schwimmen lernen, und für die Kinder wäre es eine nette Abwechslung."

Ich schüttelte den Kopf.

„Ich möchte nicht, daß du dich einfach aufgibst und hier langsam vor dich hinstirbst. Ich möchte meine Freundin wiederhaben." Tränen standen ihr in den Augen. „Wir sind doch Freundinnen auf ewig . . ."

Ich tat anderen weh, weil ich mit meiner Trauer nicht fertigwerden konnte. Ich war selbstsüchtig, und meine Familie brach unter der Last der Trauer zusammen.

„Hilf mir aus dem Bett", sagte ich. „Ich möchte nach draußen gehen und die Sonne wiedersehen."

Die Operation und die zwei Wochen im Bett hatten mich sehr geschwächt. Phyllis Phyllis stützte mich und ging mit mir in den Hof.

Die Ahornbäume hatten sich tiefrot gefärbt. Noch nie hatte ich sie so strahlend gesehen. Die Eichen auf der Weide waren von einem satten Goldbraun; sie hatten die Farbe von Marks Haar, und ich erinnerte mich nun daran, daß Miss Neal vierundsiebzig Jahre damit vergeudet hatte, auf die Rückkehr ihres Geliebten zu warten.

Das war der Wendepunkt. Ich wollte mein Leben nicht so sinnlos vergeuden! Ich würde wieder stark und gesund werden. Unsere Familie würde sich wieder aufrappeln und überleben.

Langsam kehrte in unserem Familienleben die Normalität ein. Wir konnten sogar wieder miteinander lachen, und das Leben schien schöner und wertvoller als je zuvor zu sein.

Schneewolke erkannte, daß Gott nicht vom Himmel herabgegriffen und seinen Vater gestohlen hatte. Don war einfach zu schnell gefahren und hatte die Kontrolle über seinen Wagen verloren. Er hatte einen Fehler gemacht, und es war ein trauriger, schrecklicher Unfall geschehen. Solche Dinge passieren im Leben, hier auf der Erde, wo wir Fehler machen und mit den Konsequenzen leben müssen. Schneewolke fand Frieden, und sein Zorn ebbte ab.

*

Zum Erntedankfest gab es einen gefüllten Truthahn. Unser erster Feiertag ohne Don. Ich nahm seinen Stuhl vom Kopfende des Tisches fort und stellte meinen hin. Die anderen Stühle arrangierte ich so, daß kein leerer Platz mehr am Tisch war. Wir waren eine ganze Familie.

Wir schmiedeten Pläne für Weihnachten, und unsere Laune besserte sich zusehends. Der Beginn des Heilungsprozesses hatte eingesetzt.

Wenn wir in den Herzen derer leben,
die wir zurücklassen,
können wir nicht sterben.

Kapitel 14

„Ich habe da eine Idee . . .“

In mancher Hinsicht würde dies das wichtigste Weihnachtsfest sein, das wir je erlebt haben. Es würde auch das schwierigste werden. Ich war entschlossen, es zu einem gelungenen Fest zu machen. Wir würden einen wunderschönen Weihnachtsbaum haben, wir würden das Haus schmücken und Freunde einladen, um mit uns gemeinsam die Geburt Jesu, das Leben und die Liebe zu feiern. Wir hatten Aaron davon überzeugt, nach den Ferien ins College zurückzukehren. Die Zukunft sah wieder ein wenig heller aus.

„Gib nicht soviel Geld für einen Weihnachtsbaum aus“, sagte Phyllis Phyllis. „Nicht weit von hier gibt es eine Weihnachtsbaumplantage, wo du jeden Baum in jeder Größe für acht Dollar bekommst.“

„Für acht Dollar?“ fragte ich. „Das ist sehr billig. Sind die Bäume denn schön?“

„Es sind wunderschöne Bäume“, entgegnete sie. „Ich habe eine Idee – ich hole dich ab, wir fahren zusammen zu dieser Plantage und holen uns den schönsten Baum für deine Kinder. Ich bringe sogar die Axt mit."

„Die Axt?" fragte ich.

„Ja. Man muß ihn selber fällen, aber das ist keine große Sache. Wir brauchen nur in den Wald zu gehen, einen Baum auszusuchen, ihn zu fällen, zum Wagen zu bringen, festzubinden und nach Hause zu fahren", lächelte sie.

„Das ist alles?" seufzte ich.

Eine Stunde lang wanderten wir zwischen den Bäumen herum und stritten darüber, welcher Baum der schönste und größte sei. Endlich hatten wir „unseren" Baum gefunden. Wir wechselten uns mit der Axt ab, und schließlich fiel er.

Der Baum war schwerer, als wir gedacht hatten. Wir schleppten ihn zu unserem Wagen. Phyllis Phyllis hatte ein Seil mitgebracht, und wir banden ihn an der Rückseite des Wagens fest.

Auf der Heimfahrt hupten und winkten uns viele Leute zu. Wir lächelten und winkten zurück.

„Die Leute sind wirklich schon in Weihnachtsstimmung", meinte ich. „Sie halten ihn wahrscheinlich für den schönsten Baum, den sie je gesehen haben."

„Nein, sie machen sich über dich lustig, weil du deinen Baum so früh aufstellst", entgegnete Phyllis Phyllis.

Seit Jahren schon stritten wir über den richtigen Zeitpunkt für das Aufstellen des Weihnachtsbaumes. Ich stellte den Baum immer bereits am ersten Dezember auf, sie schmückte ihren erst am Heiligabend.

Auf einmal hörten wir eine Sirene hinter uns. Wir fuhren an den Rand, um den Polizeiwagen vorbeizulassen, doch er überholte uns nicht, sondern blieb hinter uns stehen.

„Was ist denn los, Officer?“ fragte Phyllis und lächelte ihn strahlend an.

„Ihr Baum hat sich gelöst, und so, wie er aussieht, schleifen Sie ihn schon eine ganze Weile hinter sich her.“

Wir sprangen aus dem Wagen und rannten zur Rückseite des Wagens, um uns den Baum anzusehen. Der Anblick war fürchterlich. Unser schöner Baum sah aus wie ein Gerippe. Der obere Teil war komplett fort, die restlichen Äste zerfleddert, gebrochen und größtenteils ohne Nadeln.

„Darum haben die Leute gehupt und uns gewunken!“ sagte ich. „Wir haben den Baum schon wer weiß wie lange hinter uns hergeschleift.“

Der Polizist war so freundlich, die traurigen Überreste des Baumes für uns in einen Graben zu werfen.

Wir lachten immer noch, als wir mein Haus erreichten – doch dann blieb uns das Lachen im Halse stecken.

Mehrere Feuerwehrautos standen im Hof, und alles war voller Rauch. Die Feuerwehrmänner rollten gerade einen Schlauch zusammen und machten sich bereit, wieder abzuziehen.

Mehr als die Hälfte unseres Hauses war vollkommen abgebrannt, der Rest kohlschwarz.

Wir hatten unser Haus immer mit dem Kamin beheizt. Es war ein altes Farmhaus, und im vorigen Winter hatte der Schornstein Feuer gefangen, aber es war nur ein kleines Feuer gewesen, und wir hatten es sehr schnell löschen können. Es war nichts passiert.

Don wollte einen neuen, besseren Schornstein bauen, aber er hatte es nicht geschafft. Während ich fort war, hatte anscheinend der Schornstein Feuer gefangen. Es hatte sich über das Dach ausgebreitet, und nun war unser gesamter Besitz zu Asche verbrannt. Die Feuerwehrmänner hatten einige Familienfotos aus meinem Schlafzimmer gerettet, und einer von ihnen hatte Schneewolkes Sportpokale in einen Kissenbezug geworfen und nach draußen gebracht.

Alles andere war zerstört.

„Wir haben unser bestes getan, aber als ein Nachbar das Feuer entdeckte und uns rief, war es bereits zu spät", erklärte ein Feuerwehrmann.

Ich ließ mich kraftlos gegen den nächsten Baum sinken und starrte auf die Überreste meines Hauses.

„Was werde ich nur den Kindern sagen? Sie haben ihr Heim verloren."

„Nein", widersprach Phyllis, „*du* bist ihr Heim. Sie haben nur ein Haus verloren."

„Wir haben alles verloren . . .", weinte ich.

„Du hast ein paar alte Möbel und einige Kleider verloren, alles Dinge, die ersetzt werden können. Du kannst bei uns wohnen, bis ihr ein neues Haus gefunden habt." Sie nahm mich in den Arm.

Ich wußte, es hätte schlimmer kommen können. Wenn das Feuer in der Nacht ausgebrochen wäre und uns im Schlaf überrascht hätte, hätten wir alle sterben können. Trotzdem war es furchtbar.

Wir zogen zu Phyllis Phyllis und ihrer Familie. Seit wir auf dem Land wohnten und mit Kamin heizten, wollte keine Versicherung eine Feuerversicherung mit uns abschließen, und viel Erspartes hatten wir auch nicht. Wir waren jetzt also heimatlos und ruiniert.

Ein Nachbar machte uns ein Kaufangebot für unser

Land. Nachdem die Hypothek abgelöst und alle Rechnungen bezahlt waren, blieben uns noch weniger als fünftausend Dollar. Das war nicht viel für fünf Leute, die ein neues Leben anfangen wollten.

Weihnachten stand vor der Tür. So lieb wie Phyllis Phyllis und ihre Familie auch waren, ich wollte Weihnachten in einem neuen Zuhause feiern.

„Was meint ihr?" fragte ich meine Kinder. „Wir könnten hier in der Gegend ein kleines Haus mieten, dann müßt ihr die Schule nicht wechseln. Wir könnten aber auch eine Wohnung in der Stadt mieten, wo ich eher Arbeit finden würde ..."

Großes Schweigen. Keiner meiner Vorschläge sagte ihnen zu.

Hier gab es nichts als Erinnerungen. Unsere Vergangenheit war hier, unsere Zukunft jedoch nicht mehr.

Phyllis Phyllis sah zur Tür herein.

„Möchtet ihr etwas essen oder trinken? Vielleicht *Ananassaft* oder *Bananen*?" fragte sie.

„Nein, vielen Dank, und ich weiß genau, was du sagen willst", erwiderte ich.

„Was will sie denn sagen?" fragte Frühlingssturm.

„Sie meint, wir sollten einfach von hier abhauen und auf einer Insel leben. Sie meint, wir könnten von Bananen und Ananas leben, die wir auf dem Weg zum Strand pflücken", lachte ich.

„Und im Meer schwimmen und am sonnigen Strand liegen, wo es das ganze Jahr über warm ist." Phyllis Phyllis kam ins Zimmer. „Da gibt es doch diese große Insel mit den fünf Vulkanen. Einer von ihnen ist so hoch, daß Schnee darauf liegt, ein anderer bricht immer wieder aus und schleudert Lava ins Meer. Da gibt es Wale und Delphine . . ."

„Gibt es dort auch ein College?"

„Ein College und eine Universität", erwiderte sie.

„Geht das denn wirklich nicht, Mama? Können wir nicht einfach auf eine Insel ziehen und noch einmal ganz neu anfangen?" fragte Schneewolke aufgeregt. „Ich würde gern das Meer sehen."

Ich hatte Angst vor Flugzeugen. Ich hatte Angst vor Wasser. Neuerdings hatte ich vor so vielem Angst. Ich wußte auch, daß Angst etwas sehr Gefährliches war.

In den Augen der Kinder lag ein Ausdruck, den ich schon lange nicht mehr bei ihnen wahrgenommen hatte. Es war ein Blick voller Hoffnung.

„Ich habe eine Idee . . .", sagte ich.

*

Gegen Mitternacht des folgenden Tages fuhr Phyllis Phyllis uns zum Flughafen und winkte uns nach.

„Wir sehen uns in einem Monat!" versprach sie. „Wir werden nachkommen."

Wir fünf Versprengten zitterten am ganzen Körper, als wir das Flugzeug bestiegen, teils vor Furcht, teils vor Aufregung. Falls es einen Rekord in bezug auf die Anzahl von Gebeten gab, die auf einem einzigen Flug gesprochen wurden, so hatte unsere Familie ihn bestimmt gebrochen.

Mein Herz tat weh. Ich hatte das Gefühl, als würde ich alle meine Erinnerungen hier zurücklassen, aber ich wußte, das stimmte nicht. Es gab keinen Grund hierzubleiben. Don war tot, und in derselben Stadt wohnen zu bleiben, würde ihn auch nicht wieder zurückbringen. Unser Haus war zerstört und konnte nicht wieder aufgebaut werden. Wir alle würden unsere Freunde vermissen, aber Phyllis Phyllis würde nachkommen, und wir brauchten einen Neuanfang.

Als das Flugzeug auf Hawaii landete, waren wir überwältigt vor Freude. Überall waren Palmen, Sonne, bunte Blumen und lachende Gesichter. Hawaii war der schönste Ort, den ich je in meinem Leben gesehen hatte. Die Kinder und ich rannten am Strand entlang, und ich war sogar mutig genug, mich in das türkisfarbene Wasser zu stürzen. Die Kinder lachten und spielten mit derselben sorglosen Fröhlichkeit wie damals, als sie noch klein gewesen waren.

Es war ein neues Leben für sie, in jeder Hinsicht. Ihre neuen Freunde nannten sie Aaron, Shane, Trinity und Sturm.

Ich nahm den ersten Job an, der mir angeboten wurde. Ich wurde Haushälterin bei einer alten Frau und kroch jeden Tag auf den Händen und Knien im ganzen Haus herum und schrubbte die Böden mit einer Zahnbürste. Nebenbei malte ich Bilder auf Kokosnüsse und verkaufte sie an Touristen.

Irgendwie empfand ich die ganze Situation nicht als demütigend oder schlimm. Es war mühsam, aber es war ein kompletter Neuanfang, und mein Pioniergeist war erwacht.

Wir zogen in eine unmöblierte Wohnung und schliefen auf dem Boden. Jeder von uns besaß ein Kissen und eine Decke, und das war die gesamte Einrichtung in diesem ersten Monat. Wir lebten von Kokosnüssen, Bananen und Müsli. Aaron und Shane bekamen Studentendarlehen und schrieben sich in der Universität ein. Trinity und Frühlingssturm gingen zur Schule.

Wir hatten zu kämpfen, aber wir überlebten.

Das Weihnachtsfest verlief ganz anders als alle anderen zuvor. Wir hatten eine kleine Palme mit Muscheln geschmückt. Einige Freunde schickten uns Geschenke, die uns mehr bedeuteten, als wir sagen konnten.

Phyllis Phyllis und ihre Familie kamen im Januar nach, und wir fühlten uns weniger einsam.

Nach ein paar Monaten konnte ich uns durch den Verkauf meiner Kokosnuß-Gemälde über Wasser halten. Ich brauchte nicht mehr auf Händen und Knien auf dem Boden herumzurutschen, und ich gewann meine Zuversicht zurück.

Wir würden es schaffen.

*

Noch immer gehen die Kinder und ich jeden Abend zusammen spazieren. Wir wandern am Strand entlang, lassen uns den Wind ins Gesicht wehen, waten in die Brandung und sammeln Muscheln. In der Ferne raucht der Vulkan und schleudert Lava ins Meer.

Es ist nicht das Leben, das ich mir vorgestellt hatte, als ich als junges Mädchen mit meinem Pferd Donnerhuf

---

Schrei im Wind heute am Strand
ihrer neuen Heimat Hawaii

über die staubigen Hügel meiner Heimat ritt oder bei den Stammeszusammenkünften um das Feuer tanzte. Es ist auch nicht das Leben, das ich bei meiner Hochzeit mit Don erwartet hatte.

Aber es ist das Leben, das Gott für mich vorgesehen hat, und das ist genug.

*

„Worüber denkst du nach, Mama?" fragte Aaron, als die Sonne im Meer zu versinken begann und das Wasser wie flüssiges Gold aussehen ließ.

„Ich fragte mich, was eine Indianerin eigentlich auf einer Insel zu suchen hat", erwiderte ich. „Es ist komisch, die einzige Indianerin hier zu sein."

„Du bist nicht die einzige Indianerin hier, Mama. Du hast doch deinen ganzen Stamm mitgebracht", widersprach er.

Er hatte recht. Ich sah nach vorn. Meine Kinder gingen vor mir her. Wir waren ein fünfköpfiger Stamm.

„Du solltest noch ein Buch schreiben über das, was bisher geschehen ist", meinte er, „es sei denn, du bist der Meinung, es sei zu traurig."

„Traurig? Nein, mein Leben ist nicht traurig gewesen. Ich habe ein sehr gutes Leben geführt. Ich habe nicht erwartet, keine schlechten Zeiten zu erleben; dunkle Wolken und Stürme gehören zum Leben dazu. Das Leben muß nicht vollkommen sein, um schön zu sein."

Aaron lächelte und reichte mir eine Muschel.

„Weißt du noch, wie der Kriegsschrei der Kickapoo klingt?" fragte er.

Und dann rannten wir fünf so schnell wir konnten am Strand entlang und stießen ein ohrenbetäubendes indianisches Kriegsgeschrei aus.

Schrei im Wind und ihr Stamm waren auf Hawaii angekommen!